데이비드 코퍼필드 3

데이비드 코퍼필드 3

초판 1쇄 발행 2018년 4월 16일

지은이 찰스 디킨스
옮긴이 김옥수
펴낸이 김소연

펴낸곳 비꽃
등록 2013년 7월 18일 제2013-000013호
주소 서울 강북구 삼양로 16길 12-11
이메일 rain__flower@daum.net 전화 02)6080-7287 팩스 070-4118-7287
홈페이지 www.rainflower.co.kr

ISBN 979-11-85393-54-4
979-11-85393-19-3 (세트번호)

이 도서의 국립중앙도서관 출판시도서목록(CIP)은 서지정보유통지원시스템 홈페이지(http://seoji.nl.go.kr)와 국가자료공동목록시스템(http://www.nl.go.kr/kolisnet)에서 이용할 수 있습니다.
(CIP제어번호: CIP2018011177)

값 13,000원

찰스 디킨스

데이비드 코퍼필드 3

김옥수 옮김

▮차례

CHAPTER 40. 떠도는 사람

앞에서 상세히 언급한 아그네스 집안 문제에 대해 우리는 그날 밤 버킹엄 거리에 있는 우리 집에서 심각하게 대화했다. 고모님은 특히 깊은 관심을 보였다. 대화가 끝난 다음에도 팔짱을 낀 채 실내를 두 시간 넘게 거닐 정도였다. 고모님은 마음이 뒤숭숭할 때마다 이렇게 거니는 습관이 있는데, 오래 걷는 정도에 따라 마음이 심란한 정도를 가늠할 수 있었다. 이번에는 너무 심란한 나머지 침실 문까지 열어 한쪽 벽에서 반대편 벽까지 최대한 기다란 길을 만들어야 했다. 그래서 노신사 딕과 내가 벽난로 옆에 조용히 앉아있는 동안 고모님은 기다랗게 만든 길을 따라 시계추처럼 정확하게 변함없는 속도로 방문에 들어서고 나가며 지나다녔다.

노신사 딕이 잠자리에 들면서 고모님과 단둘이 남자, 나는 책상에 앉아서 노처녀 고모님 두 분에게 편지를 썼다. 어느덧 고모님은 걷다가 지쳐서 치맛자락을 평소처럼 걷어 올린 채 벽난로 앞에 앉았다. 하지만 평소처럼 술잔을 무릎에 올리는 대신, 벽난로 선반에 아무렇게나 올려놓고 왼쪽 팔꿈치를 오른팔에 기댄 채 왼손으로 턱을 받치고 깊은 생각에 잠긴 표정으로 나를 쳐다보았다. 내가 편지를 쓰다가 고개를 들 때마다 시선이 마주치고, 그러면 고모님은 고개를 끄덕여서 안심시키며 "분노는 간신히 가라앉혔는데, 불안하고 안타까운 마음은 여전하구나, 얘야!" 하고 말했다.

나는 편지를 쓰는 데 열중하느라, 고모님이 잠자리에 든 다음에 비로소 고모님이 '잠자리 혼합주'라고 이름 붙인 술을 한 입도 안 대고 벽난로 선반에 그대로 두었다는 사실을 깨달았다. 방문을 두드려서 그 사실을 알리니, 고모님은 평소보다 다정한 표정으로 나타나서 "오늘 밤은 마시고 싶은 마음이 없구나, 트롯"이라는 말과 함께 고개를 절레절레 저으며 안으로 다시 들어갔다.

아침에 고모님은 노처녀 고모님 두 분에게 보내는 편지를 읽고서 괜찮다고 평했다. 그래서 편지를 부치고 나니, 내가 할 수 있는 건 답장이 오기만 꾹 참으며 기다리는 게 전부였다. 이렇게 편지를 기다리며 일주일을 거의 보낼 즈음, 나는 눈 내리는 밤에 박사님 자택에서 나와 우리 집으로 걸음을 재촉했다.

온종일 살을 에는 북동풍이 불어닥쳐서 정말 추웠다. 그러다가 해가 떨어지면서 바람도 잦아들더니 눈이 내렸다. 지금도 커다란 눈송이가 묵직하게 내려서 두껍게 쌓이던 기억이 난다. 도로마다 깃털을 잔뜩 깔아놓은 듯, 마차 바퀴 소리도 사람들 발소리도 고요했다.

날씨가 날씨니만치 나는 당연히 제일 빠른 길로 접어드는데, 집으로 가는 지름길은 성 마틴 골목길이었다. 골목길에 그 이름을 부여한 성당 주변은 당시만 해도 번잡하지 않았다. 성당 앞에 광장도 없고 골목길은 스트랜드까지 꾸불꾸불 이어졌다. 그런데 성당 앞 계단을 지나다가 모서리에서 어떤 여자와 마주쳤다. 상대는 나를 쳐다보며 좁은 골목을 가로질러서 사라졌다. 아는 얼굴이었다. 어디선가 본 적이 있다. 그런데 어디인지 기억이 안 났다. 머릿속으로 어떤 기억 하나가 문뜩 떠오르긴 했다. 하지만 그 기억이 떠오를 때 다른 걸 골똘히 생각하다가 헛갈렸다.

성당 계단에서는 사내 한 명이 허리를 구부렸는데, 묵직한 짐을 부드러운 눈에 내려놓았다. 다시 메려고 가다듬는 중이었다. 나는 그 얼굴을 보고 동시에 그 형체를 보았다. 하지만 내가 깜짝 놀라서 걸음을 멈춘 것 같지는 않다. 계속 걷는데, 사내가 일어나서 방향을 돌리더니, 나에게 다가왔다. 나와 얼굴을 마주한 사람은 바로 패거티 아저씨였다!

그때 비로소 여자 기억이 떠올랐다. 마사. 에밀리가 그날 밤에 주방에서 돈을 건넨 여인. 햄이 말한 바에 의하면, 패거티 아저씨가 바다에 잠긴 보물을 모두 받는다 해도 소중한 조카딸이랑 어울리는 꼴은 절대로 못 볼 거라던 마사 엔델이었다.

우리 두 사람은 손을 맞잡고 반갑게 흔들었다. 처음에는 누구도 입을 못 열었다.

"데이비 도련님! 이렇게 만나니까 참 기쁘네요. 정말 반가워요, 정말 반가워!"

패거티 아저씨가 말하며 내 손을 꼭 잡았다.

"그래요, 정말 반가워요, 정겹고 소중한 아저씨!"

"오늘 밤에 도련님을 찾아가려고 했으나 고모님이 함께 사신다는 사실을 아는 터라 – 저쪽, 야머스에 다녀와서 – 너무 늦었다고 생각했거든요. 그래서 아침에 찾아뵙고 떠날 생각이었답니다."

"또요?"

"네, 도련님. 내일 떠납니다."

패거티 아저씨가 대답하며 고개를 꾸준히 저었다.

"이번에는 어디로 가시는데요?"

내가 묻자, 아저씨는 기다란 머리칼을 흔들어서 눈을 털어내며 대답했다.

"으음! 어디로든 가봐야겠지요."

당시에는 우리가 마주 선 맞은편에 '골든크로스 여인숙' 마구간 마당으로 통하는 옆문이 있었다. 아저씨가 겪는 불행과 연관해서 결코 잊을 수 없는 여인숙이었다. 나는 그 문을 가리키며 아저씨 팔에 팔짱 끼고 골목길을 건넜다. 마구간 마당 외각에 선술집 두세 군데가 문을 열었는데, 그중 한 군데를 들여다보고서 다른 손님은 하나도 없고 불길은 활활 타오르는 벽난로를 발견하고 나는 아저씨를 데리고 거기로 들어갔다.

불빛이 환한 곳에서 보니, 아저씨는 기다란 머리칼이 엉망일 뿐 아니라 얼굴은 햇볕에 까맣게 탄 걸 알 수 있었다. 머리칼은 더 하얗고 얼굴과 이마에 자리한 주름살은 더 깊은 등, 온갖 풍파에 시달리며 떠돌아다닌 흔적이 온몸에 가득했다. 하지만 강인해 보였다. 목적의식이 또렷해서 무슨 일에도 지치지 않는 사람 같았다. 내가 이렇게 생각하는 동안, 아저씨는 모자와 옷에서 눈을 털어내고 얼굴에 묻은 눈을 쓸어냈다. 그러더니 우리가 들어선 문을 뒤로하고 내가 앉은 탁자 맞은편에 앉아, 거친 손을 다시 내밀어서 내 손을 따듯하게 움켜잡으며 말했다.

"그동안 돌아다닌 곳을, 그래서 들은 얘기를 모두 말하지요, 데이비 도련님. 정말 많은 곳을 돌아다녔지만 들은 건 정말 조금이랍니다. 그래도 도련님한테 모두 말하지요!"

나는 뜨겁게 마실 걸 주문하려고 종을 울렸다. 아저씨는 맥주보다

독한 술은 안 마시겠다 하고, 그래서 맥주가 나오는 동안, 불 가에 앉아서 몸을 데우며 깊은 생각에 잠겼다. 얼굴에 묵직한 위엄이 가득해, 나는 감히 말을 걸 수도 없었다.

우리 두 사람만 남자, 마침내 아저씨가 머리를 들고 말했다.

"에밀리는 어릴 적에 바다에 대해, 바다가 검푸르게 변하며 햇살을 받아서 마냥 반짝거리는 해안에 대해, 참 많이 얘기했답니다. 나는 아버지가 바닷물에 빠져 죽어서 그런다고 여겼지요. 잘은 모르지만, 에밀리는 아버지가 멋진 나라로, 꽃은 항상 만발하고 햇살은 환하게 비추는 나라로 떠내려갔다고 믿었던 것 - 그렇게 바랐던 것 - 같아요."

"어릴 적에는 그렇게 많이 생각하지요."

"에밀리가…… 사라졌을 때, 그놈이 그런 나라로 데려갔을 거란 생각이 들더군요. 그놈이 그런 나라를 환상적으로 떠들어대고, 그런 나라에 가면 귀부인이 될 수 있다는 식으로 꼬드겼을 거란 생각이 들더군요. 우리가 그놈 모친을 찾아갔을 때 나는 내 생각이 옳다고 확신했답니다. 그래서 해협을 건너 프랑스에 발을 디디니, 하늘에서 뚝 떨어진 느낌이더군요."

문이 열리고 눈발이 들어오는 게 보였다. 문이 약간 더 열리더니, 그 사이로 손 하나가 들어와서 문을 가만히 잡는 모습도 보였다.

"그곳을 담당하는 영국 신사 한 분을 찾아서, 나는 조카딸을 찾으러 왔다고 말했습니다. 영국 신사는 내가 통과하는 데 필요한 서류를 - 명칭조차 제대로 모르는 서류를 - 만들어주고서 돈까지 주려고 했지만, 나는 고마운 마음으로 정중하게 거절했습니다. 나를 정말 많이 도와준, 참으로 고마운 분이었지요! 그분이 말하더군요. '내가 편지를 사방에 보내서 당신이 찾아갈 곳마다 알려놓겠습니다. 당신이 찾아가면 아주 먼 곳에서도 많은 사람이 알아보도록 말입니다.' 나는 온 마음을 모아서 정말 고맙다 대답하고, 프랑스 전역을 돌아다녔습니다."

"혼자서요, 걸어서?"

"대부분 걷다가 장터로 가는 사람들과 어울려 짐마차도 얻어 타고 텅 빈 역마차도 얻어 탔지요. 친구를 찾아가는 가난한 병사를 만나서 함께 온종일 걸을 때도 잦았고요. 나는 상대한테 말할 수 없고 상대 역시 마찬가지지만, 먼지가 흩날리는 길을 함께 걷다 보면 서로 많은 위로가 되거든요."

다정한 어투에서 그런 느낌이 또렷하게 묻어나왔다.

"도시에 들어서면 여인숙을 찾아가, 마당에서 기다리다 보면 대체로 영어를 아는 사람이 나타나지요. 그러면 내가 조카딸을 찾아 나선 이야기를 하고, 그 사람은 여인숙에 묵는 지체 높은 사람들 겉모습을 설명하고, 행여나 에밀리 같은 사람이 있으면 나는 그런 사람이 밖으로 나오거나 들어갈 때까지 기다리다 확인합니다. 그래서 에밀리가 아니라는 사실이 드러나면 다시 길을 나서지요. 그러다가, 이런저런 마을에 새로 들어설 때마다 사람들이 나를 조금씩 알아본다는 사실을 깨달았습니다. 그들은 나를 자기네 집 대문 앞에 앉혀서 먹을 것과 마실 것을 내주고, 잠잘 곳을 알려주었답니다. 에밀리 나이랑 비슷한 딸이 있는 여인네들은 마을 어귀 '구세주 십자가' 앞에서 일부러 기다리다가 이런저런 친절을 베풀고요. 개중에는 딸이 사망한 경우도 있었지요. 아아, 딸을 가진 어머니들이 나한테 얼마나 친절했는지 하느님은 아실 겁니다!"

문을 살짝 열고 가만히 엿듣는 사람은 마사였다. 초췌한 얼굴로 열심히 듣는 모습이 확실했다. 나는 행여나 아저씨가 고개를 돌리다 마사를 발견하지나 않을까 두려웠다.

"사람들은 자기네 자녀를, 어린 딸을 특히, 내 무릎에 앉혀주곤 해서, 저물녘이면 그런 집 입구에 앉아서 우리 귀여운 조카딸이 낳은

아이라도 되는 양 꼭 껴안곤 했답니다. 아, 우리 에밀리!"

갑자기 몰려드는 슬픔에 아저씨는 커다랗게 흐느꼈다. 나는 아저씨가 얼굴을 가린 손에다 덜덜 떨리는 내 손을 가만히 얹었었다.

"고마워요, 도련님. 신경 쓰지 마세요."

잠시 후에 아저씨는 얼굴에서 손을 내려 자기 가슴에 대며 이야기를 이어나갔다.

"아침에 길을 나서면 사람들이 이삼 킬로미터는 족히 쫓아오며 아쉬워하고, 그럴 때마다 나는 '정말 고맙습니다! 하느님 은총이 가득하길 빕니다!'라고 말하며 고마워하는데, 사람들은 무슨 말인지 알아들은 듯 좋아하며 대답했답니다. 그러다 보니 결국에는 바다가 나오더군요. 도련님도 잘 아시겠지만, 나 같은 뱃사람이 이탈리아로 건너가는 건 일도 아니랍니다. 나는 이탈리아로 건너가서 또다시 돌아다녔습니다. 이곳 사람들 역시 마찬가지로 잘해주니, 나는 이 도시 저 도시로 돌아다닐 생각이었는데, 저 멀리 스위스 산자락에서 에밀리를 보았다는 소식을 접했습니다. 그놈 하인을 아는 사람이 거기에서 세 사람이 함께 있는 걸 보았다며, 세 사람이 어떻게 여행하고 어디에서 묵는지 알려주었답니다. 나는 스위스 산자락으로 당장 쫓아갔습니다, 데이비 도련님, 밤낮 안 가리고. 그런데 내가 다가갈수록 스위스 산자락은 오히려 멀어지는 것 같았습니다. 그러다가 겨우 다가가고 커다란 산을 넘었습니다. 그래서 목적지에 거의 도착하니, '에밀리를 만나면 어떻게 하지?' 하는 생각이 저절로 떠오르더군요."

가만히 엿듣던 얼굴은 험악한 날씨조차 까맣게 잊어버린 듯 문가에 서서 나에게 허리를 숙인 채 두 손을 모아 자신을 쫓아내지 말라고 사정했다.

"나는 에밀리를 의심한 적이 한 번도 없습니다. 절대! 조금도! 내가 얼굴만 보이면, 내가 목소리만 들려주면, 내가 에밀리 앞에 가만히 서서 자신이 도망친 집과 자신이 보낸 어린 시절을 떠올리게만 하면, 설사 왕비가 되었더라도 내 발밑에 바싹 엎드릴 게 분명합니다! 내가 잘 압니다! 꿈속에서 에밀리가 '외삼촌!' 하고 소리치며 달려와서 바싹 엎드리는 모습을 수없이 보았습니다. 그러면 나는 에밀리를 일으켜서 '에밀리, 내 사랑, 너를 용서하고 집으로 데려가려고 내가 이렇게 찾아 왔구나!' 하고 수없이 속삭였습니다!"

아저씨가 말을 멈추고 고개를 절레절레 젓다가 한숨을 내쉬며 다시 말했다.

"이제 나는 그놈한테 관심도 없습니다. 중요한 건 에밀립니다. 에밀리한테 입히려고 그 지방에서 만든 드레스도 한 벌 구했습니다. 내가 찾아내면 에밀리는 가시밭길도 마다치 않고 쫓아올 게 분명합니다. 절대로, 절대로, 절대로 내 곁을 두 번 다시 떠나지 않을 겁니다. 자신이 입은 옷을 대뜸 벗어 던지고 내가 준 드레스로 갈아입고서 내 팔에 다시 팔짱 끼고 집으로 돌아가는 게 - 도중에 가끔 걸음을 멈춰서 상처 난 발바닥과 더 심하게 상처 난 마음을 치유하는 게 - 지금 내가 생각하는 전붑니다. 그놈을 보고서 내가 심하게 행동할 거란 느낌은 없습니다. 하지만 데이비 도련님, 그럴 수 없었습니다…… 아직은! 나는 너무 늦고, 그들은 이미 떠났습니다. 어디로 갔는지 파악할 수 없었습니다. 일부는 여기로 갔다, 일부는 저기로 갔다. 나는 여기도 가보고 저기도 가보았지만, 에밀리가 없어서 결국 집으로 돌아왔습니다."

"그게 언젠가요?"

"나흘 전. 어둠이 깔린 다음에 낡은 뱃집이 나타나고 창문으로 흘러나오는 불빛이 보였습니다. 가까이 다가가서 유리창 사이로 들여다보니, 우리가 약속한 대로 벽난로 앞에 홀로 믿음직하게 앉아있는 거미지 부인이 보였습니다. 나는 '겁내지 마시오! 나요, 나!' 하고 소리친 다음에 안으로 들어갔습니다. 그런데 낡은 뱃집이 그토록 낯설게 느껴질 줄은 예전엔 전혀 몰랐습니다!"

아저씨가 한탄하더니, 가슴 안쪽 주머니에서 조그만 종이 꾸러미를 조심스럽게 꺼내 탁자에 내려놓는데, 편지 두세 장이나 조그만 묶음 같았다. 아저씨가 그중 하나를 꺼내며 말했다.

"내가 떠나고 일주일도 안 돼서 이게 제일 먼저 왔습니다. 금화 쉰 냥짜리 은행권 지폐 한 장을 종이에 싸서 내 이름을 적고 한밤중에 현관문 아래쪽 틈새로 넣었지요. 에밀리가 필체를 숨기려고 애썼지만 나는 한눈에 알아보았답니다!"

아저씨가 지폐를 다시 똑같은 모양으로 천천히 조심스럽게 접어서 한쪽에 내려놓았다.

"이건 두세 달 전에 거미지 부인 앞으로 온 겁니다."

아저씨가 다른 걸 펼치며 말하더니, 한동안 들여다보다 나에게 건네며 나지막하게 부탁했다.

"괜찮다면 읽어주세요, 도련님."

내가 읽은 내용은 다음과 같다.

아, 편지를 보시고 내가 사악한 손으로 썼다는 사실을 아시면 아주머니는 어떤 느낌을 받으실까요! 하지만 제발, 제발, 저를 위해서가 아니라 외삼촌을 위해서, 잠시만, 아주 잠시만 마음을 가라앉히세요! 제발 부탁이니, 비참한 여자애를 가엽게 여기시고 외삼촌이 잘 지내시는지, 가족들 사이에서 제 이야기가 더는 안 나오기 전에 외삼촌이 저에 관해 뭐라고 말씀하셨는지, 제가 집으로 돌아올 시간이면 외삼촌이 그토록 사랑하시던 여자애를 생각하는 것처럼 보인 적이 있는지 조금만 적어서 보내주세요.

아, 그 생각만 하면 저는 가슴이 찢어진답니다! 아주머니에게 무릎 꿇고 간절히 빌면서 간청하오니, 제발 저에게 가혹하게 대하지 마시고 – 물론 그렇게 대접받을 짓을 했다는 건 너무나 잘 알지만 – 외삼촌 소식을 몇 자 적어서 보내시는 친절과 아량을 베풀어주세요. 저를 '꼬맹이'라고 부르실 필요도 없고 제가 더럽힌 이름으로 부르실 필요도 없습니다. 하지만 아, 제 고통을 들으시고, 외삼촌 소식을 몇 자 적어 보내실 정도만 자비를 베푸세요! 저에게는 이 세상에서 절대로, 절대로, 두 번 다시 뵐 수 없는 외삼촌이랍니다!

아주머니, 저에 대한 마음이 딱딱하게 굳었다 해도, 당연히 딱딱하게 굳을 수밖에 없다는 건 저도 잘 알지만, 아주머니, 아무리 어렵더라도, 저의 간절하고 간절한 기도를 내치시기로 완전히 결정하기 전에 제가 제일 커다란 고통을 안긴 사람에게 – 결혼하기로 약속했던 사람에게 – 제발 물어보세요! 그래서 그 사람이 자비를 베풀어 아주머니에게 편지에 적어서 보내는 게 좋겠다고 한다면 – 그 사람은 분명히 그럴 거예요, 아, 아주머니가 물어보시기만 한다면 그 사람은 분명히 그럴 거예요, 그 사람은 항상 용감하고 관대한 분이니까 – 이 말을 전해주세요(반대로 대답한다면 그러지 마시고요), 밤에 바람 소리라도 들릴 때면 바람이 지나다 그 사람과 외삼촌을 보고 안타까워서 저를 하느님에게 고발하러 하늘로 올라가는 느낌을 받는다고. 그 사람에게 전해주세요, 제가 내일 죽는다면 (아, 그래야 마땅하다면 기꺼이 죽겠어요!) 마지막 말로 그 사람과 외삼촌 행복을 빌고, 마지막 숨으로 그 사람이 행복한 가정을 꾸리도록 기도할 거라고!

이 편지에도 상당한 돈이 들었다. 금화 다섯 냥 지폐. 이 지폐도

먼젓번 지폐와 마찬가지로 손대지 않은 상태로, 아저씨는 그걸 똑같은 모양으로 다시 접었다. 답장을 보낼 주소도 자세히 적혔는데, 여러 사람을 거친 흔적이 또렷하고 숨어있는 장소에 대해 그럴듯한 결론을 내리는 것 역시 어렵지만, 적어도 에밀리를 목격했다는 장소에서 보낸 것 하나는 확실했다.

"답장은 어떻게 보냈나요?"

내가 묻자, 패거티 아저씨가 대답했다.

"거미지 부인은 글 쓰는 실력이 좋지는 않아서, 도련님, 햄이 초안을 잡고 거미지 부인이 베꼈답니다. 그래서 내가 에밀리를 찾으러 떠난 사실과 내가 떠나면서 한 말을 알렸답니다."

"손에 든 것도 편진가요?"

내가 묻자, 패거티 아저씨가 살짝 펼치면서 대답했다.

"돈이랍니다, 도련님. 금화 열 냥 지폐. 처음처럼 안에다 '진정한 친구가 보냅니다'라고 썼지요. 첫 번째는 현관문 밑으로 넣었는데 이건 그저께 우편으로 왔답니다. 여기에 찍힌 우체국 소인으로 에밀리를 찾아 나설 예정입니다."

아저씨가 소인을 보여주었다. 라인 강 상류 도시였다. 야머스에서 그 지역을 잘 아는 외국 무역상을 찾아가고, 외국 무역상은 아저씨가 충분히 이해하도록 종이에 약도를 그려준 상태였다. 아저씨는 그 약도를 탁자 한가운데에 놓고 한 손으로 턱을 괸 채 다른 손으로 자신이 갈 길을 따라갔다.

햄은 어떻게 지내느냐 묻자, 아저씨는 고개를 절레절레 저으며 대답했다.

"위험한 일은 도맡아서 한답니다. 야머스 전역에서 누구보다도 평판이 좋아요. 누구든 기꺼이 달려와서 햄을 돕고 햄 역시 기꺼이 달려가서 누구든 도와줍니다. 지금까지 불평 한마디 없고요. 하지만 (우리끼리니까 하는 말인데) 여동생은 햄이 깊은 상처를 입었다고 믿습니다."

"불쌍한 햄, 당연히 그럴 수밖에요!"

내가 말하자, 아저씨는 엄숙하게 속삭이듯 말했다.

"햄은 신경을 안 써요, 자기 목숨은 어떻게 되든 관심 없는 것처럼 말이에요, 데이비 도련님. 험한 날씨에 험한 일을 할 사람이 필요하면 햄이 나서요. 뭐든 위험한 일이 생길 때마다 누구보다 먼저 앞으로 나서니까요. 그런데도 어린아이처럼 순수하답니다. 야머스에서 햄을 모르는 아이는 하나도 없으니까요."

아저씨는 여러 편지를 신중하게 모아서 한 손으로 쭉 펴더니, 조그만 종이 꾸러미에 넣고 가슴 안주머니에 다시 조심스레 넣었다. 문가에서 엿듣던 얼굴은 이미 사라졌다. 눈은 여전히 안으로 흩날리는데 사람은 없었다.

아저씨가 묵직한 가방을 쳐다보며 말했다.

"으음! 오늘 밤에 이렇게 만나서 정말 다행이에요, 데이비 도련님. 이제 내일 아침 이른 시각에 떠날 수 있겠어요."

아저씨가 조그만 꾸러미를 넣은 가슴팍에 한 손을 댄 상태로 계속 말했다.

"내가 여기에 보관한 걸 도련님도 다 보았지요. 내가 제일 두려운 건 이 돈을 돌려주기 전에 험한 꼴을 당하는 거예요. 그래서 내가 죽고 이 돈을 잃어버리거나 누가 훔쳐가서 사라진다면, 그놈은 내가 이 돈을 거부했다는 걸 모르고, 그러면 나는 저세상에 편히 머물 수 없을 테니까요! 이 세상으로 돌아올 수밖에 없을 테니까요!"

아저씨가 일어서고 나도 일어섰다. 우리는 밖으로 나가기 전에 손을 다시 움켜잡았다. 아저씨가 말했다.

"나는 온 세상이라도 돌아다닐 겁니다. 죽어 쓰러질 때까지 돌아다니다가 이 돈을 그놈 앞에 내던질 겁니다. 그럴 수만 있다면, 그리고 에밀리만 찾는다면 나는 만족합니다. 설사 못 찾는다 해도 사랑하는 외삼촌이 자신을 찾아다니다 삶을 마감했다는 소식을 들을 테니까요. 그러면 집으로 당장 돌아올 테니까요!"

아저씨가 험악한 밤길로 나설 때 외로운 물체 하나가 급히 피하는 모습이 보였다. 나는 아저씨 시선을 황급히 잡아끌며 이런저런 대화를 나누어서 그 물체가 제대로 피신하도록 거들었다.

아저씨는 도버 도로변 여행자 숙소에 대해서 말했다. 그곳에 가면 하룻밤 묵을 깨끗하고 저렴한 숙소를 찾을 수 있다는 것이다. 나는 아저씨와 함께 웨스트민스터 다리를 건너, 서리 강변에서 작별했다. 아저씨가 눈길을 헤치며 고독하고 험난한 길을 다시 나설 때는 온 세상이 존경하며 숨조차 죽이는 것 같았다.

나는 또렷하게 떠오르는 얼굴을 찾아서 여인숙 마당으로 돌아가, 걱정스러운 눈으로 주변을 둘러보았다. 그 얼굴은 거기에 없었다. 우리가 만든 발자국은 이미 눈에 덮이고, 보이는 거라곤 지금 막 지나온 발자국이 전부인데, 고개를 돌려서 바라보니, 펑펑 쏟아지는 눈이 그 발자국조차 가리기 시작했다.

CHAPTER 41. 도라의 노처녀 고모님 두 분

마침내 노처녀 고모님 두 분이 답장을 보냈다. 코퍼필드 선생에게 경의를 표하고 "양측 모두가 행복하길 바라는 마음으로" 편지 내용을 최대한 긍정적으로 고려했다는데, 내가 보기에 이건 정말 걱정스러운 표현이 아닐 수 없었다. 앞에서 언급한 '생각의 차이'에 이런 표현을 사용한 것도 이상하지만, 내가 그동안 살아오면서 끊임없이 경험한 바에 의하면 이렇게 상투적인 표현은 일종의 불꽃놀이 같아, 뱉어내기는 쉬워도 허공에서 다양한 형상과 색상으로 변하며 원래 모습을 잃어버릴 가능성이 크기 때문이다. 하지만 노처녀 고모님 두 분이 덧붙이길, 코퍼필드 선생이 편지로 제기한 문제에 대해서 "편지라는 매개물을 통해" 의견을 표현할 수 없는 걸 양해하라고, 하지만 코퍼필드 선생이 날을 잡아서 (필요하다면 믿을만한 친구와 함께) 방문하는 은혜를 베푼다면 자신들도 그 문제에 대해 기꺼이 대화할 수 있다고 했다.

긍정적인 답장에, 코퍼필드 선생은 그 즉시 답신을 보내서 정중하게 인사한 다음, 지정하신 날짜에 두 분 고모님 말씀에 따르는 영광을 누리겠다고, 두 분이 친절하게 허락하셨으니 법학원에 다니는 친구 토마스 트래들스 선생과 함께 찾아뵙겠다고 알렸다. 장황하게 늘어놓은 편지를 발송하고 나서 코퍼필드 선생은 잔뜩 흥분한 상태에 빠져드니, 이런 상태는 그날이 올 때까지 이어졌다.

이렇게 역사적으로 중대한 시기에 미스 밀즈에게 더없이 소중한 도움을 받을 수 없다는 사실이 나는 엄청나게 불안했다. 미스 밀즈 부친은 평소에도 이런저런 방식으로 나를 괴롭히더니 - 느낌이 그렇다는 건데, 어차피 똑같은 말이다 - 이번에는 인도로 가겠다는 말을 불쑥 꺼내는 식으로 결정타를 날렸다. 도대체 인도로 갈 이유가 뭐란 말인가, 나를 괴롭히려는 게 아니라면? 물론 그분은 세상 어느 지역하고도 볼 일이 없는 반면에 인도하고는 관계가 상당히 깊었다. 어떤 품목을 취급하는지 모르겠지만 (캐시미어 양털로 만든 숄과 코끼리 상아라는 생각이 막연하게 떠오른다) 오로지 인도하고만 무역하는 데다, 젊은 시절을 콜카타에서 지내고, 이번에는 현지 주재원 자격으로 다시 나가겠다는 계획을 세운 것이다. 하지만 이런 건 나와 아무런 상관이 없었다. 중요한 건 인도로 가면서 미스 밀즈도 데려간다는 사실, 그래서 미스 밀즈가 친척들에게 작별인사를 하려고 지방으로 내려갔다는 사실이다. 자택에도 세를 놓거나 판매한다는 간판을 붙이고, 세탁기 방망이를 포함한 가구 전체에 가격표를 붙였다. 첫 번째 지진을 당한 충격에서 벗어나기도 전에 또 다른 지진이 나를 집어삼킨 것이다!

중요한 날에 옷을 어떻게 차려입을까 하는 것도 고민이었다. 멋있게 차려입고 싶은 마음은 강하지만, 멋만 너무 추구하면 극히 실용적인 성격을 노처녀 고모님 두 분이 제대로 평가할 수 없다는 걱정도 들었다. 나는 바람직한 절충점을 찾으려 애쓰고, 고모님에게 확인받았다. 트래들스와 함께 계단을 내려갈 때는 노신사 딕이 우리 뒤에다 신발한 짝을 던지며 행운을 빌었다.

트래들스는 훌륭한 친구며 그래서 내가 매우 좋아하는 건 분명하지만, 상황이 상황이니만치, 이번만큼은 머리칼을 꼿꼿이 세우는 습관을 절대로 드러내지 않기를 나로선 간절히 바랄 수밖에 없었다. 머리칼을 곤두세우면 벽난로용 빗자루처럼 보이는 건 말할 필요도 없고 깜짝 놀란 것처럼 보여서 우리에게 치명적일 수 있다는 우려가 솔솔 피어올랐기 때문이다. 그래서 퍼트니로 걸어가면서 나는 실례를 무릅쓰고 그 문제를 언급해, 머리칼을 약간 밑으로 빗으면 안 되겠느냐고 물었다. 그러자 트래들스는 모자를 벗어서 머리칼을 이리저리 문질러대며 말했다.

"친애하는 코퍼필드, 그럴 수 있다면 나도 더없이 기쁘겠네. 하지만 불가능해."

"옆으로 눕힐 수 없다는 거야?"

"그래. 머리칼이 도무지 말을 안 들어. 퍼트니로 가는 내내 10㎏ 무게로 내리누른다 해도 그걸 들어내는 순간에 다시 일어날 거야. 내 머리칼이 얼마나 고집스러운지 자네는 몰라, 코퍼필드. 잔뜩 성난 고슴도치 같다고."

솔직히 고백하자면, 나는 약간 실망하면서도 참으로 고운 마음씨에 홀딱 빠져들었다. 그래서 고운 마음씨가 정말 존경스럽다고 말한 다음, 자네는 고집스러운 성격이 조금도 없는 걸 보면 머리칼이 모든 고집을 빨아들인 게 분명하다고 덧붙였다. 그러자 트래들스가 웃으면서 대답했다.

"아! 내가 분명히 말하지만, 이건 어제오늘 일이 아니야. 작은아버지가 새로 얻은 부인도 내 머리칼을 못 견뎠어. 보기만 해도 짜증스럽다고 했지. 소피와 사랑에 빠질 때도 머리칼 때문에 고생했고. 너무너무!"

"소피가 싫어했나?"

"내가 알기엔, 소피는 그러지 않았는데 제일 큰언니가 – 미인이라고 한 언니가 – 많이 놀렸어. 사실, 모든 자매가 머리칼을 보고 웃어댔지."

"그랬을 거야!"

내가 말하자, 트래들스는 완벽하게 순진무구한 표정으로 대답했다.

"맞아. 우리가 봐도 재미있잖아. 자매들은 소피가 책상 서랍에다 내 머리칼을 한 타래 간직하려면 묵직한 책으로 꼭 눌러야 할 거라며 놀려댔으니까. 그래서 우리 모두 웃었어."

"그건 그렇고, 친애하는 트래들스, 자네 경험이 나한테 뭔가 도움이 될 것 같아서 묻는데, 자네가 지금 막 언급한 아가씨와 결혼을 약속할 때 그 집 가족한테 정식으로 요청한 거야? 특별한 절차를…… 예를 들어서 우리가 오늘 치르는 과정 같은 걸 겪었나?"

내가 잔뜩 긴장하며 덧붙이자, 트래들스는 열심히 듣다가 기억을 더듬으며 대답했다.

"으음, 나는 고통스러운 과정을 거쳤어. 자네도 알다시피, 소피는 집안에서 일을 제일 많이 하므로 그런 소피가 결혼한다는 생각을 누구도 쉽게 받아들이질 않았어. 사실, 소피는 절대로 결혼하지 않는다고 식구들끼리 마음을 정하고, 그래서 노처녀라고 부를 정도였으니까. 그런 상황에서 내가 크롤러 부인을 찾아가 그 얘기를 조심스럽게 꺼내는 순간, 크롤러 부인이……."

"엄마?"

"응, 엄마, 호레이스 크롤러 신부님 부인. 내가 그 얘기를 조심스럽게 꺼내는 순간, 크롤러 부인이 비명을 내지르면서 기절한 거야. 나는 그 얘기를 두 번 다시 꺼낼 수 없었지, 몇 달 동안."

"그러다가 결국 꺼낸 거야?"

"으음, 호레이스 신부님이 꺼냈어. 훌륭하신 분이야, 모든 부분에서 모범을 보이시는. 예수님을 믿는 사람으로서 희생을 (어떤 희생인지는 애매한데) 기꺼이 받아들여야 한다고, 따라서 나를 나쁘게 생각하면 안 된다고 부인한테 지적하셨지. 내가 분명히 말하는데, 코퍼필드, 나는 그 집 식구를 잡아먹는 괴물이란 느낌마저 들더라고."

"그래도 자매들은 자네를 편들었겠지, 트래들스?"

"으음, 그렇게 말하긴 힘들어. 크롤러 부인이 어느 정도 진정한 다음에 우리는 사라한테 얘기했어. 자네도 기억나지, 척추에 문제가 있다는 둘째 언니?"

"당연하지!"

내가 대답하자, 트래들스는 실망스러운 표정으로 쳐다보며 계속 말했다.

"사라는 두 손을 꼭 움켜쥐고 두 눈을 꼭 감더니, 얼굴이 납빛으로 변하면서 온몸이 뻣뻣하게 굳더라고. 그래서 이틀 동안 아무것도 못 먹었어, 물로 짓이겨서 찻숟가락으로 떠주는 토스트 외에는."

"정말 나쁜 여자로구나, 트래들스!"

"맙소사, 아니야, 아니야, 코퍼필드! 사라는 꽤 괜찮은 여성이야, 감정 기복이 심할 뿐이야. 사실, 그 집 식구는 다 그래. 나중에 소피가 말하길, 사라를 간호하면서 겪은 자책감은 말로 설명할 수 없다더군. 그 기분이 어떤지는 나도 잘 알아, 코퍼필드. 나 역시 죄인이 된 기분이었거든. 사라가 회복하고도 우리 앞에는 아직 여덟 명이나 남았기에 애처로운 장면이 다양하게 벌어졌지. 소피가 공부를 가르치는 꼬맹이 두 명은 나를 아주 싫어하다 이제 비로소 조금씩 좋아할 정도니까."

"그렇다면 이제 모든 식구가 결혼을 받아들인 거야?"

내가 묻자, 트래들스가 의심스러운 표정으로 대답했다.

“으음, 그, 그래. 대체로 체념했다고 말할 수 있어. 사실, 우리는 그 문제에 대한 언급을 피해. 그 집 식구들은 내 미래가 불확실한 데다 사회적 위치도 애매하다는 사실을 커다란 위안거리로 삼아. 언제든 우리가 결혼한다면 모두 펑펑 울 거야. 결혼식이 아니라 장례식에 참석한 것처럼. 내가 소피를 뺏어간다면서 증오하겠지!”

머리를 심각하고도 우스꽝스럽게 흔들며 순진무구하게 쳐다보는 얼굴이 당시도 그랬지만 지금 훨씬 깊은 감동으로 다가온다. 당시에는 마음이 너무 심란하고 불안해서 다른 것에 정신을 집중할 수 없었기 때문이다. 노처녀 고모님 두 분이 사는 집이 가까이 다가오면서 속마음은 물론 겉모습까지 극심하게 흔들린 나머지, 나에게 트래들스는 맥주를 한 잔이라도 마시며 마음을 굳게 다지라고 제안했다. 그래서 근처 선술집에 들어갔다 나오고, 트래들스는 비틀거리는 나를 부축해서 노처녀 고모님 두 분이 사는 집 대문으로 인도했다.

하녀는 대문을 열고, 나는 청우계가 있는 복도를 비틀거리며 지나서 조용하고 아담한 일 층 거실로 들어서는데, 아담한 정원이 내다보인다는 느낌을 어렴풋이 받았다. 여기에서 소파에 앉고, 상자 뚜껑을 벗기는 순간에 용수철에 달린 물체가 튀어나오듯 트래들스가 모자를 벗는 순간에 머리칼이 튀어나왔다는 느낌도 어렴풋이 받았다. 벽난로 선반에서 구식 괘종시계가 째깍거리는 소리에 나는 심장이 쿵쾅거리는 박자를 맞추려고 애쓰는데 잘 안 된다는 느낌도 어렴풋이 받았다. 도라 흔적이 있나 주변을 둘러보는데 하나도 안 보인다는 느낌도 어렴풋이 받았다. 멀리서 ‘집’이 한 번 짖고 동시에 누군가 그 주둥이를 틀어막는 것 같다는 느낌도 어렴풋이 받았다. 마지막으로는 내가 트래들스를 벽난로 쪽으로 밀치면서 깡마르고 조그맣고 나이 많은 숙녀 두 분에게 황급히 고개를 숙이며 인사한다는 느낌도 받았다. 두 분 다 까만 상복

차림인데, 사망한 스펜로우 선생하고 얼굴이 놀라울 정도로 비슷했다.

"자, 자리에 앉으세요."

숙녀 한 분이 하는 말에 나는 – 처음 앉은 자리에 고양이가 있어서 – 트래들스 위로 넘어지며 고양이가 없는 곳에 앉았다. 그런 다음에 비로소 눈앞이 훤히 보이니, 스펜로우 선생은 세 사람 가운데 막내가 분명하고, 두 자매는 나이 차이가 예닐곱은 나고, 내 편지를 – 내 눈에 너무나 익숙하게 보이면서도 너무나 이상하게 보이는 편지를! – 한 손에 들고서 코안경 너머로 살피는 걸 보면 동생 쪽에서 이번 회담을 주도할 것 같다는 느낌을 받았다.

두 자매는 옷을 똑같이 입었는데 동생 쪽 옷차림이 언니 쪽보다 훨씬 젊은 분위기를 풍겼다. 주름장식, 깃 장식, 브로치, 팔찌 등등에 조금 더 신경을 써서 그만큼 더 젊게 보이는 것 같았다. 두 자매 모두 자세가 곧고 딱딱하고 꼼꼼하고 차분하고 조용했다. 내 편지를 안 든 자매는 가슴 앞에 두 팔을 불상처럼 겹치며 기댔다.

"그대가 코퍼필드 선생이죠?"

내 편지를 손에 든 자매가 트래들스에게 물었다. 시작부터 불길했다. 트래들스는 내가 코퍼필드 선생이라 대답해야 하고 나는 내가 바로 그 사람이라 주장해야 하고 두 자매는 트래들스가 코퍼필드 선생이라는 선입견을 버려야 해서 우리 모두 당황했다. 여기다 '집'이 짧게 두 번이나 짖고 다시 주둥이가 틀어막히는 소리까지 또렷하게 들렸다.

"코퍼필드 선생!"

편지를 든 자매가 입을 열고, 나는 무슨 동작을 하고 – 허리를 꾸벅 숙인 것 같다 – 바짝 긴장하며 귀를 기울이는데, 다른 자매가 불쑥 끼어들며 말했다.

"내 동생 라비니아가 이런 문제에 정통하니, 양측 모두한테 가장 바람직하다고 판단되는 내용을 언급할 거라오."

나중에 파악한 바에 의하면, 라비니아 고모님이 애정 문제 권위자로 통하는 이유는 예전에 카드놀이를 잘하는 '피저 선생'이라는 남성이 있었는데, 이 사람이 라비니아 고모님을 흠모했다고 가정하기 때문이다. 하지만 이건 완전히 근거 없는 추측이며, 피저 선생은 그런 감정이 조금도 없었다는 게 내 생각이다. 사랑에 빠진 사람 입에서 흔히 나오는 표현을 피저 선생은 단 한 번도 안 했으니 말이다. 하지만 라비니아 고모님이나 클라리사 고모님은 피저 선생이 술을 너무 마셔서 건강을 해치다 건강을 되찾으려고 목욕탕 물을 과도하게 꿀꺽꿀꺽 마셔서 젊은 나이에 (대략 예순 살에) 갑자기 안 죽었다면 그런 마음을 전달했을 거라는 묘한 믿음이 있었다. 게다가 피저 선생이 남몰래 짝사랑하다 상사병으로 죽은 거라는 의혹까지 품었다. 하지만 솔직히 말해, 그 집에 걸린 피저 선생 초상화에서 코가 유난히 빨간 걸 보면 사랑하는 마음을 숨긴 채 속으로 애태울 유형은 절대 아니었다.

"우리는 이 문제에 대해서 과거를 언급하지 않겠어요. 가련한 우리 동생 프란시스가 죽으면서 그 문제 역시 함께 소멸했으니까요."

라비니아 고모님이 말하자, 클라리사 고모님이 다시 끼어들었다.

"우리는 프란시스 동생과 빈번하게 교류하는 습관은 없었지만, 우리 사이에 결정적인 불화나 분열이 있었던 건 아니라오. 프란시스는 자기 길을 가고 우리는 우리 길을 간 거라오. 그게 양측 모두한테 가장 행복하다고 생각해서 말이오. 그게 다라오."

두 자매 모두 말할 때는 앞으로 살짝 숙이고 말을 마친 다음에는 고개를 젓다가 침묵하면서 상체를 다시 꼿꼿이 세웠다. 클라리사 고모님은 팔짱을 한 번도 안 풀었다. 가끔 손가락으로 팔을 톡톡 치며 박자를 - 느린 춤곡이나 행진곡 같은데 - 맞추긴 해도 풀지는 않았다.

“우리 조카딸은 프란시스 동생이 죽으면서 지위가 많이 변했답니다. 따라서 우리는 조카딸의 지위에 대한 우리 동생의 견해 역시 당연히 변했을 거로 생각합니다. 우리로서는, 코퍼필드 선생, 당신이 좋은 품성과 훌륭한 성격을 지닌 젊은 신사라는 사실을, 그리고 당신이 우리 조카딸을 사랑한다는 사실을 – 혹은 사랑한다고 생각한다는 사실을 – 의심할 까닭이 없답니다.”

라비니아 고모님이 하는 말에 나는 기회가 있을 때마다 내가 도라를 사랑하는 마음은 세상 누구도 쫓아올 수 없다 대답하고, 트래들스는 옆에서 조그만 소리로 “정말 그렇다”며 지원했다.

그래서 라비니아 고모님이 대꾸하려고 할 때, 클라리사 고모님이 프란시스 동생에 대해 말하고 싶어서 입이 끊임없이 근질거렸는지 다시 불쑥 끼어들었다.

“도라 생모가 우리 동생하고 결혼할 때 저녁 식사 자리에 우리가 참석할 공간이 없다는 언질을 사전에 한 번만 주었더라도, 양측 모두 훨씬 행복했을 거라오.”

“클라리사 언니. 지금은 그런 말을 할 때가 아니잖아요.”

라비니아 고모님이 말하자, 클라리사 고모님이 반박했다.

“라비니아 동생, 이것도 관련이 있어. 네가 맡은 부분은 네가 잘할 테니까 나는 끼어들 마음이 없어. 하지만 이 부분에 대해서는 나도 의견이 있고 목소리가 있다고. 도라 생모가 우리 동생 프란시스랑 결혼할 때 자기 생각을 또렷이 말했다면 양측 모두 훨씬 행복했을 거야. 우리도 마음의 준비를 했을 테니까. 그러면 ‘우리를 초대하지 말렴, 어느 때도’라고 말해서 양측 모두 오해할 소지를 피했을 테니까.”

그러면서 클라리사 고모님이 고개를 절레절레 흔들자, 라비니아 고모님이 코안경 너머로 내 편지를 다시 살피며 말했다. 그런데 두 자매 모두 눈이 조그맣고 투명하고 동그랗게 반짝이는 게 카나리아 같았다. 활기차고 재빠르고 갑작스럽게 행동하는 모습이나 짧은 순간에 멋들어지게 움직이는 모습 역시 카나리아를 그대로 빼닮았다.

이런 모습 그대로 라비니아 고모님이 말했다.

"당신은 클라리사 언니와 나한테 우리 조카딸 약혼자 자격으로 방문하도록 허락해달라고 요청했어요, 코퍼필드 선생."

그러자 클라리사 고모님이 다시 끼어들었다. 하지만 끼어들었다고 표현하기엔 자세가 너무 차분했다.

"우리 동생 프란시스가 민법 박사회관 분위기로, 오로지 민법 박사회관 분위기 하나로 주변을 완전히 에워쌀 생각이었다면, 우리가 괜한 욕심을 내면서 반대할 까닭이 무어겠소? 분명히 말하지만, 하나도 없소. 우리는 누구한테든 의견을 강요할 생각이 조금도 없는 사람이오. 그런데 그렇게 말하지 않은 까닭이 도대체 무어냔 말이오? 우리 동생 프란시스와 그 마누라는 자기네 부류와 어울리라고 하시오. 나랑 라비니아 동생은 우리끼리 어울릴 테니. 우리도 우리끼리 어울릴 사람을 찾을 수 있으니 말이오."

우리에게 하는 말 같아서, 트래들스와 나도 나름대로 대답했다. 하지만 트래들스가 한 말은 알아들을 수 없고, 나는 모두에게 극히 바람직한 생각이라고 말한 것 같다. 그런데 무슨 뜻으로 그렇게 말한 건지는 조금도 모르겠다.

어쨌든 클라리사 고모님은 이제 마음이 풀린 어투로 말했다.

"라비니아 동생, 계속하렴."

그래서 라비니아 고모님이 계속 말했다.

"코퍼필드 선생, 클라리사 언니와 나는 편지를 읽고 심사숙고했답니다. 그러다가 조카딸한테 보여주고 함께 논의도 했답니다. 우리는 당신이 우리 조카딸을 많이 좋아한다고 생각한다는 사실을 의심하지 않습니다."

"생각이라니요, 고모님, 아아! 그건……"

내가 흥분하며 입을 열자, 클라리사 고모님이 날카로운 카나리아처럼 쳐다보며 진지한 어투로 끼어들지 말라 요청하고, 나는 미안하다고 사과했다. 그러자 클라리사 고모님은 힘을 실어달라는 표정으로 자기 언니를 살짝 쳐다본 다음에 말하고, 언니는 한 마디가 끝날 때마다 고개를 끄덕이는 형식으로 지원했다.

"성숙하게 사랑하는 마음과 존경하는 마음과 헌신하는 마음은 가볍게 드러나지 않아요. 나지막하게 깔리는 법이지요. 겸손하고 수줍어서 속으로 숨긴 채 기다리고 또 기다린답니다. 과일이 익을 때처럼. 죽음이 다가오는 상황에도 이런 마음은 남몰래 익어가는 법이라오."

당시만 해도 나는 이 말이 갑자기 요절한 피저 선생을 암시한다는 걸 전혀 몰랐다. 하지만 클라리사 고모님이 진지하고 심각하게 머리를 끄덕이는 걸 보고서 매우 중요한 의미가 담겼다는 사실을 깨닫고, 라비니아 고모님은 계속 말했다.

"이렇게 묵직한 감성이 바위라면 젊은 사람들 마음은 가벼운 먼지라고 할 수 있지요. 과연 젊은이들이 끝까지 나아갈지 혹은 근거가 확실한지 파악하는 게 쉽지 않아서 클라리사 언니와 나도 어떻게 행동할지 애매하답니다, 코퍼필드 선생, 그리고……"

내 친구는 눈길이 자신을 향한단 사실을 깨닫고 황급히 대답했다.

"트래들스라고 합니다."

"미안해요. 법학원에 다닌다고요?"

라비니아 고모님이 물으며 내 편지를 다시 힐끗 쳐다보고, 트래들스는 "그렇습니다" 하고 대답하며 얼굴을 빨갛게 물들였다.

아직은 긍정적인 대답을 못 들었지만 조그만 두 고모님은, 특히 라비니아 고모님은, 애정이라는 신선하고 활기찬 주제를 최대한 활용하며 마음껏 즐기기로 결정하고 도와주는 쪽으로 마음먹은 것 같아서 나는 희망이 밝다고 생각했다. 내가 보기에 라비니아 고모님은 도라와 나 같은 젊은 연인 한 쌍을 감독한다는 자체에 지극히 만족하는 것 같고, 클라리사 고모님은 동생이 감독하는 걸 지켜보며 강한 충동이 일어날 때마다 불쑥 끼어들어서 관심 분야를 언급하는 자체에 지극히 만족하는 것 같았다.

그래서 나는 용기를 얻어, 세상 누구보다 도라를 사랑한다고, 말로 형용할 수 없다고, 내가 도라를 지극히 사랑한다는 사실은 주변 사람 모두가 안다고, 우리 고모님, 아그네스, 트래들스, 나를 아는 모든 사람이 내가 도라를 지극히 사랑한다는 사실을, 사랑이 나를 성실하게 열심히 살아가도록 만들었다는 사실을 안다고 강변했다. 내 말이 맞느냐고 호소하자, 트래들스는 의회에서 논쟁이라도 하듯 고상한 태도로 솔직하고 이성적이고 실용적으로 열변을 토하며 인정해서 좋은 인상을 확실하게 심어주었다.

"외람되지만 이런 문제에 약간은 경험이 있는 사람으로서 한 말씀 올리겠습니다. 저 자신이 젊은 숙녀와 – 데번셔에 사는 열 자매 가운데 한 분과 – 결혼을 약속했으니까요, 당장으로선 언제 약혼을 마치고 결혼할지 모르지만 말입니다."

라비니아 고모님이 트래들스에게 새로운 관심을 또렷하게 보이며 말했다.

"그렇다면 당신은 내 말을 충분히 이해하겠구려, 트래들스 선생, 겸손하고 수줍은, 기다리고 또 기다리는 사랑에 대해서?"

"물론입니다, 고모님."

트래들스가 대답하자, 클라리사 고모님이 동생을 근엄하게 쳐다보며 고개를 가로저었다. 라비니아 고모님 역시 언니를 일부러 쳐다보며 한숨을 가늘게 내쉬자, 클라리사 고모님이 권했다.

"라비니아 동생, '정신 들게 하는 약병' 냄새를 들이켜."

이윽고 라비니아 고모님은 지독한 식초 냄새를 몇 번 들이켜서 정신을 차리더니 기운이 쭉 빠진 목소리로 다시 말하고, 그러는 동안 나와 트래들스는 대단히 걱정스러운 표정으로 지켜보았다.

"언니와 나는 젊디젊은 사람들이 좋아하는 문제 혹은 좋아한다고 생각하는 문제에 대해 어떤 태도를 보여야 할까 심각하게 고민했답니다, 당신 친구 코퍼필드 선생과 우리 조카딸 말입니다."

"우리 동생 프란시스 딸아이 말이오. 우리 동생 프란시스 마누라가 생전에 우리를 식사 자리에 초대하는 걸 편하게 여겼더라면 (올케 역시 자신이 제일 좋다고 생각하는 대로 행동할 권리가 있다는 사실을 문제 삼는 건 절대 아닌데) 우리 역시 우리 동생 프란시스 딸아이에 대해서 훨씬 많은 걸 알았을 거라오. 라비니아 동생, 계속해."

클라리사 고모님이 불쑥 권하자, 라비니아 고모님은 편지를 돌려서 서명이 자신을 향하게 하더니, 말끔하게 메모한 내용을 코안경 너머로 살피며 말했다.

"이런 감정은 우리가 자세히 관찰하고 판단하는 게 바람직하겠지요, 트래들스 선생. 하지만 당장으로선 거기에 대해서 아는 게 없으니, 현실적인지 아닌지조차 판단할 상황이 아니라오. 따라서 우리는 코퍼필드 선생이 여기에 방문하는 선에서 제안을 받아들일 생각이오."

"베푸신 은혜를 영원히 기억하겠습니다, 친애하는 두 분 고모님!"

내가 커다랗게 말했다. 마음에서 커다란 짐을 덜어내는 순간이었다.

라비니아 고모님이 다시 말했다.

"현재로썬 코퍼필드 선생이 찾아오는 상대는 우리라고 간주하겠어요, 트래들스 선생. 코퍼필드 선생과 우리 조카딸이 약혼했다고 인정할 순 없으니까요, 우리가 두 사람을 충분히 관찰……"

"충분히 관찰하는 건 우리가 아니라 너야, 라비니아 동생."

클라리사 고모님이 불쑥 말하자, 라비니아 고모님이 한숨을 내쉬며 동의했다.

"그래요, 내가 두 사람을 충분히 관찰할 때까지는."

"이보다 이성적이고 합리적인 결정은 없을 것 같네, 코퍼필드."

트래들스가 말하고, 나는 커다랗게 대답했다.

"당연하지! 나도 그렇다고 생각하네."

하지만 라비니아 고모님은 메모를 다시 보며 말했다.

"상황이 이러니만치, 우리는 코퍼필드 선생이 우리 몰래 조카딸과 어떤 편지도 주고받지 않는다고 명예를 걸고 맹세할 때 비로소 방문을 허락할 생각입니다. 우리 조카딸과 어떤 계획을 세울 때는 먼저 우리한테……"

"너한테, 라비니아 동생."

클라리사 고모님이 다시 끼어들고, 라비니아 고모님은 체념한 듯 동의했다.

"그래요, 클라리사 언니! 먼저 나한테 알리고…… 그래서 동의를 받아야 합니다. 우리는 무슨 일이 있어도 이것만큼은 어기지 않겠다는 약속을 분명하고 진지하게 받아야겠습니다."

라비니아 고모님이 말하더니, 트래들스에게 머리를 돌리며 덧붙이고, 트래들스는 고개를 꾸벅 숙이며 반응했다.

"우리가 오늘 믿을만한 친구를 동반하길 바란 건 이 문제에 대해 어떤 오해나 의심도 없도록 하려는 것입니다. 코퍼필드 선생이나 당신이, 트래들스 선생, 이렇게 약속하는데 조금이라도 망설임이 인다면, 시간을 가지고 충분히 검토하길 바랍니다."

나는 너무 기뻐, 단 한 순간도 검토할 필요가 없다고, 그런 약속이라면 얼마든지 하겠다고, 트래들스에게 증인이 되어달라고, 내가 약속을 조금이라도 어긴다면 사람이 아니라고 열정적으로 소리쳤다. 하지만 라비니아 고모님이 한 손을 들며 만류했다.

"잠깐! 우리는 젊은 신사 두 분을 영접하는 기쁨을 누리기 전에 십오 분 동안 스스로 곰곰이 생각할 기회를 주기로 했다오. 이제 우리가 자리를 비울 터이니, 그리 알기 바라오."

내가 한순간도 검토할 필요가 없다고 말해도 별 소용은 없었다. 두 분 고모님은 나에게 생각할 시간이 필요하니 자리를 비워주겠다고 강력하게 주장하더니, 조그만 새 두 마리처럼 총총거리며 근엄하게 나가, 나는 트래들스에게 축하도 받고 지극히 행복한 나라에 들어선 기분도 만끽했다. 그리고 십오 분이 정확히 끝난 시간에 두 분 고모님은 사라질 때만큼이나 근엄하게 등장했다. 나갈 때도 조그만 치마를 가을 낙엽처럼 부스럭거리더니, 들어올 때도 부스럭거렸다.

그래서 나는 제시한 조건을 지키겠다 다시 약속하고, 라비니아 고모님은 이렇게 말했다.

"클라리사 언니, 나머지는 언니 몫이야."

클라리사 고모님이 처음으로 팔짱을 풀고 쪽지를 받아서 쳐다보며 말했다.

"우리는 코퍼필드 선생만 괜찮다면 일요일마다 식사하러 오길 바란다오. 우리 시간은 세 시라오."

나는 고개를 꾸벅 숙이며 감사를 표하고, 클라리사 고모님은 다시 말했다.

"주중이라도 코퍼필드 선생이 차를 마시러 오면 좋겠구려. 우리 시간은 여섯 시 반이라오."

나는 다시 고개를 꾸벅 숙이며 고마워하고, 클라리사 고모님은 계속 말했다.

"원칙적으로 한 주에 두 번, 그 이상은 안 된다오."

나는 다시 고개를 꾸벅 숙이며 고마워하고, 클라리사 고모님은 계속 이어갔다.

"코퍼필드 선생이 편지에 언급한 트롯우드 고모님이 찾아오시는 것도 괜찮겠구려. 우리를 찾아오는 게 양측 모두 행복하다면 우리는 방문을 기꺼이 환영하고 우리 역시 찾아갈 생각이라오. 하지만 (우리 동생 프랜시스 부부가 그런 것처럼) 서로 왕래하지 않는 편이 양측 모두 행복하다면 그러는 것도 괜찮다오."

나는 우리 고모님이 두 분과 어울리는 걸 아주 자랑스럽고 기쁘게 여길 거라는 식으로 대답했다. 하지만 서로 만나서 만족스러운 시간을 보낼 거란 확신은 없었다. 이제 모든 조건을 마무리하자, 나는 먼저 클라리사 고모님 손을 잡고 다음에는 라비니아 고모님 손을 잡아 일일이 입을 맞추며 감사한 마음을 진심으로 표했다.

그러자 라비니아 고모님이 일어나더니 트래들스에게 잠시 자리를 비우겠다며 양해를 구하곤, 나에게 따라오라고 요청했다. 나는 순순히 응해, 덜덜 떨면서 안내받아 다른 방으로 들어섰다. 거기에는 방문 뒤에서 두 귀를 틀어막은 상태로 사랑스럽고 귀여운 얼굴을 벽에 댄 신성한 여인이 있었다. '집'은 수건으로 얼굴을 묶인 채 식기 온열기 안에 갇힌 상태였다.

아! 까만 상복을 입은 모습이 얼마나 아름답던가! 처음에는 흐느끼기만 할 뿐 방문 뒤에서 얼마나 나오지 않으려 했던가! 하지만 마침내 나오니 우리 둘이 서로를 얼마나 반기며 좋아하고, 식기 온열기에서 빼내자 재채기를 마냥 해대는 '집'을 밝은 곳으로 데려와서 우리 셋이 함께하는 순간에는 내가 얼마나 대단한 황홀경에 빠졌던가!

"사랑하는 도라! 이제, 진짜, 그대는 나의 영원한 연인이오!"

"아, 그러지 마세요! 제발!"

"그럼 그대는 나의 영원한 연인이 아니란 말이오, 도라?"

"아, 아니에요, 당신 말이 맞아요! 하지만 지금은 너무 무서워요!"

"무섭다니요, 나의 연인?"

"아, 네! 나는 저 사람이 싫어요. 어서 내보내세요."

"누구요, 나의 연인?"

"당신 친구요. 저 사람이 상관할 일이 아니잖아요. 저 사람은 아주 멍청할 게 분명해요!"

도라가 어린애처럼 말하는 방식이 나에게 더할 나위 없이 매혹적이었다.

"내 사랑! 저 친구는 아주 훌륭한 사람이라오!"

내가 말하자, 도라가 입을 삐죽 내밀었다.

"아, 하지만 우리한테 훌륭한 사람이 필요한 건 아니잖아요."

"내 사랑, 조금만 시간이 지나면 그대도 저 친구를 제대로 파악하곤 모든 점에서 좋아할 거라오. 그리고 우리 고모님이 곧 방문하실 텐데, 그러면 그대는 우리 고모님 역시 모든 점에서 좋아할 것이오, 충분히 알면."

내가 말하자, 도라는 공포에 질린 표정으로 나에게 살짝 키스하고 두 손을 모으며 간청했다.

"싫어요, 데려오지 마세요! 제발! 이간질이나 하는 고집스러운 노인네잖아요! 못 오게 하세요, 도디!"

도디는 데이비드 애칭이었다.

좋게 말해도 소용이 없어서 나는 그냥 웃는 얼굴로 사랑에 흠뻑 빠져들며 좋아하고, 도라는 '집'이 모서리에서 뒷다리로 일어서는 새로운 기술을 – 번개처럼 짧은 순간에 일어섰다가 쓰러지는 기술을 – 보여주어, 라비니아 고모님이 데리러 오지만 않았다면 나는 트래들스까지 잊고서 마냥 행복한 시간을 보냈을 것 같다.

라비니아 고모님은 도라를 정말 좋아하고 (자신이 그만한 나이에는 도라와 똑같이 생겼다고 말하는데, 그 말이 맞는다면 이후에 얼굴이 엄청나게 변한 게 분명하고) 그래서 도라를 장난감처럼 취급했다. 나는 도라를 설득해서 트래들스를 소개하고 싶었으나, 도라는 자기 방으로 냉큼 도망가서 방문을 잠가, 나는 도라 없이 트래들스를 찾아서 밖으로 나와 집으로 가는데, 구름 위를 걷는 기분이었다.

"더는 만족스러울 수 없군. 두 분 고모님도 아주 좋으시고. 자네가 나보다 몇 년 일찍 결혼한다고 해도 이상하지 않겠어, 코퍼필드."

트래들스가 하는 말에 나는 자랑스러운 마음으로 물었다.

"소피도 악기를 다루나, 트래들스?"

"피아노를 치는데, 어린 두 동생을 가르칠 실력은 충분해."

"그럼, 노래도 하나?"

"다른 가족이 우울할 때 기운을 조금이나마 북돋워 주려고 가끔 발라드를 불러. 정식으로 배운 건 아니고."

"기타를 치면서 노래하진 않나?"

"맙소사, 그 정도는 아니야!"

"그림은?"

"조금도 못 그려."

트래들스 대답에, 나는 기회가 된다면 도라가 노래하는 걸 들려주겠다고, 도라가 그린 꽃도 보여주겠다고 약속했다. 트래들스도 그럴 기회가 있으면 정말 좋겠다고 대답해, 우리는 즐겁고 유쾌한 기분으로 서로 팔짱을 낀 채 계속 걸었다. 도중에 소피 이야기를 꺼내도록 권하고, 트래들스는 사랑과 믿음이 가득한 어투로 이야기해, 나는 깊이 감동하였다. 마음속으로 비교하면서 도라에 대한 자부심을 그만큼 더 느끼긴 했지만, 소피 역시 트래들스에게 정말 훌륭한 여성이란 사실을 솔직하게 인정하지 않을 수 없었다.

물론 나는 회담이 성공적으로 끝났다는 소식과 함께 회담 도중에 나온 말과 결론까지 고모님에게 곧바로 알렸다. 고모님은 내가 좋아하는 걸 보고 똑같이 좋아하면서 곧바로 시간 내서 도라 고모님을 찾아가겠다고 약속했다. 하지만 밤에 내가 아그네스에게 편지를 쓰는 동안, 고모님은 실내를 정말 오랫동안 거닐었다. 까딱하다간 밤을 새우겠다는 생각마저 들 정도였다.

아그네스에게는 충고대로 행동해서 좋은 결실을 보았다고 자세히 설명하며 편지에 고마운 마음을 가득 담아서 보냈다. 아그네스는 우편으로 답신을 보냈는데, 희망차고 성실하고 쾌활한 분위기였다. 사실, 그때 그런 이후로는 항상 쾌활했다.

나는 더욱 바쁘게 살았다. 하이게이트로 매일 출퇴근하는 걸 고려하면 퍼트니는 정말 멀지만, 당연히 나는 최대한 자주 찾아가고 싶었다. 제안받은 시간에 차를 마시러 가는 건 현실적으로 불가능한 터라, 라비니아 고모님과 논의해서 매주 토요일 오후에 찾아가도 된다는 허락을 받았다. 매주 일요일에 찾아가는 특권을 유지하면서 말이다. 그래서 매주 주말은 즐거운 시간으로 변하고 나는 주말이 오기만 학수고대하며 하루하루를 견디었다.

우리 고모님과 도라 고모님 두 분 역시, 모든 상황을 고려할 때,

기대 이상으로 원활하게 관계를 풀어나가서 나는 한시름 놓았다. 고모님은 회담을 마치고 삼사일 후에 찾아가서 약속을 지키고, 또 삼사일이 지난 다음에는 도라 고모님 두 분 역시 형식과 예의를 갖춰서 찾아왔다. 그런 다음에도 삼사 주 간격으로 비슷하게 오가고, 우호적인 분위기는 그만큼 늘어났다.

우리 고모님이 숙녀답게 마차를 이용하며 위엄을 갖추는 대신 퍼트니까지 걸어서 엉뚱한 시간에 - 가령 아침 식사를 마친 직후라든가 차를 마신 직후에 - 찾아가는 식이나, 관습이란 편견을 외면한 채 보닛 모자를 당신 머리에 편하게 아무렇게나 쓰는 식으로 도라 고모님 두 분을 당혹스럽게 한 적이 많다는 건 나도 안다. 하지만 도라 고모님 두 분은 우리 고모님이 괴팍한 데다 남성 같은 기질도 농후하다는 사실을 금방 받아들였다. 우리 고모님 역시 예의에서 벗어나는 행동을 다양하게 해서 도라 고모님 두 분을 가끔 자극하지 않은 건 아니지만, 나를 너무나 사랑한 나머지 서로 어울리는 데 방해가 안 되도록 약간 독특한 당신의 성향을 상당히 희생시켰다.

우리 그룹에서 주변 환경에 순응하길 적극적으로 거부한 유일한 구성원은 '집'이었다. 우리 고모님을 보는 순간에는 이빨을 잔뜩 드러낸 채 의자 밑으로 숨어서 끊임없이 으르렁대다가 슬프게 울어대는 게, 자신으로선 도저히 받아들일 수 없다고 하소연하는 것 같았다. 달래기도 하고 야단치기도 하고 때리기도 하고 버킹엄 거리로 데려오기도 (그러다가 고양이 두 마리에게 순식간에 달려들어서 우리 모두 깜짝 놀라기도) 하는 등 모든 방법을 동원했으나, '집'은 우리 고모님이 근처에 오는 걸 절대로 받아들이지 않았다. 가끔은 거부감을 억누른 것처럼 귀엽게 굴다가도 뭉툭한 코를 추켜세우며 정신없이 짖어대는 바람에 결국에는 수건으로 얼굴을 가린 채 식기 온열기에 넣어야 했다.

나중에는 우리 고모님이 대문에서 초인종을 누르는 순간에 도라는 '집'을 잡아서 수건으로 입을 틀어막고 온열기에 넣는 게 당연한 절차처럼 변했다.

모든 걸 차분하게 정리했으나, 나는 한 가지가 마음에 걸렸다. 사람들이 도라를 하나같이 예쁜 인형이나 장난감처럼 여기는 것 같았다. 우리 고모님은 도라가 익숙해지자 '귀여운 꽃송이'라 부르고 라비니아 고모님은 도라를 시중들고 머리칼을 다듬고 이런저런 장식으로 꾸미며 귀염둥이 꼬맹이처럼 취급하는 걸 인생의 낙으로 삼았다. 라비니아 고모님이 이러니, 언니 고모님도 당연히 그렇게 행동했다. 정말 이상하게도, 세 사람 모두 도라가 '집'을 다루는 것처럼 도라를 다루는 것 같았다.

나는 이 문제를 도라에게 말해야겠다고 마음먹었다. 그리고 (일정한 시간이 흐른 뒤에 단둘이 산책하는 걸 라비니아 고모님이 허락한 터라) 하루는 밖을 산책하다 도라에게 사람들이 그대를 다른 식으로 대하도록 하는 게 좋겠다면서 나무라는 투로 말했다.

"그대도 알다시피, 내 사랑, 그대는 어린애가 아니라오."

"맙소사! 이제 까다롭게 구는군요!"

"까다롭다니요, 내 사랑?"

"그분들은 친절하고, 나는 행복……"

"으음! 하지만 소중한 내 사랑! 이성적인 대우를 받으면서도 충분히 행복할 수 있다오."

내 말에 도라는 책망하는 표정으로 - 제일 예쁜 표정으로! - 쳐다보다가 흐느끼더니, 마음에도 안 드는 사람이랑 약혼하려고 그렇게 매달린 까닭이 무어냐고, 자신이 싫다면 당장 떠나지 않는 까닭이 무어냐고 물었다.

이렇게 되면 도라를 꼭 껴안고 눈물을 닦아주며 나는 그대에게 홀딱 반했다고 말하는 것 말고 또 어떤 방법이 있겠는가!

"나는 당신을 너무나 사랑해요. 나한테 이렇게 잔인하면 안 돼요, 도디!"

"잔인하다니요, 소중한 내 사랑! 나는 무슨 일이 있어도 그대한테 잔인할 수 없는 사람이라오!"

내가 맹세하자, 도라는 장미봉우리처럼 입술을 동그랗게 오므리며 말했다.

"그럼 그렇게 나무라지 마세요, 그럼 나도 말을 잘 들을게요."

그러더니 내가 예전에 말한 요리책을 달라고, 그리고 내가 예전에 약속한 대로 가계부 적는 법을 가르쳐달라고 도라 스스로 부탁하며 나를 마법에 빠뜨렸다. 나는 바로 다음에 찾아갈 때 (따분하지 않고 상쾌하게 보이도록 예쁘게 장정한) 요리책을 갖다 주고, 민법 박사회관 주변을 함께 거닐 때는 가계부 작성법을 연습하도록 우리 고모님이 작성한 가계부를 보여주고 예쁘고 귀여운 연필통과 공책과 연필심통을 선물했다.

하지만 요리책은 도라에게 두통만 일으키고 숫자는 도라를 울리기만 했다. 도무지 합산할 수 없다는 것이다. 그래서 숫자를 모두 지워버리고 공책 여기저기에 나처럼 보이거나 '집'처럼 보이는 그림을, 그리고 조그만 꽃다발을 잔뜩 그렸다.

토요일 오후에 주변을 산책할 때는 살림살이하는 법을 재미있게 가르쳐주려고 시도했다. 예를 들어, 정육점을 지나면서 이렇게 묻는 식이다.

"귀여운 우리 강아지, 우리가 결혼한 부부고 그래서 그대가 저녁거리로 양고기 다리를 사려는 중이라 가정한다면, 어떻게 사야 하는지 알겠소?"

그러면 어여쁘고 귀여운 도라는 고개를 숙인 채 입술로 또다시 장미 봉우리를 만들었다. 나에게 키스해서 입술을 막는 편이 훨씬 좋겠다고 생각하는 표정이었다. 그래도 물러설 수 없을 때면 내가 다시 물었다.

"어떻게 사는지 알겠소, 내 사랑?"

그러면 도라는 잠시 고민하다가 의기양양하게 대답했다.

"어이쿠, 순진한 꼬마 아저씨! 정육점 주인이 파는 방법을 당연히 알 텐데, 내가 무엇 때문에 그걸 알아야 하느냐고요!"

한번은 요리책을 힐끗 보면서 우리가 결혼한 다음에 내가 맛있는 '아일랜드 스튜'[1]를 먹고 싶다면 어떻게 할 거냐고 묻자, 도라는 하녀에게 요리하도록 지시하겠다 대답하곤 나에게 팔짱 낀 귀여운 손으로 손뼉 치고 매혹적으로 웃어대며 더할 나위 없이 기뻐했다.

따라서 요리책은 구석에서 '집'이 딛고 일어서는 받침으로 전락했다. 하지만 도라는 '집'이 거기에서 그대로 일어나 입으로 연필 통까지 물고 가만히 있도록 훈련하는 걸 무척 좋아해, 나 역시 그걸 사다 준 게 참으로 기뻤다.

우리는 기타 연주와 꽃 그림과 '춤을 멈출 수 없어요, 타 라 라!' 노래에 다시 빠져들고, 나는 주말이 오기만 학수고대하며 일주일을 보냈다. 용기를 내서 라비니아 고모님에게 내 사랑을 장난감처럼 취급하는 게 약간은 심하다고 암시하려는 생각이 가끔 들다가도, 실제로 나 자신도 그런 오류에 빠져들곤 한다는 사실을 깨닫고 화들짝 놀랄 때가 많았다.

---

1) 양고기[쇠고기]·감자·홍당무·양파 등을 넣은 스튜.

CHAPTER 42. 해악

이 글을 다른 사람에게 보여주려고 쓰는 건 아니지만, 도라와 도라 고모님 두 분에 대한 책임감 때문에 내가 끔찍하게 어려운 속기록을 얼마나 열심히 공부해서 실력을 얼마나 많이 쌓았는지를 여기에 기록하는 건 적절치 않다는 느낌이 든다. 이 시기를 인내심 하나로 버티다 보니, 모든 걸 참으며 끊임없이 노력하는 열정이 내적으로 점차 성숙해 강인한 성격으로 또렷하게 자리 잡았다고 앞에서 정리했다. 따라서 이번에는, 지난 세월을 돌이켜보면 바로 그게 내가 성공한 원동력이라는 정도만 덧붙이겠다.

나는 세상일에 운이 많이 따랐다. 나보다 훨씬 힘들게 노력하고도 절반만 한 성공조차 못 거둔 사람이 숱하다. 하지만 당시에 생긴 습관대로 시간을 지키고 이치에 따르고 꾸준히 노력하지 않았다면, 다양한 문제가 순식간에 연달아 일어나도 한 번에 한 문제만 집중하려고 애쓰지 않았다면, 나 역시 지금까지 한 일을 결코 못 해냈을 것이다. 내가 지금 자화자찬하려고 말하는 게 아니란 사실은 하늘이 안다.

지난 삶을 회상하다 보면, 내가 여기에서 끊임없이 말하듯, 정말 열심히 살지 않는 한 정말 많은 재능을 망가뜨리고 정말 많은 기회를 날리고 정말 많은 감정을 왜곡하며 갈등하다 좌절할 수밖에 없다는 사실을 뼈저리게 느낀다.

감히 말하지만, 나는 타고난 재능 가운데 혹사하지 않은 게 하나도 없다. 이 말은, 평생에 걸쳐서 무얼 하든 온 마음을 다하려 애쓰고, 어떤 일이든 온몸을 바치려 애쓰고, 목표가 크든 작든 열과 성을 다했다는 뜻이다. 천부적인 재능이나 후천적인 재능만 있으면 된다고, 정직하게 열심히 일하는 품성은 없어도 된다고, 목적을 이룰 희망은 없어도 된다고 생각한 적은 없다. 이래서 성공할 수 있는 건 세상에 없다. 극히 바람직한 재능과 극히 바람직한 기회는 사다리 양쪽을 붙잡는 나무는 될지언정 사람이 올라서 체중을 싣는 발판은 될 수 없다. 발판은 따로 만들어야 한다. 끝없는 열정과 성실한 자세와 진지한 태도로 머리끝부터 발끝까지 튼튼하게 엮어야 한다. 자신을 모두 바칠 수 있는 데도 한 손만 걸치면 안 된다는 원칙, 어떤 일이든 현재 하는 일에 최선을 다한다는 원칙, 지금 생각하면 바로 이게 내가 오랫동안 지켜온 황금률이다.

내가 이런 원칙을 체득한 건 아그네스 덕분이란 사실을 여기에 또다시 언급하진 않겠다. 감사하고 사랑하는 마음을 담아서 아그네스 이야기로 나아가는 식으로 정리하겠다.

아그네스는 보름 동안 머물 예정으로 박사님 댁에 찾아왔다. 위크필드 선생님은 박사님과 오랜 친구니, 박사님하고 대화하면서 부친이 나름대로 힘을 얻길 바란 것이다. 아그네스가 지난번에 런던에 왔을 때 그런 대화를 나눴는데, 이번 방문은 그 결과였다. 그래서 아그네스가 부친과 함께 올라왔다. 힙 부인이 함께 올라와서 기분을 전환하면

관절염에 좋겠다고 해, 같은 동네에 묵을 집을 찾아주었다는 말을 아그네스에게 듣고서도 나는 그다지 놀라지 않았다. 바로 다음 날에는 아주 효성스러운 아들처럼 유라이어가 쓸모 많은 모친을 데리고 올라올 때도 나는 놀라지 않았다. 그런 유라이어가 박사님 정원에서 산책하는 나를 억지로 따라오며 말했다.

"아시다시피, 코퍼필드 도련님, 사람이 사랑에 빠지면 질투심이 조금은 생긴답니다. 최소한, 사랑하는 사람을 불안한 눈으로 계속 지켜보게 되죠."

"지금은 누구를 질투하는 것이오?"

"도련님 덕분에 지금 당장으로선 아무도 없습니다…… 최소한 남성은."

"그럼 지금은 여성을 질투한다는 뜻이오?"

내가 묻자, 유라이어는 빨갛고 사악한 눈으로 비스듬히 쳐다보다가 웃으며 대답했다.

"사실, 코퍼필드 도련님…… 아니, 선생이라고 불러야 하는데 습관이 돼서 이러니 조금 양해하시고…… 워낙 습관이 돼서 도련님이라고 부르면 말이 술술 나오거든요!"

유라이어가 생선처럼 축축한 손으로 내 손을 잡으며 계속 말했다.

"으음, 도련님한테 말하는 건 괜찮아요. 나는 대체로 여자를 좋아하는 편이 아닌데, 도련님, 스트롱 부인이 특히 그렇답니다."

사악하고 교활한 눈이 내 눈을 쳐다보는데, 갑자기 눈동자가 녹색으로 보였다.

"무슨 뜻이오?"

내가 묻자, 유라이어가 뻔뻔하게 웃으며 대답했다.

"나는 법률을 다루긴 하지만, 코퍼필드 도련님, 지금 당장으로선 말한 뜻 그대로랍니다."

"그럼 그런 표정을 떠올리는 까닭은 뭔가요?"

나는 차분하게 반박했다.

"내 표정이요? 맙소사, 코퍼필드, 눈이 예리하시네! 내가 이런 표정을 떠올리는 까닭이 뭐냐고요?"

"그렇소. 그런 표정."

유라이어는 재미있다는 듯 폭소를 터트렸다, 원래부터 그러는 게 습관인 것처럼. 그리곤 한 손으로 턱을 긁다가, 눈을 밑으로 내리깔고 계속 긁으면서 느긋하게 말했다.

"내가 천박한 직원에 불과할 때 그 여자는 나를 늘 경멸했지요. 그 여자는 자기네 집에서 나의 아그네스를 마냥 애지중지하고 당신에게도 마냥 다정하게 굴면서, 코퍼필드 도련님, 천박한 나는 눈에도 안 들어왔죠."

"그래요? 실제로 안 들어왔나 보지요!"

내가 말하고, 유라이어는 턱을 계속 긁으며 또렷하게, 깊이 생각하는 목소리로 덧붙였다.

"……그 사람도 그렇고."

"박사님이 눈앞에 있지도 않은 당신을 어떻게 알아본단 말이오?"

내가 반문하자, 유라이어는 사악한 눈을 돌려서 비스듬히 쳐다보다가 편하게 긁으려고 턱을 앞으로 빼며 대답했다.

"맙소사, 박사님을 말하는 게 아니에요! 아, 불쌍한 박사님! 내가 말하는 건 멀던 선생이라고요!"

나는 가슴이 철렁했다. 숱한 의심과 걱정이 앞서고, 박사님 행복과 평화가 걸리고, 순수할 가능성과 정반대일 가능성이 뒤섞여서 나로선 감히 들출 수 없던 문제가 상대의 비열한 입에 달렸다는 사실을 나는 단숨에 깨달았다.

"그 사람은 우리 사무실에 들어서기만 하면 이런저런 명령을 내리며 들들 볶았지요. 당신네 훌륭한 신사처럼 굴면서! 나는 유순하고 천박했어요…… 지금도 그렇고. 하지만 그런 부류는 정말 싫었답니다…… 지금도 그렇고!"

유라이어가 턱을 긁던 손을 내리고, 입안에서 맞닿을 정도로 양쪽 볼을 홀쭉하게 만들며 사악한 눈을 돌려서 나를 비스듬히 쳐다보더니, 얼굴을 원래 형상으로 천천히 되돌리며 말했다.

"그 여자도 당신네 사랑스러운 숙녀 가운데 하나지요, 실제로. 그래서 당연히 나를 냉랭하게 대하지요. 그 여자는 나의 아그네스가 차원 높은 술수를 부리도록 물들일 유형이에요. 나는 여자를 좋아하지 않지만, 코퍼필드 도련님, 오랜 옛날도 그렇고 지금도 그렇고 두 눈이 생생하게 달렸답니다. 우리네 천박한 부류도 눈이란 게 있어서…… 그 눈으로 세상을 살피지요."

나는 무슨 말인지 모르고 불안하지도 않은 척 애쓰다가 결국엔 실패한 채 그 얼굴을 쳐다보고, 유라이어는 행여나 빨간 눈썹이 있다면 위로 올라갈 정도로 두 눈을 치켜뜨며 사악하고 의기양양하게 이어나갔다.

"이제는 마냥 짓밟히지 않을 겁니다, 코퍼필드. 내가 할 수 있는 행동으로 옳지 않은 우정을 깨뜨릴 겁니다. 나는 그런 게 싫거든요. 당신이니까 말하는데, 나는 방해하는 사람을 모두 몰아내야 속이 풀리는 아주 끈질긴 놈입니다. 누가 나한테 해로운 음모를 꾸밀 위험이 있다는 걸 알면서도 가만히 있을 놈이 결코 아닙니다."

"당신이 언제나 음모를 꾸미니까 다른 사람도 그럴 거로 오해하는 거겠지요."

내가 반박하자, 유라이어가 대답했다.

"그럴 수도 있겠지요, 코퍼필드 도련님. 하지만 친애하는 동업자가 항상 말하듯, 나한텐 동기가 있으며, 따라서 목적을 달성하려고 온 힘을 다하지요. 아무리 비천한 인간이라 해도 너무 심하게 짓밟히진 않겠습니다. 어떤 사람이든 방해하는 사람은 가만두지 않겠습니다. 누구든 당장 멈춰 세울 테니까요, 코퍼필드 도련님!"

"무슨 말인지 모르겠군요."

내가 태연하게 말하자, 유라이어는 몸을 확 비틀면서 반박했다.

"그래요? 놀랍네요, 코퍼필드 도련님, 평소에는 머리가 팍팍 돌더니! 나중에 훨씬 쉽게 말씀드리지요. 그런데 지금 말에 올라탄 채 대문에서 초인종 누르는 사람이 멀던 선생인가요, 도련님?"

"그래 보이는군요."

내가 대답했다. 최대한 무관심하게 꾸민 어투였다.

유라이어가 걸음을 멈추더니, 볼록 튀어나온 동그란 무릎 사이로 두 손을 넣고서 허리를 숙이며 폭소를 터트렸다. 완벽하게 고요한 폭소였다. 소리가 조금도 흘러나오지 않았다. 너무나 불쾌한 행동에, 마지막 행동에 특히, 나는 기분이 나빠서 아무 말 없이 발길을 돌리고, 유라이어는 정원 한가운데서 지지대가 꺾인 허수아비처럼 허리를 숙인 채 웃어댔다.

내가 아그네스를 데리고 도라를 만나러 간 건, 지금도 생생하게 기억하는데, 그날 초저녁이 아니라 이틀 후 초저녁으로, 일요일이었다. 사전에 라비니아 고모님하고 협의해, 아그네스를 차 마시는 자리에 초대한 터였다.

가슴에는 자부심과 불안감이 퍼덕거렸다. 사랑스럽고 귀여운 약혼녀가 자랑스러우면서도 아그네스가 도라를 과연 좋아할까 불안했다.

퍼트니로 가는 내내 아그네스는 역마차 안에 타고 나는 바깥에 타서 나 자신이 너무나 잘 아는 도라의 어여쁜 모습을 일일이 떠올리며, 이번에 도라가 이런 모습을 하면 딱 좋겠다고 바라다가도 이런저런 모습은 않는 편이 좋겠다고 걱정하는 등, 머리가 아플 지경으로 궁리하고 고민했다.

물론 나는 어떤 경우든 도라가 예쁘다는 사실만큼은 조금도 의심하지 않았다. 결론적으로 말한다면, 그날만큼 예쁜 모습은 한 번도 본 적이 없다. 내가 고모님 두 분에게 아그네스를 소개할 때 도라는 응접실에 없었다. 부끄러워서 자리를 피한 상태였다. 하지만 이제 나는 도라를 어디에서 찾아야 하는지 알고, 실제로 예전의 고풍스럽고 우중충한 방문 뒤에서 양쪽 귀를 꼭 틀어막은 도라를 찾아냈다.

처음에는 방문 뒤에서 안 나오려고 하더니, 오 분만 기다려달라고 간청했다. 그러다가 결국엔 내 팔에 팔짱을 끼고 응접실로 향하는데, 너무나 귀엽고 매혹적인 얼굴이 빨갛게 물들어, 더할 나위 없이 예쁘게 보였다. 하지만 응접실로 들어설 때는 얼굴이 창백하게 변해서 천 배는 더 예쁘게 보였다.

도라는 아그네스를 두려워했다. 자신이 보기에 아그네스는 "정말 똑똑하다"고 말한 적도 있었다. 하지만 참으로 쾌활하고 솔직하고 다정하고 친절한 아그네스를 보는 순간, 도라는 감동 어린 탄성을 살짝 내뱉으면서 아그네스 목을 두 팔로 따듯하게 껴안고 그 얼굴에 순수한 뺨을 댔다.

나는 더할 나위 없이 행복했다. 두 사람이 나란히 앉은 모습을 바라보는 순간이, 귀여운 내 사랑은 자연스러운 표정으로 따사롭게 쳐다보고, 아그네스는 그런 도라를 부드럽고 아름다운 눈으로 쳐다보는 순간이, 더할 나위 없이 기뻤다.

라비니아 고모님과 클라리사 고모님도 나름대로 나만큼이나 즐거워했다. 세상에서 제일 유쾌한 차 모임이었다. 클라리사 고모님이 모임을 주도했다. 나는 캐러웨이 씨앗이 들어간 케이크를 잘라서 나눠주고, 귀여운 고모님 두 분은 캐러웨이 씨앗을 새처럼 골라 먹고 설탕을 쪼아먹는 재미에 빠져드는데, 특히 라비니아 고모님은 우리가 사랑하고 즐거워하는 건 모두 자신 덕분이라는 듯 온화하고 자비로운 표정으로 쳐다보니, 우리 모두 자신과 서로에게 완벽하게 만족했다.

아그네스는 점잖고 명랑한 태도로 사람들 마음에 파고들었다. 도라가 관심을 보이는 건 무엇이든 차분하게 관심을 보이니, '집' 역시 곧바로 반응하며 친해지고, 수줍어하는 도라에게 평소처럼 내 옆으로 가서 나란히 앉도록 상냥하게 권하는 등, 차분하고 우아하고 편안한 자세로 도라가 수줍은 자세를 모두 떨쳐내고 완벽하게 신뢰하도록 이끄는 식으로 분위기를 완벽하게 만드는 것 같았다. 차 모임이 끝난 다음에는 도라가 이렇게 말할 정도였다.

"그대가 나를 좋아해서 다행이에요, 아그네스. 미스 밀즈가 멀리 떠난 지금, 나는 여느 때보다 귀여움을 받고 싶은데, 그대가 나를 좋아하지 않을 것 같았거든요."

내가 미처 말을 못 했는데, 미스 밀즈는 이미 배를 타고 떠났다. 나는 도라와 함께 배웅하러 그레이브젠드까지 가서 거기에 정박한 거대한 동인도 무역선에 올라타, 절인 생강과 열대 과일을 비롯한 진미를 일종의 점심으로 먹고, 미스 밀즈가 망망대해에서 떠오르는 생각을 상세히 기록해서 보존하겠다며 새로 장만한 커다란 일기장을 팔꿈치에 끼운 채 후갑판 접의자에 앉아서 흐느끼는 모습을 보며 배에서 내린 터였다.

내가 자신을 흉보지나 않았을까 걱정스럽다고 아그네스가 말하는 순간, 도라는 대뜸 나를 쳐다보고 곱슬머리를 흔들며 부정했다.

"맙소사! 칭찬 일색이었어요. 이 사람이 그대 의견을 너무 소중하게 여겨서 나는 덜컥 겁까지 났다니까요."

"내가 아무리 좋은 의견을 말해도 저 친구는 자신이 아는 사람을 끝없이 사랑하니, 결과적으로 아무런 소용도 없다고 할 수 있지요."

아그네스가 말하며 빙그레 웃자, 도라는 달콤한 어투로 유혹했다.

"그래도 나는 가능하다면 그대 의견을 듣고 싶어요!"

우리는 도라가 귀여움을 받고 싶다고 한 말을 재미있게 놀리고, 도라는 내가 멍청해서 마음에 안 든다며 놀리고, 초저녁 시간은 섬세한 날개를 퍼덕이며 순식간에 날아가고, 마차가 우리를 부를 시간은 다가왔다. 내가 벽난로 불길 앞에 홀로 섰을 때 도라가 살그머니 다가와서 평소처럼 소중하게 살짝 키스하더니, 맑은 눈을 더없이 밝게 반짝이면서 내 외투 단추 하나를 귀여운 오른손으로 만지작거리며 말했다.

"내가 아그네스를 오래전부터 사귀었다면 지금쯤엔 훨씬 지혜로운 여인이 되었을 거란 생각 안 해요, 도디?"

"내 사랑! 말도 안 돼요!"

"정말 말도 안 된다고 생각해요? 확실한 거예요?"

도라가 나를 외면한 채 다시 묻고, 나는 대답했다.

"당연하지요!"

그러자 도라는 여전히 단추를 빙글빙글 돌리며 다시 물었다.

"깜빡 잊었는데, 짓궂은 당신은 아그네스하고 어떤 관곈가요?"

"혈연관계는 아니지만, 친 형제자매처럼 자랐다오."

"그런데도 왜 나를 사랑해요?"

도라가 물으며 다른 단추를 만지작거렸다.

"당신을 보는 순간에 사랑할 수밖에 없었기 때문이겠지요, 도라!"

"당신이 나를 못 만났다면 어땠을까요?"

도라가 다시 물으며 다른 단추로 옮겨갔다.

"우리 둘 다 세상에 태어나지 않았다면 어땠을까요?"

나는 유쾌하게 반문했다. 하지만 도라가 무얼 생각하는지 궁금해, 쭉 늘어선 외투 단추를 하나씩 건들며 귀엽고 부드럽게 올라오는 손, 내 가슴에 주렁주렁 기댄 머리칼, 시선을 따라서 아래로 향하던 속눈썹이 느릿느릿 움직이는 손가락을 따라 천천히 올라오는 모습을 감탄하는 눈으로 가만히 쳐다보았다. 마침내 도라가 두 눈을 들어서 내 눈을 보다가 발끝으로 서서 평소보다 신중한 표정으로 소중하게 키스를 - 한 번, 두 번, 세 번 - 살며시 하더니 방에서 나갔다.

그리고 오 분이 지나자 모든 사람이 함께 돌아오고, 도라 얼굴에서 유난히 신중한 표정은 완전히 사라졌다. 그래서 역마차가 오기 전에 '집'에게 모든 동작을 시키겠다고 웃으면서 선포했다. 동작이 많은 건 아니지만 '집'이 거부해서 시간은 상당히 걸리고, 다 끝나지도 않았는데 대문에서 마차 소리가 들렸다. 도라와 아그네스는 애정 어린 작별 인사를 황급히 나누고, 도라는 자신이 바보 같은 편지를 보내도 비웃지 말라고 아그네스에게 말하고, 아그네스 역시 도라에게 편지를 쓰겠다고 약속했다. 두 사람은 역마차 문 앞에서 두 번째로 작별하고, 도라는 라비니아 고모님이 나무라는데도 밖으로 달려와 역마차 창문에서 아그네스에게 꼭 편지하도록 한 번 더 다짐하고 마부 옆자리에 올라탄 나에게 곱슬머리를 흔들며 세 번째로 작별인사했다.

우리는 코번트 가든 근처에서 내려, 다른 역마차로 갈아타고 하이게이트로 갈 예정이었다. 그사이에 약간 걷는 시간을 나는 학수고대했다. 아그네스가 도라를 칭찬할 것 같았기 때문이다. 아! 실제로 그 시간이 되자, 아그네스는 도라를 얼마나 칭찬하던가! 내가 사로잡은 어여쁜 아가씨를 최선을 다해서 보살피라고 얼마나 사랑스럽고 열렬히 주장하며 소박하고 멋들어진 모습을 얼마나 우아하게 보여주던가! 잘난 척하지 않으면서, 가련한 고아 아가씨에게 최선을 다해야 한다는 사실을 얼마나 사려 깊게 촉구하던가!

나는 그날 밤처럼 도라를 진심으로 뼛속 깊이 사랑한 적이 없었다. 우리가 두 번째 마차에서 내려 박사님 자택으로 이어지는 조용한 길을 따라 별빛을 받으며 걸을 때 나는 모든 게 아그네스 덕분이라고 하면서 말했다.

"도라하고 나란히 앉은 모습을 보았을 때 너는 나한테만 수호천사가 아니라 도라한테도 그런 것 같았는데, 지금도 그런 것 같아, 아그네스."

"초라하지만 성실한 천사."

맑은 목소리가 가슴에 그대로 꽂혀서 나는 이렇게 물어볼 수밖에 없었다.

"오늘 내내 그랬고 지금도 그런 것처럼, 특유의 쾌활한 모습을 (누구한테서도 볼 수 없는 쾌활한 모습을) 되찾은 걸 보니, 집안 분위기가 어느 정도 풀렸다는 생각이 드네?"

"그냥 나 혼자 행복한 거야. 마음이 가볍고 기분도 상쾌해서."

고요한 표정으로 하늘을 올려다보는 얼굴을 힐끗 쳐다보며 나는 저 얼굴이 저렇게 고상한 건 하늘에 총총 떠오른 별님 덕분이라 생각하고, 아그네스는 잠시 침묵하다가 덧붙였다.

"집안 분위기는 그대로야."

"괜한 말을 꺼내는 것 같은데 묻지 않을 수가 없네, 아그네스. 전에 우리가 헤어지면서 한 말과 관련해서 새롭게 변한 건 없나?"

"없어, 하나도."

"나는 그 생각을 계속했어."

"그럴 필요 없어. 나 역시 결국에는 소박한 사랑과 진실을 중시할 수밖에 없으니까."

아그네스가 말하더니, 잠시 후에 덧붙였다.

"나 때문에 걱정하지 마, 트롯우드. 네가 걱정하는 길로 들어설 일은 없어."

지난 일을 냉정하게 되돌아보면 나도 실제로 걱정하진 않았지만, 당사자가 믿음직스럽게 장담하는 소리를 들으니까 마음이 한층 더 놓였다. 그래서 솔직하게 말한 다음에 물었다.

"단둘이 있을 시간이 또 없을 것 같아서 그러는데, 친애하는 아그네스, 이번 방문이 끝나면 얼마나 지나야 런던에 다시 올라올까?"

"꽤 지나야 할 거야. 아빠한테는 내가 곁에 머무는 게 최선이거든. 따라서 가까운 시일에 다시 만날 순 없을 것 같아. 하지만 도라와 편지를 주고받을 테니까 소식은 서로 자주 듣겠지."

어느새 우리는 박사님 자택 조그만 안마당에 들어섰다. 밤이 깊어갔다. 스트롱 부인 침실 유리창에서 불빛이 흘러나와, 아그네스는 그쪽을 가리키며 잘 가라 인사하더니, 나에게 한 손을 내밀며 덧붙였다.

"우리가 겪는 불행과 근심거리로 속끓이지 마. 네가 행복해야 나도 행복해. 도움이 필요하면 도와달라고 부탁할게. 하느님 축복이 항상 함께하기를!"

아그네스가 환하게 웃고 명랑한 목소리로 마무리할 때, 나는 아그네스와 어울리는 귀여운 도라를 다시 보고 그 목소리를 다시 듣는 것 같았다. 그래서 사랑하고 감사하는 마음을 가슴에 가득 담은 채 한동안 가만히 서서 대문 사이로 별님을 바라보다 앞으로 천천히 걸어갔다. 근처에 있는 산뜻한 여인숙에 침실을 예약한 상태라서 대문을 나서다가 우연히 머리를 돌리니, 박사님 서재에서 흘러나오는 불빛이 보였다.

나 없이 박사님 혼자 사전 작업에 몰두한다고 생각하니, 자책감이 밀려들었다. 그래서 정말 그런지 살피고, 박사님이 아직 책을 끼고 계신다면 안녕히 주무시란 인사라도 할 생각으로 발길을 돌려서 복도를 조용히 가로질러 방문을 살며시 열고 안을 들여다보았다.

갓 씌운 흐릿한 등잔불 옆에서 제일 먼저 눈에 띈 사람은 놀랍게도 유라이어였다. 등잔불 바로 옆에 서서 뼈다귀 같은 손 하나는 입에 대고 다른 손은 박사님 책상에 올려놓은 자세였다. 박사님은 연구용 의자에 앉아서 두 손으로 얼굴을 가렸다. 위크필드 선생님은 극히 곤란하고 고통스러운 모습으로 허리를 숙인 채 주저주저하며 박사님 팔을 어루만졌다.

순간적으로 나는 박사님이 아프다고 추측했다. 그래서 황급히 발을 내딛다가 유라이어 한쪽 눈과 마주치고, 문제가 무언지 깨달았다. 그래서 그냥 물러나려다 박사님이 손짓으로 만류해서 남고, 유라이어는 징그러운 몸뚱이를 비비 꼬며 말했다.

"어쨌든 방문은 닫는 게 좋겠습니다. 시내 전역에 광고할 필요는 없으니까요."

이렇게 말하면서 발끝으로 걸어 방문으로 가더니, 내가 열어놓은 문을 조심스레 닫고 돌아와서 원래 자세를 취했다. 목소리와 행동 하나하나에 동정심이 눈에 거슬릴 정도로 묻어나왔다. 유라이어가 취하는 그 어떤 행동보다 못 견딜 정도였다, 최소한 나에게는.

"저번에 우리 둘이서 대화한 내용을 스트롱 박사님한테 그대로 알려야 한다고 느꼈습니다, 코퍼필드 도련님. 그런데 도련님은 무슨 말인지 이해를 못 했지요?"

유라이어가 묻는 말에 나는 쳐다보기만 할 뿐 아무 대답도 않다가, 연로한 스승님을 위로하고 격려할 생각으로 옆으로 다가가서 몇 마디

했다. 박사님은 내가 아주 어린 학생일 때 그런 것처럼 내 어깨에 한 손을 올렸다. 하지만 백발이 무성한 머리는 들어 올리지 않았다. 그리고 유라이어는 똑같이 사무적인 어투로 다시 말했다.

"도련님은 이해를 못 했으니, 나로선 모두 친밀한 관계란 사실을 고려해, 실례를 무릅쓰고라도, 스트롱 부인이 저지른 이상한 행동에 관해 스트롱 박사님이 관심을 보이도록 겸손하게 언급해야 한다고 생각했습니다. 분명히 말하지만, 코퍼필드, 나 역시 이렇게 불쾌한 일에 관여하는 건 아주 질색이지만, 사실, 결코 있을 수 없는 일에 우리 모두 관여한 셈이니까요. 도련님이 무슨 말인지 모르겠다고 할 때 내가 하고 싶은 말뜻은 바로 이것이었습니다."

유라이어가 곁눈질하던 모습을 떠올리면 당장 목덜미를 움켜잡고 숨통을 끊어놓지 않은 게 나는 지금도 이상하다.

"지금 생각하면 그때 나는 또렷하게 말한 게 아니고 도련님도 그랬어요. 도련님이나 나나 이 문제를 피하고 싶었던 거예요. 하지만 결국 나는 간단명료하게 털어놓기로 했답니다. 그리고 스트롱 박사님한테 말하길…… 뭐라고요, 선생님?"

이건 박사님에게 묻는 말이었다. 박사님이 신음을 토했기 때문이다. 누구든 그런 소리를 들으면 마음이 찢어질 것 같은데, 유라이어는 예외였다. 그래서 계속 말했다.

"……더없이 사랑스럽고 상냥한 부인과 멀던 선생이 너무 다정하게 행동한다는 건 눈이 있는 사람이라면 다 알 거라고 했습니다. 이 사실은 멀던 선생이 인도로 떠나기 전부터 공공연했으며, 멀던 선생이 아무것도 아닌 핑계를 대면서 돌아온 까닭을, 멀던 선생이 아무것도 아닌 핑계를 대면서 툭하면 여기까지 찾아오는 까닭을 (결코 있을 수 없는 일에 우리 모두 관여했으니) 이제 스트롱 박사님한테 말할 때가 된 겁니다. 그래서 도련님이 들어오기 직전에 나는 친애하는 동업자에게 명예를 걸고 스트롱 박사님한테 말하라고 요청했습니다, 오래전부터 나와 똑같은 생각을 했는지 안 했는지. 어서 대답하세요, 위크필드 선생님! 제발 부탁이니, 인제 그만 우리 앞에서 시원하게 말씀하시지요. 맞습니까, 아닙니까, 선생님? 어서요, 동업자 선생님!"

위크필드 선생님이 망설이다가 박사님 팔에 다시 한 손을 올리며 말했다.

"친애하는 박사, 설사 내가 의혹을 품었다 하더라도 신중하게 받아들이지 말게, 제발."

그러자 유라이어가 머리를 끄덕이며 소리쳤다.

"그것 보세요! 정말 우울한 사실 아닙니까? 이 분이! 오랜 친구분이! 내가 이 분 사무실에서 천박한 직원에 불과할 때, 코퍼필드, 결코 있을 수 없는 일에 아그네스 아가씨가 관여하지나 않을까 걱정하는 모습을 스무 번은 보았다고요. 한 번이라면 내가 말을 않는다고요. 하기야 아버지가 딸을 걱정하는 것이니 나무랄 수도 없겠지요."

"친애하는 스트롱, 좋은 친구, 굳이 말할 필요도 없겠지만, 나는 한 가지 동기에 근거해서 사람을 살피고 좁은 시각으로 모든 행동을 판단하는 사악한 습관이 있다네. 그래서 의혹을 품은 걸 수도 있어."

위크필드 선생님이 덜덜 떨면서 말하자, 박사님은 고개조차 안 든 채 중얼거렸다.

"자네도 의혹을 품었군. 자네도 의혹을 품었어."

"다 털어놓으세요, 친애하는 동업자 선생."

유라이어가 재촉하고 위크필드 선생님은 이렇게 말했다.

"그랬네, 예전에, 확실히. 나는 - 하느님, 용서하소서! - 자네도 의심한다고 생각했네."

하지만 박사님은 더할 나위 없이 비통하고 애절한 어조로 대답했다.

"아니야, 아니야, 아니야!"

"예전에 나는 자네가 두 사람을 떼어놓을 목적으로 멀던을 해외로 보내려 한다고 생각했네."

위크필드 선생님이 다시 말하자, 박사님이 대답했다.

"아니야, 아니야, 아니야! 애니를 기쁘게 하려는 거였어, 어린 시절을 함께 보낸 친구한테 먹고살 길이 생기는 거니까."

"나는 그걸 나중에 알았다네. 자네가 그렇게 말할 때 조금도 의심할 수 없었지. 하지만 나는…… 아아, 사악한 습관 때문에 내가 시각이 협소하단 사실을 고려하길 바라는데, 부부 사이에 나이 차이가 그렇게 크면……"

"바로 그거랍니다, 코퍼필드 도련님!"

유라이어가 불쾌하게 동정하며 아첨하고, 위크필드 선생님은 계속 말했다.

"……그렇게 젊고 매력적인 여인은, 자네를 아무리 존경하더라도, 세속적인 사항만 고려해서 결혼할 수 있다고 생각했네. 좋은 방향으로 나갈 수 있는 다양한 감정과 환경은 전혀 고려하지 않았다네. 제발 부탁이니, 그 사실을 명심하게!"

"정말 친절하게 말씀하시네요!"

유라이어가 머리를 가로저으며 핀잔을 주고, 위크필드 선생님은 계속 말했다.

"나는 자네 부인을 언제나 한 가지 관점에서 관찰했지만, 그건 자네가 그만큼 소중했기 때문이니, 오랜 친구여, 자네도 그런 사정을 고려하길 간청하는 바이네. 나로선 빠져나갈 길이 없으니……"

"당연하지요! 빠져나갈 길은 없답니다, 위크필드 선생님, 얘기가 여기까지 나왔으니."

유라이어가 다시 끼어들고, 위크필드 선생님은 계속 말했다.

"내가 자네 부인을…… 내가 자네 부인을 의심했다는 사실을, 그리고 자네 부인이 자네한테 도리를 다하지 않는다고 생각했다는 사실을, 그리고, 모두 털어놓자면, 내가 사악한 습관 때문에 자네 부인하고 아그네스가 가까이 지내는 걸 가끔은 반대했다는 사실을 고백하지 않을 수 없겠군. 하지만 누구한테 말한 적은 한 번도 없다네. 누구한테 알릴 의도도 없었고."

위크필드 선생님이 차분하게 가라앉은 어투로 덧붙였다.

"이런 말을 들어야 한다는 게 자네로서는 아주 끔찍하겠지만, 이런 말을 할 수밖에 없다는 게 나 역시 얼마나 끔찍한지 안다면, 자네도 나를 동정할 걸세!"

너무나 착한 천성을 타고난 박사님이 한 손을 내밀었다. 위크필드 선생님은 한동안 그 손을 꼭 잡고 머리를 숙였다. 그러자 유라이어가 뱀장어처럼 몸을 비틀어서 침묵을 파고들며 말했다.

"이런 건 모두한테 불쾌한 주제일 수밖에 없지요. 하지만 이왕 여기까지 나왔으니, 나로선 무례를 무릅쓰고 코퍼필드 역시 알아챘다는 얘길 드려야겠군요."

나는 대뜸 고개를 돌려서 감히 어떻게 나까지 물고 들어가느냐고 따졌다! 그러자 유라이어는 온몸을 비틀면서 대답했다.

"아! 정말 친절하시군, 코퍼필드. 우리도 당신이 얼마나 다정한 성격인지 잘 안다오. 하지만 그날 밤에 내 말을 듣자마자 당신도 알았어요, 내가 무슨 말을 하는지. 당신은 내가 무슨 말을 하는지 알았어요, 코퍼필드. 부인하지 마세요! 선의로 부인하는데, 그러지 마세요, 코퍼필드."

연로하고 착하신 박사님이 온화한 눈으로 쳐다보는 걸 나는 순간적으로 느꼈다. 내가 예전에 품었던 우려와 기억이 얼굴에 또렷하게 나타나, 누구든 한눈에 알아볼 수 있다는 사실 역시 깨달았다. 분노해도 소용이 없었다. 인제 와서 되돌릴 순 없었다. 내뱉은 말을 되돌릴 수 없듯이 말이다.

우리는 다시 침묵에 빠져서 가만히 있는데, 박사님이 일어나서 실내를 두세 번 가로지르며 걸었다. 그러다 의자로 돌아가서 등받이에 등을 기대며 앉아, 가끔 손수건을 두 눈에 갖다 대다 드디어 입을 여는데, 소박하고 솔직한 모습이 억지로 꾸민 이상으로 존경스러웠다.

"모든 책임은 나한테 있네. 모든 책임은 나한테 있다고 믿네. 나는 내가 가슴에 담은 사람이 온갖 시련과 중상모략에 - 그래, 나는 그걸 중상모략이라고 부르겠네, 설사 모든 사람이 마음속 깊이 그렇게 생각하더라도 - 시달리도록 만들었네, 나만 아니면 그런 걸 겪을 필요가 전혀 없는 사람한테."

유라이어 힙이 슬픈 척했다. 지금 생각하면 나름대로 동정심을 나타낸 것 같다. 박사님은 계속 말했다.

"나만 아니면 그런 걸 겪을 필요가 전혀 없는 우리 애니한테. 여러분도 잘 알다시피, 나는 늙었네. 앞으로 살날이 많지 않다는 생각이 드네, 오늘 밤에는. 하지만 너무나 소중한 부인이자 우리가 나눈 대화의 주인공이 명예롭고 진실한 인물이라는 데 나는 목숨을 - 바로 이 목숨을 - 걸겠네!"

지금 생각하면, 세상에서 제일 훌륭한 화가가 가장 멋있고 로맨틱하게 그린 기사도의 화신이라도 소박하고 연로한 박사님만큼 감동적이고 애절하게 위엄을 지키면서 말할 순 없을 것 같다.

그런 박사님이 계속 말했다.

"하지만 나는 훌륭한 여인을 내가 부지불식간에 불행한 결혼으로 끌어들였을 수 있다는 사실을 부인할 준비가 안 됐네. 하지만 어쩌면 나도 모르는 사이에 어느 정도 인정할 준비를 했는지도 모르겠네. 나는 사물을 관찰하는 능력이 많이 떨어진다네. 그러니 나이나 처지가 다양한 사람들이 지켜본 게 모두 한쪽으로 쏠린다면 내가 본 것보다 정확하다고 믿어야겠지."

앞에서도 여러 번 언급한 것처럼 나는 박사님이 젊은 부인을 자비롭게 대하는 모습에 많이 감탄했지만 이번에 부인에 관해 한 마디 한 마디 하는 말마다 묻어나오는 존경심과 다정한 자세 그리고 부인이 완전무결하다는 사실에 관해 약간의 의구심까지 모두 털어내려는 순결 무구한 자세는, 내 눈에, 말로 표현할 수 없을 정도로 숭고하게 보였다.

"나는 그 사람이 어릴 때 결혼했네. 인격이 형성되기도 전에 내 사람으로 데려온 거야. 그 사람이 인격을 형성하는 과정을 지켜보면서 나는 정말 행복했다네. 나는 그 사람 부친을 원래 잘 알았어. 그 사람에 대해서도 잘 알고. 나는 그 사람의 아름다운 덕성과 품성을 사랑했기에 내가 할 수 있는 건 모두 가르쳤네. 그 사람이 고마워하는 마음과 사랑하는 마음을 이용해서 (그럴 의도는 전혀 없었네만, 나도 모르게 그런 것 같아서 두려운데) 내가 그 사람을 잘못되게 했다면, 나로선 그 사람한테 진심으로 사과하는 바이네!"

박사님이 실내를 가로지르며 걷다가 똑같은 장소로 돌아와서 덜덜 떨리는 손으로 의자를 꽉 잡고 차분한 목소리로 진지하게 말했다.

"나는 그 사람한테 피난처가 되어서 세상의 온갖 위험과 풍파를 막아주고 싶었어. 나이 차이가 크지만 나는 그 사람이 나와 함께 평온하고 만족스럽게 살아간다고 자부했어. 하지만 아직 젊고 아름다우며 판단력은 훨씬 더 무르익을 때 그 사람을 자유롭게 풀어주어야 한다는 생각마저 차단한 건 아니었어. 진심으로 맹세하네!"

박사님은 꾸밈없는 모습이 부인에 대한 고결한 마음과 관대한 정신으로 환하게 빛나는 것 같았다. 한 마디 한 마디마다 어떤 덕행으로도 발산할 수 없는 힘이 묻어나왔다.

"나는 지금까지 그 사람과 행복하게 살았네. 나는 내가 그 사람한테 극히 부당한 짓을 저지른 나날을 끊임없이 축복했네, 오늘 밤까지."

이 말을 뱉어낼 때는 목소리가 더욱 떨리더니, 잠시 입을 다물다가 다시 말했다.

"평생을 가련한 몽상가로 살다가 꿈에서 깨어나니, 그 사람이 어릴 적 친구와 남편에 대해 후회하는 감정을 가지는 게 너무 당연하다는 사실을 알겠네. 나만 없었다면 어떻게 되었을까 하고 집사람이 극히 결백하게 생각하고 극히 순결하게 후회하면서 그 친구를 바라보았으리란 주장 역시, 안타깝게도, 맞는 말이고. 알기는 했지만 특별하게 여기진 않던 사실이, 지금 이렇게 고통스러운 시간을 보내는 동안, 나한테 새로운 의미로 다가온다네. 하지만 이후로는, 여러분, 사랑스러운 이름에 의혹을 덧칠하는 일은 절대로 없어야 하네."

박사님 눈빛이 빛나고 목소리는 단호했다. 그리고 다시 한동안 침묵했다. 그러다가 말했다.

"나는 내가 불러일으킨 불행한 사태를 최대한 온순하게 견디며 받아들이겠네. 피해를 본 사람은 그 사람이지 내가 아니야. 이런저런 오해에서, 심지어 내 친구들조차 피할 수 없는 잔인한 오해에서, 나는 그 사람을 구할 의무가 있네. 우리가 외딴곳에 산다면 그런 오해를 쉽게 떨쳐낼 수 있겠지. 그리고 내가 죽어 그 사람이 속박에서 풀려날 때 - 아, 자비로운 하느님, 그날이 빨리 오게 하소서! - 그날이 올 때, 나는 그 사람의 명예로운 얼굴을 바라보며 무한한 믿음과 사랑을 품은 채 두 눈을 감을 거야. 그 사람한테 슬프지 않은, 훨씬 행복하고 근사한 나날을 남겨줄 거야."

당시에도 찬란하게 빛나고 지금 생각해도 찬란하게 빛날 만큼 진지하고 선량한 태도에, 완벽하게 소박한 자세에, 나는 눈물이 나서 박사님을 똑바로 볼 수도 없었다. 박사님은 그렇게 방문으로 다가가더니, 이렇게 덧붙였다.

"여러분, 나는 여러분한테 내 마음을 확실히 알렸네. 여러분이 내 마음을 존중하길 바라네. 오늘 밤에 우리가 한 말을 더는 거론하지 말게. 위크필드, 오랜 친구여, 위층으로 올라가도록 팔을 빌려주게나!"

위크필드 선생님이 급히 다가갔다. 그리곤 서로 한마디도 나누지 않으며 천천히 나가고, 유라이어는 두 사람 등 뒤를 바라보다가 나에게 고개를 돌리며 말했다.

"으흠, 코퍼필드 도련님! 상황이 예상한 것과 완전히 딴판으로 돌아가네요, 노학자가 – 대단한 인물이네요! – 세상 물정을 하나도 몰라서. 하지만 이제 이 가정도 끝장난 것 같군요!"

나는 그 목소리를 듣는 자체로 이전에도 없고 이후에도 없을 정도로 미친 듯이 치미는 분노를 느끼며 소리쳤다.

"나쁜 악당아, 나를 더러운 음모에 끌고 들어간 이유가 뭐냐? 우리가 함께 논의한 것처럼 감히 어떻게 말할 수 있느냐, 이놈 파렴치한 악당아?"

가만히 서서 얼굴을 맞대는 순간, 그 얼굴에서 은밀하게 기뻐하는 기색을 보고 나는 이미 또렷하게 깨달은 이유를 다시 한번 선명하게 깨달았다. 나를 비참하게 만들려고 은밀한 말을 억지로 해서 함정에 계획적으로 빠뜨린 것이다. 도저히 견딜 수 없었다. 홀쭉한 뺨이 눈앞에서 유혹하고, 나는 온 힘을 다해서 따귀를 날렸다. 손가락마다 불난 것처럼 후끈거릴 정도였다.

유라이어가 내 손을 잡고, 우리는 그런 상태로 노려보았다. 오랫동안, 내가 손바닥으로 만든 자국이 하얀색에서 빨간색으로 변하다 진홍색으로 변할 정도로 오랫동안, 가만히 있었다. 마침내 유라이어가 거친 목소리로 말했다.

"코퍼필드, 정신을 다른 데다, 쓰레기통에다 버렸나?"

"네놈을 쓰레기통에다 버렸다! 개자식, 네놈하고는 이걸로 끝이다."

내가 소리치며 손을 비틀어 빼자, 유라이어는 뺨이 아픈지 손을 올려서 어루만지며 물었다.

"그래? 그럴 순 없지. 인제 와서 그러는 건 배은망덕한 거 아니야?"

"지금까지 나는 네놈을 경멸한다는 사실을 충분히 드러냈어. 이번에는 훨씬 또렷하게 드러내고. 네놈이 주변 사람 모두한테 나쁜 짓을 골라가며 하는 걸 내가 무엇 때문에 두려워해야 하지? 네놈이 한 짓치고 그런 것 말고 또 뭐가 있지?"

그날 밤에 아그네스에게 확답을 못 들었다면 뺨따귀를 날리지도 않고 이런 말도 안 했을 것 같다. 하지만 이제 문제 될 건 하나도 없었다. 유라이어 역시 지금까지 내가 자신을 상대할 때마다 마음속으로 꾹 억누른 감정이 무언지 완벽하게 이해했다.

다시 기다란 침묵이 흘렀다. 나를 쳐다보는 눈동자가 추악한 색깔로 변하며 흔들리는 것 같았다. 유라이어가 마침내 뺨에서 손을 떼어내며 입을 열었다.

"코퍼필드, 너는 나를 언제나 비난했어. 네가 위크필드 선생 댁에서 나를 늘 비난했다는 것도 잘 알아."

"멋대로 생각해. 그게 사실이 아니면 네놈만 좋을 테니까."

내가 여전히 분노에 휩싸인 채 말하자, 유라이어가 대답했다.

"그런데도 나는 너를 늘 좋아했어, 코퍼필드!"

나는 이 말에 아무런 대답도 않고 모자를 집어서 잠자리를 찾아가려는데, 유라이어가 방문을 가로막으며 말했다.

"코퍼필드, 싸우려면 상대가 있어야 하는 법이야. 하지만 나는 맞상대하지 않겠어."

"그렇다면 악마나 찾아가!"

"그렇게 말하지 마! 나중에 후회하잖아. 어떻게 나보다 열등한 모습을 보이지, 화까지 내면서? 하지만 나는 다 용서하겠어."

"네놈이 용서하겠다!"

내가 경멸하는 어투로 흉내 내자, 유라이어가 대답했다.

"그래, 그러면 너도 어쩔 수 없잖아. 지금까지 언제나 우호적으로 행동한 사람한테 이렇게 달려들어서 공격한 걸 생각하면! 하지만 싸우려면 맞상대가 있어야 하는 법인데, 나는 맞상대할 생각이 없어. 나는 너와 친구로 지낼 거야, 네가 아무리 그래도. 그러니 앞으로 잘 지내보자고."

밤이 늦어서 다른 사람을 방해하지 않도록 나지막한 어투로 (유라이어는 아주 천천히, 나는 아주 빠르게) 대화하다 보니, 나는 기분이 풀리진 않아도 감정은 많이 가라앉았다. 그래서 지금까지 항상 예상하고 단 한 번도 어긋나지 않은 행동을 기대한다고 말하며, 틈새에 놓고 깨뜨리려는 커다란 호두라도 되는 듯 그를 밀쳐서 방문을 열고 밖으로 나왔다. 하지만 유라이어 역시 모친이 묵는 집에서 잠자야 하므로 밖으로 나오고, 그래서 내가 몇백 미터를 가기도 전에 따라붙어, (내가 고개조차 안 돌리자) 귀에 대고 말했다.

"당신도 알다시피, 코퍼필드, 당신은 아주 곤란한 처지야."

맞는 말이란 생각이 들어서 나는 그만큼 더 분노가 치밀었다.

"괜히 용감한 척하지 말라고. 당신은 용서를 청할 수밖에 없어. 하지만 나는 어머니를 포함해 누구한테도 말하지 않겠어. 당신을 용서하기로 마음먹었거든. 내가 신기한 건, 당신이 이렇게 천박한 사람을 손찌검까지 했다는 거야!"

차이는 있지만, 나 역시 천박하긴 마찬가지란 느낌이 들었다. 유라이어는 나를 나보다 잘 알았다. 노골적으로 화내거나 반발한다면 나로선 변명할 여지도 있고 마음도 편하겠지만, 그놈은 나를 천천히 타오르는 불에 올려놓고, 나는 거기에 누워서 밤새도록 고통스러워했다.

아침이 돼서 밖으로 나오니, 성당에서 종소리가 울리고, 유라이어는 모친과 산책하는 중이었다. 그러다가 아무런 일도 없었다는 듯 아는 척하니, 나로서도 아는 척할 수밖에 없었다. 지금 생각하면, 내가 뺨따귀를 하도 세게 날려서 치통이 생겼던 것 같다. 하여튼 까만 비단 손수건으로 얼굴을 묶고 모자를 눌러썼는데, 외모를 돋보이게 하려는 목적이랑 거리가 멀었다. 나중에 들은 바에 의하면, 월요일 아침에는 런던에 있는 치과로 가서 이를 하나 빼기도 했다. 나로선 그게 덧니였기만 바랄 뿐이다.

박사님은 위크필드 선생님 부녀가 머무는 동안 몸이 안 좋다는 핑계를 대고 거의 매일 혼자서 지냈다. 아그네스는 부친과 함께 일주일 후에 떠나고, 우리는 일상 업무를 재개했다. 업무를 재개하기 하루 전에 박사님은 봉인하는 대신 반으로 접은 쪽지 한 장을 나에게 건넸다. 그날 밤에 있었던 대화에 대해서 한마디도 언급하지 말도록 따듯한 어투로 몇 마디 지시하는 내용이었다. 나는 고모님을 제외한 그 누구에게도 내용을 알리지 않았다. 아그네스와 상의할 수도 없는 문제인 만큼, 아그네스 역시 그날 있었던 일을 모를 게 분명했다.

당시에는 스트롱 부인 역시 마찬가지라고 나는 확신했다. 그런데 몇 주가 지나면서 스트롱 부인이 조금씩 변했다. 바람 없는 날에 떠오른 구름처럼 매우 느린 변화였다. 처음에는 박사님이 자신을 동정하며 다정하게 말하는 어투를, 그리고 생활이 너무 따분한 것 같으니 친정어머니를 모셔오는 게 좋겠다고 말하는 어투를 이상하게 여기는 정도였다. 그러더니 우리가 작업할 때 바로 옆에 앉아서 아직도 또렷하게 기억나는 얼굴로 남편을 물끄러미 쳐다보기 시작했다. 그러다가 눈물을 잔뜩 머금은 채 일어나서 나가곤 했다. 아름다운 얼굴에 불행한 그늘이 어리더니, 매일같이 깊어졌다. 당시에는 마클람 여사도 함께 살았는데 수다만 끊임없이 늘어놓을 뿐, 아무런 눈치도 못 챘다.

스트롱 부인이, 박사님 자택을 환하게 비추던 햇살이 어둡게 변하면서 박사님 역시 그만큼 더 늙고 침통하게 보였다. 하지만 부인을 대하는 다정한 마음씨와 온화한 행동, 자애로운 배려는 늘어났다. 더 늘어날 수 있다는 게 신기할 정도였다. 한번은 부인 생일날, 아침 이른 시각에 우리가 작업하는데 부인이 들어와서 창가에 앉으니 (예전에도 이렇게 했지만, 어느새 내가 보기에도 동작 하나하나가 안쓰러울 정도로 소심하고 자신 없게 변하는데), 박사님이 두 손으로 부인 이마를 잡고 거기에 키스하곤 크나큰 감동을 견딜 수 없어서 황급히 나간 적도 있었다. 부인은 남편이 떠난 자리에 석상처럼 물끄러미 섰다가 고개를 숙이고 두 손을 움켜잡은 채 흐느끼는데, 지금 생각해도 가슴이 쓰라린 장면이었다.

그러고 나서 이따금 단둘이 있을 때면 부인이 나에게 무슨 말을 꺼내려고 한다는 느낌을 종종 받았다. 하지만 실제로 말을 꺼낸 적은 없었다. 박사님은 항상 새로운 계획을 짜서 부인이 모친과 외부로 나가서 재미있는 행사에 참석하게 했다. 마클람 여사는 다른 건 몰라도 노는 것 하나만큼은 굉장히 좋아하는 터라 새로운 계획을 들을 때마다 좋아하며 커다랗게 칭찬했다. 하지만 부인은 기운이 하나도 없이 불행한 표정으로 이리저리 끌려다닐 뿐, 관심은 없는 것 같았다.

나는 어떻게 해야 좋을지 몰랐다. 우리 고모님도 마찬가지였다. 애매한 기분에 휩싸인 채 실내에서 수백 km는 돌아다닐 뿐이었다. 정말 이상한 건, 부부 문제라는 은밀한 영역에 유일하게 파고들어서 안식처 노릇을 한 인물이 바로 노신사 딕이란 사실이다.

부부 문제를 노신사 딕이 어떻게 생각하고 어떤 시각으로 바라보는지 나는 조금도 설명할 수 없다, 사전 편찬 작업에 도움이 못 되는 만큼. 하지만 내가 학창시절을 언급하면서 묘사한 것처럼 노신사 딕은 박사님을 끝없이 존경하니, 아무리 부족한 인간도 진정한 애정을 품으면 최고의 지성을 뛰어넘는 직관을 날카롭게 발휘할 수 있는 법이다. 노신사 딕이 바로 그랬으며, 진실의 빛은 그 진가를 정말 환하게 드러냈다.

노신사 딕은 캔터베리에서 박사님 산책로를 오르내리며 함께 거닐 때와 마찬가지로 시간이 날 때마다 박사님과 함께 정원을 오르내리며 산책하는 특권을 자랑스럽게 회복했다. 그래서 일하고 남는 시간을 여기에 모두 바쳤다. 심지어 아침마다 훨씬 이른 시각에 일어날 정도였다. 그래서 박사님이 사전작업 결과라는 놀라운 내용을 읽어주면 더할 나위 없이 좋아하고 박사님이 주머니에서 내용물을 꺼내 읽어주지 않으면 더할 나위 없이 실망했다. 박사님이 나와 단둘이 작업할 때면 노신사 딕은 스트롱 부인과 함께 정원을 거닐며 부인이 좋아하는 꽃을 꺾거나 화단에서 잡초를 뽑아주는 게 습관처럼 되었다. 내가 장담하는데, 노신사 딕은 한 시간에 열 마디 넘게 말할 때가 드물지만, 차분하게 드러내는 관심과 호기심 가득한 얼굴은 부부의 가슴에 즉각적인 반향을 일으켰다. 양쪽 모두 배우자가 노신사 딕을 좋아하고 노신사 딕 역시 마찬가지라고 느끼니, 노신사 딕은 누구도 할 수 없는 역할을, 두 사람 연결통로를 하게 되었다.

노신사 딕이 헤아릴 수 없을 만큼 지혜로운 얼굴로 박사님 옆에서 산책하며 사전에 담을 고상한 어휘가 연속으로 나오는 걸 기뻐하던 모습을 떠올릴 때마다, 노신사 딕이 커다란 물뿌리개를 양손에 들고 부인을 쫓아다니거나 무릎을 꿇고 앉아서 곰 발바닥 같은 장갑을 끼고 조그만 잎사귀 사이에서 미세한 작업에 열중하거나 동작 하나하나마다 부인에게 친구가 되고 싶은 열망을 어떤 철학자도 불가능할 정도로 미묘하게 드러내거나 뻥뻥 뚫린 물뿌리개 구멍으로 동정심과 믿음과 애정을 가득 뿌려대던 모습을 떠올릴 때마다, 자신이 빠져든 불행한 상황에 조금도 쏠리지 않은 채 흥겨운 마음을 유지하고, 불행한 찰스 1세를 정원으로 절대 데려오지 않고, 언제나 감사하는 마음으로 봉사하고, 뭔가 문제가 있다는 생각에, 그걸 올바로 고치고 싶다는 소망에 절대 벗어나지 않던 모습을 떠올릴 때마다, 노신사 딕을 정신 나간 사람으로 여기면서 정신이 올바른 나는 어떻게 행동하든 최선으로 여겼다는 사실이 더없이 창피하다.

내가 이렇게 말할 때마다 고모님은 자랑스럽게 언급했다.

"그 사람을 제대로 아는 사람은 나 말고 어디에도 없어! 딕 선생은 나중에 큰일을 할 사람이라고!"

이 장을 마감하기 전에 꼭 짚고 넘어가야 할 내용이 하나 있다. 위크필드 선생님 부녀가 박사님 댁에 아직 머물고 유라이어 힙 역시 마찬가지로 하이게이트에 머물며 여유를 부릴 때, 나는 집배원이 아침마다 유라이어 힙에게 편지 두세 통을 갖다 주는 걸 목격했다. 하나같이 미코버 아저씨가 어느새 법률가다운 원숙한 필력을 갖추고 사무적으로 보낸 편지였다. 그래서 미코버 아저씨가 사랑하는 부인이 이즈음에 다음과 같은 편지를 보냈을 때 나는 깜짝 놀랄 수밖에 없었다.

캔터베리에서, 월요일 저녁에.

내 서신을 받으면 틀림없이 놀라겠지, 친애하는 코퍼필드 선생. 그런데 내용을 들으면 더 놀랄 거야. 내가 보낸 편지에 대해서 무조건 비밀을 지키라고 간청하면 더더욱 놀랄 거고. 하지만 아내며 어머니로서 나는 위로를 받고 싶은데, 미코버 아저씨가 극히 싫어하는 터라 우리 친척들과 상의할 수 없으니, 예전에 한집에서 살던 오랜 친구밖에 조언을 청할 사람이 없네.

나와 미코버 아저씨 사이에는 서로 믿는 마음이 늘 강하다는 사실은 그대도 잘 알 거야, 친애하는 코퍼필드 선생. 물론 미코버 아저씨가 나와 상의하지 않고 이따금 어음을 발행하거나 어음 만기일을 엉터리로 말한 건 있겠지. 그래서 문제가 된 적도 있고. 하지만 대체로 미코버 아저씨는 애정 어린 가슴에 – 나를 말하는 거야 – 아무런 비밀도 없었어. 잠자리에 들 때면 하루 동안 있었던 일을 반드시 털어놓았거든.

그런 미코버 아저씨가 완전히 변했다면 그대도 내 기분이 얼마나 상했는지 능히 짐작하겠지, 친애하는 코퍼필드 선생. 미코버 아저씨가 말을 안 해. 비밀로 하는 거야. 기쁨과 슬픔을 함께 나누는 동반자에게 – 이번에도 나를 말하는 거야 – 자신이 겪는 일을 베일로 가렸어. 그래서 나는 아침부터 저녁까지 사무실에서 보낸다는 내용 외에는 '남쪽을 지나던 사람이 차가운 자두 죽을 먹다가 입을 뎄다'[2]고 아이들이 아무렇게나 떠들어대는 우스개 이야기 정도밖에 아는 게 없어, 엉뚱하게 빗대서 표현하자면.

---

2) 동요. 달에 사는 사람이 / 너무 일찍 내려와서 / 노위치로 가는 길을 물었다 / 그 사람이 남쪽으로 가는 도중에 / 차가운 자두 죽을 먹다가 / 입을 뎄다.

그런데 이게 전부가 아니야. 미코버 아저씨가 까다롭게 변했어. 아주 가혹해. 장남과 딸하고도 사이가 멀어지고, 쌍둥이를 자랑스러워하지도 않고, 최근에 우리 가족으로 들어온, 죄라곤 하나도 없는 이방인[3]을 바라보는 눈초리조차 냉랭해. 입에 간신히 풀칠할 정도로 쥐꼬리만 한 생활비를 받아내기도 어렵고. 자신이 알아서 하겠다고 (딱 잘라서 말하며) 무섭게 협박까지 하는 건 물론, 도대체 왜 그러는지 설명해달라면 냉혹하게 거절해.

정말 견디기 힘들어. 가슴이 찢어지는 것 같아. 나는 힘이 아주 약하다는 사실을 고려해서, 이렇게 독특한 딜레마를 어떻게 푸는 게 최선일지 깊이 생각해서 알려준다면, 지금까지 숱하게 베푼 은혜에 하나가 더 늘어나는 거야. 아이들이 보내는 사랑과 이방인이 아무것도 모르고 방긋 웃는 미소를 덧붙이며, 이만 줄일게, 친애하는 코퍼필드 선생.

고통에 빠져든
엠마 미코버

나는 미코버 부인처럼 경험이 풍부한 여인이라면 인내와 친절로 미코버 아저씨 마음이 돌아오도록 해야 한다고 (아주머니라면 당연히 그럴 수 있다고) 충고할 수밖에 없었다. 하지만 편지를 읽어서 그런지, 미코버 아저씨가 정말 걱정스러웠다.

3) 갓난아기를 뜻한다.

CHAPTER 43. 또 다른 회상

여태껏 살아오면서 기억이 가장 또렷한 시기를 돌아보자. 한 발 옆으로 물러나 그림자 곁을 흐릿하게 스치며 환영처럼 나아가던 나날을 살펴보자.

여러 주, 여러 달, 여러 계절이 지난다. 여름철 무더운 대낮이 겨울철 매서운 저녁으로 돌변한다. 도라와 거닐던 공원에 꽃이 만발하고 들판은 황금빛으로 화려하더니, 어느새 하얀 눈이 가득하고 그 밑에는 눈에 보이지도 않는 히스가 덤불을 이루며 바닥으로 깔린다. 우리가 일요일 산책할 때마다 흐르는 강물은 여름 햇살을 받아서 반짝이더니 어느새 겨울바람에 출렁이거나 두꺼운 얼음덩이를 잔뜩 떠내려 보낸다. 반짝이던 강물이 바다로 달려가는 것보다 빠르고 어둡게 변해서 얼음이 둥둥 떠간다.

카나리아처럼 조그만 고모님 두 분이 사는 집은 변한 게 하나도 없다. 괘종시계는 벽난로 위에서 째깍거리고, 청우계는 복도에 걸렸다. 괘종시계도 청우계도 제대로 맞은 적은 없지만 우리는 둘 다 열심히 믿는다.

나는 법적으로 성인이 되었다. 스물한 살의 권위를 획득한 것이다. 하지만 누구나 받는 권위다. 나 자신이 이룩한 성과를 살펴보자.

나는 야만적이고 신비로운 속기술을 길들였다. 그래서 상당한 수입을 벌어들인다. 평판도 좋아, 다른 열한 명과 힘을 합쳐 '모닝 뉴스페이퍼'[4]에서 의회 논쟁을 보도한다. 한 번도 적중한 적이 없는 예언과 한 번도 실행하지 않은 선언과 사람들을 어리둥절하게 하는 해명을 밤이면 밤마다 기록한다. 다양한 말 잔치에 빠져든다. 내가 지켜보는 앞에서 불행한 나라 영국이 쇠꼬챙이에 꿰인 통닭처럼 펜대에 찔리고 또 찔리며 관료주의에 손발을 묶인다. 나는 정계 이면에도 정통해, 정치인의 실상을 충분히 파악한다. 정치에 관한 한 나는 완벽한 이단이며, 개종할 생각은 조금도 없다.

친애하는 트래들스도 속기술을 손에 넣으려고 하지만 적성에 안 맞는다. 그래서 포기하고 더없이 태평하게 굴며, 예전부터 자신은 무엇에든 굼뜬 체질이었다고 말한다. 트래들스는 똑같은 신문사에 취직해 구체적인 사실만 무미건조하게 수집해서 넘기면, 능력이 훨씬 뛰어난 사람들이 살을 붙여서 그럴싸한 기사를 작성한다. 트래들스는 변호사 자격증에 도전한다. 감탄스러울 정도로 근검절약해서 금화 백 냥을 다시 힘들게 긁어모아 '부동산 양도 증서 변호사'에 입회금을 지급한다. 그래서 변호사 자격증을 취득한 날에는 뜨거운 적포도주를 엄청나게 퍼붓는데, 그 비용을 생각하면 법학원에서 그런 쪽으로 수익을 상당히 올릴 게 분명하단 생각이 절로 든다.

나는 다른 길로도 접어든다. 두려워서 덜덜 떨며 창작에 손을 댔다.

---

4) 디킨스는 스무 살에 'Mirror of Parliament'에서 의회논쟁을 보도하다가 석간신문 'True Sun'에서 근무하고(1832), 주급으로 금화 다섯 냥을 받으며 'Morning Chronicle'에서 일했다(1834~1836).

조그만 원고를 아무도 모르게 집필해서 잡지사에 보냈더니, 그게 잡지에 덜컥 실린 것이다.[5] 그때부터 하찮은 작품이나마 끊임없이 써대는 데 정신을 집중한다. 지금은 원고료를 정기적으로 받는다. 대체로 생활은 윤택하다. 수입을 왼손 손가락으로 셈하면 세 번째 손가락을 지나서 네 번째 손가락 중간 마디까지 간다.[6]

우리는 버킹엄 거리를 벗어나 내가 처음 구경하면서 감탄한 주택 바로 옆에 있는 아담하고 깨끗한 집으로 이사했다. 하지만 고모님은 (도버에 있는 집을 상당한 액수에 판 터라) 나와 함께 사는 대신 근처에 훨씬 조그만 집을 구해서 이사하겠다고 한다. 이게 무엇을 말하는가? 결혼? 그렇다!

그렇다! 나는 이제 도라와 결혼한다. 라비니아 고모님과 클라리사 고모님이 동의했다. 날개를 번잡하게 퍼덕이는 카나리아가 있다면, 그건 바로 두 분 고모님을 말하는 거다. 라비니아 고모님은 내 사랑 도라가 몸에 걸칠 의상 제작을 감독하겠다고 자임하더니, 갈색 종이로 끊임없이 옷본을 뜨고 옷감 꾸러미와 대나무 자를 팔꿈치에 늘 끼고 다니는 극히 존경스러운 젊은이와 의견 차이를 보이며 끊임없이 다툰다.

여자 재봉사는 실이 꿰인 바늘을 가슴에 찌른 채 그 집에서 먹고 자는데, 내가 보기엔 먹고 마시고 잠잘 때도 재봉용 골무를 안 빼는 것 같다. 내 사랑 도라를 그대로 닮은 인형 모델도 만든다. 그리고 사람을 보내서 도라를 불러 무언가를 끊임없이 입힌다. 우리 두 사람은 초저녁에 단 오 분도 행복한 시간을 함께 보낼 수 없다. 누군가 방문을 두드리며 "저, 괜찮다면, 도라 아가씨, 위층으로 올라오래요!" 하고

---

5) 디킨스는 스물두 살에 Monthly Magazine을 통해서 단편 'A Dinner at Poplar Walk'를 발표한다.

6) 연 수입이 금화 350냥이란 뜻이다. 스트롱 박사에게 금화 70냥을 연봉으로 받은 것과 비교하라. 당시 중산층은 연 수입이 금화 100~300냥이었다.

말하기 때문이다.

클라리사 고모님과 우리 고모님은 런던 전역을 돌아다니며 우리가 신혼살림에 사용할 가구를 살피고 고른다. 두 분이 우리에게 검사받는 과정 없이 물건을 단번에 사면 정말 좋겠다. 우리가 주방 벽난로 철망과 고기 굽는 판을 살피러 가면 도라는 '집'에게 어울리는 중국집 모양 개집을 보고 입구 꼭대기에 조그만 종이 나란히 달린 게 귀엽다며 사기 때문이다. 그래서 개집 하나를 새로 가져오면 '집'은 새집에 적응하는 데 시간이 걸린다. 들어오고 나갈 때마다 조그만 종이 일제히 딸랑거려서 끔찍하게 무섭기 때문이다.

패거티 유모는 일을 도와주겠다고 올라와서 바로 작업에 들어간다. 유모가 맡은 건 물건을 닦고 또 닦는 일처럼 보인다. 문질러서 닦을 수 있는 건 모조리 박박 문질러 닦는다, 자신의 정직한 이마처럼 반짝거릴 때까지. 유모 오빠가 밤마다 어두운 거리를 쓸쓸하게 돌아다니면서 지나치는 사람들 얼굴을 살피는 모습이 눈에 띄기 시작한 건 이즈음이다. 하지만 내가 말을 건 적은 없다. 침통하게 지나치는 모습에서 그분이 찾는 게 무엇이고 두려워하는 건 무엇인지 절실하게 느끼기 때문이다.

나는 시간이 나면 형식적으로나마 민법 박사회관에 가끔 출근하는데, 바로 그날 오후에 그곳으로 찾아온 트래들스는 무엇 때문에 그렇게 비장하게 보인 걸까? 천진난만한 백일몽이 눈앞의 현실로 다가오고, 그래서 내가 결혼허가증을 받을 예정이기 때문인가?

서류는 자그마해도 효력은 엄청나다. 그래서 트래들스는 내 책상에 놓인 서류를 감탄하고 경외하는 마음으로 바라본다. 데이비드 코퍼필드와 도라 스펜로우라고 나란히 적은 이름이 달콤하고 환상적으로 보인다. 모서리에는 부모님 자리에 '인지국'이 찍혀서 인간이 변하는 과정에 자비로운 관심을 보이며 우리 결합을 내려다보고, 캔터베리 대주교는 글씨로 찍혀서 우리에게 저렴한 가격으로 축복한다.

그런데도 나는 꿈을, 당혹스럽고 행복하게 허둥대는 꿈을 꾼다. 실제로 결혼한다는 걸 믿을 수 없다. 그렇지만 거리에서 마주치는 사람마다 내가 이틀 후면 결혼한다는 사실을 아는 것 같다. 내가 선서하러 가자, 감독 대리는 나를 알아보고 단숨에 처리하는 게, 마치 우리 사이에 은밀한 유대관계라도 있는 것 같다. 트래들스는 없어도 되지만 일반인 후원자 자격으로 참석한다.

내가 트래들스에게 말한다.

"다음에는 자네도 똑같은 일로 여기에 오면 좋겠어, 친애하는 친구. 그것도 아주 이른 시일에."

"고맙네, 친애하는 코퍼필드. 나도 그러면 좋겠어. 세상에서 제일 소중한 여인이 끝까지 기다려주는 게 고마울 뿐이야."

"역마차 정거장에서 몇 시에 만나기로 했지?"

내가 묻자, 트래들스는 촌스럽고 낡은 은시계를 – 학창시절에 물레방아를 만들려고 톱니 부품 하나를 빼낸 시계를 – 보며 대답한다.

"일곱 시. 아그네스 아가씨도 대충 그 시간에 오나?"

"조금 늦어. 아그네스가 도착하는 시간은 여덟 시 반이야."

"내가 분명히 말하는데, 다정한 친구여, 자네 연애가 행복한 결실을 본다고 생각하니까 내가 결혼하는 것처럼 기뻐. 이렇게 즐거운 행사에 소피를 초대해서 아그네스 아가씨와 함께 신부 들러리로 세우는 커다란 우정과 배려가 참 고마워. 마음 깊이 간직하겠네."

이 말에 나는 트래들스와 손을 맞잡고 흔들며 마냥 떠들어대고 함께 식사도 한다. 그런데도 믿기지 않는다. 현실이 아닌 것 같다.

소피는 예정시간에 도라 고모님 자택에 도착한다. 내가 여태껏 본 여성 가운데 인상이 가장 좋고 – 미인이라고 할 순 없지만 엄청나게 호감이 가고 – 상냥하고 꾸밈없고 솔직하고 매력적이다. 트래들스는 소피를 자랑스럽게 소개하더니, 내가 구석으로 데려가서 탁월한 선택이라며 축하하자, 머리칼이 모조리 곤두선 상태로 십 분 동안이나 두 손을 문질러댄다.

내가 캔터베리 역마차에서 아그네스를 데려오니, 명랑하고 아름다운 얼굴이 우리 사이에 두 번째로 끼어든다. 아그네스는 트래들스를 아주 좋아해, 두 사람이 만나는 모습은 물론 트래들스가 세상에서 제일 훌륭한 여인을 아그네스에게 영광스럽게 소개하는 장면을 지켜보는 것도 즐겁다.

그런데도 나는 여전히 실감이 안 난다. 우리 모두 초저녁 시간을 유쾌하게 보내며 즐거워하지만 나는 아직도 실감이 안 난다. 정신을 차릴 수 없다. 눈앞에 드러나는 행복을 실감할 수 없다. 모든 게 혼란스럽고 애매한 느낌이다. 이른 아침에 깨어났는데 일이 주일 동안 잠을 한 번도 안 잔 느낌이다. 언제가 어제인지도 구분할 수 없다. 결혼허가증을 주머니에 넣은 채 몇 달은 돌아다닌 것 같다.

다음 날, 우리 집을 – 도라와 내가 살 신혼집을 – 구경하러 모두 무리 지어 갈 때도 나는 내가 주인이란 사실을 조금도 실감할 수 없다. 다른 사람에게 허락을 받고 들어서는 느낌이다. 진짜 주인이 금방이라도 나타나서 반갑다고 말할 것 같은 기분까지 든다.

정말 아담하고 아름다운 집이다. 모든 게 새롭고 근사하다. 카펫에 새긴 꽃무늬는 방금 꺾어다 놓은 것 같고 벽지에 그린 녹색 잎사귀는 이제 막 돋아난 것 같다. 옥양목 커튼은 얼룩 하나 없고, 장밋빛 가구는 얼굴을 붉히고, 파란 리본이 달린 도라의 산책용 모자는 – 똑같이 생긴 모자를 쓴 모습에 내가 홀딱 반한 기억이 똑똑히 떠오른다! – 조그만 모자걸이에 걸려있다. 기타 상자는 모서리에서 편하게 보이고, 좁은 공간에 비해 '집'이 사용할 탑 모양 개집은 너무 커서 지나는 사람마다 부딪친다. 즐거운 초저녁 시간이 다시 찾아와도 모든 게 꿈만 같고, 나는 떠나기 전에 도라와 머물던 공간으로 살며시 들어간다. 도라는 거기에 없다. 옷을 입어보는 행사가 아직 안 끝났단 생각이 든다. 라비니아 고모님이 안을 들여다보더니, 도라가 오래 걸리지 않을 거라며 모호하게 말한다. 그런데 오래 걸린다. 하지만 결국에는 방문 앞에서 부스럭거리는 소리가 들리더니, 누군가 똑똑 두드린다.

"들어오세요!"

내가 말하지만, 누군가는 다시 똑똑 두드린다.

나는 누군지 궁금해서 방문을 연다. 수줍어하는 얼굴과 반짝이는 눈이 보인다. 도라 얼굴과 눈이다. 라비니아 고모님이 나에게 보여주려고 도라에게 내일 입을 신부 드레스를 입히고 보닛 모자와 장신구를 착용시킨 것이다. 나는 귀여운 부인을 가슴에 꼭 껴안고, 라비니아 고모님은 내가 보닛 모자를 구기는 걸 보고서 살짝 비명을 지르고, 도라는 내가 기뻐하는 걸 보고서 웃다가 운다. 그런데 나는 현실이 한층 더 믿기지 않는다.

"예뻐요, 도디?"

도라가 묻는다.

예쁘다! 이렇게 대답한 것 같다.

"정말 나를 아주 많이 좋아하나요?"

도라가 묻는다.

이 말과 함께 보닛 모자가 금방이라도 찌그러질 것 같아, 라비니아 고모님이 다시 살짝 비명을 지르며, 지금은 도라를 보기만 하고 손으로 만지면 안 된다고 다그친다. 그래서 나는 가만히 바라보며 감탄하고,

도라는 즐거우면서도 당혹스럽단 표정으로 가만히 선다. 그러다가 보닛 모자를 벗어서 – 훨씬 자연스러운 모습으로 – 한 손에 들고 도망치더니, 평소 옷차림으로 갈아입고 계단을 춤추며 내려와, '집'에게 자신이 아름다운 신부냐고, 자신이 결혼해도 용서하겠느냐고 묻는다. 그리고 무릎을 꿇어서 독신으로는 마지막으로 '집'에게 요리책에 올라서 벌떡 서게 한다.

나는 바로 근처에 구한 숙소로 가면서 더욱더 미궁에 빠져든다. 이른 아침에 일어나서 고모님을 모셔오려고 마차를 타고 하이게이트로 달린다.

나는 그렇게 차려입은 고모님을 본 적이 없다. 옅은 자줏빛 비단 드레스에 하얀 보닛 모자를 쓴 모습이 놀랍다. 자넷은 고모님이 옷 입는 걸 거들고는 나를 구경하려고 기다린다. 패거티 유모는 이 층에서 결혼식을 구경할 요량으로[7] 벌써 성당에 갈 준비를 마쳤다. 노신사 딕은 신부를 제단까지 인도하는 역할을 맡은 터라 머리칼을 고수머리로 만들었다. 트래들스는 통행료 징수소에서 마차에 올라타는데, 크림색과 옅은 파랑이 눈부신 정장 차림은 노신사 딕과 마찬가지로 온몸에 장갑을 둘러쓴 느낌이다.

내가 이런 모습을 모두 아는 걸 보면 내 눈으로 직접 본 게 분명하다. 그런데도 정신이 없어서 하나도 못 본 것 같다. 무엇도 믿기지 않는다. 하지만 무개 마차를 타고 달리다 보니, 동화 같은 결혼식에 참석하는 대신 상점 앞을 빗자루로 쓸거나 일과를 시작하러 출근하는 사람들이 이상하리만치 불쌍하고 불행하게 보인다.

고모님은 마차를 타고 달리는 내내 조용히 앉아서 내 손을 꼭 잡는다. 마부석 옆에 올라탄 패거티 유모를 내려주려고 성당 약간 못 미쳐

---

7) 신분제가 엄격한 걸 알 수 있다.

서 멈출 때는 고모님이 내 손을 꼭 잡고 키스하며 말한다.

"하느님 은총이 가득하길, 트롯! 내가 낳은 아들이라도 이렇게 사랑스럽진 않을 거야. 오늘 아침에는 불쌍한 어미가 생각나는구나."

"저도 마찬가지예요. 고모님이 베푸신 은혜도요, 사랑하는 고모님."

"쯧쯧, 별말 다 하는구나!"

고모님이 말하더니, 트래들스에게 넘칠 정도로 다정하게 한 손을 내밀고, 트래들스는 자기 손을 노신사 딕에게 내밀고, 노신사 딕은 자기 손을 나에게 내밀고, 나는 내 손을 트래들스에게 내민 채 우리 모두 성당 입구로 다가간다.

성당은 고요한 게 분명하다. 하지만 나를 진정시키는 효과는 없다. 증기기관차가 전속력으로 달려오는 것 같다. 나를 진정시키기에는 이미 너무 흥분한 상태였다.

모든 게 뒤죽박죽으로 뒤엉킨 꿈만 같다.

사람들이 도라와 함께 나타난 것도, 좌석 안내인이 훈련소 조교처럼 제단 난간 앞으로 안내한 것도, 그런 순간조차, 그렇게 불쾌한 여인을 좌석 안내인으로 삼는 까닭은 무얼까, 천국으로 가려면 얼굴을 잔뜩 찡그려야 하는데 행여나 사람들 기분이 좋아지는 끔찍한 사태가 일어날까 걱정스럽기 때문일까 하는 궁금증까지 일어난 것도 모두 꿈만 같다.

성직자와 서기가 등장한 것도, 뱃사람 서너 명이 다른 사람들과 어슬렁거리며 들어온 것도, 바로 뒤에서 연로한 뱃사람 한 명이 럼주 냄새를 강하게 풍긴 것도, 굵직한 목소리로 미사를 시작하고 우리 모두 경건하게 참석한 것도 모두 꿈만 같다.

라비니아 고모님이 신부 들러리 보조역할을 하다가 제일 먼저 울음을 터트린 것도, (내 생각에) 피저 선생을 추도하고 경의를 표하면서

흐느낀 것도, 클라리사 고모님이 각성제 병을 코에 댄 것도, 아그네스가 도라를 보살핀 것도, 우리 고모님이 눈물방울을 뚝뚝 떨구면서도 근엄한 표정을 유지하려고 애쓴 것도, 성직자가 묻는 말에 귀여운 도라가 덜덜 떨면서 기어드는 목소리로 대답한 것도 모두 꿈만 같다.

우리가 나란히 무릎을 꿇은 것도, 도라가 덜덜 떠는 건 줄어도 아그네스 손을 항상 꼭 움켜잡는 것도, 미사를 차분하고 엄숙하게 진행한 것도, 결혼식이 끝나자 우리 모두 4월 날씨처럼 변덕스럽게 웃고 울며 서로를 바라본 것도, 이제 막 결혼한 신부가 제의실에서 히스테리를 부리며 가련한 아빠, 사랑하는 아빠를 부르며 울부짖은 것도 모두 꿈만 같다.

도라가 기운을 되찾아, 우리 모두 돌아가며 방명록에 서명한 것도, 패거티 유모도 서명하도록 내가 이 층으로 올라간 것도, 패거티 유모가 모서리에서 나를 꼭 껴안으며 자신은 나를 낳은 어머니가 결혼하는 모습도 보았다고 말한 것도, 우리 모두 서명을 마치고 물러난 것도 꿈만 같다.

내가 사랑하는 부인에게 한쪽 팔을 내주고 가운데 통로에서 사람들과 설교단과 기념물과 좌석과 오르간과 성당 유리창이 뿌옇게 보이는 사이를 극히 자랑스럽고 사랑스럽게 나아간 것도, 어릴 적에 다니던 고향 성당 모습이 아련하게 떠오른 것도 모두 꿈만 같다.

우리가 지날 때 사람들이 이제 막 결혼한 신혼부부라고, 신부가 정말 아름답고 귀엽다고 속삭인 것도, 돌아가는 마차에서 우리 모두 흥겹게 떠들어댄 것도, 내가 트래들스에게 맡긴 결혼허가증을 달라고 할 때 이 사람이 그걸 잃어버렸거나 소매치기당했을 거란 생각이 들어서 기절할 뻔했다고 소피가 말한 것도, 아그네스가 흥겹게 웃고, 도라는 그런 아그네스가 참으로 좋아서 안 떨어지려고 손을 꼭 잡은 것도 모두 꿈만 같다.

다양한 음식이 먹음직하게 나와서 모두 푸짐하게 먹고 마셔 나 역시 동참하는데 꿈속에서 흔히 그러듯 맛을 느낄 수 없는 것도, 내가 먹고 마시는 건 진짜 음식이 아니라 사랑과 결혼이란 생각만 떠오른 것도 모두 꿈만 같다.

이렇게 꿈결을 걷는 기분으로 연설하는데 내가 하고 싶은 말은 하나도 생각이 안 나고 꼭 말하고 싶은 걸 말하지 않은 건 확실하게 떠오르는 것도, (꿈속에서 항상 그러듯) 우리 모두 즐겁고 행복한 시간을 보내고, '집'이 웨딩 케이크를 먹더니 나중에 배탈이 난 것도 모두 꿈만 같다.

전세로 빌린 역마차는 준비를 마치고 도라는 옷을 갈아입으러 가고, 우리 고모님과 클라리사 고모님은 우리 곁에 머물며 함께 정원을 거니는데, 우리 고모님이 아침 식사 때 멋지게 연설해서 도라 고모님 두 분이 감동한 걸 약간 자랑스러워하며 즐겁게 지낸 것도 모두 꿈만 같다.

도라가 준비를 마친 것도, 라비니아 고모님이 그동안 많은 즐거움을 선사한 예쁜 인형을 잃는 게 아쉬워서 도라 주변을 맴돈 것도, 도라가 사소한 물건을 잃어버린 걸 연속으로 떠올리며 깜짝깜짝 놀란 것도, 사람들이 그걸 찾아오려고 이리저리 뛰어다닌 것도 모두 꿈만 같다.

마침내 도라가 작별인사를 시작하고 모두 도라를 에워싸면서 환하게 빛나는 색상과 리본이 옹기종기 모여들어 꽃밭처럼 보인 것도, 사랑하는 부인이 꽃 사이에 묻혀서 숨 막히기 직전에 함께 웃고 울며 빠져나와, 잔뜩 질투하던 내 품에 안긴 것도 모두 꿈만 같다.

우리와 함께 떠날 예정이던 '집'을 내가 들겠다고 하자, 도라가 아니라고, 자신이 들어야 한다고, 그러지 않으면 이제 자신이 결혼했으니 자기를 더는 좋아하지 않는다 오해하고 가슴이 무너질 거라 대답한 것도, 우리가 나란히 팔짱 끼고 걷는데 도라가 걸음을 멈추고 뒤를 돌아보며 "행여나 제가 짜증스럽게 굴거나 은혜를 모르고 불쾌하게 행동한 적이 있다면, 모두 용서하세요!" 하고 말하며 눈물을 터트린 것도 모두 꿈만 같다.

도라가 귀여운 손을 흔들고 다시 나와 함께 걸어간 것도, 도라가 다시 걸음을 멈추고 뒤를 돌아보다가 달려가서 굳이 아그네스만 껴안고 마지막으로 키스하며 작별한 것도 모두 꿈만 같다.

우리는 그렇게 마차에 타서 떠나고, 나는 꿈에서 깨어난다. 마침내 현실을 받아들인다. 옆에는 너무나 소중하고 귀여운 부인이, 누구보다 사랑하는 부인이 있다! 그리고 묻는다.

"지금 행복하세요, 엉뚱한 아저씨? 정말 후회하지 않으세요?"

지금까지 나는 한 발 옆으로 물러나 그림자 곁을 흐릿하게 스치며 환영처럼 나아가던 나날을 살펴보았다. 모두 지난 일이니, 이제 내가 하던 이야기로 돌아가자.

CHAPTER 44. 신혼살림

결혼식이 끝나고 신부 들러리도 모두 떠나자, 나는 사랑을 엮으려는 기분 좋은 노력을 전혀 안 해도 조그만 집에 도라와 단둘이 머물 수 있다는 게 참으로 신기했다.

그 집에 언제나 도라가 머문다는 게 정말 놀라웠다. 도라를 만나러 밖으로 나갈 필요도, 도라 때문에 고통스러워할 일도, 편지를 쓸 일도, 도라와 단둘이 있으려고 다양한 계획을 짜거나 궁리할 필요도 없었다. 초저녁에 글을 쓰다가 고개를 들어 맞은편 의자에 앉은 도라를 보면서 의자 등받이에 등을 편하게 기대면, 우리가 한집에 산다는 사실이, 우리 둘이 함께 지내는 게 너무나 당연하단 사실이, 누구도 간섭하지 않는다는 사실이, 연애하던 로맨틱한 감정은 구석에 처박아서 문드러지게 놔두고, 우리 둘만 좋으면, 다른 사람은 신경 쓸 것 없이 우리 둘만 재미있게 살면 된다는 사실이 정말 이상하게 다가오곤 했다.

의회에서 논쟁이 붙어 밤늦도록 시달리다가 집으로 돌아오는데, 도라가 기다린다고 생각하면 정말 이상한 느낌이 들었다! 내가 저녁 식사할 때 도라가 부드럽게 다가와서 말을 거는 게 정말 기분 좋았다. 하지만 도라가 종이로 머리칼을 이리저리 감싼다는 사실을 확실히 깨달을 때는 정말 이상했다. 도라가 그러는 모습을 내 눈으로 보니, 정말 황당무계했다!

하늘을 날아다니는 젊은 새 두 마리도 나와 어여쁜 도라보다 집안 살림을 못 할 순 없다는 생각이 든다. 물론 우리에겐 하녀가 있다. 그래서 우리 대신 일했다. 하지만 우리는 하녀 메리 앤 때문에 엄청나게 고생했다. 크루프 부인 딸이 변장하고 나타난 게 분명하다고 여겼을 정도다.

하녀는 성이 패러건[8]이다. 처음 채용할 때는 성에서 하녀 성격을 살짝 엿볼 수 있었다. 하지만 성명서만큼이나 커다란 추천장을 가지고 왔는데, 여기에 의하면, 내가 들어본 집안일은 물론 내가 들어보지 않은 집안일까지 엄청나게 잘할 수 있었다. 나이는 한창이고, 일종의 만성 풍진이나 심한 발진에 (특히 두 팔이) 시달렸다. 근위대원으로 근무하는 사촌이 있는데, 다리가 기다란 게 마치 오후에 길게 늘어선 그림자 같았다. 약식 군복은 덩치에 비해 너무 작고, 우리 집 역시 그 덩치가 들어오기에 너무 비좁았다. 사촌만 들어오면 비율이 안 맞아서 우리 집이 이상할 정도로 조그맣게 보였으니 말이다. 게다가 사촌이 우리 집에서 초저녁 시간을 보낼 때마다 주방에서 끊임없이 일어나는 불평을 들으며 우리는 벽이 얇다는 사실을 절감해야 했다.

하녀는 술을 조금 마시고 정직하다는 보증서도 있었다. 그래서 하녀가 보일러 밑에 들어가도 발작 때문이란 핑계를, 찻숟갈이 부족해도 청소부 때문이란 핑계를 믿으려고 애썼다.

하지만 그런 믿음을 하녀는 끔찍하게 이용했다. 우리는 경험이 부족

---

8) 패러건(Paragon)에는 '본보기, 전형, 모범'이란 뜻이 있다.

하고 스스로 할 수 있는 게 없다는 사실을 뼈저리게 느꼈다. 하녀가 조금이라도 자비롭다면 우리는 하녀에게 모든 걸 맡겼을 것이다. 하지만 하녀는 조금도 뉘우칠 줄 모르는 성격이고, 실제로 무얼 뉘우친 적도 없었다. 우리 부부가 처음으로 말다툼한 것도 바로 하녀 때문이었다. 하루는 내가 도라에게 물었다.

"사랑하는 여보, 당신이 보기에 메리 앤한테 시간관념이라는 게 있는 것 같소?"

도라가 그림을 그리다가 고개를 들고 순진무구한 표정으로 물었다.

"왜요, 도디?"

"내 사랑, 벌써 다섯 시인데 우리가 식사하는 시간은 네 시잖소."

내가 대답하자, 도라는 시계를 물끄러미 쳐다보다 시계가 빠른 것 같다는 식으로 변명했다. 그래서 나는 내 시계를 쳐다보며 다시 대답했다.

"정 반대라오, 내 사랑. 오히려 몇 분 늦는다오."

내 말에, 귀여운 부인은 나를 달래서 조용하게 만들려고 가만히 다가와서 내 무릎에 앉더니 내 콧잔등 한가운데에다 연필로 줄을 쭉 긋고, 나는 기분이 좋았다. 하지만 그걸로 식사를 대신할 순 없었다.

"당신이 메리 앤한테 따끔하게 말하는 게 좋지 않겠소, 내 사랑?"

"맙소사, 싫어요, 그건! 나는 못해요, 도디!"

"왜요, 내 사랑?"

내가 다정하게 묻자, 도라가 대답했다.

"아, 나는 아무것도 모르고, 메리 앤 역시 그걸 잘 아니까요!"

이런 마음으로는 메리 앤을 도저히 단속할 수 없다는 생각에 이맛살을 살짝 찡그리자, 도라는 여전히 내 무릎에 앉은 채 연필로 이맛살에 줄을 그으며 "장난꾸러기 아저씨 이마에 주름살이 흉하게 잡혔네요!"

하고 말하더니, 더 진하게 칠하려고 연필심을 빨간 입술에 댔다가 이상야릇한 그림을 더욱 열심히 그리는 바람에 나도 모르게 기분이 좋아지고, 도라는 다시 말했다.

"어휴, 착한 아기. 이렇게 하니까 웃는 얼굴이 훨씬 예쁘네."

"하지만 내 사랑……"

내가 말하는데, 도라가 말을 끊으며 키스했다.

"싫어요, 싫어요! 제발! '파란 수염'[9]처럼 짓궂게 굴지 마세요! 심각하게 말하지 마세요!"

"소중한 부인, 때로는 심각할 줄도 알아야 하오. 어서요! 여기 의자에 앉아요, 바로 내 옆! 연필은 주고! 그래요! 이제 차분한 대화를 나눠봅시다. 당신도 알다시피, 여보……"

그러면서 잡은 손은 얼마나 연약하고 결혼반지는 얼마나 조그맣던가!

"당신도 알다시피, 내 사랑, 식사도 못 하고 밖으로 나가는 건 그리 기분 좋은 일이 아니잖소, 안 그렇소?"

"그-그-그래요!"

도라가 기어드는 목소리로 대답했다.

"내 사랑, 왜 이렇게 떠는 거요!"

"당신이 야단칠 게 분명하니까요."

도라가 측은한 목소리로 설명했다.

"내 사랑, 나는 이치를 따지는 것뿐이오."

내가 말하자, 도라는 좌절하며 한탄했다.

"아, 이치를 따지는 게 야단치는 것보다 심해요! 나는 이치나 따지려

9) 파란 수염(Blue Beard): 당시에 일어난 엽기적인 사건의 주인공. 아내를 여섯 명이나 죽였다.

고 결혼한 게 아니에요. 나처럼 가련하고 불쌍한 여자와 이치를 따질 생각이었다면, 그렇게 말했어야지요. 아, 잔인한 사람!"

내가 달래려고 해도 도라는 얼굴을 외면한 채 곱슬머리를 이리저리 저으며 "아, 잔인하고 잔인한 사람!" 하는 말만 수없이 반복해, 나는 도대체 무얼 어떻게 해야 좋을지 몰랐다. 그래서 답답한 마음으로 실내를 몇 차례 거닐다 제자리에 다시 앉았다.

"도라, 내 사랑!"

"아니에요, 나는 당신 사랑이 아니에요. 당신은 나랑 결혼한 걸 후회하는 거예요. 아니라면 나한테 이치를 따지지 않을 테니까요."

이치에 안 맞는 추궁에 나는 기분이 상한 나머지 마음을 단단히 먹고 진지하게 말했다.

"아니, 내 사랑 도라, 그렇게 말도 안 되는 소리를 하다니, 어리석구려. 어제는 저녁 식사를 하다가 중간에 서둘러 나갔고, 그제는 설익은 송아지고기를 급히 먹다가 체한 걸 당신도 기억할 거요. 그런데 오늘은 식사조차 못 할 판이오. 또, 아침 식사는 얼마나 기다려야 했던지……. 게다가 물도 끓이지 않았고. 당신을 나무랄 생각은 없지만 이건 너무 불편하잖소."

"아, 잔인하고 잔인한 사람, 나한테 불쾌한 여자라고 말하다니!"

도라가 소리치고 나는 급히 해명했다.

"아니, 내 사랑 도라, 나는 그렇게 말한 적이 한 번도 없소!"

"내가 불편하다고 했잖아요."

"아니요, 나는 집안 살림을 하는 방식이 불편하다고 했소!"

"똑같은 말이잖아요!"

도라가 소리치더니, 구슬프게 흐느꼈다. 정말 그렇게 생각하는 게 분명했다.

나는 어여쁜 아내가 너무 사랑스러워서 실내를 다시 거닐다 갑자기 치미는 자책감에 머리를 방문에 찧고 싶은 마음조차 일었다. 하지만 다시 의자에 앉으며 말했다.

"나는 당신을 탓하는 게 아니오, 도라. 나도 당신만큼이나 배워야 할 게 엄청나게 많소. 단지 나는 당신이…… 당신이……"

어차피 말이 나왔으니, 인제 와서 포기할 수 없었다. 그래서 마음을 다지며 계속 말했다.

"당신이 메리 앤을 제대로 감독해야 한다고 말하고 싶을 뿐이오. 당신이나 나를 위해서 일정한 조치가 필요해요."

하지만 도라는 계속 흐느끼며 반박했다.

"당신한테서 그렇게 배은망덕한 말을 들으니까 정말 이상해요. 며칠 전에 당신이 생선을 먹고 싶다고 해서 내가 당신을 깜짝 놀라게 하려고 몇 km 떨어진 상점까지 나가서 생선을 주문한 걸 당신도 아는데 말이에요."

"그건 정말 고마웠소, 내 사랑. 정말로 감동한 나머지, 당신이 연어를 너무 많이 주문했다는…… 우리 둘이 먹기에 너무 많다는 말을 절대로 안 하려고 했소. 금화 한 냥에 은화 여섯 냥이나 들었다는 말도…… 우리 형편에 너무 과하다는 말도……"

"당신이 맛있게 먹었잖아요. 나한테 '예쁜이'라고 했잖아요."

도라는 계속 흐느끼고 나는 대답했다.

"그런 말이라면 수천 번도 할 수 있소, 내 사랑!"

하지만 상냥하고 여린 도라는 마음에 이미 깊은 상처를 받아, 나로선 도저히 달랠 도리가 없었다. 도라가 어찌나 구슬프게 통곡하며 흐느끼는지, 나 자신이 모르는 말까지 험하게 뱉어내서 도라에게 상처를 준 것 같은 느낌마저 들었다. 하지만 나는 서둘러 나가서 늦도록 일해야 했다. 그러는 동안에도 후회하는 마음이 고통스럽게 일어나서 정말 우울했다. 살인자나 느낄 것 같은 양심의 가책이, 몹시 나쁜 짓을 저질렀다는 막연한 죄책감이 밀려들었다.

내가 집으로 돌아온 건 자정이 훨씬 지난 두세 시경이었다. 집에 들어서니 의자에 앉아서 나를 기다리는 고모님이 보였다.

"무슨 일 있으세요, 고모님?"

내가 깜짝 놀라며 묻자, 고모님이 대답했다.

"아니다, 트롯. 앉으렴, 의자에 앉아. '작은 꽃' 기운이 쭉 빠져서 내가 말 상대를 해주었단다. 그게 전부야."

나는 손에 머리를 기댔다. 가만히 앉아서 벽난로 불길을 쳐다보노라니 한층 더 미안하고 울적했다. 오랫동안 갈망하던 꿈을 이룬지 얼마나 됐다고 이런 일이 생긴단 말인가! 가만히 생각에 잠기다 고모님 시선과 우연히 마주쳤는데, 내 얼굴을 보고 있었다. 두 눈에 걱정이 가득하더니, 곧바로 사라졌다.

"고모님, 저도 오늘 밤 내내 아주 힘들었어요. 도라가 힘들어할 거란 생각에. 하지만 저는 살림하는 문제에 대해 도라한테 부드럽고 다정하게 말하려고 한 게 전부였어요."

내가 말하자, 고모님이 고개를 끄덕이며 힘을 실어주다가 충고했다.

"꼭 참아야 한다, 트롯."

"물론이죠. 제가 무분별하게 말할 생각이 없다는 건 하늘도 알아요, 고모님!"

"그래, 그래. 하지만 '작은 꽃'은 연약하고 가느다란 꽃이야. 바람이 불 때는 아주 조심해야 해."

고모님이 도라를 따듯하게 생각하는 마음이 나는 진심으로 고마웠다. 고모님도 그걸 아는 게 분명했다. 나는 불길을 조금 더 바라보다가 물었다.

"고모님이 도라한테 상담과 조언을 해주시는 건 어떨까요, 우리 둘을 위해서, 가끔?"

그러자 고모님이 단호하게 거절했다.

"트롯, 안 된다! 나한테 그런 건 부탁하지 마라."

너무나 진지한 어투에 나는 깜짝 놀라며 고개를 들어서 쳐다보고, 고모님은 계속 말했다.

"얘야, 지난 삶을 돌아보면서 무덤에 묻힌 사람을 떠올리면 훨씬 좋은 관계를 꾸릴 수 있었다는 생각이 가끔 들어. 내가 결혼에 대해 다른 사람이 저지른 실수를 가혹하게 평가한다면 그건 내가 겪은 결혼을 가혹하게 여길 수밖에 없는 쓰라린 이유가 있었기 때문이야. 이 얘긴 그만두자. 나는 까다롭고 사납고 고집스러운 여인으로 살았어, 오랜 세월을. 물론 지금도 그렇고 앞으로도 그렇겠지. 하지만 너랑은 꽤 잘 지냈어, 트롯…… 네가 나한테 잘했으니까. 그러니 인제 와서 우리 사이가 틀어지는 일은 없어야 해."

"우리 사이가 틀어지다니요!"

내가 깜짝 놀라며 반문하자, 고모님이 드레스 주름을 펴면서 이어 말했다.

"얘야, 얘야! 내가 끼어들면 나 때문에 우리 '작은 꽃'이 얼마나 힘들고 우리 사이가 얼마나 틀어질지 아무도 몰라. 나는 우리 '작은 꽃'이 나를 좋아하고, 그래서 나비처럼 발랄하게 살면 좋겠어. 네가 어린 시절에 겪은 집안 분위기를, 네 어미가 재혼한 이후를 명심해. 네가 제안한 대로 하면 나든 네 부인이든 엄청난 상처를 받을 수 있어. 그런 일은 절대 없도록 하렴!"

나는 고모님 말씀이 옳다는 사실을 단번에 깨달았다. 내가 사랑하는 부인에게 고모님이 잘 해주려고 한다는 마음도 충분히 깨달았다.

"지금은 신혼 초기야, 트롯. 로마는 하루에 세운 것도 아니고 일 년에 세운 것도 아니야. 이건 너 스스로 자유롭게 선택한 거야."

여기에서 고모님 얼굴에 먹구름이 살짝 스치는 것 같았다.

"너는 예쁘고 사랑스러운 여인을 선택했어. 지금 나는 너한테 설교하자는 게 아니야. 하지만 부인한테 없는 장점이 아니라 부인한테 있는 장점을 중심으로 평가하는 걸 남편 된 도리며 기쁨으로 여겨야 해, 스스로 선택했으니까. 부인한테 없는 장점은 네가 가르쳐야 해, 그럴 수 있다면. 하지만 그럴 수 없다면, 얘야……"

여기에서 고모님이 당신 코를 문질렀다.

"그것 없이 사는 법을 배워야 한단다. 하지만 명심하렴, 얘야, 너희 미래는 너희 둘이 만들어가는 거란 사실을. 누구도 도와줄 수 없다는 사실을. 너희 둘이 헤쳐나가야 한다는 사실을. 그게 결혼이야, 트롯. 하늘이시여, 두 어린애가 험한 세상을 제대로 살아가도록 은총을 베푸소서!"

고모님이 기운차게 말하더니, 은총을 확인하듯 내 볼에 뽀뽀하고 덧붙였다.

"이제 내가 가져온 등잔에 불을 붙여서 정원 길 너머 조그만 집까지 바래다주렴."

우리 집과 고모님 집 사이엔 정원이 하나 있었다.

"돌아오면 '작은 꽃'한테 베시 트롯우드가 사랑한다 전하고. 어떤 식으로든, 트롯, 베시 트롯우드를 감시자로 만들지 마. 거울에 비친 베시 모습은 내가 보기에도 냉혹하고 섬뜩하거든!"

이 말과 함께 고모님은 이럴 때 흔히 그러는 것처럼 손수건으로 머리를 동여매고, 나는 고모님을 집으로 바래다주었다. 고모님은 내가 돌아가는 길을 밝혀주려고 집 앞마당에서 조그만 등잔불을 들어주는데, 나를 지켜보는 눈길에 걱정스러운 기색이 다시 어리는 것 같았다. 하지만 나는 고모님이 한 말에, 우리를 도와줄 사람은 아무도 없으니 나와 도라 단둘이서 우리 미래를 만들어가야 한다는 말에 감동하고 깊은 생각에 빠져드느라 그걸 가볍게 넘기고 말았다.

내가 돌아와서 혼자 있는데 도라가 조그만 실내화를 신고 계단을 살그머니 내려와서 내 어깨에 얼굴을 묻더니, 나는 무자비하고 자신은 막돼먹게 행동했다며 울었다. 나 역시 똑같은 식으로 말한 것 같다. 결국 우리는 화해했다. 이렇게 충돌하는 사태는 더는 없게 하자고, 앞으로 백 년을 살더라도 절대 이러지 말자고 다짐했다.

하지만 우리는 하녀 때문에 끊임없이 시달렸다. 메리 앤 사촌은 우리 집 석탄광으로 몰래 숨어들고 군인들은 잔뜩 무장한 채 몰려들어 쇠고랑을 채워서 잡아가, 우리 집 앞마당을 치욕으로 물들이는 어이없는 사태까지 발생했다. 나는 너무 화나서 당장 해고했는데, 메리 앤이 임금을 받고 순순히 물러나, 깜짝 놀랐다. 하지만 얼마 지나지 않아 찻숟갈에 대한 진실은 물론 내 이름으로 여러 장사꾼에게 푼돈을 무단으로 빌린 사실까지 드러났다.

우리는 키저베리 부인을 – 내가 듣기에, 켄티스 타운[10]에서 가장 연로한 원주민으로 잠시 날품을 팔러 다녔으나 체력이 달려서 중단한 여인인데 – 구해서 집안일을 임시로 맡기다가 하녀를 새로 구했다. 아주 상냥한 여인이지만, 쟁반을 들고 주방 계단을 오르내릴 때마다 툭하면 넘어지고 차를 들고 거실로 들어올 때는 목욕탕으로 뛰어드는 것 같았다. 그래서 손실이 너무 커다란 나머지 결국 해고하고, 다양한 무능력자

10) 켄티스 타운(Kentish Town)은 세인트 판크라스 북쪽에 있는 마을로, 18세기 말에 중산층 전원단지로 재개발되었다.

가 연속으로 등장하고, 중간중간에 키저베리 부인이 간헐적으로 일하다, 겉모습은 멀쩡한 젊은 하녀를 새로 고용했는데, 이번에는 도라의 보닛 모자까지 쓰고서 그리니치 축제[11]에 갈 정도였다. 내가 기억하기로는 이후에 채용한 하녀도 모두 고만고만한 실패작이었다.

우리와 조금이라도 거래한 사람 역시 누구나 우리를 속이는 것 같았다. 우리가 상점에 들어선다는 건 나쁜 물건을 재빨리 꺼내오라는 신호였다. 그래서 바닷가재라도 사면 속에서 물만 가득 나왔다. 육류를 사면 하나같이 질기고, 빵을 사면 맛있는 껍질 부분은 거의 없었다. 어떤 고기를 어떻게 해야 적당하게 구울 수 있는지 파악하려고 나는 요리책까지 뒤져서 한 근에 약 15분은 구워야 한다는 사실을 발견했다. 하지만 그렇게 해도 묘하게 실패하니, 적당하게 구워진 적은 한 번도 없었다. 언제나 설익어서 새빨갛거나 새까맣게 타기 일쑤였다.

연속으로 실패하다 보니 나로선 가끔 성공하면 기분은 좋아도 비용이 꽤 많이 들어간다는 주장을 믿을 수밖에 없었다. 장사꾼 장부를 보면 우리 집은 식량 창고에 버터를 잔뜩 쌓아놓고서 그것만 엄청나게 먹어대는 것 같았다. 후추에 대한 수요가 늘어나서 국내소비세가 해당 기간에 얼마나 더 걷혔는지 모르겠지만, 우리 때문에 시장이 영향을 안 받았다면 그건 다른 여러 집에서 후추를 전혀 사용하지 않았기 때문이 분명하다. 하지만 무엇보다 놀라운 건 우리 집에 애초에 그런 게 들어온 적 자체가 없다는 사실이다.

세탁 아주머니가 옷을 전당포에 맡기고서 크게 뉘우치며 사과하는 경우는 누구든 여러 번 겪었을 것 같다. 굴뚝에서 불이 나고 교구 소방마차가 달려와도 교구 하급관리는 새빨간 거짓말만 늘어놓은 경

11) 그리니치 축제(Greenwich Fair)는 1857년까지 부활절과 성령 강림절에 열렸다. 디킨스가 쓴 '보즈 스케치'에 자세히 나온다.

우도 마찬가지일 것이다. 하지만 안타깝게도 우리는 술을 좋아하는 하녀를 고용한 적이 있는데, 이 여자는 '과즙 럼주 한 통(C 부인)', '정향을 넣은 진 반 통(C 부인)', '박하를 넣은 럼주 한 잔(C 부인)'이라는 엉뚱한 품목으로 우리가 술집에 지급할 흑맥주 비용을 부풀렸다. 괄호에 넣은 C 부인은 물론 도라를 뜻하니, 그것만 보면 도라가 그 술을 모두 마셨다는 뜻이 되는 것이다.

우리가 신혼살림에서 처음으로 해낸 커다란 업적 가운데 하나는 트래들스에게 저녁 식사를 간단하게 대접한 것이다. 그날 오후에 시내에서 트래들스를 만나, 걸어서 우리 집으로 가자고 제안했다. 트래들스는 쉽게 승낙하고, 나는 도라에게 쪽지를 보내서 트래들스를 집으로 데려갈 거라고 알렸다. 날씨가 좋아서 우리는 길을 걸으며 내가 누리는 행복한 신혼 생활을 주제로 대화했다. 트래들스는 대화에 흠뻑 빠져들어, 자신이 그런 집에서 살고 소피는 그런 자신을 기다리며 식사를 준비한다면 세상에 부러운 것 하나 없이 행복을 만끽하며 살겠다고 말했다.

식탁에 자리할 때마다 맞은편 끝에 앉은 부인이 더할 나위 없이 예쁘고 귀엽게 보이긴 해도 공간이 조금 더 넓으면 좋겠다는 마음 역시 확실히 들었다. 왜 그런지 몰라도 우리 두 사람밖에 없는데 식탁 의자에만 앉으면 언제나 몸이 꽉 꼈다. 그런데도 물건이 사라질 공간은 늘 충분했다. 지금 생각하면 제자리에 놓인 물건이 하나도 없기 때문인 것 같다. '집'의 탑 모양 개집이 언제나 길목을 봉쇄하며 떡 버티고 앉은 게 유일한 예외였다. 이런 상황에서 트래들스는 개집과 기타 상자와 도라가 그린 꽃 그림과 내가 글 쓰는 책상에 완벽하게 포위당해, 나이프와 포크조차 제대로 사용할 수 없겠다고 내가 심각하게 걱정하는데도 마음씨 착한 트래들스는 아니라고, "이 정도면 널찍해, 정말 널찍하다고!" 하며 칭찬했다.

나에겐 소망이 또 있었는데, 그건, 식사할 때 '집'이 식탁에 돌아다니지 못하게 하는 것이다. '집'이 식탁을 돌아다니는 자체로 분위기가 난잡하다는 느낌이 드는데, 소금이나 녹인 버터에 발을 집어넣는 습관까지 있으니 더 말할 게 없었다. 게다가 이번에는 자신을 식탁에 올린 까닭이 트래들스를 견제하라는 거로 생각했는지, 내 친구를 향해 용감하고 집요하게 짖어대다 음식 접시로 갑자기 달려드는 식으로 대화를 독점했다고 해도 과언이 아니다.

하지만 사랑하는 도라는 마음이 약하고 자신이 좋아하는 걸 조금만 나무라도 민감하게 반응한다는 사실을 잘 아는 터라, 나는 싫은 표정을 조금도 내비치지 않았다. 접시들이 맞서 싸우다 바닥에 떨어져도, 양념 통이 술에 취한 것처럼 흔들리다 뒤엉켜도, 채소 접시와 주전자가 이리저리 돌아다니다 트래들스를 포위해도 나는 비슷한 이유로 싫은 소리 한마디 안 했다. 그러나 푹 삶아서 앞에 놓은 양고기 다리를 나이프로 썰기 전에 가만히 들여다보다, 우리 집으로 오는 고기는 어째서 항상 이상한 모양일까, 우리가 애용하는 푸줏간 주인이 기형으로 태어난 양만 골라서 사는 건가, 하는 생각이 문뜩 떠오르는 건 어쩔 수 없었다. 하지만 이번에도 겉으로 드러내지 않았다. 그리고 도라에게 물었다.

"내 사랑, 그 접시에 있는 건 뭔가요?"

하지만 내가 키스하기라도 바라는 것처럼 도라가 귀여운 얼굴로 유혹하듯 쳐다보는 까닭을 나는 도무지 이해할 수 없었다. 도라가 그렇게 주저하다 대답했다.

"굴이에요, 여보."

"당신 생각이오?"

내가 기뻐하며 묻자, 도라가 대답했다.

"그……그래요, 도디."

나는 고기 써는 커다란 나이프와 포크를 식탁에 내려놓으며 감탄했다.

"정말 잘했소! 트래들스가 제일 좋아하는 거라오!"

"그……그래요, 도디. 그래서 예쁘고 조그만 통으로 하나 샀어요. 장사꾼이 아주 좋은 물건이라고 하더군요. 그런데…… 그런데 뭔가 문제가 있는 것 같아요. 왠지 이상해요."

도라가 말하며 머리를 절레절레 흔들더니, 두 눈에서 다이아몬드가 반짝였다.

"껍질을 열면 되는 거예요. 위에 있는 껍질을 열어요, 내 사랑."

내가 말하자, 도라는 껍질을 벗기려고 하다가 난처한 표정으로 대답했다.

"하지만 열리질 않아요!"

그러자 트래들스가 접시에 담긴 굴을 살피다가 명랑하게 말했다.

"내가 보기에 굴 자체는 상품인데, 지금까지 열린 적이 한 번도 없는 것 같네."

굴은 열린 적이 없는데, 우리에겐 굴을 까는 나이프가 없고, 설사 있다고 해도 사용법을 모르니, 우리는 굴을 쳐다보고 양고기만 먹었다. 아니, 구워진 곳만 골라 먹고 나머지는 채소로 배를 채웠다. 내가 만류하지 않았더라면 트래들스는 음식이 정말 맛있다는 표시로 완벽한 야만인으로 돌변해 접시에 담긴 생고기를 모두 먹어치울 테지만, 나로선 친구를 희생 제물로 바쳤다는 말까지 들을 수 없어서 베이컨을 대신 내놓았다. 다행히도 차갑게 식은 베이컨이 식료품 창고에 있었다.

가련하고 연약한 도라는 내가 불쾌하게 여길 거로 생각하고 심하게

마음고생 하다 내가 아무렇지 않다는 걸 깨닫고 아주 기뻐한 나머지, 나는 마음속으로 억누르던 불쾌감이 순식간에 사라지고, 우리는 행복한 초저녁 시간을 보냈다. 그래서 내가 트래들스와 함께 포도주를 마시며 토론하는 동안 도라는 내 의자에 한쪽 팔을 걸치고 앉아서 화도 안 내고 짜증도 안 내서 정말 고맙다고 기회가 있을 때마다 귓속말로 속삭였다. 그러더니 차를 만들려고 장난감 차기 세트를 가지고 노는 듯 열심히 만지작거리는 모습이 너무나 예쁘게 보여, 나로선 차 맛이 좋은지 나쁜지조차 모를 정도였다. 그런 다음에는 트래들스와 카드놀이를 두세 판 하고 도라는 옆에서 기타 치며 노래하니, 나는 우리가 결혼하기 전에 연애하며 달콤한 꿈에 젖던 나날이, 도라 목소리를 처음 듣고 황홀경에 빠져든 밤이 아직도 끝나지 않은 느낌이었다.

트래들스를 배웅하고 거실로 돌아오니, 부인이 바로 옆으로 의자를 가져와서 나란히 앉으며 말했다.

“정말 미안해요. 앞으로도 계속 가르쳐줄 거지요, 도디?”

“우선 나부터 배워야 한다오, 도라. 나 역시 당신만큼이나 모르니까, 내 사랑.”

“아! 하지만 당신은 금방 배울 거예요, 아주 똑똑하니까!”

“말도 안 되는 소리요, 예쁜이!”

내가 말하자, 부인은 한동안 침묵하다가 입을 열었다.

“일 년 동안 지방에 내려가서 아그네스와 함께 살면 정말 좋겠어요!”

도라는 두 손을 내 어깨에 올리고 깍지 껴서 턱을 올리고 파란 눈으로 내 눈을 가만히 들여다보았다.

“왜요?”

내가 묻자, 도라가 대답했다.

“그러면 아그네스한테 많은 걸 배울 것 같아요.”

"다 때가 있는 법이라오, 내 사랑. 아그네스는 오랜 세월에 걸쳐서 부친을 돌봤다는 사실을 잊지 말아야 하오. 아주 어릴 때도 아그네스는 지금과 똑같은 모습이었다오."

"나를 내가 원하는 이름으로 불러줄 수 있나요?"

도라가 꼼짝도 않고 물었다.

"그게 무언가요?"

내가 웃는 얼굴로 되묻자, 도라는 곱슬머리를 가만히 흔들다가 대답했다.

"멍청한 명칭이에요. 철부지 아내."

나는 웃으면서 그렇게 불러주길 바라는 까닭이 무어냐고 철부지 아내에게 물었다. 그러자 철부지 아내는 꼼짝도 않고 대답했다. 내가 팔을 돌려서 껴안는 바람에 파란 눈이 조금 더 가까이 다가온 게 전부였다.

"도라 대신 그 이름으로 부르라는 뜻이 아니라고요, 멍청한 남편아. 나를 그렇게 생각해야 한다는 뜻이라고요. 나한테 화날 것 같으면 속으로 '철부지 아내라서 그래!' 라고 생각하세요. 내가 아주 실망스러울 때도 속으로 '철부지 아내가 될 수밖에 없다는 사실을 나는 오래전부터 알았어!' 라고 생각하세요. 내가 절대로 갖출 수 없는 능력이 아쉬울 때는 속으로 '그래도 철부지 아내는 나를 여전히 사랑해!' 라고 생각하세요. 나는 정말로 당신을 사랑하니까요."

사실 나는 그때까지 그렇게 진지한 편이 아니었다. 하지만 도라가 진심으로 하는 말인 걸 깨닫고 나 역시 진심으로 말하자, 마음속에 사랑이 가득한 도라는 너무 행복한 나머지, 반짝이던 눈물이 마르기도 전에 얼굴이 환하게 폈다. 그리곤 정말 철부지 아내로 곧바로 변해서 개집 앞에 앉아 입구에 달린 조그만 종을 하나씩 차례대로 울려서

'집'에게 조금 전에 나쁜 짓을 저지른 벌을 주는데, 정작 '집'은 입구에 머리를 빼꼼히 내밀고 엎드려서 눈만 끔뻑거렸다. 너무 귀찮아서 관심조차 없다는 표정이었다.

도라가 호소한 말은 나에게 강한 인상을 주었다. 당시를 돌아보면 내가 누구보다 사랑한 순진무구한 얼굴이 과거라는 깊은 터널에서 아련하게 떠오르며 다정하게 쳐다보고, 도라가 호소한 몇 마디 역시 끊임없이 다가온다. 하지만 나는 그 말을 바람직하게 활용하지 못한 것 같다. 나 역시 그만큼 어리고 경험이 없었다. 꾸밈없는 호소에 귀를 열심히 기울이는 정도였다.

어쨌든 도라는 그러고 나서 앞으로 훌륭한 가정주부가 되겠다고 다짐했다. 이 말에 따라, 책받침도 깨끗이 닦고 연필도 깎고 큼직한 가계부도 사고 '집'이 찢어발긴 요리책을 한 장 한 장 모아서 실과 바늘로 튼튼하게 꿰매는 등, 자신이 언급한 '훌륭한 가정주부'가 되려고 필사적으로 노력했다. 하지만 숫자는 여전히 완고하게 저항해서 도무지 합산할 수 없었다. 가계부에 두세 품목 어렵게 기록하면 '집'이 꼬리를 흔들며 달려들어 잉크 글씨를 엉망으로 만들었다. 도라 오른손 가운뎃손가락만 잉크가 뼛속까지 스며들었다. 내가 보기에 도라가 얻은 성과라곤 그것 하나가 전부였다.

어느덧 나는 작가로 조금씩 알려지면서 글을 많이 쓰고, 그래서 초저녁에 집에서 글을 쓰다가 펜을 내려놓고 철부지 아내가 훌륭하게 변신하려고 애쓰는 모습을 지켜보곤 했다. 도라는 무엇보다 먼저 큼직한 가계부를 탁자에 내려놓고 한숨을 깊이 내쉰다. 그런 다음에는 간밤에 '집'이 엉망으로 만든 곳을 펼치고 '집'을 불러서 얼마나 나쁜 짓을 저질렀는지 보여준다. 그러다가 벌로 코에 잉크를 묻히면, '집'은 재미있는 장난으로 받아들이고, 그러면 도라는 '집'에게 당장 탁자 바닥에

"사자처럼" 엎드리라고 명령하는데 - 이건 '집'이 잘하는 묘기 가운데 하나지만 내가 보기엔 비슷한 점이 없는데 - '집'은 기분이 좋으면 명령에 순순히 따른다. 그러면 도라는 펜을 집어서 숫자를 쓰려고 하다가 거기에 달라붙은 머리칼 한 올을 발견한다. 그럼 다른 펜을 집어서 쓰다가 삐걱거리는 소리가 나는 걸 눈치챈다. 그러면 "아, 이 펜은 소리가 나서 도디를 방해하겠어!" 하고 나지막이 중얼거리곤 다른 펜을 집어서 쓰기 시작한다. 그러다가 결국에는 아무런 소용도 없다며 포기하곤, 가계부로 사자를 짓이기는 척한 다음에 치운다.

혹은, 마음이 훨씬 차분하고 진지한 상태면 도라는 청구서나 영수증이 가득한 - 내가 보기에 머리를 곱슬곱슬하게 마는 데 사용하는 종이처럼 보이는데 - 조그만 바구니와 책받침을 꺼내놓고 앉아서 바람직한 성과를 내려고 애쓴다. 그래서 하나하나를 심각하게 비교하고 왼손 손가락을 앞으로 꼽다가 뒤로 꼽는 식으로 셈하고 또 셈하며 종이에 적고 지우기를 반복하다 지근지근한 골머리에 낙담해서 우울한 표정을 떠올리고, 나는 환한 얼굴에 깔리는 먹구름을 - 그것도 바로 나 때문에! - 지켜보는 게 안쓰러워 살며시 다가가며 묻는다.

"무슨 일이오, 도라?"

그러면 도라는 절망적인 표정으로 고개를 들고 대답한다.

"도무지 계산이 안 나와요. 그래서 머리가 너무 아파요. 바라는 대로 되는 게 하나도 없어요!"

그럼 내가 말한다.

"그럼 나랑 해봅시다. 내가 가르쳐줄게요, 도라."

그리고 구체적으로 시범을 보이기 시작하면 도라는 대략 오륙 분 정도 관심을 보이다 조금씩 지치며 내 머리칼을 돌돌 말거나 셔츠 목깃을 뒤집으면 내 얼굴이 어떻게 보이나 살피는 식으로 분위기를 바꾼다. 그래도 내가 장난을 무시하고 시범을 계속 보이면 도라는 조금씩 당황하다 결국엔 겁에 질리면서 울적한 표정을 떠올리고, 나는 도라에게 첫눈에 홀딱 반한 이유가 쾌활한 성격이란 사실을, 그래서 철부지 아내가 되었다는 사실을 떠올리곤 '내 탓이오!'를 속으로 중얼거리며 연필을 내려놓고 기타 연주를 부탁한다.

나는 할 일이 엄청나게 많고 근심도 많지만 똑같은 이유로 모두 혼자 알아서 처리했다. 지금 생각하면 그게 잘한 건지 의심스럽지만 나는 철부지 아내를 위해서 그렇게 했다. 나는 지금 가슴속을 샅샅이 뒤져서 속마음을 여기에 솔직하게 밝힌다. 중요한 걸 망각했다거나 뭔가 부족하다는 느낌이 내 마음 어딘가에 공허하게 틀어박힌다는 것 역시 잘 알지만, 그것 때문에 인생 자체가 비참할 정도는 아니다. 화창한 날씨에 홀로 거닐다 황홀한 느낌이 사방에서 가득 몰려들던 어릴 적 여름날이 떠오르면 당시에 품은 꿈이 그립기도 했다. 하지만 그건 예전에 스쳐 지나간 영광일 뿐 현재를 포기할 정도는 아니라고 생각했다. 물론 아내가 조금 더 단호하고 의지도 확고해서 모든 걸 함께 상의할 수 있으면 좋겠다고, 내가 부담을 덜고 작업에 집중할 수 있으면 좋겠다고, 어딘가 허전한 느낌이 들 때마다 공허감을 꽉 채워줄 수 있으면 좋겠다고 가끔 생각했다. 하지만 완벽한 행복은 존재하지도 않고 존재할 수도 없다는 생각도 들었다.

나이로 치자면 나 역시 철부지 남편이었다. 나는 여기에 기록한 슬픔과 경험 말고는 고생이란 걸 몰랐다. 내가 무언가를 잘못했다면, 당연히 잘못한 게 많겠지만, 그건 내가 사랑을 엉뚱하게 이해하고 지혜 역시 부족했기 때문이다. 지금 나는 모든 걸 사실대로 기록하는 중이다. 살짝 왜곡해서 기록하는 건 하나도 없다.

어쨌든 신혼살림에서 일어나는 다양한 고통과 근심을 나는 혼자서 모두 떠맡았다. 함께 떠맡을 동반자는 없었다. 집안 살림이 뒤죽박죽이란 측면에서 우리는 예전과 비슷하게 살았다. 하지만 나는 그런 생활에 익숙하고 다행히도 도라 역시 당황하는 사례가 눈에 띄게 줄었다. 예전처럼 천진난만하게 쾌활하고 명랑하며, 나를 지극히 사랑하고, 예전처럼 천진난만한 취미를 즐겼다.

의회 논쟁이 심각하게 발전하고 - 수준이 향상된 적은 거의 없으니, 질적인 수준이 아니라 양적인 시간이 길어진다는 뜻인데 - 그래서 집에 늦게 들어가면, 도라는 안 자고 기다리다 내가 들어오는 발소리를 듣는 순간에 아래층으로 내려와서 맞이했다. 내가 엄청난 고통을 감수하며 익힌 기술을 쓸 일이 없어서 초저녁에 집에 머물며 글 쓰는 작업에 몰두하면, 아무리 늦은 시각이라도 도라는 옆에 앉아서 말없이 기다린 나머지, 나는 도라가 잠들었다고 생각하기 일쑤였다. 하지만 대개는 고개를 드는 순간에 파란 눈으로 가만히 지켜보는 도라가 보였다. 하루는 밤에 내가 책상을 정리하다가 시선이 마주치는 순간, 도라가 위로했다.

"아, 정말 피곤하겠어요!"

"당신이 피곤하겠소! 이럴 까닭이 없다오. 다음부터는 먼저 잠자리에 들어요, 내 사랑. 시간이 너무 늦잖소."

내가 권하자, 도라가 옆으로 바싹 다가오며 간청했다.

"싫어요, 먼저 잠자리로 보내지 마세요! 제발 그러지 마세요!"

"도라!"

도라가 내 목에 얼굴을 기댄 채 흐느껴서 나는 깜짝 놀라며 물었다.

"어디 안 좋소, 내 사랑? 기분이 언짢은 거요?"

"아니에요! 아주 좋아요, 기분도 좋고요! 하지만 당신이 글 쓰는 모습을 지켜보도록 해주세요."

"한밤중에 눈빛이 반짝이다니, 정말 대단하구려!"
내가 대답하자, 도라가 웃으며 말했다.
"정말 반짝이나요? 눈빛이 반짝이다니, 기분이 좋네요."
"귀염둥이 허영심이 대단하군!"
하지만 그건 허영심이 아니었다. 내가 감탄하는 말을 듣고서 좋아하는 것뿐이었다. 나는 그걸 잘 안다, 도라가 말하지 않아도.
"눈빛이 예쁘다고 생각한다면, 내가 여기에서 당신이 글 쓰는 모습을 언제나 지켜보아도 괜찮다고 허락하세요! 그런데 내 눈이 정말 예쁜가요?"
"아주 예뻐요."
"그럼 언제나 여기에서 당신이 글 쓰는 모습을 지켜보겠어요."
"그런다고 해도 반짝이는 눈빛이 더 예뻐지진 않을까 걱정스럽소, 도라."
"아니에요, 예뻐질 거예요! 그럼 똑똑한 당신이 고요한 환상에 빠져드는 동안에도 나를 기억할 테니까요. 내가 아주, 아주 엉뚱한 제안을 해도 괜찮겠어요…… 평소보다 엉뚱한?"
도라가 물으며 내 어깨너머로 훔쳐보았다.
"어떤 훌륭한 제안이기에 그러오?"
내가 묻자, 도라가 대답했다.
"내가 옆에서 펜을 들고 있을게요. 당신이 밤늦도록 일하는 동안 나도 뭔가 하고 싶어요. 옆에서 펜을 들고 있어도 되겠어요?"
좋다는 말에 정말 기뻐하는 도라를 떠올리면 지금도 두 눈에 눈물이 고인다. 내가 글을 쓰려고 책상 앞에 앉으면 도라 역시 곧바로 옆에 앉아서 펜 꾸러미를 한쪽에 잔뜩 준비했다. 내가 하는 일에 이런 식으로 관여해서 도라가 의기양양하고, 내가 - 일부러 자주 필요한 척하면서

– 펜을 새로 달라고 할 때마다 기뻐하는 모습을 보고서 나는 철부지 아내를 기쁘게 할 방법을 새롭게 떠올렸다. 가끔 원고 한두 장을 베껴야 하는 척한 것이다. 그럴 때마다 도라는 더할 수 없이 좋아했다. 작업에 들어갈 마음을 다지며 준비하고, 잉크가 안 튀도록 주방 앞치마를 두르고 턱받이까지 한 채 공들여서 글씨를 옮기다가 '집'이 내용을 이해한다는 듯 웃음을 터트리느라 툭하면 중단하고, 제일 밑에 자기 이름을 적어야 모든 작업이 끝난다 확신하고, 어릴 적 학교 숙제처럼 가져와서 내가 칭찬하면 내 목에 두 손을 걸치며 꼭 껴안던 모습은 다른 사람에게는 아무렇지 않겠지만 나에겐 참으로 소중한 추억이다.

이런 다음부터 도라는 열쇠꾸러미를 관리하며, 열쇠 전체를 조그만 바구니에 넣고 날씬한 허리에 매서 쨍그랑거리며 집 안 곳곳을 다녔다. 하지만 자물쇠를 제대로 잠그거나 열쇠꾸러미를 제대로 사용한 적은 거의 없었다. '집'이랑 놀면서 장난감으로 사용한 게 전부다. 중요한 건 도라가 기뻐한다는 사실이며, 그래서 나 역시 기쁘다는 사실이다. 도라는 이런 식으로 살림살이하는 척이라도 하면 많은 게 변할 거라며 만족스러워하고 우리는 철부지 신혼살림을 재미 삼아 꾸려나가기라도 하는 것처럼 즐거워했다.

우리는 이렇게 살았다. 그리고 도라는 나를 대하는 만큼이나 따듯하게 우리 고모님을 대했다. 예전에 '잔소리 심한 할머니'면 어떻게 하나 걱정했다는 말까지 자주 할 정도였다. 나는 우리 고모님이 다른 사람을 모든 점에서 느긋하게 대하는 모습을 처음 보았다. 아무런 반응이 없어도 '집'에게 환심을 사려 애쓰고, 음악에 아무런 취미도 없으면서 날이면 날마다 기타 연주를 듣고, 속으로 열불이 끓어오를 게 분명한데도 무능력한 하녀 누구도 공격하지 않고, 행여나 도라가 원하는 게 있으면 아무리 하찮은 물건이라도 먼 길을 마다치 않고 걸어가서 구해와 깜짝 선물하고, 정원을 끼고 오거나 도라 방으로 무작정 들어가는 대신 계단 밑에서 집 안 전체가 들썩이도록 쾌활하게 소리치며 불렀다.

"어디에 있니, '작은 꽃'?"

CHAPTER 45. 노신사 딕이 고모님 예언을 실현하다

내가 박사님 일을 관둔 것도 꽤 오랜 시간이 지났다. 근처에 사는 터라 자주 찾아뵙고, 식사모임이나 다과모임에도 두세 차례 참석했다. '노련한 지휘관'은 그 집에 완전히 눌러앉았다. 하지만 행동거지는 예전과 똑같고 모자 주변을 맴도는 나비 두 마리는 영원불멸이었다.

내가 만난 어머니들 대부분이 그런 것처럼 마클람 여사 역시 딸은 따라올 수도 없을 정도로 노는 걸 좋아했다. 그래서 오락거리가 엄청나게 필요하니, 엉큼하고 '노련한 지휘관'답게 무엇이든 하고 싶은 대로 하면서 겉으로는 딸 때문에 그러는 척했다. 박사님은 아내가 재미있는 시간을 보내길 바라고, 그런 자세는 훌륭한 모친에게 극히 바람직하니 당연히 무한한 공감을 드러냈다.

지금 생각하면 이런 과정에서 마클람 여사는 자신도 모르는 사이에 박사님의 깊은 상처를 마구 후볐다. 나이가 많은 여인이라고 해서 모두 그러진 않겠지만, 자신이 젊은 아내를 구속한다는, 두 사람이 마음을 하나로 합칠 수 없다는 박사님 특유의 두려움을 천박한 여인 특유의 이기심으로 끊임없이 끌어내며 자극한 것이다. 아내가 짊어진 삶의 무게를 덜어주려는 박사님 생각을 강력하게 지지하는 식으로 말이다. 그래서 하루는 내가 있는 자리에서 박사님에게 이렇게 말했다.

"여보시게, 애니가 집에 늘 갇혀 지내면 약간은 갑갑하리란 걸 자네도 잘 아시잖은가!"

박사님은 자비로운 표정으로 고개를 끄덕이고, 마클람 여사는 부채를 화려하게 펼치며 계속 말했다.

"애니가 자기 어미만큼 나이를 먹는다면야 얘기는 달라지겠지. 나는 지금 당장 감옥에 넣는다 해도 점잖은 사람들과 카드놀이만 할 수 있다면 밖으로 나가고 싶은 생각이 안 들 테니까. 하지만 나는 애니가 아니고, 애니는 내가 아니라네."

"그야 물론이지요."

"자네는 정말 훌륭한 신사네."

이 표현에 박사님이 어림없다는 몸짓을 하자, 마클람 여사가 만류하며 계속 말했다.

"아니야, 정말이야! 내가 자네 뒤에서 항상 하는 말을 바로 지금 이 자리에서 하자면, 자네는 정말 훌륭한 신사야. 하지만 애니까지 자네처럼 일하는 걸 좋아한다고 생각하는 건 설마 아니겠지, 그렇지 않은가?"

"네, 맞습니다."

박사님이 대답했다. 슬픔이 가득한 어투였다.

"그래, 당연히 아니야. 가령, 사전 작업을 예로 들어보세. 사전 작업은 정말 유익한 작업이야! 꼭 필요한 작업이지! 단어가 지닌 다양한 의미! 존슨 박사 같은 사람이 사전을 안 만들었다면 우리는 지금 이 순간에 이탈리아산 다리미를 침대 틀이라 부를 수도 있다고. 하지만 애니까지 사전에 - 더군다나 아직 만들지도 않은 사전에 - 관심을 가지길 기대하기는 어려워, 그렇지 않은가?"

박사님이 고개를 끄덕이자, 마클람 여사는 부채를 접어서 박사님 어깨를 톡톡 치며 계속 말했다.

"바로 그것 때문에 내가 자네 배려에 적극적으로 찬성하는 걸세. 나이 지긋한 사람은 젊은 어깨에 늙은 머리를 얹으려고 하기 마련인데, 자네는 아니라네. 자네는 애니 성격을 충분히 파악했네. 내가 매력적으로 여기는 건 바로 그거야!"

이런 공치사를 억지로 듣느라, 성격이 차분하고 인내심 많은 스트롱 박사조차 고통스러운 표정이 살며시 떠오르고, '노련한 지휘관'은 사위 어깨를 부채로 다정하게 톡톡 치면서 계속 말했다.

"따라서 친애하는 박사, 언제 어느 때든 말만 하게. 자네 마음을 충분히 이해하네. 오페라든 콘서트든 전시회든 장소 불문하고 애니를 데리고 다니겠네, 아무리 피곤해도 티 내지 않으면서 말이야. 그게 어미 된 도리 아니겠나, 친애하는 박사!"

마클람 여사는 약속을 잘 지켰다. 노는 거라면 많을수록 좋은 사람이라서 조금도 망설이지 않았다. 집에서 제일 편한 의자에 앉아 매일 두 시간씩 신문을 훑으며 애니가 좋아할 만한 놀이가 있는지 살폈다. 애니가 피곤하다며 반발해도 소용이 없었다. "친애하는 애니, 철 좀 들어라. 스트롱 박사가 베푸는 호의를 네가 거절하면 어떻게 하니?"라며 늘 나무랐다. 그것도 박사가 있는 앞에서 그러니, 내가 보기에 스트롱 부인으로선 반대하다가도 포기할 수밖에 없는 것 같았다. 하지만 일반적으로는 어머니에게 모든 걸 맡긴 채 어디든 시키는 대로 따라다니는 것 같았다.

멀던 선생이 함께 가는 일은 이제 거의 없었다. 가끔은 우리 고모님과 도라가 초대받거나 도라 혼자 초대받기도 했다. 나는 도라가 함께 가는 게 불편할 때도 있지만, 박사님 서재에서 그날 밤에 있었던 일을 떠올리고 모든 불신을 씻어버렸다. 박사님 판단이 옳다 생각하고 더는 의심하지 않은 것이다.

우연히 나와 단둘이 있을 때 고모님은 코를 가끔 문지르면서 도무지 이해할 수 없다고 말했다. 고모님은 두 사람이 훨씬 행복하길 바라는데, 군인 친구가 (고모님은 '노련한 지휘관'을 항상 이렇게 불렀다) 있으면 상황이 좋아질 리 없다고 생각했다. 심지어 "군인 친구가 나비 두 마리라도 잘라내서 노동절에 굴뚝 청소부한테 준다면 정신이 조금 돌아올지 모른다"는 견해까지 드러낼 정도였다.

하지만 고모님은 노신사 딕을 끊임없이 신뢰했다. 그분은 머리에 좋은 생각을 담아둔 게 분명하다고, 극히 어렵긴 해도, 그 생각을 한쪽으로 몰아서 정리한다면 꽤 커다란 명성을 날릴 거라고 말이다.

이런 예언도 모른 채 노신사 딕은 박사님과 스트롱 부인을 늘 똑같이 대했다. 앞으로 나아가지도 뒤로 물러서지도 않았다. 한 자리에 뿌리 내린 건물처럼 보였다. 솔직히 고백하자면, 나는 건물이 한 자리에서 꿈쩍을 않듯이 노신사 딕 역시 꿈쩍을 않으리라 확신했다.

하지만 결혼하고 몇 달이 지난 어느 날 밤에 (도라는 우리 고모님과 함께 새처럼 생긴 고모님 두 분과 차를 마시러 떠나고) 나 혼자서 글 쓰는 작업에 열중하는 거실로 노신사 딕이 머리를 빼꼼히 내밀더니, 의미심장하게 헛기침하다 말했다.

"내가 말 걸면 자네가 작업하는 데 방해될까 두렵군, 트롯우드."

"아닙니다, 딕 선생님. 들어오세요!"

노신사 딕은 안으로 들어와서 악수한 다음, 자기 코 옆면에 손가락 하나를 대며 말했다.

"트롯우드, 자리에 앉기 전에 말할 게 있는데, 자네는 자네 고모님을 아는가?"

"조금은요."

"자네 고모님은 세상에서 가장 훌륭한 여인이네!"

마음에 담아둔 말이라도 뱉어내듯 말하더니, 노신사 딕은 평소보다 훨씬 진지하게 자리에 앉아서 나를 쳐다보며 다시 말했다.

"자네한테 하나 물어보겠네."

"많이 물으셔도 괜찮습니다."

내가 대답하자, 노신사 딕은 두 팔로 팔짱을 끼면서 물었다.

"자네는 나를 어떻게 생각하나?"

"아주 가깝고 소중한 분이시지요."

내가 대답하자, 노신사 딕이 좋아서 웃는 얼굴로 나에게 손을 내밀어 악수하며 말했다.

"고맙네, 트롯우드. 하지만 내 말은, 여기를 어떻게 생각하느냐는 거야."

노신사 딕은 자기 머리를 가리키고, 나는 당혹스러워서 대답을 못하자, 한 마디 내뱉으며 거들었다.

"약하지?"

"으음, 그런 편이지요."

내가 모호하게 대답하자, 노신사 딕은 내 대답이 만족스럽다는 표정으로 환호했다.

"맞아! 그래서, 트롯우드, 그들이 네가 잘 아는 사람 머리에서 문젯거리를 꺼내다가 네가 아는 곳에 놓으니까, 거기에서……"

노신사 딕이 두 손을 서로 교차하며 빠르게 수없이 돌리더니 하나로 합쳐, 양쪽 손바닥을 반대로 비벼대서 혼란스러운 모습을 연출하며 계속 말했다.

"거기에서 웬일인지 이런 일이 일어나는 거야. 알겠어?"

나는 고개를 끄덕이고, 노신사 딕 역시 고개를 끄덕이더니, 목소리를 낮추며 속삭였다.

"한 마디로, 트롯우드, 나는 단순해."

내가 이의를 제기하려고 하는데, 노신사 딕이 가로막으며 계속 말했다.

"맞아, 정말이야! 자네 고모님은 아니라고 하면서 아예 이런 말을 안 들으려고 하지만 나는 단순해. 내가 잘 알아. 자네 고모님이 편들지 않았다면 나는 옛날에 갇혀서 우울한 시간을 보냈겠지. 하지만 이제부터라도 내가 자네 고모님을 먹여 살릴 거야. 나는 서류를 베껴서 번 돈을 한 푼도 안 썼어. 모두 상자에 넣었어. 나는 유서를 만들 거야. 그 돈을 자네 고모님한테 모두 남길 거야. 자네 고모님은 부자가 되겠지…… 귀족이!"

노신사 딕이 주머니에서 손수건을 꺼내 눈물을 닦았다. 그러더니 조심스럽게 접어서 양손 손바닥으로 눌러 주름을 펴고 주머니에 다시 넣었다. 그와 동시에 고모님 이야기도 접은 것 같았다.

"이제 자네는 학자야, 트롯우드. 아주 훌륭한 학자라고. 자네는 박사님이 얼마나 많이 공부하고 얼마나 훌륭한 사람인지 잘 알아. 박사님이 나한테 예의를 다하는 것도 알고. 지혜를 자랑한 적도 없고. 가련한 딕한테, 아는 게 없어서 단순한 딕한테, 겸손하고 또 겸손하고 또 겸손하게 행동하시지. 나는 연이 하늘에서 종달새 사이를 날 때 박사님 이름을 종이쪽지에 적어서 연줄에 걸어 공중으로 날렸어. 연은 박사님 이름을 기꺼이 받아들이고, 하늘도 훨씬 밝게 빛났지."

나는 박사님은 우리가 최고로 존중하고 존경할 자격이 충분한 분이라고 진심으로 말하고 노신사 딕은 기뻐하며 말했다.

"그리고 아름다운 부인은 별이야. 빛나는 별. 나는 부인이 빛나는 모습을 보았네. 그런데……"

노신사 딕이 의자를 가까이 끌어서 내 무릎에 한 손을 올려놓으며 덧붙였다.

"구름이 꼈어…… 구름이."

노신사 딕이 근심스러운 표정을 얼굴에 드러내자, 나는 마찬가지로 똑같은 표정을 떠올리고 머리를 끄덕이는 식으로 대답을 대신했다. 그러자 노신사 딕이 물었다.

"무슨 구름이지?"

그리곤 깊이 생각하는 표정으로 쳐다보며 무슨 까닭인지 파악하려고 해서 나는 어린아이에게 설명하듯 천천히 또렷하게 공들여서 대답했다.

"두 분 사이에 불행히도 틈새가 생겼어요. 아주 불행한 일 때문에 생긴 간격. 비밀. 나이 차이가 커다란 원인으로 작용한 걸 수도 있어요. 아무것도 아닌 일 때문에 생긴 걸 수도 있고요."

노신사 딕은 내가 한마디 할 때마다 깊이 생각하는 표정으로 고개를 끄덕이더니, 내가 말을 마치자 내 얼굴에 시선을 고정하고 한 손을 내 무릎에 올려놓은 채 곰곰이 생각했다. 그러다가 물었다.

"박사님이 부인한테 화난 건 아니지, 트롯우드?"

"그럼요, 깊이 사랑해요."

"그렇다면 내가 알 것 같아, 트롯우드!"

노신사 딕이 갑자기 기뻐하며 내 무릎을 탁 때리더니, 의자에 몸을 깊숙이 파묻고 눈썹을 최대한 치켜세워, 드디어 정신이 완전히 나간 모습을 연출했다. 그러더니 갑자기 진지한 표정을 다시 떠올리며 조금

전처럼 상체를 앞으로 숙이고 마치 우리 고모님이라도 대하듯 주머니에서 손수건을 아주 존경스럽게 꺼낸 다음에 말했다.

"세상에서 가장 훌륭한 여인은, 트롯우드, 어째서 그 일을 바로잡지 않지?"

"너무 미묘하고 어려운 문제라서 함부로 끼어들 수 없는 거예요."

내가 대답하자, 노신사 딕은 손가락으로 나를 톡 건들면서 다시 물었다.

"훌륭한 학자는 왜 바로잡지 않지?"

"똑같은 이유 때문이에요."

"그렇다면 내가 알 것 같아, 트롯우드!"

노신사 딕이 말하더니 훨씬 더 기쁜 표정으로 벌떡 일어나서 고개를 열심히 끄덕이며 자기 가슴을 툭툭 때렸다. 몸통에서 산소를 모두 빼내려고 그러는 것 같다는 생각마저 들 정도였다. 그러다가 가슴을 다시 때리며 말했다.

"미치광이에 가련하고 단순하고 정신력까지 약한 사람이 - 바로 내가! - 훌륭한 사람들도 못 하는 걸 해보지. 내가 두 분을 하나로 합쳐보겠어. 내가 해보겠어. 그래도 두 분이 나를 나무라진 않을 거야. 설사 내가 잘못하더라도 두 분은 신경 쓰지 않을 거야. 나는 딕이잖아. 누가 딕한테 신경이나 쓰겠어? 딕은 아무것도 아니야! 후유!"

노신사 딕이 경멸하는 느낌으로 한숨을 살짝 내뿜었다, 자신을 멀리 날려버리기라도 하려는 듯.

이상한 이야기가 여기까지 나오는 순간에 다행히도 고모님과 도라를 태운 역마차가 앞마당 대문에서 멈추는 소리가 일어났다. 그러자 노신사 딕이 속삭였다.

"한마디도 하지 마, 트롯우드! 딕이 - 단순한 딕이 - 미친 딕이 다 알아서 할게. 나도 한동안 무언가 이상하다고 생각했는데 이제 알 것 같아. 자네 말을 들으니, 이제 확실히 알 것 같아. 이제 됐어!"

노신사 딕은 이 문제에 대해 완전히 입을 다물었으나, 다음 삼십 분 동안 무조건 비밀을 강요하는 신호를 나에게 끊임없이 보내서 고모님 신경에 몹시 거슬렸다.

노신사 딕이 내린 결론에서 - 항상 그런 것처럼 좋은 느낌은 말할 것도 없고 - 분별력까지 이상하게 묻어나와, 나는 노신사 딕이 빚어낼 결과에 지대한 관심을 쏟았으나, 놀랍게도 이삼 주 동안 아무런 얘기가 없었다. 그래서 결국에는 노신사 딕이 변덕을 부리고 마음이 흔들려서 완전히 잊어버리거나 포기한 모양이라고 여겼다.

어느 화창한 초저녁에 도라가 외출하기 싫다고 해서 고모님과 단둘이 박사님 저택으로 산책하러 나갔다. 가을에다 의회 논쟁도 없어서 초저녁 공기가 상쾌했다. 발밑으로 밟히는 낙엽에서는 블룬더스톤 옛집 정원과 똑같은 냄새가 나고, 불행한 어린 시절은 한숨짓는 바람에 실려 가는 것 같았다.

우리가 저택에 도달한 건 저물녘이었다. 스트롱 부인은 정원으로 이제 막 나오는 중이고 노신사 딕은 칼을 들고서 정원사와 함께 말뚝을 뾰족하게 깎느라 바빴다. 박사님은 서재에서 누군가를 만나는 중이지만, 스트롱 부인은 손님이 금방 떠날 터이니 기다리다 만나고 가라고 사정했다. 그래서 부인과 함께 응접실로 들어가서 어둠이 깔리는 창가에 앉았다. 우리는 오랜 친구에다 이웃이라서 이렇게 찾아와도 특별한 인사치레는 없었다.

우리가 자리에 앉고 몇 분 안 돼서, 호들갑 떨만한 구실을 찾으러 이리 기웃 저리 기웃거리길 좋아하는 마클람 여사가 한 손에 신문을 들고 숨을 헐떡이며 요란하게 들어와서 소리쳤다.

"맙소사, 애니, 서재에 손님 오셨다고 왜 말 안 했니!"

"엄마가 그걸 알고 싶어 하는 줄 내가 어떻게 알겠어요?"

애니가 차분하게 대답하자, 마클람 여사는 소파에 철퍼덕 주저앉으며 소리쳤다.

"그걸 알고 싶다니! 평생에 이렇게 놀란 건 처음이다!"

"서재에 다녀오신 거예요, 엄마?"

애니가 묻자, 마클람 여사가 강한 어조로 대답했다.

"서재에 다녀오다니! 당연히 다녀왔지! 사랑스러운 사위가 유언장 만드는 장면을 맞닥뜨렸다고. 그러니 트롯우드 아씨와 데이비드, 내 기분이 어떻겠어요."

애니가 창문에서 재빨리 고개를 돌리며 쳐다보고 마클람 여사는 신문을 무릎에다 식탁보처럼 펼쳐서 두 손으로 톡톡 치며 계속 이야기했다.

"사위가 마지막 유언장 작성하는 장면을 맞닥뜨렸다고, 애니. 네 남편은 너를 생각하는 선견지명과 애정이 정말 대단해! 그 장면이 어땠는지 말해야겠어. 더할 나위 없이 착한 사위를 위해서라도 꼭 말해야겠어! 이 집은 촛불 켜는 법이 없다는 걸 잘 아실 거예요, 트롯우드 아씨, 사람이 신문을 읽으려고 애쓰느라 말 그대로 눈알 빠질 때까지. 그리고 이 집에는 내가 제대로 앉아서 신문을 읽을 의자가 없다는 사실도, 서재 말고는. 그래서 서재로 가니까 불빛이 보이는 거예요. 나는 문을 열었지요. 친애하는 박사가 법률 분야에 종사하는 게 분명한 전문가 두 명과 함께 있는데, 세 사람 모두 책상 주변에 모였더라고요, 친애하는 박사는 한 손에 펜까지 들고서. 박사가 말했지요. '이것으로 나는 스트롱 부인을 신뢰하므로……' 내 사랑 애니, 이 말을 잘 들어야 한다. '이것으로 나는 스트롱 부인을 신뢰하므로 모든 재산을 스트롱 부인한테 조건 없이 넘긴다는 사실이 확정된 건가요, 신사 여러분?' 그러니까 전문가 한 사람이 대답했지. '네, 스트롱 부인한테 조건 없이 모든 재산을 넘긴다.' 이 말을 듣고서 어미 된 마음에 자연스레 감동해서 '맙소사, 실례했어요!'라며 불쑥 말하곤 문턱에 걸려 넘어지면서 식품 창고 조그만 복도 뒤쪽으로 황급히 나온 거란다."

스트롱 부인은 창문을 열고 베란다로 나가서 기둥에 등을 기댄 채 가만히 서고, 마클람 여사는 그런 딸을 자기도 몰래 두 눈으로 좇아가며 말했다.

"스트롱 박사처럼 연로한 사람이 일 처리를 이렇게 확실히 할 정도로 정신력이 강력하다는 게 대단하지 않나요, 트롯우드 아씨, 그렇지 않소, 데이비드? 이번 사례는 내가 옳았다는 사실을 제대로 보여준다오. 스트롱 박사가 수줍은 표정으로 찾아와서 애니를 사랑한다고 고백하며 청혼할 때 나는 애니한테 '얘야, 내가 볼 때, 네가 제대로 살아야 한다는 측면에서 스트롱 박사는 어떤 식으로든 남편으로서 당연한 의무 이상을 너한테 해줄 게 분명해' 하고 말했으니 말이오."

이때 종이 울리고, 우리는 손님들이 나가는 발소리를 들었다. 그러자 '노련한 지휘관'이 말했다.

"끝난 모양이군. 친애하는 사위가 서명하고 봉인하고 넘긴 다음에 마음의 안정을 찾은 거야. 분명해! 정말 대단한 정신력이야! 애니, 내 사랑, 나는 세상 소식을 모르면 견딜 수 없으니, 신문을 들고 서재로 가야겠다. 트롯우드 아씨, 데이비드, 함께 박사를 만나러 갑시다."

마클람 여사와 함께 서재로 들어서니, 노신사 딕은 어두운 곳에서 칼을 접고 고모님은 군인 친구 때문에 못 견디겠다는 마음을 살짝 내비치는 차원에서 코를 심하게 문질렀다. 하지만 서재에 누가 제일 먼저 들어서고 마클람 여사가 안락의자에 곧바로 앉았는지, 혹은 (고모님 시선이 나보다 빨라서 나를 붙잡은 게 아니라면) 내가 고모님과 문 근처에 머문 까닭은 무언지 이제 완전히 잊어먹었다. 확실하게 기억나는 건, 박사님은 책상 앞에 가만히 앉아 두툼한 원고 사이에서 한 손에 머리를 차분하게 기댄 채 기쁜 표정을 떠올렸다는 것, 박사님보다 먼저 우리가 박사님을 보았다는 것, 동시에 스트롱 부인이 창백한 표정으로 덜덜 떨며 살며시 들어왔다는 것, 노신사 딕이 한쪽 팔로 부인을 부축했다는 것, 그리고 다른 손은 박사님 팔에 올려서 멍한 표정으로 고개를 들고 쳐다보게 하였다는 것, 박사님이 고개를 드는 순간에 부인이 박사님 발치에 철퍼덕 쓰러지며 무릎을 꿇고 애원하듯 두 손을 추켜든 채 평생 기억에 남을 표정으로 박사님 얼굴만 쳐다보았다는 것, 이런 광경이 펼쳐지는 순간에 마클람 여사가 신문을 떨어뜨린 채 '경악'이라고 이름 지으면 딱 어울릴 선박 뱃머리 얼굴처럼 망연자실하며 쳐다보았다는 것이다.

깜짝 놀라면서도 다정한 박사님 태도, 간곡하게 청하면서도 위엄을 잃지 않는 부인, 노신사 딕이 보여주는 상냥한 관심, "저런 사람을 미쳤다고……"라고 고모님이 혼잣말하며 저 사람을 비참한 현실에서 구한 게 바로 자신이라는 듯 의기양양하게 떠올린 표정 등이 이 글을 쓰는 지금도, 그냥 기억나는 정도가 아니라, 눈앞에 생생하게 보이고 두 귀에 또렷하게 들린다.

"박사님! 문제가 무언가요? 여길 보세요!"

노신사 딕이 소리쳤다.

"여보! 그렇게 엎드리지 마시오, 여보!"

박사님이 소리치고, 젊은 부인은 애원했다.

"부디 부탁하건대 누구도 이 방에서 나가지 마세요! 아, 제 남편이며 부친이시여, 오랜 침묵을 깨뜨리세요. 우리 사이에 무슨 문제가 생겼

는지 알려주세요!"

마클람 여사는 어느새 기운을 차리더니, 가문에 대한 자부심과 어머니 특유의 분노가 치미는 듯 갑자기 소리쳤다.

"애니, 당장 일어나. 그렇게 천박한 모습으로 우리 집안을 욕되게 하지 마, 어미가 이 자리에서 미쳐버리는 걸 보고 싶지 않다면!"

"엄마! 지금은 남편한테 하소연하는 중이니, 쓸데없는 말 좀 마세요. 엄마는 지금 아무것도 아니니까요."

"아무것도 아니다! 내가, 아무것도 아니다! 저 애가 정신이 나갔구나. 나한테 물 한 잔만 갖다 주세요!"

마클람 여사가 말했지만 나는 박사님과 부인에게 집중하느라 관심을 기울일 여지가 없고, 다른 사람 역시 마찬가지 같았다. 그래서 마클람 여사는 거친 숨을 헐떡이고 노려보며 부채질만 열심히 해대고, 박사님은 두 손으로 부인을 다정하게 잡으며 말했다.

"여보! 내 사랑! 세월이 흘러 우리 관계가 불가피하게 변하더라도 그건 당신 책임이 아니오. 모든 잘못은 나, 오로지 나한테 있소. 당신을 사랑하고 숭배하고 존경하는 마음은 조금도 변하지 않았소. 나는 당신이 행복하길 원하오. 나는 진심으로 당신을 사랑하며 존중하오. 일어나시오, 애니, 제발!"

하지만 부인은 일어나지 않았다. 남편을 한동안 쳐다보다 더 바싹 다가가서 한쪽 팔을 남편 무릎에 올려놓고 거기에 머리를 떨어뜨리며 말했다.

"여기에 친구분이 있다면, 그래서 이 문제에 관해 저를 위해서 혹은 제 남편을 위해서 한마디만 할 수 있다면. 여기에 친구분이 있다면, 그래서 때때로 제 가슴속에서 속삭이는 의혹을 또렷하게 밝힐 수만 있다면. 여기에 친구분이 있다면, 그래서 제 남편을 존중하고 저를 조금이라도 불쌍히 여기시어 우리가 화해하는 데 도움이 될 내용을 아시는 분이 있다면, 어떤 내용이라도 상관없으니, 부디 말씀해 주시길 간청합니다!"

깊은 침묵이 흘렀다. 마음이 너무 아파서 나는 잠시 망설이다가 결국 침묵을 깨뜨리고 말았다.

"사모님, 제가 아는 게 조금 있는데, 스트롱 박사님께서 간절하게 부탁하시어 오늘 밤까지 비밀로 했습니다. 하지만 계속 숨기는 건 올바른 신념도 올바른 배려도 아닌 순간이, 사모님 호소에 제가 박사님 명령을 어겨야 할 순간이 온 것 같습니다."

부인이 곧바로 고개를 돌려서 쳐다보고, 나는 내 판단이 옳다고 확신했다. 설사 확신까지 하기엔 근거가 부족하더라도 부인의 간절한 호소를 더는 모른 척할 수 없었다.

"우리 앞날이 당신 두 손에 달렸네요. 나는 당신이 무엇도 숨기지 않으리라 믿어요. 미리 말하지만, 당신을 비롯한 그 누가 하는 말을 들어도 나는 남편의 고결한 마음을 의심하진 않을 거예요. 나한테 심각한 문제 같더라도 상관하지 마세요. 내가 남편 앞에서 그리고 나중에 하느님 앞에서 솔직하게 털어놓을 테니까요."

부인이 말했다. 너무나 간절한 요청에, 나는 박사님에게 허락도 청하지 않고 바로 그 방에서 그날 밤에 있었던 일을, 유라이어 힙이 상스럽게 표현한 내용을 약간 부드럽게 바꾼 외에는 조금도 바꾸지 않고, 그대로 털어놓았다. 이야기하는 내내 마클람 여사가 물끄러미 쳐다보다 툭하면 끼어들어 날카로운 탄성을 내지른 건 이루 다 말할 수 없었다.

이야기를 마치자, 부인은 내가 앞에서 묘사한 대로 머리를 숙인 채 한동안 침묵했다. 그러더니 우리가 서재에 들어설 때 자세 그대로 앉은 박사님 손을 잡고서 자기 가슴에 꼭 누르다 키스했다. 노신사 딕은 그런 부인을 조용히 일으키고, 부인은 일어나서 노신사 딕에게 기댄 채 남편을 내려다보며, 시선을 한 번도 안 돌린 채 입을 열었다. 나지막하고 온순하고 다정한 목소리였다.

"제가 결혼한 이후로 지금까지 제 마음에 떠오른 생각을 당신 앞에 그대로 털어놓겠습니다. 이런 이야기까지 들었으니, 단 하나라도 숨기면 못 살 것 같아요."

"아니요, 애니. 나는 당신을 의심한 적이 한 번도 없소. 그럴 필요 없소. 정말 그럴 필요 없소, 여보."

박사님이 상냥하게 말하자, 부인 역시 똑같은 어투로 대답했다.

"아니에요, 꼭 그래야 하겠어요, 진실로 고결한 영혼 앞에서, 하늘도 알듯, 하루가 지나고 해를 거듭할수록 더욱더 사랑하고 존경하는 분 앞에서 내 마음을 완전히 드러내야 하겠어요."

"나한테 분별력이라는 게 있다면……"

마클람 여사가 끼어들자, 고모님이 화난 어투로 "당신은 그런 게 없다고, 훼방꾼아!"라 속삭이고, 마클람 여사는 계속 말했다.

"……그런 것까지 구체적으로 언급할 필요는 없을 것 같아."

그러자 부인은 남편만 계속 쳐다보며 반박했다.

"그걸 판단할 사람은 제 남편밖에 없으니, 엄마, 제 이야기도 잘 들어주실 거예요. 제가 말하는 내용이 엄마를 고통스럽게 한다면 용서하세요. 저 역시 오랫동안 고통에 시달렸으니까요."

"말도 안 돼!"

마클람 여사는 숨이 막힐 정도로 놀라고 부인은 다시 말했다.

"아주 어릴 적에, 아주 조그만 아이 적에, 항상 다정하고 인내심 강한 친구며 선생님께 - 돌아가신 부친의 친구분께 - 저는 모든 지식을 배웠답니다. 제가 아는 지식 가운데 이분이 관여하지 않은 건 하나도 없으니까요. 이분은 제 가슴에 소중한 보물을 채워주시고 거기에다 자신의 인격까지 심어주셨어요. 다른 사람한테 배웠더라면 이렇게 성장할 수 없었을 거예요."

"제 어미는 뭣도 아니군!"

마클람 여사가 한탄하자, 애니가 대답했다.

"그렇지 않아요, 엄마. 지금 저는 이분이 예전에 어땠는지 말하는 거예요. 꼭 말해야 하니까요. 제가 성장할 때도 이분은 커다란 역할을 담당하셨어요. 저는 이분이 관심을 보이시는 게 자랑스럽고 감사했으며 깊은 존경심을 품고 따랐어요. 뭐라고 설명해야 좋을지 모르겠는데, 저는 이분을 아버지로, 지도자로 우러러보았어요. 이분이 칭찬하면 다른 누가 칭찬한 것보다 기쁘고, 설사 온 세상을 못 믿더라도 이분만은 진심으로 믿고 신뢰할 수 있다고 생각했어요. 엄마가 이분을 갑자기 연인으로 소개할 때 제가 얼마나 어리고 경험도 부족했는지 엄마는 잘 아세요."

"그런 거라면 여기에 있는 모두한테 최소한 쉰 번은 언급했다!"

마클람 여사가 끼어들자, 고모님은 "그러니까, 제발 부탁이니, 입 좀 다물고 잠자코 있으라고요!"라며 중얼거리고, 부인은 똑같은 표정과 어투로 계속 말했다.

"저는 처음에 그걸 엄청난 변화며 엄청난 손실로 느껴서 동요하고 좌절했어요. 너무 어렸으니까요. 오랫동안 존경하던 분이 갑자기 변했다는 게 너무나 슬펐어요. 하지만 어차피 예전 관계로 돌아갈 순 없는데다 이분이 저를 그렇게 의미 있게 생각해서 자랑스럽기도 하고, 그래서 결혼했어요."

"캔터베리, 성 알피지 성당에서."

마클람 여사가 끼어들고, 고모님은 "지랄 맞을 여편네! 조용히 있질 못하는군!" 하며 중얼거리고, 부인은 빨갛게 달아오른 얼굴로 계속 말했다.

"저는 남편이 베풀 세속적인 이익에 관심이 없었어요. 어린 마음은 보잘것없는 물질에 호감을 느낄 만한 여유가 없었으니까요. 엄마, 이런 말씀을 드려서 정말 죄송하지만, 다른 인간이 세속적인 욕심으로 저를 망치고 이분까지 망칠 수 있다는 생각을 저한테 처음 심어준 사람은 바로 엄마예요."

"나라고!"

마클람 여사가 깜짝 놀라며 소리치자, 고모님은 "그래, 당연히 당신이지! 부채질을 아무리 열심히 해도 그 사실을 날려 보낼 순 없어, 군인 친구야!"라고 중얼거리고, 부인은 다시 말했다.

"그것이 제가 결혼생활에서 겪은 첫 번째 불행이었어요. 제가 지금까지 겪은 모든 불행은 바로 거기서 나왔어요. 불행한 순간은 최근 들어서 셀 수 없도록 늘어나고요. 하지만 당신이 - 자애로운 남편이시여! - 생각하는 이유로 그런 건 아니었어요. 당신과 떼어낼 수 있는 생각과 추억과 희망은 제 마음속에 하나도 없기 때문이에요!"

부인이 두 눈을 들어서 두 손을 맞잡은 채 요정처럼 아름답고 진실하게 쳐다보았다. 박사님도 부인을 열심히 쳐다보았다. 부인이 계속 말했다.

"엄마는 자신을 위해서 당신한테 강요한 게 아니에요. 엄마가 일부러 그런 것도 아니라고 저는 확신해요. 하지만 제 이름으로 당신한테 수없이 요구하고, 당신이 제 이름으로 그런 요구에 응하고, 당신이 참으로 관대하고, 당신을 마음속 깊이 걱정하는 위크필드 선생님이 그것 때문에 화낸다는 사실을 깨달았을 때, 돈을 받고서 제 사랑을 팔았다는 – 그것도 하필이면 당신한테 팔았다는 – 비열한 의심을 받는다는 느낌이 처음에는 엄청난 굴욕으로 다가오더니, 당신까지 굴욕스럽게 만들었다는 죄책감마저 일어났지요. 이렇게 끔찍한 고통을 가슴에 담아두고 사는 게 어떤 건지 – 엄마는 상상도 못 하겠지요 – 당신한테 말할 순 없었어요. 하지만 결혼하는 날에 제가 인생 최고의 사랑과 영광을 누렸다는 건 제 영혼이 확실히 안답니다!"

마클람 여사가 눈물을 흘리면서 울부짖었다.

"우리 가문을 돌본 대가가 이거란 말이냐! 차라리 내가 터키인[12)]이라면 좋겠다!"

"당신이 그러면 나도 정말 좋겠소…… 그래서 당신 나라로 돌아간다면!"

고모님이 중얼거리고, 부인은 조금도 주저하지 않고 침착하게 말했다.

"엄마가 우리 사촌 멀던 때문에 심하게 속을 태울 때가 바로 그즈음이에요. 저는 멀던을 많이 좋아했어요. 어릴 적에는 서로 사랑도 했지요. 여러 상황이 다른 식으로 펼쳐졌다면 저는 멀던을 진심으로 사랑한다 착각하고 결혼해서 비참하게 살았을지도 몰라요. 마음과 철학이 다른 것만큼 불행한 결혼생활은 없으니까요."

계속 흘러나오는 말에 귀를 기울이면서도 나는 이 말에 특히 집착했다, 내가 이해할 수 없는 아주 특별한 의미나 독특한 원리라도 담긴 것처럼. "마음과 철학이 다른 것만큼 불행한 결혼생활은 없다."…… "마음과 철학이 다른 것만큼 불행한 결혼생활은 없다."

"멀던과 저는 공통점이 없어요. 하나도 없다는 사실을 오래전에 깨달았어요. 남편한테 감사할 게 설사 많지 않더라도 제가 미숙한 마음으

12) Turk에는 '터키인' 외에 '무법자'란 뜻도 있다.

로 엉뚱한 충동에 휩싸이지 않도록 구해준 것만큼은 늘 감사하게 여겼을 거예요."

부인은 박사님 앞에 가만히 서서 나까지 감동할 정도로 진지하게 말했다. 그런데도 목소리는 여전히 차분했다.

"당신이 저를 위해서 은혜를 넉넉하게 베풀기만 멀던이 기다릴 때도, 저 자신이 돈을 쫓아다니는 사람처럼 보이는 게 괴로울 때도, 저는 멀던 스스로 자기 길을 찾아가는 편이 멀던 자신한테 바람직하리라 생각했어요. 제가 멀던이라면 아무리 힘들고 고생스럽더라도 그렇게 했을 거예요. 하지만 멀던을 나쁜 인간으로 여기진 않았어요, 인도로 떠나던 날 밤까지는. 그날 밤에 저는 멀던이 배은망덕하고 사악한 마음을 지녔단 걸 깨달았어요. 저는 위크필드 선생님이 물끄러미 지켜보는 시선에서 애매한 눈빛을 발견했어요. 제 인생에 어두운 의혹의 그림자가 어렸다는 사실을 처음으로 깨달은 거예요."

"의혹이라니, 애니! 아니요, 아니요, 아니요!"

박사님이 부정하고, 부인은 대답했다.

"당신 마음속에는 그런 게 하나도 없다는 사실을 저도 알아요, 여보! 그래서 그날 밤에 제 친척 가운데 한 명이, 당신이 저를 사랑하는 마음으로 은혜를 베푼 사람이, 절대로 하면 안 되는 말을, 당신 집에서, 저한테 했다는 사실을 알려야 한다 생각하고, 설사 저 자신이 멀던 말대로 정말 돈만 아는 비열하고 우유부단한 인간일지라도, 수치심과 슬픔으로 가득한 짐을 당신 앞에서 털어내려고 하는데, 그 이야기 자체가 너무나 치욕스럽다는 생각이 갑자기 떠오르며 제 마음을 흔들었어요. 그래서 입안에서만 맴돌았지요, 그때부터 지금까지 입 밖으로 단 한 번도 못 내고."

마클람 여사가 짧게 신음하면서 안락의자에 등을 기대고 부채로 얼굴을 가리는 게, 더는 나서지 않으려는 것 같았다.

"그때부터 저는 당신이 없는 곳에서 멀던과 한마디도 주고받지 않았답니다. 당신이 있을 때 몇 마디 주고받은 이유는 단 하나, 지금 말씀드리는 설명을 피하고 싶었기 때문이지요. 저는 오래전에 멀던한테 우리 집에서 환영받지 못한다는 사실을 똑똑히 알려주었습니다. 당신이 멀던을 위해 은밀하게 노력하고 나중에 그 사실을, 제가 깜짝 놀라면서 기뻐하도록, 저한테 알리던 다정한 모습은 제 가슴에 은밀하게 담아둔 부담과 고통만 증폭시켰습니다."

박사님이 막으려고 최선을 다했지만, 부인은 박사님 발 앞으로 우아하게 무너지더니, 눈물이 흥건한 눈으로 올려다보며 말했다.

"아직은 아무 말씀도 마세요! 말할 시간을 조금만 더 주세요! 옳든 그르든, 이런 일이 또 일어난다면 저로선 똑같이 행동할 수 없으니까요. 어릴 적 인연을 가슴에 품고 당신한테 헌신한다는 게, 돈에 눈이 멀어서 제가 마음의 진실을 팔았다고 생각할 정도로 가혹하게 의심하는 사람이 있을 수 있다는 사실을 깨닫는다는 게, 이런 의심을 확실히 입증하는 사례가 주변에 가득하다는 게 어떤 건지 당신은 절대 이해할 수 없어요. 엄마와 저 사이에는 당신에 관한 한 모든 점에서 넘지 못할 벽이 있어요. 제가 모든 굴욕을 숨기고 안으로 수그러들었다면, 그건 제가 당신을 그만큼 존경하기 때문이고, 당신 역시 저를 그만큼 존중하길 바랐기 때문이에요!"

"아, 애니, 순수한 연인이여! 아, 사랑하는 여인이여!"

"조금만 더요! 몇 마디만 더요! 저는 당신하고 결혼할 분이, 이런 부담과 고통을 당신한테 안기지 않을 분이, 당신하고 훨씬 바람직한 가정을 꾸릴 분이 아주 많다는 생각을 늘 했어요. 저는 당신 제자로, 당신 딸과 비슷한 관계로 남는 편이 훨씬 좋았을 거라는 걱정도 늘

했어요. 배움과 지혜가 탁월한 당신한테 제가 너무나 안 어울린다는 두려움도 늘 있었어요. 제가 말씀드려야 하는 시점에서 여러 가지 사정 때문에 움츠러들었다면(실제로 그랬는데), 그것 역시 제가 당신을 너무나 존경하고, 언젠가는 당신 역시 저를 존중하는 날이 올 거라는 희망을 품었기 때문이에요."

"그날은 옛날부터 환하게 빛났소, 애니. 내가 기나긴 밤을 뒤척인 건 딱 하루에 불과하오, 여보."

"한 마디만 더요! 그러고 나서 당신이 그렇게 커다란 은혜를 베푼 사람은 쓸모없는 인간이라는 무거운 현실을 저는 혼자서 감당하려고 - 오로지 저 혼자서 감당하려고 - 노력했어요. 마지막으로 한마디 하겠어요, 소중하고 훌륭한 분들이 있는 자리에서! 당신이 최근에 변한 원인은 - 저는 고통과 슬픔이 가득한 눈으로 지켜보며, 가끔은 제가 가슴에 담아둔 비밀 때문이라 생각도 하고 가끔은 사실에 훨씬 가까운 추측도 했는데 - 오늘 밤에 또렷하게 드러났어요. 그런 오해를 받으면서도 당신이 저를 전적으로 신뢰한다는 고상한 마음 역시 덕분에 오늘 밤에 확실히 깨달았어요. 제가 아내로서 도리를 다하며 아무리 사랑해도 당신의 무한한 믿음에 부응할 순 없겠지요. 하지만 모든 사실을 새롭게 알았으니, 두 눈을 똑바로 추켜들고 당신의 소중한 얼굴을 쳐다보며, 아버지처럼 존경하고, 남편으로 사랑하고, 어린 시절에 다정하게 어울린 친구로서 신성하게 바라볼 순 있어요. 그리고 제가 변덕을 부려서 당신을 배신한 적은 한 번도 없으며 당신에 대한 사랑이나 정절이 흔들린 적 역시 한 번도 없다는 사실을 엄숙하게 선언할 순 있어요!"

부인은 박사님 목을 두 팔로 껴안고 박사님은 부인에게 고개를 숙이니, 짙은 갈색 풍성한 머리칼이 회색 백발과 뒤섞였다.

"아, 꼭 껴안아주세요, 여보! 저를 절대로 외면하지 마세요! 우리 사이에서 불화 같은 건 꺼내지도 말고 생각하지도 마세요. 그런 건 하나도 없으니까요, 제가 여러 점에서 부족하다는 사실 외에는. 해를 거듭할수록, 그래서 당신을 더욱더 존경할수록, 저는 제가 부족하다는 사실을 깨닫거든요. 아, 꼭 껴안아주세요, 여보, 제 사랑은 반석에 자리 잡아 영원히 무너지지 않으니까요!"[13)]

침묵이 뒤를 잇는 동안 고모님은 조금도 서두르지 않고 노신사 딕에게 엄숙하게 다가가서 꼭 껴안고 당당하게 키스했다. 고모님 행동은 노신사 딕이 체면을 안 잃게 했다는 측면에서 극히 바람직했다. 때마침 노신사 딕이 한쪽 다리를 들어서 기쁜 마음을 드러내려고 준비하는 걸 내 눈으로 똑똑히 보았기 때문이다.

"당신은 정말 훌륭한 사람이오, 딕! 그러니 앞으로는 아닌 척하지 말아요, 내가 잘 아니까!"

고모님이 진심으로 칭찬하며 말했다. 그러더니 노신사 딕 소맷자락을 잡아당기면서 나에게 고갯짓해, 우리 세 사람은 서재를, 그리고 그 집을 살그머니 빠져나왔다. 돌아오면서 고모님이 말했다.

"어쨌든 군인 친구가 결정타를 맞았네. 이것 하나로 잠이 술술 오겠어, 설사 기쁜 일이 더 없었더라도!"

"그 여자가 완전히 압도당한 것 같아요."

노신사 딕이 동정하는 어투로 말하자, 고모님이 불쑥 물었다.

"맙소사! 당신은 악어가 압도당하는 걸 봤나요?"

"나는 악어를 본 적이 한 번도 없는 것 같아요."

노신사 딕이 순순히 대답하자, 고모님이 유난히 강조하며 덧붙였다.

"그 늙은 악어만 없었다면 애초에 그런 문제 자체가 안 일어났다고

---

13) 마태복음 7장 24절, 반석에다 집을 지으면……영원히 무너지지 않는다.

요. 엄마들 가운데는 딸이 결혼하면 너무 간섭하지 않고 그대로 놔두는 게 최선인 사람이 있어요. 그런 엄마들은 불쌍한 딸이 자신을 낳아달라고 했거나 세상에 태어나길 원하기라도 한 것처럼 딸을 세상에 낳은 대가로 달달 볶아서 죽일 권리라도 있다고 생각하는 것 같아요. 무슨 생각을 그렇게 골똘히 하니, 트롯?"

나는 서재에서 부인이 한 말을 곱씹는 중이었다. 몇 마디가 특히 생생하게 떠올랐다.

"마음과 철학이 다른 것만큼 불행한 결혼생활은 없다."

"미숙한 마음으로 엉뚱한 충동에 휩싸였다."

"제 사랑은 반석에 자리 잡았다."

하지만 어느새 집이 나타나고, 낙엽은 발바닥 밑으로 깔리고, 가을 바람은 솔솔 불었다.

CHAPTER 46. 새로운 내용

날짜에 대한 기억이 정확하다면 내가 결혼하고 대략 일 년이 지날 즈음이다. 하루는 초저녁에, 당시에 집필하던 책을 생각하며 - 그동안 책을 꾸준히 내서 성공하고, 드디어 소설을 처음으로 구상할 때라 - 혼자 걸어서 집으로 돌아오다 스티어포스 여사 자택 앞을 지나쳤다. 어차피 같은 동네에 사는 터라 그 집 앞을 지나야 할 때가 많았다. 가능하면 다른 길을 선택하려고 애쓰지만 먼 길을 돌아가야 할 때는 할 수 없이 그 앞을 지나쳤다.

그럴 때는 발걸음을 재촉하며 지나다 한 번 힐끗 쳐다보는 게 전부였다. 그 집은 언제나 활기가 없고 분위기도 울적했다. 도로변에서 좋은 방은 하나도 안 보이며, 뼈대가 묵직하고 좁은 구식 창문은 꽉 닫힌 채 커튼까지 내려서 황량하기만 할 뿐 화사하게 보인 적은 한 번이 없었다. 판석이 깔린 조그만 안마당을 가로지르면 포장한 길이 있고, 그 길을 따라가면 한 번도 사용하지 않은 현관이 나오는데, 거기에 계단창문이 있었다. 다른 창문과 달리 커튼을 안 친 유일한 창문이었다. 하지만 사람 손길이 안 닿아서 퀭한 느낌은 똑같았다. 나는 당시에 그 집 어디에서 불빛이 새어 나오는 모습을 한 번도 못 본 것 같다. 내가 아무것도 모른 채 그 앞을 지나는 사람이라면 자식 없는 노인이 혼자 살다가 죽은 게 분명하다고 생각할 것 같았다. 다행히도 그 집에 대해서 아는 게 하나도 없는 사람이라면 변화라곤 하나도 없는 집을 반복해서 볼 때마다 독특한 추측과 상상의 나래를 재미있게 펼칠 것 같기도 했다.

그런데 그 집을 잘 알기에 나는 생각을 최소한으로 줄였다. 하지만 몸뚱이와 달리 마음은 그 집을 그대로 못 지나치니, 이런저런 기억과 상념이 줄줄이 일어났다. 바로 그날 초저녁에도 어릴 적 추억과 그 후에 품은 망상이 뒤섞이면서 나 같은 사람이 빠져들기 쉬운 다양한 희망의 파편, 제대로 파악조차 못 하고 깨져나간 실망의 그림자, 이런저런 경험과 상상력 등이 어우러져, 다양한 상상을 떠올렸다. 그렇게 걸어가며 깊은 공상에 빠져드는데, 바로 옆에서 일어나는 목소리가 나를 깜짝 놀라게 했다.

여자 목소리였다. 스티어포스 여사가 데리고 있는 하녀를, 모자에 파란 리본을 묶던 하녀를 기억하는 데에는 오랜 시간이 걸리지 않았다. 달라진 집안 분위기에 따라서 지금은 파란 리본을 떼어내고 짙은 갈색이 우중충한 나비 리본만 한두 개 단 상태였다.

"괜찮으시다면, 도련님, 잠시 안으로 들어가서 '돌격 아가씨'랑 말씀 좀 나누시지 않겠어요?"

"'돌격 아가씨'가 불러오라고 시켰소?"

"오늘 밤에 그러신 건 아니지만 비슷합니다, 도련님. '돌격 아가씨' 께서 하루나 이틀 전날 밤에 도련님이 지나가는 걸 보시더니, 저한테 계단에 앉아서 일하다가 도련님이 다시 지나는 걸 보면 들어와서 말씀 좀 나누시도록 부탁하라고 하셨어요."

나는 발을 돌려서 함께 걸어가며 스티어포스 여사는 잘 계시느냐고 물었다. 하녀는 마님께서 몸이 안 좋아 주로 침실에서 지내신다고 대답했다.

집에 도착하자, 하녀는 나를 정원에 있는 '돌격 아가씨'에게 안내하더니 나 혼자 다가가도록 하고서 떠났다. '돌격 아가씨'는 테라스 같은 곳 한쪽 끝에 의자를 놓고 앉아서 대도시를 굽어보는 중이었다. 초저녁 날씨가 흐려서 하늘이 섬뜩하게 보였다. 멀리서 커다란 건물이 오만상을 찌푸린 채 음산한 하늘로 치솟는 대도시를 바라보니, 사나운 여인하고 잘 어울린다는 생각이 들었다.

'돌격 아가씨'는 내가 다가가는 모습을 보고 재빨리 일어나서 맞아주었다. 지난번에 만날 때보다 훨씬 창백하고 야윈 데다 번뜩이는 눈빛은 훨씬 강렬하고 흉터는 훨씬 또렷했다.

따듯한 만남은 아니었다. 지난번에도 잔뜩 화나서 헤어진 데다 '돌격 아가씨'에게는 상대를 경멸하는 분위기가 있는데, 이번에는 굳이 숨기려고 애쓰지도 않았다.

"하실 얘기가 있다고 들었습니다."

내가 물었다. 의자에 앉으라는 '돌격 아가씨' 손짓을 거절한 채 의자 등받이에 한 손을 올려놓고 그 옆에 선 상태였다.

"혹시, 여자를 찾았나요?"

"아닙니다."

"그럼 아직 도망을 다니는군!"

'돌격 아가씨'가 쳐다보면서 얇은 입술을 씰룩거리는 걸 보니, 훨씬 심한 말을 내뱉고 싶어서 근질거리는 것 같았다.

"도망을 다녀요?"

내가 묻자, '돌격 아가씨'가 웃으면서 대답했다.

"네! 스티어포스한테서. 아직 못 찾았다면 영원히 못 찾을 가능성이 커요. 이미 죽었을 수도 있고!"

'돌격 아가씨'가 쳐다보며 노골적으로 드러내는 잔인한 표정을 나는 당시까지 어떤 얼굴에서도 본 적이 없었다.

"에밀리가 죽었기를 바란다는 건 같은 여성으로서 베풀 수 있는 가장 친절한 소망일 수도 있겠군요. 시간이 흐르는 동안 분노를 많이 누그러뜨린 것 같아서 다행이네요, '돌격 아가씨'."

내가 비꼬는데도 '돌격 아가씨'는 대꾸하지 않고 또다시 경멸하는 듯 웃으며 말했다.

"극히 훌륭하고 상처도 깊은 젊은 아가씨 친구는 모두 당신 친구겠네요, 그들을 옹호하고 그 권리를 주장하는 걸 보면. 그 여자 이야기를 듣고 싶나요?"

"그렇습니다."

내가 대답하자, '돌격 아가씨'는 추악한 미소를 머금으며 일어나, 잔디밭과 채소밭을 가르는 호랑가시나무 울타리로 몇 걸음 다가가서 불결한 짐승이라도 부르듯 "이리 나와!" 하고 거칠게 소리치더니, 똑같은 표정으로 고개를 돌려서 어깨너머로 쳐다보며 나에게 물었다.

"설마 여기에서 싸우거나 복수극을 벌이지는 않겠지요, 코퍼필드 선생?"

나는 이렇게 묻는 까닭도 모르면서 고개를 끄덕이고, '돌격 아가씨'는 "이리 나와!" 하고 다시 소리치더니 자리로 돌아오고, 점잖은 리미터는 여전히 점잖은 모습으로 나타나서 나에게 허리 숙여 인사하더니 '돌격 아가씨' 뒤에 섰다. 말하긴 이상하지만, 사악하면서도 우아한 분위기로, 의기양양한 분위기로, 극히 여성적이고 매혹적인 분위기로

'돌격 아가씨'가 우리 사이에서 의자에 몸을 파묻더니, 전설에 나오는 잔인한 공주처럼 나를 쳐다보았다. 그리곤, 리미터에게 눈길조차 안 준 채 콕콕 쑤시는 흉터를 만지작거리면서, 이번에는 아픈 게 아니라 즐기는 것 같다는 느낌을 주면서, 거만하게 명령했다.

"코퍼필드 선생한테 이야기해."

"스티어포스 도련님과 저는, 아가씨……"

"나한테 말하지 마!"

'돌격 아가씨'가 눈살을 찡그리며 나무랐다.

"스티어포스 도련님과 저는, 도련님……"

"나한테 말하지도 마세요, 가능하다면."

내가 말하자, 리미터는 조금도 당황하지 않고 우리에게 좋은 건 자신에게도 좋다는 듯 고개를 살짝 숙여서 경의를 표하곤 다시 시작했다.

"젊은 여인이 스티어포스 도련님 보호를 받으며 야머스를 떠난 이래, 스티어포스 도련님과 저는 젊은 여인과 함께 해외로 나갔습니다. 다양한 곳을 돌아다니면서 외국을 많이도 구경했지요. 프랑스, 스위스, 이탈리아 전체를 거의 돌아다녔으니까요."

리미터는 의자 등받이에다 말하듯 그곳을 쳐다보다 두 손으로 가볍게 톡톡 치는 모습이 마치 소리 안 나는 피아노 건반을 화음에 맞춰서 누르는 것 같았다.

"스티어포스 도련님은 젊은 여인을 대단히 좋아했습니다. 젊은 여인은 제가 예상한 이상으로 안정감도 있었습니다, 아주 오랫동안. 배우는 속도가 매우 빨라서 외국어도 잘했습니다. 얼마 전까지 시골에 살던 여인이라고 여길 수 없을 정도였지요. 우리가 가는 곳마다 많은 사람이 그 여인을 좋아했습니다."

'돌격 아가씨'는 자기 옆구리에 한 손을 갖다 대고, 리미터는 몰래 훔쳐보며 살며시 웃는 모습이 내 눈에 띄었다.

"젊은 여인은 대단한 숭배를 받았습니다. 어떤 드레스를 입어도, 야외에 나가도, 중요한 자리에 나가도, 이렇게 해도 저렇게 해도, 다양한 매력으로 모든 사람의 시선을 끌었지요."

리미터가 잠시 입을 다물었다. '돌격 아가씨'는 먼 전경만 뚫어지게 보면서 근질거리는 입을 억누르려고 아랫입술을 꽉 깨물었다.

리미터는 의자에서 두 손을 떼어내 마주 잡고 한쪽 다리에 체중을 싣더니, 시선을 내리깔고 머리를 앞으로 점잖게 내밀어서 옆으로 살짝 숙이며 계속 말했다.

"젊은 여인은 오랫동안 즐겁게 지내면서도 가끔은 울적한 기분과 기질에 빠져드는 식으로 스티어포스 도련님을 피곤하게 만들기 시작했습니다. 편안한 상황은 아니었지요. 스티어포스 도련님은 다시 동요했습니다. 도련님이 동요할수록 여인 역시 심해졌으니, 분명히 말씀드리는데, 저는 두 분 사이에서 정말 어려운 시간을 보냈습니다. 그러면서도 여기를 메우고 저기를 때우는 방식을 반복하고 또 반복하며, 장담하건대, 사람들이 예상한 이상으로 오랜 기간을 함께 꾸려나갔지요."

'돌격 아가씨'가 전경을 바라보던 시선을 거두더니, 조금 전 분위기로 나를 다시 쳐다보았다. 리미터는 손으로 입을 가리고 흉하지 않도록 짧게 기침해서 목청을 가다듬더니, 체중을 다른 다리로 옮기며 계속 말했다.

"그러다 이런저런 말과 비난하는 소리가 심하게 오가더니, 마침내 하루는 우리가 묵던 나폴리 근처 별장에서 (젊은 여인이 바다를 아주 좋아했거든요) 아침에 스티어포스 도련님이 하루 이틀이면 돌아오실 것처럼 하고 나가시며, 관련자 모두의 행복을 위해……"

여기에서 리미터가 짧게 기침했다.

"……완전히 떠난다고 전달할 책임을 저한테 맡기셨습니다. 분명히 말씀드리지만, 스티어포스 도련님은 정말이지 대단히 명예롭게 행동하셨습니다. 극히 존경스러운 인물을, 과거를 묻지 않을 마음이 충분한 인물을, 천박한 가문에 맞춰서 정상적으로 사귈 만큼 좋은 인물을 만나서 결혼하라고 젊은 여인한테 제안했으니까요."

리미터는 체중을 다시 옮기고 입술에 침을 발랐다. 나는 나쁜 악당이 자신을 지칭한다고 확신했다. '돌격 아가씨' 얼굴에도 나와 똑같은 표정이 떠올랐다.

"저는 이 말까지 전달할 책임도 졌습니다. 스티어포스 도련님을 어려운 상황에서 구할 수만 있다면, 그리고 도련님과 인정 많으신 마님이, 도련님을 위해서 모든 고통을 견디시는 마님이, 화해하실 수만 있다면 저는 무슨 일이든 기꺼이 할 수 있습니다. 그래서 저는 그 임무를 기꺼이 받아들였습니다. 도련님이 떠났다고 전하자, 젊은 여인이 얼마나 폭력적으로 돌변했는지는 상상을 초월합니다. 완전히 미쳐서 억지로 제압할 수밖에 없었습니다. 그러지 않았다면, 손으로 칼을 움켜잡거나 바다로 뛰어들거나 대리석 바닥에 머리를 찧고 말았을 테니까요."

'돌격 아가씨'는 의자에 등을 기댄 채 의기양양한 내색을 드러내는 게 리미터가 뱉어내는 말을 한껏 즐기는 것 같고, 리미터는 불안한 표정으로 두 손을 비비면서 계속 말했다.

"하지만 제가 위탁받은 두 번째 내용을, 누가 보더라도 친절한 호의로 평가할 제안을 꺼내는 순간, 젊은 여인은 본색을 드러냈습니다. 그보다 난폭한 사람을 저는 생전 못 보았습니다. 행동 자체가 놀라울 정도로 나빴습니다. 돌덩이나 나뭇조각처럼 감사할 줄도 모르고 지각도 없고 참을성도 없고 이성도 없었으니까요. 제가 미리 조심하지 않았다면 몸을 다쳤을 게 분명합니다."

"그건 에밀리가 참 잘한 것 같군."

내가 빈정대자, 리미터는 '정말요, 도련님? 정말 어리네요!' 하고 말하는 것처럼 머리를 꾸벅하며 인사하고 이야기를 이어나갔다.

"한마디로 말해서, 젊은 여자가 자해하거나 다른 사람을 해칠만한 물건을 손에 넣지 못하도록 한동안 가둬야 했습니다. 그런데도 야밤에 빠져나간 겁니다, 내가 못으로 박아서 고정한 창문 격자를 뜯어내고 밑으로 뻗어 나간 덩굴을 타고 내려가서요. 내가 아는 한 그 모습을 보거나 그 소문을 들은 사람은 하나도 없습니다, 그런 이후로."

"죽었을 수도 있겠군."

'돌격 아가씨'가 말하며 빙그레 웃었다. 버림받은 여인의 몸뚱이를 서슴없이 걷어차기라도 할 것 같았다.

그러자 리미터가 사람에게 말할 기회를 놓치지 않고 대답했다.

"물에 빠져서 죽었을 수도 있습니다, 아가씨. 가능성이 큽니다. 혹은 뱃사람과 그 부인과 자녀한테 도움을 받았을 수도 있겠지요. 천한 가문 출신이라서, 그 여자는 해안에서 그런 사람들과 대화하거나 그런 사람들 뱃전에 앉는 걸, '돌격 아가씨', 아주 좋아했거든요. 제가 알기엔, 스티어포스 도련님이 안 계실 때면 온종일 그렇게 보냈습니다. 한번은 그 여자가 그런 아이들한테 자신 역시 뱃사람 딸이라고, 자신도 오래전에 고향에서 너희처럼 해안을 이리저리 돌아다녔다고 말했다는 사실을 아시고 도련님이 아주 불쾌하게 여기셨답니다."

아, 에밀리! 박복한 여인! 먼 나라 해안에서 자신이 순진무구할 때와 비슷한 아이들 사이에 앉아, 자신이 가난한 사람과 결혼했다면 '어머니'라고 부를 직한 조그만 목소리를, 하지만 거대한 파도가 '더는 안 돼!'라고 끊임없이 울부짖는 소리를 듣는 모습이 눈앞에 또렷하게 떠올랐다.

"더는 어쩔 도리가 없단 걸 확연히 깨닫고, '돌격 아가씨'……"

"나한테 말하지 말하고 하지 않았나?"

'돌격 아가씨'가 경멸하는 투로 단호하게 나무라자, 리미터가 대답했다.

"아가씨가 저한테 말씀하셔서요. 죄송합니다. 하지만 저한텐 복종할 의무가 있습니다."

"그럼 맡은 일이나 하라고. 이야기를 마무리해, 그리고 사라져!"

'돌격 아가씨'가 말하자, 리미터는 아주 점잖은 태도로 순순히 허리를 숙이며 인사하고 뒷말을 이어나갔다.

"더는 어쩔 도리가 없단 걸 확연히 깨닫고, 저는 편지를 보내라던 주소로 스티어포스 도련님을 찾아가서 그동안 일어난 일을 알려드렸습니다. 그래서 험한 말이 오가고, 저는 도련님 곁을 떠나는 게 제 성격에 합당하다고 느꼈습니다. 저는 도련님이 뭐라고 하시든 견딜 수 있고 실제로 견뎠습니다. 하지만 이번에는 저를 너무 심하게 모욕했습니다. 상처를 주었습니다. 도련님하고 마님 사이에 불행한 갈등이 있고, 마님께서 얼마나 걱정하실지 잘 아는 저로선 무례를 무릅쓰고 영국으로 돌아와서 모든 사실을……"

"나한테 돈도 받아야 하거든요."

'돌격 아가씨'가 나에게 말하자, 리미터는 잠시 곰곰이 생각하다가 입을 열었다.

"그렇습니다, 아가씨. 그래서 제가 아는 내용을 모두 말씀드렸습니다. 다른 내용이 더 있는지는 저도 모릅니다. 지금 저는 실직 상태니, 점잖은 일자리를 찾을 수 있다면 정말 좋겠습니다."

'돌격 아가씨'가 힐끔 쳐다보았다. 내가 묻고 싶은 게 있는지 알아보려는 것 같았다. 속으로 궁금하게 여기던 내용이 있던 터라 나는 이렇게 대답했다. 훨씬 적절한 표현을 찾을 순 없었다.

"이……작자에게 고향 집에서 에밀리한테 보낸 편지를 가로챘는지 혹은 에밀리가 편지를 받았는지 알아보고 싶습니다."

리미터는 시선을 바닥에 고정한 채 오른손 손가락 끝 전체를 왼손 손가락 끝 전체에 신중하게 대며 차분하게 침묵하고, '돌격 아가씨'는 경멸스럽단 표정으로 고개를 돌려서 쳐다보았다. 그러자 리미터는 멍한 상태에서 깨어나며 대답했다.

"죄송합니다, 아가씨. 하지만 아가씨께 아무리 복종하더라도, 하인이라 해도, 저 역시 사람입니다. 코퍼필드 도련님은 아가씨와 완전히 다릅니다. 코퍼필드 도련님이 알고 싶은 게 있다면 저한테 직접 물어야 한다는 사실을 실례를 무릅쓰고 말씀드리는 바입니다. 저 역시 인격이라는 게 있으니까요."

나는 속으로 잠시 갈등하다가 고개를 돌려서 리미터를 쳐다보며 말했다.

"당신은 내가 질문하는 내용을 들었소. 당신한테 질문한 거로 간주하시오, 괜찮다면. 그래, 어떤 대답을 내놓겠소?"

그러자 리미터는 손가락 끝을 떨어뜨리고 붙이기를 반복하며 대답했다.

"도련님, 제 대답은 제한적일 수밖에 없습니다. 스티어포스 도련님에 관한 내용을 마님한테 말하는 것과 도련님한테 말하는 건 완전히 다르니까요. 제가 보기에, 스티어포스 도련님은 그런 편지를 받아보도록 권해서 우울하고 불쾌한 분위기를 증가시키진 않았을 겁니다. 하지만 이보다 자세한 언급은 안 하고 싶습니다, 도련님."

"그게 전분가요?"

'돌격 아가씨'가 나에게 물었다. 나는 더 없다는 표시를 하다 리미터가 떠나려는 순간에 재빨리 덧붙였다.

"예외가 있다면, 사악한 행위에 저 작자도 참여한 게 분명하다는 것, 에밀리를 어린 시절부터 친아빠처럼 길러오신 훌륭한 분께 그 사실을 알리겠다는 것, 따라서 저 작자는 앞으로 사람 많은 곳을 피하는 게 좋겠다는 것이오."

내가 입을 여는 순간에 리미터는 걸음을 멈추고 평소처럼 침착한 태도로 가만히 듣다가 대답했다.

"고맙습니다, 도련님. 하지만 저 역시 말씀드리고 싶은 건, 이 나라에는 노예도 없고 노예감독도 없다는 것, 사람들이 마음대로 법을 휘두르면 안 된다는 것입니다. 그러면 자신부터 위험에 빠질 테니까요. 따라서 저는 어디든 마음 내키는 대로 스스럼없이 돌아다니겠다는 말씀을 드리겠습니다."

이 말과 함께 리미터는 공손하게 허리를 숙이며 인사하고 '돌격 아가씨'에게도 그렇게 하더니, 자신이 나타난 호랑가시나무 울타리 사이로 사라졌다. 나는 '돌격 아가씨'와 함께 잠시 침묵하며 서로를 쳐다보았다. '돌격 아가씨'는 리미터를 불러내던 표정을 그대로 유지하다 입술을 천천히 삐죽 내밀며 말했다.

"저자는, 자신이 들은 바에 의하면, 자기 주인이 배를 타고 스페인 연안을 돌아다닌다고, 그런 다음에는 멀리 떠나서 지칠 때까지 배 타는 취미를 즐길 거라고 했다오. 하지만 당신은 거기에 아무런 관심도 없겠지요. 자존심 강한 두 사람 사이는, 어머니와 아들 사이는 전보다 벌어지고, 그걸 치유할 희망은 거의 없어요. 두 사람 모두 똑같은 성격인데다 시간이 지날수록 고집스럽고 오만하게 변할 테니까요. 이것 역시 당신은 관심이 없겠지만, 이 말을 해야 지금부터 하고 싶은 이야기를 할 수 있답니다. 당신이 천사처럼 생각하는 악마는, 스티어포스가 진흙탕에서 꺼내온 천박한 계집은……"

'돌격 아가씨'가 까만 눈으로 노려보다 손가락 하나를 강하게 추켜세우며 계속 말했다.

"……살아있을 겁니다…… 천한 것들은 쉽게 안 죽으니까요. 실제로 살았다면 당신은 값진 진주를[14] 찾아서 돌보길 바랄 거예요. 우리도 바라고요, 행여나 스티어포스가 그런 여자한테 두 번 다시 먹잇감이 안 되도록. 이 부분에서 우리는 이해관계가 맞아떨어집니다. 그래서 내가, 천박한 쓰레기를 어떤 식으로든 짓밟아서 피눈물을 흘리게 하고 싶은 내가, 당신을 불러서 조금 전 내용을 들려준 거예요."

'돌격 아가씨' 표정이 변하는 걸 보고 나는 뒤에서 누가 다가온다는 사실을 깨달았다. 스티어포스 여사였다. 여사는 예전보다 훨씬 당당한 자세로 손을 차갑게 내밀었다. 하지만 자기 아들을 내가 예전에 좋아했다는 기억까지 지울 순 없다는 느낌은 나에게 감동으로 다가왔다.

여사는 정말 많이 변했다. 멋들어진 풍채는 쪼그라들고, 잘생긴 얼굴은 깊은 주름이 지고, 머리칼은 거의 백발이었다. 하지만 의자에 앉으니, 잘 생긴 귀부인 모습은 여전했다. 거만하게 번뜩이는 눈빛 역시 내가 학창시절에 꿈에서 본 그대로였다.

"코퍼필드 선생한테 전부 알렸니, 로사?"

"네."

"리미터가 직접?"

"네. 마님께서 그걸 바라시는 이유도 알려주었어요."

14) 마태복음 13:46: '그는 값진 진주를 하나 발견하면 돌아가서 있는 것을 다 팔아 그것을 산다.'

"잘했구나."

스티어포스 여사가 말하더니, 나에게 고개를 돌리며 덧붙였다.

"자네 옛 선배와 가벼운 서신을 가끔 주고받긴 하지만, 그 아이가 자식 된 의무나 도리를 하는 건 아니라네. 따라서 이렇게 한 데에는 로사가 언급한 것 말고 다른 목적은 없다네. 저번에 자네가 데려온 점잖은 사내의 고통을 덜어줄 수 있다면 (참 안 됐다는 생각이 들어서…… 더는 말을 못 하겠군), 그리고 철천지원수가 교활하게 설치한 함정에서 우리 아들을 구할 수만 있다면, 아아!"

여사는 허리를 펴고 똑바로 앉아서 머나먼 전경을 바라보고, 나는 정중하게 말했다.

"마님, 저도 이해합니다. 분명히 말씀드리지만, 마님이 그러신 동기를 제가 왜곡할 순 없습니다. 하지만 고통에 시달리는 가족을 어릴 때부터 알고 지낸 저로서는 심하게 곡해 당한 쪽도, 말도 안 되는 유혹을 받은 쪽도 바로 그 여인이란 사실을, 그 여인이라면 마님 아들한테 물 한 잔 받아마시느니 차라리 수백 번 죽는 쪽을 선택할 거라는 사실을 외면하신다면, 아무리 마님이라도, 분명히 말씀드리지만, 크게 실수하시는 겁니다."

'돌격 아가씨'가 끼어들려고 하자 스티어포스 여사가 만류했다.

"으음, 로사, 괜찮아! 아무렇지 않아. 말하게 놔둬. 결혼했다고 들었는데?"

나는 얼마 전에 결혼했다고 대답했다.

"그래, 잘 나간다지? 방구석에 처박혀서 지내느라 별다른 소문도 못 듣네만, 자네가 명성을 얻는다는 건 아네."

"운이 좋아서 칭찬을 조금 받는 정돕니다."

"어머니는 안 계시지?"

부드러운 목소리였다.

"네."

"정말 안 됐군. 어머니가 살아계셨다면 자랑스럽게 여기셨을 텐데. 잘 가게!"

나는 여사가 당당하고 완고하게 내민 손을 잡는데, 여사는 마음이 평화롭기라도 한 것처럼 차분한 느낌이었다. 속에서 펄펄 끓어오르는 열기는 자존심으로 억누르고 얼굴은 평화로운 가면으로 가린 채 가만히 앉아서 멀리 떨어진 대도시 전경만 쳐다볼 뿐이었다.

나는 테라스를 따라 걸으며 두 사람 곁에서 물러나고, 두 사람은 차분하게 앉아서 머나먼 전경만 열심히 바라보고, 어둠은 그 주변을 짙게 에워싸기 시작했다. 멀리 떨어진 대도시 여기저기에는 일찍 켠 등불이 반짝거리고, 동쪽 하늘에는 붉은 노을빛이 여전히 감돌았다. 하지만 중간에 널찍하게 자리한 계곡에는 안개가 바다처럼 일어나며 어둠과 뒤섞이는 게 금방이라도 거대한 파도처럼 두 사람을 집어삼킬 것 같았다. 지금도 당시를 떠올리면 경외감이 일어난다. 내가 두 사람을 다시 돌아보기 직전에 거센 파도가 두 사람 발치로 몰려들었기 때문이다.

나는 그 집에서 들은 내용을 곰곰이 생각한 결과, 패거티 아저씨에게 전달해야 한다는 결론을 내렸다. 그래서 바로 다음 날 초저녁에 아저씨를 찾아서 런던 시내로 들어갔다. 아저씨는 조카딸을 찾겠다는 일념으로 항상 여기저기를 돌아다니지만 다른 데보다 런던을 특히 많이 돌아다녔다. 그래서 한밤중에 거리를 돌아다니는 얼마 안 되는 사람들 사이에서 자신이 끔찍이도 갈망하는 대상을 찾느라 방황하는 아저씨를 지나치는 경우가 잦았다.

아저씨는 내가 앞에서 한 번 이상 언급하고 아저씨 자신이 고통을 달래며 먼 길을 처음 떠난, 헝거포드 시장 조그만 잡화점 위층에 여전히 묵었다. 나는 그쪽으로 걸어갔다. 그 건물에 사는 사람들에게 수소문한 결과, 아저씨는 아직 거리로 안 나가 위층 방으로 올라가면 만날 수 있었다.

아저씨는 화분을 몇 개 놓아둔 창문 옆에 앉아서 책을 읽었다. 실내는 정돈을 잘해서 깔끔했다. 순간적으로 나는 아저씨가 조카딸을 언제든 맞이하도록 준비한다는 사실을, 밖으로 나갈 때마다 언제나 조카딸을 집으로 데려올 거로 생각한다는 사실을 느낄 수 있었다. 아저씨는 문을 두드리는 소리를 못 듣다가 내가 어깨에 한 손을 올리는 순간에 비로소 고개를 추켜들었다.

"데이비 도련님! 이렇게 찾아주어서 고맙습니다, 정말 고맙습니다! 어서 앉으세요. 진심으로 환영합니다!"

나는 아저씨가 건네는 의자를 받으며 말했다.

"패거티 아저씨, 대단한 건 아닌데요. 몇 가지 소식을 들었어요."

"에밀리 소식!"

아저씨가 초조한 표정으로 한 손을 입에 대고 창백한 얼굴로 내 눈에 시선을 고정했다.

"에밀리가 어디에 있다는 단서는 없어요. 하지만 그 사람과 함께 있는 건 아니에요."

아저씨가 의자에 앉더니, 내가 말을 다 하도록 숨까지 죽인 채 열심히 쳐다보며 귀를 기울였다. 하지만 내 눈에서 시선을 조금씩 떼어내다 한 손으로 이마를 받치며 바닥을 내려다볼 때는 모든 고통을 참아내는 근엄한 얼굴이 위엄으로 가득하다 못해 아름답게 보일 정도였다. 아저씨는 조금도 끼어들지 않고 완벽한 침묵을 유지했다. 내가 하는 이야기 속에서 다른 인물은 관심이 조금도 없다는 듯 흘려보내고 조카딸 모습만 찾는 것 같았다.

내가 이야기를 마친 다음에도 아저씨는 얼굴을 가린 채 침묵했다. 나는 잠시 창밖을 내다보다 화분에 관심을 기울였다.

"도련님 생각은 어떠세요, 데이비 도련님?"

마침내 아저씨가 묻는 소리에 나는 대답했다.

"나는 에밀리가 살아있다고 생각합니다."

"나는 모르겠어요. 어쩌면 첫 번째 충격이 너무 커서 무모한 생각을 떠올린 나머지…… 에밀리가 좋아하는 파란 바다도 곁에 있으니까, 어릴 적부터 바다를 무덤으로 여긴 만큼 오래전부터 그런 생각을 했을 수도 있으니까!"

아저씨가 겁에 질린 목소리로 나직하게 속삭이더니, 조그만 실내를 가로지르며 서성였다. 그리고 덧붙였다.

"그래도, 데이비 도련님, 나는 지금까지 에밀리가 살아있다는 걸 분명히 느꼈습니다. 그래서 꼭 찾을 수 있다고 자나 깨나 확신했습니다. 그런 믿음 하나로 여기까지 오고 그런 믿음 하나로 지금까지 버텼습니다. 나는 엉뚱한 믿음에 속아 넘어갔다고 생각하지 않습니다. 그렇습니다! 에밀리는 살아있습니다!"

아저씨는 탁자에 한 손을 단호하게 올리더니, 햇볕에 그을린 얼굴로 결연한 표정을 떠올렸다. 그리고 확고하게 말했다.

"조카딸 에밀리는 살아있습니다, 도련님! 어디서 어떻게 들려온 소린지 모르지만, 에밀리가 살아있다는 소리가 내 귀에 들렸습니다!"

계시라도 받은 것 같은 어투였다. 나는 아저씨가 나에게 관심을 기울일 때까지 기다렸다. 그런 다음에 주의사항을 설명하려고 했다. 지난밤에 떠오른 건데, 미리 준비하는 게 좋을 것 같았다.

"이제, 소중한 아저씨……"

내가 입을 여는 순간에 아저씨가 내 손을 꼭 움켜잡으며 말했다.

"고맙습니다, 고맙습니다, 정말 고맙습니다."

"에밀리가 런던에 왔다면, 실제로 가능성 있는데, 런던은 거대한 도시라서 몸을 숨길 데가 많아요. 집으로 안 갈 거라면 몸을 숨기는 외에 다른 방법이 없고요. 그렇다면……"

"에밀리는 집으로 안 갑니다. 좋은 일로 떠났다면 모르겠지만, 그런 건 아니니까요."

아저씨가 슬픈 표정으로 고개를 저으면서 끼어들고, 나는 다시 말했다.

"에밀리가 런던에 온다면, 에밀리를 찾아낼 가능성이 세상 누구보다 큰 사람을 내가 알아요. 혹시 기억나세요? 마음 단단히 먹고 들으세요, 대의를 생각하시고. 혹시 마사라는 여인이 기억나세요?"

"우리 마을에 살던?"

아저씨 표정으로 대답은 충분했다. 그래서 다시 물었다.

"마사가 런던에 사는 거 아세요?"

"거리에서 몇 번 보았습니다."

아저씨가 대답하며 몸서리쳤다.

"하지만 에밀리가 햄 도움을 받아서 마사한테 은혜를 베푼 이야기는 모르실 거예요, 집에서 도망치기 한참 전에. 그리고 지난 밤에 우리가 저쪽 너머에서 만나 선술집에서 대화할 때 마사가 문가에서 엿들었다는 사실도."

"데이비 도련님! 눈이 펑펑 내리던 날 밤에요?"

아저씨가 깜짝 놀라며 물었다.

"네, 그날 밤. 그때 이후로는 못 봤답니다. 아저씨랑 헤어지고 한 번 만나보려고 돌아갔으나, 이미 사라지고 없더군요. 당시에는 아저씨한테 마사 얘기를 하고 싶지 않았는데, 지금은 하고 싶어요. 우리가 마사를 만나서 얘기하는 게 아주 중요할 것 같거든요. 이해하세요?"

"네, 도련님."

아저씨가 대답했다. 우리는 목소리를 속삭이듯 낮춘 상태로 대화를 계속 나누었다.

"아저씨가 마사를 보았다고 하셨는데, 어디로 가면 찾을 수 있을까요? 나는 우연히 마주치지 않는 한 다른 방법이 없습니다."

"찾을 만한 곳은 내가 알 것 같아요."

"이제 날은 어둡고 우리 둘이 함께 있으니, 당장 나가서 오늘 밤에 찾아볼까요?"

아저씨는 동의하고 나갈 채비를 했다. 나는 안 보는 척하면서 아저씨가 조그만 실내를 세심하게 정리하고, 양초와 불붙일 도구도 준비하고, 침대를 정돈하고, 마지막으로 서랍에서 (예전에 에밀리가 입은 모습이 기억나는) 드레스 가운데 한 벌을 꺼내더니 다른 의복과 함께 말쑥하게 개서 보닛 모자랑 의자에 반듯하게 놓는 과정을 지켜보았다. 아저씨는 그 옷가지에 대해 아무런 말도 안 하고, 나 역시 마찬가지였다. 하지만 밤이면 밤마다 의자에 놓인 채 에밀리가 나타나기만 기다리는 옷가지가 분명했다.

계단을 내려가면서 아저씨가 말했다.

"한때는 마사라는 여자애를 에밀리 발가락에 낀 때처럼 생각했답니다. 하느님 용서하소서! 하지만 지금은 완전히 다릅니다."

나는 아저씨와 길을 가면서 대화를 나누고 싶기도 하고 궁금하기도 해서 햄에 관해 물었다. 아저씨는 저번과 비슷하게, 똑같다고, "다른 사람이 피하는 일을 골라 목숨 걸고 일하면서도 불평 한 번 안 해서, 모두 좋아해요"라고 말했다.

가족 전체를 불행하게 만든 사건과 관련해 햄은 마음 상태가 어떻다고 생각하는지, 위험하다고 생각하는지, 예를 들면, 스티어포스 선배랑 마주치면 어떻게 할 것 같은지 물었다.

"모르겠어요, 도련님. 나도 그걸 가끔 생각하는데 도무지 판단할 수 없네요."

아저씨 대답에, 나는 에밀리가 떠나고 나서 아침에 우리 세 사람이 해안에 나간 걸 언급하며 물었다.

"당시에 햄이 바다를 멍하니 쳐다보면서 '이번 사태의 종말 같은 거'라고 말한 거 기억나세요?"

"물론이죠!"

"그 말이 무슨 뜻 같으세요?"

"데이비 도련님, 나도 그 뜻을 곰곰이 생각했는데 답을 못 찾았답니다. 기묘한 건, 햄이 즐겁게 지내는 척하니, 나 역시 그런 말을 괜히 꺼내서 뒤흔들고 싶은 마음이 없다는 겁니다. 햄은 도리가 아닌 얘기는 한 번도 꺼낸 적이 없고, 인제 와서 그런 태도를 바꿀 리도 없습니다. 하지만 사람 마음속은 한 길 물속보다 깊지요. 그래서 무얼 생각하는지 도무지 알 길이 없네요."

"아저씨 말씀이 옳아요. 그래서 가끔 걱정된답니다."

"나도 마찬가지예요, 데이비 도련님. 그렇지만, 분명히 말하는데, 나는 햄이 위험을 무릅쓰고 일하는 게 더 걱정됩니다. 결국엔 동전의 양면이겠지만요. 특정 상황에 맞닥뜨리면 햄이 폭력적으로 변할지도 모르겠어요. 어쨌든 나는 두 사람이 마주치지 않길 바란답니다."

우리는 '템플 바'[15]를 지나서 도심지로 들어섰다. 입을 꾹 다물고

15) 템플 바(Temple Bar): 1879년 철거된 런던 서쪽 끝에 있는 문으로, 죄인과 반역자 머리를 잘라서 매달던 곳이다.

모든 감각을 바싹 집중해서 한 가지 목표에 헌신하며 옆에서 나란히 걷는 아저씨 모습이 군중 속에 묻힌 고독한 이방인처럼 보였다. '도미니크 수사회 다리'가 멀지 않은 지점에서 아저씨는 머리를 돌리더니, 도로 맞은편에서 홀로 외롭게 바삐 걸어가는 여성을 가리켰다. 나는 우리가 찾는 여성이란 사실을 한눈에 알아챘다.

도로를 건너서 상대에게 다가가는데, 인파가 없고 보는 사람이 적어 조용한 곳에서 말을 걸면 같은 여성으로서 사라진 여성에 대한 동정심을 더 많이 느낄 거란 생각이 떠올랐다. 그래서 아저씨에게 아직은 말을 걸지 말고 따라만 가자고 제안했다. 이렇게 말하는 동안, 마사가 어디로 가는지 알고 싶은 호기심까지 애매하게 일어났다.

아저씨는 묵묵히 따르고, 우리는 멀리서 뒤를 밟았다. 마사가 툭하면 주변을 둘러보아서 너무 가까이 다가가지 않으면서도 놓치지 말아야 했다. 한번은 마사가 걸음을 멈추고 악대 공연을 구경해서 우리도 멈췄다.

마사는 다시 먼 길을 걸었다. 우리도 꾸준히 걸었다. 방향이 일정한 거로 봐서 목적지가 있는 것 같았다. 인파가 붐비는 거리만 골라서 간다는 사실과 다른 사람을 은밀하고 신비롭게 뒤쫓는다는 긴장감은 나에게 처음 세운 목적에 집착하도록 만들었다. 마침내 마사는 우중충하고 어두운 거리로 들어서고 인파와 소음은 사라졌다. 나는 "이제 다가가도 되겠어요" 하고 말했다. 그리고 아저씨와 걸음을 재촉하며 거리를 좁혔다.

CHAPTER 47. 마사

우리는 웨스트민스터까지 내려왔다. 우연히 우리 쪽으로 오는 마사를 발견하고 방향을 돌려서 그 뒤를 쫓았다. 웨스트민스터 사원을 끝으로 마사는 불빛과 소음이 번잡한 번화가에서 완전히 벗어났다. 다리에서 나오거나 다리 쪽으로 걸어가는 양방향 인파를 벗어나자, 마사는 속도를 높이고 우리는 인파에 막히면서 거리가 벌어져, '밀뱅크'[16] 옆 좁은 강변길에서 비로소 따라잡을 수 있었다. 바로 그 순간, 마사는 뒤에서 바싹 다가오는 소리를 듣고서 길을 비켜주려는 듯 강변길을 가로지르며 건너서 뒤도 돌아보지 않고 빠르게 나아갔다.

짐마차 여러 대를 밤 동안 주차한 우중충한 건물 입구 사이로 얼핏 보이는 강물이 발길을 붙잡는 것 같았다. 나는 아무 말 없이 아저씨에게 손을 내밀어 막아, 우리는 마사처럼 길을 건너는 대신 길 건너편에

---

16) 밀뱅크(Millbank): 여기에 교도소가 있는데 콜레라가 발병해, 1822년과 1823년만 재소자 삼만 명이 죽었다. 사망자는 웨스트민스터 사원과 밀뱅크 사이 들판에 묻었다. 지금 세 사람이 가는 길은 'Horseferry Road'로 끝에는 나루터 건물이 있으나, 웨스트민스터 다리를 세우면서 사용하는 사람이 줄어, 폐허로 변했다.

서 건물 뒤에 숨으며 최대한 조용히, 하지만 가까운 거리를 유지하며 쫓았다.

당시에도 그렇고 지금 이 글을 쓰는 순간에도 그렇고, 낮게 깔린 도로 끝에는 무너져가는 자그마한 목조 건물 하나가 있는데, 원래는 나루터 건물이나 더는 사용하지 않는 것 같았다. 나루터 건물에서 큰 도로는 끝나고, 쭉 늘어선 건물과 강물 사이로 좁은 길이 이어졌다. 마사는 여기에 도착해서 강물을 보자마자 목적지에 도달한 듯 걸음을 멈추더니, 이윽고 강기슭을 따라 천천히 나아가며 강물만 열심히 쳐다보았다.

여기까지 오는 내내, 나는 마사가 어떤 집으로 가는 거로 추측했다. 어쩌면 그 집에서 에밀리와 관련된 내용을 파악할 수도 있겠다는 희망까지 막연하게 품었다. 하지만 우중충한 건물 입구 사이로 어둠에 잠긴 강물을 보는 순간, 나는 그곳이 최종 목적지라고 본능적으로 깨달았다.

당시에 그 주변은 정말 음산했다. 밤이면 런던 전역에서 가장 끔찍하고 슬프고 적막했다. 거대한 교도소 건물은 텅 비고 주변 도로는 우울하고 황폐할 뿐 부둣가도 주택가도 없었다. 도랑에서 완만히 흐르는 구정물은 교도소 담벼락에 침전물을 쌓았다. 억센 풀과 무성한 갈대는 인근 늪지대 전역에 가득했다. 한쪽에는 공사를 진행하다 못 끝내고 중단한 건물들이 시체처럼 불길하게 썩어갔다. 다른 한쪽에는 투기꾼이 쌓아놓은 증기보일러, 마차 바퀴, 크랭크축, 파이프, 화덕, 노, 닻, 종 모양 잠수기, 풍차 날개를 비롯해 뭔지 모를 이상한 물건들이 녹슨 쇠붙이 괴물처럼 나뒹굴며 땅바닥에 바싹 엎드린 채, 비 오는 날씨에 자체 무게로 흙 속으로 파고들다 중단한 모습이 마치 몸이라도 숨기려다 실패한 것처럼 보였다.

강변에 자리한 제철소는 잡다한 불꽃과 쿵쾅거리는 소리를 내뿜으며 온 세상을 밤새도록 괴롭히지만, 공장 굴뚝마다 끊임없이 묵직하게 내뿜는 연기는 끄떡도 하지 않았다. 낡은 목재 더미 사이로 진흙투성이 좁은 길과 방죽길이 구불구불 이어지는데, 둑길에는 녹색 머리칼처럼 역겹게 보이는 물체가 악착스럽게 달라붙고, 물에 빠져서 죽은 사람을 찾아내면 상금을 준다고 작년에 붙인 광고지 누더기가 펄럭거리는 말뚝은 강 높이를 알리며 진흙탕 침전물 밑으로 파고들어 썰물을 맞이했다. 대 역병이 발생한 시기에 웅덩이를 파서 수많은 시신을 묻었다는 소문에 인근 지역 전체가 황폐하게 변한 것 같았다. 하지만 도랑에서 넘쳐흐르며 조금씩 썩어들어간 오염물질이 악몽 같은 환경을 만들어내는 것처럼 보이기도 했다.

우리가 쫓아온 여인도 도랑에서 내뱉어 썩어들어가기만 기다리는 쓰레기라도 되는 듯, 강물이 넘실대는 곳으로 내려가 음산한 야경 한가운데에 홀로 서서 강물을 가만히 바라보았다.

밧줄로 진흙탕에 묶어놓은 배와 바지선 몇 척이 있어서 우리는 들키지 않고 몇 미터 거리까지 다가갈 수 있었다. 그런 다음, 나는 패거티 아저씨에게 그대로 있으라 신호하고 마사에게 말을 걸려고 그늘에서 나왔다. 홀로 외롭게 선 물체를 향해 다가가는데 온몸이 덜덜 떨렸다. 마사가 여기까지 단호하게 걸어온 음울한 결말이, 철근으로 만든 다리가 동굴처럼 어두운 그늘에 가만히 서서 강한 물살에 반사되며 뒤틀리는 불빛만 바라보는 모습이, 끔찍한 공포를 자극했다.

지금 생각하면 마사가 혼자서 중얼거렸던 것 같다. 강물을 가만히 바라보는 동안 어깨에서 숄이 흘러내리고 마사는 그걸로 두 손을 따듯하게 감싸는데, 행동이 모호하면서도 애매한 게 정상이 아니라 몽유병에 걸린 사람처럼 보였다. 그러다 거칠게 움직이는데, 강물에 몸을 던질 게 너무나 분명한 나머지, 나는 재빨리 그 팔을 움켜잡았다. 그리고 소리쳤다.

"마사!"

마사가 끔찍한 비명을 내지르며 몸부림쳤다. 나 혼자서 붙잡을 수 있을까 의심스러울 정도로 강한 힘이었다. 하지만 나보다 훨씬 강한 손이 움켜잡고, 마사는 겁에 질린 눈을 들어서 상대를 쳐다보더니 한 번 더 몸부림치다 우리 사이에 풀썩 쓰러졌다. 우리는 강물에서 자갈이 마른 곳으로 옮기고, 마사는 거기에 누워서 가냘픈 소리를 뱉으며 울었다. 그러더니 잠시 후에는 자갈 사이에 앉아 산만하게 흘러내린 머리칼을[17] 두 손으로 움켜잡으며 간절하게 울부짖었다.

"아, 강물아! 아, 강물아!"

"그만, 그만! 진정하세요!"

내가 달래도 마사는 똑같은 말만 반복하며 울부짖고 또 울부짖었다. 그러다가 소리쳤다.

"강물이 나를 좋아해요! 나는 강물로 들어가야 해요. 나 같은 사람에겐 자연이 선물한 가장 좋은 친구지요! 강물은 해로울 게 하나도 없는 시골에서 생겨, 황량한 거리를 거치고 또 거치면서 더럽고 비참하게 변하지만, 언제나 파도가 이는 거대한 바다로 흘러가는 게 내 인생과 똑같으니, 나도 저 강물에 실려 가야 해요!"

나는 이 말을 뱉어내는 어투에서 좌절이란 걸 처음으로 깨달았다.

"나는 저 강물에서 벗어날 수 없어요. 저 강물을 잊을 수 없어요. 저 강물이 밤낮없이 떠올라요. 내가 쉴 곳은 세상에서 저 강물밖에 없고 저 강물 역시 나를 원해요. 아, 무시무시한 강물!"

---

17) 찰스 디킨스는 처음에 "잡초처럼 가슴까지 산만하게 흘러내린 머리칼"이라고 표현했다. 마사의 삶을 불결한 강물에 비유한 것이다. 1840년 한 해에 워털루 다리에서 자살한 창녀는 서른 명에 달한다.

꼼짝 않고 쳐다보는 패거티 아저씨 얼굴에서 조카딸이 살아갈 삶을 - 그게 무언지 모르겠지만 - 떠올린 것 같다는 느낌이 들었다. 그림이든 현실이든, 나는 공포와 동정이 그렇게 인상적으로 뒤섞인 표정을 본 적이 없다. 온몸이 흔들리는 게 금방이라도 쓰러질 것 같고, 내가 깜짝 놀라며 붙잡은 손은 얼음처럼 차가웠다.

"지금은 마사가 흥분했어요. 시간이 지나면 괜찮을 거예요."

내가 속삭이는 말에, 아저씨가 무슨 대답을 하려고 했는지 모르겠다. 입을 우물거리는 게 뭐라고 말하려는 것 같은데, 결국에는 손을 내밀어서 마사를 가리킬 뿐이었다.

마사는 수치심과 자괴감에 휩싸인 채 다시 울음을 터트리며 자갈 사이로 또다시 드러누워 얼굴을 숨기려고 애썼다. 이런 상태가 끝나야 대화하겠다는 생각에 나는 아저씨가 일으키려고 하는 걸 만류하고, 마사가 차분하게 변할 때까지 아저씨와 함께 침묵하며 기다렸다. 그러다가 허리를 숙여서 마사가 일어나도록 거들며 말했다. 마사는 도망칠 생각 하나로 일어나는 것 같은데, 그러기엔 체력이 너무 약해서 보트에 등을 기댔다.

"마사, 이분이, 옆에 계시는 분이 누군지 아세요?"

마사가 희미하게 대답했다.

"네."

"우리가 오늘 밤에 멀리서 뒤쫓아온 걸 아세요?"

마사는 고개를 저었다. 우리 두 사람을 외면한 채 조심스러운 자세로 보닛 모자와 숄을 한 손에 잡고, 이런 사실조차 모르는 듯, 다른 손까지 꼭 움켜쥐며 이마에 댔다.

"진정이 되나요? 당신이 기억하면 좋겠는데, 눈 오던 날 밤에 당신이 관심을 보인 문제에 대해서 혹시 말할 수 있겠어요?"

마사는 다시 눈물을 터트리더니, 그날 문가에서 자신을 쫓아내지 않아 정말 고마웠다고 힘겹게 중얼거리다, 잠시 후에 말했다.

"제 얘기는 하고 싶지 않아요. 저는 나쁜 년이에요, 타락한 년. 저는 어떤 희망도 없어요."

마사가 아저씨를 피하려고 몸을 움츠리며 계속 말했다.

"하지만 저한테 가혹한 마음이 없으시다면, 그래서 제 부탁을 들어주시겠다면, 저분한테 알려주세요, 저는 저분이 겪는 불행과 아무런 관련도 없다고."

너무나 진지한 어투에 나 역시 진지한 어투로 대답했다.

"당신 탓으로 여긴 적은 한 번도 없습니다."

그러자 마사가 뚝뚝 끊어지는 목소리로 말했다.

"제 착각이 아니라면, 에밀리가 다른 사람처럼 피하지 않고 나를 불쌍히 여기며 친절하게 대하고 도움의 손길을 고맙게 내밀던 그 날 밤에 주방으로 들어오신 분은 바로 당신이에요! 그렇지요, 도련님?"

"그렇소."

내가 대답하자, 마사는 끔찍한 표정으로 강물을 힐끗 쳐다보며 다시 말했다.

"에밀리한테 해코지할 마음을 조금이라도 품었다면 저는 오래전에 강물 속으로 가라앉았을 거예요. 에밀리가 그렇게 되는 데에 제가 조금이라도 개입했다면 매서운 겨울밤을 단 하루도 못 견뎠을 거예요!"

"에밀리가 도망간 이유는 우리 모두 잘 안다오. 당신은 아무런 책임도 없다는 걸 우리는 완벽하게 믿어요…… 완벽하게 알아요."

내가 말하자, 마사는 극심하게 후회하며 씁쓸하게 한탄했다.

"아, 제가 좋은 사람이었다면 에밀리한테 훨씬 좋았을 거예요! 에밀리는 언제나 친절했거든요! 언제나 저한테 명랑하고 바람직하게 말했거든요! 저는 제 처지를 너무나 잘 아는데, 그런 제가 에밀리를 저 같은 여자로 만들려고 하겠습니까? 제가 삶에 대한 희망을 모두 잃고서 무엇보다 슬펐던 건 에밀리와 영원히 헤어져야 한다는 사실이었답니다!"

패거티 아저씨는 보트 뱃전을 한 손으로 잡은 채 눈길을 바닥으로 깔며 다른 한 손으로 얼굴을 감싸고, 마사는 계속 울부짖었다.

"눈 내리던 밤 이전에 우리 마을에서 온 사람한테 불행한 일이 벌어졌다는 소식을 듣는 순간, 저는 에밀리가 예전에 저와 어울렸단 기억을 사람들이 떠올리고 저 때문에 에밀리가 망가졌다고 말하겠다는 생각이 무엇보다 쓰라리게 떠올랐습니다. 하지만 에밀리가 명예를 회복할 수 있다면 저는 당장 이 자리에서 죽어도 여한이 없다는 걸 하늘은 아십니다!"

오랫동안 자제력을 모르고 살던 마사가 뼈를 파고들며 후회하고 슬퍼하는 고통은 참으로 끔찍했다.

"죽는다 해도 별 소용이 없다면, 제가 어쩌겠습니까! 살아보는 수밖에! 비참한 거리를 떠돌며…… 사람들한테 외면받아 어둠 속을 이리저리 방황하며…… 창문으로 송장처럼 스며드는 햇살을 바라보고, 바로 그 햇살이 잠든 나를 깨우며 침실을 밝게 비춘 적도 있다는 걸 떠올리며……. 그러는 수밖에요, 에밀리만 구할 수 있다면!"

마사는 자갈 더미에 주저앉아 손마다 자갈을 가득 움켜쥐는 게 마치 모두 갈아버리기라도 하려는 것 같았다. 그러면서 몸을 끊임없이 비틀다가 두 팔을 앞으로 뻗고 비비 꼬아서 희미한 불빛을 몰아내려는 것 같더니, 다양하게 떠오르는 추억이 무겁게 짓눌러 더는 견딜 수 없다는 듯 고개를 떨궜다. 그리고 좌절감에 맞서 싸우며 말했다.

"저는 앞으로 어떻게 하나요! 이런 식으로 자신을 저주하고, 가까이

다가오는 사람 모두한테 생생한 치욕을 안기면서 어떻게 살아가나요!"

마사가 갑자기 패거티 아저씨에게 고개를 돌리며 소리쳤다.

"저를 짓밟아 죽이세요! 에밀리를 자랑스럽게 여기실 때, 아저씨는 제가 거리에서 옷깃만 스쳐도 에밀리한테 해를 끼친다고 생각하셨을 거예요. 제 입에서 나오는 건 한마디도 안 믿으시고. 하기야 믿을 까닭이 무어겠어요? 지금 이 순간에도 행여나 제가 에밀리와 한 마디라도 주고받는다면 아저씨는 엄청난 굴욕으로 여기실 텐데요. 하지만 저는 괜찮아요. 에밀리 역시 저랑 비슷하다고 말할 생각도 없어요. 저는 에밀리와 저 사이에 커다란 차이가 있다는 걸 잘 아니까요. 온갖 불행과 죄책감에 시달리면서도 말하고 싶은 건, 저는 에밀리한테 마음속 깊이 고마워한다는 것, 그리고 에밀리를 사랑한다는 거예요. 아, 제가 사랑하는 마음조차 잃었다고 생각하진 마세요! 온 세상이 그러는 것처럼 저를 외면해도 좋아요. 이런 여자가 에밀리랑 알고 지냈다는 사실 때문에 저를 죽여도 좋아요. 하지만 사랑하는 마음조차 사라졌다고 생각하진 마세요!"

마사가 괴로운 마음으로 미친 듯이 애원하는 동안 패거티 아저씨는 내려만 보다가 마사가 진정하자, 다정하게 일으키며 말했다.

"마사, 나는 너를 재판할 자격이 없어. 다른 사람도 아닌 내가 어떻게 그럴 수 있겠니, 마사! 네가 그렇게 생각하는 건 내가 고통스러운 시간을 보내며 완전히 변한 걸 절반도 모르기 때문이란다. 아아!"

아저씨가 잠시 입을 다물더니, 다시 말했다.

"여기에 있는 도련님과 내가 너랑 얘기하길 바란다는 걸 네가 모르기 때문이란다. 우리가 원하는 게 무언지 네가 모르기 때문이란다. 그러니 잘 들어보렴!"

이 말이 끼친 영향은 완벽했다. 마사가 몸을 움츠린 채 일어나는 게 아저씨와 두 눈을 마주칠까 두려워하는 것 같지만 격렬한 슬픔은 완전히 가라앉고, 패거티 아저씨는 다시 말했다.

"눈이 심하게 내리던 밤에 내가 데이비 도련님과 나눈 얘기를 들었다면, 내가 어디든 안 가리고 이리저리 돌아다녔다는 사실을 알 거야. 사랑하는 조카딸을…… 사랑하는 조카딸을 찾아서. 어느 때보다도 소중한 조카딸을 찾아서, 마사."

마사는 두 손으로 얼굴을 가릴 뿐 조용하고, 패거티 아저씨는 계속 말했다.

"거친 바다에서 배 타는 사람이 흔히 그렇듯, 너 역시 어려서 아버지와 어머니를 여의고 너를 거둘 친척은 하나도 없다는 말을 에밀리한테 들었단다. 그럴 친척이 있었다면, 그리고 한집에서 생활하다 보면, 너 역시 그 친척을 좋아할 테고, 나한텐 조카딸이 친딸이나 마찬가지란 사실도 알 수 있었을 거야."

마사가 말없이 몸을 떨자, 아저씨는 바닥에서 숄을 집어 어깨를 조심스레 감싸주며 이어나갔다.

"그런데 에밀리가 나를 한 번이라도 다시 만난다면 나와 함께 세상 끝까지 갈 거란 생각도 들고, 나를 피하려고 세상 끝으로 도망칠 수 있겠다는 생각도 들어. 물론 에밀리는 내가 사랑한다는 사실을 조금도 의심하지 않지만, 창피하단 생각이 우리 사이를 가로막을 거야."

나는 아저씨가 솔직하게 감동적으로 내뱉는 말 한 마디 한 마디에서 이 문제를 다양한 각도로 오랫동안 곰곰이 생각했다는 느낌을 새롭게 받았다.

"여기에 계시는 데이비 도련님도 그렇고 나도 그렇고, 우리 판단에 따르면, 에밀리는 결국 가엾고 쓸쓸한 모습으로 런던에 나타날 가능성이 커. 우리는, 데이비 도련님과 나를 비롯한 모두는, 에밀리한테 닥친 불행에 너는 아무런 관련도 없다고 확신해, 세상에 태어나지도 않은 아이처럼. 너는 에밀리가 너한테 친절하고 명랑하고 다정했다고 말하는데, 에밀리라면 당연히 그랬을 거야! 나는 에밀리가 고맙고, 에밀리를 사랑해. 그러니 우리가 에밀리를 찾도록 도와주렴. 하늘이 복을 내리실 거야!"

마사는 지금 들은 말을 믿을 수 없다는 듯 아저씨를 처음으로 황급히 쳐다보았다. 그리고 깜짝 놀란 어투로 조그맣게 물었다.

"저를 믿으세요?"

"전적으로!"

패거티 아저씨가 대답하자, 마사가 황급히 물었다.

"에밀리를 발견하면 말을 걸고, 쉴 공간이 있으면 거두어주고, 그런 다음에 에밀리 몰래 찾아가서 아저씨한테 알려달라는 건가요?"

나와 아저씨가 동시에 "그렇다!"고 대답하자, 마사는 두 눈으로 똑바로 바라보며 그렇게 하도록 모든 노력을 다하겠다고 진심과 열정을 가득 담아서 엄숙하게 선언했다. 그런 기회가 생긴다면 조금도 주저하지 않고 조금도 흔들리지 않고 조금도 미루지 않겠다고, 최선을 다하지 않는다면, 앞으로 사악한 행동을 피하겠다는 인생 최대의 목표는 저절로 사라지고 자신은 오늘 밤 강가에서 그런 이상으로 쓸쓸한 절망에 빠질 거라고, 하늘이든 인간이든 자신을 영원히 외면할 거라고!

마사 목소리는 숨소리보다 크지도 않았다. 우리에게 말하지도 않았다. 밤하늘에 대고 말했다. 그러더니 조용히 서서 황폐한 강물을 내려다보았다.

우리는 당시까지 파악한 내용을 모두 알려주는 게 합당하다 판단하고, 나는 하나씩 차례대로 설명했다. 마사는 열심히 들었다. 표정은 다양하게 변해도 의지는 한결같았다. 가끔 두 눈에 눈물이 고여도 꾹 참았다.

영혼이 새롭게 변한 것 같았다. 그렇게 차분할 수 없었다.

모든 내용을 듣고 마사는 필요할 때 어디로 연락하느냐 물었다. 나는 우중충한 가로등 등불 밑에서 수첩 종이에다 우리 주소 두 개를 적어서 찢어 건네고, 마사는 그걸 초라한 가슴에 넣었다. 나는 마사에게 어디에 사느냐 물었다. 마사는 잠시 침묵하다가 계속 머무는 곳은 없다고, 모르는 편이 좋다고 대답했다.

내가 생각하던 도움을 패거티 아저씨 역시 조그만 목소리로 제안해서 나는 지갑을 꺼냈지만, 마사에게 돈을 조금이라도 받도록 설득하는 건 물론 나중에 받겠다는 약속조차 받아낼 수 없었다. 나는 패거티 아저씨가 비록 바다에서 일하지만 가난한 건 아니라고, 당신 혼자 힘으로 에밀리를 찾아내겠다는 생각이 우리 두 사람은 당혹스러울 뿐이라고 설득했다. 하지만 마사는 확고부동했다. 이 점에 대한 한 아저씨 역시 나와 마찬가지로 영향력을 발휘할 수 없었다. 아저씨에게 정말 고맙다고 하면서도 전혀 물러서지 않고 이렇게 말한 게 전부였다.

"찾아보면 일할 데가 있겠지요."

"그렇다면 일자리를 찾을 때까지만 도움을 받으세요."

내가 제안하자, 마사는 거절했다.

"이번 일을 돈 때문에 할 순 없어요. 설사 굶어 죽는 한이 있더라도 돈을 받을 순 없어요. 저한테 돈을 준다는 건 두 분이 저에 대한 믿음을 버리고, 두 분이 저한테 베푼 목적을 빼앗고, 저를 강물에서 구한 유일한 희망을 빼앗는 거예요."

"심판 날에 당신은 물론 우리 모두 그 앞으로 나아갈 위대한 재판관 이름으로 말하니, 그런 끔찍한 생각은 제발 버리세요! 우리 모두 마음만 먹으면 얼마든지 좋은 일을 할 수 있어요."

내가 말하자, 마사가 부르르 떨면서 입술은 씰룩거리고 얼굴은 훨씬 창백하게 변하며 대답했다.

"쓰레기 같은 사람을 회개시키고 구원하려는 생각을 마음에 품으셨군요. 안타깝게도 그건 너무 힘들고 어려울 것 같아요. 제가 지금까지 살아오면서 좋은 일을 조금이나마 했다면 희망이라도 품겠지만 제가 한 건 나쁜 짓이 전부예요. 두 분이 부탁하신 덕분에 저는 정말 오랫동안 비참하게 살아오다 처음으로 신뢰를 받게 된 거예요. 제가 아는 건 이게 전부니, 이제 더는 말하지 않겠습니다."

마사는 넘치는 눈물을 꾹 참더니, 덜덜 떨리는 손을 내밀어서 강력한 치유력이라도 있다는 듯 패거티 아저씨를 어루만지다, 황량한 길을 따라 걸어갔다. 병에 걸린 것 같았다, 그것도 아주 오랫동안. 가까이 지켜보는 동안 온몸이 여위고 초췌하다는 사실을, 움푹 파인 두 눈에 가난과 고통이 짙게 밴 사실을 나는 충분히 느낄 수 있었다.

어차피 가는 방향이 같아서 우리는 한동안 뒤따라가고, 그러다 보니 불빛과 인파가 번잡한 거리로 돌아왔다. 나는 마사가 선언한 말에서 암묵적인 확신을 받은 터라, 뒤를 계속 따라가는 건 마사를 못 믿는 것처럼 보일 수 있다고 말했다. 패거티 아저씨 역시 나랑 마찬가지로 마사를 충분히 믿는 데다 생각도 같아, 우리는 마사 혼자 가도록 하고 하이게이트로 방향을 돌렸다. 아저씨는 나와 한참을 걸었다. 이번 시도가 성공하길 바라면서 헤어질 때 나는 아저씨에게서 깊은 동정심이 새롭게 일어나는 걸 한눈에 알아볼 수 있었다.

집에 도착한 시각은 자정이었다. 우리 집 대문 앞에 가만히 서서 그윽하게 울려 퍼지는 세인트폴 대성당 종소리를, 다양하게 울리는 시계 소리를 뚫고서 다가오는 종소리를 듣다가, 고모님네 현관문이 열리고 안에서 흘러나온 불빛이 길 건너편까지 희미하게 비추는 걸 보고서 나는 깜짝 놀랐다.

고모님이 예전의 공포에 빠져들어 멀리서 대화재가 일어나진 않나 살펴보는 것 같다는 생각이 들어서 나는 고모님이랑 대화나 나누려고 그쪽으로 걸어갔다. 그러다가 조그만 뜰에 어떤 사내가 혼자 가만히 있는 걸 보고서 또다시 깜짝 놀랐다.

사내는 한 손에 술잔과 술병을 들고서 술을 마시는 것 같았다. 나는 잎사귀가 무성한 울타리 뒤에 멈추었다. 희미하긴 해도 달이 떠올라서 사방을 비추었다. 처음에는 노신사 딕일 수 있겠다고 생각했으나 자세히 살피니, 예전에 시내에서 고모님과 만난 사내였다.

사내는 술을 마시면서 음식을 먹는데 배가 고파서 허겁지겁 먹는 것 같았다. 그러면서 고모님 집을 호기심 가득한 표정으로 쳐다보는데, 처음 보기라도 한 것 같았다. 그러다 허리를 숙여서 바닥에 술병을 내려놓더니 고개를 들어서 창문을 쳐다보고 주변도 둘러보는데, 어서 벗어나고 싶은 생각만 간절한 느낌이었다.

현관 불빛이 순간적으로 어둡게 변하더니 고모님이 나왔다. 그리곤 잔뜩 흥분한 표정으로 사내 손에다 동전을 세며 하나씩 건넸다. 동전이 쨍그랑거렸다.

"이걸 어디다 쓰라고?"

사내가 묻자, 고모님이 대답했다.

"나도 그게 전부야."

"이 정도로 떠날 순 없지. 자! 이런 건 당신이나 가지라고!"

사내가 험하게 말하자, 고모님이 잔뜩 화내며 대답했다.

"나쁜 사람, 어떻게 나를 이렇게 괴롭힐 수 있지? 하기야 물어서 뭘 하겠어? 내 마음이 약한 걸 알고서 그러는 건데! 당신이 더는 못 찾아오도록 하려면, 그래도 당신이 망가지지 않게 하려면, 내가 어떻게 해야 하는 건데?"

"내가 망가지도록 놔두지 않는 까닭은 뭔데?"

"나한테 그 까닭을 묻다니! 정말 뻔뻔한 양반이로군!"

고모님이 나무라자, 사내는 언짢은 표정으로 가만히 서서 동전을 쨍그랑거리며 고개를 절레절레 젓다가 말했다.

"그런데도 나한테 주고 싶은 건 이게 다야?"

"당신한테 줄 수 있는 건 그게 전부야. 내가 이리저리 손해를 봐서 가난하다는 사실은 당신도 잘 알잖아. 누차 얘기했으니까. 그걸 알면서 망가진 모습을 또다시 보는 고통을 나한테 가하는 이유가 뭐냐고!"

"내가 초라하게 변했다는 걸 말하고 싶은 거야? 그래, 지금 나는 올빼미처럼 살아."

"당신은 나한테 상당한 재산을 빼앗았어. 내가 오랜 세월에 걸쳐서 세상과 담벼락을 쌓도록 만들고. 당신은 나를 부당하고 잔인하고 배은망덕하게 대했어. 인제 그만 가서 후회나 곱씹으라고. 지금까지 나한테 오랫동안 가한 상처로 충분하니, 인제 와서 또 다른 상처를 덧붙이지 말고!"

"좋아! 아주 좋아……. 아아! 이걸로 어떤 식으로든 해결해야겠군, 당장은."

사내는 이렇게 말하면서도 고모님이 분해서 흘리는 눈물에 당황한 듯, 어깨를 축 늘어뜨린 채 걸음을 떼서 대문으로 나오기 시작했다. 나는 이제 막 도착한 것처럼 두세 걸음을 바삐 움직이다 대문에서 사내와 마주친 척했다. 그래서 가까이 스치며 서로를 쳐다보는데, 둘 다 좋은 표정은 아니었다.

"고모님, 이 남자가 또 고모님을 협박했군요! 제가 따끔하게 혼내겠습니다. 저 사람이 누굽니까?"

내가 황급히 말하자, 고모님이 내 팔을 잡으며 대답했다.

"얘야, 어서 들어오렴, 앞으로 십 분 동안 아무 말 말고."

우리는 조그만 거실에 앉았다. 고모님은 의자 등받이에 나사로 고정한 예전의 동그랗고 커다란 녹색 부채 뒤로 물러나, 가끔 두 눈을 훔치며 십오 분 정도를 보냈다. 그러다가 내 옆에 나란히 앉으며 차분하게 말했다.

"트롯, 그 사람은 내 남편이란다."

"남편이요, 고모님? 저는 고모부께서 돌아가신 줄 알았어요!"

"나한텐 그렇지만 여전히 살아있단다."

고모님 대답에 나는 너무 놀란 나머지 가만히 앉아서 침묵하고, 고모님은 차분한 어조로 계속 말했다.

"베시 트롯우드는 사내를 사랑하는 감정이 없는 것처럼 보이겠지만 예전에는 한 사내를 전적으로 신뢰할 때가 있었단다, 트롯. 사내를 온전하게 사랑할 때가, 트롯. 사내한테 모든 사랑과 애정을 쏟아부을 때가. 하지만 그 사내는 베시 트롯우드가 가진 재산은 물론 그 마음조차 산산조각내는 식으로 응답했지. 그래서 베시는 그런 감정을 무덤에 모조리 집어넣고 흙으로 덮어서 완벽하게 다졌단다, 영원히."

"아아, 착하신 고모님!"

내가 한탄하고, 고모님은 평소처럼 내 손등에 당신 손을 얹으며 이어나갔다.

"나는 그 사람하고 너그럽게 헤어졌어. 이렇게 많은 시간이 지났으니, 트롯, 이제는 내가 너그럽게 헤어졌다고 말할 수 있겠구나. 그 사람이 너무 잔인하게 굴어서 나는 훨씬 유리한 조건으로 헤어질 수도 있었거든. 하지만 나는 그러지 않았어. 그 사람은 내가 준 재물을 흥청망청 탕진하며 다른 여자하고 결혼도 하고 온 세상을 돌아다니며 도박도 하고 사기도 치며 끊임없이 타락했지. 하지만 내가 결혼할 때는 정말 잘 생긴 사내였단다."

고모님이 말하는 어투에서 예전의 자부심이 아련하게 묻어나왔다.

"그래서 명예를 지키고 존중할 줄 아는 사내라고 확신했단다, 바보처럼!"

고모님이 내 손을 꼭 움켜쥐더니, 머리를 절레절레 흔들며 계속 말했다.

"이제 저 사람은 나한테 아무것도 아니야, 트롯……. 아니, 그 이하야. 하지만 저 사람은 잘못을 저질러서 교도소에 갈 것 같을 때마다(이 나라에서 어슬렁거리다간 결국 그렇게 되고 말겠지만) 찾아오고 나는 돈을 있는 대로 끌어모아서 건네며 돌려보냈단다. 저 사람과 결혼할 때 나는 바보였어. 이 문제에 대한 한 나는 아직도 바보 멍청이야, 한때나마 저 사람을 믿었다는 이유 하나 때문에 허망하게 떠오르는 환상조차 여전히 처리를 못 하는 걸 보면. 나도 한때는 사랑에 흠뻑 빠져든 여자였거든, 트롯."

고모님은 한숨을 무겁게 내쉬며 마무리하더니, 드레스 주름을 바로잡으며 덧붙였다.

"이게 전부야, 트롯! 시작과 중간과 끝을 다 말했어. 그러니 이 문제를 더는 언급하지 않도록, 그리고 누구한테도 말하지 않도록 하자꾸나. 나한텐 너무나 언짢고 창피한 이야기니까, 우리 둘만 알고 넘어가는 거야, 트롯!"

CHAPTER 48. 집안 문제

나는 신문사 일을 제대로 수행하는 데 방해가 안 되는 선에서 열심히 집필하고 책을 출간해서 커다랗게 성공했다. 칭찬하는 소리라도 들리면 귀를 바싹 곤두세우긴 해도 많이 놀라진 않았다. 내가 괜찮은 원고를 썼다는 사실은 나 자신이 누구보다 잘 안다고 확신했기 때문이다. 그동안 인간 본성에 대해 꾸준히 관찰한 결과, 자신을 믿을만한 근거가 충분한 사람은 다른 사람 앞에서 잘난 척하며 자신을 내세우지 않는다는 사실도 깨달았다. 그래서 나는 나 자신을 지키며 겸손한 태도를 유지하고, 칭찬을 받을수록 거기에 합당한 자격을 갖추려고 애썼다.

이 글을 쓰는 목적은 내가 지금까지 집필하고 출간한 소설처럼 가상의 현실을 꾸며서 묘사하자는 게 아니다. 그런 작품은 스스로 사건을 펼쳐나가니, 나는 따라서 가기만 하면 된다. 지금 내가 이 글을 쓰는 까닭은 오로지 내가 살아온 과정을 정리하고 싶었기 때문이다.

이즈음에 나는 작가로서 천부적인 소질도 있고 주변 환경도 글쓰기에 적합하다는 확신이 생겨, 작가의 길로 자신만만하게 나섰다. 이런 확신이 없었다면 글 쓰는 직업을 내던지고 완전히 다른 분야에 모든 열정을 쏟아부었을 게 확실하다. 나에게 허용된 소질과 환경은 무언지 찾아내서 거기에 적합한 인간이 되려고 최선을 다했을 것이다. 신문이나 잡지에 글을 거듭 발표하면서 새로운 성공을 거두자, 나는 지루하고 따분한 의회 논쟁에서 벗어날 때가 되었다고 생각했다. 그래서 어느 기분 좋은 날 저녁에 의회에서 백파이프처럼 단조롭게 짖어대는 소리를 마지막으로 기록한 이후, 영원히 작별했다. 물론 의회가 열리는 내내 지금도 단조로운 소리를, (더 길어진 것 외에는) 변한 게 하나도 없는 소리를 신문으로 여전히 접하긴 하지만 말이다.

지금 글로 쓰려는 건 결혼하고 일 년 반 정도가 지날 때다. 다양한 실험을 거친 끝에 가정 살림은 어쩔 수 없는 영역으로 규정하고 완전히 포기한 상태다. 집안 살림은 아무렇게나 굴러가고 우리는 심부름하는 아이를 고용했다. 그런데 아이가 하는 일이라곤 요리사와 다투는 게 전부니, 이런 점에서 보면 완벽한 휘팅턴[18]인데, 고양이가 없어서 런던시장까지 오를 가능성은 없었다.

아이는 냄비뚜껑이 소낙비처럼 날아오는 상황에서 사는 것처럼 보였다. 삶 자체가 격투기다. 우리가 간소한 저녁파티를 열거나 초저녁에 친구 몇 명이 모이는 등, 특히 곤란한 시간에 툭하면 살려달라고 날카로운 비명을 내지르며 주방에서 우당탕 뛰쳐나오고 뒤에서는 쇠붙이 미사일이 날아오기 일쑤였다. 그래서 우리가 내쫓으려고 해도 아이는 우리를 너무나 좋아한 나머지 나가려고 하질 않았다. 게다가 눈물까지 많아서 행여나 내쫓길 것 같은 낌새라도 채면 어찌나 서럽게

18) 휘팅턴(Whittington)은 옷감장사 출신으로 시장까지 오른 입지전적인 인물이다. 고양이를 길러서 쥐를 잘 잡은 덕분에 성공했다는 소문이 있다.

울어대던지 우리로선 그대로 데리고 있을 수밖에 없었다. 녀석은 부모가 없는 건 물론 내가 파악한 바에 의하면 우리가 잠시 맡는 순간에 미국으로 도망친 누나 말고 가족이라곤 하나도 없어, 결국엔 우리 집에 눌어붙는 끔찍한 오리 새끼가 되고 만 것이다. 녀석은 자신이 불행한 상황에 부닥친다는 사실을 또렷하게 알아챌 때마다 옷소매로 눈물을 닦거나 허리를 숙여서 조그만 손수건 모서리로 코를 풀기 일쑤니, 손수건을 주머니에서 완전히 빼낸 적은 한 번도 없고 항상 숨긴 채 조금씩 사용하는 게 전부였다.

불행하게도 우리가 일 년에 금화 여섯 냥에 은화 열 냥을 주면서 채용한 녀석은 나에게 끊임없는 골칫덩이였다. 녀석이 마법의 강낭콩처럼 쑥쑥 성장하는 모습을 지켜보는 동안, 나는 녀석이 면도질을 시작할 때는 물론 머리털이 모두 빠지거나 백발로 변할 때까지 우리 집에 달라붙으면 어떻게 하나 심히 걱정스러웠다. 그런데도 쫓아낼 방법이 없어서 불길한 미래를 걱정하다 보니, 녀석이 늙으면 정말 골칫거리겠다는 생각만 떠올랐다.

하지만 어려운 난국에서 드디어 벗어났으니, 이 정도 불행으로 상황을 마감한다는 게 나로선 천운이 아닐 수 없었다. 다른 물건과 마찬가지로 특별히 보관할 자리가 없어서 아무렇게나 벗어놓은 도라 시계를 녀석이 훔쳐서 돈으로 바꾸더니, 역마차 바깥에 올라타고 런던과 억스브리지 사이를 끊임없이 오르내리는 데 탕진한 것이다. 정말이지 녀석은 항상 그런 것처럼 머리가 나빠도 너무 나빴다. 내가 기억하기에, 녀석은 열다섯 번째로 내려가고 올라오다 잡혀서 즉결 재판소로 끌려갔는데, 수중에서 발견된 거라곤 은화 네 냥에 구리동전 여섯 냥, 그리고 자신이 불지도 못하는 중고 피리 하나가 전부였다.

녀석이 회개하지만 않았다면 나로선 이번 사태나 결과를 그렇게 불쾌하게 여기지 않을 수도 있었다. 하지만 녀석은 마음속 깊이 독특한 방식으로 - 한 번이 아니라 여러 번으로 나눠서 조금씩 - 참회했다. 이런 식이었다. 녀석이 잡힌 다음 날에 내가 피해자 자격으로 어쩔 수 없이 찾아가니, 우리가 포도주로 가득하다고 확신하던 지하실 바구니에는 빈 병과 코르크 마개뿐이라고 폭로했다. 우리는 녀석이 마음의 부담을 조금이라도 덜려고 요리사가 저지른 제일 커다란 악행을 말한 거로 받아들였다. 하지만 하루 이틀이 지난 후에 양심이 또다시 흔들린 나머지 요리사에게 어린 딸이 있는데 매일 새벽마다 우리가 먹을 빵을 가져간다는 사실과 자신은 우유 배달부에게 뇌물을 받는 대가로 석탄을 꾸준히 내주었다는 사실을 털어놓았다. 이삼일이 지난 다음에는 녀석이 경찰에게 자백한 내용에 따라 주방용품 사이에서 쇠고기 등심을, 헝겊 사이에서 시트 여러 장을 발견했다. 그리고 며칠 후에는 완전히 새로운 방면으로 방향을 틀어서 술집 심부름꾼 녀석이 우리 집에서 도적질할 거란 계획을 털어놓아 곧바로 체포하도록 만들었다.

나는 이렇게 봉 노릇만 하는 게 너무나 창피한 나머지, 녀석에게 돈이라도 줘서 입을 다물게 하거나 경찰 측에 상당한 뇌물이라도 줘서 녀석이 도망치도록 만들고 싶은 생각마저 들었다. 하지만 녀석은 이런 마음을 조금도 모른 채 새로운 사실을 털어놓을 때마다 나에게 도리를 다하는 건 물론 나름대로 보상까지 한다고 생각하는 게 나로선 정말 짜증스럽고 황당하지 않을 수 없었다.

결국, 나는 경찰 관련자가 새로운 정보를 전하러 올 때마다 피신해, 녀석이 재판받아 해외유형이란 판결을 받을 때까지 숨어서 살았다. 그런데도 녀석은 입을 안 다물고 툭하면 편지를 보내서 자신이 떠나기 전에 도라를 꼭 만나야겠다고 주장해, 결국 도라는 면회하러 갔다가 쇠창살 안으로 들어서는 순간에 기절하고 말았다. 한 마디로, 녀석이 해외로 추방당해 (나중에 들은 바에 의하면) 지명을 들어도 알 수 없는 산골에서 양치기 노릇을 할 때까지 나는 항상 불안한 나날을 보냈다.

이런 일을 겪는 동안 나는 심각하게 반성해, 도라에게 부드럽게 대하는 건 여전히 똑같지만, 우리가 저지른 실수를 새로운 각도에서 바라보고 그래서 하루는 초저녁에 그 내용을 도라에게 전달할 수밖에 없었다.

"내 사랑, 우리한테 경영 능력과 체계가 부족한 게 (이제 많이 익숙한) 우리 자신만 아니라 다른 사람한테도 해악을 끼치는 것 같아서 고통스럽구려."

"한동안 말하지 않더니, 이제 드디어 짜증 나기 시작하는군요!"

"아니요, 내 사랑, 정말로! 무슨 말인지 차분하게 설명하리다."

"나는 알고 싶은 마음이 없는 것 같네요."

"하지만 나는 알려주고 싶소, 내 사랑. 그러니 '집'을 내려놓아요."

도라는 나에게서 진지한 느낌을 몰아내려고 개 코를 내 코에 대고 "멍멍!" 하고 장난치더니, 아무런 효과도 없자 '집'에게 동양식 커다란 개집으로 들어가라 명령하고 모든 걸 체념한 표정으로 앉아서 두 손을 모은 채 귀여운 얼굴로 쳐다보고, 나는 이렇게 말했다.

"사실은, 여보, 우리한테 전염병이 있소. 그래서 주변 사람을 모두 전염시키는 거예요."

나는 이런 식으로 비유하며 계속 말하고 싶었지만, 도라가 이 말을 듣고서 행여나 내가 완전히 새로운 백신이나 새로운 의료 처방으로 불건전한 가정경제를 해결하자고 제안하지나 않을까 잔뜩 경계하는 바람에 마음을 접었다. 그리고 훨씬 단순명쾌하게 설명했다.

"우리가 조금 더 조심하는 법을 배우지 않는다는 게, 돈과 안락한 생활은 물론 기분까지 망치는 정도로 끝나지 않고, 우리 밑에서 일하거나 우리와 거래하는 장사꾼까지 망가뜨리는 심각한 죄악으로 이어지는 것 같소. 한쪽이 전적으로 잘못한다기보단, 우리가 바람직하게 변하질 않아서 상대편이 죄악을 저지른다는 우려가 드는구려."

내가 말하자, 도라가 두 눈을 커다랗게 뜨고 한탄했다.

"아, 금시계 훔치는 걸 내가 알았다고 하다니, 비난이 너무 심하네요! 아!"

"여보, 터무니없는 말은 그만하시오! 금시계 얘기를 누가 꺼내기나 했소?"

내가 항의하자, 도라가 대답했다.

"당신이 그랬잖아요. 그건 당신도 잘 알아요. 내가 바람직하게 변하지 않았다면서 그 애랑 비교했잖아요."

"누구 말이오?"

내가 묻자, 도라가 흐느끼며 대답했다.

"심부름하는 아이. 아, 사랑스러운 부인을 해외로 끌려간 심부름꾼이랑 비교하다니, 너무 잔인해요! 우리가 결혼하기 전에 그렇게 말하지 그랬어요! 내가 심부름하는 아이보다 나쁘다고, 아, 잔인한 사람, 왜 말하지 않았어요! 나를 그렇게 끔찍하게 여기다니! 아, 하느님!"

나는 손수건으로 도라 눈물을 부드럽게 닦아주며 말했다.

"아니요, 도라, 내 사랑, 이런 모습은 정말 어리석을 뿐 아니라 아주 틀린 거요. 무엇보다, 그건 사실이 아니오."

하지만 도라는 계속 흐느끼며 반박했다.

"당신은 그 애가 거짓말만 늘어놓는다더니, 이제는 내가 그런다고 하는군요! 아, 앞으로 어떻게 한담! 아, 이제 어떻게 해야 한담!"

"사랑하는 부인, 간절하게 부탁하니, 제발 정신을 차리고 내가 한 말과 앞으로 하는 말을 귀담아들으시오. 사랑하는 도라, 우리가 고용하는 사람한테 의무를 다하지 않는다면 그들 역시 우리한테 의무를 다하지 않는단 말이오. 그래서 우리가 사람들한테 나쁘게 행동할 기회를, 절대로 주지 말아야 할 기회를 주는 것 같아서 걱정스럽단 말이오. 설사 우리가 자진해서 살림살이를 지금처럼 느슨하게 꾸려나간다 해도 – 실제로 그런 건 아니지만 – 설사 좋아서 그러는 거라 해도 – 이것 역시 아니지만 – 나는 이런 식으로 계속 살아갈 권리가 우리한테 없다고 확신하오. 그러면 사람들이 끊임없이 부패하기 때문이오. 우리는 이런 현실도 고려해야 하오. 이걸 고려하지 않을 순 없소, 도라. 이건 그냥 묵과할 수 없는 현실이며, 그래서 아주 불편하단 생각마저 든다오. 이게 전부요, 여보. 그러니 정신 차리시오. 멍청하게 굴지 말고!"

도라는 내가 손수건을 오랫동안 못 치우게 했다. 그리곤 가만히 앉아서 손수건으로 가린 채 훌쩍거리며 중얼거렸다. 당신이 불편하다면 애초에 결혼하지 말지 그랬냐! 우리가 교회에 가기 전날이라도 당신이 불편할 게 분명하니 차라리 결혼하지 않는 편이 좋겠다고 말하지 그랬냐! 당신이 견딜 수 없다면, 퍼트니에 있는 두 분 고모님이나 인도에 있는 미스 밀즈한테 보내지 그러느냐! 미스 밀즈라면 자신을 반갑게 맞이하는 건 물론, 자신을 해외로 끌려간 심부름꾼이라고 부르는 일도 없을 것이다!

한마디로 도라는 몹시 괴로워하고, 그런 모습을 지켜보는 나 역시 너무 괴로운 나머지, 이런 문제는 아무리 부드럽게 말해도 소용이 없다고, 다른 방법을 취해야 한다고 느꼈다.

그렇다면 어떤 방법이 남았을까? '생각할 틀을 만들어주는 것'? 평범하면서도 그럴싸하고 바람직한 방법 같아서 나는 도라에게 생각할 틀을 만들어주기로 마음먹었다.

그리고 당장 시작했다. 도라가 유치하게 행동하면 나는 장단을 맞추고 싶은 마음이 굴뚝같아도 근엄하게 행동했다…… 그래서 도라를 당혹스럽게 하는 건 물론, 나까지 당혹스러웠다. 나는 내가 깊이 생각하는 주제에 대해 도라에게 설명하고 셰익스피어 작품도 읽어주었다…… 그래서 도라를 극도로 피곤하게 만들었다. 나는 유익한 정보나 건전한 의견을 편안하게 전달하는 습관을 들였다…… 그래서 도라는 그런 얘기가 나올 때마다 별 얘기를 다 한다는 표정으로 꺼리기 시작했다. 내가 귀여운 마누라에게 생각할 틀을 만들어주려고 아무리 자연스럽고 편안하게 행동해도 도라는 의도를 본능적으로 알아채고 극심한 불안감에 휩싸였다. 무엇보다 도라는 셰익스피어를 아주 끔찍한 인간으로 여기는 게 분명했다. 생각할 틀을 만들어주는 작업 자체를 도저히 진행할 수 없었다.

나는 트래들스까지 은밀하게 동원했다. 우리를 만나러 올 때마다 트래들스에게 다양한 지식을 퍼부어대 도라를 간접적으로 가르친 것이다. 내가 트래들스에게 퍼부은 실용적인 지식은 분량이 엄청날 뿐 아니라 질적 수준도 최상이었다. 하지만 이것 역시 도라 기분을 울적하게 하는 효과만 발휘했다. 다음 차례는 자신이라는 끔찍한 공포에 늘 빠져든 것이다. 나 자신은 학교 선생이자 함정이자 올가미요, 도라라는 파리를 잡으려는 거미며, 구멍에서 갑자기 튀어나와 도라를 끝없이 괴롭히려는 괴물에 불과했다.

그래도 이런 단계를 거쳐서 도라와 완벽한 공감대를 형성할 순간만, '도라가 생각할 틀을' 만족스러울 정도로 갖출 순간만 학수고대하며 나는 몇 달을 꾹 참고 견디었다. 하지만 아무리 오랜 시간에 걸쳐서 고슴도치 역할을 자처하며 털을 빳빳하게 곤두세워도 효과는 하나도 없는 현실을 마침내 깨달으니, 도라 마음속에 생각하는 틀이 이미 형성되어 있을 수도 있겠다는 생각이 문뜩 떠오른 것이다.

더 깊이 생각하니 정말 그럴 것 같아, 이론은 그럴싸해도 실제로는 도움이 안 되는 계획을 포기하고 앞으로는 철부지 아내에 만족하기로, 어떤 식으로도 도라를 바꾸려 하지 않기로 단단히 결심했다. 나 혼자 잘난 척하고 똑똑한 척하면서 사랑하는 부인을 힘들게 하는 데 완전히 지친 것이다. 그래서 하루는 기분도 전환할 겸, 집으로 가면서 부인에게 선물할 예쁜 귀걸이 한 쌍과 '집'에게 선물할 목걸이까지 샀다.

도라는 조그만 선물을 받고 아주 기뻐하면서 나에게 흥겨운 마음으로 키스했다. 하지만 우리 사이에는, 아주 적을지언정, 그늘이 존재하고 나는 그늘을 완전히 없애기로 마음먹었다. 설사 그늘이 어딘가에 조금 남는다 해도 앞으로는 나 혼자 속으로만 간직할 생각이었다.

나는 소파에 나란히 앉아서 도라 양쪽 귀에 귀걸이를 달아준 다음, 최근에 우리 사이가 예전만큼 좋지 않아서 걱정스럽다고, 모든 게 내 잘못이라고 말했다. 진심으로 그렇게 느끼고 실제로도 그랬다.

"사실, 도라, 내 사랑, 내가 똑똑해지려고 그랬던 거라오."

"그래서 나까지 똑똑하게 만들고요, 그죠, 도디?"

도라가 겁먹은 표정으로 물으며 눈썹을 치켜세우자, 나는 그렇다고 고개를 끄덕이며 살짝 벌린 입술에 키스했다. 그러자 도라는 귀걸이가 짤랑거릴 때까지 고개를 가로저으며 말했다.

"그래도 소용이 없는걸요. 내가 얼마나 어린애 같은지, 애초에 나를 뭐라고 불러달라고 했는지 잘 알잖아요. 당신이 그럴 수 없다면 안타깝지만 나를 좋아할 수도 없을 거예요. 그런데 정말 가끔 생각나지 않겠어요, 당신이 애써서 행여나 내가 조금이라도 좋아지면……"

도라가 말끝을 흐려서 내가 물었다.

"뭐가 말이오, 여보?"

"아니에요!"

"아니라고?"

내가 다시 묻자, 도라는 내 목에 두 팔을 감고 웃으면서 흔히 그러듯 자신을 철부지라고 부르면서 풍성한 곱슬머리와 얼굴을 내 어깨에 묻어, 나로선 곱슬머리 숱을 젖히고 얼굴을 쳐다본다는 게 쉬운 일이 아니었다.

"귀여운 부인한테 생각하는 틀을 만들어주려고 애쓰는 것보다 아무런 시도를 않는 편이 훨씬 바람직하다고 생각하느냐? 그걸 묻는 것이오? 그렇소, 나는 진심으로 그렇게 생각하오."

내가 말하며 웃자, 도라가 소리쳤다.

"당신이 하려던 게 그거예요? 맙소사, 발칙한 남편이로군!"

"하지만 이제 그런 일은 없을 거요. 당신을 이 자체로 너무나 사랑하니까."

"거짓말…… 아니죠?"

도라가 물으며 품으로 바싹 파고들고, 나는 이렇게 대답했다.

"함께 살아온 소중한 마누라를 내가 뭣 때문에 바꾸려고 들겠소! 당신은 원래 모습 그대로가 제일 보기 좋다오, 사랑스러운 도라. 그러니 잘난 척하는 실험 따위는 관두고 원래 방식대로 행복하게 삽시다."

"행복하게! 그래요! 온종일! 이제 내가 가끔 잘못해도 당신은 상관하지 않을 거예요?"

"그럼, 당연하지요. 우리가 할 수 있는 만큼만 최선을 다합시다."

"그럼 우리가 다른 사람을 나쁘게 만든다는 말도 더는 안 하겠네요, 그죠? 그게 얼마나 끔찍한 말인지 알았으니까!"

"그럼, 당연하지요."

"나는 불편한 편보다 멍청한 편이 훨씬 좋고요, 그죠?"

"당신이 원래대로 자연스럽게 사는 모습이 나는 세상 무엇보다도 좋소."

"세상 무엇보다도! 맙소사, 도디, 세상은 넓어요!"

도라가 고개를 젓다가 맑고 환한 눈을 들어서 내 눈을 쳐다보고 키스하며 흥겹게 웃더니, '집'에게 새로운 목걸이를 걸어주려고 뛰쳐 나갔다.

도라를 조금이라도 바꾸려던 마지막 시도는 이렇게 끝났다. 시도 자체가 불편한 데다, 나 혼자로는 힘이 부쳐서 계속하는 건 물론, 철부지 아내라는 도라 특유의 호소에 대응할 수도 없었다. 내가 할 수 있는 걸 조용히 추진하면서 생활방식을 혼자서라도 개선하려고 했지만, 아무리 애써도 효과는 거의 없었다. 그게 싫으면 거미로 돌아가서 먹잇감이나 노려야 한다는 사실도 한눈에 보였다.

그렇다면 내가 앞에서 언급한 그늘은, 우리 사이에서 완전히 없애고 남은 부분은 마음속에 조용히 간직하겠다던 그늘은? 그건 어떻게 됐을까?

내가 살아가는 모습에서 예전의 불행한 느낌이 골고루 배어 나왔다. 그런 느낌은 조금도 변하지 않았다. 깊어질 뿐이었다. 하지만 여전히 애매했다. 한밤중에 희미하고 구슬프게 다가오는 음악 소리 같았다. 나는 부인을 진정으로 사랑하고 그래서 행복했다. 하지만 내가 막연하게 기대하던 행복은 이런 행복이 아니었다. 뭔가 항상 부족하다는 갈증이 일었다.

나 자신에게 한 약속을 지키려고 지금 나는 여기에 내 마음을 그대로 열거하고 다시 한번 엄밀하게 살펴서 은밀한 속마음까지 모두 드러냈다. 내가 갈증을 느끼는 건, 젊은 시절에 품었던 몽상이며 실현 불가능한 꿈인데, 모든 인간이 그런 것처럼 상당한 고통을 겪다가 이제 비로소 깨달은 거라고 나는 당시에도 생각했고 지금도 생각한다. 하지만 부인이 조금만 도와주면, 나 혼자 고민하던 내용을 함께 나눈다면 훨씬 편했을 거란, 당연히 그랬을 거란 생각도 든다.

내가 보기에 누구나 불가피하게 겪을 수밖에 없다는 결론과 나만 유별나게 겪는다는, 충분히 피할 수 있다는 결론, 이렇게 상호 모순되는 결론 사이에서 나는 두 결론이 서로 충돌한다는 또렷한 느낌도 없이 묘한 균형을 잡아나갔다. 실현 불가능한 젊은 시절의 공허한 꿈이 떠오르면 어른으로 성장하기 전을 그리워하고, 그러다 보면 학창시절을 보낸 정겨운 집에서 아그네스와 행복하게 살던 나날이 유령처럼, 저승에서 새롭게 태어날지언정 이승에선 다시 태어날 수 없는 유령처럼 떠오르는 식이었다.

가끔은 이런 상상도 떠올랐다. 내가 도라를 아예 못 만났더라면 어떻게 되었을까? 하지만 도라는 나란 존재와 떼어놓고 생각할 수 없으니 상상 자체는 헛될 수밖에 없고, 그래서 공중을 떠도는 거미줄처럼 순식간에 사라지기 일쑤였다.

나는 도라를 늘 사랑했다. 내가 지금 여기에 써내려가는 내용은 내 가슴 가장 깊숙한 곳에 숨었다가 살며시 일어나고 그러다가 다시 숨어들던 생각이다. 하지만 가슴에 숨어든 흔적은 없고, 내가 말하고 행동하는 데 영향을 미친 적도 없었다. 나는 자잘한 집안일과 돈 버는 일을 혼자서 온전히 감당했다. 도라가 펜을 집어주는 것 하나로 우리는 나름대로 상황에 맞춰서 역할을 분담했다고 느꼈다. 도라는 나를 진심으로 사랑하고 자랑스러워했다. 아그네스가 도라에게 보낸 편지에다 내 명성이 높아가는 걸 예전에 알던 사람들이 좋아한다고, 내가 그 앞에서 직접 읽어주는 것처럼 생각하며 내 책을 읽는다고 몇 마디 적으면, 도라는 맑은 눈동자에 기쁜 눈물을 잔뜩 머금은 채 나에게 읽어주고, 정말로 소중하고 똑똑하고 유명한 남편이라며 좋아했다.

'미숙한 마음으로 엉뚱한 충동에 휩싸였다.'

스트롱 부인이 한 말은 이즈음에 끊임없이 떠오르고 또 떠올랐다. 마음속에 거의 항상 틀어박혔을 정도다. 한밤중에도 툭하면 떠올라서 깨어나고, 꿈속에서는 건물마다 새겨놓은 글귀를 읽은 기억까지 난다. 도라를 처음 사랑할 때만 해도 나는 미숙했다는 사실을, 마음을 제대로 단련했다면 우리가 결혼할 때 속으로 은밀하게 떠올린 생각을 절대 떠올리지 않았을 거란 사실을 이제는 깨달았다.

'마음과 철학이 다른 것만큼 불행한 결혼생활은 없다.'

이 구절도 떠올랐다. 도라를 나에게 맞추려고 애썼지만 불가능하다는 사실이 드러났다. 이제 남은 방법은 나를 도라에게 맞추는 것, 도라와 함께하며 그냥 행복하게 사는 것, 어쩔 수 없는 문제는 나 혼자 짊어진 채 여전히 행복하게 사는 것이었다. 이건 내가 생각이란 걸 시작하면서 마음에 담으려고 애쓴 원칙이다. 그래서 결혼 2년째는 1년째보다 행복했으며, 그보다 좋은 건 도라 역시 즐거워했다는 사실이다.

하지만 그해를 보내는 사이에 도라는 몸이 상했다. 그동안 나는 귀엽고 조그만 손이 도라에게 모성애를 부여하길, 도라 품에서 웃는 아기가 철부지 아내를 원숙한 여성으로 바꾸길 기대했다. 그런데 뜻대로 되질 않았다. 한 영혼이 자궁이라는 조그만 감옥 문턱에서 퍼덕이다 갇히는 걸 거부한 채 날아간 것이다.

"제가 예전처럼 이리저리 달릴 수 있으면 '집'이랑 달리기 시합을 해야겠어요. 저놈이 요새 아주 굼뜨고 게을러빠졌거든요."

도라가 말하자, 고모님은 옆에서 조용히 일하다 대답했다.

"단순히 게으른 문제보다는 심각한 것 같구나. 나이를 먹은 거야, 도라."

"고모님은 '집'이 늙었다고 생각하세요? 아, '집'이 늙는다는 게 정말 이상해요!"

도라가 깜짝 놀라며 묻자, 고모님이 쾌활하게 대답했다.

"하루하루 살다 보면 누구나 걸릴 수밖에 없는 병이란다, '작은 꽃'. 분명히 말하지만, 나 역시 그게 예전보다 심한 것 같고."

"하지만 '집'까지, 저렇게 조그만 '집'까지! 아, 불쌍한 놈!"

도라가 한탄하며 상체를 일으켜서 동정하는 눈빛으로 쳐다보고, '집'은 뒷다리로 일어서서 머리와 앞다리를 열심히 움직이며 소파로 기어오르려 몸부림치고, 고모님은 도라 뺨을 쓰다듬으면서 다정히 위로했다.

"내가 장담하는데, 저놈은 아직 살날이 많아, '작은 꽃'. 이번 겨울엔 개집에다 천 조각을 깔아줘야겠어. 그러면 봄에 예쁜 꽃이 피어날 때 활력을 되찾겠지. 저런, 저런! 저놈은 고양이처럼 목숨이 질겨서 마지막 목숨이 다하고 마지막 숨을 몰아쉴 때까지 나한테 짖어댈 거야!"

도라가 안아서 소파로 올리자, '집'은 고모님에게 얼마나 사납게 짖어대는지, 몸을 똑바로 세울 수 없어 옆으로 누워서 짖어댈 정도였다. 고모님이 쳐다보면 쳐다볼수록 매섭게 짖어댔다. 고모님이 최근에 안경을 착용했는데, 뭔지 모를 이유로 '집'이 안경을 아주 싫어했기 때문이다.

도라는 '집'을 겨우 달래서 옆에 누이더니, 녀석이 조용하자, 기다란 귀 한쪽을 손으로 쓰다듬고 또 쓰다듬으며 다정하게 속삭였다.

"이렇게 조그만 '집'까지! 아, 불쌍한 놈!"

"허파도 튼튼하고 싫어하는 것도 확실해. 앞으로도 오래 살 거야. 하지만 강아지랑 달리기 시합을 하고 싶다면, 저놈은 나이가 너무 많으니까 내가 다른 강아지를 선물하마."

고모님이 쾌활하게 말하자, 도라는 힘없이 대답했다.

"고맙습니다, 고모님. 하지만 그러지 마세요. 부탁이에요!"

"싫은 게냐?"

고모님이 물으며 안경을 벗었다.

"저는 '집'이 아니면 어떤 강아지도 기를 수 없어요. 그건 '집'한테 너무 불공평하잖아요! 게다가 저는 '집'이 아니면 어떤 강아지하고도 가깝게 지낼 수 없어요. 다른 강아지는 결혼하기 전에 제가 어땠는지 모르고, 도디가 우리 집에 처음 왔을 때 마구 짖어대지도 않았잖아요. '집'이 아닌 다른 강아지는 모두 싫을 것 같아요, 고모님."

"그렇구나! 네 말이 맞다."

고모님이 대답하며 도라 뺨을 쓰다듬었다.

"기분 나쁘신 건 아니죠, 그죠?"

도라가 묻는 말에, 고모님은 허리를 다정하게 숙이며 감탄했다.

"어이쿠, 착하디착한 내 새끼! 행여나 기분이라도 상했을까 걱정하다니!"

"아니에요, 아니에요, 정말로 그렇게 생각한 건 아니에요. 조금 피곤하다 보니 잠시 멍청하게 굴었던 거예요. 고모님도 잘 아시다시피 저는 항상 멍청한데 '집' 얘기를 하니까 더 멍청하게 군 거예요. '집'은 제가 겪은 일을 모두 알아요, 그렇지 않니, '집'? 그래서 저는 조금도 소홀할 수 없어요, 설사 '집'이 조금 변했다 하더라도, 그치, '집'?"

'집'이 품으로 파고들며 손을 느긋하게 핥자, 도라가 말했다.

"아직은 내 곁을 떠날 정도로 늙은 게 아니지, 그치, '집'? 조금 더 오랫동안 다정하게 지내자꾸나!"

아아, 어여쁜 도라! 그 다음 주 일요일에 저녁 식사하러 내려와서 (일요일마다 우리 집에서 함께 저녁 식사를 들던) 정겨운 트래들스를 만나며 기뻐할 때만 해도 우리는 도라가 앞으로 며칠만 지나면 '예전처럼 이리저리 달릴 수 있을' 거로 생각했다. 하지만 사람들은 며칠만 더 기다리라 말하고, 또 며칠만 더 기다리라 말했다. 그래도 달리는 건 둘째치고 걸을 수도 없었다. 도라는 정말 예뻤다. 그리고 정말 흥겨웠다. 하지만 '집'을 맴돌며 춤출 때마다 민첩하게 움직이던 조그만 발은 축 늘어진 채 꿈쩍하지를 않았다.

나는 매일 아침 도라를 안아서 아래층으로 옮기고 저녁이면 위층으로 옮겼다. 그럴 때마다 내가 내기에 져서 벌칙이라도 받는 것처럼 도라는 내 목을 꽉 껴안고 웃는다. '집'은 우리 주변을 맴돌며 짖어대다 앞으로 달려가, 우리가 쫓아오는 걸 확인하려고 층계참에서 가쁜 숨을 내쉬며 돌아본다. 고모님은 누구보다 훌륭하고 누구보다 명랑한 간호사답게 숄과 베개를 잔뜩 껴안고 우리 뒤를 터벅터벅 따라온다. 노신사 딕은 촛불을 들어서 환하게 밝히는 역할에 최선을 다한다. 트래들스는 계단 밑에서 올려다보며 세상에서 가장 소중한 여인이 도라에게 보낸 재미난 말을 전한다. 우리 대열은 이런 식으로 언제나 명랑하고, 그중에서도 철부지 아내는 특히 명랑하다.

하지만 품에 안은 도라가 훨씬 가벼울 때마다 퀭한 느낌이 끔찍하게 몰려든다. 아직은 보이지 않는, 하지만 삶 자체를 마비시키는 겨울 왕국으로 서서히 들어서는 느낌이다. 나는 이런 느낌을 어떤 식으로든 인정하지 않았다. 깊이 생각하지도 않았다. 그러나 하루는 그런 느낌이 밤에 너무나 강하게 몰려들고, 고모님은 "잘 자라, '작은 꽃'" 하면서 구슬피 우는 목소리로 도라와 작별할 때 나는 혼자 책상 앞에 앉아서 생각했다.

'아, 꽃송이는 활짝 펴면 곧바로 시드나니, 작은 꽃이란 이름은 얼마나 치명적인가!'

CHAPTER 49. 애매한 일이 일어나다

하루는 아침에 발신은 캔터베리며 수신은 민법 박사회관 주소에 내 이름이 적힌 우편을 받아, 나는 다음과 같은 내용을 읽으며 무척이나 놀랐다.

친애하는 선생에게,

예전에 우리가 깊이 나누던 우정을 생각하면 무지갯빛처럼 찬란한 추억이 떠올라 말로 형용할 수 없을 정도로 기분이 좋고 앞으로도 영원히 그러겠지만, 내가 마음대로 할 수 없는 상황 때문에 전문직에 종사하느라 기회가 많이 줄어든 관계로, 그런 우정도 상당히 오랫동안 멀리했군. 게다가, 친애하는 선생, 자네가 탁월한 능력을 발휘해서 유명인사까지 되었으니, 젊은 시절을 함께 보낸 동무를 코퍼필드라는 친근한 이름으로 마음 놓고 다정하게 부르기도 쉽지 않구먼! 하지만 애정이라고 해도 좋을 존경심이 가득한 마음으로, 내가 그 이름을 속으로 되뇌며 우리 집 공식문서 가운데에서 (예전에 우리 집에서 하숙한 사람을 모두 기록해서 미코버 부인이 보관하는 서류를 말하는 건데) 특히 소중한 보물로 간직한다는 사실을 자네가 알아준다면 고맙겠네.

스스로 저지른 오류에다 불행한 사건이 예기치 않게 겹치면서 (불행한 처지에 해상용어를 적용해도 괜찮다면) 침몰한 선박 같은 처지로 전락한 내가, 지금 이렇게 펜을 들고 자네에게 편지 쓰는 내가, 다시 말하네만, 이런 상황에 부닥친 내가, 자네에게 축하하고 자랑스럽다 말하는 건 어불성설이네. 그런 찬사는 훨씬 훌륭하고 순수한 사람이 하도록 양보함세.

자네가 훨씬 중요한 일을 하는 가운데에도 불미한 편지를 여기까지 읽었다면 – 상황에 따라 읽을 가능성도 있고 아닐 가능성도 있겠지만 – 내가 이렇게 장황한 글을 작성하는 이유는 무언지 당연히 궁금하겠지. 그렇다면 거기에 대해서 내가 이성적으로 상세하게 설명하겠네. 하지만 금전적인 문제는 아니라는 사실을 미리 밝혀두는 바이네.

설사 나에게 벼락을 휘두르고 복수의 불꽃을 내리꽂는 능력 등, 다양한 잠재력이 있을지언정, 지금까지 내가 추구하던 근사한 꿈은 이제 영원히 사라졌다는 사실을 – 평화로운 마음은 산산이 깨져나가고 즐겁게 지내는 능력은 모두 사라졌다는 사실을 – 이제 나에게 선한 마음이 더는 존재하지 않는다는 사실을 – 다정한 동무 앞에서 더는 똑바로 걸을 수 없다는 사실을 고백하지 않을 수 없네. 벌레가 꽃을 모두 파먹어버렸다네. 술잔은 입에 대기만 해도 쓰디쓰다네. 벌레가 본격적으로 움직이니, 먹잇감을 금방 해치우겠지. 그래, 해볼 테면 해보라고 해. 나는 피하지 않겠어.

정신적으로 극히 고통스러운 상황에 시달리고, 여자요 부인이요 어머니라는 세 가지 자격을 모두 지닌 미코버 부인조차 이런 고통을 풀어줄 수 없으니, 나로선 잠시나마 나 자신에게서 벗어나 즐거운 추억이 깃든 런던을 다시 찾아, 마흔네 시간이라도 휴식을 취할 생각이라네. 평화로운 가정과 평화로운 마음을 찾기에 바람직한 피난처는 많지만, 내 발길은 자연스레 '고등법원 채무자 교도소'로 향할 거야. 하느님이 허락하신다면 모레 저녁 일곱 시 정각에 내가 민사사건 구치소 남쪽 담장 앞에 있을 거란 사실을 언급하는 거로, 이 글을 보내는 목적을 마무리하겠네.

옛 동무 코퍼필드에게, 혹은 법학원에서 공부하는 옛 동무 토마스 트래들스에게 그곳으로 나와서 오랜 우정을 새롭게 나누길 간청해도 괜찮을지 모르겠군. 나 자신은 위에서 언급한 시간과 장소에 나타나서 망가진 모습을 그대로 보여줄 생각이라네,

탑은 무너지고

잔해만

남은

윌킨스 미코버를.

추신: 미코버 부인에게는 극비로 하라는 말을 덧붙이는 게 바람직하겠군.

나는 편지를 읽고 또 읽었다. 미코버 아저씨가 문장을 화려하게 쓴다는 특징을 고려하더라도, 현실성이 있든 없든 한자리에 앉아서 기나긴 편지를 작성하는 걸 좋아하는 독특한 취향까지 고려하더라도, 애매하게 돌려서 언급한 내용 밑바닥에 뭔가 아주 중요한 내용이 깔렸다는 느낌을 지울 수 없었다. 그래서 편지를 내려놓고 곰곰이 생각하다 다시 편지를 들고 또다시 읽으며 한참 골머리 앓는데, 마침 트래들스가

찾아오는 게 아닌가!

"친애하는 친구여, 자네를 보니 더없이 반갑군. 지금 나는 아주 절박하니, 자네가 냉정한 판단력으로 도와주게나. 조금 전에 미코버 아저씨한테서 정말 기묘한 편지를 받았다네, 트래들스!"

내가 말하자, 트래들스가 깜짝 놀랐다.

"맙소사! 말도 안 돼! 나 역시 조금 전에 미코버 부인한테서 그런 편지를 받았거든!"

트래들스가 말하더니, 급히 걸어오느라 얼굴은 빨갛고 잔뜩 흥분한 상태에서 활기차게 움직이는 유령이라도 본 것처럼 머리칼이 곤두선 모습으로 편지를 꺼내서 나와 편지를 교환했다. 나는 트래들스가 미코버 아저씨 편지를 읽다가 "벼락을 휘두르고 복수의 불꽃을 내리꽂는다! 어이쿠, 코퍼필드!"라고 말하며 눈썹을 추켜세우는 모습을 가만히 지켜보며 고개를 끄덕였다. 그리고 미코버 부인이 보낸 편지를 본격적으로 읽어나갔다. 이런 내용이었다.

토마스 트래들스 선생, 그동안 잘 지냈는지 궁금해. 한때나마 즐거운 시간을 함께 보낸 사람을 아직도 기억한다면, 한가로울 때 잠시만 시간을 빼앗아도 괜찮을까? 마음이 복잡하지만 않다면 내가 T. T 선생을 굳이 귀찮게 하는 일은 없었을 거야.

이런 말까지 한다는 게 괴롭지만, 예전에는 그렇게 가정적이던 미코버 아저씨가 지금은 자기 부인과 자녀를 멀리하니, 나로선 불행한 사태를 트래들스 선생에게 설명하고 위안이라도 얻고 싶은 마음이 간절해. 미코버 아저씨가 이상하게 변했다는 사실을, 무모하고 난폭하게 변했다는 사실을, T 선생은 아마 상상도 못 할 거야. 하지만 그런 행동이 점차 늘어나더니, 지금은 이성을 완전히 잃은 것처럼 보여. 내가 분명히 말하지만, 트래들스 선생, 단 하루라도 발작하지 않고 넘어가는 날이 없어. 미코버 아저씨가 악마에게 영혼을 팔았다고 툭하면 하는 말을 내가 귀에 못이 박이도록 들었다면 T 선생도 내 기분이 어떤지 충분히 짐작할 거야. 남편은 원래 모든 걸 털어놓는 성격인데 오래전에 모든 걸 숨기는 은밀한 성격으로 변했어. 조금만 도발해도, 심지어 저녁에 무얼 먹고 싶으냐고 묻기만 해도, 당장 헤어지자고 소리칠 정도야. 간밤에는 쌍둥이가 레몬 사탕과자를 사게 구리동전 두 닢만 달라고 조르니까 굴까는 칼을 들이대는 게 금방이라도 찌를 것 같더라고!

이렇게 사소한 내용까지 언급해서 미안해, 트래들스 선생. 하지만 이런 말을 빼면, 지금 나는 가슴이 찢어질 정도로 비통한 심정이란 걸 T 선생이 제대로 모를 것 같아.

그럼, 내가 이렇게 편지까지 쓰는 목적을 털어놓아도 괜찮을까, T 선생? 우정 어린 동정심에 모든 걸 맡겨도 괜찮을까? 아, 괜찮겠지, T 선생은 착한 사람이니까!

애정 어린 눈은, 여자가 쳐다보는 눈은 쉽게 속일 수 없는 법이야. 미코버 아저씨가 런던으로 갈 것 같아. 오늘 아침 식사를 들기 직전에 예전의 행복한 시절에 사용하던 조그만 갈색 손가방에다 목적지를 손으로 주도면밀하게 가리고 적었지만, 걱정이 가득한 여자는 매서운 눈초리로 '런던'라는 글씨를 포착했거든. 런던 서부지역으로 가는 역마차 목적지는 '골든크로스' 여인숙이야. 그러니, 나쁜 길로 들어선 남편을 만나서 정신을 차리도록 설득해 달라고 T 선생에게 열렬히 간청하면 너무 염치가 없는 걸까? 미코버 아저씨랑 고통받는 가족 사이에 끼어들어서 도와달라고 부탁하면 너무 염치가 없는 걸까? 그래, 맞아, 이건 너무 염치없는 부탁이야!

이름 없는 여인을 코퍼필드 선생이 아직도 기억한다면 내가 변함 없이 존경한다는 말과 함께 간절하게 부탁한다는 말을 전해주겠어, T 선생? 어떤 경우든, 지금 보낸 편지는 극비로 하길, 미코버 아저씨가 있는 곳에서는 아무리 에둘러서라도 언급하는 일이 절대로 없길 부탁해.

(가능성은 거의 없겠지만) 행여나 T 선생이 답신을 보낼 거라면, 극심하게 고통받는 여자 앞으로 직접 보내는 편보다는 캔터베리 우체국 M. E. 앞으로 보내는 편이 훨씬 바람직할 거야.

토마스 트래들스 선생을 존경하는 친구로서 간청하는

엠마 미코버

"편지를 읽으니까 어떤 생각이 드나?"

트래들스가 쳐다보며 물었다. 내가 편지를 두 번이나 읽은 다음이었다.

"그런 자네는 그 편지를 읽으니까 어떤 생각이 드는데?"

내가 반문했다. 트래들스는 미간을 찡그린 채 여전히 편지를 읽는 중이었다.

"내가 보기에 두 편지 모두 미코버 아저씨 부부가 평소에 보내던 편지와 확연히 다른데…… 그게 뭔지는 모르겠어. 두 편지 모두 확신이 가득한 건 분명한데 서로 협의한 것 같지는 않아. 불쌍한 아주머니!"

트래들스가 미코버 아주머니 편지를 쳐다보며 말하더니, 옆으로 다가서서 두 편지를 비교하다 덧붙였다.

"어쨌든 미코버 아주머니한테 편지를 써서 우리가 미코버 아저씨를 꼭 만나겠다고 알리는 게 좋겠어."

나는 단번에 동의했다. 아주머니가 전에 보낸 편지를 너무 가볍게 처리했다는 자책감도 일었다. 앞에서 언급한 것처럼 편지를 받은 당시만 해도 깊이 생각했지만 당장 처리할 업무에다 집안일까지 몰려서 정신없이 바쁘던 와중에 새로운 소식이 더는 안 들려, 관심이 조금씩 사라지다 끝난 것이다. 이후로도 미코버 아저씨 부부에 대해서 자주 생각했지만, 캔터베리에서 '금전적인 채무관계'에 또 휩쓸렸을까 궁금해하거나 유라이어 힙 밑에서 서기 노릇을 하다가 나에게 들키고 창피해하는 모습을 떠올린 게 전부였다.

어쨌든 이번에는 우리 두 사람 이름으로 미코버 아주머니에게 위로하는 편지를 쓰고 함께 서명했다. 그래서 편지를 부치려고 도심지로 들어서면서 트래들스와 길게 대화하며 다양하게 추측했는데, 여기에서 언급할 필요는 없겠다. 오후에는 고모님까지 논의에 끼어들었지만, 우리가 내릴 수 있는 결론은 미코버 아저씨가 제시한 장소와 시간에 나가야 한다는 것밖에 없었다.

약속장소에 십오 분이나 일찍 나갔는데도 미코버 아저씨는 벌써 도착한 상태였다. 담장 앞에서 팔짱을 끼고 담장 꼭대기에 뾰족하게 쭉 박아놓은 꼬챙이를 감상에 젖은 표정으로 바라보는 게 마치 젊은 시절에 그늘을 드리우던 나무와 얽히고설킨 나뭇가지라도 보는 것 같았다.

우리가 인사하며 다가가자, 아저씨는 예전과 비교하면 훨씬 당혹스런 표정으로 품위가 떨어진 반응을 보였다. 런던까지 올라오느라 까만 법률가 복장은 포기하고 예전처럼 딱 달라붙은 바지에 프록코트를 입었는데, 예전 분위기는 전혀 아니었다. 우리와 대화하는 사이에 예전 분위기를 조금씩 회복하긴 해도 외알 안경은 툭하면 떨어지고 목깃은 예전처럼 두툼하고 길쭉해도 축 늘어졌다.

인사를 대충 끝내자, 미코버 아저씨가 말했다.

"신사 여러분! 두 분은 정말 좋은 친구, 진실한 친구로군요. 현존하는 코퍼필드 부인과 미래의 트래들스 부인은 - 행이든 불행이든, 우리 친구 트래들스 선생께서 사랑하는 여인과 아직 결합하지 않았다는 걸 전제로 하는 말인데 - 모두 안녕하신지 묻고 싶구려."

우리는 정중한 질문에 사례하며 적당히 대답했다. 그러자 아저씨는 우리에게 담장을 가리키며 "분명히 말하지만, 신사 여러분" 하고 말하는데, 내가 실례를 무릅쓰고 끼어들어, 그렇게 정중하게 말씀하시지 말고 예전처럼 편하게 말씀하시라고 권했다. 그러자 아저씨는 내 손을 꽉 잡으며 대답했다.

"친애하는 코퍼필드, 다정한 말이 참으로 감동적이군. 스스로 이렇게 비교해도 괜찮을지 모르겠지만, 한때는 인간이라고 불리던 성전[19]이라도 지금은 산산이 부서진 파편조각에 불과한데 이렇게 따듯하게 맞아주다니, 아직은 우리 인간에게 따듯한 마음이 있다는 구체적인 증거 같아. 나라는 존재가 스쳐 지나며 가장 행복한 시간을 고요하게 보내던 공간을 다시 한번 바라보던 중이었네."

"모든 게 다 미코버 아주머니 덕분이었지요. 아주머니는 안녕하시지요?"

내가 안부를 묻자, 미코버 아저씨는 갑자기 어둡게 변한 얼굴로 대답했다.

"고맙군. 그럭저럭 지낸다네."

그러더니 슬픈 표정으로 고갯짓하며 계속 말했다.

"그런데 여긴 '고등법원 채무자 교도소'라네. 금전적인 채무 때문에 날이면 날마다 돈을 달라는 끔찍한 목소리가 복도까지 울리던 엄청난 압박에서, 그리고 채권자가 주먹을 두드려대던 현관문에서 오랜만에

19) 고린도 3:16 여러분은 자신이 하느님의 성전이란 사실을 모르십니까?

벗어난 곳, 민사소송 자체가 더는 필요하지 않고 교도관은 대문에서만 어슬렁거리던 곳! 신사 여러분, 저 벽돌 구조물 꼭대기에서 가시철망 그림자가 운동장에 깔린 자갈을 가릴 때 나는 그림자가 만든 복잡한 미로에서 우리 아이들이 어두운 선을 피하며 뛰어놀던 모습을 구경하곤 했다네. 저곳은 나한테 돌멩이 하나까지 친숙하다네. 내가 약한 모습을 보이더라도 용서하게."

"하지만 그 뒤로 모두 잘 살았잖아요, 미코버 아저씨."

내가 위로하자, 아저씨는 씁쓸한 어투로 대답했다.

"코퍼필드 선생, 저 은신처에 머물 때만 해도 나는 동료들 얼굴을 똑바로 바라보고, 행여나 모욕하는 인간이 있으면 그 머리통에 주먹을 날릴 수도 있었다네. 그런데 이제는 그런 영광을 나 자신이나 동료들 모두 더는 누릴 수 없어!"

미코버 아저씨는 우울한 표정으로 돌아서더니, 내가 내민 팔에 한쪽 팔을 끼우고 반대편에서 트래들스가 내민 팔에 다른 팔을 끼워 한가운데서 나란히 걸었다. 그러더니 어깨너머로 정겹게 돌아보며 말했다.

"인간은 무덤으로 나아가는 도중에 열망을 품고 엉뚱하게 행동하다 보면 결코 마주치고 싶지 않은 이정표를 여러 번 지나치지. 그 가운데 하나가 '고등법원 채무자 교도소'야, 파란만장한 인생을 살아온 나한테는."

"아, 많이 울적하신가 보네요, 미코버 아저씨."

트래들스가 말하자, 미코버 아저씨가 대답했다.

"그렇다네, 선생."

"법률과 관련된 일이 싫어서 우울하신 게 아니면 좋겠네요, 아시다시피 저 역시 법률 쪽 일을 하니까요."

트래들스가 다시 말하는데, 미코버 아저씨는 아무런 대답도 안 했다. 그래서 잠시 침묵이 흐른 뒤에 내가 물었다.

"우리 친구 유라이어 힙은 어떻게 지내나요, 미코버 아저씨?"

내가 묻자, 미코버 아저씨는 갑자기 창백하게 변해서 턱없이 흥분하며 대답했다.

"친애하는 코퍼필드, 나를 고용한 사람에 대해 자네가 친구로서 안부를 묻는다면 나로선 서운하다고 대답할 수밖에 없네. 하지만 내 친구로서 그 사람에 관해 묻는 거라면 나로선 냉소적인 미소로 답할 수밖에 없고. 나를 고용한 사람에 대해 자네가 어떤 자격으로 묻든, 나로선 자네 기분이 상하지 않도록 이런 식으로 대충 대답할 수밖에…… 겉모습이 아무리 건강하든, 내 눈에는 여우로 보이거든, 아니 악마로 보이거든. 하지만 업무 측면에서 나를 절망적인 구렁텅이로 몰아붙이는 문제에 대해선 내 입으로 말하고 싶지 않으니, 양해하게."

나는 아무것도 모르고 민감한 부분을 물어봐서 미안하다고 사과했다.

"그렇다면 위크필드 선생님과 아가씨 안부를 묻는 건 치명적인 실수가 아니겠는지요?"

내가 다시 묻자, 미코버 아저씨는 얼굴을 빨갛게 물들이더니 대답했다.

"위크필드 아가씨는 언제 보아도 멋지고 훌륭한 본보기지. 친애하는 코퍼필드, 끔찍한 사무실에서 유일하게 빛나는 사람이 바로 아가씨라네. 나는 아가씨를 정말로 존경하고 그 성격을 찬미하며, 착하고 진실하고 사랑스러운 모습에 감탄한다네! 저쪽 골목으로 들어가세, 현재와 같은 마음 상태로는 이렇게 말하는 자체도 창피하니!"

우리가 방향을 틀어서 좁은 골목으로 들어서자, 아저씨는 벽에 등을 기대고 손수건을 꺼냈다. 나까지 트래들스처럼 심각한 표정으로 쳐다보았다면, 아저씨는 우리가 옆에 있어도 울적한 기분을 풀 수 없었을 것이다. 하지만 아저씨는 노골적으로 흐느끼다가 예전의 점잖은 척하는 표정을 살짝 되찾으면서 말했다.

"신사 여러분, 인간이 지닌 바람직한 본성 때문에 나는 자책감을 느낄 수밖에 없는 운명이라네. 위크필드 아가씨에 대한 존경심은 내 가슴에 연속으로 쏘아대는 화살과 같다네. 괜찮다면 자네는 차라리 내가 온 세상을 정처 없이 떠돌도록 하는 게 좋을 거야. 그러면 구더기 벌레가 모든 문제를 순식간에 해결할 테니까."

이런 호소를 우리가 못 들은 척하며 가만히 기다리자, 마침내 아저씨는 행여나 주변을 지나는 사람이 볼까 두려워서 손수건을 집어넣고 목깃을 쭉 펴더니, 모자를 한쪽으로 삐딱하게 쓰곤 콧노래를 흥얼거렸다. 나는 아저씨를 그대로 보내면 뭔가 아주 중요한 정보를 놓칠 것 같은 기분에, 우리와 함께 마차를 타고 하이게이트로 가자고, 기쁜 마음으로 우리 고모님을 소개하는 건 물론, 잠자리도 마련해주겠다면서 제안했다.

"그래서 우리한테 맛있는 펀치 술도 만들어주고, 미코버 아저씨, 즐거운 추억도 나누면서 근심 걱정을 모두 털어내는 거예요."

"친한 사람한테 무엇이든 털어놓아서 마음이 편하다면, 아저씨가 저희한테 그래도 좋고요, 미코버 아저씨."

트래들스가 조심스럽게 거들자, 미코버 아저씨가 대답했다.

"신사 여러분, 자네들이 원하는 대로 함세! 나는 망망대해를 떠가는 지푸라기 한 올이라, 코끼리(elephants)한테 – 아니, 비바람(elements)이 맞겠군 – 이리저리 흔들리는 신세에 불과하니……."

우리 셋은 다시 팔짱 끼고 걷다가 마침 막 출발하려는 사륜마차를 발견하고 올라타서 별다른 어려움 없이 하이게이트에 들어섰다. 그러는 내내 미코버 아저씨는 울적한 기분에 깊숙이 빠져들었다. 나는 마음이 불안하고 불확실해서 무어라 말하고 어떻게 행동해야 좋을지 모르고, 트래들스도 비슷했다. 미코버 아저씨는 기분을 쾌활하게 바꾸려는 듯 콧노래를 가끔 흥얼거리지만, 다시 깊은 우울증에 빠져들어 한쪽으로 너무 삐딱하게 눌러쓴 모자와 양쪽 귀까지 곧추세운 목깃이 그만큼 더 우스꽝스럽게 보이기만 했다.

도라가 그리 좋은 상태가 아니라서 우리는 고모님네 집으로 갔다. 고모님은 우리 집에 있다가 전갈을 받고 금방 나타나, 미코버 아저씨를 정중하면서도 다정하게 맞이했다. 미코버 아저씨는 그 손에 키스하고 창가로 물러나서 손수건을 꺼내는데, 정신적으로 심한 갈등에 휩싸이는 것 같았다.

노신사 딕도 집에 있었다. 그런데 노신사 딕은 심적으로 고통스러워하는 사람이라면 누구든 지나치게 동정하는 성격인 데다 그런 사람을 찾아내는 실력 또한 대단한지라, 오 분 동안 최소한 다섯 번은 미코버 아저씨 손을 잡고 흔들며 위로했다. 심한 고통에 휩싸인 미코버 아저씨로서는 낯선 사람에게 이렇게 따듯한 환대를 받는 게 너무나 고마운 나머지, 손을 잡고 흔들 때마다 "어르신, 정말 고마울 따름입니다!" 하고 말할 수밖에 없었다. 그런데 이 말에 노신사 딕 역시 감동한 나머지, 손을 다시 잡고 더욱 힘차게 흔들어대는 식이었다. 그래서 미코버 아저씨가 고모님에게 말했다.

"어르신께서 너무나 다정하게 반겨주시어, 험악한 운동경기 용어로 빗대서 말해도 괜찮다면, 마님, 저를 완전히 케이오시키는군요. 제가 분명히 말씀드리지만, 온갖 근심 걱정에 시달리며 몸부림치는 사람한텐 따듯한 환대처럼 좋은 보약이 없답니다."

"딕 선생님은 평범한 분이 아니랍니다."

고모님이 자랑스럽게 대답하자, 미코버 아저씨도 동조했다.

"제가 보기에도 정말 대단하신 분이 확실합니다."

이 말과 동시에 노신사 딕이 손을 잡고 다시 열심히 흔들어대자, 아저씨가 덧붙였다.

"존경하는 어르신! 어르신께서 따듯하게 맞아주셔서 저로선 깊이 감사할 따름입니다!"

"그래, 오늘은 기분이 어떻소?"

노신사 딕이 걱정하는 표정으로 묻자, 미코버 아저씨가 한숨을 내쉬며 대답했다.

"그저 그렇습니다, 어르신."

"기운을 내시오. 그리고 마음을 최대한 편하게 갖도록 하시오."

노신사 딕이 위로하자, 미코버 아저씨는 따듯한 말에, 그리고 손을 다시 맞잡고 흔들어대는 모습에 완전히 감동하며 고마워했다.

"지금까지 다양하게 살아오다 가끔 오아시스를 만나는 행운을 누리긴 했지만, 나무가 이렇게 울창하고 샘물이 콸콸 솟구치는 오아시스를 만난 건 생전 처음입니다!"

평소 같으면 이런 광경을 보고 재미있게 여기겠는데 이번에는 모두가 거북하고 어색한 표정이었다. 미코버 아저씨 역시 무언가 중요한 내용을 털어놓고 싶은 마음과 아무것도 털어놓으면 안 된다는 마음 사이에서 동요하는 것처럼 보여, 나는 속이 바싹바싹 타들었다. 트래들스 역시 무슨 말을 꺼낼 생각조차 못 한 채 의자에 살짝 걸터앉아 두 눈을 동그랗게 뜨고 머리칼을 여느 때보다 벌떡 일으킨 상태로 방바닥과 미코버 아저씨를 번갈아 쳐다보기만 했다. 하지만 고모님은 집까지 찾아온 손님을 날카로운 통찰력으로 집중해서 살피더니, 우리보다 훨씬 탁월하고 유익한 지혜를 발휘했다. 미코버 아저씨를 상대로 대화를 시작해, 원하든 원하지 않든, 상대가 입을 열 수밖에 없도록 만든 것이다.

"우리 조카랑 오래전부터 친하게 지냈다고 들었소, 미코버 선생. 그래서 꼭 한번 만나는 기쁨을 누리고 싶었다오."

고모님이 말하자, 미코버 아저씨가 대답했다.

"마님, 훨씬 전에 마님을 만나는 영광을 누리지 못한 게 정말 아쉬울 뿐입니다. 예전에는 지금 보시는 것처럼 비참한 몰골이 아니었으니까요."

"미코버 부인과 자녀도 모두 잘 지내지요, 선생?"

고모님이 묻자 미코버 아저씨는 머리를 한쪽으로 숙이고 잠시 침묵하다 자포자기한 표정으로 대답했다.

"그럭저럭 지낸답니다, 모두한테 버림받은 뜨내기치곤 그럭저럭."

"하느님 맙소사, 선생! 도대체 그게 무슨 말이오?"

고모님이 깜짝 놀라며 묻자, 미코버 아저씨가 대답했다.

"지금 우리 가족은 호구지책이 불확실한 상황에서 벌벌 떨고 있답니다, 마님. 저를 고용한 사람이……."

미코버 아저씨는 이렇게 말하다 약 올리듯 갑자기 멈추더니, 내가 펀치 술을 만들도록 다양한 재료와 함께 가져온 레몬을 집어서 껍질을 깎아대기 시작했다.

"당신을 고용한 사람이……."

노신사 딕이 팔꿈치를 콕 찌르며 재촉하자, 미코버 아저씨는 "네, 어르신, 기억을 떠올려주셔서 정말 고맙습니다"라는 말과 함께 노신사 딕과 다시 악수하더니, 계속 이어나갔다.

"저를 고용한 사람이, 마님, 유라이어 힙 선생이, 예전에 저한테 이렇게 말한 적이 있답니다. 제가 자기 밑에서 일하며 봉급을 꼬박꼬박

안 받는다면 약장수가 돼서 칼날을 입에 넣고 화염을 삼키면서 전국을 떠돌아다녔을 거라고요. 제가 그걸 거부한다면 제 아이들이 몸을 이리저리 비틀어대고 제 부인은 아이들이 부리는 묘기에 박자를 맞추며 손풍금을 치는 식으로 먹고살아야 할 거라고요."

미코버 아저씨는 자신이 계속 일하지 않으면 그렇게 공연해야 한다는 듯 칼을 멋들어지게 휘두르더니, 레몬 껍질을 다시 필사적으로 까대기 시작했다.

고모님은 평소처럼 조그맣고 동그란 탁자 곁에서 팔꿈치를 기댄 채 미코버 아저씨를 열심히 쳐다보았다. 준비가 안 된 아저씨가 속마음을 자발적으로 털어놓도록 유도한다는 상황이 안타깝긴 해도 결국엔 그럴 수밖에 없겠다는 생각이 드는 판에, 갑자기 아저씨가 이상하게 행동하기 시작했다. 그중에서 특히 놀라운 행동은 주전자에 레몬 껍질을 넣고, 촛불 끄게 쟁반에 설탕을 넣고, 텅 빈 항아리에 술을 붓고, 촛대에 고인 촛농까지 넣으려고 한 것이다. 나는 위기가 임박한 걸 깨닫고, 그건 현실이 되었다. 아저씨가 모든 도구와 기구를 우당탕 헝클어뜨리더니 손수건을 꺼내서 눈물을 터트린 것이다. 그리곤 손수건으로 얼굴을 가린 채 말한 것이다.

"친애하는 코퍼필드, 펀치 술을 만들려면 무엇보다 필요한 게 편안한 마음과 자존심이야. 지금은 만들 수 없어. 도저히 안 된다고."

내가 물었다.

"미코버 아저씨, 도대체 뭐가 문제에요? 속 시원하게 털어놓으세요. 다 가까운 사람들이잖아요."

"다 가까운 사람들, 선생?"

미코버 아저씨가 반문하더니, 오랫동안 맺힌 응어리를 한순간에 터트렸다.

"맙소사, 내가 이렇게 된 게 바로 가까운 사람들 때문이라고! 뭐가 문제냐고, 신사 여러분? 문제가 아닌 게 뭔데? 나쁜 짓도 문제고, 비열한 짓도 문제고, 사기, 협잡, 음모도 문젠데, 무엇보다 흉악한 건 바로…… 힙이라고!"

고모님은 손뼉을 치고, 우리는 악령에 휩싸인 듯 흠칫하고, 미코버 아저씨는 손수건을 마구 흔들다가 극히 어려운 상황에 헤엄이라도 치는 듯 두 팔을 휘두르며 말했다.

"갈등은 끝났어! 더는 이렇게 안 살아. 너무 비참해. 살아갈 의미를 모두 빼앗겼어. 사악한 악당 밑에서 일하느라 모든 걸 빼앗겼어. 나한테 부인을 돌려줘. 나한테 가족을 돌려줘. 지금처럼 두 발에 장화를 신고 돌아다니는 비참한 인간 말고 원래 미코버를 돌려줘. 내일 당장 칼날을 삼켜야 한다면, 삼키겠어. 기꺼이!"

나는 그렇게 흥분한 사람을 본 적이 없었다. 그래서 아저씨를 진정시키려고 했다. 우리 모두 이성을 찾아야 할 것 같았다. 하지만 아저씨는 더욱 흥분할 뿐, 한마디도 들으려 하지 않았다. 차가운 물에 빠져서 허우적대는 사람처럼 숨을 헐떡이고 헉헉대고 흐느끼며 이렇게 말할 뿐이었다.

"나는 누구에게도 – 손을 내밀지 않겠어 – 갈가리 찢어발기기 전에는 – 혐오스럽고 교활한…… 힙을! 나는 어떤 환대도 – 받아들이지 않겠어 – 활활 타오르는 – 베수비오 화산을 터트려서 – 그놈을 날려버리기 전에는 – 사악한 악당…… 힙을! 나는 이 집에서 무엇도 – 특히 펀치 술은 – 마시지 않겠어 – 눈알을 빼버리기 전에는 – 끝없는 사기꾼이자 거짓말쟁이…… 힙 얼굴에서! 나는 – 나는 누구도 만나지 않고 – 무슨 말도 않고 – 아무 데서도 안 살겠어 – 그놈을 가루로 산산이 – 갈아버리기 전에는 – 초월적이며 불멸의 위선자요, 거짓 맹세를 일삼는…… 힙을!"

나는 미코버 아저씨가 그 자리에서 죽는 건 아닐까 참으로 걱정스러웠다. 뚝뚝 끊어지는 말을 힘겹게 뱉어내고 힙이라는 이름을 뱉어낼 순간이 다가올 때마다 혼미한 상태로 힘겹게 나아가다, 정말 놀라울 정도로 엄청난 에너지를 발산하며 뱉어내는 모습이 소름 끼쳤다. 하지만 드디어 의자에 풀썩 주저앉아 땀을 뻘뻘 흘리며 우리를 쳐다볼 때는, 얼굴색이 특별한 이유 없이 붉으락푸르락하고 목구멍에서는 덩어리가 연거푸 올라와 이마로 솟구치는 모습이 마치 임종을 앞둔 사람처럼 보였다. 내가 도와주려고 다가가도 아저씨는 손을 내저을 뿐, 한마디도 들으려 하지 않았다.

"안 돼, 코퍼필드! – 누구한테도 말하면 안 돼 – 위크필드 아가씨가 – 사악한 마수에서 – 벗어날 때까지 – 능글맞은 악당 힙한테서! (힙이란 단어가 다가오는 걸 느낄 때마다 놀라운 에너지를 끌어모으지 않았다면 아저씨는 단 세 마디도 뱉어낼 수 없었을 게 분명하다.) 온 세상에 완벽하게 – 숨겨야 해 – 예외 없이 – 일주일 후 – 아침 식사시간에 – 모두 모인 자리에서 – 고모님과 – 너무나 다정한 노신사도 – 계신 자리에서 – 캔터베리에 있는 호텔에서 – 미코버 부인과 내가 – '석별의 정'을 합창한 호텔에서 – 모든 걸 털어놓겠다는 사실을 – 용납할 수 없는 악당…… 힙에 대해서! 더는 말할 것도 – 더는 들을 것도 없이 – 당장 떠나겠어 – 한가하게 노닥거릴 수 없어 – 천벌을 받아 지옥으로 떨어질 배신자를 쫓아야 하니까 – 힙을!"

자신을 마법처럼 지탱시킨 단어를 마지막으로 온 힘을 다해서 뱉어내며 미코버 아저씨는 밖으로 뛰쳐나가고, 우리는 흥분과 희망과 놀라움에 휩싸이며 아저씨 자신과 똑같은 상태로 빠져들었다. 이런 상황에서도 편지 쓰는 걸 좋아하는 열정만큼은 도저히 막을 수 없으니, 우리 모두 흥분과 희망과 놀라움으로 여전히 가득할 때 동네 선술집에서 목가적인 쪽지를 보냈는데, 아저씨가 선술집까지 들어가서 작성한 편지였다.

극비 사항이니 혼자만 보게.

친애하는 선생,

내가 지금 막 흥분한 것에 대해서 훌륭하신 고모님에게 사과한다는 말을 자네 편에 전달할 수 있으면 고맙겠네. 오랫동안 억누르던 화산이 폭발한 건 말로 형용할 수 없는 내적 갈등 때문이네.

딱 일주일 후 아침에 캔터베리에 있는 호텔에서, 예전에 미코버 부인과 내가 자네와 목소리를 합쳐 '불멸의 세금 징수원'[20]이 트위드 강가에서 작곡한 유명한 가락을 부른 곳에서, 만나자는 약속은 내가 또렷하게 전달했다고 믿네.

내가 아는 건 의무를 다하고 배상을 완수할 때 비로소 가까운 사람들 얼굴을 똑바로 볼 수 있다는 게 전부야. 그래야 영원한 안식처에 편히 들어갈 테니까.

조그만 마을 무뚝뚝한 조상이
비좁은 공간에 누워서 영원히 잠들다.[21]
- 평범한 묘비명과 함께

윌킨스 미코버

---

20) 스코틀랜드 시인 번스(Burns)를, 그리고 '올드랭사인(석별의 정)'을 뜻하는데, 번스는 1789년과 1792년 사이에 세금 징수원으로 일한 거로 유명하다.
21) 영국 시인 토머스 그레이, '마을 공동묘지에서 읊는 애가'에서.

CHAPTER 50. 패거티 아저씨가 꿈을 실현하다

강변에서 마사를 만나고 몇 달이 지났다. 그동안 나는 마사를 못 봤지만, 패거티 아저씨는 마사와 몇 차례 서신을 주고받았다. 마사가 열심히 노력했지만 새로운 소식은 없었다. 패거티 아저씨에게서 당장은 에밀리에 대해 어떤 단서를 찾아냈다는 말도 들을 수 없었다. 솔직히 고백하건대, 당시에 나는 에밀리를 찾는 건 불가능하다는, 이미 죽은 게 분명하다는 생각에 점차 빠져들기 시작했다.

하지만 패거티 아저씨는 한 치도 변하지 않았다. 나는 정직한 아저씨 마음을 속속들이 파악했다고 믿는데, 내가 아는 한, 아저씨는 에밀리를 찾는다는 근엄한 확신이 단 한 번도 흔들리지 않았다. 지친 적도 없었다. 강력한 신념에 타격을 받고 아저씨가 흔들리는 날이 결국 올 수밖에 없다는 생각이 들어서 나는 고통스러웠지만, 아저씨가 품은 신념은 선한 마음에 깊이 뿌리내린 순수한 닻처럼 감동적이면서도 종교처럼 경건해, 아저씨에 대한 존경심은 시간이 갈수록 높아만 갔다.

아저씨가 지닌 확신은 희망만 품고 가만히 기다리는 게 아니었다.

평생을 억세게 살아온 사람답게, 무엇이든 도움이 필요하면 자신이 먼저 최선을 다해서 스스로 도와야 한다는 사실을 알았다. 행여나 무슨 일이 생겨서 낡은 뱃집 창가에 불을 켜지 않을 수도 있다는 불안감 때문에 한밤중에 야머스까지 걸어간 적도 있다. 에밀리와 관련이 있을 수도 있는 신문기사를 읽고서 지팡이를 움켜쥐고 백 km에 달하는 거리를 찾아간 적도 있다. '돌격 아가씨' 덕분에 들은 이야기를 나에게 듣고서 바닷길로 나폴리까지 다녀오기도 했다. 매번 소박한 여행길이었다. 에밀리를 발견할 때를 대비해서 돈을 절약해야 한다는 확고한 신념 때문이다. 이렇게 오랫동안 고생하면서도 불평하는 소리를 나는 한 번도 못 들었다. 힘들다거나 실망스럽다고 말하는 소리 역시 단 한 번도 못 들었다.

결혼하고 나서 함께 자주 만나더니, 도라 역시 아저씨를 좋아했다. 철부지 아내는 소파에 앉아서 소심하게 놀란 표정으로 파란 눈을 치켜뜨며 바라보고, 아저씨는 소파 앞에서 한 손에 거친 모자를 든 모습이 지금도 눈에 선하다. 초저녁에 노을이 질 무렵이면 아저씨가 말할 게 있어서 우리 집을 찾아오곤 했는데, 그럴 때마다 나는 함께 정원을 거닐며 파이프 담배를 태우도록 권하고, 그러다 보면 황폐한 뱃집이, 바깥에서는 바람이 윙윙거리고 벽난로에서는 불길이 활활 타오르는 게 어린 눈에 참으로 아늑하던 분위기가 마음속에서 생생하게 떠오르곤 했다.

그러던 어느 날 똑같은 초저녁 시간인데, 아저씨는 전날 밤에 밖으로 나오다가 숙소 근처에서 기다리던 마사를 만났다고, 다시 찾아올 때까지 무슨 일이 있어도 런던을 떠나지 말도록 마사가 신신당부했다고 말했다. 그래서 내가 물었다.

"이유가 무언지 말하던가요?"

"내가 물었지만, 데이비 도련님, 마사는 몇 마디 없이 약속만 받은 채 그냥 떠났답니다."

"그럼 언제 찾아오겠다고 하던가요?"

내가 묻자, 아저씨는 한 손을 얼굴에 대고 깊이 생각하며 대답했다.

"아니요, 데이비 도련님. 그것도 물었지만 (마사 말이) 확실히 대답할 수 없다더군요."

아저씨에게 실낱같은 희망이라도 부추기지 않으려고 오래전부터 애쓰던 터라, 나는 이 말을 듣고, 그렇다면 마사가 금방 찾아오겠다고 위로하는 정도로 마무리했다. 마음속에서 뭔지 모를 희망이 솔솔 피어올랐으나 미약하기 그지없었다.

이런 일이 있고 약 보름이 지날 즈음, 나는 초저녁에 혼자서 정원을 거닐었다. 그날 초저녁을 나는 지금도 생생하게 기억한다. 미코버 아저씨가 약속한 일주일을 이틀 앞둔 날이었다. 비가 온종일 내려서 공기가 눅눅했다. 나무에 무성한 잎사귀는 축축하게 젖어서 축 늘어지고 하늘에는 먹구름이 가득하지만, 빗방울은 완전히 멈추고 새들은 희망찬 노래를 흥겹게 지저귀었다. 정원을 이리저리 거니는 사이에 주변에 가득하던 노을은 서서히 저물고 새들이 지저귀던 가녀린 노랫소리는 조용하게 변했다. 어슴푸레한 숲까지 완벽한 침묵에 잠긴 채 나뭇가지는 물방울만 떨구고, 초저녁 시골 마을 특유의 고요한 정적은 사방에 가득했다.

우리 집 한쪽에는 격자로 만들어서 담쟁이덩굴이 타고 올라가는 조그만 녹색 울타리가 있어, 산책하는 정원에서 집 앞으로 뻗어 나간 도로가 울타리 사이로 보였다. 나는 이런저런 생각에 빠져든 채 눈길을 우연히 돌리다 그 너머에서 망토가 초라한 인물 하나를 발견했다. 나를 쳐다보면서 열심히 손짓하는 중이었다.

"마사!"

내가 깜짝 놀라며 다가가자, 마사는 잔뜩 흥분한 어투로 조그맣게 속삭였다.

"저를 따라올 수 있나요? 아저씨를 찾아갔더니 집에 안 계시더군요. 어디로 오시라는 쪽지를 내 손으로 직접 적어서 아저씨 탁자에 올려놓았어요. 사람들 말이 아저씨가 금방 돌아오실 거라더군요. 아저씨한테 전달할 소식이 있어요. 지금 당장 따라올 수 있나요?"

나는 대문을 당장 나서는 거로 대답을 대신했다. 마사는 나에게 꾹 참고 침묵하라는 듯 급하게 손짓하더니, 런던 쪽으로 방향을 틀었다. 드레스에 묻은 흔적을 보건대, 급하게 걸어온 게 분명했다.

나는 런던으로 가는 거냐고 물었다. 마사가 이번에도 급한 손짓으로 그렇다 신호하고, 나는 근처를 지나는 텅 빈 마차를 세워서 마사와 함께 올라탔다. 마부에게 마차를 어디로 몰도록 하느냐고 묻자, 마사는 "황금 광장 주변이면 어디든! 서둘러서!"라고 대답하더니, 한쪽 구석으로 파고들어 한 손을 덜덜 떨며 얼굴을 가리고 다른 손으로 조금 전처럼 급하게 손짓하는 게, 어떤 말도 꺼내지 말라는 것 같았다.

나는 좋은 생각과 나쁜 생각이 어지럽게 일어나서 심하게 동요하며 무언가 설명을 바라는 표정으로 쳐다보았다. 하지만 침묵을 갈망하는 표정만 발견하고, 이럴 때는 상대가 원하는 대로 하는 게 좋겠다는 생각이 들어서 침묵을 깨뜨리지 않았다. 우리는 말 한마디 없이 나아갔다. 마차가 정말 빠른 속도로 달리는데도 마사는 너무 느리다고 생각하는 듯 가끔 창밖을 내다볼 뿐, 변한 건 하나도 없었다.

우리는 마사가 말한 광장 입구에 내리고, 나는 어쩌면 나중에 필요할 수 있겠다는 생각이 들어서 마부에게 기다리라고 지시했다. 마사는 내 팔에 한 손을 올리고 어두운 도로 가운데 하나로 급히 인도하는데,

주변에는 예전에 번듯한 가족이 번듯하게 살았을 법하지만 오랜 세월을 보내는 동안 가난한 사람에게 방을 빌려주는 곳으로 전락한 초라한 건물이 가득했다. 이런 건물 가운데 대문이 열린 곳으로 들어서더니, 마사는 내 팔을 놓고서 자신을 따라 공용계단으로 올라오라고 손짓했다. 도로에서 협곡 지류처럼 갈라진 계단이었다.

내부에는 거주자가 우글거렸다. 우리가 올라가는 동안 방문이 줄줄이 열리면서 사람들이 고개를 내밀었다. 계단에서도 밑으로 내려오는 사람을 여럿 지나쳤다. 바깥에서 건물로 들어서기 전에도 힐끗 올려보다 여러 창가에서 아낙네와 아이들이 화분 너머로 고개를 빼꼼히 내밀고 구경하던 모습을 발견한 터였다. 방문을 열고 쳐다보는 사람 대부분은 창가에서 내다보던 사람인 걸 보면 우리가 호기심을 자아낸 게 분명했다.

층계 바닥은 널찍한 판자를 대고 묵직한 난간은 짙은 목재로 만들고, 방문마다 장식으로 꽃과 과일을 새기고, 창문마다 널찍한 의자가 있었다. 하지만 과거엔 화려한 영광을 나타내던 징표는 먼지만 쌓인 채 썩어 문드러지고, 곰팡이와 습기와 세월은 바닥을 느슨하게 만들어, 삐걱거리는 소리가 곳곳에서 불안하게 일어났다. 옛날에 많은 돈을 들여 만든 목조 구조물 여기저기에 싸구려 목재를 덧대서 수리하는 식으로 낡아빠진 골조에 새로운 피를 수혈했지만, 몰락한 귀족이 천민과 결혼해서 양측 모두 걸맞지 않은 상대를 꺼리는 것처럼 보일 뿐이었다.

계단 뒤쪽으로 만든 창문 가운데 일부는 판자를 대서 완전히 차단했는지 아주 깜깜했다. 그러지 않은 창문에도 유리가 있는 창은 거의 없어, 부서진 창틀 사이로 역한 공기가 끊임없이 들어와서 빠져나갈 생각은 않고, 맞은편 건물도 마찬가지로 창문에 유리가 없는 듯 비슷하고, 그 사이에 자리한 마당을 내려다보니 집집이 버린 쓰레기로 가득해서 황량했다.

우리는 건물 꼭대기 층으로 올라갔다. 도중에 숙녀용 드레스 같은 게 앞에서 올라가는 모습이 희미한 불빛에 두세 번 보인 것 같았다. 드디어 천장 바로 밑 마지막 계단에 오르자, 방문 앞에서 잠시 멈춘 드레스 차림 여성이 우리 앞에 훤히 드러났다. 이윽고 상대는 손잡이를 돌려서 안으로 들어가고, 마사는 조그맣게 속삭였다.

"어떻게 된 거지요? 저 여자가 내 방으로 들어갔어요. 누군지 모르는 사람인데!"

하지만 나는 한눈에 알아보고 깜짝 놀랐다. '돌격 아가씨'였다. 그래서 내가 전에 만난 여인이라는 식으로 간단하게 설명하는데, 안에서 '돌격 아가씨' 목소리가 일어났다. 하지만 무슨 내용인지 알아들을 순 없었다. 마사는 깜짝 놀란 표정으로 이번에도 급히 손짓하며 나를 데리고 계단을 살그머니 오르더니, 자물쇠조차 없는 것처럼 보이는 조그만 뒷문을 살그머니 밀어 열고 텅 빈 채 낮은 천장만 비스듬히 기운 조그만 다락방으로 들어섰다. 벽장보다 나을 게 없는 방이었다. 마사가 자기 방이라고 말한 방향으로 조그만 문이 하나 있는데, 살짝 열린 상태였다. 우리는 계단을 오르느라 가쁜 숨을 몰아쉬며 걸음을 멈추고, 마사는 한 손을 내 입술에 가볍게 댔다. 문 저쪽에서 보이는 거라곤 널찍한 방과 침대 하나, 벽마다 걸린 평범한 선박 그림이 전부였다. '돌격 아가씨'도 안 보이고 '돌격 아가씨'가 말하는 상대도 안 보였다. 나보다 나쁜 위치라서 마사 역시 아무도 안 보이는 게 분명했다. 깊은 침묵이 흘렀다. 마사는 내 입술에 여전히 한 손을 댄 채 다른 손을 귀에 대고 가만히 듣기 시작했다.

"그 여자가 집에 있건 없건 나는 관심도 없어. 내가 모르는 여자니까. 내가 만나러 온 사람은 바로 당신이야."

'돌격 아가씨' 로사가 거칠고 무례하게 말했다.

"나요?"

부드러운 목소리가 대답했다.

이 소리를 듣는 순간, 온몸에 전율이 흘렀다. 에밀리 목소리!

"그래, 당신을 보러왔어. 뭐야? 끔찍한 짓을 저지르고도 부끄럽게 여기는 얼굴이 아니네?"

'돌격 아가씨'가 비꼬았다. 단호하게 가차 없이 증오하는 어투와 차갑고 엄격하고 날카로운 어투, 분노를 꾹 눌러 참는 어투를 듣는 순간, 나는 '돌격 아가씨'가 환한 대낮에 눈앞에 있는 것처럼 선명하게 떠올랐다. 번뜩이는 새까만 눈동자도, 열정을 낭비하는 모습도, 말할 때마다 입술에 하얗게 틀어박힌 흉터가 파르르 떨면서 흔들리는 모습도 떠올랐다.

"스티어포스가 푹 빠져서 데리고 도망친 여자를, 고향 사람들 입방아에 천하게 오르내리는 여자를, 스티어포스 같은 사람에 비해 더없이 뻔뻔하고 교활하게 닳아빠진 여자를 보러 왔다고. 도대체 어떻게 생긴 요물인지 보고 싶어서."

부스럭 소리가 났다. 에밀리가 극심한 모욕을 못 견디고 방문으로 도망치자, '돌격 아가씨'가 재빨리 가로막은 것 같았다. 그리고 침묵이 흐르더니, '돌격 아가씨'가 다시 말했다. 발을 구르면서 꽉 깨문 잇새로 뱉어내는 목소리였다.

"그대로 있어! 그러지 않으면 이 건물은 물론 온 동네에다 까발릴 테니까! 도망치려고 한다면 머리채를 잡아서라도 돌멩이 세례를 받게 하겠어!"

겁에 질려서 웅얼대는 소리가 내 귀에 들리는 유일한 대답이었다. 그리고 침묵이 이어졌다. 나는 어떻게 해야 할지 몰랐다. 당장에라도 뛰어들어서 대화를 중단시키고 싶은 마음은 굴뚝같지만, 나에겐 그럴 권리가 없다는, 에밀리를 만나서 구원할 사람은 패거티 아저씨밖에 없다는 느낌이 들었다. 그런데 아저씨는 왜 안 오시는 거지? 마음이 초조했다.

'돌격 아가씨' 로사가 잔뜩 경멸하는 웃음소리를 터트리면서 다시 말했다.

"그래! 드디어 내 눈으로 보았군! 아아, 순진한 척하면서 머리를 푹 숙인 모습에 넘어가다니, 스티어포스도 참 딱해!"

"아, 제발 자비를 베푸세요! 누구신지 모르지만 제가 겪은 비참한 이야기를 아실 터이니, 제발 자비를 베푸세요, 당신도 나중에 자비를 누리고 싶으면!"

에밀리가 애원하자, 상대가 사납게 대답했다.

"내가 자비를 누리고 싶으면! 너랑 나 사이에 공통점이 뭐라고 헛소리를 지껄이는 거야!"

"같은 여자잖아요."

에밀리가 말하며 눈물을 터트리자, '돌격 아가씨' 로사가 사납게 받아쳤다.

"너처럼 파렴치한 년이 그런 말을 하다니, 설사 네년에 대한 경멸과 혐오 이외의 감정이 있었더라도 단번에 얼어붙고 말겠군. 같은 여자라! 너는 우리 여자한테 수치야!"

"저는 비난을 들어도 싸지만, 너무 끔찍해요! 제발 부탁하건대 제가 겪은 고통을, 비참한 신세를 불쌍히 여기세요! 아, 마사 언니, 어서 돌아와요! 제발, 어서, 어서!"

에밀리가 바닥에 엎드리기라도 한 듯, '돌격 아가씨'가 틈으로 보이는 의자에 앉아 아래를 굽어보았다. 그래서 의기양양한 표정으로 한 곳만 쳐다보는 잔인한 시선과 삐죽 내민 입술이 보였다. 그러다가 다시 말했다.

"내가 하는 말 잘 들어! 그런 수법은 얼간이들한테나 쓰라고. 눈물 따위로 내 마음이 움직일 것 같아? 나한텐 안 통해. 네년이 아무리 미소를 흘려도 나한텐 아무런 소용이 없는 것처럼. 너는 돈으로 사고파는 노예랑 똑같은 년이라고!"

"아, 제발 자비를 베푸세요! 동정심을 조금만 베푸세요, 그러지 않으면 미쳐서 죽을 것 같으니까!"

에밀리가 하소연하자, '돌격 아가씨' 로사가 받아쳤다.

"그런다 해도 네년이 저지른 범죄에 비하면 아무것도 아니야. 네년이 무슨 짓을 저질렀는지 알기나 해? 네년 때문에 황폐하게 변한 집을 생각이나 해봤어?"

"아, 제가 밤이고 낮이고 집 생각을 안 한 적이 한 번이라도 있겠습니까!"

에밀리가 울부짖고, 나는 그 모습을 이제 비로소 보았다. 무릎을 꿇고 머리를 뒤로 젖혀서 창백한 얼굴로 올려다보고 두 손을 마주 잡아서 앞으로 내밀고 머리카락은 어깨너머로 흘러내린 모습이었다.

"눈을 떠도 감아도 그 집이 선하게 떠오르지 않은 적은 단 한 순간도 없습니다, 제가 그 집을 뒤로하고 영원히 돌아설 때 모습 그대로! 아, 우리 집, 우리 집! 아, 사랑하고 사랑하는 외삼촌, 오랫동안 베푸신 사랑이 제가 선한 모습에서 멀어지는 순간 크나큰 고통으로 돌아오리란 사실을 조금이라도 아셨더라면, 외삼촌은 마음에서 우러나오는 사랑을 끊임없이 베푸는 대신 저한테 화를 내셔야 했어요, 최소한 한 번이라도, 제가 조금이라도 마음을 편히 가지도록! 그런데도 외삼촌은 늘 끊임없는 애정을 베푸시니, 저는 어디를 가든 단 한 순간도, 단

한 순간도 편할 수 없었답니다!"

에밀리가 의자에 도도하게 앉은 상대에게 치맛자락이라도 붙잡으려고 절박하게 시도하며 울부짖다가 머리를 떨궜다.

'돌격 아가씨' 로사는 에밀리를 굽어볼 뿐, 도도한 자세로 꼼짝을 안 했다. 나는 지금도 확신하건대, 굳게 다문 입술은 자신이 최선을 다해서 분노를 억눌러야 한다는, 그러지 않으면 아름다운 여인을 금방이라도 걷어차고 말 거라는 사실을 아는 것 같았다. 내가 또렷이 쳐다보는 앞에서, 그런 기질과 성향이 표정에 그대로 묻어나오는 것 같았다. 아아, 아저씨는 왜 안 오신단 말인가?

'돌격 아가씨'는 가슴에서 용솟음치는 분노를 간신히 억눌러 이제 입을 열어도 괜찮을 것 같을 때 이렇게 말했다.

"벌레처럼 비열한 인간이 지금 뭐라고 말하는 거야! 너희 집이라니! 네년은 내가 너희 집에 조금이라도 관심이 있다고, 가치가 하나도 없을 정도로 천박한 너희 집이 네년 때문에 조금이라도 해를 입을까 걱정한다고 생각하는 거니? 너희 집이라니! 네년은 너희 집에 딸린 물건이야, 너희가 거래하는 매물과 마찬가지로 사고파는 물건이라고."

"아, 그렇지 않아요! 저는 무슨 말을 들어도 좋아요. 하지만 우리 가족은 당신만큼이나 명예로우니, 저처럼 치욕적이고 불명예스러운 인물로 매도하지 마세요! 설사 저한테 자비를 베풀지 않더라도, 당신이 숙녀라면 우리 가족만큼은 존중하세요."

하지만 '돌격 아가씨'는 이런 호소에 관심을 안 보인 채, 에밀리가 손대서 오염시키지 못하도록 치맛자락을 잡아채며 소리쳤다.

"나는 스티어포스네 집을 말한 거야…… 내가 사는 집!"

'돌격 아가씨'가 말하더니, 바닥에 엎드린 여인을 굽어보면서 경멸하는 웃음을 터트리고 한 손을 길게 내뻗으며 이어나갔다.

"네년이 귀부인 모친과 신사 아들을 갈라놓은 집, 주방 하녀로도 안 쓸 년 때문에 깊은 슬픔에 빠져든 집, 분노와 불만과 치욕에 휩싸인 집. 네년은 물가에서 주워와 잠시 쓰다가 원래대로 쓰레기통에다 내버린 더러운 쓰레기라고!"

"아니에요! 아니에요! 그 사람이 제 앞에 처음 나타날 때만 해도 - 아아, 그날이 없었더라면, 무덤으로 들어갈 때 비로소 그 사람을 만났더라면! - 저는 당신을 비롯한 여느 숙녀처럼 정숙하게 살아갔어요. 그래서 당신을 비롯해 세상 모든 숙녀가 결혼할 상대 이상으로 착한 사내와 결혼할 예정이었어요. 당신이 그 집에서 살아 그 사람을 잘 안다면, 연약하고 힘없는 여자한테 그 사람이 얼마나 막강한 힘을 발휘하는지 알 거예요. 변명하는 건 아니지만, 저도 알고 그 사람도 알아요. 설사 모른다 해도 최소한 죽을 때가 다가오면 그 사실을 깨닫고 고통스러워할 거예요. 저를 속이려고 그 사람이 수단과 방법을 가리지 않았다는 사실을, 그래서 제가 그 사람을 믿고 신뢰하고 사랑했다는 사실을."

에밀리가 두 손을 맞잡으며 울부짖자, '돌격 아가씨' 로사가 의자에서 벌떡 일어나, 깊은 분노와 원한에 험악하게 일그러진 얼굴로 주춤하다 에밀리를 때리려고 하는 바람에 하마터면 나는 그 사이로 뛰어들 뻔했다. 하지만 목표물을 겨냥하지 않은 주먹은 허공만 갈랐다. 그러더니 가슴속으로 억누르던 증오와 분노와 혐오를 그대로 드러내서 머리끝부터 발끝까지 덜덜 떨고 숨을 헐떡이며 가만히 노려보아, 나로선 생전 본 적도 없고 앞으로도 영원히 못 볼 장면이란 생각이 절로 떠오를 수밖에 없었다.

"네년이 그 사람을 사랑해?"

'돌격 아가씨' 로사가 소리치며 한 손을 움켜쥔 채 벌벌 떠는 게,

칼이라도 있으면 그대로 찌를 것 같았다.

에밀리가 움찔하며 시야 밖으로 물러났다. 대답은 없었다.

"감히 나한테 그렇게 말해, 더러운 입으로? 이런 연놈을 매질하지 않는 까닭이 뭐지? 나한테 권한이 있다면 당장에라도 죽도록 매질하라고 지시하겠어."

나는 정말 그랬을 거란 사실을 조금도 의심하지 않는다. 무서운 표정이 남아있는 한 선반 걸이 하나도 옆에 못 놓을 것 같았다. 그런 '돌격 아가씨' 로사가 천천히, 아주 천천히 웃다가 한 손으로 가리키는 게, 모든 신과 모든 인간 앞에서 에밀리를 치욕의 대명사로 지적하는 것 같았다. 그리고 말했다.

"저런 년이 사랑을! 저런 쓰레기가! 게다가 스티어포스가 먼저 관심을 보였다는 말까지 지껄이다니. 하, 하, 하! 마음 내키는 대로 거짓말을 늘어놓는구먼!"

비웃는 소리가 노골적으로 드러낸 분노보다 끔찍했다. 굳이 둘 가운데서 선택하라면 나는 기꺼이 후자를 선택할 것 같았다. 하지만 '돌격 아가씨' 로사가 분노를 드러낸 건 한순간에 불과했다. 사슬로 다시 꽁꽁 얽어매, 가슴속은 아무리 찢어지더라도 겉으로는 태연하게 갈무리하며 말했다.

"처음에 말한 것처럼 나는 너란 요물이 어떻게 생겼는지 확인하고 싶어서 온 거야. 궁금했거든. 이제 충분히 만족스러워. 덧붙여 말하고 싶은 건, 최대한 빨리 네년 집으로 가서 너를 기다리는 훌륭한 사람들 사이에, 네년이 가져올 돈을 고맙게 여길 사람들 사이에 꼭꼭 숨으라는 거야. 그 돈이 떨어진 다음에 다시 믿고 신뢰하고 사랑하면 되잖아! 나는 네년을 완전히 박살 나서 쓸모라곤 하나도 없는 장난감으로 생각했어, 처음에는 그럴싸하던 금박이 모두 까져서 내버린. 그런데 네년이야기를 들으니 진짜 황금이요, 요조숙녀며, 너무 순수해서 악용당한 거야, 깨끗한 마음에는 사랑과 믿음이 가득한데 말이야. 겉모습만 보면 네년 이야기랑 완벽하게 맞아떨어져! 그래서 한마디 더 할 테니, 잘 들어. 나는 한다면 하는 사람이야. 무슨 말인지 알아들어, 여우 같은 년아? 나는 한다면 하는 사람이라고!"

순간적으로 분노가 드러났지만 '돌격 아가씨' 로사는 얼굴에 스치는 경련처럼 넘기더니, 미소를 머금으며 계속 말했다.

"집이 싫으면 다른 데로 가서 꼭꼭 숨어. 아무도 모르는 곳으로 가서 아무도 모르게 살라고. 아무도 모르게 죽으면 더 좋고. 네년이 사랑하는 마음을 갈가리 찢어발길 수 없다면 조용히 잠재우는 방법도 있으니까! 그렇게 하는 방법을 내가 여러 번 들었거든. 마음만 먹으면 쉽게 해치울 수 있거든."

이 말과 함께 에밀리 쪽에서 우는 소리가 나지막이 일어나자, '돌격 아가씨' 로사는 입을 다물고 음악 소리라도 되는 듯 가만히 듣다가 말했다.

"나는 성격이 이상해서 네년과 똑같은 공기를 마시며 살 수 없어. 역겹거든. 그래서 깨끗하게 청소하려는 거야. 네년을 멀리 추방하는 식으로. 내일도 여기에 머문다면 네년이 어떤 짓을 저질렀는지 내가 공동계단에서 사방에 알리겠어. 장담하는데, 이 건물에도 예법을 아는 여인네들이 살 게 분명하니, 네년이 더러운 과거를 숨기고 그 사이에 묻혀 산다면 너무 애석하잖아. 물론, 네년이 스스로 정체를 드러낸다면 나도 뭐라고 않겠어. 하지만 행여나 진짜 모습을 숨기고 근방에 다른 은신처를 구한다면, 나한테 들키는 순간에 똑같은 일을 당할 수밖에 없을 거야. 그 정도는 너한테 얼마 전까지 호의를 베풀던 신사를 구슬려서 충분히 파악할 수 있거든."

아, 패거티 아저씨는 안 오는가? 이 상황을 내가 얼마나 오래 견디어야 하는가? 얼마나 더 견딜 수 있을까?

“아, 하느님, 아, 하느님! 저는, 어떻게, 어떻게 한단 말입니까!”

에밀리가 절망에 빠져들며 한탄했다. 아무리 딱딱한 마음이라도 녹일 것 같은 어조지만 ‘돌격 아가씨’ 로사는 누그러지는 기색이 조금도 없는 얼굴로 웃으며 대답했다.

“어떻게 하느냐고? 옛날 생각이나 하며 행복하게 살아! 스티어포스가 다정하게 굴던 모습이나 떠올리며 남은 평생을 보내라고. 스티어포스가 네년을 충직한 하인하고 결혼시키려고 했으니까, 그치? 아니면 주인이 건네는 선물로 네년을 받아들이려고 마음먹었던 충직하고 성실한 하인한테 감사하며 살던가! 이런 걸 자랑스럽게 떠올리는 정도로, 두 사람이 네년을 높은 자리로 끌어올린 덕분에 인간 형상을 뒤집어쓴 모든 것들이 높이 평가하던 명예와 미덕을 떠올리는 정도로 만족하고 살아갈 수 없다면, 네년이 말한 ‘착한 사내’와 결혼해서 남편이 생색내는 걸 견디며 행복하게 살던가! 그럴 수도 없으면, 죽어! 어차피 자포자기하고 죽어서 사라지는 방법은 많으니까……. 어떤 방법이든 찾아서 지옥으로 꺼지라고!”

멀리서 계단을 올라오는 발소리가 들렸다. 나는 발소리 주인을 단숨에 알아차렸다. 패거티 아저씨가 확실했다. 아, 정말 고맙습니다, 하느님!

‘돌격 아가씨’ 로사가 입을 다물고 문가에서 천천히 멀어지다 시야에서 사라졌다. 그러더니 밖으로 나가려고 건너편 방문을 열면서 엄중한 목소리로 천천히 덧붙였다.

“똑똑히 새겨! 나는 여러 이유와 원한이 있어서 네년을 추방하기로 마음먹었어, 네년 스스로 멀리 사라지거나 예쁜 가면을 벗지 않는 한.

내가 할 말은 이게 전부야. 나는 한다면 하는 사람이라고!"

계단을 올라오는 발소리가 가까이, 더 가까이 다가오더니 밑으로 내려가는 '돌격 아가씨' 로사를 지나치며 급히 달려들었다!

"외삼촌!"

이 말과 동시에 공포에 질린 외마디 비명이 일어났다. 나는 잠시 주저하다 안을 들여다보아, 혼절한 형상을 품에 안아 부축한 아저씨를 발견했다. 아저씨는 기절한 얼굴을 가만히 바라보더니, 고개를 숙여서 키스하고 – 아, 정말 다정한 키스를! – 손수건을 조카딸 얼굴로 가져갔다. 그래서 완전히 가리자, 패거티 아저씨가 덜덜 떨리는 목소리로 나지막이 말했다.

"데이비 도련님, 꿈을 실현했으니, 하늘에 계신 아버지에게 감사드립니다! 오묘하신 방식으로 사랑하는 조카딸한테 저를 인도하신 하느님에게 진심으로 감사드립니다!"

아저씨는 이 말과 함께 조카딸을 두 팔로 안아 올려 손수건으로 가린 얼굴을 자기 가슴에 누이더니, 의식을 잃은 채 꼼짝도 안 하는 조카딸을 들고 계단을 내려갔다.

CHAPTER 51. 머나먼 길을 떠나다

다음 날 아침 이른 시각에 고모님과 함께 (고모님은 사랑하는 도라를 간호하는 일에 몰두할 뿐, 다른 운동을 거의 못하는 터라) 정원을 거니는데 패거티 아저씨가 할 말이 있어서 찾아왔다는 전갈을 들었다. 그래서 대문으로 가는데, 아저씨는 이미 정원으로 들어와 중간지점에서 나를 만나더니, 지극히 존경하는 고모님을 볼 때마다 항상 그런 것처럼 모자를 벗었다.

나는 간밤에 있었던 일을 고모님에게 모두 털어놓은 상태였다. 그래서 고모님은 다정한 얼굴로 다가와서 한마디도 않고 아저씨와 악수하곤 팔을 톡톡 두드려주었다. 동작 하나하나에 기쁜 마음이 그대로 묻어나오니, 굳이 입으로 말할 필요는 없었다. 패거티 아저씨도 그런 마음을 천 마디 말이라도 들은 것처럼 받아들였다.

"나는 안으로 들어가서 '작은 꽃'을 보살피마, 일어날 때가 됐으니."

고모님이 말하자, 패거티 아저씨가 물었다.

"설마 제가 찾아와서 들어가시는 건 아니겠지요, 마님? 제가 정신이 나간 게 아니라면, 마님이 들어가시는 게 저 때문 같은데요?"

"조카한테 할 말이 있다니, 나는 없는 편이 좋겠지요, 좋은 친구."

고모님이 대답하자, 패거티 아저씨가 다시 말했다.

"괜찮으시다면, 마님, 제가 재잘거리는 소리를 괘념치 않고 함께 계신다면 정말 고맙겠습니다."

"그래요? 그렇다면 그러리다!"

고모님은 단번에 흔쾌히 받아들이더니, 패거티 아저씨 팔에 팔짱을 끼고 잎사귀가 무성한 정원 끝 조그만 정자로 나란히 걸어서 기다란 의자에 앉고, 나는 그 옆에 앉았다. 패거티 아저씨는 앉을 자리가 있는데도 대충 만든 조그만 탁자에 한 손을 기대고 서는 쪽을 택했다. 그래서 말을 못 꺼내고 모자만 쳐다보아, 나는 힘줄이 불거진 손에 그대로 드러나는 힘과 강인한 성격은 물론 믿음직하고 정직한 모습에 잘 어울리는 이마와 은백색 머리칼을 가만히 바라볼 수밖에 없었다.

마침내 패거티 아저씨가 고개를 들어서 우리를 바라보며 이야기를 시작했다.

"어젯밤에 사랑하는 조카딸을 데려왔답니다. 조카딸이 나타날 걸 대비해서 오래전부터 준비했거든요. 조카딸은 몇 시간이 지난 다음에 비로소 나를 알아보곤 곧바로 제 발치에 무릎 꿇고, 그동안 겪은 일을 기도라도 하듯 자세히 털어놓았답니다. 예전에 제가 집에서 들으며 즐거워하던 목소리를 들으니, 그리고 우리 구세주께서 신성한 손으로 땅바닥에 글을 쓰실 때[22] 그럴 것처럼 조카딸을 겸허하게 바라보니, 고마운 생각도 들고 마음 한구석이 아프기도 했습니다."

패거티 아저씨는 굳이 숨기려 하지 않고 소매를 들어서 눈물을 훔치

---

22) 요한 8 : 1~11. 사람들이 간음한 여자를 돌로 쳐 죽이는 게 어떻겠냐고 묻자, 예수는 가만히 몸을 굽혀서 땅바닥에 글을 썼다. 그래도 사람들이 재촉하자, '너희 중에 누구든지 죄 없는 사람이 먼저 저 여자를 돌로 쳐라'고 대답했다.

더니, 목청을 가다듬었다.

"하지만 아픔은 오래가지 않았습니다, 조카딸을 찾았으니까요. 조카딸을 찾았다는 생각 하나로 모든 고통이 사라졌으니까요. 지금 제가 이런 말까지 늘어놓는 까닭을 모르겠네요. 조금 전만 해도 내 이야기는 안 꺼낼 생각이었는데…… 저도 모르게 술술 나오네요."

"당신은 헌신적인 사람이니, 언젠가는 복을 받을 거예요."

고모님이 말하자, 패거티 아저씨는 잎사귀 그림자가 얼굴에서 춤추는 가운데, 갑자기 머리를 숙여서 고모님 칭찬에 감사하더니, 자신이 하던 이야기를 다시 풀어나갔다. 순간적으로 분노하는 엄숙한 목소리였다.

"데이비 도련님이 본 점박이 독사 같은 놈이 – 그놈 말은 사실이니, 하늘이시여, 그놈을 저주하소서! – 잡아둔 집에서 에밀리가 도망친 건 한밤중이었습니다. 별만 총총히 떠오른 깜깜한 밤이요. 에밀리는 제정신이 아니었습니다. 저 너머에 그리운 뱃집이 있다 확신하곤 바닷가 모래사장을 따라 달리며, 자신이 지나니 모두 얼굴을 다른 데로 돌리라고 소리쳤습니다. 그 소리는 다른 사람이 외치는 소리처럼 들리고, 날카로운 돌과 바위에 부닥쳐도 자신이 바위로 변한 것처럼 아무런 통증도 못 느꼈습니다. 그렇게 마냥 달리는데 눈앞에서 번갯불이 일고 양쪽 귀에서 고함이 들렸습니다. 갑자기 날이 밝더니 비바람이 몰아치고 – 잘 아시겠지만, 에밀리가 환상을 본 것 같기도 한데 – 자신은 해안 돌무더기 옆에 누워있고, 어떤 여자가 다가와서 그 나라 말로 도대체 무엇 때문에 이렇게 딱한 꼴이 되었느냐고 물었습니다."

아저씨는 자신이 언급하는 장면을 그대로 보는 것 같았다. 눈앞에 펼쳐지는 장면을 생생하게 보는 것처럼 너무나 진지하게 설명하니, 나 역시 당시 장면을 말로 형용할 수 없을 정도로 또렷하게 떠올릴 수 있었다. 오랜 세월이 지나서 이 글을 쓰는 지금은 내가 사건 현장에 실제로 있었다는 착각마저 들 정도다. 모든 장면이 놀라울 정도로 생생하게 뇌리에 새겨진 탓이다.

"에밀리는 무거운 눈을 떠서 여인을 살피곤, 자신이 바닷가에서 툭하면 말을 걸던 사람 가운데 하나라는 사실을 깨달았습니다. (제가 말씀드렸듯이) 한밤중에 마냥 달리긴 했지만, 에밀리는 배나 마차도 타고 걷기도 하면서 주변을 자주 돌아다녔기 때문에 바닷가를 따라 수십 km 거리까지 속속들이 알았거든요. 여인은 젊은 부인이라서 자녀는 없지만 얼마 후에 아기가 태어날 예정이었습니다. 아아, 저로선 제 기도가 하늘에 닿아, 그 아기가 엄마에게 행복과 위안과 영광을 끝없이 선사하길 간절하게 바랄 뿐이랍니다! 아기가 나중에 늙은 엄마를 사랑하고 효도하며 마지막 가는 길까지 최선을 다해, 이 세상에서도 저 세상에서도 엄마를 지키는 수호천사가 되길 바랄 뿐이랍니다!"

"아멘!"

고모님이 덧붙이고, 패거티 아저씨는 계속 이어나갔다.

"여인은 약간 소심하고 몸이 약한 터라 에밀리가 아이들한테 말을 처음 걸 때만 해도 약간 떨어진 곳에 앉아서 실을 잣는 작업에 몰두했답니다. 하지만 에밀리는 그 여인을 처음부터 발견하고 가까이 다가가서 말을 걸고, 젊은 여인 역시 아이들을 좋아하는 터라, 두 사람은 금방 친구가 되었습니다. 에밀리가 그곳에 찾아갈 때마다 여인이 꽃을 선물할 정도로 말입니다. 그런데 도대체 무엇 때문에 이렇게 딱한 처지가 되었느냐고 물은 게 바로 그 여인이었습니다. 에밀리는 그 말에 대답하고, 여인은…… 에밀리를 집으로 데려갔습니다. 정말입니다. 에밀리를 자기 집으로 데려갔습니다."

패거티 아저씨가 두 손으로 얼굴을 가렸다. 여인이 보인 친절에 더할 나위 없이 감동한 것이다. 에밀리가 떠난 이후로 나는 아저씨가 그렇게 감동한 모습을 본 적이 없었다. 그런 아저씨를 고모님과 나는 방해하지 않으려고 애썼다.

"두 분이 충분히 짐작하시듯, 조그만 움막이지만 여인은 - 마침 남편이 먼바다로 나간 터라 - 에밀리가 누울 공간을 만들어주고 비밀을 유지하며, 얼마 안 되는 이웃집에도 비밀로 하길 당부했습니다. 에밀리는 심한 열병에 시달리고, 학자들이 보기엔 이상할 게 없겠지만 제가 보기에 정말 이상한 건, 그 나라 말이 에밀리 머리에서 완벽하게 사라지고 우리말만 할 수 있어서 그곳 사람 누구도 알아듣지 못했다는 겁니다. 에밀리가 꿈이라도 꾸듯 회상한 바에 의하면, 자신은 거기에 누워서 해안 모서리 하나만 지나면 그리운 뱃집이 있다고, 사람을 보내서 자신이 죽어간다는 말을 전해달라고, 그래서 가능하다면 용서한다는 말 한마디만 받아오라고 우리말을 끊임없이 중얼거렸답니다. 그러는 내내, 제가 조금 전에 언급한 놈이 지금 창문 밑에 숨었다고, 자신을 이런 꼴로 만든 놈이 지금 같은 방에 있다고, 자신을 호시탐탐 노린다고 생각하곤 착하디착한 젊은 여인한테 자신을 내주지 말라고 간청하다, 여인은 자기 말을 알아들을 수 없다는 사실을 떠올리곤 결국엔 자신이 끌려가고 말겠다는 공포에 떨었답니다. 눈앞에서는 번갯불이 끊임없이 일어나고 양쪽 귀에는 고함이 그대로 들리는 것처럼, 오늘도 없고 어제도 없고 내일도 없으니, 지금까지 평생에 걸쳐서 겪은 일과 겪을 수 있는 일이, 그리고 한 번도 안 겪은 일과 한 번도 겪을 수 없는 일까지 몰려들어 또렷한 것도 없고 반가운 것도 없는데, 에밀리는 웃으면서 노래를 불렀답니다! 이런 상태가 얼마나 오래갔는지 저는 모릅니다. 그러다가 잠들면, 실제보다 몇 배는 강력한 사람도 되다가 힘이 하나도 없는 꼬맹이로 변하기도 했답니다."

여기에서 아저씨는 말을 멈췄다. 자신이 묘사한 공포에서 잠시라도 벗어나려는 것 같았다. 그래서 잠시 침묵하다가 이야기를 다시 풀어나갔다.

"에밀리가 깨어난 건 상쾌한 오후인데, 사방이 고요했답니다. 파란 바다에 파도조차 일지 않아 물결이 모래사장에서 찰랑대는 소리가 전부였답니다. 에밀리는 처음에 자신이 고향 집에 있다고, 지금은 일요일 아침이라고 생각했답니다. 하지만 창문에서 보이는 덩굴 잎사귀와 그 너머로 펼쳐진 산은 집이 아니라서 순간적으로 혼란스러웠답니다. 그러다가 침대 곁으로 다가와서 보살피는 젊은 여인을 알아보고, 해안 모서리를 지나도 그리운 뱃집은 없다는 사실을, 그리운 뱃집은 아주 머나멀다는 사실을 깨달았답니다. 자신이 있는 곳은 어디고 그 까닭은 무언지 깨달았답니다. 그리곤 착하디착한 여인 가슴에 얼굴을 파묻고 엉엉 울었다니, 지금 즈음이면 그 침대에 갓난아기가 누워서 어여쁜 눈으로 바라보고, 엄마는 그런 아기를 쳐다보며 마냥 기뻐하길 바랄 뿐입니다!"

아저씨는 에밀리를 돌봐준 훌륭한 여인을 말할 때마다 눈물을 펑펑 흘렸다. 멈추려고 해도 소용이 없었다. 젊은 여인을 축복하다가 다시 눈물을 터트렸다. 너무나 감동적인 모습에 나 역시 감동할 수밖에 없고 고모님은 마음속으로 흐느꼈다. 그런 가운데 아저씨는 다시 입을 열었다.

"이건 에밀리한테 바람직한 현상이었습니다. 현실을 깨닫는 순간부터 조금씩 회복했으니까요. 하지만 그 나라 말은 완전히 잊어버려서 손으로 대화해야 했습니다. 그러면서도 하루하루가 지나는 동안 천천히 확실하게 회복하고, 평범한 단어를 - 평생 들어본 적조차 없는 것 같은 단어를 - 하나씩 익히는 가운데, 하루는 초저녁에 창가에 앉아 모래사장에서 노는 조그만 여자아이를 구경했답니다. 그런데 여자애가 갑자기 손을 내밀고 '어부 따님, 조개껍데기를 받으세요!' 하고 말하는데, 우리말처럼 들리더랍니다. 굳이 말씀드리자면, 사람들이 처음에는 그 나라 관습대로 에밀리를 '어여쁜 귀부인'이라고 불렀는데 에밀리가 '어부 따님'이라고 부르라고 했답니다. 그래서 아이는 '어부 따님, 조개껍데기를 받으세요!'라고 말하는데, 에밀리가 그 소리를 갑자기 알아들었답니다. 그래서 눈물을 터트리며 대답했으니, 모든 게 정상으로 돌아온 거지요!"

패거티 아저씨는 다시 짧게 침묵하다 입을 열었다.

"에밀리는 체력을 되찾자, 착하디착한 젊은 여인을 떠나 조국으로 돌아올 궁리를 했답니다. 당시에는 남편도 돌아왔지요. 그래서 부부가 에밀리를 레그혼으로 가는 조그만 무역선에 태우고 거기에서 프랑스행 배로 갈아타도록 도와주었습니다. 에밀리는 돈이 조금 있었지만 두 사람이 베푼 은혜에 보답하기엔 턱없이 부족했지요. 저는 오히려 잘 됐다고 생각한답니다! 젊은 부부는 몹시 가난하지만, 아름다운 행동을 재물이 좀먹을 수도 녹슬지도 않는 곳에, 도둑이 뚫고 들어올 수도 훔칠 수도 없는 곳에 쌓아두었으니까요. 세상에 쌓아둔 어떤 보물보다도 영원할 테니까요,[23] 데이비 도련님!

에밀리는 프랑스에 도착해, 항구 여인숙에서 여행하는 귀부인 시중드는 일을 했습니다. 그런데 하루는 바로 거기에, 거기에, 뱀 같은 놈이 나타난 거예요. (그놈이 제 곁에 절대 못 오게 하세요. 제가 무슨 짓을 저지를지 모르니까!) 에밀리는 그놈을 보자마자 온갖 공포와 고

---

23) 마태복음 6:19~20. 재물을 땅에 쌓아두지 마라. 땅에서는 좀먹거나 녹슬어 못 쓰게 되며 도둑이 뚫고 들어와 훔쳐간다. 그러므로 재물을 하늘에 쌓아두어라. 거기서는 좀먹거나 녹슬어 못 쓰는 일도 없고 도둑이 뚫고 들어와 훔쳐가지도 못한다.

통이 떠올라, 그놈한테 안 들키게 그놈이 알아채기도 전에 도망쳤습니다. 그리고 영국으로 돌아와서 도버에 내렸지요.

언제부터 마음이 그토록 약해졌는지 모르겠지만, 에밀리는 영국으로 돌아오는 내내 그리운 고향 집에 가는 생각만 했답니다. 그래서 영국에 도착하자마자 고향 쪽으로 방향을 잡았지요. 하지만 용서를 못 받으리란 두려움에, 손가락질당하리란 두려움에, 자신 때문에 우리 가운데 하나가 죽었을지도 모른다는 두려움에, 수많은 두려움에 결국엔 억지로 발길을 돌렸습니다. 에밀리는 당시를 회상하며 이렇게 말하더군요. '외삼촌, 외삼촌, 갈기갈기 찢겨서 피가 철철 흐르는 가슴으로 오랫동안 소망하던 꿈을 저는 행동으로 옮길 자격이 없다는 두려움이 그 어떤 두려움보다 무서웠어요! 한밤중에 그리운 집 앞 계단으로 살금살금 기어가서 거기에 입 맞추고 부정한 얼굴을 뉘어 다음 날 아침에 죽은 채 발견되어서라도 안으로 들어가자고 끊임없이 기도했건만 두 발은 방향을 돌렸답니다.'"

패거티 아저씨가 깊은 감동에 빠져들며 속삭이는 어투로 계속 말했다.

"결국, 에밀리는 런던으로 왔어요. 평생 구경도 못한 런던으로 - 어린 나이에 - 그렇게 예쁜 아이가 - 혼자서 - 땡전 한 푼 없이 - 왔어요. 절박한 마음으로 런던에 발을 내딛는 순간, 친구가 생겼어요. 속아 넘어간 거죠. 말짱하게 생긴 여인이 다가와서 자신은 평생 바느질하면서 살았다고, 원한다면 일감을 마음껏 구해주겠다고, 잠자리도 마련해 주겠다고, 외삼촌과 고향 집 소식도 은밀하게 알아봐 주겠다고 꼬드긴 거예요. 그래서 차마 입에 담을 수도 머리에 떠올릴 수도 없는 벼랑 끝으로 내몰린 순간…… 마사가 약속한 대로 우리 아이를 구했답니다."

아저씨는 마지막 말을 머리끝부터 발끝까지 흔들릴 만큼 감사한 마음으로 커다랗게 하고, 나는 기쁨의 탄성을 내질렀다. 그러자 아저씨는 강인한 손으로 내 손을 꼭 잡으며 말했다.

"데이비 도련님! 마사 얘기를 처음 꺼낸 사람이 바로 도련님입니다. 정말 고맙습니다, 도련님! 마사는 정말 성실했습니다. 자신이 쓰라린 경험을 한 터라 어디를 살피고 어떻게 해야 하는지 알았던 겁니다. 그리고 그렇게 했습니다. 무엇보다도 하느님께서 함께하셨습니다! 곤하게 잠든 에밀리를 마사가 창백한 얼굴로 황급히 찾아냈습니다. 그래서 '죽음보다 흉악한 곳에서 일어나, 나를 따라와!'라고 말했습니다. 그 집에 속한 사람들이 마사를 막으려고 했지만 그건 바닷물을 막는 꼴이었습니다. 마사가 '모두 물러나! 나는 무덤을 파놓고 이 아이를 데리러 온 저승사자야!' 하고 소리쳤으니까요.

그리고 에밀리한테 자신이 나를 만났다고, 나는 에밀리를 여전히 사랑한다고, 모두 용서한다고 말한 거예요. 자기 옷으로 에밀리를 황급히 감싼 거예요. 힘이 하나도 없어서 비틀거리는 에밀리를 자기 팔로 부축한 거예요. 사람들이 하는 말을 조금도 안 들은 거예요, 양쪽 귀가 아예 없는 것처럼. 우리 아이한테만 관심을 기울이면서 사람들 사이를 뚫고, 보이는 게 하나도 없는 한밤중에 파멸의 구렁텅이에서 무사히 데리고 나온 거예요!"

아저씨는 내 손을 놓고서 잔뜩 부풀어 오른 가슴에 손을 얹으며 계속 말했다.

"그리고 에밀리를 돌본 거예요. 다음 날 늦은 시각까지 기진맥진해서 정신이 오락가락하는 에밀리를 보살핀 거예요. 그리곤 나를 찾아왔다가 도련님을 찾아간 거예요. 자신이 어째서 나가는지 에밀리한테는 말하지도 않고, 행여나 약한 마음에 도망칠 궁리를 하는 일이 없도록.

에밀리가 거기에 있는 걸 잔인무도한 여자가 어떻게 알았는지는 몰라요. 제가 여러 번 언급한 놈이 두 사람을 우연히 보았을 수도 있고 아니면 에밀리를 꼬드긴 여자한테 (제 생각엔 이쪽 같은데) 들었을 수도 있지만 이제 문제 될 건 없어요. 조카딸을 찾았으니까.

저는 에밀리와 밤을 꼬박 새웠습니다. 기나긴 시간에 비하면 에밀리는 가슴이 찢어져서 눈물을 터트리느라 구체적으로 말한 내용은 적고, 어느덧 여인으로 사랑스럽게 성장한 얼굴을 밝히는 벽난로 불빛 역시 희미했지요. 하지만 에밀리는 밤새도록 두 팔을 내 목에 두르고 바로 여기에 얼굴을 기댔으며, 우리는 서로 영원히 신뢰한다는 사실을 충분히 깨달았답니다."

아저씨는 이야기를 끝내는데, 탁자에 올려놓은 손이 사자라도 때려눕힐 것처럼 단호하고도 완벽했다. 그러자 고모님이 눈물을 닦으면서 말했다.

"네 누이 베시 트롯우드 대모를 서겠다고 결심한 건 나한텐 한 줄기 희망이었단다, 결국 실망하고 말았지만, 트롯. 그런데 착하디착하다는 젊은 부인이 낳은 아기한테 내가 대모를 선다면 그에 못지않게 기쁘겠구나!"

패거티 아저씨는 고모님 마음을 충분히 이해한다는 듯 고개를 끄덕였지만, 거기에 대해서 뭐라고 말할 정도로 자신만만할 순 없었다. 그래서 우리 모두 침묵한 채 각자 생각에 빠져들고, 고모님은 갑자기 흐느끼고 갑자기 웃다가 눈물을 닦으면서 자신을 바보라고 칭했다. 그런 가운데 내가 물었다.

"앞으로 어떻게 살아갈지 마음을 완전히 정했나요, 아저씨? 물을 필요도 없겠지만."

"물론이죠, 데이비 도련님. 에밀리한테도 말했답니다. 머나먼 곳에 좋은 나라가 많답니다. 바다를 건너서 새롭게 살아갈 겁니다."

"이민을 떠나신다는 거예요, 고모님."

내가 설명하자, 패거티 아저씨는 환하게 웃으며 덧붙였다.

"그렇습니다! 호주에는 우리 조카딸을 나무랄 사람이 없으니까요. 거기로 가서 새로운 인생을 시작할 예정입니다!"

나는 언제 떠날지 결정했느냐 묻고, 아저씨는 대답했다.

"오늘 아침 이른 시각에 부둣가로 내려가서 배편을 알아보았답니다. 앞으로 6주에서 두 달 사이에 출항하는 배가 있다고 해서 직접 살펴보고 뱃전에 올라서 확인도 했으니, 그 배를 타고 떠날 생각입니다."

"단둘만요?"

"네, 도련님! 잘 아시다시피, 누이동생은 도련님과 도련님 가족을 무척 좋아하고 자기 고장에 익숙하니, 함께 가자고 권하는 건 옳지 않은 것 같아서요. 동생이 잊지 말고 챙겨야 할 사람도 있고요."

"불쌍한 햄!"

내가 한탄하자, 패거티 아저씨는 고모님이 이해하도록 일부러 설명했다.

"착하디착한 동생이 그 아이를 돌봐준답니다, 마님. 그 아이도 고모한테 잘하고요. 다른 사람한테 말할 기분이 아닐 때도 고모한텐 마음을 차분하게 가라앉히고 곧잘 말하거든요."

패거티 아저씨가 말하다가 고개를 절레절레 흔들며 덧붙였다.

"불쌍한 놈! 이제 남은 사람도 얼마 없는데, 그런 사람마저 헤어져야 한다니!"

"거미지 부인은요?"

내가 묻자, 패거티 아저씨는 순간적으로 당혹스러운 표정을 떠올리다가 점차 부드럽게 풀면서 대답했다.

"으음, 분명히 말하지만, 저는 거미지 부인에 대해서 정말 많이 생각했답니다. 도련님도 알다시피, 거미지 부인은 오랜 친구 생각에 빠져 드느라 주변 사람이랑 잘 어울린다고 할 수 없지요. 도련님과 저 사이니까, 그리고 마님 앞이니까 하는 말인데, 거미지 부인이 앵앵대면 – 우리 지역에서 운다는 뜻으로 사용하는 사투린데 – 오랜 친구를 모르는 사람들 눈에는 꽤 까다로운 성격으로 보일 거예요. 물론 저는 오랜 친구를 잘 알고, 그 친구가 좋은 사람이란 사실도 잘 아니까 거미지 부인을 이해하지만, 다른 사람은 그럴 수 없으니…… 당연히 안 되겠지요!"

고모님도 나도 잠자코 받아들이고, 패거티 아저씨는 계속 말했다.

"물론 제 여동생 역시 거미지 부인을 가끔은 불편하게 여기겠지요……. 꼭 그런다는 뜻이 아니라 그럴 수 있다는 뜻입니다. 따라서 저는 거미지 부인이 그들과 함께 사는 편보다 혼자 지내면서 꾸려갈 방법을 알아보려고 합니다. (지낸다는 건 살림집을 뜻하고, 꾸려간다는 건 살아간다는 사투리랍니다.) 그래서 저는 멀리 떠나기 전에 거미지 부인이 편히 살아가도록 상당한 돈을 남길 생각입니다. 거미지 부인은 정말 성실한 사람입니다. 하지만 나이가 그렇게 많은 사람을 굳이 데려가서 뱃멀미에 오랫동안 시달리게 할 수도, 나중에는 머나먼 나라 허허벌판이나 깊은 숲에서 의지가지없이 쓸쓸하게 지내게 할 수도 없지요. 그래서 저는 거미지 부인에 대해서 조금 전에 말한 것처럼 방침을 정했습니다."

아저씨는 아무도 잊지 않았다. 모든 사람의 희망과 욕구를 고려했다, 자신만 빼고. 그런 아저씨가 다시 말했다.

"에밀리는 머나먼 여행길에 나설 때까지 저와 함께 지낼 겁니다, 가련하게도 안정과 휴식이 절실하게 필요하거든요! 당장은 꼭 필요한 옷을 지을 건데, 행동은 거칠어도 자신을 사랑하는 외삼촌과 지내는 사이에 끔찍한 고통을 겪은 게 실제보다 오랜 옛날처럼 느낀다면 좋겠어요."

고모님도 그러면 정말 좋겠다며 고개를 끄덕여서 패거티 아저씨는 만족스러운 표정으로 안주머니에 한 손을 넣더니, 내가 전에 본 조그만 서류 꾸러미를 엄숙하게 꺼내서 탁자에 펼쳐놓으며 말했다.

"한 가지 더 말씀드릴 게 있습니다, 데이비 도련님. 은행권 지폐입니다…… 금화 쉰 냥에 은화 열 냥. 여기에다 에밀리가 가지고 온 돈까지 합치고 싶습니다. 에밀리한테 (이유는 말하지 않고) 그렇게 하자고 부탁했습니다. 저는 배움이 짧아요. 그러니 계산이 맞는지 도련님께서 확인해 주겠습니까?"

아저씨는 배움이 짧아서 미안하단 표정으로 서류 묶음을 건네더니, 내가 살피는 동안 가만히 바라보았다. 계산은 정확했다.

아저씨가 그걸 돌려받으며 말했다.

"고맙습니다, 도련님. 이 돈은, 도련님이 반대하지 않는다면, 그 사내 앞으로 보내는 봉투에 넣고 그걸 그 모친 앞으로 보내는 봉투에 다시 넣을 생각입니다. 그래서 도련님한테 말한 대로 이 돈이 어떤 돈인지 설명하고, 나는 이미 떠나고 없으니 설사 돌려보낸다 해도 받을 수 없다는 내용을 적어서 그 모친한테 보내려고 합니다."

나는 그게 좋겠다고…… 아저씨가 그렇게 느낀다면 나 역시 충분히 공감한다고 대답했다. 그러자 아저씨는 그걸 다시 조그만 묶음으로 만들어서 안주머니에 넣더니, 엄숙하게 웃으며 말했다.

"제가 더 말씀드릴 게 한 가지라고 했는데, 사실은 또 있습니다. 오늘 아침에 나올 때만 해도 내가 혼자 찾아가서 이렇게 고마운 일이 있었다고 햄한테 설명할 수 있을지 확신이 안 섰습니다. 하지만 밖으로 나온 김에 편지를 써서 우체국으로 부쳐, 상황이 어떻게 풀렸는지 알리면서 내일 내가 직접 내려가, 그곳 일을 마무리해서 마음의 짐도 덜고, 무엇보다, 야머스와 작별인사도 하겠다고 했습니다."

"혹시 내가 함께 내려가길 바라나요?"

내가 물었다. 아저씨가 차마 못 꺼내는 말을 알아챈 것이다.

"그럴 수 있다면 정말 고맙겠습니다, 데이비 도련님. 그곳 사람들도 도련님을 보면 좋아할 테니까요."

기분이 좋은 상태였던 도라는 내가 그 문제를 상의하자 당연히 가야 한다고 적극적으로 추천하고, 나는 아저씨가 원하는 대로 기꺼이 동행하겠다고 약속했다. 그래서 다음 날 아침, 우리는 야머스행 역마차에 올라타고 정겨운 시골길로 내달렸다.

내가 줄곧 항의하는데도 패거티 아저씨는 굳이 가방을 들어주고, 우리는 그렇게 정겨운 밤거리를 지나다, 나는 '오머 & 조람' 상점 내부를 흘깃 살펴서 파이프 담배를 태우는 오랜 친구 오머 아저씨를 발견했다. 나는 패거티 아저씨가 여동생과 햄을 만나는 자리에 처음부터 참석하면 거북할 것 같아서 오머 아저씨를 핑곗거리로 삼아 조금 후에 합류하겠다고 말했다. 그리고 안으로 들어가면서 인사했다.

"안녕하세요, 오머 아저씨? 정말 오랜만이네요."

오머 아저씨는 나를 자세히 쳐다보려고 파이프 연기를 내몰더니, 금방 알아채고 아주 기뻐하며 말했다.

"찾아주신 영광에 감사하려면 일어나야 하는데, 도련님, 팔다리가 고장 나서 바퀴 의자를 벗어날 수 없답니다. 하지만 팔다리랑 숨통만 빼면 나머지는 고맙게도 더할 나위 없이 건강하답니다."

나는 만족스러운 표정과 활기찬 모습을 축하하고, 안락의자 밑에 실제로 바퀴가 달린 걸 확인했다. 그러자 아저씨는 내 시선을 좇다가 팔로 팔걸이를 문지르며 자랑했다.

"정말 대단하지 않습니까? 깃털처럼 가볍게 움직이고 우편마차처럼 정확하게 나아간답니다. 정말이지, 꼬마 미니가 - 손녀딸 말입니다, 미니가 낳은 - 등받이에 조금만 힘주면서 밀어도 상쾌하고 기분 좋게 움직인답니다! 정말 대단한 건…… 파이프 담배를 태우기에 이보다 좋은 의자가 없다는 거예요."

나는 오머 아저씨처럼 무엇이든 좋게 생각하며 긍정적인 요소를 최대한 찾아낼 줄 아는 노인을 본 적이 없다. 바퀴 의자와 천식과 말을 안 듣는 팔다리가 마치 파이프 담배를 맛있게 즐기는 데 꼭 필요한 위대한 발명품이라도 되는 듯 표정이 화사했다.

"분명히 말씀드리지만, 여기 의자에 앉으면 세상 돌아가는 일이 훨씬 잘 보인답니다. 잡담하려고 매일 들르는 사람이 얼마나 많은지 아시면 도련님도 깜짝 놀랄 거예요. 정말로요! 게다가 여기 의자에 앉은 이후로는 신문을 보는 양이 두 배로 늘었답니다. 일반 독서는, 정말이지, 엄청나고요! 도련님도 아시겠지만 바로 그것 때문에 이렇게 건강한 느낌이 드는 거랍니다! 행여나 눈이 불구였다면 어떻게 되겠습니까? 행여나 귀가 불구였다면 또 어떻게 되겠습니까? 하지만 팔다리가 말을 안 듣는다고 해서 문제 될 건 뭐겠습니까? 팔다리가 좋아서 이리저리 움직이면 숨만 차잖아요. 그런데 지금은 내가 거리로 나가거나 모래사장으로 가고 싶으면 조람 밑에서 일하는 막내 수습생 딕을 불러, 런던시장처럼 전용의자에 가만히 앉아있기만 하면 된답니다."

여기에서 아저씨는 숨이 막힐 정도로 웃어대더니, 파이프를 다시 빨면서 말했다.

"정말이지, 사람은 이익을 볼 때가 있으면 손해를 볼 때도 있는 법이랍니다. 사람이라면 누구나 이런 마음으로 세상을 살아가야 합지요. 조람이 장사를 아주 잘하거든요. 정-말 잘해요!"

"그런 말을 들으니까 저도 기쁘네요."

"그러실 줄 알았습니다. 게다가 조람과 미니는 연인 사이 같아요. 그러니 내가 무얼 더 바랍니까? 거기에 비하면 팔다리는 아무것도 아니지요!"

아저씨가 가만히 앉아서 담배를 태우며 팔다리를 턱없이 무시하는 모습은 내가 여태껏 목격한 가장 재미있으면서도 가장 기이한 장면이 아닐 수 없었다. 그런 아저씨가 나를 감탄하는 눈초리로 살피면서 물었다.

"그런데 내가 일반 독서를 시작한 이후로 도련님은 일반 집필을 시작했지요, 그죠, 도련님? 도련님이 쓰신 책은 정말 대단해요. 거기에 담긴 표현도 대단하고요! 한 글자 한 글자를 모조리 읽었답니다. 졸린 느낌은! 조금도 없어요!"

나는 웃으면서 만족스러워했지만 졸린 느낌이란 말이 의미하는 바를 중요하게 받아들였다는 사실은 고백하지 않을 수 없다.

"내가 자신 있게 말하지만, 도련님, 일 권, 이 권, 삼 권, 세 권으로 아담하게 나눈 책을 여기 탁자에 올려놓고 가만히 쳐다보면, 내가 예전에 도련님 가족과 관계하는 영광을 누린 게 자랑스럽답니다. 그런데 아아, 벌써 많은 세월이 흘렀네요, 그죠? 블룬더스톤에서. 예쁘고 젊은 부인을 갓난아기랑 나란히 뉘었지요. 그때는 도련님도 아주 조그만 아이였는데. 아, 아!"

오머 아저씨가 하는 말에, 나는 에밀리를 언급하는 식으로 화제를 돌렸다. 오머 아저씨가 에밀리에게 많은 관심을 기울이고 항상 친절하게 대한 사실을 내가 잘 안다고 말한 다음, 에밀리가 마사에게 도움을 받아서 외삼촌 품으로 무사히 돌아온 과정을 개괄적으로 설명했다.

오머 아저씨도 기뻐할 것 같아선데, 실제로 아저씨는 열심히 듣다가 내가 이야기를 마치자 크게 감동하며 말했다.

"정말 다행이네요, 도련님! 오랜만에 듣는 정말 좋은 소식이에요. 아, 아, 아! 그럼 불행한 마사를 위해서 어떻게 조처할 예정인가요, 이제?"

"바로 그게 어제부터 내가 속으로 줄곧 생각하던 내용인데, 아직은 뭐라고 드릴 말씀이 없네요, 오머 아저씨. 패거티 아저씨가 아직 말씀을 안 하셨고 제가 말씀드리기엔 아주 미묘한 문제거든요. 패거티 아저씨가 잊지 않고 계실 거예요. 공평무사한 행동과 선행을 중시하는 분이거든요."

내가 말하자, 오머 아저씨는 조금 전에 중단한 말을 다시 꺼냈다.

"왜냐하면, 도련님이 어떤 식으로 돕든 나도 한 몫 거들고 싶거든요. 도련님이 바람직하다고 생각하는 일이라면 어떤 일이든 내 이름도 적어서 꼭 알려주세요. 나는 마사를 한 번도 나쁘게만 생각할 수 없었는데, 실제로 안 그렇다는 사실을 알게 돼서 정말 기쁘답니다. 우리 딸 미니도 똑같을 거예요. 젊은 여자는 가끔 엉뚱하긴 해도 – 미니 엄마도 똑같았거든요 – 마음이 부드럽고 친절하답니다. 마사에 대해서 미니가 말하는 건 모두 겉치레에요. 그렇게 겉치레해야 한다고 생각하는 까닭이 무언지는 나도 모르겠네요. 하지만 분명히 말하는데, 모두 겉치레에요. 속으로는 마사를 기꺼이 도와줄 겁니다. 그러니, 도련님이 바람직하다고 생각하는 일이라면 어떤 일이든 내 이름을 적어 넣어요, 알겠죠? 그리고 도움의 손길을 어디로 내밀어야 하는지만 알려주세요. 아, 아! 사람이 죽을 때로 나아가다 갓난아기처럼 되면, 아무리 건강하더라도 유모차 같은 곳에 앉아서 중얼거리는 신세가 되면, 자신이 최선을 다해서 친절을 베풀 때가 가장 즐거운 법이랍니다. 그것도 아주 많이요. 꼭 저만 그런 게 아니랍니다. 왜냐하면, 도련님, 내가 보기에, 인간은 나이에 상관없이 누구나 산자락 밑바닥으로 들어가고, 시간은 단 한 순간도 멈추지 않으니까요. 그러니 항상 친절하고 즐거워야 하지요. 확실해요!"

오머 아저씨가 파이프를 때려서 재를 털더니, 의자 등받이 선반에 올려놓았다. 그럴 용도로 일부러 만든 게 분명했다.

오머 아저씨가 두 손을 힘없이 비비면서 다시 말했다.

"에밀리 사촌이 있지요, 에밀리가 결혼하기로 했던, 야머스에서 가장 멋진 사내! 초저녁이면 가끔 찾아와서 한 시간 정도 대화도 나누고 책도 읽어준답니다. 장담하지만, 친절 그 자체지요! 평생을 친절 하나로 살아온 청년이랍니다."

"이제 그 사람을 만나러 갈 거예요."

"그래요? 나는 건강하다고, 안부를 묻더라고 전해주세요. 미니랑 조람은 무도회장에 갔답니다. 집에 있었다면 두 사람 모두 도련님을 보고 나만큼이나 자랑스러워했을 거예요. 미니는 '아빠 때문에'라고 말하면서 도무지 외출할 생각을 않는답니다. 그래서 오늘 밤에는 내가 협박했어요, 정말 안 가면 여섯 시에 잠자리에 들겠다고."

오머 아저씨는 협박이 성공한 걸 자축하고 웃으며 의자에 앉은 몸을 흔들다가 덧붙였다.

"그래서 미니가 조람하고 무도회장에 간 거예요."

나는 아저씨와 악수하고 안녕히 주무시라 인사했다. 그러자 오머 아저씨가 급히 말했다.

"잠깐만요, 도련님. 우리 귀여운 코끼리를 안 보고 떠나시면 정말 멋진 광경을 놓치는 겁니다. 이런 구경거리는 어디에서도 못 볼 테니까요! 미니!"

쾌활하고 귀여운 목소리가 위층 어디에선가 "내려가요, 할아버지!" 하고 대답하더니, 예쁜 여자애 한 명이 황갈색 기다란 곱슬머리를 흔들며 매장으로 내려왔다. 그러자 오머 아저씨가 여자애를 쓰다듬으며 말했다.

"이 아이가 우리 귀여운 코끼리랍니다, 도련님. 사람으로 태어난 코끼리요, 도련님. 자, 귀여운 코끼리야!"

귀여운 코끼리는 거실문을 열어서 이 층으로 이동하기 어려운 오머 아저씨를 위해 최근에 침실로 바꾼 거실을 보여주더니, 예쁜 이마를 할아버지 의자 등받이 뒤에 대고 기다란 머리칼을 흔들었다. 그러자 오머 아저씨가 윙크하며 말했다.

"코끼리는 물건을 밀 때 이마를 사용한답니다. 코끼리야, 하나. 둘. 셋."

할아버지 신호에 맞춰서 귀여운 코끼리는 조그만 동물치고 정말 놀라울 정도로 훌륭하게 할아버지 바퀴 의자를 빙글 돌려서 문기둥을 건들지도 않고 덜거덕거리며 거실로 잽싸게 밀어 넣고, 오머 아저씨는 더할 나위 없이 즐기다 도중에 고개를 돌려서 나를 쳐다보는 게, 자신이 평생 열심히 살아온 데 대한 멋들어진 보답으로 여기는 것 같았다.

나는 시내를 어슬렁거리다 햄이 사는 집으로 찾아갔다. 패거티 유모는 이 집으로 이사하고, 원래 살던 집은 바키스 아저씨 운수업을 넘겨받은 사람에게 넘겨주어, 영업권과 마차와 말까지 넉넉한 가격을 받은 상태였다. 따라서 바키스 아저씨가 몰던 굼벵이 말은 지금도 마차를 끈다고 나는 믿는다.

모두 깨끗한 주방에 모였는데, 거미지 부인도 있었다. 패거티 아저씨가 정겨운 뱃집으로 직접 가서 데려온 것이다. 다른 사람이라면 아무리 설득해도 거미지 부인은 근무지에서 꼼짝을 안 했을 거라는 생각이

든다.

아저씨가 모든 내용을 설명한 게 분명했다. 패거티 유모와 거미지 부인은 앞치마로 눈가를 훔치고 햄은 “모래사장이나 한번 돌아보겠다”며 조금 전에 나갔다. 그런 햄도 이내 돌아오더니, 나를 보고 크게 반가워했다. 지금 이 순간에도 나는 내가 거기에 나타난 게 모든 사람에게 조금이라도 도움이 됐기를 바랄 뿐이다.

우리는 패거티 아저씨가 다른 나라에 가면 돈도 많이 벌고 편지에다 신기한 이야기도 많이 담아 보낼 거라며 쾌활하게 말했다. 에밀리란 이름을 언급하는 사람은 없었다. 간접적으로 한두 차례 언급한 게 전부였다. 햄은 그중에서도 가장 차분했다.

하지만 패거티 유모는 내가 언제든 찾아와서 읽도록 악어 책을 책상에 놓았다는 조그만 방으로 촛불을 들고 나를 데려가더니, 햄은 언제나 저 모습 그대로라고 말했다. 패거티 유모가 울면서 말하길, 햄은 가슴이 갈기갈기 찢어진 게 분명했다. 그런데도 언제나 용감하고 다정하며 작업장에서는 누구보다도 탁월한 실력을 발휘하며 열심히 일한다는 것이다. 초저녁이면 뱃집에 살던 정겨운 시절을 가끔 말하고, 그럴 때면 에밀리를 동생 자격으로 언급하지만, 여자로 언급한 적은 한 번도 없다고 했다.

나는 햄 얼굴에서 나와 단둘이 얘기하고 싶은 표정을 읽었다. 그래서 다음 날 초저녁에 햄이 일터에서 집으로 올 때 길목을 지키기로 했다. 이렇게 마음을 정하고 잠에 빠져들었다. 패거티 아저씨는 정겨운 뱃집에서 정겨운 그물침대에 누워 몸을 흔들고, 수많은 밤을 보내는 사이에 창가에서 촛불을 걷어낸 건 그 밤이 처음이고, 바람은 아저씨 머리를 윙윙 감돌며 속삭였다.

다음 날 온종일, 아저씨는 어선과 장비를 처분하고, 나중에 유용하게 쓸 것 같은 얼마 안 되는 가정용품을 꾸려서 짐마차 편으로 런던에 보내고, 나머지는 버리거나 거미지 부인에게 넘기며 바쁘게 보냈다. 거미지 부인은 그 곁을 온종일 지켰다. 나는 정겨운 뱃집을 폐쇄한다는 게 서운한 나머지 한 번 더 둘러보고 싶어, 초저녁에 거기에서 모두 만나기로 약속했다. 하지만 그러기 전에 햄부터 만나야 한다고 마음먹었다.

햄이 일하는 곳을 아는 터라 길목을 찾는 건 쉬웠다. 나는 햄이 지나올 게 분명한 모래사장에서 한적하게 기다리다 햄을 만나, 햄이 정말 하고 싶은 말이 있다면 느긋하게 말하도록 나란히 발길을 돌렸다. 햄 표정을 보고서 내린 판단은 틀리지 않았다. 함께 걷기 시작하고 얼마 지나지 않아, 햄이 눈길조차 안 주고 불쑥 물은 것이다.

"데이비 도련님, 에밀리를 보았나요?"

"잠시, 에밀리가 기절했을 때."

내가 부드럽게 대답했다.

우리는 조금 더 걷고, 햄은 다시 물었다.

"데이비 도련님, 에밀리랑 만날 생각인가요?"

"그건 에밀리가 너무 고통스러울 거예요."

내가 대답하자, 햄이 말했다.

"나도 그럴 거 같다고 생각했답니다. 당연히 그렇겠지요, 도련님, 당연히."

"하지만 햄, 내가 직접 만나서 말할 수 없으면 편지라도 대신 작성해서 보낼 테니까, 에밀리한테 하고 싶은 말이 있다면, 믿고 말해도 좋아요."

내가 부드럽게 말하자, 햄이 대답했다.

"알겠습니다, 고맙습니다, 도련님, 정말 친절하시네요! 말로든 편지로든 전하고 싶은 게 있는 것 같아요."

"그게 뭔가요?"

우리는 침묵 속에서 약간 더 걸었다. 그러다 햄이 입을 열었다.

"내가 에밀리를 용서한다는 말은 아니에요. 나는 그럴 자격이 없어요. 내가 에밀리한테 용서를 빌 게 더 많아요. 내가 애정을 강요했으니까요. 내가 에밀리한테 결혼 약속을 받아내지 않았다면, 도련님, 에밀리가 나를 친구처럼 생각하고 마음속 갈등을 털어놓으며 상의하지 않았을까, 그래서 내가 에밀리를 구하지 않았을까 하는 생각이 가끔 들어요."

나는 그 손을 꼭 잡으며 물었다.

"그게 전분가요?"

"하나 더 있어요, 입 밖으로 꺼낼 자신은 없지만, 데이비 도련님."

우리는 계속 걸어, 지금까지 걸은 것보다 멀리 걷고, 마침내 햄은 다시 입을 열었다. 햄이 말을 멈출 때마다 나는 말 이음표(……)로 표시했는데, 이건 햄이 운 게 아니라 또렷하게 말하려고 생각을 정리한 것뿐이다.

"나는 에밀리를 사랑했어요……. 에밀리랑 지낸 기억을 지금도 사랑해요…… 너무 깊이…… 내가 나를 행복한 사내로 여긴다는 사실을 에밀리한테 이해시킬 수 없을 정도로. 나는 에밀리를 잊지 않으면…… 행복할 수 없어요……. 그래서 모두 잊었다는 말을 에밀리한테 도저히 못 할까 두려워요……. 하지만 도련님은 배움이 많으시니, 내가 엄청난 상처를 입은 건 아니라고, 여전히 사랑한다고, 그래서 안타까워한다고 에밀리가 충분히 믿도록 할 수 있다면, 나는 삶에 지치지 않았다고, 악당들이 설치지 못하고 삶에 지친 자들도 쉴 수 있는 곳에서[24] 아무런

---

24) 욥기 3:17 그곳은 악당들이 설치지 못하고 삶에 지친 자들도 쉴 수 있는 곳.

죄책감 없이 만나길 여전히 희망한다고 에밀리가 충분히 믿도록 할 수 있다면……, 에밀리한테 슬픈 마음을 달래주고, 그러면서도 내가 다른 사람하고 결혼하거나 다른 사람으로 에밀리 역할을 대신할 거란 생각을 에밀리가 안 하도록 할 수 있다면…… 그렇게 전달하길 간절하게 부탁합니다……. 내가 에밀리를 위해서 간절한 마음으로 수없이 바치는 기도와 함께."

나는 남자다운 손을 다시 꼭 잡고, 최선을 다해서 전하겠다고 약속했다.

"고맙습니다, 도련님. 일부러 만나러 나오시니, 정말 감사합니다. 삼촌하고 내려오신 것도 정말 고맙습니다. 고모님은 두 사람이 먼 길을 떠나기 전에 런던으로 올라가서 다시 만나시겠지만 나는 삼촌을 다시 만날 가능성이 없다는 걸 잘 압니다, 데이비 도련님. 미리 각오하는 게 좋겠지요. 아무도 그런 말을 안 하지만 그렇게 될 테고, 또 그러는 편이 좋습니다. 도련님이 삼촌을 마지막으로 – 정말 마지막으로 – 뵐 때 삼촌이 어린 고아한테 친아버지 이상으로 베푸신 은혜에 제가 정말 감사하며 무한히 사랑하더라고 꼭 전해주시겠습니까?"

나는 이것도 굳게 약속했다. 그러자 햄은 내 손을 진심으로 맞잡고 흔들며 말했다.

"다시 한번 고맙습니다, 도련님. 이제 도련님이 어디로 갈지 나도 잘 압니다. 안녕히 가세요!"

자신은 옛집으로 갈 수 없다고 설명이라도 하듯 햄은 한 손을 살짝 흔들면서 발길을 돌렸다. 나는 그 뒷모습을 가만히 바라보았다. 햄이 고개를 돌려서 바다에 어린 한 줄기 은빛을 바라보며 달빛으로 물든 모래사장을 가로지르다 멀리서 그림자로 변할 때까지 가만히 바라보았다.

뱃집으로 찾아가니 문은 활짝 열렸고, 안으로 들어서니 가구는 모두 사라지고 낡은 옷장 하나만 남았는데, 거미지 부인이 거기에 앉아서 무릎에 바구니를 올려놓은 채 패거티 아저씨를 쳐다보았다. 아저씨는 거친 벽난로 선반에 팔꿈치를 기댄 채 화덕에서 깜빡이는 깜부기불 서너 개를 물끄러미 보다, 내가 들어서는 순간에 고개를 들어서 기쁜 표정으로 쾌활하게 말했다.

"약속대로 작별인사를 하러 오셨네요, 데이비 도련님."

그러더니 촛불을 들어 올리며 덧붙였다.

"참 퀭해요, 그죠?"

"시간을 효율적으로 사용하셨네요."

"게으름을 피우진 않았답니다, 도련님. 거미지 부인이 일하는 모습은 뭐라고 할까……. 뭐라고 비유해야 좋을지 모르겠군요."

패거티 아저씨가 비유할 말을 못 찾은 듯 가만히 쳐다보더니, 거미지 부인이 바구니에 기댄 채 조용히 있자, 다시 조그맣게 속삭였다.

"저건 예전에 도련님이 앉던 옷장이랍니다, 에밀리와 함께! 마지막으로 옮길 거예요. 여긴 도련님이 사용하던 조그만 침실인데, 보세요, 데이비 도련님! 더없이 황량한 게 오늘 밤이랑 똑같네요!"

실제로 황량한 바람이 나지막하면서도 엄숙하게 몰아쳐서 황량한 뱃집을 휘감으며 구슬프게 흐느꼈다. 모든 게 사라졌다, 굴 껍데기를 동그랗게 붙인 조그만 거울까지. 내가 여기에 머무는 동안 고향 집에서 일어난 엄청난 변화가 떠올랐다. 나를 끌어당긴 파란 눈 여자아이도 떠올랐다. 스티어포스 선배도 주변에 있다가 금방이라도 마주칠 것 같은 환상까지 끔찍하게 떠오르는 가운데, 패거티 아저씨가 나직한 목소리로 말했다.

"뱃집에 새로 세들 사람은 한동안 없겠어요. 사람들이 재수 없는 집으로 여기거든요!"

"집주인은 동네 사람인가요?"

"중심가에 사는 돛대 제조업자랍니다. 오늘 밤에 열쇠를 넘겨주려고요."

우리는 다른 조그만 방까지 둘러보고 웃장에 앉은 거미지 부인에게 돌아왔다. 패거티 아저씨는 촛불을 벽난로 선반에 올려놓더니, 이제 촛불이 꺼지기 전에 웃장을 밖으로 옮겨야 하니까 일어나라고 부탁했다. 이 말과 동시에 거미지 부인은 바구니를 갑자기 내던지고 아저씨 팔에 매달리며 하소연했다.

"패거티, 친애하는 패거티, 내가 말할 고별사는 나를 버리지 말라는 거예요. 나를 버리지 마세요, 패거티! 아, 그러면 절대 안 돼요!"

패거티 아저씨가 뒤로 물러서더니, 거미지 부인을 보다가 나를 쳐다보고 나를 보다가 거미지 부인을 쳐다보는데, 갑자기 정신이 번쩍 든 표정이고, 거미지 부인은 간절하게 호소했다.

"제발, 친애하는 패거티, 그러지 마세요! 나도 데려가세요, 패거티, 당신이 에밀리를 데려가는 곳으로 나도 데려가세요! 언제나 성실하게 일하겠어요. 당신이 가는 나라에 노예가 있다면 나 역시 노예가 될 테니까, 제발 나를 버리지 마세요, 너무나 소중한 패거티!"

패거티 아저씨가 머리를 절레절레 흔들며 말렸다.

"아주머니, 우리가 가는 길은 정말 멀고 정말 힘들어요!"

"알아요, 알아요, 패거티! 충분히 짐작해요! 하지만 이 지붕 밑에서 하고 싶은 고별사는 나를 데려가지 않으면 나는 구빈원에 들어가서 죽을 수밖에 없다는 거예요. 나도 땅을 팔 수 있어요, 패거티. 일할 수 있어요. 힘들어도 괜찮아요. 당신이 기회만 준다면 당신이 생각하는 이상으로 인내하며 바람직하게 행동할 수 있어요, 패거티. 돈 같은 건 바라지도 않아요. 설사 굶주려서 죽는 한이 있더라도. 다니엘 패거티. 당신이 기회만 준다면 당신과 에밀리와 함께 세상 끝까지 가겠어요! 나도 사정을 잘 알아요. 당신이 나를 어디에도 기댈 데 없이 외로운 존재로 여긴다는 걸 잘 알아요. 사랑하고 사랑하는 패거티. 하지만 이제 아니에요! 그냥 멀뚱히 앉아서 당신이 열심히 살아가는 모습을 구경만 하고 머릿속으로 생각만 하면서 살지 않겠어요. 나도 열심히 일하겠어요. 데이비 도련님, 뭐라고 말씀 좀 해주세요! 나는 패거티와 에밀리를 잘 알고, 두 사람이 겪은 슬픔도 잘 아니, 가끔은 두 사람을 위로하면서 열심히 일할 거예요! 패거티, 소중한 패거티, 나도 데려가세요!"

이 말과 함께 거미지 부인이 아저씨 손을 잡더니, 애정과 연민을 가득 담아서 그 손에 키스했다. 간절한 마음과 사랑하는 마음이 그대로 드러나는, 아저씨는 받을 자격이 충분한, 소박한 키스였다.

우리는 옷장을 꺼내고 촛불을 끄고 바깥에서 현관문을 단단히 잠그고 먹구름이 가득한 밤에 까만 점으로 보이는 뱃집을 뒤로 한 채 떠났다. 다음 날, 우리가 역마차 바깥에 올라타고 런던으로 돌아가는데, 거미지 부인 역시 마차 바깥쪽 뒷좌석에 올라서 바구니를 무릎에 놓았다. 정말 행복한 표정이었다.

CHAPTER 52. 화산을 터트리다

미코버 아저씨가 묘하게 지정한 시간은 스물네 시간 앞으로 다가오고, 고모님과 나는 어떻게 할지 논의했다. 고모님이 도라 혼자 놔두고 떠나는 걸 꺼렸기 때문이다. 아! 계단 위아래로 운반하는 도라 몸이 당시엔 얼마나 가벼웠던가!

미코버 아저씨가 고모님도 꼭 참석하라고 했으나, 우리는 고모님이 집에 남고 노신사 딕과 나만 가는 거로 결정하고 싶었다. 이런 식으로 마음을 정하자, 도라는 어떤 구실로든 고모님이 뒤에 남는다면 자신이 고모님을 절대 용서하지 않겠다고, 나쁜 남편도 절대 용서하지 않겠다고 선언해서 우리를 또다시 불안하게 만들었다. 도라는 고모님에게 곱슬머리를 흔들어대며 강력하게 주장했다.

"고모님한테 말도 안 하고, 무슨 말도 못 들은 척 할 거예요! '집'이 고모님한테 온종일 짖어대게 할 거예요. 정말 안 가신다면 고모님을 정말 짓궂은 노인네로 여길 거예요!"

"쯧쯧, 꽃송이야! 내가 없으면 안 된다는 걸 너도 잘 알잖니!"

"아니에요, 괜찮아요. 고모님이 없어도 충분히 지낼 수 있어요. 저를 업고서 계단을 힘겹게 오르내리신 적도 없잖아요. 도디 신발이 다 떨어져도, 도디가 먼지를 뒤집어써도 고모님은 제 옆에 차분하게 앉아계실 뿐, 아무 말씀도 안 하시잖아요. 아아, 가엾고 불쌍한 도디! 고모님은 저를 기쁘게 하지도 않잖아요."

도라가 말하더니, 행여나 고모님이 진심으로 받아들일까 황급히 키스하며 덧붙였다.

"아니에요, 아니에요! 농담한 거예요! 하지만 고모님, 제 말씀 잘 들으세요. 고모님은 꼭 가셔야 해요. 제 부탁을 들어주실 때까지 저는 고모님을 괴롭힐 거예요. 나쁜 남편이 고모님을 안 모시고 가면 제가 평생 괴롭힐 거예요. 그러면서 말썽만 피울 거예요…… '집'도 말썽꾸러기로 만들고! 이번에 안 가시면 평생 후회하면서 제 말대로 하는 게 좋았다고 생각하시게 할 거예요."

도라가 머리칼을 뒤로 젖히더니 고모님과 나를 의아한 표정으로 쳐다보며 물었다.

"도대체 안 가시려는 까닭이 뭔가요? 나는 그렇게 심한 병이 아니잖아요. 혹시 제가 잘못 아는 건가요?"

"맙소사, 말도 안 돼!"

고모님이 깜짝 놀랐다.

"엉뚱한 소리!"

나도 덧붙였다. 그러자 도라는 우리 두 사람을 번갈아서 천천히 쳐다보다 소파에 누운 그대로 우리에게 키스하려고 어여쁜 입술을 조그맣게 오므리며 말했다.

"그래요! 제가 철부지 새댁인 건 저도 잘 알아요! 그러니 두 분 모두 가세요. 안 그러면 두 분 말씀을 안 믿고 엉엉 울겠어요!"

나는 고모님 얼굴에서 조금씩 포기하는 기색을 보았는데, 도라 역시 알아채고 다시 환한 표정으로 말했다.

"가서 많은 이야기를 듣고 저한테 알려주세요. 제가 알아듣는 데에만 최소한 일주일은 걸릴 정도로! 복잡한 내용이 있으면 제가 이해하는 데 오랜 시간이 걸릴 터인데, 뭔가 복잡한 내용이 있을 게 분명하니까요. 거기에다 덧셈 문제까지 있으면 이해하는 데 시간이 얼마나 더 걸릴지 몰라요. 그러면 나쁜 남편이 가련하단 표정으로 쳐다보겠지요. 됐어요! 고모님도 가시는 거예요, 알았죠? 고모님은 하룻밤만 자리를 비우는 거니까, 그 정도는 '집'이 나를 충분히 돌볼 거예요. 떠나기 전에 도디는 나를 이 층으로 올려주세요. 두 분이 돌아오실 때까지 밑으로 안 내려오면 되니까요. 그리고 아그네스가 우리를 만나러 한 번을 안 왔으니, 끔찍하게 나무라는 편지를 저한테 받아서 전달하세요!"

우리는 더는 반발하지 않고 함께 떠난다는 데, 도라는 귀여움을 받고 싶어서 억지로 나쁘게 구는 협박꾼이라는 데 의견일치를 보았다. 그래서 우리 네 사람은, 즉, 고모님과 노신사 딕과 트래들스와 나는, 그날 밤 도버행 역마차를 타고 캔터베리로 떠났다.

우리가 상당한 어려움을 겪다가 미코버 아저씨가 지정한 호텔로 한밤중에 들어서니, 우리를 기다리는 건 다음 날 아침 아홉 시 삼십 분 정각에 나타나겠다는 편지 한 장이 전부였다. 그래서 우리는 불편한 시간에 각자 배정받은 침실로 들어가려고 몸을 부르르 떨면서 협소한 통로를 지나는데, 마구간 여물통에 오랫동안 담가놓은 듯한 악취가 코를 찔렀다.

이른 새벽에 나는 정겹고 그립고 고요한 거리를 따라 이리저리 거닐며 고색창연한 울타리와 성당 그림자에 다시 한번 뒤섞였다. 띠까마귀는 성당 높은 탑을 맴돌고, 드높은 탑 자체는 변함없이 풍성한 들판과 상쾌한 강물을 굽어보며 눈부신 아침 햇살을 꿰뚫는 게 마치 이 땅에서 변하는 건 하나도 없다고 말하는 것 같았다. 하지만 사방으로 울려 퍼지는 종소리는 모든 게 변한다는 걸, 자신은 늙어도 어여쁜 도라는 젊다는 걸, 늙지 않은 나이에 세상을 살아가고 사랑하다 죽는 사람도 많다는 걸 구슬프게 알리더니, 수많은 세월을 뒤집어쓰며 녹슬어가는 흑태자[25] 갑옷 사이를 지나고 성당 여기저기에 부닥치며 흥얼대다 수면에 어리는 동그라미처럼 공중으로 사라졌다.

나는 거리 모서리에서 아그네스가 사는 정겨운 건물을 쳐다볼 뿐, 가까이 다가가지 않았다. 남의 눈에 띄어서 내가 도와야 할 일을 행여나 망치지나 않을까 걱정스러웠다. 이른 햇살은 박공널과 창문 격자 언저리를 비추며 황금으로 물들이고, 예전처럼 평화로운 햇살 일부는 내 가슴을 물들였다.

주변을 한 시간 정도 어슬렁거리다 중심가로 돌아오는데, 밤잠을 떨쳐내고 일어나는 집이 간헐적으로 보였다. 상점에서 부산하게 움직이는 사람 가운데 옛날에 결투한 푸줏간 아이를 발견했는데, 무릎까지 올라오는 장화에다 갓난아기까지 딸리고 이제 푸줏간도 직접 경영했다. 갓난아기를 돌보는 모습이 어엿한 가장으로 평화롭게 사는 것 같았다.

우리 일행은 아침 식사 자리에 앉았다. 하나같이 불안하고 초조한 표정이었다. 시계가 아홉 시 반을 향해 치달을 때는 미코버 아저씨를 기다리는 초조감이 극에 달했다. 그래서 먹는 흉내만 내던 식사까지 완전히 포기했다. 노신사 딕이 유일한 예외였다. 고모님은 실내를 이리저리 거닐고 트래들스는 소파에 앉아서 두 눈을 천장으로 향한 채 신문

25) 흑태자(the Black Prince)는 에드워드 3세의 장자로, 캔터베리 대성당에 안치되었다.

을 읽는 척하고, 나는 미코버 아저씨를 한시라도 빨리 확인하려고 창문을 내다보았다. 하지만 오래 내다볼 필요는 없었다. 아홉 시 삼십 분을 알리는 종소리가 처음 울리자마자 거리에 나타났기 때문이다.

"아저씨가 보이는데, 법률가 차림은 아니에요!"

고모님이 아침 식사를 하러 오면서 그냥 쓰고 있던 보닛 모자를 끈으로 단단히 매고 숄을 걸치는 모습은 타협할 여지가 없는 단호한 문제에 대비하는 것 같고, 트래들스는 결연한 표정으로 외투 단추를 채웠다. 노신사 딕은 엄숙한 분위기에 혼란스러워하면서도 자신 역시 똑같이 해야 할 것 같아 두 손으로 모자를 당겨서 두 귀까지 덮을 만큼 단단히 눌러쓰다 미코버 아저씨를 맞이하느라 다시 금방 벗었다.

"신사 여러분, 그리고 마님, 안녕하세요!"

미코버 아저씨가 인사하더니, 정열적으로 손을 맞잡고 악수하며 덧붙였다.

"어르신께서는 특히 좋아 보이시는군요."

"아침 식사는 했소? 고기라도 한 점 드시오!"

노신사 딕이 말하고 종을 울리려고 하자, 미코버 아저씨가 재빨리 가로막으며 사양했다.

"아닙니다, 아니에요! 식욕하고는 오랫동안 담을 쌓았답니다, 딕슨 선생님."

딕슨 선생은 새 이름이 마음에 들어, 그렇게 말한 미코버 아저씨에게 더더욱 잘해야 한다고 생각했는지, 다시 손을 맞잡고 흔들며 어린애처럼 웃었다. 그러자 고모님이 나무랐다.

"딕, 정신 집중!"

노신사 딕은 빨갛게 물든 얼굴로 정신을 차리고, 고모님은 장갑을 끼면서 미코버 아저씨에게 말했다.

"이제 우리는 베수비오 화산이든 뭐든 충분히 준비했으니, 당신만 괜찮다면 시작해 보시오."

그러자 미코버 아저씨가 대답했다.

"마님, 화산이 폭발하는 건 금방 보실 겁니다. 트래들스 선생, 그대만 괜찮다면, 우리가 주고받은 편지 내용을 이 자리에서 낭송해도 괜찮겠지?"

내가 깜짝 놀란 표정으로 바라보자, 트래들스가 말했다.

"미코버 아저씨가 깊이 생각하신 계획을 우편으로 묻고, 나는 모든 지혜를 짜서 최대한 바람직하게 조언한 건 누구도 부인할 수 없는 사실이네, 코퍼필드."

미코버 아저씨가 뒷말을 이어받았다.

"내가 오해한 게 아니라면, 트래들스 선생, 내가 세운 계획은 중요한 본질을 드러내는 거야."

"그렇습니다."

트래들스가 동조하고, 미코버 아저씨는 다시 말했다.

"개인적으로 다양하게 실수하고 주변 상황에 이리저리 끌려다니다 본연의 모습을 망가뜨려 인간 본성의 해안가에서 떠밀린 쓰레기에 불과할 정도로 가치 없는 인물이긴 하지만, 상황이 상황이니만치 당장으로선, 아직은 여러분 동료라고 자부하니, 본인이 시키는 대로 따라 주시겠습니까?"

"우리는 아저씨를 완벽하게 믿으니까 바라시는 대로 하겠습니다."

내가 대답하자, 미코버 아저씨가 말했다.

"코퍼필드 선생, 현시점에서 자네 믿음에 어긋나는 일은 없을 거네. 나는 먼저 출발해 현재 일하는 사무실에서 기다릴 테니, 자네는 오 분 후에 일행을 모시고 내가 월급을 받는 회사로, '위크필드 & 힙'

사무실로 와서 위크필드 아가씨를 찾게."

고모님과 내가 쳐다보자, 트래들스는 고개를 끄덕이며 동의했다.

"당장 말할 건 이것뿐이네."

미코버 아저씨가 말하더니, 갑자기 우리 모두를 향해 머리를 한 차례 꾸벅 숙이고 사라졌다. 행동은 어색하고 얼굴은 창백했다.

내가 설명을 요구하는 표정으로 쳐다보자, 트래들스는 (머리칼이 뻣뻣하게 일어선 상태로) 빙그레 웃으며 고개를 절레절레 저어서 나는 마지막 수단으로 시계를 꺼내 오 분이 지나기만 기다렸다. 고모님 역시 당신 시계를 꺼내서 똑같이 했다. 마침내 오 분이 지나자, 트래들스는 고모님에게 팔을 내밀고, 우리는 정겨운 집으로 출발했다. 도중에 입을 여는 사람은 아무도 없었다.

미코버 아저씨는 일 층 조그만 사무실에서 자기 책상에 앉아 서류 작성업무에 몰두하는 것 같았다. 커다란 자를 조끼에 찔러넣었는데 제대로 숨기지 않아 가슴에서 30cm는 삐져나온 게 새로 생긴 셔츠 장식 같았다. 그런데 그 표정은 말을 걸길 바라는 것 같아서 내가 커다랗게 인사했다.

"안녕하세요, 미코버 아저씨?"

그러자 미코버 아저씨가 정중하게 대답했다.

"코퍼필드 선생, 그동안 잘 지내셨나요?"

"위크필드 아가씨는 집에 계신가요?"

"위크필드 선생님은 관절염 때문에 열이 나서 침대에 누워계시지만, 위크필드 아가씨는 오랜 친구분들을 기꺼이 맞이하실 겁니다. 안으로 들어가시겠소, 선생?"

아저씨는 앞장서서 우리를 식당으로 – 내가 그 집에 처음 갔을 때 머문 공간으로 – 인도해, 원래 위크필드 선생님이 쓰던 사무실 문을 활짝 열면서 낭랑한 목소리로 알렸다.

"트롯우드 아씨와 데이비드 코퍼필드 선생, 토마스 트래들스 선생, 딕슨 선생님이 오셨습니다!"

나는 따귀를 한 대 친 이후로 유라이어 힙을 본 적이 없었다. 유라이어는 우리가 찾아온 걸 보고 깜짝 놀란 게 분명했다. 그 모습에 우리가 놀랄 정도였다. 눈썹이랄 게 딱히 없어서 눈썹을 찡그리진 않았지만 조그만 눈을 거의 안 보일 정도로 찡그리고 섬뜩한 손을 턱으로 황급히 올리는 모습이 당황하거나 놀란 마음을 고스란히 드러냈다. 하지만 그건 우리가 사무실로 들어선 순간에, 내가 고모님 어깨너머로 힐끗 쳐다본 순간에 불과했다. 곧바로 예전처럼 천박하게 아부했으니 말이다.

"아아, 맙소사. 이렇게 갑자기 찾아주시니 정말 영광입니다! 세인트 폴 대성당 주변 친구가 동시에 찾아오시다니, 이런 기쁨은 예상조차 못 했습니다! 코퍼필드 선생, 그동안 잘 지내셨는지요, 그리고 – 겸손하게 말하자면 – 친구분들 역시 여전히 잘 지내시는지요. 코퍼필드 부인께서도 좋아지시길 바랍니다. 최근에 건강이 안 좋다는 소식을 듣고 우리 모두 걱정했더랍니다."

그러면서 손을 잡으니, 나는 극심한 굴욕감이 치밀지만 그렇다고 그 손을 뿌리칠 순 없었다.

"우리 사무실도 많이 변했답니다, 트롯우드 아씨, 제가 천박한 서기로 지내면서 아씨 당나귀를 잡아준 이후로, 그렇지 않습니까? 하지만 저는 하나도 변하지 않았답니다, 트롯우드 아씨."

유라이어가 말하며 정말 역겨운 미소를 입술에 머금자, 고모님이 대답했다.

"으음, 사실대로 말하자면, 당신은 젊은 시절에 세운 목적을 달성하려고 꾸준히 노력한 것 같구려, 어느 만큼 만족하는진 모르겠지만."

"칭찬해주셔서 고맙습니다, 트롯우드 아씨! 미코버, 손님이 찾아오셨다고 아그네스 아가씨께 전하도록…… 우리 모친한테도."

유라이어가 흉하게 몸을 비틀며 지시하더니, 의자를 내놓으면서 덧붙였다.

"모친께서도 여러분을 보시면 좋아하실 겁니다!"

"바쁜 건 아니겠죠, 힙 선생?"

트래들스가 물었다. 빨간 눈으로 교활하게 살피던 시선과 우연히 마주친 것이다.

"아닙니다, 트래들스 선생."

유라이어가 대답하며 자기 자리에 앉더니, 뼈만 앙상한 두 손을 겹쳐서 뼈만 앙상한 무릎 사이로 찔러넣으며 덧붙였다.

"제가 원하던 만큼은 아닙니다. 하지만 아시다시피, 법률가와 사기꾼과 고리대금업자는 쉽게 만족하지 않는 법이니까요! 위크필드 선생께서 제대로 거들 수 없어서 저와 미코버가 할 일 역시 그만큼 많지만, 위크필드 선생님을 위해서 일하는 건, 분명히 말씀드리건대 제 의무자 즐거움이랍니다, 선생. 선생께서는 위크필드 선생님과 친밀한 사이는 아닌 것 같았는데요, 트래들스 선생? 저 역시 선생을 뵙는 영광을 딱 한 번 누렸지요?"

"그렇습니다, 저는 위크필드 선생님과 친밀한 사이가 아닙니다. 친밀한 사이였다면 선생하고도 예전에 만났겠지요, 힙 선생."

뭔가 이상한 어투가 깃든 대답에 유라이어는 아주 사악하고 의심스러운 표정으로 다시 쳐다보았다. 하지만 착하디착한 얼굴과 소박한 태도와 꼿꼿이 일어선 머리칼만 발견하고, 온몸과 함께 목청을 유난히 떨면서 대답하는 사이에 의심하는 표정은 모두 사라졌다.

"그러시다니, 정말 안타깝네요, 트래들스 선생. 선생님을 일찍 만났더라면 누구나 그런 것처럼 많이 존경했을 텐데요. 선생님은 사소한 단점이 있긴 해도 오히려 그것 때문에 인간미가 더 살아난답니다. 행여나 제 동업자에 대한 뜨거운 찬사를 듣고 싶다면 코퍼필드한테 물어보세요. 두 부녀를 코퍼필드가 아주 좋아하니까요, 들어본 적이 있는지 모르겠지만."

나는 반박하고 싶었는데 미코버 아저씨에게 안내받으며 아그네스가 막 들어오는 바람에 그럴 수 없었다. 아그네스는 평소와 달리 불안한 모습이었다. 극심한 걱정에 시달리느라 피곤한 표정이 역력했다. 하지만 성실하고 다정하며 조용하고 아름다운 모습은 오히려 한층 더 은은하게 빛났다.

아그네스가 우리에게 인사하는 동안 유라이어가 감시하는 모습을 보니, 맑은 영혼을 감시하는 추악하고 사악한 마귀가 뇌리에 떠올랐다. 그러는 사이에 트래들스는 미코버 아저씨와 은밀한 신호를 주고받더니, 다른 사람 모르게 혼자서 살그머니 나갔다.

"그만 나가도 좋소, 미코버."

유라이어가 말하는데도, 미코버 아저씨는 가슴에 꽂은 자에 한 손을 올려놓은 채 입구 앞에 똑바로 서서 자기 동료를, 자기 고용주를, 노골적으로 노려보았다.

"도대체 거기에서 무얼 하는 게요? 미코버! 나가도 좋다고 말한 거 못 들었소?"

"들었소!"

미코버가 꿈쩍도 안 하며 대답하자, 유라이어가 다시 물었다.

"그런데 그대로 있는 까닭이 도대체 뭐요?"

"그건 내가…… 그러고 싶기 때문이오."

미코버 아저씨가 통명스럽게 대답하자, 유라이어는 얼굴에 핏기가 사라지면서 병자처럼 창백한 기운이 사방으로 번지는데도, 빨간 기운은 여전히 희미하게 번뜩였다. 그래서 얼굴을 다양하게 찡그리고 뒤틀면서 미코버 아저씨를 가만히 쳐다보더니, 억지로 미소를 머금으며 말했다.

"온 세상이 다 아는 것처럼 당신은 정말 말을 안 듣는 사람이로군. 내가 억지로 쫓아내야 하는 건 아닐까 걱정스러워. 그만 꺼져요! 나중에 나랑 얘기 좀 해야겠어."

그러자 미코버 아저씨가 갑자기 격렬하게 소리쳤다.

"이 땅에 악당이 있고 나는 그 악당과 이미 너무 많이 얘기했으니, 그 악당 이름은 바로…… 힙이다!"

유라이어가 주먹으로 맞거나 벌에 쏘인 듯 뒤로 주춤하더니, 음침하고 사악한 표정으로 우리를 천천히 둘러보다 나지막한 목소리로 말했다.

"아하! 음모를 꾸몄군! 서로 약속하고 모였어! 내 밑에서 일하는 서기랑 한통속이 돼서 음모를 꾸민 건가, 코퍼필드? 하지만 조심해. 이런다고 해도 아무런 소용이 없으니까. 우리는, 당신과 나는, 서로를 잘 알아. 우리 사이에는 우정 같은 게 없어. 당신은 이 집에 처음 들어설 때부터 뱃속에 자부심만 가득한 애송이였어. 그래서 내가 출세하는 게 부러운 거야, 그치? 나한테 음모를 꾸미는 건 아무런 소용이 없어. 내가 반격할 테니까! 미코버, 당신은 그만 꺼져. 나중에 나랑 얘기 좀 하고."

"미코버 아저씨, 이놈이 갑자기 변했어요, 마음속에 숨겨온 진실을 털어놓을 정도로. 궁지에 몰렸다는 의미에요. 저놈한테 본때를 보여주세요!"

내가 격려하자, 유라이어는 끈적끈적한 열기가 터져 나와 이마에 맺힌 땀을 가늘고 기다란 손으로 닦으면서 여전히 나직한 목소리로 말했다.

"당신네 모두 정말 대단하구먼! 내 서기를, 인간쓰레기를 - 예전에는 당신도 마찬가지였어, 코퍼필드, 다른 사람이 자선을 베풀기 전까지는 - 매수해서 엉뚱한 거짓말로 나를 비방하려는 거야? 트롯우드 아씨, 멍청한 짓은 그만두는 게 좋을 거요. 그러지 않으면 내가 아씨 남편을 궁지로 몰아서 당신을 힘들게 만들 테니까. 내가 당신 이야기를 직업상 괜히 아는 게 아니라고, 할망구! 위크필드 아가씨, 당신 부친을 조금이라도 사랑한다면 이런 음모에 가담하지 않는 게 좋을 거요. 안 그러면 내가 당신 부친을 파멸시킬 테니까. 모두, 내 말 똑바로 들어! 나는 당신네 목줄을 모두 움켜쥐었다고. 다시 생각해, 내가 당신네 목줄을 조이기 전에. 다시 생각해, 당신, 미코버, 완전히 망가지고 싶지 않으면. 내가 말할 때 당장 꺼지라고, 나중에 나랑 얘기 좀 하고, 멍청한 자식아! 아직 기회가 있을 때. 어머니는 어디에 있는 거야?"

유라이어가 말하더니, 트래들스가 없다는 사실을 갑자기 깨닫고 깜짝 놀라서 종에 달린 밧줄을 당기며 소리쳤다.

"남의 집에 들어와서 정말 잘하는 짓거리군!"

"힙 부인은 여기에 계시오, 선생. 실례를 무릅쓰고 부인한테 내가 어떤 사람인지 소개했소이다."

트래들스가 말하면서 훌륭한 아들에 걸맞게 훌륭한 모친과 함께 돌아왔다.

"당신을 도대체 어떻게 소개했다는 거야? 여기에 온 까닭이 뭐야?"

유라이어가 소리치자, 트래들스는 사무적인 태도로 침착하게 대답했다.

"나는 위크필드 선생님을 대리하는 사람이자 친구라오, 선생. 내주머니에는 선생님을 대신해서 모든 문제를 처리하라는 위임장이 들어있소."

"늙은 영감이 술에 취해서 노망이 들었군. 그런 사람한테 사기 쳐서 위임장을 받아낸 거야!"

유라이어가 더욱 추악한 얼굴로 돌변하며 소리치자, 트래들스는 차분하게 대답했다.

"그래요, 누군가 그분한테 사기 쳐서 무언가를 탈취했다는 건 나도 알고 당신도 알지요, 힙 선생. 거기에 대해서 미코버 아저씨한테 물어보겠습니다, 당신만 괜찮다면."

"유라……!"

힙 부인이 걱정스러운 몸짓을 하며 소리치는데, 유라이어가 막았다.

"어머니는 입을 꽉 다무세요. 말이 적으면 후회할 것도 적으니까."

"하지만 유라……."

"입 좀 다물라고요, 어머니, 내가 알아서 할 테니!"

나는 유라이어가 굽실대는 건 허위에 불과하며 사탕발림 역시 사악하고 공허하다는 사실을 오래전부터 알았지만, 드디어 가면을 벗고 참모습을 드러낼 때까지 위선의 규모가 어느 정도인지 정확히 몰랐다. 그런데 더는 소용이 없다는 사실을 깨닫고 가면을 벗어던지는 갑작스러운 행동은 물론, 그대로 드러난 증오심 가득한 원한과 거만한 태도 및 그렇게 절박한 순간조차 – 우리를 속일 방법이 더는 없어서 어찌할 바 모르는 절박한 순간조차 – 자신이 저지른 사악한 행동을 뉘우치기는커녕 의기양양하게 노려보는 눈빛은 내가 익히 경험한 유라이어와 완벽하게 일치하지만, 처음에는 깜짝 놀랄 정도였다, 그를 오랫동안 알고 지내면서 진심으로 싫어한 나조차.

유라이어가 가만히 서서 우리를 한 명씩 쳐다보다가 나를 쳐다보던 표정까지 언급하진 않겠다. 그가 나를 증오한다는 건 어제오늘 깨달은 사실이 아닌 데다, 그 뺨에 내가 만든 손자국까지 떠올랐기 때문이다. 하지만 그 눈빛이 아그네스에게 넘어가는 순간, 아그네스에 대한 권력이 사라진다는 사실에 분노하는 눈빛을 발견하는 순간, 자신이 제대로 알아볼 수도 없고 소중하게 보살필 수도 없는 도덕적인 인간을 엉뚱하게 갈망하던 열정이 무너지며 실망하는 표정까지 그대로 드러나는 순간, 나는 그런 인간이 아그네스를 단 한 순간이나마 눈동자에 담았다는 자체로 치를 떨었다.

유라이어는 섬뜩한 손가락으로 얼굴 아랫부분을 문지르면서 극히 사악한 눈빛으로 우리를 오랫동안 쳐다보다가 반은 애처롭고 반은 저주를 퍼붓는 목소리로 나에게 말했다.

"당신은 이게 정당하다고 생각하나, 코퍼필드, 자신을 명예롭고 정의롭다고 여기는 사람이 내 밑에서 일하는 서기를 꼬드기고 내 주변을 쥐새끼처럼 탐색한 게? 내가 그랬다면 이상할 것도 없겠지. 어차피 나는 신사인 척 안 하니까. (하기야 미코버 말에 따르면 나는 당신처럼 거리에서 구걸한 적도 없긴 해.) 하지만 당신은……! 이런 짓을 저지르고도 불안하지 않은 거야? 내가 그 보복으로 무슨 짓을 저지를지는, 그래서 당신이 어떤 음모에 빠져들지는 생각조차 않는 거야? 좋아. 두고 보자고! 그리고 아무개 선생은 미코버한테 몇 가지 물어보겠다고 했는데, 그래, 심판도 있으니까 어서 마음껏 물어보시지그래? 미코버가 지금까지 깨달은 교훈 역시 만만치 않거든."

하지만 이런 협박이 우리 누구에게도 먹히지 않는다는 사실을 깨닫자, 유라이어는 자기 책상 모서리에 앉아서 두 손을 주머니에 넣고 한쪽 발을 바깥쪽으로 벌려 다른 다리를 휘감은 채 앞으로 드러날 사태를 고집스럽게 기다렸다.

미코버 아저씨가 성급하게 행동할 때마다 나는 힘들게 제지하고, 그래서 악-당이란 말을 하려고 '악'이라 말하는 순간에 나에게 제지받아 '당'까지 내뱉지 못하더니, 드디어 앞으로 튀어나와 가슴에서 자를 빼내 호신용 무기로 삼고, 장편의 편지처럼 접어서 둘둘 만 서류뭉치를 주머니에서 꺼냈다. 그래서 특유의 화려한 동작으로 서류를 펼쳐선 예술적으로 탁월한 문장력에 감탄하는 얼굴로 읽기 시작했다.

"친애하는 트롯우드 아씨와 신사 여러분……"

"정말 대단한 인물이야! 사형 선고라도 받는다면 책으로 한 권은 쓰겠구먼!"

고모님이 나지막한 목소리로 감탄하고, 미코버 아저씨는 아무런 소리도 못 들은 채 계속 읽어나갔다.

"지금까지 세상에 나타난 가장 사악한 악당을……"

미코버 아저씨가 서류뭉치에서 눈길을 안 떼고 자를 경찰봉처럼 들어서 유라이어 힙을 가리키며 계속 말했다.

"규탄하기 위해 여러분 앞에 나섰으니, 지금 저는 저 자신에 대한 동정심을 조금도 바라지 않습니다. 세상에 태어나자마자 저 자신이 도저히 대응할 수 없는 다양한 채무관계에 빠져들었으니, 지금까지 저는 험난한 상황에 끌려다니는 놀림감이요 장난감이었습니다. 치욕, 궁핍, 좌절, 광기 등이 때로는 한꺼번에, 때로는 제각기 내가 하는 일마다 따라다녔으니까요."

미코버 아저씨가 서류뭉치를 읽으면서 특정 부분을 유난히 강조하는 어투도, 정말 멋들어진 문장을 마주한다는 생각이 들 때마다 머리를 끄덕이면서 드러내는 존경심도, 자신을 씁쓸한 재난의 희생자로 묘사하는 화려한 문장에 필적할 만했다.

"치욕, 궁핍, 좌절, 광기 때문에 저는 여기에 있는 사무실로 - 이웃

국가 프랑스에서 생기발랄하게 표현한 바에 의하면 사무국으로 - 명목상으로는 위크필드 그리고…… 힙이라는 명칭을 사용하지만 실제로는…… 힙 혼자서 철권을 휘두르는 회사로 들어왔으니, 이 기관을 움직인 건 힙, 오로지 힙 한 명입니다. 모든 걸 위조하고 사기 친 건 힙, 오로지 힙 한 명입니다."

유라이어는 얼굴이 파랗게 변한 채 당장에라도 찢어버리려는 듯 서류뭉치를 향해 뛰쳐나갔다. 하지만 미코버 아저씨가 기적처럼 빠르거나 운이 좋았는지, 달려드는 손가락을 자로 때려서 오른손을 꼼짝 못 하게 만들었다. 나무라도 때리는 것처럼 둔탁한 소리와 함께 뼈가 부러진 것처럼 손목을 떨구게 한 것이다.

"악마가 잡아먹을 놈! 내가 복수하고 말겠어."

갑작스러운 통증에 유라이어가 몸을 새롭게 비틀면서 소리치고, 미코버 아저씨는 숨을 몰아쉬며 반박했다.

"또 다가오기만 해, 너…… 너…… 너 파렴치한 힙. 네놈이 사람이라면 네놈 머리를 내리쳐 산산조각내고 말 테니까. 어서 덤벼, 어서 덤비라고!"

절박한 순간에도 나는 이보다 우스꽝스러운 장면은 없다고 생각하면서, 자를 칼처럼 휘두르고 경계하며 "어서 덤비라!"고 소리치는 미코버 아저씨를 트래들스와 함께 한쪽 구석으로 밀어붙이고, 그럴 때마다 아저씨는 우리 틈에서 줄기차게 빠져나왔다.

유라이어는 혼자서 중얼거리며 아픈 손을 만지작거리다 목도리를 천천히 풀어서 붕대처럼 묶고 다른 손으로 잡더니, 부루퉁한 얼굴로 책상에 앉아서 바닥만 내려다보고, 미코버 아저씨는 흥분이 충분히 가라앉자 다시 서류뭉치를 읽어나갔다. '힙'이란 이름을 말할 때마다 뜸을 들이다가 갑자기 힘껏 내뱉는 식이었다.

"제가…… 힙 밑에서 일하게 된 계기로 작용한 봉급은 특별히 정하지도 않았습니다, 주급으로 은화 스물두 냥에 구리동전 여섯 냥이라는 푼돈을 받는 외에는. 나머지는 내가 일을 얼마나 많이 하느냐에 따라서, 훨씬 알아듣기 쉽게 설명한다면, 제가 얼마나 비열하고 탐욕스럽게 행동하며 우리 가족이 얼마나 빈곤한지, 저 자신이…… 힙에게 도덕적으로 (아니, 비도덕적으로) 얼마나 동조하는지에 따라서 결정하기로 한 것입니다. 당연히, 저는 미코버 부인을 그리고 쑥쑥 크는 나이에 굶주리는 아이들을 먹여 살리기 위해…… 힙에게서 봉급을 곧바로 당겨써야 하지 않았겠습니까? 당연히, 내가 이럴 수밖에 없다는 사실을…… 힙이 예견하지 않았겠습니까? 그래서 봉급을 당겨 받을 때마다 약식 차용증서를 비롯해 이 나라 법률기관에서 지정한 영수증에 서명할 수밖에 없지 않았겠습니까? 그래서 저를 꽁꽁 묶어두려고 저놈이 만든 올가미에 그대로 걸려들 수밖에 없지 않았겠습니까?"

미코버 아저씨는 처참한 상황을 묘사하는 동안에도 웅변하는 즐거움이 각박한 현실과 다양한 고통과 근심 걱정을 훨씬 뛰어넘는 것 같았다.

"그래서…… 힙은 자신이 믿는 만큼만 봉급을 내주는데, 그건 자신이 벌인 극악무도한 작업을 수행하려면 어쩔 수 없었기 때문입니다. 그래서 저 역시, 셰익스피어처럼 표현한다면, 수척하게 여위면서 찌그러지기[26] 시작했습니다. 저는 제가 하는 일이라는 게 사업에 관련된 문서를 끊임없이 변조하고 한 인간을 – 편의상 '위-선생님'이라고 지칭하겠는데 – 속이는 거란 사실을, 위-선생님을 최대한 다양하게 속이고 기만하고 무시하는 거란 사실을, 이렇게 사악한 짓을 하는 동안에도 흉악한…… 힙은 자신이 끝없이 능욕하는 신사에 대한 무한한 감사와

26) 맥베스 1막 3장 23.

무한한 우정을 여기저기에 공언하고 돌아다닌다는 사실을 깨달았습니다. 이것만 해도 대단히 흉악한 짓이지만, 철학적인 덴마크 왕자처럼 엘리자베스 시대의 화려한 장식을 두드러지게 하는 보편적인 적응성으로 말하자면, 훨씬 흉악한 음모가 뒤에 숨어있었습니다!"[27)]

미코버 아저씨는 멋진 인용문으로 단락을 마무리한 게 정말 마음에 드는 듯, 어디를 읽었는지 헷갈린다는 핑계로 똑같은 문장을 다시 읽는 즐거움까지 만끽하곤, 계속 읽어나갔다.

"제가 위-선생님이라고 지칭한 인물에게 영향을 미친, 저 자신이 암묵적으로 동의한, 다양한 배임 행위는 이번 글에서 구체적으로 상세히 언급할 생각은 없습니다. (충분히 준비해서 다른 곳에 보관했다는 사실만 알리고 넘어가겠습니다.) 제가 지금 말하고 싶은 건 봉급을 받느냐 못 받느냐, 빵을 사느냐 못 사느냐, 사느냐 죽느냐 하는 끊임없는 내적 갈등을 중단하고, 이번 기회를 활용해서…… 힙이 그 신사를 절망으로 몰아간 핵심 배임 행위를 찾아서 폭로하는 것입니다. 내적으로는 말 없는 감시자에게, 외적으로는 훨씬 감동적이고 매력적으로 호소하는 여인에게 – 지금부터 위-아가씨라고 호칭할 분에게 – 자극을 받아, 저는 은밀하게 조사하는 쉽지 않은 작업에 들어갔으니, 제가 아는 모든 지식과 정보와 확신에 근거하자면, 그게 벌써 열두 달이란 기간을 훨씬 넘어섰습니다."

이 구절을 미코버 아저씨는 의회에서 법이라도 선포하는 것처럼 읽으니, 그 자체로 웅장한 기운이 새롭게 솟구치는 것 같았다. 그래서 만약에 대비해 자를 언제라도 빼내도록 왼쪽 팔꿈치에 편하게 끼우고 힙을 힐끗 쳐다보며 계속 읽었다.

"제가 고발하고자 하는…… 힙의 첫 번째 죄목은 다음과 같습니다."

---

27) 햄릿 3막 4장 179.

지금 생각하면 우리 모두 숨을 죽였던 것 같다. 장담하건대, 유라이어도 그랬을 게 분명하다.

"첫 번째. 위-선생님이 사업체를 운영할 능력과 기억력이, 제가 언급할 필요도 없고 합당하지도 않은 다양한 원인 때문에, 줄어들고 흔들리자…… 힙은 일부러 업무처리 방식 전체를 아주 복잡하고 까다롭게 만들었습니다. 그래서 위-선생님은 업무를 처리할 능력이 극도로 떨어지고…… 힙은 위-선생님에게 업무처리를 끊임없이 강요했습니다. 그러면서 아주 중요한 서류를 중요하지 않은 서류처럼 꾸며서 위-선생님에게 서명을 받아냈습니다. 그래서 위-선생님에게 인출 권한을 위임받은 신탁금 총액이 금화 12,614냥에 은화 두 냥, 구리동전 아홉 냥에 달하는데, 이미 지급했거나 실제로 존재하지도 않는 운영비와 결손 충당금에 사용하는 식으로 모두 빼돌렸습니다. 그러면서 위-선생님이 부당한 의도로 처리해서 부당한 이익을 챙긴 것처럼 꾸미고, 이걸 빌미로 선생님을 고문하고 협박했습니다."

"이놈, 코퍼필드, 증거를 대라! 지금 당장!"

유라이어가 소리치며 위협적으로 머리를 흔들어대자, 미코버 아저씨가 글에서 눈을 떼며 말했다.

"트래들스 선생…… 힙이 살던 집에서 지금은 누가 사는지 물어보겠소?"

"너라는 멍청한 놈이 살잖아!"

유라이어가 경멸스럽단 어조로 소리치자, 미코버 아저씨가 다시 말했다.

"그 집에 수첩 한 권을 둔 적이 있는지…… 힙한테 물어보겠소?"

유라이어가 가냘픈 손으로 턱을 긁다가 자신도 모르게 멈칫하는 걸 나는 똑똑히 보았다.

"그 집에서 수첩을 태운 적이 있는지 물어보는 것도 좋소. 그런 적이 있다는 대답과 함께 행여나 타다 남은 수첩이 있느냐고 묻는다면 지금 윌킨스 미코버한테 있다고, 자신한테 조금도 유리하지 않은 내용을 앞으로 세세히 들을 거라고 대답하시오."

미코버 아저씨가 의기양양하고 화려하게 뱉어낸 말은 모친에게 강력한 효과를 발휘했다. 깜짝 놀라면서 소리친 것이다.

"유라이, 유라이! 겸손하게 굴면서 인제 그만 타협하렴, 얘야!"

하지만 유라이어는 대뜸 반발했다.

"어머니! 입 좀 다무실래요? 지금 어머니는 깜짝 놀라서 무슨 의미로 무슨 말을 하는지조차 모른다고요. 겸손하라!"

유라이어가 나를 쳐다보고 으르렁대며 덧붙였다.

"나는 저들 가운데 일부한테 오래전부터 겸손하게 행동하고, 실제로도 겸손했다고요!"

미코버 아저씨는 목도리에 파묻힌 턱을 점잖게 움직이면서 자신이 작성한 문장을 다시 읽어나갔다.

"두 번째. 힙은 여러 차례에 걸쳐서, 제가 아는 모든 지식과 정보와 확신에 근거하자면……"

"그 정도로는 안 될 거야. 어머니, 입을 꼭 다무세요."

유라이어가 다행이란 표정으로 중얼거리자, 미코버 아저씨가 대답했다.

"결정타를 날려서 네놈이 꼼짝 못 하도록 할 테니, 조금만 기다리시게. 두 번째. 힙은 여러 차례에 걸쳐서, 제가 아는 모든 지식과 정보와 확신에 근거하자면, 위-선생님 서명을 위조해서 다양한 등기와 장부와 문서에 조직적으로 기재하고, 그 가운데 일부는 제가 확실하게 증명할 수 있는 방식으로 진행했습니다. 말하자면 이런 식입니다."

이번에도 미코버 아저씨는 말을 멋들어지게 쌓아 올리는 모습이 익살스럽게 보이지만, 미코버 아저씨만 이러는 건 아니란 사실을 여기에서 지적하고 넘어가야겠다. 나는 지금까지 살아오는 동안 그런 사람을 수없이 보았다. 그러는 자체가 일반적인 현상처럼 보일 정도다. 가령, 법정 증인석에서 증인은 한 가지 주장을 펼칠 때, 그게 극단적인 혐오감이든 증오심이든 권리 포기든, 멋들어진 말이 연속으로 나올 때 좋아하는 경향이 강하고, 고리타분한 저주를 퍼부을 때도 같은 원칙에 근거해서 재미있게 말하려고 애쓰니 말이다.

우리는 언어의 횡포라고 비난하지만, 우리 자신도 언어로 횡포를 부리는 걸 좋아한다. 쓸데없는 말을 줄줄 늘어놓으며 좋아하는 경우도 많다. 그러면 뭔가 중요하게 보이고 그럴싸하게 들린다고 여기는 것이다. 공식 석상에서 시종 복장이 깨끗하고 넉넉하면 그런 복장을 한 이유에 별다른 관심을 안 기울이는 것처럼, 우리가 하는 말도 그럴싸하게 늘어놓기만 하면 그런 말이 지닌 의미나 필요성은 이차적인 관심사로 전락한다. 그래서 시종 복장을 너무 화려하게 꾸며도 문제가 일어나고 노예가 너무 많아도 주인에게 저항하는 식으로 문제가 일어나듯, 국가 역시 말이 너무 많으면 과거든 현재든 미래든 엄청난 시련에 빠져든다고 말할 수 있을 것 같다.

어쨌든 미코버 아저씨는 입맛을 쩝쩝 다시듯 계속 읽어나갔다.

"말하자면 이런 식입니다. 위-선생이 허약한 터라, 그래서 나중에 사망하면 이런 내용이 드러나서 위-가족에 대한…… 힙의 권한이 줄어들 수 있으니 - 이 글을 작성한 나, 윌킨스 미코버가 추측한 바에 의하면 - 동업자가 오랫동안 저지른 범죄행위에 대해 혹시 누가 조사해서 효성스러운 따님이 은밀하게 영향받는 일이 없도록, 앞에서 말한…… 힙은 위-선생님한테 특별한 굴레를 씌우는 게 바람직하다 생각하고, 앞에서 언급한 금화 12,614냥에 은화 두 냥, 구리동전 아홉 냥이란 돈을 이자와 함께 위-선생님한테 빌려주어 파산을 막았다는 서류를 작성했습니다. 물론…… 힙은 그 돈을 오래전에 착복했을 뿐, 실제로 빌려준 적은 없으면서 말입니다. 서류에 했다는 위-선생님 서명과 윌킨스 미코버의 증인 서명은…… 힙이 모두 조작한 겁니다. 저는…… 힙이 위-선생님 서명을 모방하려고 연습한 필적과 수첩을 찾았는데, 비록 여기저기가 불타긴 했지만, 누구든 한눈에 알아볼 수 있습니다. 물론 저 역시 그런 서류에 증인 서명을 한 적이 없습니다. 서류 자체를 제가 확보했거든요."

이 말에 유라이어가 깜짝 놀라 주머니에서 열쇠꾸러미를 꺼내 책상 서랍을 열더니, 자신이 하는 행동을 갑자기 깨닫고 거기에 눈길조차 안 준 채 시선을 다시 우리에게 돌렸다. 그러자 미코버 아저씨는 마치 설교라도 하듯 우리를 쭉 둘러보면서 다시 읽어나갔다.

"서류 자체를 제가 확보했거든요. 말하자면 이 글을 쓰던 오늘 새벽까지요. 하지만 나중에 트래들스 선생한테 넘겨주었답니다."

"모두 맞는 말입니다."

트래들스가 인정하자, 모친이 울부짖었다.

"유라이, 유라이! 겸손하게 굴면서 인제 그만 타협하렴. 신사 여러분, 우리 아들은 겸손하니, 부디 생각할 시간을 주십시오. 코퍼필드 도련님, 저 아이가 언제나 겸손하게 행동했다는 걸 도련님은 잘 아세요!"

아들은 더는 소용이 없다 생각하고 오랜 속임수를 포기했는데 모친은 여전히 똑같은 속임수를 구사하는 모습이 정말 이상하게 보였다.

"어머니, 그렇게 말하느니, 차라리 총을 가져와서 나를 쏘세요."

유라이어가 소리치며 한 손에 묶인 목도리를 초조하게 물어뜯었다.

"하지만 나는 너를 사랑해, 유라이."

힙 부인이 하소연했다. 나는 이 말을 조금도 의심하지 않는다. 이상하게 들리겠지만, 유라이어가 자기 모친을 사랑하는 것 역시 의심하지 않는다. 두 사람은 일심동체가 분명했다. 그런 힙 부인이 계속 하소연했다.

"네가 신사분들을 도발해서 더 커다란 위험을 자초하는 모습을 가만히 지켜볼 수 없구나. 저 신사께서 아까 이 층에 올라오셔서 모든 사실이 밝혀졌다고 할 때 나는 네가 아주 겸손한 사람이니 모든 걸 원래대로 돌려놓을 거라고 대답했단다. 아, 제가 겸손한 걸 생각하시고, 신사 여러분, 저 애가 저러는 건 괘념치 마세요!"

그러자 유라이어가 깡마른 손가락으로 나를 가리키고 분노하며 모든 원한을 쏟아부었다. 일을 꾸민 주동자로 여기는 것 같았지만 나는 사실대로 말하지 않았다.

"맙소사, 저기에 코퍼필드가 있잖아요, 어머니, 저기에 있는 코퍼필드는 어머니가 비밀을 털어놓도록 금화 백 냥이라도 선뜻 내줄 사람이라고요!"

"나도 어쩔 수 없구나, 유라이. 나는 네가 머리를 그렇게 꼿꼿이 쳐든 채 화약을 지고 불 속으로 뛰어드는 걸 구경만 할 순 없단다. 겸손하게 행동해야 좋아, 항상 그런 것처럼."

유라이어는 목도리를 질겅질겅 씹으며 한동안 가만히 있더니 잔뜩 찡그린 얼굴로 나에게 말했다.

"말할 게 더 있나? 있다면 계속해. 물끄러미 쳐다만 보지 말고!"

미코버 아저씨는 극히 만족스러운 행동을 재개할 수 있어서 너무 기쁜 나머지 대뜸 읽어나갔다.

"세 번째자 마지막. 이제 저는 부분적으로 파손된 수첩을 (우리가 현재 거주하는 공간을 청소하다가 벽난로 재를 담아두는 통에서 미코버 부인이 우연히 발견할 때만 해도 저는 무엇인지 몰랐는데) 시작으로…… 힙이 작성한 허위 장부와…… 힙이 작성한 진짜 장부를 통해서 다양한 사실을 증명할 수 있습니다. 하나는, 불행한 위-선생님의 다양한 약점과 잘못과 도덕성과 딸에 대한 사랑과 명예를 중시하는 마음을…… 힙이 오랜 세월에 걸쳐서 조작하고 왜곡하고 악용했다는 사실입니다. 또 하나는, 탐욕스럽고 사악하고 욕심 많은…… 힙이 재산을 늘리려고 상상 가능한 모든 방법으로 위-선생님을 오랜 세월에 걸쳐서 기만하고 약탈했다는 사실입니다. 또 하나는, 재산 횡령 다음으로…… 힙이 세운 목적은 위-선생님과 위-아가씨를 완전히 굴복시키는 것인데, 후자에 품은 음흉한 마음에 대해선 언급하지 않겠습니다. 또 하나는, 불과 몇 개월 전에 끝냈는데, 위-선생님에게 일 년에 네 번씩 분기별로 매년 일정한 연금을…… 힙이 지급하는 대가로 동업자 권리는 물론 건물에 있는 모든 가구에 대한 양도증서까지 작성해서 넘기도록 강요한 것입니다. 또 하나는, 위-선생님이 분별없이 경솔하게 투자하던 시기에 위-선생님이 관리하던 부동산 계좌를 터무니없이 조작해서 법적 도덕적 책임을 전가하여 돈을 손에 넣지 못하게 하는 방법으로 시작해, 위 선생님을 속여서 습득하거나 빼앗은 돈을 위-선생님에게 터무니없이 높은 이자로 빌려주어 위-선생님이 이런저런 식으로 직접 투자해서 모두 날린 것처럼 꾸미는 등 파렴치한 계략을 꾸미고 실행하며 다양한 올가미로 끊임없이 엮었으나, 불행하게도 위-선생님은 이런 사정을 조금도 이해하지 못했습니다. 결국, 위-선생님은 사업이든 희망이든 명예든 모두 파탄이 났다고 확신해, 기댈 곳이라곤 인간의 탈을 쓴 괴물밖에 없었으니……"

미코버 아저씨는 이 표현이 마음에 드는지, 표정을 새롭게 가다듬으며 계속 읽어나갔다.

"그는 바로 자신을 꼭 필요한 인물로 만들면서 위-선생님을 완벽하게 파멸한 장본인이었습니다. 제가 증명할 수 있는 건 이게 전부입니다. 하지만 또 있을 게 분명합니다!"

아그네스는 기쁜 마음 절반, 슬픈 마음 절반으로 옆에서 흐느끼고 나는 그런 아그네스에게 위로하는 말을 속삭였다. 마침내 낭독이 끝났다는 기쁨의 탄성도 우리 사이에서 일어났다. 하지만 미코버 아저씨는 아주 엄숙하게 "미안합니다" 하고 말하더니, 몹시 우울하면서도 아주 기쁜 느낌이 뒤섞인 채 결론으로 나갔다.

"이제 결론을 내리겠습니다. 저에게 남은 일은 고발을 증명하는 것, 그러고는 방해물로만 보이는 지구에서 팔자가 사나운 가족과 함께 사라지는 것입니다. 얼마 안 걸릴 겁니다. 아마 우리 아기가 영양실조로 제일 먼저 숨을 거두겠지요, 우리 가족 가운데서 가장 연약한 존재니까요. 우리 쌍둥이는 그다음을 잇겠고요. 그러라고 하세요! 저 자신은 캔터베리를 충분히 순례했으니, '고등법원 채무자 교도소'에 갇혀서 궁핍하게 살다가 다음 단계로 넘어갈 테니까요. 제가 온갖 위험과 고생을 감수하며 - 피 말리는 생활상의 곤란을 겪고, 엄청난 격무에 시달리고, 새벽에 일어나고, 어두운 밤에 이슬을 맞고,[28] 악마라고 불러도 부족할 게 없는 작자한테 감시받는 가운데 사소한 내용을 천천히 끼워 맞추며 - 조사한 내용은, 가족을 책임지는 가장으로서 빈곤에 시달리는 가운데 모든 걸 원래대로 돌려놓으려고 힘껏 싸운 행동과 함께, 목적을 달성한다면, 제가 죽어서 시신을 태우는 장작에 달콤한 물 몇 방울을 뿌릴 가치는 있겠지요. 더는 바라지 않습니다. 용감무쌍하고 탁월한 바다의 영웅이[29] 그런 것처럼, 물론 이분과 경쟁하겠다는 건 아닌데,

28) 실낙원 1권 743줄.
29) 넬슨 제독.

제가 이렇게 행동한 데에는 돈이라는 이기적인 목적이 없는 건 아니지만, 이렇게 말하는 거로 만족하겠습니다. 영국과 가족과 아름다운 여인을 위해서. 항상 여러분 곁에 머무는 윌킨스 미코버."

미코버 아저씨는 커다란 슬픔에 잠기면서도 극히 만족스러운 표정으로 기다란 서류를 곱게 접더니, 고모님에게 허리 숙여 인사하며 건넸다, 고모님이 탐내기라도 한 것처럼.

내가 오래전에 처음 왔을 때 목격한 것처럼, 이 방에는 철제금고가 하나 있었다. 거기에 열쇠가 꽂힌 상태였다. 유라이어는 갑자기 의심이 일어난 듯, 미코버 아저씨를 흘낏 쳐다보며 금고로 다가가, 철제문을 철커덩 열었다. 안에는 아무것도 없었다. 그러자 소름 끼치는 얼굴로 소리쳤다.

"장부는 다 어딨어? 도적놈이 장부를 모두 훔쳐갔어!"

미코버 아저씨가 자로 자신을 톡톡 치며 대답했다.

"내가 가져갔네, 약간 이르긴 했지만, 평소와 마찬가지로 오늘 아침에 네놈한테 열쇠를 받아서 금고를 열고."

"걱정할 것 없소. 모두 내 품으로 들어왔으니까. 내가 안전하게 보관하겠소, 앞에서 언급한 자격으로."

트래들스가 끼어들자, 유라이어가 소리쳤다.

"훔친 물건을 받았다고, 당신이?"

"상황이 상황이니만치, 그렇소."

트래들스가 대답했다. 하지만 정말 놀라운 광경이 벌어졌다. 잠자코 듣던 고모님이 갑자기 유라이어 힙에게 달려가서 두 손으로 멱살을 틀어잡으며 소리친 것이다!

"내가 뭘 원하는지 알지?"

"구속복."

유라이어 말에 고모님이 반박했다.

"아니야. 내 재산! 얘야, 아그네스. 네 아버지 때문에 내 재산이 모두 사라졌다고 믿는 한, 나는 너희 회사에 몽땅 투자했다는 말을 한마디도 뻥긋하지 않으려고 했어. 트롯한테도 말하지 않았으니까. 하지만 이제 이놈이 한 짓이라는 걸 알았으니까 되찾아야겠어! 트롯, 이리 와서 이놈한테 내 재산을 받아내렴!"

나로선 확실히 모르겠지만, 고모님은 그 순간에 유라이어가 모든 재산을 목도리에 숨겼다고 추측했는지 꽉 움켜잡고 열심히 잡아당겼다. 나는 두 사람 사이로 황급히 달려들어 우리가 다 알아서 하겠다고, 유라이어가 사악한 방법으로 탈취한 걸 그대로 돌려놓도록 하겠다고 고모님을 안심시켰다. 그러자 고모님은 잠시 생각하더니 마음을 진정시켰다. 그리고 자신이 한 행동에 당황하는 기색이라곤 조금도 없이 (고모님 보닛 모자까지 그렇다고 말할 순 없지만) 원래 자리로 돌아가서 침착하게 앉았다.

이러는 순간에도 힙 부인은 아들에게 "겸손"하게 행동하라고 떠들어대면서 우리 앞에 차례대로 무릎 꿇고 수많은 맹세를 뱉어냈다. 아들은 모친을 자기 의자에 앉히고 음침한 얼굴로 그 옆에 서서 모친 팔을 한 손으로 가볍게 잡은 채 나에게 사납게 물었다.

"어떻게 하면 좋겠어?"

"당신이 할 일은 내가 알려주겠소."

트래들스가 끼어들자, 유라이어가 투덜댔다.

"코퍼필드는 혓바닥이 없나? 저놈 혓바닥을 누가 도려냈다고 당신이 말한다면 정말 고맙겠구먼."

"이건 유라이어가 반성한다는 뜻이랍니다! 저 애가 말하는 건 신경 쓰지 마세요, 선량하신 신사 여러분!"

모친이 끼어드는 가운데, 트래들스가 다시 말했다.

"당신이 할 일은 다음과 같소. 첫째, 지금 막 우리가 들은 양도증서를 당장 나한테 건네시오…… 이 자리에서."

"나한테 없다면?"

"하지만 있으니, 그런 가정까지 할 필요는 없겠지. 그런 다음에 당신이 약탈한 걸 모두 토해서 마지막 한 푼까지 원래대로 돌려놓으시오. 동업 관련 장부와 서류는 물론 당신이 기록한 모든 장부와 서류, 모든 계산서와 대차증서 역시 넘겨야 하오. 한 마디로, 여기에 있는 전부를."

트래들스가 말하는데, 나로선 어릴 적에 만난 학교 동창이 머리가 이렇게 좋고 확실하고 끈질기고 식견이 뛰어난 건 당시에 처음 깨달았다는 고백을 안 할 수가 없다.

"꼭 그래야 하나? 나는 모르겠는데? 먼저 생각할 시간을 좀 가져야겠어."

유라이어가 말하자, 트래들스가 대답했다.

"좋소. 하지만 그러는 동안, 그리고 당신이 충분히 처리해서 우리가 만족할 때까지, 여기에 있는 모든 물건을 우리가 점유하겠소. 미리 당부하건대 - 아니, 명령하건대 - 당신은 당신 방에 틀어박혀서 누구하고도 접촉하지 말아야 하오."

"그럴 순 없어!"

유라이어가 소리치며 저주하자, 트래들스가 다시 말했다.

"그렇다면 메이드스톤 교도소에 집어넣는 게 안전하겠구먼. 법을 통하면 모든 걸 원상태로 돌리는 데 시간이 그만큼 많이 걸리고 당신이 직접 변상하는 것처럼 완벽하진 않겠지만, 당신을 확실하게 징계할 순 있겠지. 그건 당신도 알고 나도 알아! 코퍼필드, 경찰서에 가서 경찰관 두 명만 데려오겠나?"

그러자 힙 부인은 아들을 걱정하는 마음에 반쯤 미쳐서 다시 눈물을 터트리며 아그네스에게 무릎을 꿇고 제발 살려달라고, 자기 아들이 많이 반성한다고, 사실이라고, 아들이 말을 안 들으면 자신이 다 하겠다고, 그 이상이라도 하겠다고 애원했다. 유라이어에게 배짱이란 게 조금이라도 있다면 어떻게 했을까를 묻는 건 똥개에게 호랑이 같은 기상이 있다면 어떻게 했을까를 묻는 것과 마찬가지다. 그는 머리끝부터 발끝까지 겁쟁이니, 천박하게 살아갈 때 그런 것처럼 억울하고 음침한 표정으로 비열한 속성을 그대로 드러내고 말았다. 그래서 얼굴에 가득한 땀을 한 손으로 닦아내며 으르렁거렸다.

"그만! 어머니, 소란 떨지 마세요. 좋아요! 양도증서를 모두 넘겨줍시다. 가서 가져오세요!"

"쫓아가서 부인을 거들어주시겠어요, 딕 어르신, 괜찮으시다면?"

트래들스가 말하자, 자신이 할 일을 잘 아는 데다 자랑스럽기도 하다는 듯, 노신사 딕은 개가 양을 몰듯 부인을 쫓아갔다. 하지만 힙 부인은 아무런 말썽도 안 피우고, 양도증서는 물론 그것을 담은 상자까지 모두 가져왔는데, 안에는 은행 장부를 비롯해 나중에 필요한 서류까지 가득했다.

트래들스는 그걸 확인하고서 말했다.

"좋소! 이제 물러나서 곰곰이 생각하시오, 힙 선생. 괜찮다면, 내가 분명히 선언하는데, 우리가 바라는 건 딱 한 가지란 사실을, 그것에 대해서는 앞에서 설명했다는 사실을, 그것만큼은 조금도 지체하지 말고 집행해야 한다는 사실을 집중적으로 생각하시오."

유라이어는 바닥에 깔린 시선을 들지도 않은 채 턱을 한 손에 괴고 발을 질질 끌어 실내를 가로지르더니, 문가에서 멈추며 말했다.

"코퍼필드, 나는 당신이 늘 미웠어. 당신은 늘 건방졌어, 그리고 나를 늘 거부했어."

"예전에 말한 것 같은데, 교활한 흉계로 탐욕을 부리면서 세상을 거부한 건 바로 당신이야. 흉계와 탐욕도 지나치면 망한다는 교훈을 곱씹고 깊이 반성하면 앞으로 살아가는 데 많은 도움이 될 거야. 그건 죽음만큼이나 확실하거든."

내가 말하자, 유라이어는 콧방귀를 날리며 대답했다.

"학교에서 (내가 겸손을 배운 바로 그 학교에서) 가르친 것처럼 확실하겠지, 아홉 시에서 열한 시까지는 노동을 저주로, 열한 시부터 오후 한 시까지는 노동을 축복이자 즐거움이며 존엄한 거로 가르쳐서 도대체 무슨 소린지 알아듣지도 못하게 만드는 거, 알겠어? 당신도 그런 사람처럼 설교하는군. 겸손은 필요 없다는 거야? 하지만 내가 겸손하지 않으면 친애하는 동업자 양반한테 접근조차 못 했겠지……. 미코버, 늙은 사기꾼, 내가 꼭 복수하겠어!"

미코버 아저씨는 유라이어가 손가락질하며 저주하는 소리에 가슴을 쭉 펴고 의연하게 맞서더니, 상대가 살그머니 빠져나가자, 나에게 시선을 돌려서 "내가 미코버 부인하고 상호신뢰를 다시 구축하는 자리에 동참하는" 영광을 베풀어달라고 제안했다. 그런 다음, 감동적인 현장에 모두 참석하길 바란다고 일행 전체를 초대하며 덧붙였다.

"미코버 부인과 저 사이를 오랫동안 가로막던 장막을 이제 드디어 제거했습니다. 그래서 우리 아이들 역시 아빠하고 예전과 똑같은 조건으로 접촉하게 되었습니다."

우리 모두 미코버 아저씨가 너무 고마워서 답례하고 싶은 마음이 간절하므로, 비록 마음이 급하고 혼란스럽긴 해도 모두 참석해야 할 것 같았다. 하지만 아그네스는 부친에게 돌아가서 새롭게 싹트는 희망을 한시라도 바삐 알리고 싶어 안달이고, 유라이어를 지킬 사람도 필요했다. 그래서 트래들스가 남아 유라이어를 지키면 나중에 노신사 딕이 교대하기로 정하고, 나는 고모님과 노신사 딕과 함께 미코버 아저씨를 따라가기로 했다. 그래서 헤어질 때, 오랫동안 신세 진 소중한 아그네스에게 닥친 문제가 모두 해결됐다고 – 아그네스에게 더할 나위 없이 좋은 결과라고 – 생각하니, 미코버 아저씨를 만날 수밖에 없을 정도로 힘들게 보낸 어린 시절이 오히려 고마웠다.

미코버 아저씨네 집은 가까운 거리고, 길가에 접한 현관문을 열면 거실이 곧바로 나와, 미코버 아저씨가 황급히 뛰어드니, 그 집 가족이 단번에 우리를 에워싸고 말았다. 그런 상태에서 미코버 아저씨는 "엠마! 내 사랑!" 하고 소리치며 미코버 부인 품속으로 달려들었다. 미코버 부인은 비명을 지르면서 미코버 아저씨를 꼭 껴안았다. 미코버 아가씨는 미코버 부인이 지난 편지에서 명명한 '죄라곤 하나도 없는 이방인'을 돌보다가 깊이 감동했다. '이방인'도 깡충깡충 뛰었다. 쌍둥이는 번잡스럽긴 하지만 순수한 모습으로 기뻐했다. 미코버 도령은 평소에도 침울한 표정이 가득한데, 이번에도 뭐가 실망스러운지 찌무룩한 표정이다 바람직한 분위기에 젖어 들면서 엉엉 울었다.

"엠마! 내 마음에 가득한 먹구름이 사라졌다오. 우리가 오랫동안 지켜오던 상호신뢰를 다시 회복했으니, 이제는 장애물이 더는 없다오. 이제는 가난해도 좋다오!"

미코버 아저씨가 눈물을 떨구며 계속 소리쳤다.

"비참해도 좋고, 집이 없어도 좋고, 먹을 게 없어도 누더기를 입어도 비바람을 맞아도 거리에서 구걸해도 좋다오! 우리라도 끝까지 신뢰하며 살아간다면!"

이렇게 말하더니, 미코버 부인을 의자에 앉히고 가족을 한 명씩

돌아가며 껴안았다. 하나같이 처량한 옷차림인데도 더없이 행복한 것 같았다. 그러더니 이제 먹고 살 방법이 없다고, 가족 모두 캔터베리 중심가로 들어가서 함께 노래나 부르자고 소리쳤다.

하지만 북받친 감정에 미코버 부인이 그대로 기절하니, 노래 부르는 직업을 충분히 검토하기 전에 당장은 미코버 부인부터 정신을 차리게 해야 했다. 그래서 고모님이 미코버 아저씨와 함께 미코버 부인을 깨우니, 고모님을 소개받은 다음에 미코버 부인은 나를 알아보고서 가련한 손 하나를 내밀며 말했다.

"실례했어, 친애하는 코퍼필드 선생. 하지만 나는 몸이 강하지 않은 데다, 미코버 아저씨와 나 사이를 가로막던 오해가 풀렸다는 사실에 너무 크게 감동했어."

"이게 전부 식구요, 부인?"

고모님이 묻자, 미코버 부인이 대답했다.

"당장으로선 그렇습니다."

"맙소사, 내 말은 그게 아니라오, 부인. 내 말은 모두 당신이 낳았느냐는 거요."

그러자 미코버 아저씨가 대답했다.

"마님, 출생신고서는 그렇습니다."

"그렇다면 장남은 무슨 일을 하나요?"

고모님이 곰곰이 생각하며 묻자, 미코버 아저씨가 대답했다.

"여기에 올 때만 해도 교회에 넣으려고, 조금 더 정확히 표현하자면, 성가대에 넣으려고 했답니다. 하지만 이 도시를 유명하게 만든 장엄한 성당에서 테너 자리가 비질 않아, 지금은 한 마디로, 신성한 성당 대신 선술집하고 계약해서 노래를 부른답니다."

"그래도 잘하려고 애쓴답니다."

미코버 부인이 상냥하게 덧붙이자, 미코버 아저씨가 반박했다.

"저 애가 특별히 잘하려고 애쓴다는 건 나도 알아요, 여보. 하지만 어떤 마음을 가지고 어느 방향으로 나아가려는 건지 나는 도통 모르겠소."

미코버 도령은 침울한 안색으로 돌아가더니, 갑자기 성질을 부리며 그럼 어떻게 하라는 거냐, 자신이 가수를 안 하면 목수를 하겠느냐, 마차 도장공을 하겠느냐, 아니면 거리에서 약국을 열겠느냐, 아니면 순회재판에 뛰어들어 변호사를 하겠느냐, 아니면 억지로 오페라에 뛰어들어 폭력으로 성공하겠느냐, 아무것도 못 배웠는데 무얼 하겠느냐고 소리쳤다.

고모님은 잠시 고민하다가 입을 열었다.

"미코버 선생, 혹시 이민을 생각한 적은 한 번도 없소?"

"마님, 젊은 시절에는 그게 꿈이었고, 나이가 들면서는 이룰 수 없는 갈망이 되었답니다."

미코버 아저씨가 대답하는데, 내가 아는 한, 아저씨는 이민을 생각한 적이 평생 한 번도 없었다. 하지만 고모님은 나를 힐끗 쳐다보며 다시 말했다.

"그렇소? 그렇다면 지금이라도 이민을 떠나는 게 두 분한테도 그렇고 자녀들한테도 좋겠구려."

"자본이 있어야죠, 마님, 자본!"

미코버 아저씨가 우울한 표정으로 강조하자, 아주머니가 동조했다.

"그게 문제랍니다, 제일 커다란 문제, 친애하는 코퍼필드 선생."

"자본이요? 당신이 우리를 정말 크게 도왔으니 - 분명히 말하지만, 없어진 줄 알던 재산을 되찾도록 도왔으니…… 우리가 해줄 수 있는 게 뭐겠소? 이민하는 데 필요한 자본이라도 만들어드려야지."

고모님이 제안하자, 미코버 아저씨는 생기가 살아난 표정으로 대답했다.

"그냥 받을 순 없답니다. 하지만 저란 인간을 믿고 충분한 자금을 빌려주신다면, 가령 연 5% 이자로, 제가 자리를 잡을 때까지 가령 12개월, 18개월, 24개월로 약속어음이라도 쓰는 식으로……"

"가능하겠느냐고요? 당연히 선생이 원하는 조건으로 할 수 있겠지요. 지금 당장 고민해보시오, 두 분 모두. 우리 코퍼필드가 잘 아는 사람들이 조만간에 호주로 떠난다오. 당신네도 가겠다면 같은 배로 떠나는 게 좋지 않겠소? 그럼 서로 도울 수도 있고. 지금 당장 고민해보시오, 두 분 모두. 시간을 가지고, 꼼꼼하게."

고모님이 말하자, 미코버 부인이 물었다.

"궁금한 게 하나 있답니다, 친애하는 마님. 그곳 날씨가 사람한테 좋겠지요?"

"세상에서 제일 좋다오!"

고모님이 대답하고, 미코버 부인이 다시 물었다.

"궁금증이 또 이는군요. 그 나라는 사회적으로 공평한 기회를 보장해, 저희 남편 같은 사람이 능력에 걸맞은 지위에 오를 수 있을까요? 총독 같은 자리나 비슷한 자리를 당장 원하는 건 아닙니다. 하지만 남편이 재능을 마음껏 펼치면서 능력을 개발할 수 있을까요? 그래서 성공할 수 있을까요? 저희는 그거면 충분하답니다."

"처신을 잘하고 열심히 일하는 사람한테는 세상 어디보다 기회가 많지요."

고모님이 대답하자, 미코버 부인이 계산을 모두 끝냈다는 어투로 말했다.

"처신을 잘하고 열심히 일하는 사람한테는 그렇다……. 바로 이 사람이네요. 호주는 저희 남편한테 딱 어울리는 활동무대가 확실해요!"

미코버 아저씨도 동조했다.

"저도 그런 확신이 드네요, 친애하는 마님. 현 상황에서 저와 가족한테 딱 어울린다는 확신, 그곳에서 뭔가 대단한 일을 해낼 것 같은 확신이요. 그렇게 먼 거리도 아니에요…… 다른 곳과 비교하자면. 마님은 꼼꼼하게 생각하라고 친절하게 말씀하셨지만, 그건 형식적인 절차에 불과하니, 저는 이미 결정했습니다."

순식간에 희망이 가득한 사내로 변신해 미래에 대한 꿈으로 부푼 미코버 아저씨를, 캥거루가 지닌 다양한 습성에 대해 장광설을 늘어놓는 미코버 아주머니를 내가 어떻게 잊을 수 있을까! 우리가 돌아갈 때 바래다주면서 강인한 방랑자 모습도 보이고, 마음이 들뜬 임시체류자 흉내도 내고, 황소가 곁을 지날 때는 호주 농부처럼 바라보기도 하던 미코버 아저씨를 떠올리지 않고서 캔터베리 장날 풍경을 어떻게 떠올릴 수 있을까!

CHAPTER 53. 또 다른 회상

이번에도 걸음을 멈춰야 한다. 아, 철부지 아내여! 움직이는 인파 사이에서 한 사람이 아련하게 떠올라, 어린애처럼 아름답고 순수하게 사랑스러운 모습으로 조용히 말한다, 가만히 서서 저를 떠올리세요…… 고개를 돌려서 '작은 꽃'을, 펄럭이며 떨어지는 꽃을 바라보세요!

나는 그렇게 한다. 다른 건 모두 어둡게 변하며 사라진다. 나는 다시 우리 집 도라 곁에 있다. 도라가 병석에 얼마나 있었는지 모른다. 그런 분위기에 너무나 익숙해서 시간을 따질 수 없다. 아주 오래는 아니다. 몇 주 아니면 몇 개월에 불과하다. 하지만 피부에 닿는 느낌은 아주 오랜 세월 같다.

사람들은 이제 "며칠만 기다려보자"는 말조차 안 한다. 화사한 날에 철부지 아내가 오랜 친구 '집'과 함께 환한 햇살을 받으며 뜀박질하는 모습을 두 번 다시 볼 수 없겠다는 두려움이 막연하게 밀려든다.

'집' 역시 한순간에 늙어버렸다. 주인이 그리워서, 자신과 놀며 활력을 되찾아주던 주인이 없어서 그럴 수도 있다. 기분은 울적하고 시력은 떨어지고 팔다리는 힘이 줄어, 더는 짖어대지도 않고 도라 곁에 누웠다. 침대 곁에 가만히 앉은 고모님에게 다가가서 손을 힘없이 핥는 모습이 고모님은 더없이 안타깝기만 하다.

도라는 누워서 우리에게 미소를 보낸다. 아름답다. 서둘지도 투덜대지도 않는다. 도라는 우리가 자신에게 아주 잘한다고, 다정하고 정겨운 남편이 완전히 지친 걸 잘 안다고, 고모님이 잠도 안 자고 열심히 움직이며 자신을 언제나 다정하게 보살핀다고 말한다. 가끔은 카나리아처럼 귀여운 고모님 두 분이 찾아오고, 그러면 함께 모여서 우리가 결혼하던 날을, 행복하던 시절을 이야기한다.

모든 게 질서정연하고 그늘진 방에 조용히 앉아서 철부지 아내가 파란 눈으로 쳐다보며 귀여운 손가락으로 내 손을 휘감으면 – 집 안이든 집 밖이든 – 이상하게 평온하고 고요한 느낌이 얼마나 가득하던가! 나는 그렇게 앉아서 수많은 시간을 보내는데, 세 가지 장면이 유난히 생생하게 떠오른다.

아침이다. 말끔하게 단장한 도라는 베개에 누워서 물결치는 머릿결이 얼마나 어여쁜지, 노란 머릿결이 얼마나 선명하고 기다란지, 망사에 넣어서 느슨하게 묶은 모습은 얼마나 아름다운지 자랑한다. 내가 미소를 머금자, 도라가 말한다.

"지금 저는 자랑하는 게 아니에요, 장난꾸러기 아저씨. 예전에 당신이 이걸 아름답다고 생각했기 때문이에요. 제가 당신을 처음 떠올리기 시작할 때 거울을 쳐다보고 이걸 한 타래 선물하면 당신이 정말 좋아할까 궁금하게 여겼기 때문이라고요. 그런데 그걸 주니까 당신이 얼마나 멍청한 표정을 짓던지!"

"내가 선물한 꽃다발을 당신이 화폭에 담던 날, 내가 당신을 세상 무엇보다 사랑한다고 고백한 날이었지요, 도라."

"아! 꽃다발을 가만히 보는데, 당신이 저를 정말 좋아한다는 생각이 들어서 엄청나게 울었다는 얘기는 한 번도 안 했네요! 제가 예전처럼 이리저리 뛰어다닐 수 있으면, 도디, 우리가 그렇게 멍청하게 돌아다니던 곳을 구경하러 가요, 네? 정겨운 옛길을 산책해요, 네? 가련한 아빠도 떠올리고!"

"그럽시다, 그러면서 행복한 시간을 보냅시다. 그러니 어서 건강을 찾아요, 여보."

"아, 금방 그렇게 될 거예요! 벌써 많이 좋아졌어요, 당신은 모르겠지만!"

*

초저녁이다. 나는 똑같은 침대 곁에서 똑같은 의자에 앉고, 똑같은 얼굴이 바라본다. 우리는 말이 없고, 도라 얼굴에는 미소가 어린다. 이제는 가벼운 몸을 안고 계단을 오르내리지 않는다. 도라는 온종일 누워서 지낸다.

"도디!"

"내 사랑 도라!"

"위크필드 선생님이 편찮으시단 말을 지금 막 듣고서도 이렇게 말하는 걸 어이없게 받아들이지 않을 거죠? 하지만 아그네스를 보고 싶어요. 아, 정말이지, 아그네스를 보고 싶어요."

"내가 아그네스한테 편지를 쓰리다, 여보."

"정말요?"

"지금 당장."

"아저씨가 정말 착하고 친절하시네! 도디, 저를 안아주세요. 정말이지, 여보, 이건 변덕이 아니에요. 멍청한 환상이 아니에요. 저는 정말이지, 아그네스가 너무나 보고 싶어요!"

"당연히 그러겠지요. 내가 편지를 보내면 아그네스가 금방 찾아올 거요."

"아래층에 당신 혼자 있으면 많이 외로운가요?"

도라가 속삭이며 한쪽 팔로 내 목을 휘감는다.

"어떻게 안 그렇겠소, 내 사랑, 당신이 앉던 의자가 텅 비었는데?"

"내가 앉던 의자가 텅 비었다!"

도라가 나에게 매달리며 침묵한다. 그러다 환하게 웃는 얼굴로 쳐다본다.

"내가 이렇게 보잘것없고 경솔하고 멍청한데도?"

"내 사랑, 이 세상에서 당신만큼 보고 싶은 사람이 대체 어디에 또 있겠소?"

"아, 여보! 정말 기뻐요, 그리고 슬퍼요!"

도라가 바싹 다가와서 두 팔로 껴안는다. 웃다 흐느끼다 침묵하더니, 다시 행복하게 말한다.

"정말 좋아요! 아그네스한테 안부를 전하면서 제가 정말, 너무나 보고 싶어 한다고 알려주세요. 그것 말고는 아무런 소망도 없어요."

"쾌차하는 것도 덧붙여서, 도라."

"아, 도디! 제가 멍청하단 걸 잘 아니까 하는 말인데, 가끔은 그럴 수 없다는 생각이 들어요!"

"그런 말은 하지 말아요, 도라! 내 사랑, 그런 생각은 절대 하지 말아요!"

"알았어요, 도디, 그럴 수 있으면 그럴게요. 하지만 지금 정말 행복해요. 사랑하는 아저씨는 철부지 아내가 앉던 의자가 텅 빈 걸 볼 때마다 외롭지만!"

*

밤이다. 나는 여전히 도라 곁에 있다. 아그네스가 낮에 찾아와 초저녁까지 곁에서 지냈다. 아그네스와 고모님과 나는 아침부터 도라 곁에서 지냈다. 말을 많이 한 사람은 없어도 도라는 아주 만족스럽고 쾌활한 시간을 보냈다. 지금은 우리 둘만 있다.

철부지 아내가 떠날 시간이 다가온다는 걸 내가 깨달은 걸까? 사람들은 그렇게 말했다. 내 생각과 다르게 말한 사람은 아무도 없다. 하지만 나는 아직도 진실을 받아들이지 못한다. 도저히 받아들일 수 없다. 나는 오늘도 조용한 곳으로 물러나서 혼자 수없이 흐느꼈다. 산 자와 죽은 자 사이에서 이별을 슬퍼하시던 예수님[30]이 떠올랐다. 예수님께서 자비와 온정을 베푸신 역사가 끊임없이 떠올랐다. 나는 모든 걸 운명에 맡긴 채 마음을 달래려고 애썼다. 그래서 불완전하나마 마음을 달랜 것 같다. 하지만 마지막 순간이 절대적으로 다가온다는 사실만큼은 결코 받아들일 수 없다. 나는 도라 손을 꼭 잡는다. 도라를 꼭 껴안는다. 나는 도라가 온 힘을 다해서 생생하게 사랑하는 마음을 느낀다. 도라가 살아날 수 있다는 희망이 희미하게 어리는 걸 나는 몰아낼 수 없다.

"당신한테 말할 게 있어요, 도디. 최근에 떠오르는 생각을 말하고 싶어요. 그래도 괜찮지요?"

도라가 다정하게 쳐다본다.

"괜찮으냐니, 내 사랑?"

"당신이 어떻게 생각할지, 당신이 최근에 무얼 생각하는지 몰라서 그래요. 아마 당신도 나랑 똑같이 생각했을 거예요. 도디, 내 사랑,

---

30) 요한 11장 33절. (나자로가 죽은 것에 대해) 예수께서 마리아뿐만 아니라 같이 따라온 유다인들까지 우는 것을 보시고 비통한 마음이 북받쳐 올랐다.

예전에는 제가 너무 어렸던 것 같아요."

나는 도라가 머리를 괸 베개로 얼굴을 누이고, 도라는 내 눈을 바라보며 다정하게 말한다. 그러는 동안 나는 도라가 자신 얘기를 과거형으로 언급한다는 사실을 느끼고 가슴이 철렁한다.

"예전에는 제가 너무 어렸던 것 같아요. 나이만 어린 게 아니라 경험도 생각도 모든 게. 정말 어리석은 꼬맹이였어요! 우리가 소년소녀로 만나 서로 사랑하다 끝났더라면 훨씬 좋았을 것 같아요. 나는 아내 자격이 없었다는 생각이 들어요."

나는 눈물을 꾹 참으면서 대답하려고 애쓴다.

"아, 도라, 내 사랑, 나 역시 남편 자격이 없었다오!"

도라가 곱슬머리를 예전처럼 절레절레 흔들며 말한다.

"모르겠어요. 어쩌면 그럴 수도 있겠지요! 하지만 내가 결혼할 자격을 조금만 더 지녔더라면 당신도 괜찮았을 거예요. 당신은 똑똑한데 나는 아니었어요."

"우리는 지금까지 아주 행복하게 살았소, 어여쁜 도라."

"저는 아주 행복했어요, 정말로. 하지만 세월이 흐르다 보면 다정한 우리 남편은 철부지 아내가 싫증 날 거예요. 아내가 동반자 역할을 못 하니까요. 남편은 집안 살림이 엉망인 걸 보고 짜증도 그만큼 더 냈을 거예요. 아내는 좋아지는 게 하나도 없고요. 차라리 이렇게 된 게 훨씬 좋아요."

"아, 도라, 내 사랑, 더없이 소중한 내 사랑, 그렇게 말하지 마오. 한 마디 한 마디가 나를 나무라는 소리 같구려!"

내가 말하자, 도라가 키스하며 대답한다.

"아니에요, 조금도! 아, 내 사랑, 당신은 정말 잘했으니, 당신을 나무라는 말은 조금도 아니에요. 저는 당신을 진심으로 사랑했고 - 제가 지닌 장점은 이게 전부예요, 예쁘다는 거랑 – 당신도 잘 알아요. 아래층은 외로운가요, 도디?"

"많이! 아주 많이!"

"울지 마세요! 제가 앉던 의자도 있나요?"

"원래 자리 그대로."

"아, 아저씨가 불쌍하게도 너무 많이 우네요! 쉿, 쉿! 한 가지만 약속해요. 아그네스한테 할 말이 있어요. 아래층으로 내려가면 아그네스한테 그렇게 전하고 나한테 보내세요. 내가 아그네스랑 말하는 동안 누구도 못 오게 하세요…… 고모님도. 나 혼자서 아그네스랑 말하고 싶어요. 단둘만 있는 자리에서 말하고 싶어요."

나는 당장 그렇게 하겠다고 약속하면서도 너무 슬퍼서 차마 그 곁을 못 떠난다. 그러자 도라는 나를 두 팔로 꼭 껴안으며 속삭인다.

"차라리 이렇게 된 게 훨씬 좋다고 했잖아요! 아, 도디, 세월이 많이 지나면 당신은 철부지 아내를 지금만큼 사랑할 수 없어요. 세월이 더 많이 지나면 당신은 피곤하고 힘든 나머지 아내를 절반만큼도 사랑할 수 없고요! 저는 제가 너무 어리고 어리석다는 걸 잘 알아요. 차라리 이렇게 된 게 훨씬 좋아요!"

*

아그네스는 아래층에서 기다리고, 나는 거실로 내려가서 도라 말을 전한다. 아그네스는 나와 '집'을 남기고 계단을 오른다.

중국풍 개집은 벽난로 옆에 있고, '집'은 개집 안 플란넬 침대에 누워서 잠자려고 애쓰며 힘들어한다. 밝은 달이 높이 떠서 맑게 빛난다. 밤하늘을 내다보는데 눈물이 폭포수처럼 흐르고, 수양이 부족한 마음은 죄책감에 시달린다, 묵직하게…… 묵직하게.

나는 벽난로 불길 옆에 앉아, 결혼하고 나서 마음속에 품은 이런저

런 갈등을 끝없이 후회한다. 나와 도라 사이에 일어난 사소한 갈등을 하나씩 떠올린다. 갈등이 모여서 인생을 이룬다는 사실도 깨닫는다. 추억이 가득한 바다에서 귀여운 여자애 영상이, 처음 본 도라 영상이 떠오른다. 내가 보여준, 그리고 자신이 보여준 철부지 사랑에 기뻐하는 영상이, 서로를 마음껏 사랑하는 영상이 황홀하게 떠오른다. 우리가 소년 소녀로 만나서 사랑하다 끝내는 게 정말로 훨씬 좋았을까? 수양이 부족한 마음아, 대답해라!

시간이 얼마나 흘렀는지 모른다. 철부지 아내랑 오랜 세월을 함께 보낸 친구 때문에 정신을 차린다. '집'이 한층 더 괴로워하며 자기 집에서 기어 나와 나를 쳐다보더니, 어슬렁거리며 계단으로 가서, 이층으로 올라가려고 낑낑거린다.

"오늘 밤은 안 돼, '집'! 오늘 밤은 안 돼!"

'집'이 천천히 돌아오더니 내 손을 핥고 침침한 눈을 들어서 내 얼굴을 쳐다본다.

"아, '집'! 어쩌면 두 번 다시 못 볼 수도 있어!"

'집'이 내 발아래 엎드려서 잠이라도 자려는 듯 몸을 쭉 뻗더니, 애처롭게 우는 소리를 내며 죽는다.

"아, 아그네스! 여기, 여길 봐!"

동정심, 슬픔이 가득한 아그네스 얼굴, 소낙비처럼 흘리는 눈물, 나에게 끔찍하게 하소연하는 침묵, 하늘로 엄숙하게 들어 올린 손!

"아그네스?"

모든 게 끝났다. 깜깜한 기운이 눈앞으로 몰려든다. 순간적으로 머리가 텅 비면서 모든 게 사라진다.

CHAPTER 54. 미코버 아저씨가 거래하다

아직은 슬픔이라는 짐에 무겁게 짓눌린 마음을 언급할 때가 아니었다. 당시에는 미래가 모두 막혔다는, 살아갈 기력이 모두 사라졌다는, 무덤 말고는 안식처를 찾을 수 없다는 생각만 들었다. 슬픈 충격이 처음 몰려들 때만 그런 건 아니다. 꾸준히 늘어났다. 지금부터 언급할 사건이 다양하게 일어나서 처음에는 고통을 분산하다가 나중에 더욱 강하게 몰려들지 않았다면 나는 처음부터 그런 상태에 빠져들었을 가능성이 크다, 물론 아닐 수도 있지만. 실제로, 내가 고통을 충분히 느끼는 데에는 상당한 시간이 필요했다. 가장 극심한 고통은 이제 지났다고 여길 정도였다. 영원히 끝난 사랑 이야기에, 더없이 순수하고 아름다운 추억에 기대며 마음을 달랠 정도였다.

내가 해외에 나가서 바람을 쐬는 게 좋겠다는 제안이 제일 먼저 나온 게 언제인지, 내가 여행과 변화를 통해서 평화를 되찾는 게 좋겠다는 의견에 우리 모두 어떻게 공감했는지, 나는 지금 이 순간까지 또렷하게는 모른다. 슬픔이 가득한 시기에 아그네스 특유의 분위기가 우리 생각과 말과 행동에 압도적인 영향을 미쳤기에 이런 의견 역시 당연히 아그네스가 지대한 영향을 미쳤을 게 분명하다. 하지만 아그네스는 모든 점에서 극히 차분하게 행동했으니, 나로선 더는 알 도리가 없다.

정말이지 나는 원래부터 아그네스를 성당 스테인드글라스 유리창 같다고 여긴 터라 나에게 텅 빈 시간과 불행이 밀려드는 순간에 아그네스가 어떤 식으로든 도와줄 거라는 생각이 스멀스멀 애매하게 일어났다. 내가 보는 앞에 가만히 서서 한 손을 하늘로 치켜든 결코 잊을 수 없는 순간부터 슬픔에 빠져든 기간 내내, 아그네스는 우리 외로운 집에 신성한 존재처럼 깃들었다. 저승사자가 다가올 때도 철부지 아내는 – 나중에 내가 견딜 수 있을 정도가 되자 사람들이 말한 바에 의하면 – 아그네스 품에서 웃으며 잠들었다. 내가 졸도했다가 처음 깨어나면서 본 것도 수양이 부족한 나에게 고개를 숙인 채 엄청난 고통을 위로하던, 하늘나라 근처 순수한 곳에서 내려온 다정한 아그네스 얼굴, 함께 아파하던 아그네스 눈물, 희망과 평안을 말하던 아그네스 입술이었다.

본론으로 돌아가자.

나는 해외에 나가기로 마음먹었다. 우리 사이에서 애초부터 그렇게 결정이 난 것 같았다. 부인은 저세상으로 떠나고 그 몸뚱이는 흙에 덮여서 사라질 터이니, 나에게 남은 건 미코버 아저씨가 말한 것처럼 "힙을 최종적으로 분쇄"하는 것, 그리고 이민자들을 환송하는 것이 전부였다.

내가 지긋한 고통에 시달릴 때 깊은 애정을 보이며 헌신하던 친구 트래들스 요청으로, 우리는, 고모님과 아그네스와 나는, 캔터베리로 돌아갔다. 그래서 약속한 대로 미코버 아저씨네 집으로 곧장 갔다.

트래들스는 우리가 뜨겁게 만난 이후로 그 집과 위크필드 선생님 댁을 오가며 열심히 일하는 중이었다. 가련한 미코버 부인은 상복 차림으로 들어서는 나를 보고 많이 슬퍼했다. 고통스러운 삶에 오랫동안 시달리면서도 선한 마음을 잃지 않고 간직한 모습이 그대로 보였다.

우리는 자리에 앉고, 고모님은 제일 먼저 물었다.

"으음, 미코버 부부께서는 내가 한 이민 제안에 대해 충분히 생각하셨소?"

미코버 아저씨가 대답했다.

"친애하는 마님, 미코버 부인과 제가 아이들과 논의도 하고 각자 생각도 해서 내린 결론은 유명한 시인이 '우리 조각배는 해안에 뜨고 우리 선박은 바다에 뜬다'[31]고 한 말을 빌려서 전달하는 게 좋을 것 같습니다."

"잘 생각했소. 바람직한 결정을 내렸으니 앞으로 좋은 일이 많을 거요."

고모님이 말했다.

"마님, 모두 마님 덕분입니다."

미코버 아저씨가 대답하곤, 서류에 대해서 언급했다.

"가녀린 카누를 푸르른 대양으로 띄우도록 경제적으로 도와주시는 것에 대해, 저는 사업이라는 중요한 관점에서 생각하고 또 생각한 결과, 18개월과 24개월과 30개월짜리 약속어음을 – 말할 필요도 없겠지만, 다양한 법령에서 요구하는 상당한 액수의 인지를 부착해 – 직접 작성해서 드리는 게 도리라는 결론을 내렸습니다. 처음에 제안한 기간은 12개월, 18개월, 24개월이지만 제가 자리를 잡으려면 시간적 여유가 조금 더 필요할 것 같아서요."

---

31) 바이런이 쓴 시, '토마스 모아에게 바치는 구절'

미코버 아저씨는 수만 평에 달하는 농경지를 둘러보듯 실내를 둘러보며 이어나갔다.

"첫 번째 만기일이 다가오는데 수확이 형편없을 수도 있고 미처 수확을 못 할 수도 있으니까요. 게다가 식민지라서 인력을 구하는 게 어려워 기름진 땅을 우리 손으로 직접 갈아야 하는 운명에 처할 수도 있고요."

"당신 편한 대로 하시오, 선생."

고모님이 동의하자, 미코버 아저씨가 말했다.

"마님, 미코버 부인과 저는 우리 친구자 후원자께서 사려 깊게 배려하시는 것에 지극히 감사하는 바입니다. 제가 바라는 건 전문가답게 완벽하게 처리해서 기일을 완벽하게 지키는 것입니다. 지금 저희는 완전히 새로운 인생을 꽃피우고자 하니, 저희가 위대한 도약을 준비하며 뒤로 주춤 물러나는 순간, 저로선 자존심이 무엇보다 중요할 뿐 아니라 제 아들한테 모범도 보여야 하니, 이번 약정을 확실하게 체결하고자 합니다, 남자 대 남자로."

마지막 구절에 미코버 아저씨가 어떠한 의미를 부여했는지 나는 모른다. 당시든 지금이든 혹시나 거기에 의미를 부여하는 사람이 있는지도 모르겠다. 하지만 미코버 아저씨는 이 말이 특히 마음에 드는 듯, 다음처럼 덧붙이며 "남자 대 남자로"를 또다시 강조하고 헛기침까지 했다.

"저는 약속어음이 – 이건 사업할 때 아주 중요한 터라 처음에 유대인이 고안해서 사악한 고리대금업에 수없이 악용했는데 – 좋겠습니다. 쉽게 돈으로 바꿀 수 있으니까요. 하지만 채권이나 다른 증서를 원하신다면 기꺼이 맞춰드리겠습니다. 남자 대 남자로."

고모님은 양측이 기꺼이 동의할 수만 있다면 어떤 형태든 상관없다 말하고, 미코버 아저씨도 같은 의견이었다. 그래서 아저씨가 자랑스럽게 덧붙였다.

"저희가 앞으로 닥쳐올 운명을 맞이하는 차원에서 온 힘을 다해 어떻게 준비하는지 말씀드리고자 합니다, 마님. 우선, 큰딸은 매일 새벽 다섯 시에 근처 농장에 가서 젖소한테 젖 짜는 법을 - 이런 것도 법이라고 할 수 있다면 - 배운답니다. 쌍둥이는 가난한 동네에 가서 돼지와 닭한테 어떤 습성이 있는지 최대한 자세히 관찰하라는 지시를 받고서 그렇게 하다가 마차에 두 번이나 치일 뻔한 채 집으로 끌려왔지요. 저는 지난 한 주일 동안 빵 굽는 기술을 면밀하게 관찰하고, 큰아들 윌킨스는 지팡이를 들고 돌아다니다 소 떼를 모는 누더기 목동을 발견하면 허락을 받고 무보수로 소 떼를 몰았는데, 꼭 그런 건 아니지만, 태생이 이런지라 안타깝게도 어서 꺼지라는 욕설과 저주를 듣기 일쑤랍니다."

"정말 잘하는군요. 그렇다면 미코버 부인도 당연히 바쁘게 지내셨을 것 같구려."

고모님이 격려하는 투로 말하자, 미코버 부인은 전문가 같은 분위기로 대답했다.

"친애하는 마님, 기꺼이 고백하자면 저는 농사를 짓거나 가축을 키우는 것과 관련된 일에 적극적으로 관여하지 않았습니다. 외국에 나가면 그런 일에 관심을 기울여야 한다는 사실은 잘 알지만, 당장은 집안일을 하다가 짬이 날 때마다 친정식구들과 기다란 편지를 주고받는 일에 헌신한답니다. 내가 볼 때는, 친애하는 코퍼필드 선생……"

미코버 부인은 누구에게 말을 시작하든 결국에는 나에게 말을 돌리는 오랜 습관이 있는 것 같다.

"이제 과거를 모두 묻어버릴 때가, 우리 친정식구는 미코버 아저씨 손을 잡고, 미코버 아저씨는 우리 친정식구 손을 잡을 때가, 사자와 양이 함께 뒹굴고[32] 우리 친정식구 역시 미코버 아저씨랑 화해할 때가 온 것 같거든."

나 역시 그렇게 생각한다는 대답에 미코버 부인은 주장을 계속 이어 나갔다.

"친애하는 코퍼필드 선생, 최소한 나는 바로 이런 관점에서 사물을 바라본다네. 집에서 엄마 아빠와 함께 살 때, 아빠는 어떤 문제를 논의하다 툭하면 나한테 '우리 엠마는 이번 문제를 어떤 관점에서 바라보니?' 하고 물으셨거든. 우리 아빠가 편파적이었단 사실은 나도 잘 알아. 하지만 미코버 아저씨와 우리 친정식구들 사이에 깊이 뿌리내린 쌀쌀맞고 냉정한 분위기에 대해선 나 역시 일정한 의견이 있을 수밖에 없거든, 물론 망상일 수도 있지만."

"물론이오. 당연히 의견이 있겠지요, 부인."

고모님이 맞장구치자, 미코버 부인이 좋아하며 계속 말했다.

"정말 그렇습니다. 제 판단이 틀릴 수도 있지만, 우리 친정식구와 미코버 아저씨 사이에 장벽이 있는 건 우리 친정식구 측에서 행여나 미코버 아저씨가 금전적인 편의를 요구하지나 않을까 우려해서라고 저는 개인적으로 느낀답니다."

미코버 부인이 극히 지혜로운 어투로 계속 이어나갔다.

"미코버 아저씨가 이름을 빌려달라고 할 거로 우려하는 사람이 우리 친정식구 가운데 있다는 생각을 저는 지울 수 없습니다. 우리 아이들 세례명으로 쓰려는 게 아니라 환어음에 서명해서 금융시장에 유통하려고 말입니다."

다른 사람은 미처 생각조차 못 하는 걸 자신은 확연히 꿰뚫어 본다는

---

32) 이사야서 11장 6절.

표정으로 미코버 부인이 자신만만하게 선언하자, 고모님은 깜짝 놀란 듯 느닷없이 대답했다.

"으음, 부인, 전체적으로 부인 말씀이 맞는 것 같소!"

"미코버 아저씨는 오랫동안 얽매여 꼼짝 못 하던 금전적인 족쇄를 이제 깨끗이 벗어던지고 모든 능력을 충분히 발휘할 나라로 건너가서 – 제가 보기에 이건 아주 중요한데, 미코버 아저씨는 능력을 펼칠 공간이 정말 필요하니 – 새로운 삶을 펼치려고 하니, 우리 친정식구도 화해의 손길을 내밀어야 바람직하리라 봅니다. 제가 바라는 건 미코버 아저씨가 친정식구들과 만나서 잔치하고, 비용은 당연히 친정식구 측이 대고, 그 자리에서 친정식구를 대표하는 분이 미코버 아저씨의 건강과 번영을 기원하고, 미코버 아저씨는 마음에 품은 생각을 마음껏 드러내는 것입니다."

미코버 부인 말에 미코버 아저씨가 열 내며 반박했다.

"여보, 말 나온 김에 또렷이 밝히는 게 좋겠는데, 그런 자리에서 내가 마음속 생각을 드러낸다면 거기에 모인 사람들은 모욕감에 시달릴 가능성이 크오. 나는 당신 친정식구 전체를 거만한 속물 덩어리로 여기기 때문이오. 완벽한 폭력배 말이요."

"여보, 아니에요! 당신은 그들을 제대로 모르고, 그들은 당신을 제대로 모를 뿐이에요."

미코버 부인이 고개를 절레절레 저으며 말하더니, 미코버 아저씨가 헛기침하자, 부인이 다시 말했다.

"그들은 지금까지 당신을 제대로 이해한 적이 없어요, 여보. 아니, 애초에 당신을 제대로 이해할 능력이 없을 수도 있어요. 하지만 그건 그들이 불행한 것이니, 나는 불행한 사람들을 동정하겠어요."

그러자 미코버 아저씨가 상당히 누그러진 어투로 대답했다.

"막연하나마 강하게 들릴 여지가 있도록 표현해서 미안하오, 사랑하는 엠마. 내가 말하고 싶은 건, 당신 친정식구가 환송하러 오지 않아도 – 솔직히 말해서, 차가운 어깨로 냉대하며 내몰지 않아도 – 나는 해외로 나갈 수 있다는, 현재와 같은 동력을 가슴에 품고 영국을 떠나는 편이 당신 친정식구한테 또 다른 자극을 받고 떠나는 편보다 바람직하다는 것이오. 하지만 그들이 당신 편지에 겸손한 답신을 보낸다면 – 당신이나 내가 경험한 바에 의하면 가능성은 거의 없는데 – 나로선 굳이 당신 소망을 방해할 생각이 없다는 사실도 밝혀두는 바이오."

그래서 문제를 바람직하게 정리하자, 미코버 아저씨는 부인에게 한쪽 팔을 내밀더니, 트래들스가 앉은 책상에 잔뜩 쌓인 장부와 서류를 힐끗 쳐다보고 잠시 실례하겠다는 말과 함께 화려한 격식을 차리며 자리를 비웠다.

부부가 자리를 비우자, 트래들스는 의자에 등을 기댄 채 친구를 생각하는 마음에 온갖 형상으로 어우러진 머리칼과 빨갛게 변한 두 눈을 나에게 돌리며 말했다.

"친애하는 코퍼필드, 이번 일로 귀찮게 한 걸 굳이 변명하지 않겠네. 자네도 관심이 많은 일인 데다, 여기에 몰두하다 보면 다른 생각도 줄어들 테니까 말이야. 설마 벌써 녹초가 된 건 아니겠지?"

"아니야, 괜찮네."

나는 대답하고 가만히 있다가 덧붙였다.

"하지만 당장은 고모님부터 충분히 배려해야겠네. 지금까지 고모님이 얼마나 많은 일에 시달렸는지 자네도 잘 알잖는가."

"당연하지, 당연해. 그 일을 누가 잊을 수 있겠나!"

트래들스 대답에 내가 다시 말했다.

"그게 전부가 아니야. 고모님은 지난 보름 동안 새로운 골칫거리에 시달리면서 런던을 매일 들락거리셨네. 가끔은 이른 새벽에 나가셨다 초저녁에 비로소 돌아오셨어. 간밤에는, 트래들스, 먼 길을 나서기 직전인데도 자정이 다 돼서야 돌아오셨고. 고모님이 다른 사람을 얼마나 배려하시는지 자네도 잘 알잖는가. 무엇 때문에 그렇게 고생하시는지 나한테는 도무지 말씀조차 안 하신다니까."

고모님은 창백한 얼굴에 깊은 주름살이 패인 채 꼼짝도 안 하고 가만히 앉았다가 내가 말을 마치자, 눈물이 양 볼을 타고 흘러내리는데도 한 손으로 내 손을 잡으며 말했다.

"아무 일 아니다, 트롯. 아무 일도 아니야. 이제 더 신경 쓰지 않아도 될 거야. 너도 차차 알겠지. 자, 얘야, 그리고 아그네스, 지금은 이번 일에 집중하자꾸나."

그러자 트래들스가 설명을 시작했다.

"우선, 미코버 아저씨는 자신을 위한 일을 제대로 못 하는 것처럼 보이지만 다른 사람을 위한 일만큼은 열정이 대단하단 사실을 언급해야겠어요. 저는 지금까지 그런 인물을 본 적이 없어요. 아저씨가 항상 이런 식으로 살았다면 지금 즈음이면 말 그대로 이백 살은 되어야 해요. 지금까지 쏟아부은 열정, 낮이고 밤이고 서류와 장부 더미에 정신없이 빠져드는 모습, 이 집과 위크필드 선생님 댁을 오가며 나한테 보낸 엄청난 편지는 말할 것도 없고 맞은편 책상에 앉은 터라 말로 훨씬 쉽게 전할 수 있는데도 툭하면 책상 너머로 보내는 편지는 정말 대단하답니다."

"편지라! 그 사람은 꿈도 편지로 꿀 거야!"

고모님이 감탄하고, 트래들스는 계속 말했다.

"딕 선생님 역시 엄청난 일을 하셨답니다! 처음에는 유라이어 힙을 멋들어지게 감시하시더니, 그 일이 끝나자마자 위크필드 선생님을 간호하셨지요. 그리고 우리가 제대로 조사하도록 노심초사하시며 내용을 추리는 작업과 복사하는 작업과 물건을 가져가고 가져오는 작업을 정말 열심히 하셔서 저희를 크게 자극하셨답니다."

"딕은 정말 훌륭한 인물이야. 내가 항상 말했잖아, 트롯, 너도 잘 알다시피."

고모님이 감탄하고, 트래들스는 정직하면서도 조심스럽게 뒷말을 이어나갔다.

"위크필드 아가씨, 아가씨가 집을 비운 동안 위크필드 선생님께서 상당히 회복하셨다는 소식을 전할 수 있어서 정말 다행입니다. 오랫동안 가슴을 옥죄던 악몽에서, 언제나 가슴을 끔찍하게 짓누르던 근심 걱정에서 벗어나자, 선생님이 완전히 다른 사람처럼 변했답니다. 처음에는 특정 내용을 기억하고 관심을 집중하는 능력이 떨어졌지만, 지금은 많이 좋아져서 선생님이 아니면 저희가 정말 어려웠을 게 분명한 내용까지 또렷하게 파악하도록 여러모로 도와주신답니다. 하지만 당장은 제가 지금까지 희망차게 언급하거나 하마터면 손조차 못 댈 뻔한 제반 상황을 늘어놓는 것보다 저희가 내린 결론부터 말씀드리는 게 좋겠는데, 아주 간단합니다."

자연스럽고 싹싹하고 단순명쾌한 말에서 트래들스가 우리에게 긍정적인 마음을 심어주고 아그네스에게 부친은 대단히 신뢰할 수 있는 인물이라는 사실을 알려주려는 의도가 또렷하게 드러나지만, 그렇다고 해서 기쁨이 줄어드는 건 조금도 없었다.

트래들스는 책상에 가득한 서류를 뒤지면서 계속 말했다.

"자, 어디 보자. 우리한테 남은 기금을 계산하고, 처음에는 고의성 없이 복잡하게 얽힌 내용을 그다음엔 고의로 복잡하게 만들어서 변조한 내용을 정리한 결과, 위크필드 선생님은 법률사무소와 신탁대리

업무를 지금 당장 마무리해도 위탁금 횡령이나 결손금은 조금도 없다는 사실이 확연하게 드러났습니다."

"아, 하느님 고맙습니다!"

아그네스는 감탄하고, 트래들스는 다시 말했다.

"하지만 선생님 앞으로 남는 금액은 - 건물을 팔더라도 - 아주 적어서 금화 몇백 냥을 못 넘길 가능성이 크니, 위크필드 아가씨, 선생님이 지금까지 관리하신 부동산 신탁대리 업무를 계속하는 걸 심각하게 고려할 필요가 있습니다. 아가씨도 아시다시피, 이제 선생님은 자유로우시고 친구들도 도울 터이니, 위크필드 아가씨 자신은 물론 코퍼필드와 저도……."

"충분히 생각했는데, 트롯우드, 그럴 수도 없고 그러면 안 될 것도 같아. 너무 많은 은혜를 베풀어 내가 아주 고마워하는 친구분이 권한다 해도."

아그네스가 나를 쳐다보며 대답하자, 트래들스가 말했다.

"굳이 그러길 권하는 건 아닙니다. 제안은 하는 게 옳다고 느꼈을 뿐, 그 이상은 아닙니다."

그러자 아그네스가 차분하게 대답했다.

"그렇게 말씀하시니 우리 생각이 똑같다는 희망과 확신을 느낄 수 있어서 정말 기쁩니다. 친애하는 트래들스 선생, 그리고 친애하는 트롯우드, 아빠가 명예를 되찾는다면 나는 바랄 게 없답니다! 내가 항상 갈망하던 건, 아빠가 진흙탕에서 빠져나올 수만 있다면 아빠한테 오랫동안 받은 사랑과 관심을 내가 조금이라도 돌려드리는 것, 모든 삶을 아빠한테 헌신하는 거랍니다. 이건 오랫동안 나한테 가장 커다란 소망이었답니다. 내가 아빠를 보살핀다는 건 아빠가 모든 혐의와 책임에서 벗어나는 다음으로 나한테 커다란 행복일 겁니다."

“그 방법에 대해 생각은 했니, 아그네스?”

“충분히! 나는 두렵지 않아, 친애하는 트롯우드. 확실하게 해낼 자신이 있어. 주변에 사는 많은 사람이 나를 좋게 생각하니까 자신 있어. 나를 의심하지 마. 우리한테 필요한 건 재물이 아니야. 정겨운 옛집은 월세를 주고 학교를 운영한다면, 나름대로 유익하고 행복하게 살 수 있을 거야.”

쾌활한 목소리에서 차분한 열정을 느끼는 순간, 나는 정겨운 옛집과 적막한 우리 집이 생생하게 떠올라 말문이 막히도록 가슴이 먹먹했다. 그러자 트래들스가 서류를 바쁘게 뒤지는 척하다 말했다.

“다음은 트롯우드 고모님 재산에 관한 얘깁니다.”

“으음, 그것에 대해 내가 하고 싶은 말은, 재산이 모두 사라졌다 해도 나는 그럭저럭 견디겠다는 것, 하지만 사라지지 않았다면 기꺼이 돌려받겠다는 거야.”

고모님이 한숨을 내쉬며 말하자, 트래들스가 물었다.

“원래 정부 채권에 투자한 금액이 금화 8천 냥이었지요?”

“맞아!”

고모님이 대답하자, 트래들스가 이해할 수 없다는 표정으로 말했다.

“그런데 제가 포착한 금액은 금화 5…….”

“5천 냥이라는 건가? 아니면 그냥 다섯 냥이라는 건가?”

고모님이 차분하게 묻자, 트래들스가 대답했다.

“5천 냥이요.”

“투자한 건 그게 전부야. 3천은 내가 팔았거든. 천 냥은 네 계약금으로 냈다, 트롯. 나머지 2천 냥은 내가 지니고. 나머지를 모두 잃는 순간에 나는 2천 냥에 대해 말하지 않고 비상시를 대비해서 은밀하게 보관해야겠다고 생각했어. 네가 어려운 시기를 헤쳐나오는 모습도 보고 싶었는데, 트롯, 지금까지 정말 훌륭하게 해냈구나…… 혼자 힘으로 줄기차게 노력하며! 딕도 그렇고. 아무 말도 하지 마, 신경이 살짝 흔들릴 것 같으니까!"

똑바로 앉아서 팔짱 낀 모습에 미처 누구도 그런 생각을 못 했지만 그건 고모님이 정말 대단한 자제력을 발휘한 결과에 불과했다.

"그렇다면 저희가 돈을 회수했다는 사실을 기쁘게 알려드리겠습니다!"

트래들스가 선언하며 기뻐하자, 고모님이 말했다.

"나한테 축하한다고 말하지 말게, 아무도! 그런데 어떻게?"

"고모님은 원래 위크필드 선생님이 횡령했다고 생각하셨지요?"

트래들스가 묻자, 고모님이 대답했다.

"당연하지. 그래서 입을 다문 거야. 아그네스, 말하지 마!"

트래들스가 다시 말했다.

"고모님이 선생님께 권한을 위임해서 채권이 팔린 건 맞습니다. 하지만 실제로 판 사람이 누구고 실제로 서명한 사람 역시 누군지 굳이 말씀드릴 필요는 없겠지요. 악당 놈이 (일반적인 방침에 따라) 모든 돈을 확보하고 다른 결손금과 한계를 숨기려고 액수까지 보여주며 위크필드 선생님을 속인 거예요. 위크필드 선생님은 난감한 상황에 무기력증까지 겹쳐, 존재하지도 않는 원금에 대해 고모님한테 이자를 지급할 수 없으니, 결과적으로 사기에 가담하는 불행한 사태가 벌어졌고요."

고모님이 덧붙였다.

"그래서 마침내 혼자 모두 책임지고 나한테 엉뚱한 편지를 보내서 자신은 나쁜 놈이니 도적놈이니 하고 자책한 거야. 나는 편지를 받은 다음 날 아침 이른 시각에 찾아가, 촛불을 가져오라고 해서 편지를 태우고 위크필드 선생한테 말했어, 모든 걸 정상으로 돌려놓을 수 있다면 그렇게 하라고, 하지만 그럴 수 없다면 외동딸을 위해서 입을 꼭 다물라고……. 누구도 입 열지 마, 내가 그냥 나갈 수도 있으니!"

우리 모두 침묵하고 아그네스는 두 손으로 얼굴을 가렸다.

"으음, 그런데 자네가 그놈한테서 내 돈을 찾았다는 게 사실인가?"

잠시 후에 고모님이 묻자, 트래들스가 대답했다.

"아아, 사실대로 말씀드리자면, 미코버 아저씨가 그놈을 궁지로 완벽하게 몬 데다 기존 방법이 실패할 것 같을 때마다 새롭게 사용할 방법까지 준비해서 그놈으로선 도저히 빠져나갈 구멍이 없었답니다. 정말 놀라운 사실은 그놈이 많은 돈을 횡령한 데에는 사리사욕을 채우려는 목적도 있지만, 어이없게도, 코퍼필드한테 품은 원한 때문이기도 했다는 겁니다. 자기 입으로 노골적으로 말했으니까요. 코퍼필드를 해치거나 앞길을 막을 수 있다면 그 돈을 얼마든지 썼을 거라는 말조차 했답니다."

"흥!"

고모님이 콧방귀를 뀌고 이맛살을 찡그린 채 깊이 생각하더니, 아그네스를 힐끗 쳐다보며 물었다.

"그래서 그놈은 어떻게 됐나?"

"모르겠습니다. 모친이란 여자는 끊임없이 울고불고 하소연하며 비밀을 털어놓았답니다. 그러다가 아들과 함께 떠났습니다. 런던행 야간 역마차를 타고 사라졌으니 그놈 근황을 파악할 방법은 이제 없네요, 떠나는 순간조차 저를 엄청나게 저주했다는 것 말고는. 저에 대한 원한이 미코버 아저씨와 비교해도 떨어지지 않는 것 같아, 저는 커다란 영광으로 여기겠다고 대답했답니다."

"그놈이 돈은 있는 것 같던가, 트래들스?"

내가 묻자, 트래들스가 심각한 표정으로 고개를 끄덕이면서 대답했다.

"그럼, 당연히 그렇다고 봐야지. 이런저런 방식으로 상당한 돈을 챙긴 것 같아. 하지만 그놈이 살아온 행적을 살핀다면, 코퍼필드, 돈이 있다고 해서 나쁜 짓을 안 할 놈은 절대 아니야. 그놈은 위선으로 가득해서 어떤 목적을 추구하든 부정한 방법을 동원할 수밖에 없어. 스스로 억제한 내면세계를 밖으로 드러내는 유일한 배출구거든. 사소한 목적을 달성하려고 언제나 땅바닥을 기어 다니니까 바닥에 널린 방해물은 무엇이든 커다랗게 보이고, 따라서 순수한 마음으로 가로막는 사람은 누구든 증오하고 의심할 수밖에 없는 거야. 그래서 극히 사소한 이유로 혹은 아무런 까닭도 없이, 사악한 성질이 언제라도 더욱 사악하게 변할 수 있는 거지. 여기에서 벌인 사건만 봐도 충분히 알 수 있잖아."

"정말 비열한 괴물이야!"

고모님이 소리치자, 트래들스가 깊이 생각하는 표정으로 말했다.

"저는 생각이 약간 다르답니다. 사람은 누구나 비열한 쪽으로 마음을 기울이다 보면 언제든 비열하게 변할 수 있으니까요."

"그럼 미코버 선생 얘기를 해보세."

고모님이 제안하자, 트래들스가 쾌활하게 말했다.

"으음, 정말이지, 미코버 아저씨는 정말 크게 칭찬할 수밖에 없어요. 아저씨가 꾹 누르며 인내하지 않았더라면 우리로선 이렇게 중요한 문제를 해결할 희망조차 품을 수 없었을 테니까요. 아저씨가 입을 꾹 다무는 걸 전제로 유라이어 힙한테 따낼 수 있었던 조건을 생각하면 저희는 미코버 아저씨한테 그만큼 보상할 방법에 대해 고민해야 마땅하다고 생각합니다."

"저도 그렇게 생각합니다."

내가 거들자, 고모님이 물었다.

"그렇다면 어떻게 하는 게 좋겠나?"

그러자 트래들스가 약간 당혹스러운 표정으로 말했다.

"아! 그 이야기를 하기 전에, 몹시 어려운 문제를 – 처음부터 끝까지 법에 의존하지 않았으니 – 법 없이 정리하느라 안타깝게도 (혼자 모든 걸 처리한 한계로) 중요한 얘기 두 개를 빼먹었다는 사실부터 언급해야겠네요. 미코버 아저씨가 봉급을 당겨 받느라 그놈한테 여러 차례 건넨 차용증서……"

"으음! 갚으면 되겠지."

고모님이 말하자, 트래들스가 쳐다보며 대답했다.

"네. 하지만 그놈이 차용증서를 언제 어떻게 내밀지 모르겠습니다. 제가 예상하는 건 아저씨가 출국하기 전에 한 장씩 내밀어서 구속하는 형식을 반복하는 겁니다."

"그렇다면 매번 풀어줘야겠군. 모두 합치면 얼마나 되지?"

고모님이 묻자, 트래들스가 빙그레 웃으며 대답했다.

"미코버 아저씨는 거래할 때마다 – 아저씨가 거래라고 부르니까 하는 말인데 – 장부에 거창하게 적었는데, 총액은 금화 일백 석 냥에 은화 다섯 냥입니다."

"그렇다면 우리가 그 액수 이상을 미코버 선생한테 건네는 건 어떨까? 얘야, 아그네스, 너랑 나랑 비용을 나누는 방법에 대해 나중에 논의하자꾸나. 대략 금화 오백 냥이면 어떨까?"

고모님이 말하자, 트래들스와 내가 동시에 반대했다. 돈을 조금씩 나눠서, 유라이어가 채권을 행사할 때마다 지급하는 방식을 추천했다. 그리고 가족이 이민하는 데 필요한 뱃삯과 비용에 금화 백 냥을 더

주고, 당겨쓴 봉급에 대한 채권을 갚을 때마다 미코버 아저씨에게 확실한 약정을 받아서 책임감을 느끼도록 하는 방법도 제안했다. 여기에다 나는 충분히 믿을 수 있는 패거티 아저씨에게 미코버 아저씨 성격과 경력을 자세히 설명하고 금화 백 냥을 은밀하게 건네서 미코버 아저씨를 돕도록 하는 방법을 추가로 제안했다. 나아가, 미코버 아저씨에게 패거티 아저씨가 살아온 이야기를 적당한 선에서 알려주어 관심을 가지고 친밀하게 대하도록, 그래서 공동 이익을 위해 서로 협조하도록 하는 방법까지 제안했다. 이런 제안에 모두가 바람직하다며 동의하니, 미리 덧붙이자면, 두 사람은 나중에 이런 원칙에 합당하게 행동하면서 금방 좋은 사이가 되었다.

나는 트래들스가 고모님을 다시 걱정스러운 표정으로 바라보는 걸 알아채고 두 번째 중요한 내용이 무언지 물었다. 그러자 트래들스가 주저하며 설명했다.

"행여나 내가 몹시 아픈 문제를 거론하는 건 아닌가 매우 걱정스러운데, 정말 그렇다면 자네도 그렇고 고모님께서도 용서하시기 바라는데, 하지만 모른 척 넘어가면 안 될 것 같아서 말이야. 미코버 아저씨가 엄청난 비리를 폭로하던 날에 유라이어 힙은 자네 고모님을 위협했어...... 남편에 대해."

고모님은 뻣뻣한 자세를 유지한 채 차분하게 고개를 끄덕여서 인정하고, 트래들스는 계속 말했다.

"무의미한 협박인가요?"

"아니야."

고모님 대답에 트래들스가 애매하게 돌려서 물었다.

"죄송합니다만, 실제로 그분이 유라이어가 마음대로 할 수 있는 위치에 계신가요?"

"그래."

고모님 대답에 트래들스는 시무룩한 표정을 떠올린 채, 자신은 이 문제 역시 적절하게 처리할 수 없었다고, 미코버 아저씨 채권과 마찬가지로 자신은 거기에 아무런 조건도 못 달았다고, 이제 자신은 유라이어 힙을 제지할 수단이 없다고, 그놈이 우리에게, 혹은 우리 가운데 누구에게 해를 입히거나 고통을 줄 수 있다면 분명히 그렇게 할 거라고 설명했다.

고모님은 가만히 침묵했다. 그러다가 눈물이 두 뺨을 타고 다시 흘러내리는 가운데 입을 열었다.

"일부러 알려주어서 고맙네."

"혹시 제가 - 혹은 코퍼필드가 - 도와드릴 일이 있나요?"

트래들스가 다정하게 묻자, 고모님이 대답했다.

"없네. 정말 고맙네. 얘야, 트롯, 이제 쓸데없는 협박이야! 그러니 미코버 부부나 다시 부르자꾸나. 누구든 나한테 아무 말 말고!"

그러더니 고모님이 치맛자락 주름살을 정리하고 앉아서 상체를 똑바로 편 채 방문을 쳐다보았다. 그리고 두 사람이 들어오자 고모님이 말했다.

"으음, 미코버 선생과 부인! 당신네가 이민 가는 문제에 대해 지금까지 논의하느라 밖에서 오래 기다리게 해서 정말 미안하오. 이제 우리가 결정한 내용을 제안하겠소."

고모님이 설명하자 자녀를 포함해 그 자리에 있던 그 집 가족 모두 좋아하고, 미코버 아저씨는 어음거래를 개시할 때 보이는 습관을 유감없이 발휘해, 사람들이 아무리 설득해도 안 듣고 약속어음에 붙일 인지를 사러 의기양양하게 뛰쳐나갔다. 하지만 갑자기 제지당했으니, 불과 5분 만에 법원 집행관에게 잡혀서 돌아와, 눈물을 펑펑 흘리면서 이제 모든 게 끝났다고 한탄한 것이다. 우리는 유라이어 힙이 고발할 거란 사실을 당연히 예상한 터라 곧바로 돈을 지급했다. 그리고 5분이 또 지난 다음에는 미코버 아저씨가 탁자에 앉아서 완벽하게 기쁜 표정으로 인지를 붙이는데, 펀치 술을 만들 때 그러하듯 얼굴이 참 환했다. 아저씨는 화가가 작품을 다루듯 정성스럽게 인지를 붙여서 옆으로 바라보고 수첩에 날짜와 액수를 진지하게 적더니, 작업을 모두 마친 다음에는 극히 소중한 작품이라는 듯 찬찬히 바라보며 감탄하는 모습이 정말 볼만했다. 그런 아저씨를 고모님이 말없이 지켜보다가 입을 열었다.

"내가 한 마디 충고해도 괜찮다면, 선생은 앞으로 그런 일을 영원히 포기하는 편이 제일 좋을 거요."

그러자 미코버 아저씨가 대답했다.

"마님, 그렇지 않아도 저는 새로운 삶을 여는 첫 페이지에다 그렇게 맹세할 생각입니다. 미코버 부인이 확인하고요."

그러더니 엄숙한 어투로 이어나갔다.

"우리 아들 윌킨스 역시 불행한 부친을 악습으로 빠뜨린 독사 같은 서류를 취급하느니 차라리 그 손을 불 속에 넣는 게 훨씬 좋다는 교훈을 마음에 영원히 새길 거라고 확신합니다!"

미코버 아저씨는 자기 말에 깊이 감동하고 순간적으로 좌절한 기색을 드러내며 정말 혐오스럽다는 표정으로 독사 같은 서류를 가만히 쳐다보더니, 곱게 접어서 주머니에 넣는데, 그걸 숭배하는 느낌이 완전히 사라진 건 아니었다.

이것으로 그날 초저녁에 처리할 일은 모두 끝났다. 우리는 슬픔과 피로에 지치고, 고모님과 나는 내일 런던으로 돌아갈 예정이었다. 미코버 가족은 가재도구를 중간상인에게 모두 넘기고 우리를 따라 런던으로 오고, 위크필드 선생님 사건은 트래들스를 중심으로 최대한 빠르게 해결하고, 그 일을 마무리하는 동안 아그네스 역시 런던에서 지내기로 했다. 우리는 정겨운 옛집에서 하룻밤을 보내는데, 힙 모자가 없어서 그런지 병원균을 깨끗하게 소독한 느낌이었다. 그래서 나는 예전에 쓰던 정겨운 방에 누워, 사방을 떠돌다 집으로 돌아온 방랑자처럼 곤하게 잤다.

우리는 다음 날 내 집이 아니라 고모님 댁으로 돌아가, 잠자리에 들기 전에 예전처럼 단둘이 앉자, 고모님이 물었다.

"내가 최근에 무슨 일에 매달렸는지 정말로 알고 싶니, 트롯?"

"당연하죠, 고모님. 제가 함께하지 않고 고모님 혼자 슬퍼하며 걱정하는 걸 원치 않을 때가 있다면 그건 바로 지금입니다."

내가 대답하자, 고모님이 다정하게 말했다.

"내가 겪는 사소한 슬픔을 덧붙이지 않아도 너는 이미 커다란 슬픔을 충분히 겪었단다, 얘야. 너한테 말하지 않은 까닭은 그것밖에 없어, 트롯."

"저도 잘 알아요. 그러니 이제 말씀하세요."

"내일 아침 나랑 마차를 타고 어디 좀 갈래?"

"당연하죠."

"아홉 시에. 그때 가서 말하마."

고모님이 말한 대로 우리는 아홉 시에 나와서 조그만 마차를 타고 런던으로 달렸다. 시내를 지나 한참을 달리자, 커다란 병원이 나왔다. 병원 바로 옆에는 초라한 영구마차 한 대가 기다렸다. 마부는 고모님을 알아보고 창가에서 하는 손짓에 따라 마차를 천천히 몰고, 우리는 뒤를 따랐다.

"이제 알겠니, 트롯? 그 양반이 떠났단다!"

“병원에서 돌아가신 건가요?”

“그래.”

고모님은 바로 옆에 앉아서 꼼짝도 안 했다. 하지만 나는 뺨을 타고 흐르는 눈물을 다시 보았다. 얼마 후에 고모님이 입을 열었다.

“그 양반은 예전부터 저기서 지냈어. 오랫동안 앓았지. 지난 몇 년 동안 온몸이 망가졌어. 그러다 떠날 때를 깨닫고 나한테 사람을 보냈더구나. 미안하다면서. 정말 미안하다면서.”

“그래서 찾아가셨군요, 고모님.”

“그래, 찾아갔다. 그러고선 곁을 계속 지켰지.”

“그럼 우리가 캔터베리로 떠나기 전날 밤에 돌아가신 건가요?”

내가 묻자, 고모님이 고개를 끄덕이다 말했다.

“이제 저 양반을 괴롭힐 사람은 아무도 없어. 쓸데없는 협박이야.”

마차는 시내에서 벗어나 혼시 근처 공동묘지로 들어서고, 고모님은 말했다.

“시내보다 여기가 좋아. 저 양반이 여기서 태어났거든.”

우리는 마차에서 내려, 초라한 관을 따라서 지금도 생생하게 기억나는 모퉁이로 갔다. 그리고 시신을 땅에 묻는 의식을 치렀다. 마차로 돌아올 때 고모님이 말했다.

“삼십육 년 전 오늘이란다, 얘야, 내가 결혼한 건. 하느님, 저희를 용서하소서!”

우리는 자리에 말없이 앉았다. 고모님은 바로 옆에 앉아서 오랫동안 내 손을 꼭 잡았다. 그러더니 갑자기 눈물을 터트리며 한탄했다.

“내가 결혼할 때만 해도 풍채가 좋았는데, 트롯…… 지금은 구슬프게 변했더구나!”

이런 분위기는 오래가지 않았다. 고모님은 눈물을 펑펑 흘리다 진정하자, 평정심을 되찾은 건 물론 쾌활한 모습까지 드러냈다. 그리곤 잠시 마음이 흔들렸다고, 이제 끝났다고, 하느님 저희를 용서하소서! 하고 말했다.

우리는 조그만 마차를 타고 하이게이트로 그렇게 돌아왔다. 미코버 아저씨가 보낸 편지 한 장이 아침에 도착한 상태였다.

켄터베리에서, 금요일에.

친애하는 마님, 그리고 코퍼필드.

아름다운 약속의 땅이 최근에 수평선 너머로 희미하게 보이더니, 지금은 앞을 내다볼 수 없는 안개가 또다시 휘몰아쳐, 이리저리 떠돌다 운명적으로 갇힐 수밖에 없는 비참한 인간을 영원한 나락으로 떨어뜨렸습니다! 유라이어 힙이 다시 고소하고 웨스트민스터 고등법원에서 다시 영장을 발부해, 사건 피고는 이곳에서 사법권을 행사하는 집행관의 먹잇감이 되었습니다.

지금이 그날이니, 지금이 그때니,
낮게 드리운 전선을 보라,
자랑스럽게 다가오는 에드워드 군대를 보라……
굴욕적인 쇠사슬을![33]

저는 지금 여기에 묶여서 종말로 치달으니, 정신적인 고통은 한계선으로 치달을 수밖에 없고, 드디어 그것까지 넘으니, 이제 남은 건

33) '석별의 정'을 쓴 스코틀랜드 시인 로버트 번스가 쓴 시. 에드워드는 에드워드 2세를 말하는데, 1314년 배넉번에서 로버트 브루스가 이끄는 스코틀랜드 군대에 패배한다. 이 시는 전제군주와 침략자를 모두 규탄하는 내용으로, 민족주의 감성과 함께 혁명적이면서도 로맨틱한 감성이 풍부하다.

파멸밖에 없습니다. 아아, 애통하도다! 먼 훗날에 나그네가 호기심과 동정심을 품고 여기 채무자 교도소를 찾아오거든, 녹슨 못으로 벽에 새긴 흔적을 보고 깊은 생각에 빠져들길 바라노라.

머리글자조차 모호한

W. M.

추신. 편지를 다시 열어, (여전히 우리 곁에 머물고 표정도 좋은) 우리 친구 토마스 트래들스 선생께서 고상하신 트롯우드 아씨 이름으로 위에서 언급한 채무비용을 지급했으니, 저와 우리 가족은 세속적인 행복에 흠뻑 빠져들었다고 덧붙입니다.

CHAPTER 55. 폭풍우[34)]

평생 못 잊을 끔찍한 사건을, 유년기부터 시작해 조금 전까지 발생한 모든 사건과 다양하게 이어지는 일생일대의 사건을 접하니, 평야를 걷는 나그네 앞에 서서히 나타나는 거대한 탑처럼 끔찍한 광경이 점차 확대되면서 내가 어릴 적에 겪은 모든 사건에 예언의 그림자를 드리우는구나!

사건이 일어나고 오랜 세월 동안 그 광경은 꿈속에 툭하면 나타났다. 너무나 생생한 충격에 깜짝 놀라며 깨어나면 그 분노는 고요한 밤 조용한 침실에서 여전히 끓어오르는 것 같았다. 세월이 흐르면서 희미하게 변했지만, 나는 지금도 당시 광경을 꿈꾼다. 폭풍우는 물론 바닷가라는 가벼운 표현만 들어도 그 장면이 마음속에서 무엇보다 강력하고 생생하게 떠오른다. 지금부터 그 장면을 눈앞에서 벌어지듯 생생하고 또렷하게 기록할 예정이다. 아니, 지금도 바로 앞에서 그대로 펼쳐

34) 찰스 디킨스가 쓴 편지에 의하면, 당시에 바다에서 상선 여러 척이 침몰해 수많은 목숨을 앗아갔다는 엄청난 뉴스를 접하고 커다란 충격에 싸여서 보름 후에 이 글을 썼다.

지니, 이건 단순한 회상이 아니라 지금도 구체적으로 일어나는 현실 자체다.

이민 선박이 돛을 올릴 시간은 빠르게 다가오고, 착하디착한 유모는 런던으로 올라오더니, 나를 보자마자 깊은 슬픔에 빠져들어 마음이 무너진 듯 울었다. 나는 유모 곁에 항상 머물며, 당시에 많은 시간을 함께 보내던 패거티 아저씨와 미코버 부부하고 어울렸다. 하지만 에밀리는 한 번도 볼 수 없었다.

출항 시간이 임박한 어느 날 초저녁, 나는 패거티 유모와 그 오빠를 만나 셋이서 시간을 보냈다. 우리 대화는 햄으로 모였다. 유모는 햄이 자신을 얼마나 다정하게 환송했는지, 얼마나 씩씩하고 차분하게 살아가는지 설명했다. 최근에 유난히 힘들어하는 게 분명한데도 그런다면서 말이다. 유모는 애정이 많아서 햄 이야기만 나오면 언제나 지칠 줄 모르고, 우리 역시 햄이 살아가는 모습에 관심이 많으니, 햄과 함께 많은 시간을 보낸 유모가 풀어놓는 이야기에 유모 못지않은 관심을 보였다.

당시에 고모님과 나는 하이게이트에 있는 집 두 채를 비울 예정이었다. 나는 해외로 나가고, 고모님은 도버 옛집으로 돌아가기로 한 것이다. 그래서 런던 중심가 코번트 가든에 임시숙소를 잡은 터였다. 이날도 초저녁 만남을 끝내고 임시숙소를 향해 걸으며 야머스에서 햄과 단둘이 마지막으로 나눈 이야기를 곰곰이 떠올렸다. 에밀리에게 보내는 편지를 마지막으로 헤어지는 자리에서 패거티 아저씨에게 건네는 편보다는 지금 당장 편지를 작성해서 건네는 편이 좋을 것 같았다. 에밀리가 편지를 받고서 나를 통해서나마 불행한 약혼자에게 작별인사를 하고 싶을 수도 있겠다는 생각이, 최소한 기회는 주어야 한다는 생각이 들었기 때문이다.

나는 임시숙소에서 잠자리에 들기 전에 책상에 앉아, 에밀리에게 편지를 썼다. 내가 햄을 만나, 앞에서 충분히 언급한 내용을 전하라는 부탁을 받았다는 내용이다. 나는 햄이 부탁한 말을 충실하게 적었다. 과장할 필요도, 그럴 권리도 없었다. 굳이 덧붙이지 않아도, 그 자체로 영원한 사랑과 의지가 충분히 묻어나왔다. 나는 패거티 아저씨가 다음 날 아침에 받도록 에밀리에게 전해달라 부탁하는 쪽지와 함께 편지를 부치고 동녘이 터올 즈음에 잠자리에 들었다.

당시에 나는 내가 생각한 이상으로 쇠약했다. 태양이 완전히 떠오를 때까지 잠을 이룰 수 없어서 다음 날은 온종일 찌뿌둥했다. 침대 곁으로 고모님이 조용히 다가오는 느낌에 화들짝 깨기도 했다. 그걸 잠자다 느꼈다. 아마 독자 여러분도 그런 적이 있을 것이다.

내가 눈을 뜨자, 고모님이 말했다.

"얘야, 트롯, 너를 깨우고 싶은 마음은 없다만, 패거티 선생께서 찾아오셨구나. 올라오시라고 할까?"

나는 그러라 대답하고 아저씨는 금방 나타났다. 그리고 나와 악수한 다음에 말했다.

"데이비 도련님, 편지를 건네니까, 에밀리가 답장을 쓰더니, 도련님이 읽어보고 괜찮다 싶으면 그쪽으로 보내는 은혜를 베푸십사 부탁하라고 신신당부하더군요."

"아저씨도 읽어보셨나요?"

내가 묻자, 아저씨는 슬픈 표정으로 고개를 끄덕였다. 나는 편지를 꺼내서 읽었다. 이런 내용이었다.

> 보내신 내용은 잘 읽었습니다. 아, 오빠가 친절하고 선량한 마음으로 전달을 부탁하신 너무나 고마운 내용에 감사하는 마음을 글로 어떻

게 담을 수 있을까요!

전달받은 말씀은 제 가슴속 깊이 담겠습니다. 죽을 때까지 간직하겠습니다. 하나같이 날카로운 가시 같지만 많은 위로도 됩니다. 말씀을 읽으면서 계속 기도했습니다, 아, 수없이 기도했습니다. 오빠가 어떤 사람이고 외삼촌이 어떤 사람인지 깨닫고 하느님에게 매달리며 기도했습니다.

이제 영원히 작별입니다. 친애하는 오빠며 친구여, 이 세상에서 영원히 작별입니다. 저세상에서 행여나 용서받는다면 아이로 다시 태어나서 오빠에게 가겠습니다. 너무나 감사하고 고맙습니다. 안녕히 계세요, 언제나.

눈물로 얼룩진 편지였다. 내가 다 읽자, 패거티 아저씨가 물었다.

"문제 될 건 없다고, 도련님이 편지를 전할 거라고 에밀리한테 말해도 될까요?"

나는 대답했다.

"당연하죠. 하지만 제가 생각하기에……"

"네, 데이비 도련님?"

"제가 생각하기에, 야머스로 당장 내려가는 게 좋겠네요. 배가 떠나기 전에 돌아올 시간은 충분하니까요. 햄이 혼자서 외로울 걸 생각하면 늘 안타까워요. 에밀리 편지를 당장 건네서, 우리가 작별하는 순간에 아저씨가 에밀리한테 햄이 읽었다고 말할 수 있다면 두 사람한테 좋을 거예요. 저는 햄한테 엄숙한 부탁을 받았으니, 이번 일을 아무리 완벽하게 처리해도 부족할 것 같아요. 제가 바로 다녀오는 정도는 아무것도 아니에요. 마음이 급하니, 빨리 서두는 게 좋겠어요. 당장 오늘 밤에 내려가겠습니다."

아저씨는 안쓰러워서 만류하지만, 속마음은 똑같다는 걸 나는 느꼈다. 마음만 먹으면 그 정도는 쉽게 확인할 것 같았다. 아저씨는 내가 부탁한 대로 돌아가는 길에 역마차 사무실에 들러서 마부석 옆자리를 예약했다. 그리고 나는 초저녁에 그 역마차를 타고, 이런저런 우여곡절을 겪으며 오가던 도로를 다시 내달렸다.

런던을 벗어난 첫 번째 역에서 마부에게 물었다.

"하늘이 정말 이상하지 않나요? 저런 하늘은 생전 처음 보는 것 같아요."

"제가 보기에도 그러네요. 바람도 그렇고요, 나리. 이러다간 바다에서 험한 꼴이 일어나고 말겠어요."

하늘에 음산한 기운이 가득했다. 축축한 연료에서 뿜어대는 연기처럼 까만 색깔이 여기저기 얼룩지고 먹구름은 이리저리 날아다니며 거대하게 뭉치는 게, 지구에서 제일 깊은 구덩이보다 깊은 것 같고, 그 사이로 힘겹게 떠오른 달은 끔찍하게 뒤엉키는 자연법칙에 겁먹어 길을 잃고 곤두박질치는 것 같았다. 물론 바람이 온종일 불었지만, 지금은 굉음까지 엄청났다. 한 시간이 지나는 동안 굉음은 끊임없이 커지고 하늘은 먹구름이 짙어지고 바람은 더욱 거세게 불었다.

밤이 깊어가는 동안, 먹구름은 한층 더 짙어지면서 온 하늘을 까맣게 휘감고, 바람은 한층 거세고 강하게 불어닥쳤다. 더욱 강하게 변하는 바람에 결국 마차를 끄는 말 네 필도 제대로 달릴 수 없었다. 당시는 9월 말이라서 밤이 짧은 건 아니지만, 사방이 깜깜하니 앞에서 달리던 말 두 필이 툭하면 방향을 바꾸거나 갑작스레 멈추고, 그럴 때마다 우리는 마차가 뒤집히지나 않을까 심각하게 우려했다. 본격적인 폭풍우에 앞서서 거센 소낙비가 쇳덩이 장대비처럼 후다닥 몰아치고, 그럴 때마다 더는 나아갈 수 없어서 나무 밑이든 담장 옆이든 비를 피할

만하면 재빨리 피신할 수밖에 없었다.

동이 트면서 바람은 더욱 거세게 불었다. 야머스에서 뱃사람들이 대포 바람이라고 말하는 바람도 겪었지만 이렇게 불어대는 바람은 물론 비슷한 바람조차 본 적이 없었다. 런던을 16km 벗어난 지점부터 마차가 너무 힘겹게 나아간 터라 입스위치에 아주 늦은 시각에 도착하니 시장에 옹기종기 모인 사람들이 보이는데, 굴뚝이 무너질까 두려워서 뛰쳐나왔다는 것이다. 이 가운데 일부는 우리가 말을 바꾸는 동안 여인숙 마당에 모여, 성당 드높은 탑에서 함석지붕이 뜯기며 골목으로 무섭게 날아가 길을 완전히 틀어막았다고 알려주었다. 인근 마을에서 왔다는 사람들은 거대한 나무가 뿌리째 뽑히고 볏단 전체가 들판과 도로 여기저기로 흩날렸다고 말했다. 그런데도 바람은 가라앉지 않고 더욱 강하게 불어닥쳤다.

강력한 바람이 해안으로 끔찍하게 불어대는 바다를 향해 마차가 조금씩 힘겹게 나아가는 동안, 그 힘은 더욱 엄청나게 변하기만 했다. 바다가 보이기 훨씬 전부터 파도에서 부서진 물보라는 우리 입술을 적시고 소금물 소낙비는 우리 몸에 떨어졌다. 바닷물이 범람해 야머스 인근 저지대 수십 km가 잠기고 제방마다 웅덩이가 질편하게 파이고 조그만 파도는 우리에게 신경질적으로 달려들었다. 바다가 보이는 지점에 들어서자, 수평선 끝에서 요동치며 몰아치는 파도는 얼핏 보기에 해안 건너편에 올라선 높은 탑과 건물 같았다. 마침내 시내로 들어서자, 사람들이 허리를 숙인 채 머리칼을 펄럭이며 나와서 역마차가 이렇게 끔찍한 밤 날씨를 뚫고 나타났다는 사실에 놀랐다.

나는 예전부터 묵던 여인숙에 여장을 풀고는 바다를 구경하려고 거리를 따라 비틀비틀 나아갔다. 모래와 해초가 사방에 널리고 바다 거품이 이리저리 날렸다. 지붕 슬레이트와 기와가 떨어질까 두려웠다.

도중에 만난 사람은 바람이 거센 모퉁이에서 나를 붙잡기도 했다. 해안으로 다가가자, 뱃사람은 물론이고 마을 사람 절반이 건물 뒤에 숨었는데, 일부는 거센 비바람을 뚫고 바다를 살피려고 용감하게 도전하다 비틀거리며 돌아오려 애쓰지만, 거센 바람에 엉뚱한 방향으로 밀리기 일쑤였다.

이런 사람들 사이에서 아낙네들이 울부짖는데, 청어를 잡거나 굴 따는 배를 타고 멀리 나간 남편이 미처 피신할 새도 없이 바다에 가라앉을 거라 걱정할 근거는 충분했다. 나이를 먹어서 머리칼이 하얀 뱃사람도 사이사이에 끼어서 바다와 하늘을 번갈아 쳐다보고 머리를 절레절레 흔들며 서로 속닥거리고, 선주들은 초조한 마음에 발을 동동 구르고, 아이들은 자기네끼리 모여서 어른들 얼굴을 힐끔힐끔 살피고, 체격이 단단한 뱃사람조차 불안하고 초조한 표정으로 은신처에 숨어서 망원경으로 바다를 살피는 모습이 마치 적군이라도 탐색하는 것 같았다.

마구 몰아치는 엄청난 바람, 이리저리 휘날리는 돌멩이와 모래, 끔찍한 굉음에 시달리며 나름대로 빈틈을 찾아서 바라본 바다는 나를 무시무시하게 압도했다. 파도는 드높은 벽을 이루다 꼭대기에서 부서지며 우르르 달려드는 게, 제일 조그만 놈이라도 마을 정도는 단숨에 집어삼킬 것 같았다. 물러나는 파도는 거대한 함성을 내지르면서 바닥을 휩쓸어 모래사장 여기저기에 깊은 동굴을 파내는 게 마치 지구 전체를 무너뜨리려는 것 같았다. 머리가 하얀 파도는 우르르 달려들다 육지에 도착하기 전에 서로 충돌하며 산산이 부서지고, 그 파편은 거대한 분노와 전지전능한 힘으로 서로를 끌어모아서 새로운 괴물을 만들어냈다. 굽이치는 산맥은 골짜기로 변하고, 굽이치는 골짜기는 (폭풍우를 알리는 새가 외롭게 스치며 날아가는 가운데) 산맥으로 다시 일어나서 쾅! 하는 거대한 소리와 함께 해안을 뒤흔들고, 온갖 형상으로 요란하게 달려들다 다양하게 변하며 또 다른 형상과 부닥치고, 수평선 끝에 드높은 탑과 건물을 세운 해안은 일어나다 꺼지고, 먹구름은 순식간에 나지막이 깔리며 빽빽하게 모여드는 게, 천지개벽이라도 일어나는 것 같았다.

지금도 그곳 사람들은 유례없이 거대한 바람이 해안으로 불어닥쳤다고 기억하는데, 그런 바람이 불러모은 사람들을 아무리 둘러보아도 햄은 안 보여, 나는 집으로 찾아갔다. 문은 닫히고 아무리 두드려도 나오는 사람이 없어, 이번에는 골목길과 뒷길을 이용해 햄이 일하는 작업장으로 찾아갔다. 그리고 긴급히 수리할 선박이 있어서 로우스토프트로 출장을 떠났는데, 내일 아침이면 돌아올 거란 말을 들었다.

나는 여인숙으로 돌아가서 몸을 씻고 옷을 갈아입은 다음에 잠자리에 들었으나 소용이 없었다. 오후 다섯 시에 불과했다. 그래서 식당 벽난로 옆에 앉아 5분 정도를 보낼 즈음에 웨이터가 불길을 살린다는 핑계로 다가와서 석탄선 두 척이 일꾼을 태운 상태로 오륙 킬로미터 떨어진 해상에서 침몰하고, 외항에서 해안을 벗어나려고 죽을 똥까지 싸며 애쓰는 선박도 여러 척이라고 알려주었다. 그러더니, 오늘 밤도 간밤 같다면 그들 모두에게, 불쌍한 뱃사람 모두에게 자비를 베푸소서, 하느님! 하고 한탄했다.

나는 기분이 정말 울적하고 고독했다. 상황이 이렇게 심각한데도 햄이 집에 없다는 게 너무나 불안했다. 최근에 여러 사건을 잇달아 겪으면서 나도 모르는 사이에 심리적으로 많이 위축되고 무서운 바람에 오랫동안 시달리느라 마음이 혼란스러웠다. 이런저런 생각과 회상이 뒤엉켜서 시간과 거리 개념조차 모호했다. 런던에 있을 게 분명한 사람을 그곳에서 마주친다 해도 전혀 안 놀랄 것 같았다. 마음이 이상할 정도로 텅 빈 느낌이었다. 그러면서도 이곳에서 겪은 다양한 기억이 정신없이 빠르게, 유난히 생생하고 또렷하게 떠올랐다.

이런 상태에서 종업원에게 들은, 위험에 처한 선박이 여럿이라는 우울한 소식은, 그러고 싶지 않은데, 햄에 대한 불안감으로 이어졌다. 햄이 로우스토프트에서 배편으로 돌아오다 행방불명될 수 있다는 우려도 떠올랐다. 계속 커지기만 하는 우려에 나는 저녁 식사를 들기 전에 작업장을 다시 찾아서 행여나 햄이 배편으로 돌아올 가능성은 있는지 물어보기로 마음먹었다. 그럴 가능성이 조금이라도 있다는 대답이 나오면 배편으로 돌아오지 못하도록 내가 로우스토프트로 직접 달려가서 데려올 작정이었다.

나는 저녁 식사를 서둘러 주문하고 작업장을 다시 찾았다. 시간을 아슬아슬하게 맞췄다. 작업자가 한 손에 등불을 들고서 작업장 대문을 닫는 중이었다. 내가 우려하던 걸 묻자, 작업자는 폭소를 터트리면서 그럴 염려는 없다고, 정신이 있는 사람이든 없는 사람이든 이렇게 바람이 거센데 누가 배를 타겠냐고, 뱃사람으로 타고난 햄 패거티는 그럴 가능성이 특히 없다고 대답했다.

나는 애초에 그렇게 생각했으면서도 결국엔 충동에 밀리고 말았다는 사실에 심한 굴욕감을 느끼며 여인숙으로 돌아왔다. 사상 초유의 바람이란 게 존재한다면 당시가 그랬다는 생각이 든다. 거대하게 울부짖는 소리, 문짝마다 창문마다 덜거덕대는 소리, 굴뚝마다 우르르 떠는 소리, 내가 피신한 건물까지 또렷하게 흔들리는 느낌, 바다 전체가 뒤집히는 느낌이 아침보다 섬뜩했다. 여기에다 새까만 어둠까지 덮쳐서 진짜든 환상이든 새로운 공포를 자아냈다.

나는 아무것도 먹을 수 없고, 가만히 앉아있을 수도 없고, 무엇 하나에 집중할 수도 없었다. 내면에 깔린 무언가가 외부에서 불어닥치는 폭풍에 애매하게 반응하며 바닥에 깔린 기억을 뒤죽박죽으로 뒤집어 없었다. 마구 몰아치는 바다와 함께 수많은 생각이 내달렸다. 하지만 폭풍과 햄에 대한 불안감은 언제나 제일 앞자리였다.

저녁 식사는 손도 거의 안 댄 채 물리고, 포도주 한두 잔으로 마음을 가다듬으려고 애썼다. 소용이 없었다. 벽난로 앞에서 선잠에 대충 빠져들었다. 바깥에서 울부짖는 소리도 내가 있는 식당도 또렷하게 느낄 수 있었다. 말로 형용할 수 없는 공포가 새롭게 밀려들었다. 선잠에서 깨니 – 아니, 나를 의자에 묶어두던 무기력증에서 벗어나니 – 대상도 없고 알 수도 없는 공포에 온몸이 부르르 떨렸다.

나는 이리저리 거닐다가 낡은 잡지를 읽으려 애쓰고 끔찍한 굉음에 귀를 기울이고, 벽난로 불길에 어리는 다양한 얼굴과 장면과 형상을 바라보았다. 그러다가 벽에서 차분하게 끊임없이 똑딱거리는 시계 소리를 견딜 수 없어 결국에는 잠자리에 들기로 마음먹었다.

날씨가 날씨니만치 여인숙 일꾼 몇 사람이 아침까지 불침번 서기로 약속했다는 말을 들으니, 그나마 안심이 되었다. 나는 잠자리에 들었다. 온몸이 극도로 피곤하고 무거웠다. 하지만 침대에 눕는 순간, 그런 느낌은 마법처럼 사라지면서 모든 감각이 완벽하게 살아나고 잠은 완벽하게 달아났다.

몇 시간을 멀뚱히 누워서 바람과 파도 소리에 귀를 기울였다. 바다에서 사람들이 울부짖는 소리도 들은 것 같고, 배가 침몰한 걸 알리는 대포 소리도 또렷하게 들은 것 같고, 시내에서 주택이 무너지는 것 같기도 했다. 그럴 때마다 일어나서 바깥을 살피지만 보이는 거라곤 유리창에 반사된, 내가 끄지 않고 남겨둔 희미한 촛불 하나 그리고 새까만 허공에서 나를 바라보는 초췌한 얼굴이 전부였다.

초조함이 극에 달해, 결국 나는 옷을 급히 입고 아래층으로 내려갔다. 베이컨이, 그리고 양파를 묶어 기둥에 매단 밧줄 몇 개가 희미하게 보이는 커다란 주방에서 불침번 서는 일꾼 몇 명은 커다란 굴뚝 옆에서 문 근처로 일부러 옮긴 탁자 주변에 모여 다양한 자세를 취했다. 행주치마로 양쪽 귀를 틀어막은 채 두 눈을 문 쪽에 고정한 예쁜 여자애 한 명은 내가 나타난 걸 보고 유령이라며 비명을 질렀다. 하지만 다른 일꾼들은 평상심을 유지한 채 말동무가 늘어난 걸 반겼다. 그래서 일꾼 한 명은 자기네끼리 토론하던 주제를 알려주고, 바다에 가라앉은 석탄선 인부들 영혼이 폭풍우를 벗어났다고 생각하는지 물었다.

나는 대략 두 시간 정도 머물렀다. 한번은 마당으로 통하는 대문을 열고 텅 빈 거리도 내다보았다. 모래와 해초와 바다 거품이 몰려다녔다. 대문을 다시 닫아서 바람을 막으려고 할 때는 혼자 힘으로 안 돼서 일꾼을 불러야 했다.

마침내 고독한 객실로 돌아오니, 새까만 어둠만 가득했다. 하지만 너무 피곤해서 다시 잠자리에 들어, 높은 탑에서 수직으로 곤두박질치듯 깊은 잠속으로 떨어졌다. 아주 오랫동안 잔 것 같다. 꿈에서 다양한 장면이 스치는데, 바람은 똑같이 불어댔다. 결국에는 현실로 이어지는 희미한 끈마저 놓쳐, 아주 가깝지만 지금도 누군지 모르는 친구 두 명과 대포 소리가 요란한 가운데 어떤 도시를 공격했다.

우레와 같은 대포 소리는 연신 커다랗게 울려대고, 나는 듣고 싶은 내용을 하나도 들을 수 없어서 안간힘을 쓰다가 깨어났다. 밖이 환했다. 오전 여덟 시나 아홉 시 같았다. 대포 대신 폭풍우가 몰아치고 누군가 방문을 두드리는 소리도 일어났다.

"무슨 일이오?"

내가 소리치자, 상대가 대답했다.

"배가 침몰해요! 바로 근처에서!"

나는 벌떡 일어나며 물었다. 어떤 배가?

"스페인이나 포르투갈에서 과일과 포도주를 잔뜩 실은 대형 범선이요. 직접 보고 싶으면 어서 서두르세요, 나리! 사람들 말이, 금방이라도 산산조각이 날 것 같답니다."

잔뜩 흥분한 목소리는 계단을 따라 요란하게 움직이고, 나는 최대한 빠르게 옷을 입고 거리로 내달렸다.

앞에서 수많은 사람이 한 방향으로, 해안으로 달렸다. 나도 여러 사람을 앞지르며 같은 방향으로 달리고, 매서운 바다는 금방 나타났다.

바람은 약간 가라앉은 것 같기도 하지만, 꿈에서 쏘아대던 대포 수백 대 가운데 다섯 대 정도가 침묵하는 정도에 불과했다. 하지만 바다는 밤새도록 힘을 끌어모았는지, 어제 본 것과는 비교가 안 될 정도로 끔찍했다. 수면이 마냥 부풀어 오르고, 해안으로 달려드는 파도는 하늘로 마냥 솟구쳐서 서로를 굽어보고 부닥치며 끊임없이 몰려드는 광경이 공포 그 자체였다.

바람과 파도 소리 말고는 무엇도 안 들리는 상황에서, 인파가 몰려들어 말할 수 없이 혼란한 데다 바람에 맞서서 똑바로 선 자체로 숨이 막히는 상황에서, 난파선을 찾으려고 먼바다를 둘러보는데 거대한 파도 천장에 어린 물거품만 가득했다. 바로 옆에서 뱃사람이 상체를 벗어 맨살을 드러낸 팔로 왼쪽을 (거기에 새긴 화살도 같은 방향을) 가리켰다. 그러자, 아, 하느님 맙소사, 대형 범선 한 척이 바로 옆에서 부서지는 중이었다!

돛대 하나는 옆으로 쓰러져 여섯에서 여덟 개로 잘린 채 갑판에서 돛과 밧줄에 미로처럼 뒤엉켰다. 선박이 한순간도 안 멈추고 상상조차 할 수 없이 거대하게 구르며 부닥칠 때마다 갑판에 널린 파편이 일제히 때려대는 게 마치 측면에 구멍이라도 내려는 것 같았다. 그런 순간조차 파손된 부분을 잘라내려는 노력이 한창이었다. 뱃전을 드러낸 배가 우리 쪽으로 구를 때 선원들이 도끼로 열심히 내려치는 장면이 또렷하게, 그중에서도 기다란 곱슬머리 사내가 특히 열심히 움직이는 게 유난히 또렷하게 보였다. 하지만 바로 그 순간에 바람과 파도 소리까지 꿰뚫는 거대한 비명이 해변에서 일어나고, 바다는 구르는 선박으로 몰려들며 갑판을 깨끗하게 휩쓸어, 사나운 파도가 선원과 돛대와 동그란 통과 판자와 방파벽과 자질구레한 장비 전체를 거칠게 휘감았다.

두 번째 돛대는 그대로 붙어서 너덜너덜한 돛과 끊어진 밧줄이 사납게 펄럭였다. 바로 옆에서 아까 그 뱃사람이 내 귀에 대고 거친 목소리로, 배는 이미 바닥에 한 번 부닥쳤고, 다시 솟구치다 다시 부닥치며 가운데가 동강 날 게 분명하다 말하고, 나는 쉽게 공감할 수 있었다. 인간이 만든 배가 그렇게 구르며 부닥치는 충격을 오래 견딜 순 없었다. 뱃사람이 말하는 순간에도 해변에서 거대한 비명이 다시 일어났다. 네 사람이 돛대 밧줄에 매달려 선박과 함께 물속에서 솟구쳐오르는데, 제일 위에는 유난히 활발히 움직이던 곱슬머리 사내가 있었다.

선박 전체가 절망해서 미친 듯이 날뛰는 짐승처럼 갑판을 그대로 드러낸 채 가로 들보를 해변 쪽으로 돌리다 용골을 뺀 모든 게 뒤틀리며 뛰어올라 바다 쪽으로 방향을 틀 때마다 갑판에 있는 종이 땡땡 울려서 불행한 선원들을 안타까워하는 조종 소리처럼 바람을 타고 우리에게 다가왔다. 배는 다시 사라지고 다시 솟구쳤다. 두 사람이 사라졌다. 해안에서 지켜보는 사람 모두 더없이 고통스러워했다. 남정네들은 신음을 뱉어내며 주먹을 불끈 쥐고 여인네들은 비명을 지르며 얼굴을 돌렸다. 어찌할 도리가 없는데도 몇몇 사람이 해안을 따라 마구 뛰어다니며 사람을 살리자고 소리쳤다. 나도 거기에 합류해, 내가 익히 아는 뱃사람이 옹기종기 모인 걸 보고, 남은 두 명이라도 우리 앞에서 사라지는 일은 없도록 하자고 미친 듯이 하소연했다.

뱃사람들이 잔뜩 흥분한 표정으로, 한 시간 전에 사람들이 용감하게 구조선을 띄웠는데 아무것도 할 수 없었다고, 밧줄을 들고 다가가서 난파선에 연결해야 하는데 목숨 걸고 나서는 사람이 아무도 없으니, 이제 남은 방법은 없다고 설명하는데, 왜 그런지 모르겠지만 나는 도무지 무슨 뜻인지 알아들을 수 없었다. 바로 그 순간, 해안에 모인 사람들이 새롭게 동요하며 양쪽으로 갈라서더니, 그 사이를 뚫고 앞으로 나오는 햄이 보였다.

나는 햄에게 달려갔다. 그래서 사람들을 살려달라고 하소연한 것 같다. 하지만 너무나 생소하고 끔찍한 장면에 머리가 돌긴 해도, 햄 얼굴에 가득한 결의와 바다로 향하는 표정을 – 에밀리가 도망친 다음 날 아침에 보았던 바로 그 표정을 – 보는 순간에 나는 햄이 위험하다는 사실을 깨달았다. 그래서 두 팔로 햄을 잡았다. 내가 조금 전까지 말을 주고받던 뱃사람들에게 햄이 하는 말을 듣지 말라고, 생사람 죽이지 말라고, 햄이 바다로 못 들어가게 하라고 사정했다!

해변에서 또 다른 비명이 일어나 난파선을 바라보니, 돛이 잔인하게 때리고 또 때려서 두 사람 가운데 아래쪽 사람을 떨어뜨리곤, 이제 돛대에 유일하게 매달린 인물을 향해, 제일 열심히 움직이던 곱슬머리 사내를 향해 의기양양하게 돌진했다.

이런 장면에 맞서는 건, 거대한 파도에 맞서는 건, 해변에 모인 사람이 안타깝게 지켜보는 가운데 곱슬머리 사내가 침착하면서도 필사적으로 애쓰는 건, 바람에게 자비를 비는 만큼이나 소용이 없었다. 그런 가운데 햄이 두 손으로 나를 붙잡으며 쾌활하게 말했다.

"데이비 도련님, 내가 떠날 시간이 있다면 바로 지금입니다. 지금 못하면 또 기다려야 합니다. 하느님이 도련님을, 그리고 다른 모든 사람을 축복하시길! 여러분, 어서 준비합시다! 내가 들어가겠소!"

사람들이 나를 약간 멀리 강제로, 하지만 모질지 않게 데려가서 에워싸더니, 당황해서 알아듣지도 못하는 나에게, 돕는 사람이 있든 없든, 햄이 물속에 들어가기로 했다고, 옆에서 거들 사람을 방해하는 건 햄이 무사히 돌아오게 하려는 예방조처를 위험하게 만들 뿐이라고 주장했다. 내가 뭐라고 반박했는지, 그래서 사람들은 뭐라고 대답했는지 모르겠다. 하지만 해안이 바쁘게 변하면서 사람들이 햄을 동그랗게 에워싸서 내 눈에 안 보이고 남정네들은 밧줄을 들고 바삐 달려서 인파를 뚫고 그 사이로 들어갔다. 그러다가 뱃일하는 조끼와 바지 차림으로 홀로 선 햄이 보였다. 한 손에 밧줄을 들고, 아니 팔목에 걸치고, 또 하나는 몸에 감았는데, 힘이 제일 좋은 남정네 여럿이 약간 떨어진 거리에서 기다란 밧줄을 잡았다. 햄이 발치로 느슨하게 내려놓은 밧줄이었다.

나 같은 문외한이 보기에도 난파선은 산산이 부서지는 중이었다. 한가운데가 갈라지고, 돛대에 홀로 남은 사람은 밧줄 하나에 목숨을 의지한 상태였다. 그래서 열심히 매달렸다. 묘하게 생긴 빨간 모자를 머리에 썼는데, 색상이 화려한 걸 보면 뱃사람이 쓰는 모자 같지 않았다. 난파선이 구르며 갈라지는 파괴력을 판자 몇 개가 막아주고, 조종은 계속 울리며 죽음을 예고하는 가운데 사내가 우리 모두에게 모자를 흔들었다. 그 모습을 보는 순간에 나는 머리가 멍했다. 예전에 가까이 지내던 선배가 떠올랐다.

사람들은 뒤에서 숨조차 죽인 채 지켜보고, 햄은 혼자 가만히 서서 눈앞에 바다와 파도를 바라보더니, 거대한 파도가 물러나는 순간, 몸에 단단히 감긴 밧줄을 붙잡은 사람들을 힐끗 돌아보고 물러나는 파도를 향해 돌진하더니, 파도에 곧바로 휩싸이며 높은 봉우리로 솟구치다 골짜기로 가라앉아 물거품 밑으로 사라졌다. 그러다가 해안으로 밀리고, 사람들은 밧줄을 급히 잡아당겼다.

햄이 다쳤다. 내가 있는 자리에서도 얼굴에 흐르는 피가 보였다. 하지만 햄은 아랑곳하지 않았다. 팔을 열심히 움직이는 모습으로 보건대, 사람들에게 밧줄을 더 길게 늘어뜨리라고 황급히 말하는 것 같더니, 조금 전처럼 다시 내달렸다.

그리고 이번에는 난파선을 향해 다가가며 높은 봉우리로 솟구치다 골짜기로 가라앉아 부서지는 물거품 밑으로 사라지고 해안으로 밀리다 난파선으로 다가가느라 용감무쌍하게 싸웠다. 바로 앞이 난파선이었다. 하지만 바다와 바람이 몰아치는 힘은 치명적이었다. 드디어 난파선에 접근했다. 한 번만 더 팔을 휘저으면 거기에 매달릴 수 있었다. 바로 그 순간, 난파선 너머에서 거대한 녹색 언덕이 일어나며 달려들고, 햄은 매달릴 데로 온 힘을 다해서 뛰어오르는 것 같고, 난파선은 사라졌다!

동그란 통 하나가 부서진 것처럼, 바다에서 일어나는 소용돌이로 파편이 빙글빙글 돌며 빨려들었다. 사람들 얼굴마다 당황하는 표정이 또렷했다. 사람들이 밧줄을 당기고, 시신 한 구가 바로 내 발밑으로 딸려왔다. 사람들이 제일 가까운 집으로 옮겼다. 이번에는 막는 사람도 없어, 나는 햄을 살리려고 모든 수단을 정신없이 동원했다. 하지만 그는 거대한 파도에 휩쓸리며 부닥쳐서 이미 사망하고, 자비로운 심장은 영원히 멈췄다.

가능한 조치를 모두 취하다가 희망을 버린 채 침대 옆에 가만히 앉았는데, 에밀리와 내가 어릴 때부터 알던 어부 한 명이 입구에서 조그맣게 불렀다. 그리곤 풍파에 찌든 얼굴이 백지장처럼 하얗게 변한 채 눈물을 펑펑 흘리며 덜덜 떨리는 입술로 말했다.

"나리, 저쪽에 가보겠습니까?"

내가 오랜 기억에서 떠올린 인물이 상대편 표정에 어렸다. 나는 상대가 내민 팔에 몸을 의지하며 공포에 휩싸인 채 물었다.

"시신이 해안으로 올라왔나요?"

"네."

"내가 아는 인물인가요?"

내가 물었지만, 어부는 대답 없이 해안으로 안내했다. 내가 어릴 적에 에밀리와 함께 조개껍데기를 줍던 곳에서, 낡은 뱃집이 간밤에 부서지면서 바람에 쓸리고 파편만 남은 곳에서, 자신이 망가뜨린 집이 폐허로 변한 곳에서 학창시절에 툭하면 팔베개하고 눕던 모습 그대로 선배가 누워있었다.

CHAPTER 56. 새로운 상처, 그리고 오랜 상처

아, 스티어포스 선배, 그렇게 말할 필요는 없었는데, 우리가 헤어질 거라는 사실은 생각조차 못 하던 시간에 "나를 제일 좋은 모습으로 떠올려!"라고 말할 필요는 없었는데. 나는 처음부터 좋은 모습을 떠올렸고, 마지막 모습까지 보았으니 인제 와서 바꿀 수도 없는데!

사람들이 들것을 가져와서 선배를 누이고 깃발로 덮더니, 들어 올려서 마을로 데려갔다. 들것을 들고 가는 남정네 모두 선배를 잘 알았다. 함께 배를 타고 나가서 흥겹고 대담하게 어울리던 모습을 익히 본 터였다. 파도와 바람이 세상을 뒤흔드는 가운데 사람들은 입을 꾹 다문 채 무서운 자연을 뚫고 선배를 운반해, 또 다른 주검이 기다리는 집으로 데려갔다.

하지만 사람들은 문턱에서 들것을 내려놓고 서로를, 그러다가 나를 쳐다보며 속삭였다. 이유는 분명했다. 햄을 눕힌 고요한 방에 선배를 누이는 건 옳지 않다고 느낀 것이다.

우리는 시내로 들어가서 시신을 여인숙에 누였다. 나는 생각을 정리하자마자 조람에게 사람을 보내서 시신을 밤에 런던으로 실어가도록 마차를 준비하라고 사정했다. 시신을 돌보고 그 모친에게 인도하는 어려운 역할은 오직 나만 할 수 있다는 사실을 깨달은 것이다. 그 역할을 최선을 다해서 해내고 싶었다.

밤에 먼 길을 나서려고 한 건 그곳을 떠날 때 호기심 어린 시선을 덜 받고 싶었기 때문이다. 하지만 내가 이륜마차에 올라타고 영구마차를 뒤에서 따라오게 하고 여인숙 마당을 나선 게 자정을 앞둔 시간인데도 기다리는 사람은 많았다. 시내를 지날 때는 물론 큰길로 나선 다음에도 간헐적으로 많은 사람이 보였다. 하지만 결국에 남은 건 사방을 드넓게 휘감은 들판과 황량한 밤, 그리고 어린 시절에 만난 선배 시신이 전부였다.

대지에는 낙엽 내음이 가득하고 나뭇가지에는 더 많은 나뭇잎이 매달려서 노랗고 빨갛고 거무스름한 색조를 뽐내고, 그 사이로 햇살이 비추는 감미로운 가을날 정오 즈음에 하이게이트로 들어섰다. 나는 앞으로 할 일을 생각하기 위해 마지막 2km는 걷기로 하고 밤새도록 뒤따르던 영구마차 마부에게 지시가 있을 때까지 기다리게 했다.

내가 다가간 저택은 예전 모습 그대로였다. 유리창 덧문도 그대로고, 판석이 깔린 우중충한 안마당이나 사용조차 않는 현관문이나 그 사이를 잇는 판석 길에도 생명이 깃든 흔적은 없었다.

처음에는 대문 초인종을 누를 용기가 안 났다. 하지만 그걸 울리는 순간, 내가 할 일 전체가 종소리 자체에 그대로 담기는 것 같았다. 조그만 하녀가 한 손에 열쇠를 들고나와서 대문을 열다가 빤히 쳐다보며 물었다.

"죄송합니다만, 나리, 어디 편찮으세요?"

"힘든 일을 겪어서 지친 거라오."

"무슨 일이 있으신가요, 나리? 혹시 저희 도련님이?"

"쉿! 그렇소, 일이 생겨서 스티어포스 부인한테 알려야 하오. 안에 계시오?"

하녀는 마님께서 밖으로 안 나오고 마차도 안 타고 침실에만 머문다고, 아무도 안 만나지만 나라면 만날 거라고 걱정스러운 표정으로 대답했다. 그리고 마님은 이 층에 있고 '돌격 아가씨'도 옆에 있다고, 이 층으로 올라가서 뭐라고 전하느냐고 물었다.

나는 명함과 함께 내가 기다린다는 말만 전하고 언행을 조심하도록 엄하게 당부하곤, 거실에 앉아서 하녀가 돌아올 때까지 기다렸다. 예전에 상쾌하던 분위기는 모두 사라지고 유리창 덧문은 절반쯤 닫혔다. 하프는 오랫동안 손을 댄 흔적조차 없지만, 선배가 어릴 적에 그린 초상화는 그대로 있었다. 모친이 선배 편지를 넣어두던 선반도 그대로였다. 모친이 행여나 그 편지를 다시 읽었는지, 행여나 다시 읽을지, 정말 궁금했다.

집 안이 너무 조용해 하녀가 계단을 내려오는 가벼운 발소리가 그대로 들렸다. 하녀는 마님께서 몸이 편찮아 밑으로 내려올 수 없다는, 미안하지만 직접 올라온다면 기꺼이 만나겠다는 전갈을 가져왔다. 곧이어 나는 부인 앞으로 나섰다.

부인은 자신 방이 아니라 아들 방에 있었다. 아들이 생각나서 그 방을 사용한다는, 예전에 운동하거나 예능을 하던 흔적을 아들이 남겨둔 그대로 주변을 에워싸도록 한 것 역시 똑같은 이유라는 느낌이 들었다. 하지만 부인은 나를 맞이하는 순간조차, 자신이 원래 쓰던 방에서 나온 건 허약한 몸에 적합하지 않기 때문이라 투덜대곤, 진실에 대한 약간의 의심조차 당당하게 거부했다.

부인이 앉은 의자 옆에는 평소처럼 '돌격 아가씨' 로사가 있었다.

새까만 눈동자에 내가 깃드는 순간, 상대는 나쁜 소식이 왔음을 그대로 느끼는 것 같았다. 흉터가 곧바로 튀어나왔다. 그리고 스티어포스 부인에게서 자기 얼굴을 숨기려고 의자 뒤로 한 걸음 물러나더니, 흔들리거나 위축되는 느낌이 전혀 없는 눈으로 나를 뚫어지게 바라보았다.

"안타깝게도 상복 차림이군."

스티어포스 부인이 하는 말에 나는 대답했다.

"불행히도 아내를 잃었습니다."

"젊은 나이에 큰일을 겪었군. 정말 안타깝네. 정말 안타까워. 세월이 모든 걸 치유하길 바라네."

부인 말에 나는 부인을 쳐다보며 대답했다.

"저 역시 세월이 우리 모두를 치유하길 바랍니다. 친애하는 스티어포스 부인, 우리는 그걸 믿어야 합니다, 아무리 엄청난 불행이 몰려들어도."

너무나 진지한 태도와 두 눈에 어리는 눈물을 보고 부인이 깜짝 놀라는 게, 순간적으로 머릿속이 텅 빈 것 같았다.

나는 최대한 차분한 어조로 선배 이름을 언급하려고 애쓰는데, 목소리가 떨렸다. 부인은 혼자서 그 이름을 한 번, 두 번, 세 번, 나지막이 반복해서 언급하더니, 억지로 차분한 자세를 유지하며 말했다.

"우리 아들이 아프군."

"심하게 아픕니다."

"자네가 직접 보았나?"

"네, 그렇습니다."

"이제 화해한 건가?"

나는 그렇다고 대답할 수도 아니라고 대답할 수도 없었다. 부인은 '돌격 아가씨' 로사가 조금 전까지 서 있던 팔꿈치 옆으로 고개를 살짝

돌리고, 바로 그 순간에 나는 로사에게 "죽었어요!" 하는 입술 모양을 만들었다.

스티어포스 부인이 사실을 받아들일 준비가 안 된 상태에서 뒤를 돌아보고 로사 얼굴에 어린 표정을 읽는 일이 없도록 하려고 나는 로사와 시선을 재빨리 미주쳤다. 하지만 눈앞에 펼쳐진 건 '돌격 아가씨' 로사가 좌절과 공포에 빠져든 채 두 손을 공중에 추켜올리더니 곧이어 얼굴을 감싸는 모습이었다.

잘생긴 얼굴이 선배랑 너무나 비슷한, 정말 비슷한 부인은 나를 뚫어지게 바라보다 한 손으로 이마를 짚었다. 나는 마음을 차분하게 가라앉히라고, 내가 하는 말을 차분하게 받아들이라고 간청했다. 하지만 가만히 앉아서 돌부처처럼 꿈쩍도 안 하는 모습을 보는 순간, 차라리 펑펑 울라고 간청하는 게 옳았다는 생각이 들었다. 그리고 떨리는 목소리로 말했다.

"지난번에 '돌격 아가씨'가 선배는 배를 몰고 여기저기 돌아다닌다고 말하더군요. 그제 밤은 바다가 끔찍했지요. 선배가 그날 밤에 바다에 있었다면, 그래서 '돌격 아가씨' 말대로 위험한 해안 근처를 항해했다면, 그래서 내 눈으로 직접 목격한 선박에 선배가……"

"로사! 이리 오렴!"

스티어포스 부인이 소리치고, 로사는 다가갔다. 하지만 동정하거나 다정한 자세는 아니었다. 횃불처럼 이글거리는 눈으로 선배 모친을 노려보더니, 소름 끼치는 폭소를 터트리며 소리친 거다.

"이제 그 자존심이 만족하겠어, 미친 여편네야? 이제 그 사람은 당신한테 죗값을 치렀어…… 자기 목숨으로! 무슨 말인지 알아? 자기 목숨으로!"

스티어포스 부인은 의자 뒤에 뻣뻣하게 등을 기댄 채 신음만 뱉어내며 퀭한 눈으로 쳐다보고, 로사는 자기 가슴을 쿵쿵 때리며 울부짖었다.

"아아! 나를 보라고! 아파서 신음하며 나를 보라고!"

로사가 흉터를 때리며 계속 울부짖었다.

"여길 보라고! 죽은 당신 아들이 한 짓을!"

선배 모친이 간헐적으로 뱉어내는 신음이 내 가슴을 후볐다. 계속 똑같은 신음. 계속 억누르며 애매하게 터져 나오는 신음. 머리를 무기력하게 흔들며 뱉어내지만, 얼굴은 조금도 변하지 않는 신음. 턱은 자물쇠를 채우고 얼굴은 고통으로 얼어붙은 듯, 딱딱하게 굳은 입술과 앙다문 이 사이로 흘러나오는 신음.

"당신 아들이 언제 이랬는지 기억나? 당신 성격을 고스란히 물려받은 데다 당신이 제멋대로 키워서 망쳐놓은 아들이 언제 나한테 이렇게 보기 싫은 얼굴로 평생을 살아가게 했는지 기억나? 나를 보라고, 당신 아들이 극도로 화난 표시를 내가 죽을 때까지 달고 살게 한 걸, 그래서 당신이 아들을 이렇게 한 걸 가련하게 여기며 신음하라고!"

로사가 하는 말에 내가 간청했다.

"'돌격 아가씨', 제발 부탁이니……"

그러자 로사가 번뜩이는 시선을 나에게 돌리며 말했다.

"나는 말해야겠어! 당신이나 조용해! 나를 보라고 했잖아, 자만심 하나로 아들을 자랑스럽게 망친 엄마야! 아들을 이렇게 키운 걸 슬퍼하고, 아들을 이렇게 망친 걸 슬퍼하고, 아들을 이렇게 잃은 걸 슬퍼하고, 내가 잃은 걸 슬퍼하라고!"

로사는 주먹을 불끈 쥐더니, 엄청난 분노에 몸뚱이가 조금씩 죽어가듯 깡마르고 초췌한 몸을 덜덜 떨며 마냥 소리쳤다.

"제멋대로 자란 아들을 당신이 원망하다니! 거만하고 불손한 아들 성격에 당신이 아파하다니! 당신이, 아들을 처음부터 이렇게 키운 당신이, 머리가 백발로 변한 다음에 비로소 그런 기질을 문제 삼다니! 당신이, 갓난아기 때부터 그런 식으로 기른 당신이, 당연히 그렇게 살아갈 수밖에 없는 아들을 문제 삼다니! 평생을 거만하게 살아온 대가를 이제 충분히 받으셨나?"

"아, '돌격 아가씨', 창피하네요! 아, 잔인하네요!"

"내가 분명히 말하는데, 나는 저 여자한테 모두 말해야겠어. 세상 어떤 힘도 나를 막을 순 없어, 내가 여기에 있는 동안! 긴 세월 동안 입을 꾹 다물었는데, 지금도 말하면 안 된다는 거야?"

로사가 소리치더니, 고개를 돌려서 계속 울부짖었다.

"나는 당신이 사랑한 이상으로 당신 아들을 사랑했어! 나는 아무런 대가도 바라지 않고 영원히 사랑할 수 있었다고. 내가 그 사람 부인이 된다면 사랑한다는 말을 일 년에 한 번만 들어도 노예처럼 살아갈 수 있었다고. 당연히 그랬을 거라고. 그걸 나보다 잘 아는 사람이 어디에 있겠어? 당신은 가혹하고 거만하고 딱딱하고 이기적이야. 하지만 나는 극히 헌신적으로 사랑했을 거라고…… 당신이 하찮게 늘어놓는 넋두리 따위는 단숨에 짓밟을 정도로!"

로사는 눈빛을 번뜩이며 실제로 짓밟는 것처럼 발을 쾅쾅 구르다 손으로 흉터를 힘껏 때리며 울부짖었다.

"여길 봐! 그는 자신이 한 짓을 충분히 알 만큼 성장하자, 이걸 보고 후회했어! 나는 그에게 노래를 불러주고 그에게 말을 걸고 그가 하는 모든 행동에 관심을 보이고, 그가 제일 좋아하는 걸 익히려고 열심히 공부했다고. 그래서 마음을 사로잡았다고. 가장 순수하고 진실한 시기에 나를 사랑했다고. 그래, 정말 사랑했어! 당신이 깔보는 말을 툭툭 던질 때마다 그가 나를 가슴에 껴안은 게 한두 번이 아니라고!"

가득한 분노를 터트리며 울부짖다가 간절한 추억을 떠올리니, 은은하게 타오르던 사랑의 불꽃이 순간적으로 확 솟구치는 것 같았다.

"나는 천진난만한 사랑 고백을 듣고 황홀경에 빠져들어 미처 아무것도 모르는 사이에 인형이자 장난감으로 전락하고, 그는 한가한 시간에 마음이 내키는 만큼 가지고 놀다 내팽개치고 다시 꺼내서 가지고 놀았지. 그러다가 그도 싫증 나고 나도 싫증 났지. 그는 환상을 떨쳐내고, 나는 억지로 결혼해서 부부로 살아가려는 시도를 중단했어. 우리는 한마디도 없이 멀어졌어. 아마 당신 역시 알았을 거야. 다행스럽게 여겼겠지. 그때 이후로 나는 두 모자 사이에서 보기 싫은 가구에 불과했어, 눈도 없고, 귀도 없고, 감정도 없고, 추억도 없는. 신음을 내? 당신이 아들한테 한 짓을 아파하라고, 당신이 사랑한 걸 아파하지 말고. 분명히 말하는데, 나는 그를 당신보다 훨씬 더 사랑했다고!"

로사는 분노가 이글거리는 눈으로 노려보고 스티어포스 부인은 무표정한 얼굴에 퀭한 눈으로 쳐다보는데, 신음이 흘러나와도 부드럽게 변하는 느낌은 전혀 없는 게 마치 그림 속 얼굴로 변한 것 같았다.

"'돌격 아가씨', 괴로워하는 분을 동정은 못 할지언정 가혹하게……"

내가 끼어들자, 로사가 날카롭게 반박했다.

"그럼 나는 누가 동정하지? 이 여자는 씨를 뿌렸어. 지금 그 결실을 수확한 것이니, 마음껏 괴로워하도록 놔두라고!"

"고인이 저지른 잘못을……"

내가 말하자, 로사가 울음을 터트리며 소리쳤다.

"잘못! 감히 누가 그 사람을 헐뜯는 거야? 그 사람은 자신이 허리를 숙인 친구 수백만 명보다 훌륭한 영혼을 지녔다고!"

"나보다 고인을 사랑하거나 소중하게 추억할 사람은 어디에도 없습니다. 내가 말하고 싶은 건, 당신이 어머니를 조금도 동정하지 않는다면, 혹은 고인이 저지른 잘못을…… 당신이 통렬하게 비난한다면……"

내가 대답하는데, 로사가 까만 머리칼을 잡아 뜯으며 울부짖었다.

"거짓말! 나는 그 사람을 사랑했어!"

하지만 나는 계속 말했다.

"고인이 저지른 잘못을 마지막 순간조차 당신 기억에서 지울 수 없다면, 어머니를 보세요. 아무리 당신이라도 이제 처음 보는 모습을, 그리고 어떤 식으로든 도와주세요!"

이러는 내내, 이미니 모습은 변하지도 않고 변할 수도 없는 것 같았다. 딱딱하게 굳어서 꼼짝 않고 퀭하니 쳐다보며 가끔 멍하게 신음을 뱉어내고 무력하게 고개를 끄덕이는 걸 빼면 살았다는 흔적은 어디에도 없었다. '돌격 아가씨'는 갑자기 그 앞에 무릎을 꿇고 옷을 느슨하게 풀기 시작했다. 그리고 분노와 슬픔이 뒤섞인 표정으로 나를 돌아보며 소리쳤다.

"당신을 저주해! 이렇게 사악한 시간에 찾아오다니! 당신을 저주해! 어서 나가!"

나는 방에서 나갔다가 하인들에게 상황을 알리려고 곧바로 돌아와서 종을 울렸다. 로사는 꼼짝도 안 하는 인물을 두 팔로 안고 여전히 무릎을 꿇은 채 바라보며 슬프게 흐느끼고 얼굴에 키스하고 이름을 부르고 어린애처럼 가슴에 안고 이리저리 흔들며 딱딱하게 굳은 감각을 깨우려고 모든 노력을 다했다. 나는 이제 자리를 비워도 괜찮겠다 생각하고 다시 조용히 빠져나와 밖으로 나가면서 하인 모두에게 위급한 상황을 알렸다.

그래서 몇 시간을 공들여, 우리는 고인을 모친 침실에 안치했다. 사람들 말에 의하면 모친은 변한 게 없었다. '돌격 아가씨'는 곁을 한 번도 안 떠나고, 여러 의사가 진찰하고 여러 방법을 시도했으나, 모친은 석상처럼 누워서 가끔 나지막한 소리를 뱉어내는 게 전부였다.

나는 황량한 집 안을 돌아다니며 창문마다 어둡게 가렸다. 고인을 안치한 침실 유리창은 마지막으로 어둡게 가렸다. 나는 납 같은 손을 들어서 가슴에 댔다. 온 세상이 죽은 것처럼 고요했다. 고요한 분위기를 깨뜨리는 건 모친이 고통스럽게 뱉어내는 신음이 전부였다.

CHAPTER 57. 이민자

슬픈 감정으로 무너지기 전에 나는 할 일이 하나 더 있었다. 이번에 발생한 사건을 멀리 떠날 사람들에게 숨기는 일, 아무것도 모른 채 먼 길을 행복하게 떠나도록 하는 일이었다. 그러려면 꾸물댈 시간이 없었다.

나는 바로 그날 밤에 미코버 아저씨를 따로 불러서 이번에 발생한 재난을 패거티 아저씨가 모르도록 숨기는 임무를 맡겼다. 미코버 아저씨는 맡은 책임에 열심히 임해, 패거티 아저씨 손에 무심코 들어가지 않도록 그 사건을 다뤘음 직한 신문은 모조리 가로챘다. 그리곤 가슴을 쿵쿵 치면서 장담했다.

"패거티 선생한테 알리려면 이 몸뚱이부터 짓밟아야 할 거야!"

굳이 설명하자면, 미코버 아저씨는 새로운 사회에 적응하는 차원에서 해적처럼 대담한 분위기를, 법 테두리를 들락날락하며 신속하게 방어하는 습관을 이미 갖추었다. 모르는 사람이 본다면 미개지에서 태어나 문명의 굴레 너머에서 오랫동안 살다가 이제 다시 미개지로 돌아가려는 사람이라고 생각할 정도였다.

다양한 장비도 갖추었다. 몸에 걸친 옷은 완벽한 방수복이며, 머리에 깊숙이 눌러쓴 밀짚모자는 겉에 송진을 완벽하게 바른 방수용이었다. 복장만 이런 게 아니라 겨드랑이에는 선원용 망원경이 달리고 날씨가 어떤지 알아보려고 하늘을 쳐다보는 눈매는 패거티 아저씨를 능가하는 뱃사람처럼 매서웠다.

굳이 덧붙이자면, 미코버 가족 모두가 전투 준비를 완벽하게 했다. 미코버 아주머니는 꽉 끼는 보닛 모자를 단단히 눌러쓰고 끈을 턱밑에 단단히 묶고, (내가 고모님 댁을 처음 찾아갈 때 그런 것처럼) 숄로 온몸을 보따리처럼 감싸고 허리 뒤로 돌려서 매듭지어 단단히 묶었다. 큰딸 역시 불필요한 의상을 배제한 채 똑같은 차림으로 폭풍우에 대비했다. 큰아들은 털실 셔츠로 얼굴까지 가려서 흔히 보던 덥수룩한 뱃사람 복장을 하고, 어린 쌍둥이는 방수용 자루로 온몸을 감싼 모습이 저장용 식육 같았다. 미코버 아저씨와 큰아들 모두 소매를 풀어서 팔목에 접어, 언제든 달려들어서 '어기영차, 어기영차!' 노래하며 밧줄을 잡아당길 준비도 했다.

트래들스와 나는 당시에 헝거포드 계단[35]이라고 부르던 나무 계단에 미코버 가족이 모여서 저물녘에 가재도구를 싣고 떠나는 거룻배를 지켜보는 모습도 발견했다. 나는 끔찍한 사건을 이미 설명하고 트래들스는 엄청난 충격을 받은 상태였다. 하지만 당연히 비밀을 지키는 건 의심할 여지가 없으며, 당시에는 내가 마지막 책임을 다하도록 도우러 온 터였다. 내가 미코버 아저씨를 따로 불러서 내용을 설명하고 약속을 받은 곳도 바로 여기였다.

---

35) 1845년에 헝거포드 다리를 세울 때까지 여기에서 템스 강을 오가는 거룻배를 운항했다.

미코버 가족은 비좁고 더럽고 금방 무너질 것 같은 여인숙에 묵었다. 헝거포드 계단 바로 옆인데, 목재를 강물 위에 삐져나오도록 만든 숙소도 있었다. 이민자가 흔히 그러듯 미코버 가족 역시 헝거포드 주변에서 많은 사람에게 관심을 끌어, 우리는 그들이 묵는 숙소로 재빨리 물러났다. 위에서 말한 목재 숙소 가운데 하나로 바로 밑에서 강물이 흘렀다. 고모님과 아그네스는 아이들이 입을 옷이라도 만드는 식으로 조금이나마 거들려고 거기에서 작업에 열중했다. 패거티 유모도 오랜 세월을 견딘 조그만 바느질 통과 기다란 자와 조그만 양초 토막 하나를 옆에 놓고 조용히 거들었다.

유모가 해대는 질문에 대답하는 건 쉬운 일이 아니었다. 미코버 아저씨가 패거티 아저씨를 데리고 들어와, 내가 편지를 건넸고 모든 게 잘 풀렸다고 말하는 건 더더욱 쉽지 않았다. 하지만 나는 두 가지 모두 해내서 연로한 남매를 기분 좋게 만들었다. 행여나 속마음을 조금이나마 들키더라도 나에게 그 정도 슬퍼할 까닭은 충분하다고 둘러댈 수 있을 터였다.

"선박은 언제 출발하는 거요, 미코버 선생?"

고모님이 묻자, 미코버 아저씨는 어제 자신이 예상한 것보다 빠르다고 대답했다.

"거룻배에서 무슨 소식을 들은 것 같구려?"

고모님이 다시 묻자, 미코버 아저씨가 대답했다.

"그렇습니다, 마님."

"뭐랍디까? 그렇다면 출항은……"

고모님이 말하고, 미코버 아저씨는 대답했다.

"마님, 내일 아침 일곱 시 이전에 모두 완벽하게 탑승하라는 통보를 받았습니다."

"어이쿠! 너무 빠르군. 먼 바다로 나가려면 그래야 하는 거요, 패거티 선생?"

"그렇습니다, 마님. 썰물을 타고 강을 내려가야 하니까요. 데이비 도련님과 우리 여동생이 다음 날 오후에 그레이브젠드에서 탑승하면 우리를 마지막으로 볼 수 있답니다."

"알겠습니다. 그렇게 하지요!"

내가 대답하자, 미코버 아저씨가 나에게 눈짓하며 말했다.

"그때까지, 그리고 우리가 바다에 나갈 때까지, 저는 패거티 선생님과 함께 눈에 불을 켜고 우리 화물을 끊임없이 지키겠습니다."

그러더니 특유의 당당한 자세로 목청을 가다듬으며 덧붙였다.

"엠마, 내 사랑, 우리 친구 토마스 트래들스 선생이 내 귀에 대고 살며시 부탁하는데, 우리 마음속에서 '영국 전통에 딱 맞게 구운 쇠고기'[36]와 독특하게 연결되는 음료수를 만드는 데 필요한 재료를 살짝 주문하는 특권을 누리고 싶다는구려. 한 마디로 펀치 술 말이오. 상황이 상황이니만치 트롯우드 고모님과 위크필드 아가씨한테 허락을 청하는 게 쉽진 않겠지만……"

그러자 고모님이 재빨리 대답했다.

"나로선 당신의 성공과 행복을 위해 기꺼이 건배하고 싶은 마음이오, 미코버 선생."

"저도 그래요!"

아그네스가 맞장구치며 방긋 웃었다.

미코버 아저씨는 제집만큼 편안하게 여기는 것처럼 보이는 일 층 술집으로 곧바로 내려가더니, 얼마 후에 김이 모락모락 올라오는 단지

36) 영국 전통에 딱 맞게 구운 쇠고기(The Roast Beef of Old England)는 영국 극작가 헨리 필딩이 1731년에 발표한 작품이다. 그는 구운 쇠고기가 영국인의 정신을 고상하게 하고 피를 풍부하게 한다며 찬양했다.

하나를 들고 돌아왔다. 나는 아저씨가 레몬 껍질을 까는 대형 접칼을 보아야 했는데, 개척 이주민이 주로 사용하는 길이 30cm나 되는 칼로, 아저씨는 자랑이라도 하듯 소맷자락에 쓱쓱 문질러서 닦았다. 미코버 아주머니와 큰딸과 큰아들 역시 비슷한 장비를 갖추고 어린 쌍둥이는 나무숟갈을 줄에 매서 몸뚱이에 묶었다는 사실을 나는 그때 비로소 깨달았다. 미코버 아저씨는 실내 선반에 포도주잔이 가득한데도 미코버 아주머니와 큰아들과 큰딸에게는 선박이나 깊은 숲 오지에서 그러는 것처럼 일부러 조그만 양철 깡통에 조잡하게 따라서 건네주었다. 그리고 자신 몫으로 따로 준비한 양철통에 가득 따라 마시고 초저녁 모임이 끝날 즈음에 주머니에 다시 넣으면서 좋아하는 모습이 나는 정말 흐뭇했다.

"정든 조국에서 누리던 사치를 저희는 포기합니다. 깊은 숲에 사는 사람이 자유로운 나라에서나 가능한 사치를 누릴 순 없으니까요."

마침내 미코버 아저씨가 선언하는데, 문명을 포기하는 게 극히 만족스러운 표정이었다. 바로 이 순간, 소년 한 명이 들어와서 미코버 아저씨를 찾아온 사람이 아래층에 있다고 전달했다.

"우리 친정식구 가운데 한 명이 온 것 같아요."

미코버 아주머니가 급히 말하며 양철 깡통을 내려놓자, 미코버 아저씨는 갑자기 평소처럼 흥분하며 대답했다.

"그렇다면, 여보, 당신 친정식구들이 우리를 상당히 기다리게 한 것처럼, 이번에 찾아온 구성원 역시 남자든 여자든 상관없이 내가 시간이 날 때까지 기다려야 할 거요."

"여보, 굳이 이런 시간에……"

아주머니가 나지막한 어투로 나무라자, 미코버 아저씨는 벌떡 일어나며 대답했다.

"그래, 핑계 없는 무덤은 없다는 말도 있으니까![37] 여보, 내가 잘못했소."

"손해를 본 건, 여보, 우리 친정식구들이지 당신이 아니에요. 친정식구들이 과거에 저지른 잘못을 마침내 깨달았다면 그 손을 뿌리치지 말고 따듯하게 잡아주는 게 바람직해요."

"여보, 그렇게 합시다!"

"그 사람들을 위해서가 아니라 우리를 위해서, 여보."

"엠마, 이런 순간에 너그럽게 말하니까 어쩔 도리가 없구려. 당신 친정식구를 따듯하게 포옹하겠다고 확실하게 약속하긴 어렵지만, 우리를 찾아온 따듯한 마음이 나 때문에 차갑게 얼어붙는 일은 없도록 하겠소."

미코버 아저씨가 잠시 자리를 비우고, 그러는 동안 미코버 부인은 남편과 친정식구 사이에서 고성이 오갈지도 모른다는 우려를 완전히 씻어낼 순 없었다. 그런데 결국엔 아까 그 소년이 다시 나타나, '힙대 미코버'라는 제목을 연필로 작성한 쪽지를 나에게 건네며 관리처럼 고갯짓했다. 쪽지를 보고서 나는 미코버 아저씨가 다시 체포당해 '절망에 쌓여서 마지막으로 절규한다'는 사실을, 얼마 안 되는 여생을 교도소에서 보내는 동안 유용하게 사용하도록 접칼과 양철통을 소년 편으로 보내라고 간청한다는 사실을, 마지막 우정의 표시로 자기 가족을 구빈원에 보내고 자신이 세상에 존재한 자체를 완전히 잊어달라는 요청까지 덧붙인 사실을 파악했다.

당연히 나는 채무액을 지급하려고 소년과 함께 내려가서 모서리에 앉아 자신을 체포한 집행관을 우울하게 바라보는 미코버 아저씨를 발견했다. 그러다가 풀려나자마자 더없이 열정적으로 나를 껴안더니,

37) 줄리어스 시저 4장 3절.

수첩을 꺼내서 액수를 기재하는데, 내가 총액을 언급하다가 무심코 빼먹은 구리동전 절반까지 꼼꼼하게 기록한 기억이 난다.

중요한 수첩은 아저씨에게 또 다른 거래를 때마침 떠올리게 하였다. 그래서 위층 숙소로 돌아가자마자 (아저씨는 어쩔 수 없는 상황에 피치 못할 일이 있었다는 말로 자리를 비운 까닭을 설명하고) 조그맣게 접은 커다란 종이 한 장을 꺼내는데, 꼼꼼히 계산해서 기다랗게 기록한 숫자로 가득했다. 흘낏 쳐다보니, 학창시절에 수학을 공부할 때도 그렇게 복잡한 계산은 본 적이 없었다. '금화 41냥, 은화 10냥, 구리동전 11.5냥이란 원금'에 대해 다양한 기간에 따라서 이자를 복리로 계산한 것 같았다.

아저씨는 이걸 자세히 살피고 자신이 앞으로 벌어들일 수입을 정교하게 계산하더니, 그날부터 2년 15개월 14일이란 기간에 대해 복리로 계산한 액수를 선택하는 것으로 결론을 내렸다. 여기에 따라서 약속어음 한 장을 깔끔하게 만들어 모든 빚을 청산한다는 표시로 그 자리에서 트래들스에게 건네주며 고마웠다고 말했다. 그러자 미코버 아주머니는 옆에서 구슬픈 표정으로 머리를 절레절레 흔들며 중얼거렸다.

"아직도 저는 마지막으로 떠나기 전에 우리 친정식구들이 배에 올라탈 거란 예감이 들어요."

미코버 아저씨 역시 이 문제에 대해서 어떤 예감이 떠오른 게 분명하지만, 양철 깡통에 그냥 털어서 넣고 단숨에 삼켜버렸다.

"가는 도중에 고국으로 편지를 보낼 기회가 있다면, 미코버 부인, 우리에게 꼭 보내도록 하구려."

고모님이 말하자, 미코버 부인이 대답했다.

"친애하는 트롯우드 마님, 편지를 기다리는 사람이 있다고 생각하니 정말 기쁘네요. 꼭 보내겠습니다. 코퍼필드 선생도 우리 가족과 오랫동안 사귄 친구니, 우리 쌍둥이가 갓난아기일 때부터 알고 지내던 사람이 소식을 가끔 보내는 걸 싫어하지 않겠지?"

나는 기회가 있을 때마다 소식을 보내길 바란다 대답하고, 미코버 아저씨는 이렇게 장담했다.

"정말이지 기회는 아주 많을 거야. 요새는 바다에 선박이 쭉 늘어서서 도중에 마주치는 배가 많거든."

그러더니 망원경을 만지작거리며 덧붙였다.

"그렇게 멀리 가는 것도 아니잖아. 살짝 건너는 거라고. 거리는 아무것도 아니야."

지금 생각하면, 런던에서 캔터베리로 떠날 때는 마치 지구 끝으로 떠나는 것처럼 말하더니 영국에서 호주로 갈 때는 해협 하나를 간단하게 건너는 것처럼 말하는 게 이상하면서도 미코버 아저씨다웠다.

"배를 타고 가는 동안 나는 사람들한테 재미난 이야기를 잔뜩 늘어놓을 거고, 우리 큰아들은 선박 벽난로 앞에서 노래를 불러 커다란 갈채를 받을 거야. 미코버 아줌마는 – 낡고 부적절한 표현이 아니길 바라는데 – 뱃멀미가 끝나면, 내가 장담하는데, 사람들한테 '귀여운 태플린'을 멋들어지게 불러줄 거야. 돌고래랑 참돌고래가 뱃머리를 가로지르는 광경이 툭하면 보일 거고, 우현이나 좌현에도 흥미진진한 광경이 끊임없이 나타나겠지."

미코버 아저씨가 특유의 점잖은 자세를 취하며 이어나갔다.

"한 마디로 바다든 하늘이든 흥미진진한 광경이 가득할 테니, 돛대 전망대에서 파수꾼이 '육지다!' 하고 소리칠 때 우리 모두 상당히 놀랄 수 있다는 거야."

아저씨는 말하면서 조그만 양철통에 있는 걸 멋들어지게 마시는 자세가 기나긴 항해를 끝내고 해양 당국 최고위 관리들 앞에서 일급

항해사 시험에라도 합격한 것 같았다. 하지만 미코버 아주머니는 생각이 달랐다.

"나는, 친애하는 코퍼필드 선생, 우리 가족 가운데 일부라도 조국으로 돌아와서 살길 바라. 얼굴 좀 찡그리지 마요, 여보! 지금 이 가족이 아니라 우리 아이들이 낳은 아이들을 말하는 거니까."

미코버 아주머니가 머리를 절레절레 흔들며 계속 말했다.

"어린나무가 아무리 튼튼하더라도 부모 나무를 잊을 순 없잖아요. 우리 후손이 명예와 재산을 모으면 나는 그게 영국으로 흘러들길 원한다고요."

미코버 아저씨가 반박했다.

"여보, 영국도 노력해야 한다고. 내가 말하고 싶은 건 영국이 나한테 해준 게 없다는 사실, 그래서 나 역시 영국에 특별히 기대하는 게 없다는 사실이오."

이번에는 미코버 아주머니가 반박했다.

"여보, 그건 당신 생각이 틀린 거예요. 당신이 이렇게 먼 나라로 나가는 건 영국과 튼튼한 관계를 맺으려는 거지 끊으려는 게 아니에요."

미코버 아저씨가 다시 반박했다.

"당신이 말한 관계는, 분명히 말하지만, 나한테 의무라는 부담만 끼쳤을 뿐 도와준 건 하나도 없어서 지금 이렇게 다른 관계를 맺으러 가는 거라오."

미코버 아주머니도 다시 반박했다.

"여보, 다시 말하지만, 그건 당신이 틀린 거예요. 당신은 당신이 지닌 능력을 몰라요, 미코버. 당신이 이제 곧 내딛는 첫발조차 영국하고 튼튼한 관계를 맺는 데 이바지할 거라고요."

미코버 아저씨는 미코버 아주머니 의견을 받아들이는 마음 절반

거부하는 마음 절반으로 팔걸이의자에 앉아서 눈썹을 곧추세우면서도 뭔가 그럴싸하다는 느낌을 강하게 받는 것 같고, 미코버 아주머니는 계속 말했다.

"친애하는 코퍼필드 선생, 나는 미코버 아저씨가 지금 자신이 선 위치를 깨달으면 좋겠어. 내가 보기에 미코버 아저씨는 배에 오르는 순간부터 자신이 선 위치를 깨닫는 게 아주 중요할 것 같아. 자네는 옛날부터 나를 잘 아니까, 친애하는 코퍼필드 선생, 내가 미코버 아저씨만큼 낙관적인 성격이 아니란 걸 잘 알 거야. 굳이 말하자면 매우 실용적인 성격이지. 나는 이번 여행길이 아주 오래 걸린다는 사실을 잘 알아. 고생스럽기도 하고 불편한 것도 많겠지. 나는 이걸 모른 척할 수 없어. 하지만 동시에 미코버 아저씨가 어떤 사람인지도 잘 알아. 미코버 아저씨가 가진 잠재력을 잘 안다고. 그래서 미코버 아저씨가 자신이 선 위치를 깨닫는 게 정말 중요하다고 생각하는 거야."

"여보, 내가 하고 싶은 말은 내가 선 위치를 깨닫는 건 현 상황에서 거의 불가능하다는 거요."

미코버 아저씨가 말하자, 아주머니가 반박했다.

"내 생각은 달라요, 여보. 전혀 그렇지 않아요. 친애하는 코퍼필드 선생, 미코버 아저씨는 평범한 사람이 아니야. 미코버 아저씨가 먼 나라로 떠나는 제일 커다란 이유는 생전 처음으로 충분한 이해와 인정을 받기 위해서야. 나는 미코버 아저씨가 뱃머리에 올라서 '나는 이 나라를 점령하러 왔다! 여기에 명예가 있느냐? 여기에 재물이 있느냐? 여기에 좋은 돈벌이가 있느냐? 모두 내놓아라! 내가 몽땅 차지하겠다!' 하고 단호하게 소리치면 좋겠어."

미코버 아저씨는 우리 모두를 흘낏 쳐다보는 게 그럴싸한 생각이라 여기는 것 같고, 미코버 아주머니는 단호한 어조로 계속 말했다.

"내 생각을 정확히 말하자면, 미코버 아저씨가 자신의 운명을 제왕처럼 지배하면 좋겠어. 나는 그게 미코버 아저씨의 진정한 위치라고 생각해, 친애하는 코퍼필드 선생. 기나긴 여행길에 첫발을 내딛는 순간부터 나는 미코버 아저씨가 뱃머리에 올라서 '미루는 건 이제 못 참겠다, 실망스러운 건 이제 못 참겠다, 가난한 건 이제 못 참겠다. 전부 다 이 나라에서 끝이다. 이제 새 나라로 간다. 이제 다 보상하라. 어서 내놓아라!' 하고 소리치면 좋겠어."

미코버 아저씨는 결연한 표정으로 팔짱을 끼는 게 벌써 뱃머리에 올라선 것 같고, 미코버 아주머니는 계속 말했다.

"그렇게 하는 게 - 자신의 위치를 깨닫는 게 - 미코버 아저씨가 영국과 관계를 단절하는 게 아니라 튼튼하게 맺는 거라고 말하는 게 틀린 거야? 남쪽 대륙에서 중요한 인물로 주목받으면 조국에서도 깨닫는 거 아니야? 미코버 아저씨가 호주에서 능력과 권력을 휘두르는데 영국에서 무시한다는 자체가 엉뚱한 거 아니야? 나는 한갓 여인네에 불과하지만 그렇게 이상하고 엉뚱한 주장은 받아들일 수 없어. 그러면 나 자신은 물론 우리 아빠한테 정말 미안하잖아."

미코버 아주머니는 자신의 주장을 아무도 반박할 수 없다는 확고한 신념으로 기세등등하게 말하는데, 지금 생각하면 아주머니가 그런 어투로 말하는 걸 생전 처음 본 것 같다.

"그래서 나는 장래에 우리가 조국 땅에서 다시 살게 되기를 더더욱 바라는 거야. 나는 미코버 아저씨가 지닌 가능성을 확신하니, 그는 앞으로 역사의 한 장을 장식할 수도 있다고. 자신이 태어나도 기회를 제대로 안 준 나라에서 지도자가 될 수도 있다고!"

미코버 아저씨가 감탄했다.

"여보, 당신 사랑에 감동하지 않을 수 없구려. 나는 언제든 당신의 훌륭한 견해에 기꺼이 따르겠소. 그렇게 될 운명이라면…… 그렇게 되겠지. 우리 후손이 쌓을 수도 있는 재물 가운데 일부가 나를 탄생시킨 조국으로 흘러드는 걸 절대로 반대하지 않겠소!"

"잘 생각했으니, 여러분 모두 은총을 가득 받아 성공하길 기원하며 건배하겠소."

고모님이 말하며 패거티 아저씨에게 고개를 끄덕이자, 패거티 아저씨는 쌍둥이를 돌보다가 무릎에 한 명씩 올려놓더니, 건배에 대한 답례로 미코버 부부와 우리 모두를 위해 건배하자고 말했다. 그러더니 미코버 부부와 동지로서 다정하게 악수하며 갈색 얼굴에 환한 미소를 머금는데, 그 모습을 보니 어디를 가든 좋은 평판과 사랑을 받으면서 자리를 잡겠다는 생각이 들었다.

심지어 쌍둥이까지 미코버 아저씨 깡통에 든 술을 나무숟갈로 떠서 함께 건배했다. 이런 절차를 마치자, 고모님과 아그네스가 일어나서 이민을 떠날 사람들과 작별했다. 정말 구슬픈 작별이었다. 모두가 울었다. 아이들은 아그네스에게 마지막으로 매달리고 미코버 아주머니는 너무나 울적한 마음에 가련하게도 희미한 촛불 옆에서 슬프게 흐느끼니, 강에서 보면 정말 우울한 등대처럼 보일 게 분명했다.

나는 다음 날 아침에 사람들이 모두 떠났는지 확인하러 그곳을 다시 찾았다. 새벽 다섯 시에 거룻배를 타고 떠난 흔적만 가득했다. 그곳에서 사람들과 어울린 게 불과 하루 전인데, 모두 떠나니 금방이라도 무너질 것 같은 여인숙도 나무 계단도 황량하고 삭막하게만 보였다. 정든 사람들과 헤어지는 기분을 속속들이 체험한 사례였다.

다음 날 오후에는 연로한 유모와 함께 그레이브젠드로 내려갔다. 강에 뜬 선박 주변으로 수많은 거룻배가 몰려들었다. 바람은 순조롭게 불고 돛대 머리에는 항해를 알리는 깃발이 휘날렸다. 나는 곧바로 거룻배 한 척을 빌리고 선박 주변 혼잡한 소용돌이 사이를 지나서 갑판에 올랐다.

패거티 아저씨는 갑판에서 기다렸다. 그래서 힙이 고발하고 미코버 아저씨는 또다시 조금 전에 (마지막으로) 체포당해, 내가 사전에 요청한 대로 채무액을 지급했다고 알려주어, 나는 그 돈을 아저씨에게 갚아주었다. 그런 다음에 아저씨가 갑판 밑으로 안내하니, 어두운 곳에서 미코버 아저씨가 나와 패거티 아저씨 팔을 다정하게 붙잡으며 지난밤부터 조금 전까지 두 사람은 단 한 순간도 떨어진 적이 없다고 말해, 나는 패거티 아저씨가 행여나 안 좋은 소식을 들을까 걱정하던 마음을 말끔하게 덜었다.

갑판 밑에서는 너무나 이상하고 비좁고 어두운 장면이 펼쳐진 나머지 처음에는 뭐가 뭔지 구분할 수 없었다. 하지만 두 눈이 어둑한 분위기에 적응하면서 조금씩 선명하게 보이는 순간, 네덜란드 화가 오스타더가 그린 풍속화 속으로 나 자신이 빨려든 느낌이 일었다. 여기저기 매달려서 흔들리는 등잔불빛과 환기구나 출입구에서 흘러드는 노란 햇빛이 주변을 밝히는 가운데, 거대한 기둥과 화물과 곳곳에 달린 볼트 고리와 이민자용 침상과 궤짝과 짐 꾸러미와 동그란 통과 잡다하게 쌓아 올린 가방 사이로 수많은 사람이 옹기종기 모여서 친구를 사귀거나 작별인사를 나누며 떠들어대고 웃어대고 울어대고 먹거나 마시고, 일부는 좁은 공간을 차지하고 얼마 안 되는 가재도구를 배치해서 어린애들을 걸상이나 나지막한 팔걸이의자에 앉히고, 일부는 쉴만한 공간을 못 찾아 수심에 잠긴 채 돌아다녔다.

생후 일이 주일에 불과한 아기에서 살날이 일이 주일밖에 안 남은 것처럼 보이는 꼬부랑 할아버지 할머니까지, 장화에 영국 흙이 잔뜩 묻은 농부에서 살갗에 검댕과 연기 자국이 진한 대장장이까지, 나이와

직업을 막론하고 온갖 사람을 갑판 밑 좁은 공간에 잔뜩 쑤셔 넣은 꼴이었다.

주변을 쭉 살피는데, 열린 입구 옆에서 에밀리처럼 보이는 여인이 미코버 쌍둥이 한 명과 나란히 앉은 모습이 보이는 것 같았다. 내가 처음에 그쪽으로 관심을 보인 까닭은 다른 여인이 그 여인과 키스하고 헤어져서 혼란한 사이를 차분하게 지나는 모습이 아그네스를 연상시켰기 때문이다! 하지만 상대는 혼란한 곳에서 빠르게 이동하고 나는 마음을 정하지 못한 사이에 에밀리 같은 여인까지 놓치고 말았다. 내가 파악한 건, 방문객은 모두 하선하라고 소리친다는 사실, 연로한 유모는 바로 옆 궤짝에 앉아서 흐느끼고 거미지 부인은 패거티 아저씨 물건을 바삐 정돈하고 옆에서는 상복을 차려입은 훨씬 젊은 여인이 허리를 숙인 채 거든다는 사실이 전부였다.

"마지막으로 할 말은 없나요, 데이비 도련님? 이제 헤어져야 하는데, 잊어버린 건 없나요?"

패거티 아저씨가 묻는 말에 내가 대답했다.

"한 가지요! 마사!"

아저씨는 내가 앞에서 언급한 젊은 여인 어깨를 툭 치고, 그러자 마사가 눈앞에서 벌떡 일어났다.

"맙소사, 아저씨는 참 좋은 분이세요! 마사를 데려가시는군요!"

내가 감탄하자, 마사는 터져 나오는 눈물로 대답을 대신했다. 나는 아무 말도 할 수 없어서 아저씨 손을 꽉 움켜잡았다. 내가 사랑하고 존경하는 인물이 있다면 그건 바로 마음속 깊이 사랑하고 존경하는 패거티 아저씨였다.

선박으로 몰려든 방문객이 빠르게 사라졌다. 하지만 나에겐 제일 커다란 시련이 남았다. 세상을 떠난 고귀한 영혼이 마지막으로 작별하는 순간에 전달하도록 부탁한 말을 나는 아저씨에게 그대로 전했다. 아저씨는 깊이 감동하였다. 하지만 이제 아무런 말도 들을 수 없는 사람에게 아저씨는 애정과 후회로 물든 마음을 가득 늘어놓는 바람에 나는 훨씬 더 감동했다.

시간이 됐다. 나는 아저씨를 꼭 껴안고 흐느끼는 유모를 한쪽 팔로 부축한 채 급히 나왔다. 갑판에서는 가련한 미코버 아주머니와 작별했다. 아주머니는 그 순간까지 친정식구를 애타게 찾았는데, 나에게 마지막으로 한 말은, 자신이 미코버 아저씨를 버리는 일은 결코 없을 거란 얘기였다.

우리는 뱃전을 넘어서 밑으로 내려가 거룻배에 올라타고 약간 떨어진 거리에서 항로에 따라 방향을 돌리는 선박을 지켜보았다. 태양이 서쪽 하늘로 차분하고 화려하게 넘어가는 중이었다. 선박은 새빨간 석양으로 방향을 틀고, 밧줄과 돛대는 가늘게 변하면서 석양을 받아 환하게 반짝였다. 화려하게 빛나는 선박은 번뜩이는 수면에 가만히 멈추고 거기에 올라탄 사람은 뱃전에 잔뜩 모여서 모자를 벗고 가만히 바라보는, 너무나 아름답고 너무나 구슬프면서도 희망에 부푼 장면이 눈앞에 가득했다.

침묵은 찰나에 불과했다. 돛은 바람을 받으며 오르고 선박은 천천히 움직이는 순간에 주변에 가득한 거룻배 전체에서 만세 삼창이 터져 나오고 선박에 올라탄 사람들 역시 만세 삼창으로 응답하고, 이쪽에서 다시 소리치고 저쪽에서 다시 응답했다. 웅장한 소리를 내지르며 모자와 손수건을 흔드는 광경에 나는 심장이 터질 것 같았다…… 그러다가 에밀리를 발견했다!

에밀리가 보였다, 외삼촌 옆에서 어깨를 덜덜 떠는. 외삼촌이 한 손으로 열심히 가리키자, 에밀리는 우리를 발견하고 손을 흔들며 마지막 작별인사를 했다. 아아, 에밀리, 고개 숙인 아름다운 에밀리, 외삼촌은 위대한 사랑으로 무엇이든 할 수 있으니, 그대 상처 입은 영혼이여, 누구보다 믿음직한 외삼촌에게 꼭 매달려라!

에밀리는 장밋빛 석양에 물들며 갑판 높이 일어서서 외삼촌에게 매달리고 외삼촌은 에밀리를 꼭 잡은 채 엄숙하게 멀어졌다. 우리가 해안으로 노를 저을 때 켄트 산맥에 밤이 깔리더니…… 우리에게도 짙게 깔렸다.

CHAPTER 58. 방황

기나긴 밤은 우울하게 몰려들고, 나는 유령처럼 달려드는 다양한 희망, 소중하게 다가오는 다양한 추억, 다양한 실수, 소용없는 슬픔과 후회에 끊임없이 시달렸다.

나는 내가 받은 충격이 얼마나 커다란지도 모른 채 영국을 떠났다. 소중한 사람 전부를 놔두고 떠났다. 모든 충격을 극복했다고, 이미 지난 과거라고 믿었다. 전쟁터에서 치명상을 입은 병사는 자신이 총에 맞은 사실을 모르듯, 수양이 부족한 마음으로 혼자 떠날 때만 해도 나는 내가 이겨내야 할 상처에 대해서 아는 게 하나도 없었다.

뼈저린 상처는 순식간이 아니라 서서히 조금씩 나타났다. 나를 외국으로 내몬 고독감은 시간이 지날수록 깊어지고 넓어졌다. 처음에는 상실감과 슬픔만 묵직하게 다가올 뿐, 다른 건 느낄 수 없었다. 그런데 사랑이나 우정이나 관심사 등 내가 잃어버린 모든 것이, 최초의 믿음이나 최초의 애정, 인생이라는 공허한 성곽 등 산산이 깨져나간 모든 것이, 텅 빈 공허함과 황폐함 등 곁에 남은 모든 것이, 나도 모르는 사이에 무력감으로 변하면서 온몸을 에워싼 채 어두운 지평선 끝까지 뻗어 나갔다.

이런 슬픔은 이기적일 수 있는데, 나는 당시에 그것조차 몰랐다. 나는 철부지 아내가 한창 꽃피우다 젊은 나이에 떠난 게 슬펐다. 수많은 사람에게 사랑과 존경을 받을 스티어포스 선배가 젊은 나이에 떠난 게 슬펐다. 쓰디쓴 상처를 안고 살다 폭풍이 몰아치는 바다에서 안식을 찾은 햄이, 어릴 적에 밤바람이 불어닥치는 소리를 듣던 소박한 가정이, 하지만 지금은 멀리 떠도는 사람들이 슬펐다.

슬픔이 하나씩 쌓이더니, 결국엔 다시 일어설 희망마저 잃었다. 어디를 가든 무거운 짐이 내리눌렀다. 너무나 무거운 짐에 짓눌려서 허리를 꼬부린 채 이제 결코 벗어날 수 없겠다고 중얼거렸다.

울적한 기분이 최악일 때는 죽어야 한다는 생각마저 들었다. 어차피 죽을 바에는 집으로 돌아가서 죽자는 생각에 실제로 발길을 돌릴 때도 있었다. 그러지 않을 때는 모르는 걸 찾아서, 혹은 모르는 걸 뒤로 떨쳐내려고, 이 도시 저 도시로 더 멀리 나아갔다.

지금 내 힘으로는 당시에 좌절과 절망에 시달리며 몸서리치던 단계를 하나씩 되짚을 수 없다. 이런저런 꿈이 애매하고 막연하게 떠오르는 게 전부니, 굳이 당시를 돌아봐야 한다면 이런 꿈을 되짚어야 할 것 같다.

고상한 외국 도시와 궁전과 대성당과 사원과 화랑과 성채와 무덤과 환상적인 거리를, 역사와 환상이 가득하고 고풍스러운 공간을 몽유병 환자처럼 거닐던 내가 보인다. 고통스러운 짐이 온몸을 짓누르니, 눈앞에 흐릿하게 드러나는 경관은 뇌리에 들어올 생각조차 않는다. 무엇에도 관심이 안 가고 슬픔만 가득하니, 수양이 부족한 마음에는 새까만 밤만 몰려든다. 하지만 다행스럽게도 결국에는 여기에서 벗어나,

깜깜한 밤에서, 길디길고 구슬프고 비참한 꿈에서 새벽으로 고개를 든다.

나는 끝없이 어두운 먹구름을 가슴에 안고 여러 달을 돌아다녔다. 집으로 못 돌아가는 막연한 이유를 조금 더 확실하게 파악하려고 내적으로 헛되이 갈등하면서 계속 순례했다. 때로는 어디에도 멈추지 않은 채 다른 곳으로 끊임없이 나아가고, 때로는 한곳에 오랫동안 머물렀다. 어디서든 뚜렷한 목적이 없고, 내면에는 살아 숨 쉬는 영혼이 없었다.

그러다가 스위스로 들어섰다. 이탈리아에서 안내인과 함께 알프스 산맥 거대한 고갯길을 넘어 샛길을 이리저리 돌아다닌 다음이었다. 사방에 가득한 고독이 나에게 뭐라고 말했는지는 모르겠다. 장엄한 봉우리와 절벽에서, 포효하는 물살에서, 얼음과 눈만 가득한 산맥에서 놀랍고 숭고한 느낌은 받았으나, 특별히 깨달은 건 여전히 하나도 없었다.

나는 쉴 곳을 찾아서 해가 떨어지기 전에 계곡으로 들어섰다. 밑으로 내려오는 도중에 가로막힌 모서리를 돌다, 산 아래 멀리서 햇살을 받아 환하게 빛나는 마을을 보니, 오랫동안 잊고 지내던 느낌이, 아름답고 평온하다는 느낌이, 정말 평화롭다는 느낌이 마음을 살짝 건드린 것 같다. 나를 억누르지도 않고 절망으로 몰아가지도 않는 슬픔이 묘하게 일어나면서 걸음을 한 차례 멈췄던 게 기억난다. 내면에서 뭔가 긍정적인 변화가 일어날 수도 있겠다는 희망이 떠오른 게 기억난다.

계곡으로 들어서자, 서쪽으로 기우는 태양이 멀리서 봉우리에 구름처럼 영원히 덮인 눈을 환하게 비췄다. 산맥 밑으로 골짜기를 이루는 지점에 자리한 조그만 마을은 부드러운 녹색이 가득하고, 그 위로 짙은 전나무 숲이 쐐기처럼 드높이 자라서 겨울철에 휘몰아치는 눈보라와

눈사태를 막아주었다. 그 위로 울퉁불퉁 가파른 언덕과 회색 바위와 반짝이는 얼음과 부드럽고 푸릇푸릇한 목초지가 차례대로 펼쳐지면서 봉우리에 덮인 눈과 어우러졌다.

통나무집은 산허리 여기저기에 외롭게 박힌 점처럼 흩어졌다. 높다란 봉우리에 비해 너무나 왜소한 모습이 조그만 장난감 같았다. 계곡 밑으로 주택이 옹기종기 모인 마을도, 무너진 바위 너머로 굽이치며 숲 사이로 요란하게 사라지는 개울도, 개울을 가로지르는 나무다리도 마찬가지였다. 사방이 조용한 가운데 멀리서 노래하는 소리가 일어났다. 목동이 부르는 노래였다. 하지만 구름 한 점이 산허리 한가운데 걸쳐서 햇살이 환하게 빛나는 순간, 나는 거기에서 흘러나오는 노래라고, 지상에서 부르는 노래가 아니라고 믿고 싶었다. 이렇게 평온한 가운데 갑자기 위대한 자연이 말을 걸며 따듯하게 위로해, 나는 지친 머리를 풀밭에 누인 채 마구 울었다! 도라가 죽은 이후로 그렇게 운 건 처음 같았다.

숙소에 도착하자마자 편지 묶음이 기다린다는 사실을 깨닫고, 저녁 식사를 준비하는 동안 편지를 읽으려고 마을을 천천히 빠져나왔다. 다른 편지 묶음은 중간에 사라져, 나는 오랫동안 편지 한 통 못 받은 상태였다. 집을 떠난 이후로 나 역시 편지를 쓸 만한 힘이 없어서 어디에 도착했다는, 잘 지낸다는 내용만 한두 줄씩 써서 보낸 게 전부였다.

나는 편지 묶음을 손에 들었다. 그래서 봉투를 열고, 아그네스가 보낸 내용부터 읽었다.

아그네스는 여전히 행복하고 유익한 시간을 보냈다. 하고 싶은 일도 순조롭게 풀려나갔다. 이게 자신에 대해서 말한 전부였다. 나머지는 모두 나에 관한 내용이었다.

나에게 충고하거나 의무감을 강요하는 내용은 하나도 없이, 자신은 나를 믿는다고 강조하면서 말했다. 나는 성격이 좋으니, 역경을 딛고 일어설 게 분명하다. 시련과 고통은 나를 더욱 강하게 단련할 거다. 슬픔을 겪다 보면 성격이 모든 점에서 훨씬 단단하고 숭고하게 변할 거다. 자신은 내가 유명한 걸 자랑스럽게 여기며, 앞으로 더욱 유명한 사람이 되길 학수고대하니, 내가 계속 노력할 거로 확신한다. 나는 슬픔을 약점이 아니라 장점으로 만들 수 있다. 내가 이렇게 성장하는 데에는 어린 시절에 갖춘 인내력도 한몫한 것처럼 지금 겪는 엄청난 불행 역시 나를 새롭게 단련할 것이며 그래서 새로운 진실을 깨닫고 다른 사람에게 바람직한 길을 제시할 거다. 하느님은 순수한 영혼을 영원한 안식처로 데려갔으니, 자신은 나 역시 하느님 뜻에 맡긴 채 친누이 같은 애정으로 늘 아끼고, 내가 어디를 가든 항상 곁에 머물고, 내가 무엇을 하든 자랑스럽게 여기지만, 앞으로 이룩할 업적을 훨씬 더 자랑스럽게 여기겠다.

나는 편지를 품에 넣고, 한 시간 전에 목격한 풍경을 떠올렸다! 서서히 줄어드는 노랫소리가 들렸다. 초저녁 구름은 조금씩 어둡게 변하고 골짜기에 가득한 색채는 모두 사라지고 봉우리마다 가득한 황금빛은 멀리서 창백한 밤하늘에 녹아드는 풍경을 바라보았다. 그러다 보니, 가슴 한쪽에서 밤이 지나고 어둠이 걷히면서 아그네스를 사랑하는 마음이 어느 때보다 소중하고 선명하게 떠오르는 느낌이었다.

나는 아그네스 편지를 수없이 읽었다. 잠자리에 들기 전에 답장을 썼다. 아그네스 도움이 언제나 절실하게 필요했다고, 아그네스가 아니면 나는 아그네스가 생각하는 사람이 될 수 없었다고, 지금도 마찬가지라고, 그런데 이렇게 격려하는 편지까지 받으니, 기꺼이 노력하겠다고 말했다.

나는 정말 노력했다. 앞으로 석 달만 지나면 슬픔에 빠져든 지 일 년이었다. 나는 석 달을 다 보낼 때까지 아무런 결심도 하지 않고 노력만 하기로 마음먹었다. 그리고 그 골짜기에, 그곳 마을에 머물렀다.

석 달이 지났다. 당장은 조국으로 돌아가는 대신 스위스에 머물기로, 펜을 다시 들기로, 글을 쓰기로 작정했다. 첫날에 본 초저녁 풍경이 너무나 소중하게 떠올랐다.

나는 아그네스가 나를 맡긴 하느님에게 겸허하게 의존했다. 대자연에 빠져들어 많은 도움을 받았다. 최근까지 외면하던 인간적인 관심사도 마음으로 받아들였다. 얼마 후에는 골짜기에서 사귄 친구가 야머스만큼이나 늘어났다. 겨울 직전에 떠나 제네바에서 지내다가 봄에 돌아오니, 영어로 말하는 사람은 없지만 모두 따듯하게 맞아주는 게 나는 참으로 고마웠다.

이른 시각과 늦은 시각에는 작업에 빠져들었다. 내가 경험한 내용을 소설에 담아서 보내니, 트래들스가 유리한 조건으로 출판하도록 도와주었다. 우연히 마주친 여행객을 통해서 명성이 점차 올라간다는 소식도 들었다. 나는 얼마간 쉬면서 변화를 모색하다, 나 자신을 강력하게 사로잡는 소설에 새롭게 빠져들어 예전처럼 열심히 작업했다. 작업할수록 빠져드는 강도가 늘어나, 거기에 모든 정력을 쏟아부었다. 세 번째 소설작품이다. 절반을 쓰다가 잠시 쉬는데, 집으로 돌아가자는 생각이 떠올랐다.

오랜 세월에 걸쳐서 열심히 공부하고 일하는 동안 나는 무엇이든 최선을 다하는 습관을 들였다. 영국을 떠날 때만 해도 심하게 망가진 건강 역시 거의 회복했다. 그동안 많은 걸 보았다. 많은 나라도 돌아다녔다. 나로선 많은 걸 배웠기만 바랄 뿐이다.

방황한 기간에 대해 떠올릴 필요가 있다고 여긴 건 지금까지 모두 언급했다…… 한 가지만 빼고. 머릿속 생각을 숨기려는 목적은 아니다. 훨씬 앞에서 언급한 것처럼 이번 이야기는 머릿속 기억을 풀어나가는 것이기 때문이다. 하지만 마음속 깊은 곳에서 가장 은밀하게 꿈틀대는 비밀만큼은 마지막까지 따로 간직하고 싶었다. 이 비밀을 지금부터 풀어가겠다.

자신의 마음속 신비를 완벽하게 파악한 인간은 어디에도 없다. 나 역시 마찬가지다. 그래서 아주 어릴 적에 아그네스에게 더없이 화려한 희망을 품었을 수 있겠다는 생각을 처음 떠올린 게 언제인지도 모른다. 소년기를 변덕스럽게 보내느라 아그네스를 연인으로 바라볼 소중한 가능성을 무시한 걸 처음 후회한 게 슬픔이 어느 단계로 치닫던 순간인지도 모른다. 도라 살아생전에 내가 아주 중요한 무언가를 잃었거나 빠뜨렸다는, 결코 채울 수 없다는 상실감에 시달릴 즈음, 마음 한구석에서 조그맣게 일어나는 소리를 들은 것 같다. 하지만 새로운 자책과 새로운 후회로 치밀어오른 건 홀로 남은 세상이 너무나 슬프고 외로울 때였다.

그 시기에 아그네스와 많은 시간을 보냈다면 나는 외로움에 밀리다 결국에는 속마음을 드러내고 말았을 게 분명하다. 이게 나는 막연하게 두려웠다. 영국을 멀리 벗어나야겠다는 생각을 처음 떠올린 것도 이것 때문이었다. 아그네스에게서 친누이 같은 애정이 조금이라도 사라질 가능성을 나는 도저히 감수할 수 없었다. 게다가 이런 마음을 드러내면 우리 둘 사이가 어딘지 모르게 어색할 것만 같았다.

아그네스가 생각하는 나는 내가 다른 여인을 자유롭게 선택하고 사랑하는 과정에서 생겨났다는 걸, 아그네스가 행여나 나를 다른 식으로 사랑했다면 – 그럴 수 있겠다는 생각이 가끔 들기도 하는데 – 나는 그것을 외면했다는 걸, 나로선 결코 잊을 수 없었다. 둘 다 단순한 어린애일 때, 내가 사모하는 인물은 아그네스가 당연히 아니라고 생각했다는 건 이제 아무런 문제도 안 된다. 나는 뜨거운 감정을 다른 여인에게 쏟아붓고 아그네스에게 보여줄 수도 있는 열정을 한 번도 안 보여주었으니, 아그네스가 나에게 친누이 같은 애정을 품도록 한 건 바로 나, 그리고 아그네스의 고상한 마음이다.

내면에서 변화가 조금씩 일어나는 초기에, 나 자신을 제대로 이해하고 좀 더 바람직한 인간이 되려고 애쓸 때, 나는 지난 잘못을 반성하고 아그네스와 결혼하는 은총을 누릴 수도 있었을 시기를 모호하게 떠올렸다. 하지만 시간이 지나다 보니, 어렴풋하게 떠오르던 가능성은 조금씩 줄다가 사라졌다. 아그네스가 나를 사랑한 적이 있다면 나는 아그네스를 그만큼 더 신성한 존재로 지켜주어야 했다. 내가 오랫동안 믿고 의지하던 인물, 내 마음이 흔들리는 걸 아는 인물, 나에게 친구와 누이가 되려고 많은 걸 희생한 인물, 그래서 마침내 이겨낸 인물이 아니던가. 반면에 나를 사랑한 적이 한 번도 없다면 인제 와서 나를 사랑할 가능성이 과연 얼마나 있겠는가!

아그네스는 일관성과 인내심이 뛰어나지만 나는 많이 부족하다고 항상 느꼈는데, 당시에는 그런 느낌이 더욱 강하게 떠올랐다. 나는 아그네스에게 어떤 존재로 그리고 아그네스는 나에게 어떤 존재로 살아왔든, 행여나 내가 오래전에 아그네스에게 훨씬 중요한 인물이었다 해도, 이제는 아니며, 아그네스 역시 마찬가지였다. 그런 시절은 지났다. 내가 그 시절을 그대로 흘려보냈으니, 아그네스를 놓친 건 너무나 당연했다.

이런 갈등에 마냥 시달렸다는 것, 그래서 비참하게 후회하는 마음만 가득했다는 것, 희망이 꾸준히 줄어드는 가운데도 소중한 여인에게, 아그네스를 생각할 때마다 늘 떠오르는 후회처럼, 모든 희망이 창창하게 빛날 때 스스로 경솔하게 외면한 여인에게, 모든 생각이 쏠리는 걸 나는 창피하게 여기고 억눌러야 한다는 것, 그게 바람직하고 명예로운 자세라며 끊임없이 되뇐 것 역시 사실이다. 당시에 나는 아그네스를 사랑하는 마음을, 아그네스에게 홀딱 빠진 마음을 억누르지 않았다. 하지만 너무 늦었다는, 우리가 오랫동안 쌓아온 관계를 망가뜨리면 안 된다는 확신 역시 끊임없이 되새겼다.

우리에게 아무런 시련도 없던 시절에 도라는 앞으로 일어날 수도 있는 상황을 암시하고 나는 시간이 날 때마다 곰곰이 생각한 결과, 실제로 안 일어난 사건이 실제로 일어난 사건과 현실적으로 똑같을 때가 종종 있다는 결론을 내렸다. 도라가 말한 게 지금은 현실이 되었으니, 비록 우리가 초기에 어리석게 행동했지만, 내가 저지른 잘못 역시 언젠가는, 시간이 더 지나다 보면, 교정할 날이 올 터였다. 내가 아그네스와 맺을 수도 있었던 인연을 어그러뜨린 현실을 나는 마음속 욕망을 조금 더 억누르고, 나 자신은 물론 내가 지닌 결점과 오류를 조금 더 의식하고 조금 더 깊이 생각하는 수단으로 삼으려 애썼다. 실현 가능한 현실을 외면하던 과거를 반성하면서 이제는 절대 되돌릴 수 없다는 확신에 도달했다.

외국으로 떠났다 집으로 돌아올 때까지 삼 년이란 세월을 보내는 동안 나는 내면에서 이런 생각이 끊임없이 충돌하는 늪에 빠져 혼란스럽게 보냈다. 그리고 이민선이 바다로 떠나고 삼 년이 지난 어느 날, 해가 똑같이 떨어지는 시각 똑같은 장소에서 나는 조국으로 돌아오는 정기여객선 갑판에 올라, 이민선 영상을 머금던 바로 그 장밋빛 바닷물을 바라보았다.

삼 년. 기나긴 시간이지만 지나고 보면 짧은 시간이다. 우리 집도 그립고 아그네스도 그리웠다. 하지만 아그네스는 나랑 결혼할 수 없다.

나랑 절대로 결혼할 수 없다. 예전에는 가능했을지언정 지금은 절대 아니다!

CHAPTER 59. 귀향

겨울 같은 가을날 초저녁에 런던에 상륙했다. 어두운 하늘은 비를 뿌리고, 나는 일 년 동안 본 것보다 많은 안개와 진창을 일 분만에 겪었다. 세관[38]에서 기념탑까지 걸어간 다음에 비로소 역마차를 발견했다. 건물 정면마다 물이 넘쳐흐르는 하수구처럼 보이는 게 나에겐 오랜 친구 같은데, 아주 지저분한 친구라는 사실 역시 인정하지 않을 수 없었다.

누구나 그렇겠지만 나 역시 익숙한 공간을 오랫동안 떠났다 돌아오니 주변이 많이도 변한 것 같았다. 역마차 창문으로 내다보는데, 페인트도 판자도 벽돌도 떨어진 채 '생선 거리 언덕'에서 백 년을 버티던 주택은 내가 없는 사이에 모두 철거해서 사라지고, 옛날부터 불결하고 불편하던 인근 거리는 배수로를 넓혀서 빗물이 쭉쭉 빠지는 걸 보니,

38) 세관은 '낮은 템스 거리'에 있다. 이곳 분위기는 '황폐한 집' 초반부에 잘 나온다. 1831년에서 1832년 사이에 런던교를 개축하면서 이곳도 함께 개발한 것 같다. 1829~35년에 '윌리엄 국왕 거리'를 만들 때까지 '생선 거리 언덕'은 런던교로 가는 주도로였다.

세인트폴 대성당이 훨씬 고풍스럽게 보이겠다는 생각마저 애매하게 떠올랐다.

가깝게 지내던 사람들 역시 다양하게 변했겠다는 생각이 들었다. 고모님은 오래전에 도버로 돌아가서 정착하고, 트래들스는 법조계에 첫발을 들여 법원에서 변호사 실습을 시작했다. 지금은 법학원에 사무실을 냈는데, 마지막 편지에 의하면 세상에서 가장 소중한 여인과 금방 결합할 가능성이 없지 않았다.

사람들은 내가 크리스마스 이전에 귀향하리라 예상할 뿐, 이렇게 일찍 돌아오리란 생각은 미처 못했다. 모두를 깜짝 놀라게 하고 싶어서 내가 일부러 엉뚱하게 말한 것이다. 그런데도 마중 나온 사람이 하나도 없다는 실망감에 기운까지 떨어져, 나는 덜커덩대는 마차를 타고서 안개 낀 거리를 홀로 말없이 나아갔다.

하지만 눈에 익은 상점들이 환한 불빛으로 마음을 달래니, 법학원 커피점 정문에서 마차를 내릴 때는 기분이 많이 풀렸다. 그곳을 보니까 내가 골든크로스 여인숙에 묵던 시절이 떠오르다 이후에 일어난 다양한 변화도 잇따르는데, 하나같이 자연스러웠다.

나는 커피점 벽난로 앞에서 몸을 데우며 웨이터에게 물었다.

"트래들스 변호사가 법학원 어디에 사는지 아시오?"

"홀번코트[39] 2번지입니다, 손님."

"트래들스 변호사가 법조계에서 평판이 높은가요?"

"으음, 손님, 그렇겠지요, 손님. 하지만 저는 잘 모른답니다."

중년 나이에 홀쭉한 웨이터가 대답하더니 상급 웨이터에게 도움을 청하자, 뚱뚱한 체구에 이중 턱으로 나이는 듬직한 인물이 커피점 끝 교구 위원 전용석 같은 곳에서 돈궤와 인명록과 변호사 명부 같은 책과

39) 디킨스는 1827~28년에 홀번코트에서 서기로 근무했다.

서류를 지키다가 나오는데, 까만 반바지에 기다란 양말 차림이었다.

"트래들스 변호사. 홀번코트 2번지."

홀쭉한 웨이터가 말하자 뚱뚱한 웨이터가 손사래를 쳐서 물리더니, 엄숙한 표정으로 나를 쳐다보았다.

"내가 물은 건 홀번코트 2번지에 사는 트래들스 변호사가 법조계에서 평판이 높은가 하는 것이오."

내가 말하자, 뚱뚱한 웨이터가 쉰 목소리로 굵직하게 대답했다.

"그런 이름은 못 들었습니다."

나는 트래들스를 참으로 안쓰럽게 느끼고, 뚱뚱한 웨이터는 날카로운 시선을 나에게 고정하며 물었다.

"젊은 사람이 분명하겠지요? 법학원에서 얼마나 살았나요?"

"삼 년이 넘진 않을 거요."

내가 대답하자, 교구 위원 전용석에서 사십 년은 족히 산 것처럼 보이는 웨이터는 별 볼 일 없다는 듯 가볍게 외면한 채, 저녁으로 무얼 들겠느냐고 물었다.

나는 영국으로 정말 돌아왔다는 사실도 실감하고 트래들스가 참으로 안쓰럽기도 했다. 세상이 트래들스에게 너무 가혹한 것 같았다. 나는 생선과 스테이크 요리를 순순히 주문하고 세상이 몰라주는 트래들스 처지를 곰곰이 생각하며 벽난로 불을 쬈다.

뚱뚱한 웨이터가 떠나는 뒷모습을 무심히 바라보는데, 트래들스가 조금씩 꽃피우는 화단은 너무 험해서 크게 자랄 수 없겠다는 생각이 절로 들었다. 노인네들이 오랜 전통에 기대며 활개 치는 곳이라서 분위기가 딱딱하고 완고했다. 실내를 둘러보니, 뚱뚱한 웨이터가 – 어린 시절 자체가 없는 것처럼 보이지만 행여나 그런 시절이 있었다면 – 어릴 때 그랬던 것처럼 바닥은 광택이 번지르르하고, 마호가니 식탁

표면은 나를 비추며 반짝이는 게 고요한 수면 같고, 등잔불은 심지를 완벽하게 다듬고, 편안한 녹색 커튼은 순수한 놋쇠막대기에 걸려서 식당을 아늑하게 감싸고, 커다란 벽난로 두 곳은 석탄이 활활 타오르고, 쭉 늘어선 크리스털 술병은 지하실에서 오랫동안 묵은 고급 포도주 술통을 잘 아는 것처럼 화려하니, 영국이든 법조계든 단번에 장악한다는 건 정말 어려울 것 같았다.

젖은 옷을 갈아입으러 객실로 올라가니, 벽마다 징두리 널을 댄 커다란 방(법학원으로 이어지는 아치 길 위에 있던 거로 기억하는 방), 기둥 네 개가 달린 웅장하고 아늑한 침대, 묵직한 옷장 등이 트래들스를 비롯해 새롭게 도전하는 모든 젊은이에게 엄숙하게 경고하는 것 같았다.

밑으로 다시 내려가서 저녁을 드는데, 느긋하고 편안하게 즐기는 음식은 물론, 오랜 휴가가 안 끝난 터라 손님이 거의 없어서 정숙하고 고요한 분위기조차 트래들스가 무모하다는 사실을, 앞으로 이십 년은 생계유지도 쉽지 않다는 사실을 웅변하는 것 같았다.

멀리 떠난 이후로 이런 느낌이 든 건 처음이었다. 친구가 잘되길 바라는 희망이 산산이 깨져나가는 느낌이었다. 뚱뚱한 웨이터는 나에게 더는 관심을 안 보였다. 내 옆에는 다가오지도 않고 긴 장화를 신은 노신사에게 가서 아무런 주문도 안 했는데 지하창고에서 저절로 올라온 것처럼 보이는 고급 적포도주를 접대하는 데 몰두했다. 홀쭉한 웨이터가 속삭이며 알려준 바에 의하면, 노신사는 부동산 전문 변호사를 하다가 은퇴하고 광장 인근에 사는데 돈이 엄청나게 많고, 그 돈을 집에서 일하는 세탁부 딸에게 남겨줄 것 같고, 찬장에는 식기 한 벌이 있는데 손도 대지 않아서 그대로 녹슬고, 집 안에서 숟갈과 포크 한 벌 이상을 본 사람은 아무도 없었다. 이런 말까지 들으니, 나는 트래들스가 성공하리라는 희망을 완전히 포기했다. 그에게 남은 희망은 이제 없다는 식으로 마음을 정한 거다.

그렇지만 오랜 친구를 보고 싶은 마음은 여전히 강렬해, 나는 뚱뚱한 웨이터가 높이 평가할 가능성이 전혀 없는 방식으로 식사를 해치우고 뒷문으로 황급히 나갔다. 홀번코트 2번지는 금방 나타나고, 대문에 달린 명패는 트래들스가 꼭대기 층에서 산다고 알려주었다. 계단은 낡을 대로 낡아서 삐거덕대고, 층계참마다 조그만 심지가 더러운 유리 감옥에 갇혀서 희미한 불빛을 뿜어내며 죽어갔다.

비틀거리며 계단을 오르는데 흥겹게 웃어대는 소리가 들리는 것 같았다. 법률 대리인이나 법정 변호사가 웃는 소리도 아니고 법률 대리인 직원이나 법정 변호사 직원이 웃는 소리도 아니었다. 여자애 두세 명이 까르르 웃어대는 소리였다. 하지만 자세히 들으려고 걸음을 멈추다가 '명예로운 법학원 협회'에서 부서진 상태로 놔둔 판자 구멍에 발을 디디면서 우당탕 쓰러지다 일어나니, 침묵만 가득했다.

나머지 계단을 훨씬 조심스럽게 올라, 열린 현관문에서 트래들스 변호사란 글씨를 찾으니, 가슴이 두근거렸다. 똑똑 두드렸다. 안에서 갈팡질팡하는 인기척이 연속으로 일어나는데, 그게 전부였다. 다시 똑똑 두드렸다.

날카롭게 생긴 사내아이가 심부름꾼 같기도 하고 직원 같기도 한 모습으로 숨을 가쁘게 몰아쉬며 나타나, 자신이 헐떡인다는 사실을 법적으로 증명하라는 듯 도전적으로 쳐다보았다.

"트래들스 변호사께서 안에 계시니?"

"네, 손님, 하지만 바쁘십니다."

"만나고 싶군."

날카롭게 생긴 사내아이는 나를 잠시 훑어보다 안에 들이기로 마음먹었는지, 현관문을 활짝 열어서 비좁은 복도에 뒤이어 조그만 거실로 안내하니, 오랜 친구가 책상에 앉아서 (마찬가지로 가쁜 숨을 몰아쉬며) 앞에 있는 서류를 훑어보고 있었다.

"맙소사, 코퍼필드 아닌가!"

트래들스가 쳐다보고 소리치면서 내 품으로 달려드니, 나 역시 꼭 껴안으며 물었다.

"모두 잘 지내시지, 친애하는 트래들스?"

"그럼 당연하지, 친애하는 코퍼필드. 모두 잘 지내시네!"

트래들스도 나도 기뻐하며 울었다.

트래들스가 잔뜩 흥분한 나머지 딱히 그래야 할 까닭도 없건만 자기 머리칼을 헝클어뜨리며 말했다.

"친애하는 친구, 너무나 소중한 코퍼필드, 오랫동안 못 봐서 너무나 반가운 친구, 이렇게 보니 얼마나 기쁜지 모르겠네! 살갗이 많이 탔군! 정말 기뻐! 모든 걸 걸고 자신 있게 말하는데, 이렇게 기쁜 적은 한 번도 없네, 사랑하는 코퍼필드, 단 한 번도!"

나 역시 기쁜 마음을 어떻게 표현해야 좋을지 몰랐다. 처음에는 말조차 할 수 없었다. 그래서 트래들스가 다시 말했다.

"친애하는 친구! 자네는 정말 유명한 인물이 되었어! 영광스런 코퍼필드! 맙소사, 언제 온 거야, 어디서 온 거야, 뭘 하다 온 거야?"

이런 말에 대답할 틈도 안 주고 트래들스는 나를 벽난로 옆 안락의자로 밀어붙이더니, 이번에는 한 손으로 부지깽이를 집어서 불길을 마구 쑤시고 다른 한 손으로는 내 목도리를 외투로 착각하며 마구 잡아당겼다. 그러다가 부지깽이를 그대로 든 채 나를 다시 껴안고, 나도 그를 껴안았다. 그래서 함께 웃고 함께 울고 함께 자리에 앉아 벽난로 위로 손을 맞잡고 흔들었다.

"자네가 이렇게 일찍 돌아올 줄 알았다면, 친구, 예식에 참석할 수도 있었는데!"

"무슨 예식, 친애하는 트래들스?"

내가 묻자, 트래들스가 깜짝 놀라서 예전처럼 눈을 크게 뜨며 소리쳤다.

"맙소사! 지난번에 보낸 편지를 못 받은 거야?"

"당연히 못 받았지, 예식에 관한 거라면."

내가 대답하자, 트래들스는 두 손으로 머리칼을 꼿꼿하게 세우다 내 무릎에 얹으며 말했다.

"맙소사, 친애하는 코퍼필드. 내가 결혼했다네!"

"결혼!"

내가 깜짝 놀라며 기뻐하자, 트래들스가 다시 말했다.

"그래, 하느님이 도우셔서! 호레이스 신부님 주례로…… 소피랑…… 데번셔에서. 아, 친애하는 친구, 신부는 지금 창문 커튼 뒤에 숨었다네! 여길 보게!"

이 말과 동시에 놀랍게도 세상에서 가장 소중한 여인이 커튼 뒤에서 수줍은 얼굴로 웃으며 나왔다. (내가 그 자리에서 그대로 말할 수밖에 없을 만큼) 그렇게 즐겁고 사랑스럽고 정직하고 행복하고 화사한 신부는 생전 처음이었다. 나는 친한 친구답게 신부에게 키스하고 온 마음을 다해서 두 사람 행복을 빌었다.

"맙소사, 이렇게 다시 만나니 정말 기쁘군, 친애하는 코퍼필드! 살갗이 많이 탔어! 더할 나위 없이 좋아, 하느님 덕분에!"

트래들스 말에 나도 대답했다.

"나도 마찬가지야."

"저도 마찬가지예요!"

소피도 수줍은 표정으로 웃으면서 맞장구치자, 트래들스가 다시 말했다.

"우리 모두 더할 나위 없이 행복해! 처제와 처형들도 행복하고. 맙소사, 까마득히 잊었군!"

"무얼?"

"처제와 처형들. 소피 언니와 동생들. 우리 집에 묵거든. 런던을 구경하러 왔어! 사실대로 말하자면 아까…… 계단에서 넘어진 사람이 자네인가, 코퍼필드?"

"그렇다네."

내가 웃으며 대답하자, 트래들스가 다시 말했다.

"으음, 그렇다면 아까 자네가 계단에서 넘어질 때, 나는 처제와 처형들과 열심히 뛰어노는 중이었다네. 사실대로 말하자면, 자리 뺏기 놀이를[40] 하는 중이었어. 그런데 법조인이 할만한 놀이가 아니라서 혹시나 고객한테 들키면 품격이 떨어질 것 같아 모두 도망쳤다네. 지금은 숨어서 모두 열심히 듣겠지."

트래들스가 말하며 옆방 문을 힐끔 쳐다보았다.

"나 때문에 놀이를 망치다니 미안하군."

내가 다시 웃으며 말하자, 트래들스 역시 즐거워하며 대답했다.

"내가 장담하는데, 노크 소리에 처제와 처형들이 도망치다가 머리에서 떨어진 빗을 주우려고 황급히 돌아오고 다시 미친 듯이 도망치는 모습을 보았더라면 자네도 그런 말을 안 할 거야. 여보, 자매들을 데려오겠소?"

소피는 옆방으로 가고, 그곳에서 까르르 웃어대는 소리가 연속으로

40) 자리 뺏기 놀이(Puss in the Corner): 술래는 중앙에 있고 나머지는 벽에 붙었다가 신호와 동시에 서로 자리를 바꾸며 다른 자리를 빼앗는 어린이 놀이.

일어나자, 트래들스가 물었다.

"참 듣기 좋은 소리 아닌가, 친애하는 코퍼필드? 음악 소리 같아. 낡아빠진 공간이 아주 밝아진다니까. 쭉 외롭게 살아온 노총각에겐 이보다 기분 좋은 소리도 없다네. 정말 매혹적이야. 처제와 처형들이 불쌍해, 지금이나 예전이나 누구보다 소중한 자매를 잃었으니까. 그런데 우리 집에 와서 저렇게 좋아하는 걸 보니 형용할 수 없도록 기쁘다네. 처제나 처형들이 곁에 있으면 기분이 정말 좋아, 코퍼필드. 전문가답다고 할 순 없겠지만 정말 기쁜 건 어쩔 수 없어."

트래들스 목소리가 살짝 떨렸다. 자신이 한 말에 내가 행여나 고통스러워하는 건 아닐까 걱정하는 마음 때문이라는 걸 알아채고 내가 기꺼이 동의하자, 그는 편하고 즐거운 마음으로 말을 이어갔다.

"그런데 사실대로 말하자면 우리 집은 전문가다운 특색이 딱히 없어, 친애하는 코퍼필드. 소피가 여기서 지내는 자체가 문제야. 하지만 따로 묵을만한 곳이 없어. 일엽편주를 타고 바다에 뛰어들었으니까 거친 풍랑에 시달릴 각오는 해야겠지. 그런데 소피는 관리 능력이 탁월해! 자매들이 묵을 방을 어떻게 배정했는지 놀라워. 도대체 어떻게 그럴 수 있는지 나로선 도무지 모를 정도야!"

"처가 아가씨들이 많이 왔나?"

내가 묻자, 트래들스는 나지막한 어투로 은밀하게 대답했다.

"장녀, 미녀도 왔어, 캐롤라인. 사라도 왔어…… 척추에 문제가 있다고 말한 둘째. 많이 좋아졌어! 소피가 공부시키는 어린 동생 두 명도 오고. 루이사도 오고."

"맙소사!"

"그래. 방이라야 거실을 포함해서 세 칸이 전부지만 소피는 자기 자매들을 멋들어지게 배치해서 모두 최대한 편하게 잠자리를 즐기지."

트래들스가 손으로 가리키며 계속 말했다.

"저 방에서 세 명. 저 방에서 두 명."

나는 신혼부부가 묵을 방을 찾아 주변을 둘러볼 수밖에 없었다. 트래들스가 의도를 알아채고 말했다.

"으음! 조금 전에 말한 것처럼, 우리는 거친 풍랑에 시달릴 각오를 충분히 했어. 지난주에 여기 거실에다 침대 하나를 임시변통으로 설치했지. 하지만 지붕에 조그만 다락방이 있어. 올라가서 보면 정말 멋져. 소피가 나를 놀라게 하려고 직접 도배했어. 지금은 그게 우리 방이야. 집시가 사는 곳처럼 훌륭해. 전망이 대단하거든."

"행복한 결혼생활을 드디어 시작한 거군, 친애하는 트래들스! 정말 기뻐!"

내가 말하면서 다시 한번 손을 맞잡으며 흔들고, 트래들스는 이렇게 대답했다.

"고마워, 친애하는 코퍼필드. 그래, 나는 더할 나위 없이 기뻐."

트래들스가 고갯짓으로 꽃병과 받침대를 가리키며 의기양양하게 덧붙였다.

"저기에 오랜 친구도 있어. 그리고 저기에는 꼭대기를 대리석으로 마감한 조그만 원탁도 있고! 다른 가구는 모두 평범해. 실용적이지. 금은으로 만든 식기라곤 찻숟갈 하나 없다네."

"모두 벌어서 마련하려고?"

내가 쾌활하게 묻자, 트래들스가 대답했다.

"그래, 맞아, 모두 벌어서 마련할 거야. 물론 찻숟갈처럼 생긴 건 있어, 차를 저어야 하니까. 쇠를 섞은 합금이야."

"은으로 만든 식기를 내놓으면 훨씬 화려할 거야."

"내 말이 바로 그 말이야!"

트래들스가 큰 목소리로 동의하더니, 다시 나지막하고 은밀한 어투로 바꿔서 말했다.

"자네도 알겠지만, 친애하는 코퍼필드, 나는 임차인과 임대인 문제를 확실하게 해결하는 전문가로 명성을 날리고, 데번셔로 내려가서 호레이스 신부님과 단둘이 진지한 대화를 나눴다네. 내가 강조한 사실은 소피가…… 내가 분명히 말하는데, 코퍼필드, 소피만큼 사랑스러운 여인은 어디에도 없네!"

"그래, 나도 잘 알아!"

"정말이야! 그런데 본론에서 벗어난 것 같군. 내가 호레이스 신부님까지 말했던가?"

"자네가 강조한 사실까지 말했네."

"맞아! 내가 강조한 사실은 소피와 내가 약혼 상태로 오랜 세월을 보낸 만큼 부모님만 허락하신다면 소피는 나를 기꺼이 받아들일 거란 말이었어."

트래들스가 특유의 소박한 미소를 머금으며 계속 말했다.

"당장은 우리가 합금 식기를 사용할지언정, 그런 건 아무렇지 않다고 말이야. 그런 다음에는 호레이스 신부님한테 – 아주 훌륭한 성직자셔, 코퍼필드, 주교님 자리에 오를 자격이 충분하시고, 쪼들리지 않고 생활할 자격도 충분하신데 – 내가 고비만 넘긴다면, 가령 일 년에 금화 이백오십 냥이라도 번다면, 수입이 매년 늘어날 전망이 확실하다면, 그래서 이런 공간이라도 소박하게 장만할 수 있다면, 그렇게 된다면, 소피랑 결혼하고 싶다고 말씀드렸어. 실례를 무릅쓰고, 우리 두 사람은 오래 참았다는, 할 일이 많은 집안 환경 때문에 자애로운 부모님께서 소피가 새로운 삶을 시작하는 걸 반대하면 안 된다는 말씀도 드리고…… 자네가 보기에도 안 그런가?"

"당연히 그렇지."

"자네 생각도 같다니까 기쁘군, 코퍼필드. 호레이스 신부님이 나쁘다는 게 아니라, 부모나 형제는 이런 문제에 이기적일 때가 종종 있거든. 으음! 어쨌든 나는 그 집 식구한테 유익한 존재가 되고 싶은 마음이 크다는 것, 그래서 내가 출세했는데 그분한테 무슨 일이 생긴다면 - 호레이스 신부님을 말하는 거야……"

"나도 아네."

"크롤러 부인을 말하는 것이기도 하고 - 처제나 처형에게 아버지 역할을 더할 나위 없이 기쁘게 수행하겠다고 확실히 밝혔다네. 신부님은 훌륭한 자세로 대답하면서 내 결심을 극찬하시곤, 스스로 크롤러 부인을 설득하는 역할을 맡으셨네. 그런데 그 일 때문에 그 집 식구 모두 끔찍한 사태를 겪었지. 그게 부인 다리에서 가슴으로, 그러다가 머리까지 올라간 나머지……"

"그게 뭔데?"

내가 묻자, 트래들스가 심각한 표정으로 대답했다.

"슬픔. 이런저런 감정. 내가 예전에 말한 것처럼, 크롤러 부인은 훌륭한 분이지만 팔다리를 제대로 사용할 수 없다네. 무엇이든 괴로운 일이 생기면 다리부터 굳어. 하지만 이번에는 그게 가슴으로 올라가더니, 급기야 머리까지 올라간 거야. 한 마디로, 온몸에 퍼져서 위험한 상태에 빠진 거지. 하지만 모든 가족이 끊임없는 애정과 관심으로 해결하고, 마침내 우리는 육 주 전에 결혼했어. 그 집 가족이 울다가 이리저리 쓰러질 때는 내가 끔찍한 괴물이라도 된 것 같은 기분에 얼마나 시달렸는지 몰라, 코퍼필드! 크롤러 부인은 우리가 떠나기 전에 나를 보지도 않았어. 당신 딸을 뺏어가는 걸 용서할 수 없었던 거야. 하지만 성품이 착한 분이라서 나중에 용서하셨다네. 오늘 아침만 해도 기쁜 편지를 보내셨거든."

"정리하자면, 친애하는 친구, 지금 자네는 자신한테 합당한 은총을 마음껏 누리는 셈이로군!"

내가 말하자, 트래들스가 웃으며 대답했다.

"아! 꼭 그런 건 아니야! 하지만 모두가 부러워하는 건 맞아. 일도 열심히 하고 법전도 열심히 읽거든. 매일 새벽 다섯 시에 일어나는데 조금도 피곤하지 않아. 낮에는 처제와 처형을 숨기고 초저녁이면 함께 모여서 흥겹게 놀아. 아쉬운 건, 화요일에, 고등법원이 본격적으로 열리는 날 하루 전에, 집으로 모두 돌아간다는 거야."

트래들스가 은밀한 어투를 끝내고 커다랗게 소개했다.

"자, 드디어 아가씨들이 왔다네! 이쪽은 코퍼필드 선생, 이쪽은 캐롤라인 아가씨, 사라 아가씨, 루이사 아가씨, 마거릿과 루시 아가씨!"

완벽한 장미꽃밭이었다. 모두 건강하고 발랄해 보였다. 하나같이 예쁜데 캐롤라인 아가씨가 특히 예뻤다. 하지만 표정이 환한 소피 얼굴에는 사랑스럽고 쾌활하고 가정적인 품성까지 깃든 게 누구보다 아름답게 보이니, 친구가 선택을 잘했다는 확신이 들었다.

우리 모두 벽난로 앞에 둘러앉았다. 표정이 날카로운 사내아이는 내가 보기에 아까는 서류를 급히 꺼내느라 숨이 가빴는데, 지금은 그 서류를 다시 깨끗하게 치우고 차 마실 도구를 꺼내더니, 그것으로 하루 근무를 마치고 퇴근하며 우리 앞에서 현관문을 대놓고 쾅 닫았다. 트래들스 부인은 살림에 능통한 눈빛으로 편안하고 기쁘게 차를 만들고, 다음에는 벽난로 모서리에 조용히 앉아서 토스트를 만들었다. 그러면서 나에게 말했다.

자신은 아그네스를 만났다. '남편'이 신혼여행으로 켄트에 데려가, 거기에서 고모님도 만났다. 고모님과 아그네스 모두 잘 지내는데 두 사람 모두 내 이야기만 했다. 자신이 보기에 '남편' 역시 내가 없는 동안 나에 대한 생각을 안 한 적이 없다. '남편'은 무엇이든 잘한다. '남편'은 자기 우상이다. '남편'만 옆에 있으면 자신은 무슨 일이 있어도 흔들리지 않으니, 앞으로 어떻게 되더라도 온 마음을 다해서 '남편'을 믿고 존경하며 따르겠다.

소피와 트래들스가 미녀를 존중하는 자세는 내가 보기에도 좋았다. 내 생각이 합당한지 모르겠지만, 당시에 나는 그런 모습이 두 사람 성격을 또렷하게 보여주는 사례라고 생각했다. 트래들스가 아직은 못 구한 은제 찻숟갈을 아쉬워한 적이 있다면 바로 그건 미녀에게 차를 건넬 때라고 나는 확신한다. 마음씨 착한 신부가 행여나 누구에게 자신을 내세운다면 바로 그건 자신이 미녀 동생이라는 사실이라고 나는 확신한다. 미녀가 총애를 받으며 제멋대로 자랐다는 사실을 느낄 만한 사례를 몇 차례 발견했는데, 트래들스와 부인은 그것조차 미녀가 타고난 권리며 재능으로 여기는 게 분명했다. 행여나 미녀가 여왕벌로 태어나고 두 부부는 일벌로 태어났다 해도 무척이나 만족스러워할 것 같았다.

부부가 보여준 헌신적인 모습에 나는 매혹됐다. 아가씨들 하나하나를 자랑스럽게 여기고, 각자 변덕을 부릴 때마다 일일이 맞춰주는 모습은 두 사람이 지닌 가치를 멋들어지게 증명하는 광경이 아닐 수 없었다. 트래들스가 그날 초저녁 내내 '여보'에게 무언가를 가져오거나 무언가를 가져가거나 무언가를 들거나 무언가를 내려놓거나 무언가를 찾거나 무언가를 갖다 달라고 부탁하는 말을 내가 딱 한 번 들었다면, 처제와 처형이 그렇게 말한 건 한 시간 동안 최소한 열 번 이상이었다. 소피가 없으면 어떤 아가씨든 할 수 있는 게 없었다. 누군가 머리 모양이 망가지면 그걸 제대로 손볼 사람은 소피밖에 없었다. 누군가 노랫가락을 잊으면 제대로 알려줄 사람 역시 소피밖에 없었다. 누군가 데번셔 어떤 지역 이름을 떠올리고 싶으면 그걸 아는 사람 역시 소피밖에 없었다. 어떤 내용을 편지에 담아서 집으로 보내고 싶으면 아침 식전에 편지를 쓸 거라고 신뢰할 수 있는 사람 역시 소피 한 명밖에 없었다. 누군가 뜨개질하다 한 코 빼먹었다면 그걸 제대로 잡을 사람도 소피 한 명밖에 없었다. 아가씨들은 그 집 주인이고 소피와 트래들스는 시중드는 하인이었다.

소피가 살아생전에 얼마나 많은 자녀를 키울지 나는 모르겠다. 하지만 아이에게 불러주는 노래란 노래는 종류에 상관없이 모두 아는 것 같았다. 게다가 모든 자매가 각자 다른 노래를 신청하고 미녀가 마지막으로 결정하니, 소피는 세상에서 가장 맑고 귀여운 목소리로 노래 열 곡을 연달아 불러서 나를 황홀경에 빠뜨렸다.

무엇보다 좋았던 건, 모든 자매가 무리한 요구를 하면서도 소피와 트래들스를 진심으로 존경하고 사랑한다는 사실이었다. 내가 떠날 때, 그래서 트래들스가 커피점까지 배웅하러 나올 때, 사방에서 퍼부어대는 키스 세례에 철삿줄 같은 머리칼이든 다른 머리칼이든, 그렇게 심하게 흔들리는 모습을 나는 단 한 번도 본 적이 없었다.

트래들스에게 잘 지내라 인사하고 커피점으로 돌아온 다음에도 나는 이 장면을 오랫동안 떠올리며 즐거워했다. 낡아빠진 법학원 건물 꼭대기 층에서 장미 천 송이가 활짝 폈다고 해도 주변을 환하게 밝히는 정도는 아가씨들 절반만큼도 안될 터였다. 무미건조한 법률서류 대서 사무소와 변호사 사무실 한가운데에, 잉크가 번지는 걸 막는 가루와 양피지, 빨간 끈으로 묶은 따분한 서류, 먼지 낀 봉투, 잉크 병, 소송 내용 개요, 법률 보고서, 공식 서류, 진술서, 비용 청구서 등 냉혹한 분위기 한가운데에, 데번셔 아가씨들과 차와 토스트는 물론 아이들 노래까지 있다고 생각하면, 중동지역을 통치하는 술탄 가족이 변호사로 변장해서 말하는 새와 노래하는 나무와 황금 물을 법학원에 들여온 꿈이라도 꾼 것처럼 상쾌하고 유쾌했다. 그래서 커피점으로 돌아올 즈음에는 트래들스를 안쓰럽게 생각하던 마음도 완전히 변했다. 뚱뚱한 웨이터처럼 전통을 중시하는 분위기가 영국 전역에 아무리 강하더라도 트래들스는 어떤 식으로든 자리 잡을 거라는 생각이 들었다.

커피점에서 벽난로 앞으로 의자를 끌어다 트래들스 생각을 느긋하게 하다 보니, 석탄이 행복한 결혼생활처럼 활활 타오르다 무너지면서 불꽃이 확 오르다 가라앉아 이별하는 모습이 내 인생과 같다는 생각이 들었다. 삼 년 전에 영국을 떠난 이후로 석탄에서 타오르는 불을 본 건 처음이었다. 그동안 목격한 건 통나무가 타오르다 회색 재로 변하면서 무너지고 깃털처럼 뒤섞이며 화덕 바닥에 쌓이는 모습이니, 모든 희망을 잃고 우울증에 빠져든 나 자신과 너무나 비슷하지 않을 수 없었다.

이제는 과거를 떠올려도 엄숙한 기분은 들지언정 아픈 느낌은 없었다. 용감한 마음으로 미래를 떠올릴 수도 있었다. 나는 가장 좋은 의미에서 말하는 가정집이 없었다. 소중한 사랑을 충분히 품을 여인을 나는 누이로 만들어버렸다. 아그네스에게도 언젠가는 애정 어린 구혼자가 나타나고 결혼할 텐데, 그러다 보면 내가 마음속으로 아그네스에 대한 사랑을 키운 건 조금도 모를 수밖에 없었다. 내가 열정을 경솔하게 불태운 대가를 치러야 하는 건 너무나 당연했다. 자업자득이었다.

내가 이런 상황을 견딜 만큼 마음을 단련하고, 그래서 모든 걸 굳세게 견딜 수 있을까, 아그네스가 우리 가정집에서 차분한 위치를 차지한 것처럼 나 역시 아그네스 가정집에서 차분할 수 있을까? 나는 깊은 생각에 빠졌다. 그러다 불꽃에서 솟구친 듯한 얼굴에, 오랜 추억을 떠올리는 얼굴에 두 눈이 쏠렸다.

이 책 일 장에서 내가 크게 신세 진 칠립 의사 선생님이 맞은편 구석 그늘진 곳에 앉아서 신문을 읽는 게 아닌가! 오랜 세월에 상당히 늙었으나, 조그만 몸집에 온순하고 온화하고 조용한 느낌은 그대로 남아, 옛집 거실에 앉아서 내가 태어나길 기다리던 순간에 바로 그런 모습이었을 거란 생각마저 들었다.

칠립 의사 선생님은 육칠 년 전에 블룬더스톤을 떠나고, 이후에 만난 적이 없었다. 그런 선생님이 차분하게 앉아서 조그만 머리를 한쪽으로 기울인 채 신문을 읽고, 팔꿈치 옆에는 백포도주로 만들어서 따듯하게 데운 니거스[41] 한 잔이 있었다. 표정 하나하나가 참으로 온순한 게, 마치 실례를 무릅쓰고 읽어서 정말 미안하다고 신문에게 사과라도 하는 것 같았다.

나는 선생님이 앉은 곳으로 다가가서 "안녕하세요, 칠립 선생님?" 하고 인사했다.

선생님은 낯선 사람에게 뜻밖의 인사를 듣고 매우 놀라면서도 느린 어투로 대답했다.

"고맙소, 선생, 정말 친절하시군. 고맙소, 선생. 선생도 안녕하시길 바라겠소."

"저를 모르시겠어요?"

내가 묻자, 칠립 의사 선생님이 온순하게 웃더니, 나를 찬찬히 살피며 고개를 절레절레 흔들다가 대답했다.

"으음, 선생, 왠지 익숙하단 느낌은 드오만, 선생, 이름을 딱 꼬집어서 떠올릴 순 없구려."

"하지만 선생님은 제 이름을 저보다 훨씬 먼저 아셨답니다."

---

41) 포도주·끓는 물·설탕·레몬즙 등을 섞어 만든 음료

"그래요, 선생? 그렇다면 내가 출산을 돕는 영광을 누린……?"
"네, 선생님."
"맙소사! 하지만 이후로 엄청나게 변한 건 확실하지요, 선생?"
"그렇겠지요."
"으음, 선생. 미안하오만 귀하 이름을 묻는 실례를 저지를 수밖에 없겠구려."

내가 이름을 밝히자, 선생님은 매우 놀랐다. 그리고 내 손을 꼭 움켜잡고 흔들었다. 선생님답지 않게 과격한 행동이었다. 평소 같으면 생선 뒤집개처럼 조그만 손을 허리춤에서 오륙 센티미터 내미는 게 전부고, 상대가 그 손을 꽉 잡으면 엄청나게 당황할 터이기 때문이다. 실제로 이번에도 손을 풀자마자 외투 주머니에 넣은 다음에 비로소 무사히 빼낸 걸 다행스럽게 여기는 것 같았다. 그러더니 머리를 한쪽으로 기울인 채 유심히 살피며 말했다.

"맙소사, 선생. 당신이 코퍼필드 선생이란 말이오? 으음, 선생, 내가 실례를 무릅쓰고 조금 더 자세히 살폈더라면 충분히 알아보았을 거요. 부친을 많이 닮아서 말이오, 선생."
"저는 부친을 뵙는 행복을 한 번도 못 누렸답니다."
내가 대답하자, 칠립 의사 선생님이 위로하는 어투로 말했다.
"그래, 그렇겠지요, 선생. 정말 안타까운 일이라오, 어떤 경우라도!"
칠립 의사 선생님이 조그만 머리를 다시 절레절레 흔들며 덧붙였다.
"우리 마을 사람치고 선생 이름을 모르는 사람이 없다오."
칠립 의사 선생님이 집게손가락으로 당신 이마를 톡톡 치며 계속 말했다.
"여기가 아주 복잡하겠구려, 선생. 힘든 작업이니 말이오, 선생!"
"지금은 어디에 사시나요?"

내가 물으며 옆자리에 앉았다.

"베리 세인트 에드먼드에서 몇 킬로미터 떨어진 곳이라오, 선생. 집사람이 장인어른 유언에 따라서 조그만 건물을 상속받아, 내가 거기에 개업했는데, 다행히도 병원이 잘 된다오. 우리 딸도 이제 다 자랐고, 선생."

칠립 의사 선생님이 조그만 머리를 다시 살짝 흔들며 덧붙였다.

"아이 엄마가 지난주에 드레스를 두 단이나 늘려주었다오. 세월이 정말 빨라요, 선생!"

칠립 의사 선생님이 이렇게 말하며 빈 잔을 입술에 대자, 나는 한 잔 더 마시라고, 나도 한 잔 주문해서 마시겠다고 제안했다. 그러자 선생님이 특유의 느릿한 어투로 대답했다.

"으음, 선생, 그러면 평소 주량을 넘는다오. 하지만 선생과 대화하는 기쁨을 거부할 수 없겠구려. 내가 선생을 치료하는 영광을 누린 게 엊그제 같다오, 홍역에 걸려서. 선생은 잘 이겨냈지요!"

나는 칭찬하셔서 고맙다 말하고 백포도주로 만든 니거스 두 잔을 주문하니, 술이 금방 나왔다. 그러자 칠립 의사 선생님이 니거스 잔을 휘휘 저으며 말했다.

"평소엔 이렇게 마신 적이 없다오! 하지만 이렇게 훌륭한 만남을 거부할 순 없겠지요. 그래, 가족은 있소, 선생?"

내가 머리를 젓자, 칠립 의사 선생님이 다시 말했다.

"얼마 전에 상처한 사실은 나도 안다오. 당신 계부 누나한테 들었소. 그 오누이는 성격이 정말 대단하지 않소, 선생?"

"네, 정말 대단하지요. 그 여자를 어디서 만나셨나요, 칠립 선생님?"

내가 묻자, 칠립 의사 선생님은 조용한 미소를 머금으며 대답했다.

"당신 계부가 우리 마을로 온 걸 모르셨소, 선생?"

"네."

"또 우리 마을에 들어왔다오, 선생! 마을에 사는 젊은 아가씨랑 결혼해서. 재산이 꽤 많은 아가씨…… 불쌍한 여인…… 그런데 두뇌를 쓰는 직업 말이오, 선생? 그런 일을 하다 보면 지치지 않소?"

칠립 의사 선생님은 울새처럼 감탄하는 표정으로 쳐다보며 묻고, 나는 대답을 보류한 채 머드스톤 오누이로 돌아가며 물었다.

"그 사람이 다시 결혼한 건 저도 안답니다. 그 집에도 왕진을 다니시나요?"

"정기적으로 가는 건 아니라오. 이따금 부르면 간다오. 골상학으로 보면 머드스톤 오누이는 단호한 성격이 아주 또렷하다오, 선생."

이 말에 내가 크게 공감한다는 표정으로 대답하자, 칠립 의사 선생님은 내 대답도 그렇고 술도 꽤 마셔서 힘이 나는지, 고개를 서너 번 짧게 저으며 추억에 빠져드는 표정으로 감탄했다.

"아! 옛날이 생각나는구려, 코퍼필드 선생!"

"그 오누이는 옛날 버릇을 지금도 못 버렸나요?"

"으음, 선생, 의료인은 여러 가정집을 들락거리기 때문에 눈이 있어도 보지 말고 귀가 있어도 듣지 말고 자기 일만 열중해야 한다오. 하지만 그 오누이가 아주 가혹하단 사실은 분명하오, 이 세상에서도 다음 세상에서도."

"제가 분명히 말씀드리지만, 다음 세상에서는 두 사람 뜻대로 안 될 겁니다. 문제는 이 세상에서 두 사람이 어떻게 하느냐는 거죠."

내가 말하자, 칠립 의사 선생님은 머리를 절레절레 흔들고 술을 휘젓더니 한 모금 마신 다음에 애처로운 어투로 말했다.

"아가씨는 매력이 정말 대단했다오, 선생!"

"이번에 결혼했다는 아가씨요?"

"정말 매력적인 여인이었지요, 더할 나위 없이 사랑스럽고! 우리 집사람은 아가씨가 결혼하더니 정신이 완전히 나갔다고, 우울증에 빠져서 미치기 직전이라고 말한다오."

칠립 의사 선생님이 말하더니, 겁먹은 표정으로 덧붙였다.

"여자는 보는 눈이 매서운 법이라오, 선생."

"오누이가 짜놓은 끔찍한 틀에 빠져들면 그럴 수밖에 없으니까요. 아, 하느님, 그 여인을 도우소서! 여성분도 그런 게 분명해요."

"으음, 선생, 초반에는 여자도 맞서서 격렬하게 다투더니, 지금은 그림자가 됐소. 내가 선생한테 은밀히 말하는 게 주제넘을지 모르겠지만, 누나라는 여자가 온 다음부터는 오누이가 젊은 여자를 가운데에 놓고 쥐어짜서 바보로 만들어 놓았다오."

내가 그 말을 완벽하게 믿는다고 대답하자, 칠립 의사 선생님은 술을 한 모금 더 마셔서 기운을 돋우며 다시 말했다.

"우리 사이니까 하는 말인데, 선생, 나는 여자네 어머니가 그것 때문에 - 포악하고 음침하고 사악한 사위가 젊은 딸을 바보처럼 만든 것 때문에 - 죽었다고 분명히 말할 수 있다오. 결혼 전만 해도 활달하던 젊은 여자를, 선생, 오누이가 음침하고 가혹한 방법으로 파멸시켰으니 말이오. 지금은 남편과 시누이가 아니라 감시자처럼 그 옆을 졸졸 따라다닌다오. 우리 집사람이 알려주었다오, 불과 한 주 전에. 내가 분명히 말하는데, 여자는 보는 눈이 매섭다오. 우리 집사람도 눈초리가 정말 매섭다오!"

"그 남자는 아직도 음침한 표정으로 (그런 사람한테 이렇게 말해서 창피한데) 신앙고백을 하고 다니나요?"

내가 물었다.

"우리 집사람이 특히 강조하는 말을 선생이 하는구먼."

칠립 의사 선생님은 술을 이례적으로 많이 마신 탓에 눈꺼풀이 벌겋게 달아오른 상태로 대답하더니, 차분하고 느린 어투로 이어나갔다.

"우리 집사람이 머드스톤은 자신을 우상으로 만들어 숭배한다고 해서 내가 깜짝 놀랐다오. 분명히 말하는데, 우리 집사람이 그렇게 말할 때, 나는 펜에 달린 깃털로 등을 맞고 쓰러지는 느낌이었다오. 여자들 눈이 정말 매섭지 않소, 선생?"

"직관이 뛰어나니까요."

내가 대답해서 기분을 북돋자, 선생님이 좋아했다.

"내 의견을 지지해서 기쁘구려, 선생. 내가 의학 이외 분야에 의견을 말하는 경우는 아주 드문데, 분명히 말하지만, 머드스톤은 공개연설을 가끔 한다오. 그걸 들을 때마다 사람들은 – 한 마디로, 선생, 우리 집사람이 한 말인데 – 최근 들어 음침하게 행사하는 폭력이 늘더니 주장하는 내용 역시 모질게 변한다고들 한다오."

"사모님께서 제대로 보신 것 같습니다."

내 말에 온순한 선생님은 더욱 기운이 나서 말했다.

"우리 집사람은 그런 사람들이 말하는 종교는 사악한 성질을 거만하게 뿜어대는 배출구에 불과하단 말까지 했다오."

선생님이 머리를 살짝 기울이며 덧붙였다.

"그런데 내가 보기에, 선생, 머드스톤 오누이는 신약성서를 잘 모르는 것 같은데, 선생 생각은 어떻소?"

"저도 그렇게 생각합니다!"

"그래서 사람들이 다 싫어한다오. 오누이는 그런 사람 모두 지옥으로 떨어질 거라고 공공연하게 말하니, 우리 마을은 지옥에 떨어질 사람으로 넘쳐난다오! 그런데 우리 집사람 말처럼, 형벌에 끊임없이 시달리는 사람은 바로 그 오누이라오. 자기네 심장을 스스로 파먹는데,

그건 영양가가 없거든. 그런데 선생만 괜찮다면 두뇌 문제로 돌아가서 물어보고 싶은 게 있다오. 글을 쓰다 보면 두뇌를 너무 많이 혹사하지 않소, 선생?"

칠립 의사 선생님 자신이 두뇌를 너무 많이 혹사하는 데다 술까지 마신 터라, 나는 두뇌에서 마을 문제로 화제를 어렵지 않게 돌리고, 그래서 다음 삼십 분 동안 선생님은 장광설을 늘어놓고, 나는 선생님이 법학원 커피점까지 온 건 술을 너무 마셔서 정신이 돈 환자를 진찰하고 그 결과를 '정신감정위원회'에 제출하기 위해서란 말까지 들을 수 있었다.

"내가 분명히 말하지만, 이럴 때마다 나는 신경이 곤두선다오. 사람들이 흔히 말하는 폭력을 나는 견딜 수 없거든. 겁나서. 선생이 태어난 밤에도 내가 엄청난 부인한테 압도당해, 기운을 차리는데 상당한 시간이 걸렸다는 걸 아시오, 코퍼필드 선생?"

그날 밤에 만난 엄청난 부인은 고모님인데, 내일 아침 이른 시각에 바로 그분을 만나러 지방으로 내려갈 예정이라고, 자세히 알고 보면 마음이 따듯하고 훌륭한 여성이라고 대답했다. 하지만 고모님을 다시 만난다는 생각만 해도 무서운지, 선생님이 창백한 얼굴로 살짝 웃으며 물었다.

"정말이오, 선생?"

그러더니 곧바로 촛불을 가져오라 주문하곤, 안전한 곳으로 당장 피신해야 한다는 듯, 객실로 향했다. 술기운에 비틀거리는 기색은 없지만, 고모님이 잔뜩 실망한 나머지 보닛 모자로 때린 엄청난 밤 이후로 선생님 심장 박동이 일 분에 두세 번은 더 뛰는 게 분명하다는 생각이 절로 들었다.

나도 완벽하게 지쳐서 한밤중에 잠자리에 들고, 다음 날은 도버행 역마차에 올라타, 고모님이 (이제 안경을 쓰고) 차를 마시는 정겨운 거실로 무사히 뛰어들어, 고모님과 노신사 딕과 한 집에서 가정부로 일하는 사랑스러운 패거티 유모에게 따듯하게 환영받으며 모두를 꼭 껴안고 기쁜 눈물을 흘렸다.

우리가 차분하게 앉아서 이야기할 때, 내가 칠립 의사 선생님 만난 이야기와 고모님을 아주 무서운 분으로 기억한다는 사실을 언급하자, 고모님이 대단히 재미있어했다. 그러더니 패거티 유모와 함께 가련한 모친의 두 번째 남편과 "사람을 죽이고도 눈 하나 깜짝하지 않는 누이"에 대해 악담을 늘어놓는데, 내가 보기에 고모님은 어떤 고통이나 형벌을 겪는다 해도 "누이"란 사람을 인간다운 이름이나 호칭으로 부르는 일이 결단코 없을 것 같았다.

CHAPTER 60. 아그네스

나는 고모님과 단둘이 남아서 밤늦도록 대화했다. 이민을 떠난 사람들이 보낸 편지는 바람직한 희망만 가득하고, 미코버 아저씨는 남자 대 남자로 전문가답게 체결한 '채무 계약'에 따라 돈을 꼬박꼬박 보내고, 자넷은 고모님이 도버로 돌아오자 고모님 밑에서 일하다 여인숙을 운영해서 번창하는 남자랑 결혼해 마침내 독신을 청산하고, 고모님 역시 신부를 지원하는 식으로 독신주의라는 엄청난 원칙을 깨뜨리더니, 결혼식에 직접 참가하는 식으로 정점을 찍었다는 얘기 등, 나 역시 편지로 어느 정도 아는 내용이었다.

고모님은 노신사 딕 이야기도 평소와 마찬가지로 빼먹지 않았다. 노신사 딕은 자신이 손댈 수 있는 건 무엇이든 필사하는 작업에 끊임없이 몰두하며 찰스 1세와 상당한 거리를 유지하고, 그래서 뻔한 굴레에 갇혀 고통스러워하는 대신 자유롭고 행복하게 살아가니, 고모님으로서는 더없이 커다란 상을 받는 것 같아서 즐겁다는 말에 덧붙여, 노신사 딕에 대해 자신만큼 잘 아는 사람은 어디에도 없다고 총체적으로 결론을 내리는 식이었다. 그런 다음에 예전과 마찬가지로 벽난로 앞에 가만히 있는데, 고모님이 내 손등을 쓰다듬으며 물었다.

"그런데 트롯, 캔터베리는 언제 가보려고?"

"내일 아침에 말을 구해서 타고 갈까 생각했는데, 고모님도 함께 가실래요?"

"안 간다! 나는 집에 머물 생각이다."

고모님이 특유의 무뚝뚝한 어투로 대답했다.

나는 그럼 혼자 가겠다고, 다른 사람도 아니고 고모님을 뵈러 오는 길에 캔터베리부터 들를 순 없었다고 대답했다.

고모님은 기뻐하면서도 "쯧쯧, 트롯. 내가 아무리 늙었기로서니 하루 정도는 충분히 버틸 수 있는데!"라 대답하곤, 내 손등을 다시 쓰다듬고, 나는 깊은 생각에 잠기며 불길을 바라보았다.

정말 깊은 생각에 잠겼다. 다시 여기로, 아그네스 바로 옆으로 오니, 속으로 앓던 오랜 후회가 생생하게 살아났다. 내가 어린 시절에 끝내 깨닫지 못한 걸 이제 비로소 깨닫고 많이 힘들어하다 드디어 부드럽게 변했을지언정, 후회는 후회였다. 고모님이 "아, 트롯" 하고 다시 말하는 소리가 들리는 것 같더니, 급기야 "눈이 멀었구나, 눈이 멀었어!" 하는 소리까지 또렷하게 들렸다.

우리는 한동안 침묵했다. 그러다가 눈을 들어, 고모님이 유심히 바라본다는 사실을 깨달았다. 내가 무얼 생각하는지 가만히 살피는 눈치였다. 내가 판단하기에도 생각 자체가 예전만큼이나 외골수라서 흐름을 파악하는 게 어렵지 않을 것 같았다.

"아그네스 부친은 이제 머리가 하얀 노인네란다. 하지만 다른 면은 훨씬 좋아졌어. 새로 태어났지. 옛날처럼 좁디좁은 소견으로 인간이 겪는 희로애락을 재단하지 않아. 그런 식으로 재단하면 인간 자체가 쪼그라들 수밖에 없거든."

"당연히 그렇겠지요."

"아그네스는 항상 그런 것처럼 선하고 아름답고 성실하고 공평무사하게 살아간단다. 더 좋게 칭찬할 말이 있다면, 트롯, 기꺼이 그렇게 칭찬하고 싶어."

아그네스를 그보다 더 좋게 칭찬할 말은 없고, 나를 그보다 더 나무랄 말도 없었다. 아, 내가 어쩌다 이리도 멀리 빗나갔단 말인가!

"아그네스가 주변에서 모여든 여자애들한테 자신을 닮도록 가르친다면 정말 훌륭한 인생을 살아가는 거야! 그날 말한 것처럼 유익하고 행복하게! 아그네스 같은 사람은 유익하고 행복하게 살 수밖에 없어!"

고모님은 두 눈에 눈물을 글썽일 정도로 진지하게 말했다.

"아그네스한테……"

머릿속 생각이 불쑥 튀어나왔다. 말하려고 한 게 아니다.

"응? 뭐? 뭐?"

고모님이 날카롭게 묻고, 나는 대답했다.

"사랑하는 사람은 있나요?"

고모님이 분노와 동시에 자부심이 가득한 어투로 소리쳤다.

"수십 명은 될 거다. 네가 떠난 이후, 결혼할 마음만 있다면 스무 번은 족히 했을 거야!"

"당연히 그렇겠지요, 당연히. 하지만 아그네스랑 어울릴 만큼 훌륭한 애인이 있나요? 그런 사람이 아니라면 아그네스가 관심을 안 보일 테니까요."

내가 말하자, 고모님은 가만히 앉아서 턱을 한 손으로 받친 채 깊은 생각에 잠겼다. 그러다가 두 눈을 천천히 들어서 내 눈을 바라보며 대답했다.

"마음에 둔 사람은 있는 것 같아, 트롯."

"잘 나가는 사람인가요?"

내가 묻자, 고모님이 진지하게 대답했다.

"트롯, 그건 말할 수 없구나. 나는 그걸 말할 자격이 없어. 아그네스가 직접 털어놓은 게 아니고 혼자서 추측한 거니까."

고모님이 살짝 떠는 게 보일 만큼 걱정스러운 표정으로 너무 열심히 쳐다보아, 나는 최근에 떠올린 생각을 고모님이 알아챈 것 같은 느낌까지 들었다, 어느 때보다 강하게. 그래서 밤이고 낮이고 수많은 갈등에 시달리면서 오랫동안 다진 결심을 단단히 끌어모았다.

"그렇다면, 가능하다면 저는……"

내가 입을 여는데, 고모님이 퉁명스럽게 잘랐다.

"나는 모르겠다. 내가 추측한 걸 가지고 재단하지 말아라. 누구한테 말하지도 말고. 근거는 하나도 없으니까. 나는 그렇게 말할 자격도 없고."

"그렇다면 아그네스가 적당한 시간에 말하겠네요. 그동안 제가 속마음을 친누이처럼 털어놓았으니까 아그네스 역시 저한테 스스럼없이 털어놓겠지요."

고모님이 나에게 시선을 맞출 때만큼이나 천천히 시선을 거두더니, 깊은 생각에 잠기며 한 손으로 두 눈을 가렸다. 그리곤 다른 손을 내 어깨에 올렸다. 우리는 그렇게 앉아서 한 마디도 않고 과거에 빠져들다 잠자리를 향해 흩어졌다.

다음 날 이른 새벽에는 학창시절을 보낸 현장으로 말을 몰았다. 내가 마음을 이겨낼 자신이 있다는 사실은 물론 조금만 있으면 아그네스를 만난다는 사실에도 나는 가는 길이 완전히 행복했다고 말하긴 어렵다.

기억이 생생한 공간을 순식간에 가로질러서 조용한 거리로 들어서니, 돌멩이 하나하나가 어릴 적에 읽던 책 같았다. 나는 말에서 내려 정겨운 집으로 다가가다 마음이 너무 벅차서 못 들어가고 물러났다. 다시 발길을 돌렸다. 건물을 지나면서 처음에는 유라이어 힙이, 다음에는 미코버 아저씨가 앉아서 일하던 조그만 방 나지막한 창문을 들여다보아, 사무실은 사라지고 조그만 거실이 생겼다는 사실을 깨달았다. 그것만 빼면 근엄하고 정겨운 옛집은 정리정돈을 잘하고 깨끗하다는 측면에서 내가 처음에 본 모습 그대로였다.

처음 보는 하녀가 문을 열고 나는 외국에 사는 친구가 보내서 찾아왔다고 위크필드 아가씨에게 전하도록 부탁했다. 그리곤 안내를 받으며 (너무나 잘 아는 계단에서 주의하란 말까지 들으며) 근엄하고 고풍스러운 계단을 올라, 변한 게 하나도 없는 거실로 들어섰다. 내가 아그네스와 함께 읽던 책도 선반에 그대로 꽂히고, 내가 밤마다 공부하던 책상도 한쪽 모서리에 그대로 있었다. 힙 모자가 그곳에 머물면서 사소한 변화가 있었지만, 모두 원래대로 돌려놓았다. 모든 게 원래 모습 그대로, 행복한 시절 그대로였다.

창가에서 고풍스러운 거리 너머로 쭉 늘어선 주택을 쳐다보니, 내가 이 집에 처음 왔을 때만 해도 비 오는 오후면 맞은편 건물을 가만히 쳐다보곤 했다는 기억이, 건너편 창문에 행여나 사람이 나타나면 그 사람에 대해 이것저것 추측하며 계단을 오르내리는 모습을 두 눈으로 좇아가곤 했다는 기억이, 그러는 동안에도 판석을 깐 인도에서는 여인네들이 나막신을 신고 달가닥거리며 지나고 우중충한 빗줄기는 사선으로 퍼부으며 건너편 배수구로 쏟아져 나오다 도로로 흘러들었다는 기억이 떠올랐다. 그렇게 비 내리는 초저녁이면 방랑자들이 막대기 끝에 보따리를 매달고 어깨 뒤로 축 늘어뜨린 채 어스름한 빛을 받으며 시내로 들어가는 광경을 지켜보던 기억도 생생하게 떠올랐다. 축축하게 젖은 흙냄새와 축축하게 젖은 잎사귀와 가시덤불 냄새는 물론 내가 거센 바람을 맞으며 힘들게 걸어가던 느낌까지 그대로 살아났다.

판자로 만든 벽에서 조그만 문이 열리는 소리에 나는 깜짝 놀라며 돌아섰다. 아그네스가 들어오다 아름답고 단단한 두 눈을 내 눈과 마주쳤다. 그래서 걸음을 멈춘 채 한 손을 가슴에 올리고, 나는 그런 아그네스를 품에 꼭 안았다.

"아그네스! 소중한 여인이여! 내가 너무 갑자기 찾아온 것 같아."

"아니야, 아니야! 찾아와서 정말 기뻐, 트롯우드!"

"친애하는 아그네스, 너를 만나서 행복한 사람은 바로 나야!"

나는 아그네스를 한동안 가슴에 꼭 안고, 우리는 둘 다 말이 없었다. 곧이어 의자에 나란히 앉고, 천사 같은 얼굴은 내가 잠잘 때나 깨어있을 때나 오랫동안 꿈꾸던 표정 그대로 나를 반기며 쳐다보았다.

아그네스가 너무나 진실하고, 너무나 아름답고, 너무나 선량한 나머지 – 나에게 너무나 잘하고, 나는 그런 아그네스가 너무나 고마운 나머지 – 나는 하고 싶은 말조차 제대로 뱉어낼 수 없었다. 아그네스에게 하느님 은총을 빌며 고맙다 말하고 (편지에 자주 쓴 것처럼) 아그네스가 나에게 굉장히 커다란 영향을 미쳤다고 말하려 했으나, 시도조차 못 했다. 어떤 사랑과 기쁨도 말로 나타낼 수 없었다.

아그네스는 특유의 평정심을 다정하게 드러내며 나를 차분하게 진정시키고, 우리가 헤어지던 시기로 이끌어, 자신이 에밀리를 은밀하게 찾아가서 여러 번 만났다는 얘기도 하고, 도라가 묻힌 무덤에 대해서도 애정이 가득한 표정으로 말했다. 마음이 고상한 본능을 정확하게 발휘하며 내가 지닌 오랜 기억을 부드럽고 조화롭게 자극해서 어느 하나 거슬리는 게 없으니, 나는 뼈아픈 추억에 움츠러들지 않고 멀리서 구슬프게 들리던 음률에 귀를 기울일 수 있었다. 나를 바람직하게 인도하는 천사가, 소중한 아그네스가 차분하게 말하는데 내가 어찌 안 그럴 수 있겠는가? 그러다가 입을 열었다.

"그런데 너는, 아그네스. 네 이야기도 해줘. 지난 세월을 어떻게 살았는지!"

아그네스가 환하게 웃으며 되물었다.

"무슨 얘기? 아빠는 편안하시고. 너는 여기에서 우리가 조용히 사는 모습을 보고, 걱정거리는 모두 해결하고, 우리 집도 되찾고. 그걸 알면, 친애하는 트롯우드, 전부 아는 거야."

"그게 전부라고, 아그네스?"

내가 다시 한번 묻자, 아그네스가 이상하게 동요하는 표정으로 쳐다보았다.

"더 없는 거야, 누이?"

내가 묻자, 창백하던 핏기가 돌아오다 다시 창백하게 변했다. 그리고 웃는 얼굴로 고개를 젓는데, 슬픔이 살짝 깃들었다.

나는 고모님이 암시한 내용으로 대화를 이끌려고 했다. 은밀한 내용을 들으면 고통이 날카롭게 밀려들겠지만 나는 고통을 이겨내고 아그네스에 대한 의무를 다해야 했다. 하지만 아그네스가 불편해하는 걸 보고서 그냥 넘어갔다.

"할 일이 많지, 아그네스?"

내가 묻자, 아그네스는 얼굴을 들어서 환한 표정으로 쳐다보며 되물었다.

"학교 일?"

"그래. 고되지 않아?"

"학교 일은 즐거우니, 그런 식으로 말하고 싶은 생각은 없어."

"너는 좋은 일이라면 힘들어하질 않으니까."

내가 말하자, 아그네스는 얼굴색을 되찾다 다시 창백하게 변하면서 고개를 숙이는데, 슬픈 미소가 또다시 깃들었다. 그러더니 쾌활하게 제안했다.

"기다렸다가 우리 아빠도 만나. 우리랑 하루를 보내는 거야. 오늘 밤은 네 방에서 묵는 게 어때? 우리는 네가 묵던 방을 항상 네 방이라고 부르거든."

나는 고모님에게 밤에 말을 몰고 돌아가겠다고 약속한 터라 그렇게 할 수 없지만, 낮 동안 기꺼이 머물겠다 대답했다. 그러자 아그네스가 말했다.

"나는 잠시 할 일이 있어. 하지만 여기에 예전에 보던 책도 있고 악보도 있어, 트롯우드."

아그네스 말에 나는 주변을 둘러보며 말했다.

"예전 꽃도 그대로야. 약간 다른 꽃 같기도 하고."

아그네스가 빙그레 웃으며 대답했다.

"네가 없는 동안, 무엇이든 우리가 어릴 적 모습 그대로 가꾸는 게 좋더라고. 당시에는 너나 나나 정말 행복했잖아."

"그래, 정말 행복했지!"

"네가 떠오르는 물건은 아무리 사소한 거라도 나한테는 반가운 동무야."

아그네스가 말하면서 다정한 눈빛으로 쾌활하게 바라보더니, 열쇠를 가득 담아서 아직도 허리춤에 매단 조그만 바구니를 보여주며 덧붙였다.

"심지어 이것도 옛날 가락을 그대로 들려주는 것 같아!"

아그네스가 다시 웃더니, 자신이 들어온 문으로 나갔다.

친누이가 아니고선 보일 수 없는 애정이었다. 내가 무엇보다 소중하게 지켜야 할 친누이 말이다. 나에게 남은 건 그게 전부며, 그건 무엇보다 소중한 보물이었다. 오랫동안 신성하게 지켜온 믿음과 습관을 내가 뿌리째 뒤흔들다가 깨뜨리면 두 번 다시 복구할 수 없을 터였다. 나는 이런 생각을 마음속에 단단히 새겼다. 아그네스를 사랑할수록 이런 사실 역시 절대로 잊지 말아야 했다.

나는 정겨운 거리를 거닐며 예전에 맞상대하던 푸줏간 주인도 – 상점에 곤봉이 걸린 걸 보면 이제 경찰이 된 것 같은데 – 다시 보고, 서로 주먹다짐하던 곳도 가보고, 셰퍼드 아가씨와 라킨스 선생 댁 장녀를 비롯해 좋든 싫든 철없이 사모하며 속앓이하던 인물도 모두 떠올렸다. 오랜 세월을 이겨낸 사람은 아그네스밖에 없는 것 같았다. 아그네스 혼자만 높은 곳에 올라서 환하게 빛나는 별 같았다.

집으로 돌아오니, 위크필드 선생님이 매일같이 일하는 농원에서, 시내랑 오륙 킬로미터 떨어진 농원에서 돌아와 계셨다. 고모님이 설명한 모습 그대로였다. 조그만 여자애 대여섯 명과 함께 식탁에 둘러앉은 모습이 벽에 걸린 준수한 선생님 초상화에 비하면 껍데기만 남은 것 같았다.

추억 속에 존재하던 평온하고 평화로운 분위기가 조용한 공간에 다시 퍼져나갔다. 식사를 마쳤는데도 위크필드 선생님은 포도주를 마시지 않고 나 역시 그러고 싶은 마음이 없어서 우리는 위층으로 올라갔다. 거기에서 아그네스는 어린 여학생들을 데리고 노래도 하고 피아노도 연주하고 수도 놓았다. 차를 마신 다음에는 아이들이 떠나고, 우리 세 사람은 함께 앉아서 지난 시절을 이야기했다. 위크필드 선생님이 백발을 절레절레 저으면서 말했다.

"자네도 알다시피, 트롯우드, 나는 후회할 짓을 – 마음 깊이 통탄하며 후회할 짓을 – 참 많이도 했어. 하지만 그런 걸 기억에서 지울 수 있다고 해도 나는 그러지 않겠어.”

옆에 있는 선생님 얼굴을 보니, 나는 그 말을 쉽게 믿을 수 있었다.

“그러면 딸이 보여준 지극한 사랑과 인내와 헌신과 효성도 잊어야 하거든! 절대 그럴 순 없어! 설사 나 자신을 잊는다 해도 그것만큼은 절대 잊을 수 없어!”

“충분히 이해합니다, 선생님. 저 역시 아그네스를 항상 존경했고, 지금도 존경하니까요.”

내가 다정하게 대답하자, 선생님이 말했다.

“하지만 우리 딸이 얼마나 많이 돕고 얼마나 많이 아파하고 얼마나 열심히 싸웠는지는 아무도 몰라, 아무리 자네라도. 아아, 소중한 아그네스!”

아그네스가 말을 막으려고 한 손을 아버지 팔에 간절히 올려놓는데, 얼굴이 아주 창백했다. 그러자 선생님은 내가 판단하기에 고모님이 언급한 내용과 관련해서 아그네스가 지금까지 겪고 앞으로도 겪어야 할 시련에 대해서 말하려다 포기한 듯 한숨을 내쉬더니, 다른 이야기를 꺼냈다.

“으음! 내가 아그네스 엄마 이야기를 한 적은 없지, 트롯우드? 혹시 누구한테 들은 적 있나?”

“없습니다, 선생님.”

“대단한 건 아니야…… 하지만 정말 고통스러웠지. 저 아이 엄마는 부친이 반대하는데도 나와 결혼했어. 그리고 부친한테 버림받았지. 저 아이 엄마는 우리 아그네스가 세상에 나오기 전에 부친에게 용서를 빌었어. 부친은 아주 냉정했고, 모친은 오래전에 돌아가셨지. 부친은 저 아이 엄마를 쫓아버렸어. 마음을 갈가리 찢어발긴 거야.”

아그네스는 아빠 어깨에 기대면서 한쪽 팔로 아빠 목을 감쌌다.

"마음이 다정하고 부드러운 사람인데, 그게 갈가리 부서진 거야. 나는 그걸 잘 알아. 내가 아니면 누구도 알 수 없지. 저 아이 엄마는 나를 지극히 사랑했지만, 행복한 건 절대 아니었어. 마음속에 고통이 늘 가득하더니, 부친한테 마지막으로 버림받고는 – 여러 번 그랬거든 – 우울증에다 몸까지 망가져서 시름시름 앓다가 죽었어. 나한테 생후 2주밖에 안 된 아그네스만, 그리고 자네가 나를 처음 찾아왔을 때 목격한 백발만 남기고."

선생님이 아그네스 뺨에 키스하더니, 계속 말했다.

"나는 소중한 아이를 지극히 사랑했으나 그건 병적이었어. 당시에는 내 마음이 완전히 병들었거든. 여기에 대해 더 말하지 않겠네. 나는 내 이야기를 하는 게 아니야, 트롯우드, 저 아이 엄마랑 저 아이 이야기를 하는 거지. 내가 과거와 현재에 대한 실마리를 제공하면 자네 스스로 풀어나갈 테니 말이야. 아그네스가 어떤 사람인지는 말할 필요도 없겠지. 나는 저 아이 성격에서 저 아이 엄마가 겪은 구슬픈 이야기를 느끼곤 한다네. 오늘 밤에 이렇게 말하는 건, 우리가 엄청난 변화를 겪고 나서 처음으로 한자리에 모였기 때문이야. 이제 나는 할 말을 다 했네."

선생님이 숙인 머리는 물론 천사 같은 아그네스 얼굴과 효심은 나에게 커다란 감동으로 다가왔다. 우리가 다시 만난 이 날 밤에 특별한 의미를 두고 싶다면 그건 아버지와 딸에게 느낀 감동 때문이다.

얼마 후에 아그네스는 부친 옆자리에서 일어나 피아노로 조용히 다가가 우리가 예전에 자주 듣던 곡을 연주하더니, 내가 옆에 서자, 이렇게 물었다.

"다시 멀리 떠날 생각이니?"

"누이는 내가 어떻게 하면 좋겠어?"
"안 떠나면 좋겠어."
"그렇다면 안 떠날게, 아그네스."
내가 대답하자, 아그네스가 상냥하게 말했다.
"내가 그렇게 대답한 건 네가 물었기 때문이야, 트롯우드. 하지만 꾸준히 성공하면서 높은 명성을 쌓으면 그 힘으로 좋은 일도 많이 할 테니, 설사 내가 그런다 해도 세상이 가만두지 않겠지."
아그네스가 쳐다보고, 나는 이렇게 말했다.
"나를 지금처럼 만든 건 바로 너야, 아그네스. 모두 네 덕분이란 걸 알아야지."
"내가 너를 이렇게 만들었다고, 트롯우드?"
나는 아그네스에게 얼굴을 가까이 대며 말했다.
"그래! 아그네스, 소중한 여인이여! 도라가 죽은 이후로 계속 떠올린 생각이 있는데, 오늘 너를 만나면 말하려고 했어. 기억나니, 네가 이 층 조그만 방에서 거실로 내려올 때…… 손으로 하늘을 엄숙하게 가리킨 거, 아그네스?"
아그네스는 두 눈에 눈물을 글썽이며 대답했다.
"아, 트롯우드! 그렇게 사랑스럽고 그렇게 철석같이 신뢰하고 그렇게 젊은 여인을! 내가 어떻게 잊겠니?"
"당시에 그런 것처럼, 누이, 이후에도 계속 생각했는데, 너는 나한테 항상 그 모습이었어. 언제나 하늘을 가리키는 모습, 나를 언제나 좋은 곳으로 이끄는 모습, 나를 언제나 높은 곳으로 인도하는 모습!"
아그네스는 머리만 절레절레 흔드는데, 눈물이 그렁그렁한 얼굴에는 슬프고 차분한 미소가 다시 어렸다.
"그래서 나는 네가 정말 고마워, 아그네스, 한없이. 얼마나 고마운지 말로 표현 못 할 정도야. 너한테 어떻게 말해야 좋을지 모르겠지만, 어두운 세월을 헤쳐나오면서 그런 것처럼 나는 앞으로 평생에 걸쳐서 너만 바라보며 네가 인도하는 대로 살아갈 거란 사실을 알아두면 좋겠어. 무슨 일이 일어나든, 네가 어떤 사람을 만나든, 우리 사이가 어떻게 변하든, 나는 예전에도 그랬고 지금도 그런 것처럼 항상 너를 바라보며 사랑할 거야. 예전에도 그런 것처럼 언제나 너한테 기대고 의지할 거야. 내가 죽을 때까지, 세상에서 가장 소중한 누이여, 나는 하늘을 가리키던 너를 항상 생각할 거야!"

아그네스는 한 손을 내 손에 올려놓더니, 자신은 내가 자랑스럽고 내가 한 말도 자랑스럽다고, 하지만 내가 칭찬한 건 너무 과분하다고 말했다. 그리곤 피아노를 다시 부드럽게 연주하는데, 두 눈은 나만 바라보았다.

"오늘 밤에 선생님께 들은 내용은 내가 너를 처음 보았을 때 느낀 감정 일부랑 이상할 정도로 똑같은 거 알아, 아그네스? 학창시절에 네 옆에 나란히 앉을 때 느낀 감정?"

"나한테 어머니가 없다는 걸 알고서 동정한 거잖아."

아그네스가 대답하며 미소를 머금었다.

"그 이상이야, 아그네스. 이번에 처음 들은 얘기를 당시에 알기라도 한 것처럼, 나는 네 주변에서 말로 형용할 수 없이 다정하고 부드러운 뭔가가, (이제 비로소 이해할 수 있겠는데) 다른 사람이라면 슬플 수 있는, 하지만 너한텐 그렇지 않은 뭔가가 감도는 걸 느꼈어."

아그네스는 부드러운 선율을 계속 연주하면서 나를 꾸준히 바라보았다.

"내가 엉뚱한 말을 한다고 비웃는 거야, 아그네스?"

"아니!"

"혹은, 너는 실의에 빠진 사람을 누구든 성심성의껏 보듬을 거로, 생명을 다할 때까지 그렇게 살아갈 거로 당시에 내가 확실히 느꼈다고 말한다면? 내가 꿈같은 소릴 한다고 비웃을 거야?"

"아니야, 아니야, 절대 안 그래!"

아그네스가 대답하는데, 그 얼굴에 순간적으로 고통스러운 그늘이 스쳤다. 하지만 내가 놀랄 틈새도 없이 사라지고, 아그네스는 계속 연주하면서 특유의 차분한 미소로 나를 쳐다보았다.

밤에 혼자서 말 등에 앉아 외롭게 돌아가고 바람은 멈출 줄 모르는 기억처럼 스칠 때, 나는 그 모습을 떠올리고서 아그네스는 행복하지 않다고 걱정했다. 나 역시 행복하지 않지만, 당시까지 나는 과거를 굳세게 봉인한 채, 하늘을 가리키는 아그네스를 떠올리고, 아그네스가 가리킨 저 위 하늘에서 뭔가 신비로운 현상이 일어나면 나는 지상에 알려지지 않은 사랑으로 아그네스를 사랑하고, 지상에서 아그네스를 사랑할 때마다 내적으로 느낀 커다란 갈등도 고백할 수도 있겠다고 생각했다.

CHAPTER 61.
진심으로 회개하고 반성하는 죄수 두 명을 만나다

나는 도버 고모님 댁에서 한동안 - 어쨌든 집필 작업을 끝내야 하니, 몇 개월은 족히 걸릴 터인데 - 묵었다. 그 집에 처음 깃든 어릴 적에 바다 수면에 비치는 달을 내다보던 창가에 앉아서 조용히 작업에 몰두했다.

이야기 전개과정 자체에 어떤 식으로든 연결되는 내용만 추려서 여기에 언급하기로 애초에 마음을 정한 터라, 나는 문학에 대한 열망이나 기쁨이나 걱정이나 성공에 대한 건 언급하지 않았다. 예전에 말한 것처럼 나는 작품에 모든 성의를 다하고 모든 영혼과 에너지를 쏟아부으며 나 자신을 온전히 투신하니, 혹시나 읽을만한 가치가 있다면 앞으로도 계속 나올 터이고 읽을만한 가치가 없다면 다른 책을 내도 관심을 보일 사람은 없을 터였다.

가끔은 런던에 올라가는데, 인파에 파묻히고 싶은 마음도 있고 계약 문제로 트래들스와 상의도 해야 하기 때문이다. 트래들스는 내가 없는 동안 모든 문제를 바람직하게 처리해서 나는 세속적으로 풍요로웠다.

명성이 쌓이면서 전혀 모르는 사람들에게 – 별다른 내용이 없고, 그래서 답신하기도 힘든 – 편지가 수없이 쏟아져 들어와, 나는 트래들스네 집 입구에다 페인트로 내 이름을 적기로 트래들스와 합의했다. 그래서 그 지역을 맡은 성실한 우체부들은 수많은 편지를 그 집으로 배달하고, 나는 보수를 안 받는 내무성 장관처럼 그 집에 가서 간헐적으로 편지를 열심히 뒤지고 읽었다.

편지 가운데에는 민법 박사회관 주변에서 기생하는 외부인들이 (내가 남은 과정을 마쳐서 소송대리인 자격을 딴다면) 내 이름으로 개업하고 이익금을 나눠주겠다고 정중하게 제안하는 내용도 있었다. 하지만 나는 제안을 무시했다. 그곳에는 이미 다른 이름으로 개업한 사람이 충분히 많은 데다, 내가 끼어들지 않아도 민법 박사회관은 이미 충분히 나쁘다는 생각이 들었기 때문이다.

내 이름이 트래들스네 집 입구에서 꽃을 피울 때, 처가 아가씨들은 벌써 떠나고 표정이 날카로운 심부름꾼 아이는 뒷방에 온종일 틀어박힌 채 소피가 일하다 펌프가 있는 초라한 뜰을 내려다보며 외치는 소리를 못 들은 척했다. 하지만 소피는 언제나 밝은 표정으로 집안일에 열중하고, 계단을 올라오는 낯선 발걸음 소리가 안 들릴 때면 데번셔 민요를 흥얼대서 좁은 사무실에 틀어박힌 날카로운 아이를 위로했다.

나는 소피가 연습장에 글씨를 쓰는 까닭은 물론, 내가 나타나면 재빨리 덮어서 책상 서랍에 황급히 넣는 까닭이 궁금했다. 하지만 비밀은 금방 드러났다. 하루는 트래들스가 법정에서 진눈깨비를 맞으며 돌아오자마자, 책상에서 종이 한 장을 꺼내 나에게 보여주며 필체가 어떤 것 같으냐 묻고, 소피는 벽난로 불길 앞에서 남편 슬리퍼를 말리다가 소리쳤다.

"맙소사, 안 돼, 여보!"

"여보, 안 될 게 뭐야?"

트래들스가 재미있다는 표정으로 반문하곤, 나에게 다시 물었다.

"자네가 보기엔 필체가 어떤가, 코퍼필드?"

"딱딱한 법조계 냄새가 진하게 나는구먼. 이렇게 뻣뻣한 필체는 처음 보는 것 같아."

"여자가 쓴 필체 같지 않은가?"

"여자 필체라니! 벽돌에다 회반죽 바른 걸 여자 필체라고 하는 게 차라리 좋겠네!"

내가 대답하자, 트래들스는 좋아서 폭소를 터트리더니, 소피가 쓴 거라고, 필사본 직원이 곧 필요할 테니 자신이 그 역할을 담당하겠다 선언했다고, 글씨본을 보고서 이런 필체를 연습했다고, 한 시간에 서류를 여러 장 - 정확한 숫자는 까먹었는데 - 필사할 수 있다고 알려주었다. 남편이 말하는 동안 소피는 굉장히 당황한 나머지, '남편'이 판사가 된다면 이런 말을 쉽게 못 할 거라고 나무랐다. 그러자 '남편'은 그렇지 않다고, 자신은 어떤 경우라도 이런 걸 자랑스럽게 여길 거라고 단언했다.

소피가 다른 데로 간 사이에 나는 웃으면서 말했다.

"대단히 착하고 매력적인 부인을 구했어, 트래들스!"

"맞아, 코퍼필드. 소피는 모든 점에서 소중해! 집 안 관리방식을 보면 꼼꼼하고 검소하고 깔끔하고 아는 것도 많은 데다, 성격이 쾌활하잖아, 코퍼필드!"

"자네 부인은 정말 칭찬할 만해! 자네는 정말 행복한 거야. 부부가 서로를 세상에서 가장 행복한 사람으로 만들어주는 것 같아."

"확실히 우리는 세상에서 가장 행복한 부부야. 이것만큼은 어떤 경우라도 인정해. 소피는 깜깜한 새벽에 촛불을 켜고 일어나서 하루 동안 할 일을 정리하고 법학원에 직원들이 출근하기도 전에 날씨에 상관없이 시장으로 가서 소박한 재료를 사다가 훌륭한 음식을 만들고 푸딩이랑 파이도 만들어. 모든 물건을 언제나 제자리에 정돈하고 몸가짐은 말끔하고 밤에는 내가 아무리 늦도록 일해도 옆에 앉아서 힘을 북돋워주지, 나 하나를 위해서 말이야. 정말이지, 어떨 때는 믿을 수가 없을 정도라고, 코퍼필드!"

트래들스가 말하곤, 부인이 말리던 슬리퍼를 소중하게 신더니, 두 발을 벽난로 철망 위로 쭉 뻗으며 다시 말했다.

"어떨 때는 믿을 수가 없을 정도야. 우리가 즐기는 놀이도 대단해! 돈을 하나도 안 들여도 굉장히 재미있거든! 초저녁에 집에 있을 때면 바깥문을 꼭 닫고 저 커튼을 – 소피가 만든 건데 – 모두 내리는데 그렇게 아늑할 수 없어! 날씨가 좋으면 초저녁에 산책하는데 거리마다 재밌는 놀이가 가득해. 보석상에서 번쩍이는 유리창을 들여다보며 두 눈에 다이아몬드를 박은 뱀이 하얀 공단에 똬리 틀고 앉은 걸 가리키면서, 돈이 생기면 저걸 사주겠다 말하고, 소피는 보석으로 장식하고 멋진 장치까지 설치한 금시계를 비롯해 온갖 귀중품을 가리키면서 여유만 된다면 나한테 모두 사주겠다 말하지. 그리곤 둘 다 좋아할 만한 숟갈과 포크, 생선칼, 버터 칼, 각설탕 집게 등을 골라. 그래서 실제로 사기라도 한 것 같은 마음으로 떠나는 거야! 그런 다음에는 광장이나 대로를 돌아다니면서 세놓은 집을 둘러보고 가끔은 실제로 들어가서 구경하며, 내가 판사가 된다면 이 정도로 충분할까 하고 말하는 거야. 그리고 방을 나눠, 이 방은 우리가 쓰고 저 방은 데번셔 아가씨들이 쓰고 기타 등등, 상황에 따라서 이건 괜찮고 저건 아니라며 만족할 때까지. 가끔은 절반 가격으로 극장도 들어가서 – 내 생각에 그 돈이면 극장 냄새만 맡아도 싼 건데 – 연극을 마음껏 즐겨. 배우가

한 말을 소피는 진짜로 믿고 나도 마찬가지야. 집으로 돌아올 때면 요리점에서 요리를 약간 사거나 생선 장수한테 바닷가재 같은 걸 사고 여기로 가져와서 맛있는 저녁을 즐기며 우리가 구경한 걸 이야기하는 거야. 자네도 알겠지만, 코퍼필드, 내가 대법관이 된다면 이런 재미는 결코 즐길 수 없을 거야!"

"너는 어떤 자리에 오르든 재미있고 유쾌하게 살 거야, 트래들스. 요새는 해골 같은 거 안 그리겠지?"

내가 묻자, 트래들스는 얼굴을 붉히고 웃으면서 대답했다.

"사실, 완전히 안 그런다고 대답할 순 없어, 코퍼필드. 며칠 전에는 고등법원 뒷줄에 앉았는데 손에 펜이 있는 거야. 내 실력이 그대로인가 확인하고 싶은 생각이 문뜩 들더군. 안타깝게도 책상 모서리에 가발을 쓴 해골 하나가 생겨난 것 같아."

우리는 마음껏 폭소를 터트리고, 트래들스는 불길을 쳐다보며 용서하는 느낌으로 "크리클 영감탱이!"라고 불쑥 말하면서 폭소를 마무리했다.

"늙은 악당이 편지를 보냈어."

내가 말했다. 트래들스는 그를 용서할 수 있을지언정 나는 트래들스를 그렇게 때려대던 악당을 용서할 마음이 결코 없었기 때문이다.

"크리클 교장이 편지를? 말도 안 돼!"

트래들스가 감탄하고, 나는 편지를 훑어보며 설명했다.

"내가 돈도 벌고 명성도 쌓으면서 관심 보인 사람들, 그리고 예전부터 나한테 관심 보이던 사람들 가운데 크리클이 있어. 지금은 교장이 아니야, 트래들스. 은퇴했어. 지금은 미들섹스 행정관이야."

이 말을 듣고서 깜짝 놀라리라 예상했으나, 트래들스는 전혀 놀라지 않았다.

"그런 사람이 미들섹스에서 어떻게 행정관이 되었을까?"

내가 묻자, 트래들스가 대답했다.

"맙소사! 대답하기 어려운 질문이군. 그런 자리에 지명할 권한이 있는 누군가를 아는 누군가에게 표를 주었거나, 돈을 빌려주었거나, 뭔가를 샀거나, 은혜를 베풀었거나, 협박 같은 걸 했겠지."

"어쨌든 지금은 그런 일을 해. 그래서 나한테 편지를 보냈는데, 교도소 훈육 시스템이 굴러가는 모습을, 죄수들이 진심으로 뉘우치고 영원히 변치 않도록 만들어내는 확실하고 유일한 방법을 기쁜 마음으로 보여주겠다는 거야. 독방 감금을 말하는 건데, 자네 생각은 어때?"

"독방 감금에 대해서?"

트래들스가 심각한 표정으로 물었다.

"아니. 제안을 받아들이는 거, 그래서 자네도 함께 가는 거?"

"반대하지 않네."

"그렇다면 답신을 보내겠네. 크리클이란 작자가 우리를 대한 방식은 말할 것도 없고, 자기 아들을 집에서 내쫓은 거나 자기 부인과 딸을 취급한 방식을 기억하나?"

"당연하지."

"그런데도 그자가 보낸 편지를 읽으면, 온갖 범죄를 저지르고 유죄판결 받은 죄수들을 누구보다 상냥하게 대하는 사람으로 변신한 것 같다네. 내가 보기에 평범한 사람들한테는 그렇게 상냥한 마음을 보여준 적이 없는 것 같은데 말이야."

내가 말하자, 트래들스는 어깨를 으쓱할 뿐 놀라는 기색이 조금도 없었다. 너무나 당연한 결과였다. 나 자신도 전혀 놀라지 않았으니 말이다. 그렇게 짓궂은 역설을 내 눈으로 직접 본 게 드문 일은 아니기 때문이다. 우리는 방문 시간을 정하고 나는 거기에 맞춰서 그날 초저녁에 크리클에게 편지를 썼다.

약속한 날에 - 바로 다음 날이었던 것 같지만 아무래도 상관없는데 - 나는 트래들스와 함께 크리클이 권력을 행사하는 교도소로 출발했다. 막대한 비용을 들여서 단단하고 거대하게 지은 건물이었다. 대문으로 다가가는 동안, 어떤 사람이 속된 희망을 품고서 거기에 들인 돈 절반이라도 젊은이를 위한 직업학교를 세우거나 노인이 묵을 양로원을 짓는 데 쓰자고 제안했다간 나라 전체가 뒤집힐 거란 생각이 절로 들었다.

거대한 규모가 바벨탑 일 층 같은 사무실에서 우리는 예전 학교 교장을 만났다. 특히 바쁜 것처럼 보이는 행정관 두세 명 그리고 방문객 몇 명이 함께 있었다. 그는 나에게 정신을 일깨워주고 언제나 사랑으로 정성을 다한 은사처럼 맞이했다. 트래들스를 소개하자, 크리클 선생은 성의가 약간 떨어지긴 해도 거의 비슷한 태도로, 자신은 트래들스에게 세계관을 심어준 철학자요 스승이며 친구였던 것처럼 행동했다. 이렇게 훌륭한 스승은 엄청나게 늙었으나 외모는 좋아진 게 하나도 없었다. 얼굴은 예전처럼 손만 대면 폭발할 것 같고, 여전히 조그만 두 눈은 안으로 움푹 들어갔다. 기억 속에 남아있던, 물에 젖은 것처럼 축축한, 얼마 안 남은 백발은 거의 사라지고, 대머리에서 툭 튀어나온 혈관은 보기에도 끔찍했다.

사무실에 모인 신사들은 세상에서 가장 중요한 건 비용이 아무리 많이 들더라도 죄수를 편하게 가두는 것인데, 교도소 담벼락 바깥세상은 너무 넓어서 절대 그럴 수 없다는 식으로 대화하다, 마침내 견학을 시작했다. 식사시간이라서 거대한 주방부터 갔는데, 독방 죄수들에게 주려고 음식을 식판에 규칙적으로 정확하게 담는 중이었다. 품질이 좋고 분량도 넉넉해, 극빈자는 말할 것도 없고 병사나 선원이나 노동자나 성실하게 일하는 농민들이 먹는 것과 차이가 너무 심하다는, 절반이나마 먹는 일꾼은 오백 명 가운데 한 명도 안 된다는 걸 아는 사람이 있는지 궁금하다고 나는 트래들스에게 살짝 말했다. 하지만 이곳 '시스템'은 높은 생활 수준이 필수라는 사실도 깨달았다. 한 마디로, 시스템이 확실한 효과를 발휘하려면 식사를 비롯한 모든 부분에서 의심을 확실히 걷어내, 불만이 하나도 없도록 해야 한다는 것이다. 다른 시스템을 고려하려는 사람은 하나도 없는 것 같았다.

웅장한 통로를 지나는 동안, 나는 시스템에서 모든 걸 최고 수준으로 유지하고 관리하면 어떤 장점이 있느냐고 크리클과 그 동료들에게 물었다. 그들은 죄수를 완벽하게 고립시켜, 즉, 죄수 모두를 독방에 가두고 다른 죄수와 모르게 하면서 마음 상태를 건강한 쪽으로 인도하면 하나같이 진심으로 회개하고 반성한다고 대답했다.

그런데 독방에 가둔 죄수를 하나씩 방문하고 독방이 늘어선 통로를 가로지르고 그들이 예배당을 오가는 방식에 관한 설명을 듣다 보니, 나는 죄수들이 서로를 아주 많이 파악한 건 물론 서로 완벽하게 교류할 시스템까지 갖췄을 것 같다는 생각이 들었다. 내가 이 글을 쓸 즈음에는 그런 사실이 충분히 밝혀졌지만, 당시만 해도 그런 문제점을 제기하는 건 시스템에 대한 노골적인 도전일 수밖에 없어서 나는 진심으로 회개하고 반성한 죄수를 최대한 열심히 찾았다.

그런데 여기에도 엄청난 불신이 생겼다. 회개하고 반성하는 형식이 양복점 진열장에 걸린 상의와 조끼만큼이나 천편일률적이었다. 고백하는 내용도 차이가 거의 없고 (정말 의심스러운 건) 표현 방식도 차이가 거의 없었다. 포도에 접근할 수 없어서 포도밭을 깎아내리는 여우는 엄청나게 많은데, 포도송이 옆에 놓고서 믿을만한 여우는[42] 거의 없었

---

42) 이솝우화에 나오는 '여우와 포도'를 말한다.

다. 무엇보다도, 많이 고백하는 죄수일수록 사람들은 관심을 자주 보인다는 사실을, 전과 내용으로 보건대 하나같이 믿을 수 없는 사람들이 자만에 들뜨고 허영과 속임수를 즐기며 누구 할 것 없이 척척 고백하고, 방문한 사람들은 그런 말을 들으며 좋아한다는 사실을 나는 단번에 깨달았다.

그렇지만 이리저리 돌아다니면서 27번이 제일 좋은 사람이며 진정한 모범수로 보인다는 평가를 여러 차례 들어, 나는 27번을 만날 때까지 판단을 미루기로 마음먹었다. 내가 듣기론 28번도 인기가 대단한데 불행히도 27번이 남다르게 뛰어난 나머지 약간 떨어진다고 했다. 나는 27번에 대한, 주변 모든 사람에게 경건하게 충고까지 한다는, 자기 어머니에게 (몹시 나쁜 여자로 여기는 것 같은데도) 아름다운 편지를 끊임없이 보낸다는 말을 너무 많이 들어서 한시바삐 만나고 싶었다.

하지만 27번으로 마침표 효과를 내고자 방문을 마지막으로 미룬 덕분에 나는 오랫동안 꾹 참아야 했다. 그러나 드디어 그 감옥 문으로 다가가고, 크리클은 문에 뚫어놓은 조그만 구멍으로 안을 들여다보더니 지극히 감동하며, 죄수가 성가 책을 읽는 중이라고 우리에게 알려주었다.

이 말과 동시에 27번이 성가 책 읽는 모습을 보려고 사방에서 달려들어 머리 예닐곱 개가 조그만 구멍을 메웠다. 이런 불편을 해결하고 우리가 27번과 온전히 대화하도록 크리클은 감옥 문을 열고 27번을 통로로 초대하라고 지시했다. 그래서 교도관이 지시에 따르는 순간, 트래들스와 내 앞에 나타난 27번은 놀랍게도 유라이어 힙이었다!

유라이어 역시 밖으로 나오면서 우리를 알아보고 예전처럼 몸을 비틀며 인사했다.

"안녕하세요, 코퍼필드 선생님? 안녕하세요, 트래들스 선생님?"

정중한 인사에 거기에 모인 사람이 모두 감탄했다. 우리를 알아보고도 거만하게 행동하지 않는다는 사실에 반한 것 같았다.

"으음, 27번. 오늘은 기분이 어떤가?"

크리클이 감탄하며 구슬픈 어조로 묻자, 유라이어 힙이 대답했다.

"저는 아주 겸손합니다, 나리!"

"자네는 항상 그렇지, 27번."

크리클이 말하자, 다른 신사가 걱정스럽단 표정으로 물었다.

"충분히 편안한가?"

유라이어 힙이 그쪽을 바라보며 대답했다.

"네, 고맙습니다, 나리! 여기는 정말 편안합니다, 바깥에 있을 때보다. 이제는 제가 어리석었단 사실을 충분히 깨달았습니다. 그래서 마음이 편안합니다."

여러 신사가 감동한 가운데 세 번째 질문자가 특히 감동한 표정으로 사람들 사이를 헤치고 앞으로 나오며 물었다.

"쇠고기는 어떤가?"

목소리가 일어난 방향으로 유라이어가 고개를 돌리며 대답했다.

"고맙습니다, 선생님, 어제는 제가 원하는 이상으로 질겼지만 그래도 참았답니다."

유라이어가 온순한 미소를 머금고 주변을 둘러보며 계속 말했다.

"저는 어리석은 짓을 저질렀으니, 신사 여러분, 그 죗값을 투덜대지 않고 받아야 마땅합니다."

성자 같은 마음을 보여준 27번이 만족스럽기도 하고 불만의 원인을 제공한 쇠고기 공급업자에게 분노도 치밀어, 사람들 사이에서 웅성거리는 소리가 일어나다 (크리클은 곧바로 불만 내용을 기록하고) 가라앉고, 27번은 한가운데에 서는데, 자신을 아주 커다란 박물관에서 가장 중요한 소장품으로 여기는 것 같았다. 처음 온 우리에게 눈부신 광채를 한꺼번에 과시하려는 듯, 28번도 통로로 데리고 나오라는 명령이 떨어졌다.

나는 이미 충분히 놀란 터라, 훌륭한 책을 읽으며 리미터가 걸어 나올 때는 그렇게 놀랍지도 않았다.

"28번, 자네는 지난주에 코코아에 대해서 불평했는데, 이제는 괜찮은가?"

안경 쓴 신사가 물었다. 지금까지 아무 말도 없던 신사였다.

리미터가 대답했다.

"고맙습니다, 나리, 훨씬 좋아졌습니다. 무례를 무릅쓰고 말씀드린다면, 나리, 코코아를 넣고 끓인 우유는 품질이 썩 좋은 건 아니라고 생각합니다. 하지만 런던에는 불량품 우유가 많아서 품질 좋은 우유를 구하는 게 어렵다는 사실 역시 저는 잘 안답니다."

내가 보기에 안경 쓴 신사는 28번을 지지하고 크리클은 27번을 지지하는 것 같았다. 각자 자신이 좋아하는 죄수 손만 잡았으니 말이다.

"자네는 마음 상태가 어떤가, 28번?"

안경 쓴 신사가 묻자, 리미터가 대답했다.

"고맙습니다, 나리. 이제는 제가 어리석었단 사실을 충분히 깨달았습니다, 나리. 예전 동료들이 저지른 죄악을 생각할 때마다 마음이 아픕니다, 나리. 하지만 그들 역시 용서를 구할 거라고 저는 믿습니다."

안경 쓴 신사가 고개를 끄덕여서 공감하며 물었다.

"자네 자신은 이제 충분히 행복한가?"

"정말 고맙습니다, 나리. 완벽하게 행복합니다."

"혹시라도 마음에 걸리는 게 조금이라도 있나? 있다면 말하도록, 28번."

안경 쓴 신사가 말하자, 리미터는 고개를 숙인 채 대답했다.

"나리, 제 눈이 잘못 본 게 아니라면, 제가 옛날에 가까이 지내던 신사분이 이 자리에 계시네요. 제가 과거에 어리석은 짓을 한 건 젊은 신사분들 밑에서 무분별하게 일하며 그분들이 이끄는 대로, 저는 거부할 힘이 하나도 없으니, 사악한 행동에 빠져들어서란 사실을 알아두면, 그 신사분한테 좋을 것 같습니다. 신사분이 저를 교훈으로 삼기를, 나리, 그리고 제가 자유롭게 하는 말에 기분이 안 상하길 바랍니다. 이렇게 말하는 까닭도 그분을 위해섭니다. 저는 과거에 어리석었다는 사실을 잘 압니다. 그 신사분 역시 자신이 가담한 죄악을 모두 참회하길 바랍니다."

신사 몇 명이 지금 막 교회에 들어오기라도 한 듯 한 손으로 자기네 눈을 가리고, 안경 쓴 신사는 다시 말했다.

"정말 훌륭하군, 28호. 내가 예상한 그대로야. 또 말하고 싶은 게 있나?"

리미터가 눈을 그대로 둔 채 눈썹만 살짝 추켜세우며 대답했다.

"나리, 젊은 여인이 방탕한 생활에 빠져서 제가 구하려고 애쓰다 결국엔 못 구한 적이 있습니다. 그 여인이 저한테 나쁜 짓까지 저질렀는데 이제 제가 다 용서한다고 전하길 그리고 회개하길 바란다고 전하길 저 신사분에게 부탁하오니, 행여나 가능하다면, 선량한 마음이 있다면, 그 여인한테 전해주길 바랍니다."

질문자가 대답했다.

"우리 모두 그런 것처럼 자네가 언급한 신사분 역시 자네가 온당하게 한 말을 듣고 깊이 감동했을 게 분명하네, 28번. 이제 더 붙잡지 않겠네."

"고맙습니다, 나리. 신사 여러분, 모두 좋은 하루를 보내시길, 그리

고 여러분은 물론 여러분 가족도 사악하단 사실을 깨닫고 모두 회개하길 기원합니다!"

28번은 이렇게 말하더니, 일정한 통신 수단을 통해서 서로 잘 안다는 듯 유라이어와 시선을 주고받으며 안으로 들어가고, 문이 닫히는 순간에는 정말 훌륭한 사람이고 정말 훌륭한 사례라며 사람들이 웅성거리는 소리가 일어났다.

크리클은 자신이 선호하는 죄수와 독무대 펼칠 기회를 놓치지 않고 물었다.

"자, 27번, 자네도 누구한테 하고 싶은 말이 없나? 있다면 지금 말하게."

유라이어가 사악한 머리를 홱 비틀면서 대답했다.

"어머니께 다시 편지를 쓰도록 겸손하게 허락을 청합니다, 나리."

"당연히 허락하겠네."

"고맙습니다, 나리! 저는 어머니가 정말 염려스럽답니다. 어머니가 안전하지 않은 것 같아서요."

유라이어가 하는 말에 어떤 사람이 그 이유를 가볍게 묻다가 "조용!" 하라는 핀잔만 듣고, 유라이어는 그 소리가 들린 쪽으로 몸을 비틀며 대답했다.

"지금 저는 더할 나위 없이 안전하니, 나리, 저로선 어머니도 저처럼 되길 기원할 수밖에요. 여기에 오지 않았다면 저는 이런 마음가짐을 절대 못 누렸을 겁니다. 저는 어머니도 여기에 들어오길 바랍니다. 누구든 여기에 들어오는 편이 훨씬 바람직하니까요."

이런 마음가짐이 예전에 지녔던 그 어떤 마음가짐보다 만족스럽다는, 무한히 만족스럽다는 표정이었다. 그러더니 우리가 속한 바깥세상을 망가뜨릴 수만 있다면 모두 망가뜨리겠다는 듯 우리를 살그머니

훔쳐보며 덧붙였다.

"여기에 오기 전까지만 해도 저는 어리석게 행동하는 습관이 있었지만, 지금은 그게 얼마나 어리석은지 깨달았습니다. 바깥세상은 죄악으로 가득합니다. 어머니 역시 죄악으로 가득합니다. 모든 곳이 죄악으로 가득합니다…… 여기만 빼고."

"그럼 자네는 완전히 변한 건가?"

크리클이 묻자, 참회자는 희망에 부푼 목소리로 소리쳤다.

"그럼요, 나리, 당연합니다!"

"밖으로 나가도 나쁜 길로 빠져들지 않겠는가?"

다른 사람이 물었다.

"그럼요, 당연합니다, 나리!"

"으음! 반가운 대답이군. 아까 코퍼필드 선생한테 말했는데, 27번, 더 하고 싶은 말은 없나?"

크리클이 감탄하며 묻는 말에, 유라이어는 예전보다 훨씬 비열한 표정을 머금은 얼굴로 나를 쳐다보며 말했다.

"귀하는 제가 여기에서 완전히 변하기 훨씬 전부터 저를 알았지요, 코퍼필드 선생. 어리석은 짓을 저지르긴 했지만 제가 교만한 사람들 사이에서 겸손하고, 폭력적인 사람들 사이에서 온순하게 살아가던 시절에 저를 알았지요. 그런데 귀하는 저한테 누구보다 심한 폭력을 행사했지요, 코퍼필드 선생. 한번은 주먹으로 제 얼굴까지 때릴 정도로."

동정하는 소리가 곳곳에서 일어나고, 일부는 분노한 눈빛으로 나를 쳐다보고, 유라이어는 내가 저지른 사악하고 끔찍한 행위를 용서한다며 말했다.

"하지만 저는 다 용서합니다, 코퍼필드 선생. 저는 모두를 용서합니다. 원한을 품는 건 안 좋으니까요. 저는 당신을 기꺼이 용서하니,

귀하 역시 앞으로 감정을 억누르길 기원합니다. 위-선생과 위-아가씨를 비롯해 사악한 무리 모두가 회개하길 기원합니다. 귀하도 고통을 겪었으니 그게 귀하에게 도움이 되길 기원하지만, 귀하 역시 여기에 들어오는 편이 훨씬 좋습니다. 위-선생도, 위-아가씨도 여기에 들어오는 편이 훨씬 좋습니다. 제가 귀하에게, 코퍼필드 선생, 그리고 신사 여러분에게 베풀 수 있는 제일 큰 소망은 모두 잡혀서 여기에 들어오는 것입니다. 제가 과거에 저지른 어리석은 행동과 현재의 마음가짐을 생각하면, 그러는 게 여러분 모두에게 제일 바람직합니다. 저는 여기에 들어오지 않는 모든 사람이 불쌍하답니다!"

사람들이 정말 그렇다고 수군거리는 가운데 유라이어는 자기 감방으로 살그머니 돌아가고, 감방문에 자물쇠를 채우는 순간, 트래들스와 나는 커다란 안도감을 느꼈다.

이번 회개에서 가장 커다란 특색은 두 사람이 도대체 무슨 짓을 저질러서 거기까지 들어왔느냐고 묻고 싶은 마음이 간절한데 그것에 대해 말하려는 사람이 아무도 없다는 사실이다. 나는 이렇게 부산을 떠는 건 정말 무가치하다는 사실을 너무나 잘 안다는 느낌이 얼굴에 가득한 교도관 두 명 가운데 한 명에게 다가가서 말을 걸었다. 그리고 통로를 따라 걸으면서 물었다.

"27번이 마지막으로 '어리석은 짓'을 한 게 어떤 범죄인지 아나요?"

은행 사건이란 대답이 나왔다. 그래서 다시 물었다.

"영국은행 사기 사건이요?"

"네, 선생님. 사기, 위조지폐, 공모. 여럿이 꾸몄습니다. 저자가 다른 사람들을 선동했지요. 엄청난 액수를 빼내는 정교한 음모였어요. 종신 유형을 선고받았습니다. 27번이 철저하게 꾸민 터라, 하마터면 무사히 도망칠 뻔했지요. 은행 측에서 간신히 잡았답니다."

"28번은 어떤 범죄인지 아세요?"

교도관은 크리클을 비롯한 사람들이 엿듣지 않는다는 걸 어깨너머로 끊임없이 확인하며 속삭였다.

"28번 역시 유형을 선고받았는데, 젊고 돈 많은 주인과 외국으로 나가기 전날 밤에 금화 이백오십 냥에 해당하는 돈과 귀중품을 훔쳤답니다. 제가 그 사건을 특히 또렷하게 기억하는 까닭은 28번을 난쟁이가 잡았기 때문입니다."

"난쟁이요?"

"조그만 여인. 이름은 잊었습니다."

"모처 아닌가요?"

"맞아요! 28번은 담황갈색 가발과 구레나룻 등으로 완벽하게 변장해서 추격을 따돌리곤 미국으로 넘어가려고 했는데, 조그만 여인이 항구도시 사우샘프턴에서 길을 가다 마주쳐…… 매서운 눈초리로 한눈에 알아보고…… 다리 사이로 달려들어…… 가운뎃다리를 저승사자처럼 붙잡고 늘어졌답니다."

"훌륭한 모처 아씨!"

나는 절로 감탄하고 교도관은 계속 말했다.

"맞아요! 재판정에서 증인석 의자에 올라선 모습을 보았는데, 정말 대단하더군요. 28번이 잔인하게 온몸을 때리고 얼굴을 짓이기는데도 그 여자는 28번이 잡힐 때까지 가운뎃다리를 안 놓았답니다. 너무 단단히 붙잡아서 실제로 경찰관들이 여자도 함께 데려가야 했으니까요. 증언도 정말 잘해서 재판관한테 크게 칭찬받고, 집으로 갈 때는 커다란 갈채를 받았답니다. 그 여자는 법정에서 자신은 28번을 잘 아니, 설사 28번이 삼손이었다 해도 한 손으로 충분히 잡았을 거라고 말했지요. 저는 진짜로 그랬을 거라고 믿는답니다!"

나도 그렇게 믿었다. 모처 아씨가 정말 존경스러웠다.

이제 우리는 거기에서 확인할 건 모두 확인했다. 27번과 28번은 변한 게 조금도 없이 예전 모습 그대로며, 거기에서 보인 모습 역시 예전 모습 그대로며, 위선적인 악당은 당연히 그런 곳에서 그런 식으로 스스럼없이 고백할 수밖에 없으며, 자기들 평판이 해외로 추방당하는 즉시 커다란 힘을 발휘한다는 걸 그들 역시 우리만큼이나 잘 안다는 사실을, 한 마디로 그곳 활동은 무가치하고 공허하며 서로 속고 속이는 위선에 불과하다는 사실을 크리클 같은 숭배자에게 설명하는 건 아무런 소용도 없을 터였다. 그래서 우리는 자기네끼리 지지고 볶으며 알아서 하도록 놔둔 채 그곳을 빠져나와 잔뜩 걱정하며 집으로 향했다.

"불건전한 취미에 푹 빠져보는 것도 괜찮겠어, 트래들스. 그만큼 빨리 죽을 수 있으니 말이야."

내가 말하자, 트래들스가 대답했다.

"그것도 그렇겠군."

CHAPTER 62. 앞길에 서광이 비치다

한 해가 다 가면서 크리스마스가 다가오고, 내가 집으로 돌아온 것도 두 달이 넘었다. 아그네스는 꾸준히 만났다. 세상에서 나를 격려하는 목소리가 더욱 커지고 나 역시 거기에 자극받아 더욱 열심히 노력하는 와중에도, 나는 아그네스가 가볍게 칭찬하는 말을 듣는 게 무엇보다 기뻤다.

나는 최소한 일주일에 한 번 이상 말을 몰고 아그네스네 집으로 달려가서 초저녁 시간을 함께 보냈다. 그리고 대체로 밤에 말을 타고 돌아왔다. 아그네스가 곁에 없어 씁쓸한 느낌이 너무나 슬프게 몰려들어, 진저리치며 잠에서 깨거나 쓰라린 꿈속에서 헤매며 방황할 때면 차라리 일어나서 밖으로 나가는 편이 좋았기 때문이다. 나는 그렇게 말을 몰면서 슬프고 힘든 밤을 수없이 보내고, 아그네스에게 달려갈 때면 외국에서 오랜 시간을 보내며 머릿속에 떠올리던 생각을 생생하게 되살렸다.

아니, 그런 생각이 일으킨 메아리에 귀를 기울였다고 말하는 편이 사실에 가깝겠다. 멀리서 다양한 메아리가 울렸다. 나는 이런 소리와 상당한 거리를 유지한 채 불가피한 현실을 받아들였다. 내가 쓴 글을 읽어줄 때마다, 아그네스가 가만히 듣다가 마음이 움직여서 웃거나 우는 모습을 바라볼 때마다, 내가 상상하는 세계에서 일어난 허망한 사건에 대해 아그네스가 다정하고 솔직하게 말하는 목소리를 들을 때마다 아그네스와 결혼했다면 나는 어떻게 됐을까 생각했다. 하지만 생각만 했다, 도라와 결혼하고 나서 부인이 어떤 사람으로 변하면 좋겠다고 생각한 것처럼.

아그네스는 나를 사랑했다. 내가 이기적으로 흔들어대다간 실패할 수밖에 없는, 그러면 두 번 다시 되돌릴 수 없는 사랑이었다. 내가 지켜야 할 사랑이었다. 그동안 나는 성급하게 애정을 쏟으며 마음 내키는 대로 운명을 선택했으니, 불평할 자격은 없고 그냥 견디어야 한다는 게 내가 나이를 먹으면서 깨달은 결론이었다. 하지만 나는 아그네스를 사랑했다. 언젠가는 사랑을 고백해도 흉이 안 될 날이, 이런 분위기를 모두 접을 날이, 그래서 '아그네스, 내가 돌아온 건 너를 사랑해서야. 이제 나도 나이를 먹었어. 내가 철들면서 사랑한 사람은 오로지 너 하나였어!'라고 고백할 날이 올 거라는 희망을 막연하게 품은 게 그나마 위안이었다.

아그네스는 나에게 어떤 변화도 보여준 적이 없었다. 예전에 나에게 꾸준히 보여준 모습 그대로였다. 변한 게 하나도 없었다.

이 문제에 관한 한, 내가 돌아온 밤 이후로 고모님과 나 사이에 독특한 분위기가 생겼다. 금기사항으로 삼거나 일부러 피했다고 할 순 없다. 생각만 할 뿐 겉으로 드러내진 않는다는 공감대 같은 것이었다. 오랫동안 그런 것처럼 밤에 둘이 벽난로 앞에 앉으면, 우리는 서로를 의식하며 이런 분위기에 자연스럽게 빠져들었다, 속마음을 서로에게 속속들이 털어놓기라도 한 것처럼. 하지만 실제로는 완벽한 침묵을 지켰다. 나는 그날 밤에 고모님이 내 생각을 일부나마 읽었다고, 내가 생각을 또렷하게 밝히지 않는 까닭을 충분히 이해한다고 확신했다.

크리스마스는 이렇게 다가오고, 아그네스는 애인이 생겼다는 속내 말을 시원하게 안 하니, 혹시 내가 가슴에 담아놓은 감정을 아그네스가 알고 나에게 상처를 줄까 걱정스러워서 말을 안 하는 건 아닌가 하는 의심이 꾸준히 일어나며 무겁게 억눌렀다. 사실이라면 내가 희생하는 건 아무런 의미도 없었다. 내가 지키려고 애쓰는 최소한의 의무가 아그네스에게 아무런 의미도 없는 것이다. 나 혼자서 매시간 움츠러드는 보잘것없는 행동에 불과했다. 나는 의심을 확실하게 풀어야 한다고 결심했다. 우리 사이에 장벽이 있다면 단호하게 마음먹고 단숨에 허물어뜨려야 했다.

혹독하게 추운 겨울날이었다. 몇 시간 내린 눈이 소복하게 쌓이진 않아도 거리마다 꽁꽁 얼어붙었다. 바다에서 몰려든 북풍이 창문을 매섭게 때렸다. 스위스에서 봉우리마다 하얗게 뒤덮어 인간이 발을 디딜 수 없는 눈이 떠올랐다. 적막하고 쓸쓸한 산악지대도, 아무것 없는 바다도 떠올랐다.

"오늘도 말을 타니, 트롯?"

고모님이 물으며 방문 사이로 머리를 들이밀었다.

"네. 캔터베리로 건너갈 거예요. 말을 타기에 좋은 날씨잖아요."

"네 말도 그렇게 생각하면 좋겠다만, 가만히 서서 머리랑 귀를 축 늘어뜨린 걸 보면 마구간에 있고 싶은 마음이 간절한 것 같더구나."

고모님이 말했다. 금단의 땅에 내가 말을 들이는 건 허용해도 당나귀에게는 여전히 조금도 양보하지 않는 고모님이었다.

"금방 기운 차릴 거예요!"

내가 대답하자, 고모님은 책상에 가득한 원고를 쳐다보며 말했다.

"어쨌든 주인으로선 말을 타는 게 좋겠구나. 아, 얘야, 너는 방에 틀어박혀서 너무 많은 시간을 보내는 것 같아! 나도 예전엔 책을 꽤 읽었다만, 글을 쓰는 게 이렇게 힘든 직업이란 생각은 못 했단다."

"책을 읽는 게 더 힘들 때도 잦아요. 글을 쓰는 건 나름대로 매력이 있답니다, 고모님."

"그렇겠지! 야망도 실현하고 사람들 인정도 받고 공감도 받고, 기타 등등. 으음, 어서 가보렴!"

고모님은 내 어깨를 다독이다 내 의자에 앉고 나는 그 앞에 차분히 서서 물었다.

"아그네스가 좋아하는 사람에 대해서 더 아는 거 있으세요?"

고모님이 잠시 내 얼굴을 쳐다보다 대답했다.

"그런 것 같구나, 트롯."

"확실한가요?"

"그런 것 같구나, 트롯."

고모님이 가만히 쳐다보는데, 안쓰러운 표정에 동정심 같기도 하고 불안감 같기도 하고 의혹 같기도 한 걸 품은 느낌까지 깃들어, 나는 완벽하게 명랑한 얼굴을 보여주려고 마음을 더욱 강하게 다잡았다.

"또 있는데, 트롯……."

"네!"

"내가 보기에 아그네스가 결혼할 것 같더구나."

"하느님이 축복하시길!"

내가 쾌활하게 말하자, 고모님도 똑같이 말했다.

"그래, 하느님이 축복하시길! 결혼할 남자까지!"

나도 똑같이 말하고 고모님과 헤어져, 아래층으로 가볍게 내려가서 말에 올라타고 길을 나섰다. 내가 결심한 내용을 실천할 명분이 어느 때보다 또렷했다.

매서운 날씨에 말 타고 달리던 느낌이 지금도 생생하다! 풀잎에 맺힌 얼음조각은 바람에 휩쓸리며 얼굴을 스치고, 말발굽은 바닥을 규칙적으로 달가닥달가닥 때리고, 밭은 딱딱하게 얼어붙고, 석회석 광산에는 미풍이 불어닥치면서 눈보라가 가볍게 소용돌이치고, 말 두 필은 건초를 가득 쌓은 마차를 끌다가 언덕 꼭대기에 멈춰서 숨을 가다듬으며 고개를 흔들어 아름다운 종소리를 내고, 밑에서는 까만 하늘을 배경으로 들판과 언덕이 하얗게 펼쳐진 풍경은 거대한 석판에 그림이라도 그린 것 같았다!

아그네스는 혼자 있었다. 여자애들은 집으로 모두 돌려보내고, 벽난로 옆에서 책을 읽다가 내가 들어오는 걸 보고 내려놓더니, 평소처럼 환영하며 바느질 바구니를 꺼내서 고풍스러운 창문 옆에 앉았다.

나도 창문 옆에 나란히 앉고, 우리는 내가 어떤 작품을 쓰는데, 지난번에 헤어지고 나서 어디까지 글을 썼으며 언제면 작품이 끝나겠다는 식으로 대화했다. 아그네스는 내가 앞으로 꽤 유명한 사람이 될 거라고, 그러면 이런 대화를 더는 못 나눌 거라고 웃으며 말하더니, 이렇게 덧붙였다.

"그러니 지금 이럴 수 있을 때 충분히 대화해야겠어."

내가 바느질 작업을 지켜보면서 아름다운 얼굴을 가만히 바라보는데, 아그네스는 맑고 다정한 눈을 올리다 내가 쳐다본다는 사실을 발견하고 말했다.

"오늘은 생각이 많구나, 트롯우드!"

"아그네스, 내가 뭘 생각하는지 알려줄까? 어차피 그걸 말하려고 왔거든."

아그네스는 우리가 진지하게 대화할 때면 언제나 그러듯 바느질감을 옆으로 내려놓고 나에게 모든 관심을 기울였다.

"친애하는 아그네스, 너는 내가 너한테 진실하게 행동한다는 걸 의심하니?"

"말도 안 돼!"

아그네스가 대답했다. 깜짝 놀란 표정이었다.

"그럼 예전이나 지금이나 나는 너한테 항상 진심으로 대한다는 걸 의심하니?"

"말도 안 돼!"

아그네스가 대답했다. 똑같은 표정이었다.

"내가 돌아왔을 때, 너한테 정말 고맙다고, 누구보다 소중한 아그네스, 너한테 뜨거운 열정을 느낀다고 말한 거 기억나니?"

"그래, 아주 잘 기억해."

아그네스는 다정하게 대답하고, 나는 다시 말했다.

"그런데 너한텐 비밀이 있어. 뭔지 알려주면 좋겠어, 아그네스."

아그네스가 눈길을 내리깔며 와들와들 떨었다.

"네가 말하지 않아도 - 다른 사람한테 들으면 이상하겠지만, 아그네스 - 네가 보물처럼 소중하게 사랑하는 인물이 있다는 걸 내가 모를 순 없잖아. 네가 행복하게 사는 데 극히 중요한 문제에서 나를 배제하지 마! 네가 분명히 말하고 나 역시 확신하는 것처럼 네가 나를 믿는다면, 이렇게 중요한 문제는 나를 친 오누이나 친구로 여기면서 상의해야 한다고!"

나무라는 어투로 호소하며 바라보니, 아그네스는 창가에서 일어나 어딘지도 모르는 듯 실내를 가로지르며 황급히 나아가다 두 손에 얼굴을 묻으며 눈물을 터트리고, 나는 극심한 가책에 시달렸다.

그런데도 눈물은 나에게 새로운 가능성을, 새로운 희망을 열어주었다. 왠지 모르지만, 눈물은 내 기억에 단단히 뿌리내린 예전의 슬프면서도 차분한 미소와 마찬가지로 두려움이나 슬픔이 아니라 희망을 불러일으켰다.

"아그네스! 누이! 누구보다 소중한 여인이여! 내가 뭘 잘못한 거야?"

"그냥 보내줘, 트롯우드. 몸이 안 좋아. 몸이 이상해. 차차 얘기할게…… 나중에. 편지를 보낼게. 지금은 말하지 마. 제발! 제발!"

나는 예전에 아그네스가 아무런 대가 없이 사랑할 수 있다고 한 말을 떠올렸다. 당장으로선 이 말에 담긴 의미를 집중해서 파악해야 할 것 같았다. 그래서 이렇게 말했다.

"아그네스, 슬퍼하는 모습을 보니까, 게다가 나 때문에 그런다고 생각하니까 도저히 못 견디겠어. 누구보다 소중한 아그네스, 내 평생 누구보다 소중한 아그네스, 힘든 일이 있으면 함께 짊어지자. 도움이 필요하거나 상의할 게 있으면 내가 옆에 있잖아. 마음에 무거운 짐이 있으면 내가 덜어줄게. 내가 너 아니면 누굴 위해 살겠니, 아그네스!"

"아, 그만해! 지금은 몸이 안 좋아! 나중에!"가 내가 들을 수 있는 전부였다.

내가 이런 말까지 늘어놓은 건 이기심으로 저지른 실수일까? 아니면 희망의 실마리를 움켜잡고, 예전에는 감히 상상조차 못한 가능성을 활짝 열어젖힌 걸까?

"나는 더 말해야겠어. 네가 나를 이런 식으로 배제하도록 놔둘 순 없어! 기나긴 세월을 보내면서 함께 수많은 걸 겪었는데, 제발 부탁이니, 이제는 서로한테 실수하지 말자고, 아그네스! 좋아, 솔직하게 말하지. 너한테 사랑받을 행복한 사람을 내가 질투한다거나, 너 스스로 선택한 소중한 보호자한테 내가 너를 넘겨주지 않는다거나, 네가 기뻐하는 모습을 내가 오누이 자격으로 만족스럽게 바라보지 않을 거라는 생각이 행여나 조금이라도 있다면, 지금 당장 버려, 나는 그럴 자격이 없으니까! 지금까지 고생한 게 헛것은 아니니까. 지금까지 너한테 배운 게 헛것은 아니니까. 내가 너를 생각하는 마음에는 이기적인 속성이 조금도 없어."

아그네스는 어느덧 차분하게 변했다. 그러더니 잠시 후에 창백한 얼굴로 쳐다보며 나지막이 말했다. 중간중간에 끊어지긴 해도 꽤 또렷한 어투였다.

"나를 진정한 친구로 여기니까 – 정말이지, 이건 조금도 의심하지 않으니까 – 하는 말인데, 네가 오해한 거야. 할 말은 이게 전부야. 오랜 세월을 보내면서 내가 도움과 조언이 필요할 때마다 너는 옆에서 도와주었어. 내가 힘들 때면 네가 옆에서 도와주었어. 내가 마음에 무거운 짐을 짊어지면 그걸 덜어주고. 행여나 나한테 비밀이 있다 해도 – 새로운 비밀은 하나도 없으니 – 네가 생각하는 그런 건 절대 아니야. 하지만 밝힐 순 없어, 너랑 나눌 수도 없고. 오랫동안 온전히 간직한 비밀이니, 나 혼자 그대로 간직하고 싶어."

"아그네스! 잠깐만! 그 자리에 멈춰!"

아그네스가 나가려고 하는 걸 나는 곧바로 붙잡았다. 그래서 한쪽 팔로 허리춤을 끌어안았다. "오랜 세월을 보내면서!" "새로운 비밀은 하나도 없다!" 머릿속에서 다양한 생각과 희망이 새롭게 일어났다. 인생이 아예 새롭게 변하는 기분이었다.

"친애하는 아그네스! 더없이 소중하고 존경하는 여인…… 온 마음을 다해서 사랑하는 여인이여! 오늘 찾아올 때만 해도 이렇게 고백하는 일은 절대 없다고 다짐했어. 가슴에 평생 묻어두겠다고 각오했어, 우리가 완전히 늙을 때까지. 하지만 아그네스, 내가 너를 누이 이상으로,

누이와 완전히 다른 호칭으로 부를 수 있다는 희망이 나한테 새롭게 생겨난다면……!"

아그네스가 눈물을 펑펑 흘렸다. 하지만 조금 전에 흘린 눈물과 완전히 다르고, 나는 거기에서 환하게 빛나는 희망을 보았다.

"아그네스! 영원한 안내자며 누구보다 훌륭한 후원자여! 우리가 이 집에서 함께 자랄 때 네가 나보다 너 자신을 더 생각했더라면 내가 무분별한 환상에 빠져들어 네 품에서 벗어나는 일은 결코 없었겠지. 하지만 너는 나보다 훨씬 훌륭하기에 내가 유치한 환상과 실망에 시달릴 때마다 꼭 필요한 역할을 하고, 나는 너한테 모든 걸 털어놓고 의지하는 게 습관처럼 되어, 누구보다 사랑하는 너를 한동안 다른 식으로 착각했던 거야!"

여전히 우는데 슬픈 눈물이 아니다…… 기쁜 눈물이다! 그러면서 내 품으로 파고드니, 아그네스가 이런 건 처음이며, 나 역시 상상조차 못 하던 모습이다!

"내가 도라를 사랑할 때…… 너도 알다시피, 흠뻑 빠져서 말이야, 아그네스……"

"그래. 나도 알아!"

아그네스가 진심으로 대답하고, 나는 계속 말했다.

"내가 도라를 사랑할 때…… 내 사랑은 완벽하지 않았어, 네가 지지하지 않았다면. 하지만 너는 찬성하고, 내 사랑은 완성되었지. 그리고 도라를 잃었을 때, 아그네스, 네가 없었다면 나는 어떻게 되었을까, 지금 이 순간까지!"

아그네스는 품속으로 더욱 파고들어 심장을 맞대며 덜덜 떠는 손을 내 어깨에 올리고 눈물 사이로 다정하게 빛나는 눈을 들어서 내 눈을 바라보았다!

"내가 멀리 떠난 건, 소중한 아그네스, 너를 사랑했기 때문이야. 내가 타국에 머문 건, 소중한 아그네스, 너를 사랑했기 때문이야. 내가 돌아온 것도, 소중한 아그네스, 너를 사랑했기 때문이고!"

이윽고 나는 수없이 겪었던 갈등과 그래서 도달한 결론을 설명하려고 애썼다. 내 마음을 아그네스에게 있는 그대로 완전히 드러내려고 애썼다. 나 자신과 아그네스 자신을 정확히 이해하고 싶은 마음이 간절했다는 걸, 그래서 내린 결론에 나 자신을 맞추려고 노력했다는 걸, 그날도 내가 내린 결론에 충실하려고 왔다는 걸 보여주려고 애썼다. 그런 다음에, 네가 나를 사랑하고 그래서 나를 남편으로 맞아들인다면, 너는 모든 자격을 갖추었으니 충분히 그럴 수 있다고, 비록 나는 자격이 없지만 너를 진정으로 사랑하며, 그래서 여기까지 오는 동안 무수한 고통을 겪었다고, 이제 비로소 모든 걸 털어놓는다고 말했다. 아, 아그네스, 바로 그 순간에, 네가 진실한 눈으로도 못 보는 곳에서 철부지 아내의 영혼이 나를 굽어보며 잘했다고 속삭이니, 한창때 시들어버린 '작은 꽃'에 대한 너무나 소중한 추억까지 그대를 통해서 떠오르는구나!

"너무 행복해, 트롯우드 – 가슴이 벅차 – 그런데 꼭 하고 싶은 말이 있어."

"뭔데, 소중한 여인이여?"

아그네스가 두 손을 내 어깨에 다정하게 올려서 차분하게 쳐다보며 반문했다.

"그게 뭔지 아직도 모르겠니?"

"상상하는 것조차 두려워. 어서 말해, 아그네스."

"나는 너를 언제나 사랑했어!"

아, 행복하다, 참으로 행복하다! 우리가 눈물을 흘린 건 여기까지 오느라 겪은 시련 (물론 아그네스가 겪은 시련이 훨씬 크지만) 때문이 아니라 이제 절대로 헤어지지 않으리라는 환희 때문이었다!

우리는 매서운 초겨울 날씨에 나가서 들판을 거닐었다. 우리 마음은 황홀경에 차분하게 휩싸이고, 싸늘한 공기도 기뻐하는 것 같았다. 우리가 거니는 사이에 샛별이 여기저기 반짝이고 우리는 고개를 들어서 하늘을 바라보며 이렇게 평온하게 우리를 이끄신 하느님께 감사했다.

어두운 밤에 조금 전의 고풍스러운 창가에 나란히 서니, 달은 환하게 빛나고 아그네스는 차분한 눈을 들어서 쳐다보았다. 나도 함께 쳐다보았다. 한없이 기다랗게 펼쳐진 길이 눈앞에 나타나고, 그 길을 힘겹게 나아가는 소년이 보였다. 모두에게 버림받아 의지할 데 하나 없이, 누더기 차림에다 지칠 대로 지친, 하지만 결국에는 이렇게 소중한 여인과 마음을 하나로 합친 소년이었다.

우리가 고모님을 찾아간 건 다음 날 저녁 식사를 앞둔 시간이었다. 패거티 유모는 고모님이 이 층 서재에 있다고 말했다. 나를 위해 서재를 정갈하게 정돈하는 게 고모님에게는 커다란 기쁨이었다. 고모님은 벽난로 불길 앞에 안경을 쓰고 앉아 어스름한 눈빛으로 쳐다보며 물었다.

"맙소사! 네가 집으로 데려온 사람이 누구냐?"

"아그네스요."

내가 대답했다. 처음에 아무 말도 않기로 약속한 터라, 고모님이 여간 당황한 게 아니었다. 그래서 내가 "아그네스요"라고 대답하는 순간, 희망 어린 시선으로 힐끗 쏘아보더니, 내 표정이 평소 같다는 걸 알아채곤 실망스러운 표정으로 안경을 벗어서 그걸로 코를 문질렀다.

그렇지만 고모님은 아그네스를 따듯하게 맞이하고, 곧이어 우리는 훨씬 밝은 아래층 거실로 내려가서 저녁상을 마주하고 앉았다. 고모님은 안경을 두세 차례 고쳐 쓰며 나를 쳐다보고 매번 실망한 표정으로 다시 벗더니, 안경테로 코를 문질렀다. 노신사 딕으로선 정말 불안할 수밖에 없었다. 좋은 징조는 아니라는 걸 잘 알기 때문이다.

"그런데 고모님이 하신 말씀을 제가 아그네스한테 그대로 했어요, 고모님."

저녁 식사 후에 내가 말하자, 고모님이 빨갛게 달아오른 얼굴로 비판했다.

"그렇다면, 트롯, 그건 정말 잘못한 거야, 약속까지 어기고."

"설마 화나신 건 아니겠지요, 고모님? 하기야 화나실 일은 딱히 없을 거예요, 아그네스가 애정 문제로 힘들어하는 건 하나도 없다는 얘길 들으시면."

"말도 안 돼!"

고모님이 소리쳤다. 곤혹스러운 표정이었다.

나는 곤혹스러운 상황을 빨리 풀어주는 게 고모님에게 최선이라 생각하고, 한쪽 팔로 아그네스를 휘감고 의자 뒤로 가서 함께 고모님을 껴안았다. 고모님은 손뼉을 한 번 치고 안경 너머로 한 번 쳐다보더니, 곧바로 폭소를 터트리며 배꼽을 움켜잡았다. 이런 모습을 보는 건 평생에 걸쳐서 처음이자 마지막이었다.

폭소 소리에 패거티 유모까지 달려왔다. 고모님은 정신을 차리는 순간 패거티 유모에게 달려가서 멍청한 할망구라고 소리치며 온 힘을 다해 껴안았다. 그런 다음에 노신사 딕을 껴안고 (노신사 딕은 커다란 영광을 누리면서도 엄청나게 놀라고), 그런 다음에는 두 사람에게 까닭을 설명했다. 그래서 우리 모두 함께 기뻐했다.

나는 고모님이 지난번에 짤막한 대화를 나눌 때 선의로 거짓말한 건지 아니면 내 마음을 실제로 착각한 건지 알아낼 수 없었다. 고모님에게서 아그네스가 결혼한다는 건 거짓말이 아닌 걸 나 자신이 누구보다 잘 알지 않느냐는 대답을 들은 게 전부였다.

우리는 보름 후에 결혼했다. 조촐한 결혼식에 초대한 손님은 트래들스 부부와 스트롱 박사님 부부가 전부였다. 우리는 마차에 올라타서 기뻐하는 사람들을 뒤로 한 채 떠났다. 나는 오랫동안 갈망하고 사랑한 여인을, 너무나 소중한 여인을, 내 마음을 온전히 차지하며 인생 전체를 관장한 여인을, 나 자신이요 인생을 함께 개척할 배우자를 가슴에 꼭 껴안았다. 내 사랑이 마침내 반석에 올라선 것이다!

"소중한 남편. 이제 이렇게 부를 수 있게 되었으니, 한 가지 더 말할 게 있어."

"그게 뭔데, 내 사랑?"

"도라가 세상을 떠나기 직전에 나를 불러달라고 했잖아."

"그랬지."

"그때 도라가 나한테 남길 말이 있다고 했는데, 그게 무언지 알아?"

알 것 같았다. 그래서 나를 오랫동안 지극히 사랑한 부인을 옆으로 바싹 끌어당겼다.

"도라는 나한테 마지막 부탁을 하겠다고, 마지막 책임을 나한테 남기겠다고 했어."

"그건 바로……"

"여기 텅 빈 가슴을 메울 사람은 나밖에 없다는 말이었어."

아그네스가 대답하며 내 가슴에 머리를 기대고 흐느꼈다. 나도 함께 흐느꼈다. 하지만 우리는 참으로 행복했다.

CHAPTER 63. 손님

나는 애초에 마음먹은 내용을 거의 모두 기록했다. 하지만 생각할 때마다 기쁜 기억 하나가 또렷하게 떠오르니, 이 내용을 빠뜨린다면 지금까지 열심히 짠 그물에서 실이 한 가닥 빠져, 결국에는 그물이 온통 뒤엉킬 것 같다.

나는 명성과 재물을 쌓고 가정생활은 완벽하니, 행복한 결혼생활도 어느덧 십 년째로 접어들었다. 어느 봄날 저녁에 나는 런던 우리 집에서 아그네스와 함께 벽난로 앞에 앉고, 우리가 낳은 자녀 세 명은 옆에서 노는데, 하인이 들어와서 낯선 사람이 찾아왔다고 알렸다.

나는 무슨 일로 왔는지 물어보라 전하고, 하인은 그냥 나를 만나고 싶어서 먼 길을 찾아왔다는 대답을 전하며 농부처럼 보이는 노인이라고 덧붙였다.

아이들에게는 이 말이 정말 이상하게 들리는 데다 아그네스가 자주 들려주던 옛날이야기에서 늙고 사악한 마녀가 사람들을 괴롭히려고 망토 차림으로 등장하는 도입부와 너무나 비슷해, 소동이 약간 일어났다. 아들놈 하나는 무서워서 엄마 무릎에 머리를 박고, 꼬마 장녀 아그네스는 자신 대신 인형을 의자에 앉히고 창문 커튼 뒤에 숨어서 황금빛 풍성한 머리칼을 살짝 내민 채 다음에 일어날 사태를 훔쳐보았다.

"손님을 모시도록!"

내가 말하고 얼마 후에는 늙긴 해도 건장한 백발노인이 들어오다 어두운 입구에서 머뭇거렸다. 꼬마 아그네스는 그 모습에 이끌려서 재빨리 달려가 손님을 안으로 모시니, 내가 그 얼굴을 또렷이 보기도 전에 부인이 깜짝 놀라서 일어나며 너무 기뻐서 흥분한 목소리로 소리쳤다, 패거티 아저씨!

정말 패거티 아저씨였다. 많이 늙긴 해도 건강한 혈색과 건장한 체구는 여전했다. 잔뜩 흥분하며 기뻐하던 분위기가 차분하게 가라앉자, 아저씨는 벽난로 앞에 앉아서 아이들을 무릎에 앉히더니, 환한 표정으로 나를 뚫어지게 바라보는데, 나이는 먹었어도 예전처럼 보기 좋은 얼굴이었다.

"마음씨 고운 부인과 함께 사는 모습을 보다니, 정말 기쁘네요, 데이비 도련님!"

정겨운 어투와 정겨운 호칭이 내 귀에 자연스럽게 다가왔다!

"나도 정말 기뻐요, 아저씨!"

내가 대답하자, 패거티 아저씨가 다시 말했다.

"게다가 여기, 너무나 예쁜 아이들을, 예쁜 꽃송이들을 보세요! 아아, 내가 처음 볼 때만 해도 도련님 역시 이렇게 조그마했는데……! 에밀리도 조그맣고, 가련한 햄은 이제 막 소년티가 나고!"

"오랜 세월이 흐르는 동안 제가 아저씨보다 많이 변했지요. 하지만 여기 귀여운 악당들을 잠자리로 보내고, 영국에서 아저씨가 머물 곳은 바로 여기 우리 집밖에 없으니, 사람을 어디로 보내서 짐을 (먼 길을

갈 때마다 가지고 다니던 낡고 까만 가방도 당연히 있겠지요!) 가져올지 알려주세요. 그런 다음에 야머스 혼합주를 한 잔씩 마시면서 십년이란 세월을 어떻게 살았는지 얘기하는 거예요!"

내가 말하고, 아그네스는 물었다.

"혼자 오셨어요?"

패거티 아저씨가 아그네스 손에 키스하며 대답했다.

"네, 부인, 혼자예요."

우리는 어떻게 해야 마음껏 환영하는 건지 몰라, 아저씨를 한가운데에 앉힌 채 정겨운 목소리에 귀를 기울이니, 아저씨는 사랑하는 조카딸을 찾아서 아직도 온 세상을 돌아다닌다는 착각까지 일었다.

"여기에 오려고 정말 드넓은 바다를 오랫동안 건넜답니다, 머물 시간은 딱 4주밖에 없는데. 하지만 바다가 (짜디짠 바닷물은 더더욱) 나한텐 너무나 익숙하고 친구들은 소중하니, 이렇게 오고야 말았답니다……. 맙소사, 이럴 의도는 아니었는데, 말하고 보니 노랫말을 읊조렸네요."

아저씨가 깜짝 놀라며 덧붙이자, 아그네스가 물었다.

"먼 길을 오셨는데, 그렇게 일찍 떠나시게요?"

"네, 부인. 에밀리랑 약속했거든요, 떠나오기 전에. 아시다시피, 세월은 계속 흐르고 나는 젊지 않으니, 이렇게 찾아오지 않으면 두 번 다시 못 올 것 같았답니다. 그런데 한 번은 꼭 찾아와서 데이비 도련님이 아름다운 분하고 행복하게 사는 모습을 보고 싶었거든요, 내가 너무 늙기 전에."

아저씨는 아무리 쳐다봐도 성에 안 찬다는 표정으로 우리 부부를 열심히 쳐다보았다. 그래서 아저씨가 훨씬 잘 바라보도록 아그네스는 밑으로 흘러내린 백발을 뒤로 넘겨주며 웃고, 나는 이렇게 말했다.

"자, 그동안 어떻게 살았는지 모두 알려주세요."

"그렇다면 우리가 살아온 이야기를 하지요. 아주 좋은 건 아니지만, 많이 성장했습니다. 당연히 성장할 수밖에요. 정말 열심히 일했으니까요. 처음에는 약간 힘들었지만 정말 열심히 일했답니다. 양 치는 일이며 가축 농사며 이 일 저 일 모두 더할 나위 없이 잘했답니다. 하늘에서는 축복 같은 걸 내리시니……"

패거티 아저씨가 머리를 경건하게 숙이며 계속 말했다.

"당연히 번창할 수밖에요. 내 말은, 길게 봐서 그렇다는 겁니다. 어제 못한 일은 오늘 하고. 오늘 못한 일은 내일 하는 식으로."

"에밀리는요?"

아그네스와 내가 동시에 물었다.

"에밀리는 부인께서 떠나신 후 – 황무지에 정착한 이후로 에밀리는 밤에 기도할 때면 부인 이름을 꼭 언급하는데 – 처음에는 우울증에 빠져들었으니, 데이비 도련님이 우리를 생각하고 가슴에 꼭 담아둔 비보를 행여나 당시에 알았더라면, 아마 기운을 완전히 잃고 말았을 거예요. 하지만 배에는 불쌍한 사람이나 병에 걸린 사람이 많아서 일일이 돌봐야 했답니다. 어린애도 여럿이라서 에밀리가 보살폈고요. 그래서 좋은 일을 하느라 바쁜 나날을 보낸 게 도움이 되었답니다."

"에밀리는 그 소식을 언제 들었나요?"

내가 묻자, 패거티 아저씨가 대답했다.

"나는 그 소식을 듣고도 거의 일 년 동안 숨겼답니다. 당시에 우리는 적적하긴 해도 아름다운 나무가 주변을 에워싸고 장미는 지붕까지 올라가는 집에서 살았답니다. 그런데 하루는 내가 들판으로 일하러 나갔을 때 영국 노퍽인가 서퍽인가 하는 (지금은 기억이 애매한) 지역에서 여행객 한 명이 찾아오고, 집에 있던 사람들은 당연히 환영하며 안으로 들여서 먹고 마실 걸 주었답니다. 식민지에서는 누구나 그러거든요. 한데 여행객한테는 오래된 신문도 있고 태풍에 관해 설명한 책자도 있었던 거예요. 그래서 에밀리도 알았답니다. 나는 밤에 집으로 돌아와서야 그 사실을 깨달았지요."

패거티 아저씨는 어느새 목소리를 떨어뜨리고, 얼굴에는 내가 또렷하게 기억하는 엄숙한 표정이 떠올랐다.

"에밀리가 많이 힘들어했나요?"

우리가 묻고, 패거티 아저씨는 머리를 끄덕이며 대답했다.

"네, 오랫동안, 지금은 어떤지 모르겠지만. 외딴곳에서 산 게 많은 도움이 된 거 같아요. 게다가 닭을 기르는 등 할 일도 많다 보니, 거기에 몰두하면서 극복했어요. 우리 에밀리를 다시 본다면, 데이비 도련님, 제대로 알아볼 수 있을까 궁금하네요!"

패거티 아저씨는 깊이 생각하는 표정이었다.

"에밀리가 그렇게 많이 변했나요?"

내가 묻자, 패거티 아저씨는 벽난로 불길을 가만히 들여다보며 대답했다.

"나야 모르죠. 매일 보니까요. 하지만 그런 생각이 가끔 든답니다. 일에 지쳐서 홀쭉한 몸매, 다정하면서도 슬픔이 가득한 파란 눈, 섬세한 얼굴, 밑으로 살짝 내린 아름다운 머리, 차분하면서도 수줍어하는 목소리. 그게 에밀리랍니다!"

우리는 가만히 지켜보고, 패거티 아저씨는 불길만 바라보았다. 그러다가 다시 말했다.

"그곳 사람 가운데 일부는 에밀리가 사랑에 실패했다고, 일부는 결혼했다 사별했다고 생각한답니다. 정확한 사정을 아는 사람은 하나도 없지요. 결혼할 기회도 몇 번 있었지만 그럴 때마다 에밀리는 말했지요. '하지만 외삼촌, 저는 영원히 그럴 수 없어요.' 에밀리는 나와 있을 때는 쾌활한데, 다른 사람이 있으면 자기 방으로 들어간답니다. 아이를 가르치거나 아픈 사람을 간호하거나 젊은 여인이 결혼식을 앞둬서 도움이 필요하면 아무리 멀어도 기꺼이 나서고 (그래서 많은 결혼식을 준비하며 도왔는데, 정작 참석한 적은 없고) 자기 외삼촌을 지극히 따르고 무엇이든 꾹 참으니, 젊은이든 늙은이든 모두 좋아하고, 걱정 근심에 시달리는 사람은 모두 찾지요. 그게 에밀리랍니다!"

패거티 아저씨는 한 손을 얼굴에 대고 꾹 참던 한숨을 내쉬며 불길에서 고개를 들었다.

"마사는 여전히 함께 지내나요?"

내가 묻자, 아저씨가 대답했다.

"마사는 결혼했답니다, 데이비 도련님, 이듬해에. 농장에서 일하는 젊은이가 주인 짐마차를 끌고 시장에 갈 때마다 800km나 되는 길을 돌아서 찾아오곤 하더니, 마사를 부인으로 맞아들여 (그곳은 결혼 상대가 드물거든요) 황무지에서 터전을 닦고 싶다며 청혼했답니다. 그래서 마사는 자신이 과거에 겪은 내용을 모두 알려주도록 나한테 부탁하고, 나는 그렇게 했답니다. 마침내 두 사람은 결혼하고, 지금은 새들이 노래하는 소리만 가득할 뿐 사람 목소리를 들으려면 수백 킬로미터는 나가야 하는 곳에서 살지요."

"거미지 부인은요?"

내가 묻자, 패거티 아저씨는 생각만 해도 재밌다는 듯 갑자기 폭소를 터트리며 두 손으로 양쪽 다리를 긁었다. 오래전에 부서진 뱃집에서 재밌는 일이 있을 때마다 보이던 습관이었다. 그러다가 대답했다.

"두 분은 도저히 못 믿을 겁니다! 글쎄, 어떤 사내가 청혼했으니까요! 식민지에 정착할 생각으로 배에서 일하던 주방장이, 데이비 도련님, 거미지 부인한테 결혼을 청하지 않았다면 나는 바보 멍청이니……
나로선 이보다 더 정확히 말할 순 없답니다!"

나는 아그네스가 그렇게 웃는 모습을 처음 보았다. 패거티 아저씨가 갑자기 폭소를 터트리며 즐거워하는 모습에 전염돼서 아그네스 역시 웃음을 못 참고 터트리니 나로서도 폭소를 터트릴 수밖에 없고, 패거티 아저씨 또한 더 커다랗게 웃으며 양쪽 다리를 열심히 긁어댈 수밖에 없었다.

"그래서 거미지 부인은 뭐라고 대답했나요?"

내가 정신을 차린 다음에 묻자, 패거티 아저씨가 대답했다.

"거미지 부인은 '고맙습니다, 정말 고맙습니다. 지금껏 혼자 살았는데 인제 와서 재혼할 생각은 없답니다'라고 대답해야 마땅한데 바로 옆에 있는 양동이를 들어서 머리에다 물을 퍼부어 주방장이 사람 살리라 소리치는 바람에 내가 재빨리 달려가서 구해주었다면 믿겠습니까, 도련님?"

패거티 아저씨는 다시 폭소를 터트리고, 아그네스와 나 역시 함께 폭소를 터트렸다. 그래서 우리 모두 완전히 지친 다음에 비로소 아저씨가 얼굴을 문지르며 말했다.

"하지만 거미지 부인은 좋은 사람이고, 우리한테 다짐한 이상으로 행동했다는 사실만큼은 꼭 말해야겠습니다. 거미지 부인은 내가 본 사람 가운데, 데이비 도련님, 가장 기꺼운 마음으로 진실하고 정직하게 도와주는 여인입니다. 우리 앞에 황무지만 가득해서 무얼 어떻게 해야 좋을지 모를 때조차 '의지할 데 없는 외로운 존재'처럼 행동한 적은 한 번도 없으며, 영국을 떠난 이후로, 분명히 말씀드리는데, '오랜 친구'를 떠올린 적 역시 한 번도 없답니다!"

"마지막으로 미코버 아저씨요. 여기서 짊어진 빚을 - 당신도 잘 아는 것처럼, 친애하는 아그네스, 심지어 트래들스한테 진 빚까지 - 모두 갚아서 우리는 미코버 아저씨가 아주 잘 풀어나간다고 생각했답니다. 최근 소식은 어떤지요?"

내가 묻자, 패거티 아저씨는 빙그레 웃으면서 안주머니에 손을 넣어 편편하게 접은 종이봉투를 꺼내더니, 거기에서 조그맣고 이상하게 보이는 신문 한 장을 조심스레 꺼내며 대답했다.

"도련님도 알다시피, 일이 잘 풀려서 우리는 개척지를 떠나, 포트 미들베이 항구로 이사했답니다. 도시[43]라 부르는 곳이죠."

"도시에서도 미코버 아저씨는 패거티 아저씨 근처에서 살았나요?"

내가 묻자, 패거티 아저씨가 대답했다.

"다행히도 그랬는데, 그 사람은 단번에 의지의 화신으로 돌변했답니다. 그렇게 확실하게 돌변한 사람은 다시 만날 수 없을 겁니다. 뙤약볕에서 일하느라 대머리에 땀이 송골송골 맺히다 못해 행여나 녹아 없어지는 건 아닐까 걱정될 정도였으니까요. 지금은 시장이 되었답니다."

"시장이요?"

내가 묻자, 패거티 아저씨는 신문기사를 가리키고, 나는 '포트 미들베이 타임스'를 들어서 기사를 커다랗게 읽었다.

훌륭한 이주민이자 시민, 윌킨스 미코버 나리, 포트 미들베이 시장을 위해 어제 호텔 대형 홀에서 축하연을 열어, 많은 사람이 모여들었다. 동시에 식사한 사람만 최소한 마흔일곱에다 복도와 계단에도 수많은 사람이 모여들었다고 추산된다. 포트 미들베이 상류층과 신사 숙녀 여러분이 극히 존경스럽고 능력이 탁월하며 가장 유명한 인물에게 경의를 표하려고 모여든 것이다.

43) 1835년에 만든 호주 남동부 항구도시 '멜버른'을 말한다.

포트 미들베이 살렘 초등학교 멜 박사는 사회를 보고, 그 옆자리에는 오늘의 주인공이 착석했다. 식탁 덮개를 걷고, 이 자리를 기념해서 축가를 부르고 (합창은 아주 아름다우나, 그중에서도 재능이 탁월한 아마추어 가수 윌킨스 미코버 나리 2세의 음색이 특히 듣기 좋고) 평상시처럼 조국과 왕실을 향해 몇 차례 축배를 들면서 즐거움을 나눴다.

멜 박사는 감정이 풍부하게 녹아든 연설을 하더니, "오늘의 주인공, 우리 도시의 자랑거리를 위하여. 이분이 우리를 떠나지 않고 한껏 번창하기를, 우리 안에서 크게 성공해 다른 자리로 영전하는 일이 절대 없기를 바라며 건배!"를 제안했다. 사람들이 환호하며 건배하는 광경은 말로 형용할 수 없다. 일어나다 가라앉고 또 일어나다 가라앉는 모습이 드넓은 바다에서 일어나는 파도 같았다.

마침내 환호성이 모두 가라앉자, 윌킨스 미코버 나리는 답사를 하려고 자리에서 일어났다. 현재로써는 신문사 설비가 상대적으로 불완전한 관계로 탁월한 시장이 능숙하고 세련되면서도 화려하게 펼쳐간 연설 내용을 그대로 담아낸다는 건 어불성설이다! 하지만 탁월한 연설이었다는 사실 그리고 자신이 성공하기 전 모습을 구체적으로 묘사하면서 젊은 참석자들에게 스스로 갚을 수 없는 채무를 지는 행위는 바닷속 암초와 같다고 경고해, 그 자리에 참석한 모든 사람이 눈물을 흘렸다는 사실은 분명히 언급할 수 있다.

멜 박사와 미코버 부인(부인은 문가에서 정중하게 허리 숙이며 인사하고, 수많은 숙녀는 의자에 올라서서 그 모습을 바라보며 축하하고), 리저 베그스 부인(예전의 미코버 아가씨), 멜 부인, 윌킨스 미코버 나리 2세(이분은 감사 연설을 할 수 없으니 허락하신다면 노래로 대신하겠다는 재미있는 언변으로 좌중에 폭소를 터트리고), 미코버 부인 친정 식구(말할 필요도 없겠지만, 조국에서 유명한 분이고) 기타 등등을 위해서도 축배를 들었다.

식사를 마친 다음에는 식탁을 마법처럼 치우고 댄스파티를 열었다. 태양신이 집으로 돌아가라고 경고할 때까지 흥겹게 춤추는데, 춤의 여신을 찬양하던 사람들 사이에서는 윌킨스 미코버 나리 2세와 헬레나 아가씨, 멜 박사 넷째 딸로 사랑스럽고 교양도 가득한 헬레나 아가씨가 특히 눈길을 끌었다.

나는 멜 박사란 이름을 다시 살피다 미들섹스 행정관[44]이 과거에 운영하던 학교에서 박봉에 시달리며 고생하다 쫓겨난 멜 선생님이란 사실을 깨닫고 크게 기뻐하는데, 패거티 아저씨가 다른 기사를 가리켜서 쳐다보니, 거기에 내 이름과 함께 이런 내용이 있었다.

유명한 작가

데이비드 코퍼필드 나리에게

친애하는 선생,

문명 세계 전역에서 이름을 떨치는 그대와 얼굴을 마주한 이후로 정말 많은 세월이 흘렀구려.

젊은 시절을 친구자 동지로 지내던 그대와 비록 (어찌할 수 없는 상황으로) 헤어졌지만 나는 그대가 떨치는 명성에 관심을 기울이지 않은 적이 단 한 번도 없다오. 또한,

비록 바다는 우리를 멀리 떨어뜨렸지만[45]

44) 크리클 교장
45) 올드랭사인(석별) 4절에 나오는 가사

나는 그대가 우리 앞에 펼쳐놓은 지적 향연에 참여하지 않은 적이 단 한 번도 없다오.

그러니, 그대와 내가 높이 평가하며 존경하는 인물이 여기를 떠나는 순간에, 친애하는 선생, 나로선 나 자신은 물론, 이렇게 덧붙여도 괜찮다면, 포트 미들베이 주민 전체를 대표해서 이 지면을 통해 그대가 베풀어준 모든 은혜에 감사하다는 말을 전하지 않을 수 없구려.

힘을 내시오, 친애하는 선생! 여기에서도 그대는 유명하며, 많은 사람이 높이 평가한다오. 비록 '멀리' 떨어졌어도 그대와 나는 '우정이 없지도', '고독하지도', (굳이 덧붙이자면) '활기가 없지도' 않다오. 힘을 내시오, 친애하는 선생, 그래서 하늘 높이 치솟으시오. 포트 미들베이 주민은 그 모습을 바라보고 교훈을 새겨들으며 한껏 기뻐하고 즐거워할 것이오!

지구 이쪽에서 그대를 높이 올려다보는 눈 가운데서 빛과 생명이 있는 한 내 눈도 함께할 것이오.

지금도

그 눈으로

그대를 높이 올려다보는

윌킨스 미코버

시장

나는 신문에 실린 내용을 전체적으로 훑어보고 미코버 아저씨가 중요한 통신원으로 열심히 활동한다는 사실을 깨달았다. 미코버 아저씨가 다리를 다룬 칼럼도 있고, 미코버 아저씨가 이런 칼럼을 모으고 '상당한 내용을 추가해서' 멋진 책으로 출판한다는 광고도 있는 데다, 내가 크게 잘못 본 게 아니라면 사설 역시 아저씨 글이 분명했다.

패거티 아저씨가 우리 집에 머무는 동안 우리는 초저녁마다 미코버 아저씨에 대해서 많은 대화를 나눴다. 아저씨는 런던에 머무는 내내 - 한 달이 약간 안 되는 것 같은데 - 우리 집에서 묵고, 패거티 유모와 고모님은 아저씨를 만나러 런던까지 올라왔다. 아저씨가 떠날 때 나는 아그네스와 함께 선박에 올라서 환송하니, 지상에서 우리가 다시 헤어지는 일은 앞으로 두 번 다시 없을 터였다.

하지만 아저씨는 영국을 떠나기 전에 내가 햄을 추도하며 공동묘지에 세운 조그만 비석을 보러 나와 함께 야머스에 갔다. 아저씨 부탁으로 내가 평범한 비석 내용을 종이에 적으며 쳐다보니, 아저씨는 꾸부정하게 앉아 무덤에서 자란 풀 한 무더기와 흙 한 줌을 긁어모았다. 그리고 안주머니에 넣으며 말했다.

"에밀리한테 약속했답니다, 데이비 도련님."

CHAPTER 64. 마지막 회상

이제 이야기는 다 끝났다. 나는 원고지를 덮기 전에 마지막으로 주변을 다시 한번 둘러본다.

나 자신이 아그네스와 나란히 서서 인생길을 걸어가는 모습이 보인다. 우리 아이들과 친구들이 보인다. 내가 걸어가는 길에 관심을 보이는 목소리도 다양하게 들린다.

수많은 얼굴이 스치는데, 어떤 얼굴이 제일 또렷할까? 내가 속으로 질문하는 순간에 나를 쳐다보는 여러 얼굴이 나타난다!

제일 먼저 고모님이 보인다. 이제 여든 살이 넘어서 도수 높은 돋보기를 쓰지만 허리는 아직도 꼿꼿하니, 추운 겨울에도 십 킬로미터 정도는 단숨에 걷는다.

고모님 옆에서 착하디착한 페거티 유모가 보인다. 마찬가지로 돋보기를 쓰고 등잔불에 바싹 다가앉아 바느질하는 게 익숙하니, 옆에는 양초토막, 조그만 집에 들어간 줄자, 뚜껑에 세인트폴 대성당 그림이 있는 바느질 상자가 늘 있다.

내가 어릴 적만 해도 패거티 유모는 두 뺨과 두 팔이 단단하고 빨간 나머지, 새들이 사과로 착각하고 쪼아대지 않는 까닭이 무언지 정말 궁금했는데 지금은 모두 쪼그라들고, 주변 부위를 온통 까맣게 물들이던 눈동자는 (여전히 반짝이지만) 희미하게 변했다. 하지만 내가 휴대용 강판으로 착각하던 거친 집게손가락은 예전 모습 그대로라서, 막내가 고모할머니에게서 유모할머니에게 아장아장 걸어 그 손가락을 잡는 모습을 보니, 내가 걸음마를 배우던 옛날 집 조그만 거실이 절로 떠오른다. 고모님은 오랜 소원도 풀었다. 진짜 살아있는 베시 트롯우드를 대녀로 삼은 것이다. 그래서 둘째 딸 도라는 고모할머니가 언니만 예뻐한다고 투덜댄다.

패거티 유모는 주머니에 두툼한 걸 넣고 다닌다. 악어 책인데, 이제 많이 닳아서 책장은 찢어지고 바늘로 곳곳을 꿰맸지만, 패거티 유모는 소중한 유산으로 간직하며 아이들에게 보여준다. 그럴 때마다 나는 어릴 적 얼굴이 물끄러미 쳐다보고, 셰필드에 있는 개울이 떠오르는 야릇한 기분에 빠져든다.

지금은 여름 휴가철이라, 아이들 사이에서 할아버지 한 분이 연을 만들고 공중에 띄운 연을 바라보는데, 다행히도 거기에는 글씨가 하나도 없다. 할아버지가 즐거운 표정으로 고갯짓도 하고 윙크도 하고 속삭이면서 아는 척한다.

"트롯우드, 자네가 들으면 정말 기쁠 텐데, 나는 할 일을 모두 마친 다음에 회고록을 끝낼 거야. 그리고 자네 고모님은 세상에서 가장 훌륭한 여인이야, 선생!"

그런데, 허리는 굽어서 지팡이에 의지하고, 오랜 자부심과 미모는 흔적만 남은 채 마음을 못 잡고 엉뚱한 말만 하면서 투덜대는 저 할머니는 누구지? 할머니는 정원에 있고 바로 옆에는 피부가 까맣고 날카롭게 쪼그라든 여인이 섰는데 입술에 하얀 상처가 있다. 두 사람이 하는 말을 들어보자.

"로사, 신사분 성함을 잊었어."

할머니가 묻는 말에 로사는 허리를 숙여서 커다랗게 대답한다.

"코퍼필드 선생이요."

"이렇게 만나서 정말 반갑구려, 선생. 안타깝게도 선생은 상복을 입었구려. '세월'이 모두 해결하길 바라오."

옆에서 시중들던 로사가 짜증스런 어투로, 나는 상복을 입은 게 아니라고, 다시 똑바로 보라고 나무라며 정신을 차리게 하려고 애쓴다.

할머니가 다시 말한다.

"우리 아들을 만났소, 선생. 둘이 화해했소?"

할머니는 나를 열심히 보다가 한 손을 이마에 대고 앓는 소리를 낸다. 그러다가 갑자기 끔찍하게 소리친다.

"로사, 어서 와. 우리 애가 죽었어!"

로사는 할머니 앞에서 무릎을 꿇고 달래기도 하고 야단치기도 하더니, 갑자기 매섭게 "내가 마님보다 그 사람을 더 많이 사랑했어요!" 하고 소리친다. 그리곤 아픈 아이처럼 가슴에 안고 달래며 잠재운다. 나는 두 사람 곁을 떠난다. 매번 찾아갈 때마다 이런 모습이다. 두 사람은 이런 식으로 한 해씩 한 해씩 세월을 보낸다.

인도에서 영국으로 들어오는 배는 어떤 배고, 목소리는 화통을 삶아 먹고 양쪽 귀는 아주 크고 나이는 아주 많은 스코틀랜드 부호와 결혼한 저 영국 숙녀는 누구인가? 저 사람이 미스 밀즈란 말인가?

미스 밀즈가 맞다. 멋진 옷차림에 성격은 까다롭고, 흑인 하인은 황금 쟁반에 명함과 편지를 올려서 바치고, 분장실에서는 구릿빛 여인이 무명옷 차림에 환한 천으로 머리를 감싼 채 점심을 시중든다. 하지만 미스 밀즈는 이제 일기를 안 쓰고, '구슬픈 사랑의 노래'도 안 부르며 끝없이 다투는데, 그 대상인 나이 많은 스코틀랜드 부호는 무두질한 가죽을 뒤집어쓴 노란 곰 같다. 미스 밀즈는 목구멍까지 돈에 빠져들어, 다른 건 말도 않고 생각도 않는다. 사하라 사막에 있던 미스 밀즈가 나는 훨씬 좋다.

아니, 어쩌면 여기가 사하라 사막일 수도 있다! 웅장한 저택에서 살고 상류층 인사를 사귀고 매일 호화로운 식사를 들지만, 미스 밀즈 주변에는 열매나 꽃을 맺는 식물이 하나도 없다. 미스 밀즈가 '사교계'라고 부르는 모임에는 특허 사무실에 다니는 잭 멀던도 있는데, 그는 자신을 그 자리에 넣어준 박사님을 "아주 매력적인 고가구"라고 평하면서 비웃는다. 하지만 사교계라는 게 골 빈 신사 숙녀를 만나는 데라면, 그래서 인류를 발전시킬 수도 있고 퇴보시킬 수도 있는 모든 문제에 하나같이 무관심한 걸 자랑하는 자리라면, 미스 밀즈로서는, 결국에는 사하라 사막에서 길을 잃을 수밖에 없으니, 그런 데서 한시바삐 벗어나는 편이 훨씬 바람직하리라!

그리고 아아, 우리와 언제나 다정한 친교를 나누시고 (여전히 알파벳 D 주변에 머물지만) 사전 작업에 몰두하시며 부인과 행복한 가정생활을 꾸려가시는 박사님. 그 집에는 '노련한 지휘관'도 있으니, 이제 비빌 언덕이 많이 줄어서 예전 같은 영향력은 조금도 미칠 수 없구나!

오랜 친구 트래들스는 법학원 건물 사무실에서 바쁘게 일하며 변호사용 가발을 끊임없이 쓰고 벗느라 숱 많은 머리칼이 한층 더 날카롭게 곤두서니, 나는 지금 그 친구를 만나러 간다. 친구 책상에는 서류 더미가 가득하고, 나는 주변을 둘러보며 말한다.

"소피가 여기 직원으로 일한다면 할 일이 정말 많겠어, 트래들스!"

"그렇게 말할 수도 있겠지, 친애하는 코퍼필드! 아아, '홀번코트'에서 일할 때가 정말 좋았어! 그렇지 않니?"

"네가 '판사'가 될 거라고 소피가 말하던 때? 하지만 그땐 명성을 떨치지 못했잖아!"

"판사가 되더라도……"

"그래, 너는 당연히 그렇게 될 거야."

"으음, 친애하는 코퍼필드, 판사가 되더라도 예전에 약속한 것처럼 속사정을 모두 털어놓을 거야."

우리는 서로 팔짱을 끼고 밖으로 나간다. 오늘은 소피 생일이니, 트래들스 부부네 집에서 함께 저녁 식사를 할 예정이다. 그래서 길을 걷는 사이에 트래들스는 자신이 누린 행운을 털어놓는다.

"내가 마음에 품은 희망은 대부분 실현되었어, 코퍼필드. 장인어른은 연봉으로 금화 사백오십 냥을 받는 곳으로 영전하시고, 우리 아들 두 명은 최고로 좋은 교육을 받으면서 우등생이자 모범생으로 이름을 떨치고, 처가 아가씨 세 명은 결혼해서 안락하게 지내고, 또 세 명은 우리 집에서 함께 살고, 나머지 세 명은 장모님이 돌아가신 후부터 장인어른 밑에서 집안일을 보살피며 행복하게 사니 말이야."

"예외는……"

"예외는 미녀야. 그래. 미녀가 그런 악당이랑 결혼한 건 정말 안타까워. 하지만 미녀가 홀딱 반할 정도로 매력이 있었던 건 확실해. 하지만 다행히도 지금은 사내를 떼어내고 우리 집에서 무사히 지내니까 우리가 기운을 북돋워 주어야겠지."

트래들스가 사는 집은 소피와 함께 초저녁에 산책하다 둘러본 집 가운데 하나다. 아니, 그럴 가능성이 크다. 정말 커다란 집이다. 하지만 트래들스는 옷 갈아입는 방에 서류를 모두 쌓아놓고 그 옆에 장화까지 넣고서 소피와 함께 이 층 조그만 방에서 산다. 좋은 방은 미녀를 비롯한 처가 아가씨들에게 모두 넘겨주었다. 이 집에는 남아도는 방이 하나도 없다. 다른 '처가 아가씨들' 역시 이런저런 핑계로 찾아와서 툭하면 눌러앉기 때문이다. 우리가 들어서니, 처가 아가씨들이 문가로 우르르 몰려나와 트래들스가 숨 막힐 정도로 이리저리 잡아끌며 키스를 해댄다. 이 집에, 가련한 미녀는 홀어미로 조그만 딸을 기르며 영원히 눌러앉고, 이 집에, 결혼한 처가 아가씨 셋이 남편 셋을 데리고 소피 생일잔치를 하러 왔는데, 한 남편은 남동생까지 데려오고 또 다른 남편은 사촌 동생까지 데려오고 또 다른 남편은 여동생까지 데려오니, 마지막에 언급한 사촌 동생과 여동생은 내가 보기에 결혼을 약속한 것 같았다. 트래들스는 소박하고 겸손한 성격답게 커다란 식탁에서 말석에 앉고, 소피는 상석에 앉아서 환한 얼굴로 남편을 바라보니, 합금 식기를 나열한 식탁이 화려하진 않아도 분위기는 유쾌하기 그지없구나.

펜을 더 놀리고 싶은 욕구를 드디어 억누르며 원고지를 덮으니, 많은 얼굴이 사라진다. 하지만 한 얼굴은 하늘에서 반짝이는 빛처럼 환하게 비추어서 주변을 분간하도록 돕더니, 모든 얼굴이 사라진 다음에도 그대로 남는구나.

나는 고개를 돌려서 바로 옆에 있는 얼굴을, 아름답고 차분한 얼굴을 바라본다.

밤늦도록 글을 쓰느라 등잔불 기름도 거의 떨어졌지만 나에게 의미를 부여하는 소중한 존재는 옆자리를 끝까지 지키는구나.

아, 아그네스, 아, 진정한 사랑이여, 내가 인생을 마감하는 순간에 그대 얼굴이 옆에 있기를, 여러 얼굴이 이제 막 사라진 것처럼 현실이 내 곁을 모두 떠나는 순간에 손가락으로 하늘을 가리키는 그대 모습만 가득하기를!

작가 소개

찰스 디킨스(Charles John Huffam Dickens)는 영국 빅토리아 시대를 풍미한 소설가다. 이백 년도 넘은 1812년 2월 7일, 나폴레옹 전쟁이 한창일 때, 영국 남부 포츠머스 외곽에서 팔 남매 가운데 둘째로 태어나, 장남으로 살아간다. 형제 두 명은 어려서 죽는다. 할아버지는 저택에서 집사로 일하고 할머니는 하녀장으로 일했는데, 찰스 디킨스는 할머니가 "즉석에서 이야기를 지어내 모두를 즐겁게 하는" 능력이 탁월했다고 기억한다. 아버지는 해군 경리국 하급관리로 사교적이고 유머가 풍부하나 경제적으로 무능하고, 어머니는 선량하고 밝은 성격이나 자녀에게 무정하다. 경제적인 이유로 어려서 계속 이사 다녔다. 외할아버지 역시 해군 경리국에서 일했으나, 자금을 횡령하고 외국으로 도망쳤다.

디킨스가 다섯 살 때 아버지는 전근명령을 받아 온 가족이 채텀으로 이사해 5년을 사는데, 도시 남쪽으로는 밀밭이 풍요롭고 북쪽으로는 바닷물이 들어오는 습지대가 황량하고, 서쪽 2㎞ 거리에는 조용한 대성당도시 로체스터가 있으니, 채텀은 어린 디킨스에게 깊은 인상을 주고 나중에 다양한 작품에 등장한다.

디킨스에게는 가장 행복한 시절이었다. '데이비드 코퍼필드'에서 묘사한 것처럼 어머니에게 글씨를 배우는데 "초보용 교본에 적힌 통통하고 까만 글씨를 보면 아직도 신기하고 재미있으며 O와 Q와 S 같은 글씨는 스스로 모습을 드러내는 것 같았다. 혐오감이나 거부감은 조금도 없었다. 악어에 관한 책을 읽을 때까지는 꽃길을 걷는다는 느낌, 어머니가 옆에서 다정한 목소리와 태도로 끊임없이 격려한다는 느낌이 강했다." 그래서 디킨스는 "어머니를 통해서 지식욕과 독서욕에 처음 눈떴다. 어머니는 매일 규칙적으로 오랜 시간을 들여서 나에게 공부를 가르쳤다"고 말한다.

집에는 유모가 있는데, 살인귀 대위가 아내를 여럿 죽여서 파이로 만들었다든가 무서운 고양이가 밤마다 눈을 번뜩이면서 어슬렁어슬렁 돌아다니며 어린애를 먹어치운다든가 하는 이야기를 하면서 "악마처럼 즐거워"하니, 어린 디킨스는 다양한 악몽과 공포에 시달렸다. 나중에 디킨스 자신이 "우리가 어른이 된 다음에도 황당한 공포에 가끔 빠져드는 건 어린 시절에 유모 같은 사람이 무섭게 만들어낸 이야기가 마음속에 깊숙이 틀어박혔기 때문"이라고 정의할 정도였다.

이 시절에 디킨스는 흉내를 잘 내, 유모 앞에서 즉흥 연기도 하고 누나가 연주하는 피아노 가락에 맞춰서 노래도 하니, 아버지는 장녀와 장남을 채텀에서 유명한 여인숙으로 데려가 이중창을 부르게 해서 박수갈채와 함께 다양한 음식을 얻어먹었다. 이 무렵에 굴을 처음 먹고 어린 디킨스는 "마음이 지극히 설렜다." 2㎞ 떨어진 로체스터 로열 극장에 가서 다양한 연극도 관람하니, 30년이 지난 다음에 디킨스는 "멋진 소극장에 처음 들어선 황홀한 느낌을 지금도 또렷하게 기억한다"면서 이렇게 말한다.

> 녹색 장막이 뚫린 구멍에서 눈빛 하나가 반짝이며 우리를 쳐다본다……. 파란 옷차림에 머리를 뒤로 길게 늘어뜨린 여주인공이 빛을 내뿜자, 모두 무서워서 마른침을 꿀꺽 삼키다 환호한다……. 코미디언이 빨간 가발을 쓰고 지하감옥에 갇혀서 재미있게 노래하는데, 나는 그렇게 우스꽝스러운 사람을 처음 봤다……. 녹색 장막이 내려오니, 등잔 기름 냄새와 오렌지 껍질 냄새가 향긋하다.

어린 디킨스는 아버지를 따라 해군 공창에 가서 노동자가 일하는 모습도 신나게 구경한다. 톱밥과 뱃밥과 돛 냄새가 진동하는 곳에서 노동자들이 불러대는 노래도 듣고, 죄수들이 묵묵히 끌려가는 장면도 목격하니, 이런 장면은 《위대한 유산》에서 실감 나게 등장하고, 아버지랑 주변 시골을 산책하던 경험은 《위대한 유산》에서 매형과 산책하는 장면으로 나타난다.

얼마 뒤에는 염색가게 위층에 있는 학원에 다니면서 "무시무시한 노부인이 회초리로 지배하는 세상"을 체험하니, 디킨스는 《위대한 유산》에서 어린 핍이 다니던 엉터리 학교로 그 분위기를 묘사한다. 아홉 살 때는 정식학교에 잠시 다녀, 공부도 열심히 하고 크리켓 게임 같은 스포츠도 즐겼다. 데이비드 코퍼필드(David Copperfield)가 그런 것처럼 "아버지가 이 층 조그만 방에 모아둔 책을 읽으며 '로더릭 랜덤', '페레그린 피클', '험프리 클링커', '톰 존스', '웨이크필드에 사는 성직자', '돈키호테', '질 블라스', '로빈슨 크루소' 같은 훌륭한 주인공을 친구로 사귄" 것도 이즈음이니, 디킨스는 이후로도 평생에 걸쳐서 책을 읽는 즐거움에 빠져든다.

하지만 아버지는 빚이 늘면서 위기에 처하고, 어린 디킨스는 따로 살다가 혼자서 역마차를 타고 가족을 찾아가는데, 이 경험은 디킨스 뇌리에 평생 틀어박히니, 《올리버 트위스트》와 자전적 소설 《데이비드 코퍼필드》에서 주인공이 어린 나이에 혼자 먼 길을 떠나는 고통으로 나타난다. 어린 디킨스가 찾아간 가족은 런던 빈민가에서 살았다. 디킨스는 아버지를 "정이 많고 상냥한" 사람으로 여겼는데, "생활이 어려운 데다 성격까지 물러서 아들을 제대로 공부시킬 생각을 전혀 안 하는 것 같았다. 아들에게 제대로 성장할 권리가 있다는 사실조차 잊어버린 것 같았다"고 당시를 회상한다.

어린 디킨스는 다양한 책을 읽고, 채텀에서 배운 통속적인 노래를 불러서 박수갈채를 받고, 활기찬 런던 거리를 돌아다니는 걸 낙으로 삼았다. 미로처럼 얽힌 좁은 뒷골목이, 싸구려 술집과 금방이라도 쓰러질 것처럼 누추한 건물과 헐벗은 아이로 득시글거리는 거리가 특히 마음에 들었다. "기가 막힐 정도로 가난한 분위기, 음식을 구걸하는 장면, 음습한 분위기 등이 터무니없이 강렬한 이미지로 다가와" 나중에 《올리버 트위스트》에 그대로 담는다.

결국엔 아버지가 파산하자, 어머니는 없는 돈을 탈탈 털어서 집을 빌려 학교를 열어서 먹고 살 방편을 모색한다. 입구에는 놋쇠로 명패를 걸고 이웃에는 안내장을 보냈다. 하지만 "학생을 받을 준비도 안 되고 누가 입학할 기미도 없었다." 채권자들이 툭하면 찾아와서 고래고래 소리치며 독기를 내뿜을 뿐이었다. 이윽고 집 안에 있던 가구를 하나씩 팔고, 어린 디킨스는 운반 가능한 물품을 전당포로 가져가는 역할을 맡았다. 디킨스가 애독하던 책까지 중고서점으로 한 권씩 팔려나가, 이윽고 온 가족은 텅 빈 방 두 칸에서 하루하루를 힘겹게 사니, 《데이비드 코퍼필드》에 그대로 나타난다.

구두약 공장 지배인을 하던 친척은 어린 디킨스에게 공장에서 일할 걸 제안하고 부모는 받아들이니, 디킨스는 열세 살 생일이 이틀 지난 후에 구두약 공장에 노동자로 취업한다. 공장은 강기슭이고 쥐는 우글거렸다. 거칠고 무식한 아이들이 함께 일하는데, 디킨스를 "꼬마 신사"라고 부르며 친절하게 대했다. 하지만 디킨스는 "이들과 함께 일하면서 정신적으로 심한 갈등에 휩싸였다. 어린 시절을 행복하게 보낼 때 만나던 친구들과 비교했다. 많이 공부해서 훌륭한 사람이 되고 싶다는 희망이 산산이 부서지는 걸 느꼈다."

디킨스는 공장에서 일하는 현실에 깊은 충격을 받았다. "나는 어리벙벙했다. 그토록 어린 나이에 그토록 가볍게 버림받다니……. 아무도 동정하지 않았다. 재능은 뛰어나고 머리는 팍팍 돌고 의욕은 넘치고 감성은 섬세한데, 부모는 나를 학교에 보낼 고민은커녕 동정하는 마음조차 없었다." 디킨스는 정신적 육체적으로 커다란 상처를 받았다. 공장에서 얼마나 오랜 기간 일했는지조차 기억을 못 할 정도니, 그 심정은 '데이비드 코퍼필드'가 주류 공장에서 일하며 느끼던 좌절감에 그대로 묻어나온다.

아버지는 채권자 고발로 '채무자 감옥'에 갇히고 생활비를 절약하기 위해 가족도 함께 들어가니, 감옥 생활에 적응하다 못해 단조롭고 평온무사한 분위기를 나름대로 즐기며 기뻐했다. 하지만 어린 디킨스는 혼자 공장에 다니며 무서운 노부인 집에서 하숙했다. 생활비를 하루 단위로 쪼개서 싸구려 빵과 치즈로 살았다. "돈이 조금 있을 때는 카페에서 커피 한 잔이랑 버터 바른 빵을 먹고, 돈이 없을 때는 청과시장에서 파인애플 따위를 구경했다." 일요일에 10㎞를 걸어서 부모 및 형제자매와 하루를 함께 보내는 게 유일한 낙이었다.

아버지는 할머니 유산으로 빚을 일부 청산한 덕분에 '지급불능 채무자 조례'를 적용받아 풀려나니, 조그만 셋집을 전전하며 불안하게 살아가면서도 가계를 조금씩 일으켜 세웠다. 어머니는 어린 디킨스가 구두약 공장에 계속 다니길 원했으나, 아버지는 장남이 힘들게 살아가는 게 마음 아팠는지, 구두약 공장 지배인 친척과 심하게 다투고 아들을 공장에서 빼내, 웰링턴 하우스 아카데미(Wellington House Academy)에 2년 동안 보낸다. 하지만 어머니는 "공장에서 돈이나 벌라"며 끊임없이 반대하고 디킨스는 어머니와 서먹한 관계를 평생 유지하니, 나중에 "나는 원한과 분노를 담아서 글을 쓰지 않는다. 모든 환경과 경험이 하나로 모여서 현재의 나로 완성되었다는 걸 알기 때문이다. 하지만 어머니가 나를 공장으로 돌려보내려고 애쓴 사실만큼은 지금도 못 잊고 앞으로도 못 잊을 것"이라고 고백한다.

디킨스는 어린 시절에 구두약 공장에 다니며 고생한 경험을 누구에게도 말하지 않았다. 이십 년이 지난 다음에 비로소 처음 언급할 정도로 디킨스에게는 커다란 상처였다. 하지만 어린 시절에 겪은 고통은 다양한 작품에서 다양한 형태로 등장한다. 어린아이를 소중하게 여기는 묘사가 모든 작품에 다양하게 나오는 까닭도 여기에 있다. 비판에 민감하며, 한 번 꺼낸 말은 거두지 않는 완고한 성격도 여기에서 나왔다. 스스로 중산층이라고 생각하던 어린애가 노동자로 전락하면서 겪는 좌절과 고통 역시 자전적 소설 《데이비드 코퍼필드》에 잘 나타나니, 아버지는 '미코버', 어머니는 법률사무소 대표의 딸로 허영심 많은 '도라'를 대변한다.

2년 동안 다닌 '웰링턴 하우스 아카데미'는 인근에서 평이 좋았으나 찰스 디킨스에게는 그렇지 않으니, 《데이비드 코퍼필드》에서 묘사한 '세일럼 기숙학교'처럼 "교장은 내가 만난 누구보다도 특별나게 무식한 사람으로 전제군주처럼 선생과 학생을 지배"했다. 그래도 어린 디킨스는 데이비드 코퍼필드처럼 학교생활에 적응하려 노력하고, 당시에 학교를 같이 다닌 친구들은 찰스 디킨스가 잘생기고, 옷은 낡아도 세련된 느낌이고, 자신감이 넘치고, 머리가 빨리 돌고, 책을 많이 읽고, 아마추어 연극에 몰두하고, 이야기하는 걸 좋아하고, 책상 서랍에다 흰쥐를 몰래 키우고, 장난도 잘 치고, 스포츠에 열심히 참여했다고 기억한다. 하지만 아버지는 또다시 빈곤에 빠져드니, 디킨스는 생활 전선에 다시 뛰어든다.

열여섯 살 나이에 변호사 사무실에 들어가서 이 년간 심부름꾼으로 일하는데 법조타운 중심부에 있는 사무실은 "정말 좁은 세계, 정말 따분한 세계"였다. 서류를 베끼거나 잔심부름하다가 시간이 나면 "세속적인 냄새와 곰팡내 솔솔 풍기는" 법정이나 주변을 탐색했다. 한가한 오후에는 장난도 치고 흉내 내는 실력을 발휘하며 동료들과 즐겁게 지냈다. 그런 동료 가운데 하나는 "디킨스는 거리를 오가는 서민들 모습을 그대로 흉내 냈다. 과일 장수든 채소장수든 건달이든 정말 그럴싸했다"고 기억한다.

디킨스는 동료들과 즐겁게 지내면서도 좀 더 바람직한 일을 끊임없이 모색한다. 그리고 대영박물관 도서 열람증을 손에 넣어, 독학으로 다양한 지식을 쌓고 속기도 배운다. 신문기자가 되고 싶었기 때문인데, 야심만만한 청년들이 선호하던 직업으로 수입도 좋았다. 속기를 일 년 정도 혼자서 공부한 디킨스는 결국 '민법 박사회관'에서 진술을 기록하는 속기사로 새롭게 출발한다. 하지만 너무나 따분하고 지루한 분위기에, 연극배우로 직업을 바꾸는 고민에 몰두한다. 그래서 밤마다 극장을 찾아가 좋은 연기를 연구하다, 스무 살에는 연극 오디션까지 신청한다. 하지만 감기에 걸려서 불참하고, 다시 신청할 용기를 못 낸다. (디킨스는 소설을 쓸 때마다 혼자 등장인물을 연기해서 자연스러운 분위기를 살려낸 거로 유명하다.)

디킨스는 결국 스물한 살 나이에 의회 출입기자가 된다. 그래서 신속하고 정확한 기사로 이름을 얻는다. 열악한 노동환경은 문제가 안 됐다. "낡은 하원 건물 뒷좌석에서 책상 삼아 필기하느라 무릎이 다 닳고, 낡고 비좁은 울타리에서 양 떼처럼 바싹 달라붙은 기자들과 함께 선 채로 기록하느라 신발 밑창이 다 닳았다." 선거법 개정안과 공장법과 구빈법 개정안을 둘러싼 논쟁을 지켜보는데, "광대 노릇이 돋보이는 정치 연극"이라는 생각이 절로 드니, 당시 심정을 《데이비드 코퍼필드》에서 이렇게 기록한다.

> 한 번도 적중한 적이 없는 예언과 한 번도 실행하지 않은 선언과 사람들을 어리둥절하게 하는 해명을 밤이면 밤마다 기록한다. 다양한 말 잔치에 빠져든다. 내가 지켜보는 앞에서 불행한 나라 영국이 쇠꼬챙이에 꿰인 통닭처럼 펜대에 찔리고 또 찔리며 관료주의에 손발을 묶인다. 나는 정계 이면에도 정통해, 정치인의 실상을 충분히 파악한다. 정치에 관한 한 나는 완벽한 이단이며, 개종할 생각은 조금도 없다.

디킨스는 여기에서 의회와 정치에 대한 불신과 부정부패, 빈부 격차 등 다양한 사회현상에 눈을 뜬다. 하지만 말년에 고백한 바에 의하면 "젊은 시절에 신문사에서 혹독한 훈련을 잘 견딘 게 내가 성공한 첫 번째 원인"이기도 하다.

이즈음에 은행가 딸과 첫사랑에 빠진다. 상대는 까만 머리칼에 몸집은 자그마한 미인, 마리아였다. 디킨스는 4년 동안 마리아를 너무나 사랑한 나머지, "다른 생각은 조금도 못했다." 마리아 역시 처음에는 디킨스를 좋아했으나, 경쟁자는 사방에 가득하고, 마리아 부모는 경제적으로 무능한 디킨스 집안을 인정할 수 없고, 마리아 역시 싸늘하게 변했다. 디킨스는 "박정하고 무관심한 취급을 여러 차례 당하며" 괴로워하고 실의에 빠진 채, 밤에는 잠을 못 이루고 그 집 주변을 이리저리 돌아다녔다. 그러면서 마음을 정리하나, 그 충격은 오랫동안 이어지고 이십 년이 지난 다음에 《데이비드 코퍼필드》에서 "곱슬머리에 올려놓은 밀짚모자와 파란 리본을 우리 집에 걸어놓을 수만 있다면 무엇보다 소중하게 간직할 것 같았다!"는 고백으로 이어진다.

디킨스는 한층 더 열심히 일하는 식으로 상처를 치유한다. 성공하고 싶다는 결의도 더욱 강하게 다진다. 그해 여름 의회 휴회 기간에는 저술활동을 시작하고 그해 말에는 'A Dinner at Poplar Walk'를 월간지 'Monthly Magazine'에 발표한다. 자신이 쓴 글이 활자로 나온 걸 보고, 디킨스는 "국회의사당까지 걸어가, 아무도 없는 곳에서 30분 정도를 보냈다. 너무 기쁘고 자랑스러운 나머지 두 눈에 가득 맺힌 눈물을 다른 사람에게 보이고 싶지 않았다." 이어서 비슷한 단편을 익명으로 몇 번 발표하다 34년 8월에 '보즈Boz'라는 필명을 처음 사용한다. 가족이 막냇동생 오거스터스를 부르는 별명이었다.

스물세 살에는 "글솜씨도 훌륭하고 보도기자로도 탁월하다"는 이유로 '모닝 크로니클' 기자에 발탁되어, 풍속 전문 스케치를 기고한다. 중요한 모임이나 선거운동 등을 전국 규모로 취재할 권한도 생기니, 디킨스는 마차를 타고 밤새도록 달리는 쾌감을 마음껏 즐겼다. 흔들리는 등불에 의지하며 원고를 갈겨쓸 때는 열린 창문에서 진흙이 튀어들었다. 그래서 파란 천에 까만 벨벳을 테두리에 둘러친 망토를 사서 스페인식으로 한쪽 어깨에 걸치며 멋을 냈다. 머리도 기르고, 조끼도 멋있게 차려입었다. 아버지가 심각한 위기에 빠질 때는 빚도 일부 갚아주었다. 스물네 살에는 경제적으로 완전히 자립한 건 물론 유능한 기자로 이름도 높였다. '픽위크 페이퍼스'를 20회 연재하자고 제안받아, 전문작가로 나아가는 길도 열렸다.

'모닝 크로니클' 편집자 호가스는 젊은 기대주를 호가스 자택으로 초대하니, 결국 디킨스는 이곳에서 파티와 음악회가 열릴 때마다 참여해, 재미있는 노래와 익살로 모든 사람을 즐겁게 했다. 호가스는 세 딸이 있는데, 맏딸 캐서린은 열아홉 살, 메리는 열네 살, 조지나는 일곱 살이었다. 캐서린은 약간 통통하면서도 예쁜 얼굴에 표정이나 성격이 온화하고 상냥하며, 조용한 성품이면서도 유머 감각이 있어, 디킨스와 연인으로 발전하고, 몇 개월 후에는 결혼을 약속한다.

디킨스는 캐서린과 사귀면서도 업무에 끊임없이 쫓기느라, 편지를 보내서 방문 약속을 취소하거나 늦출 때가 많았다. 하지만 화내거나 토라지거나 풀이 죽지 않도록 간청하며 "우리가 만난 순간부터 나는 그대를 단 한 순간도 사랑하지 않은 적이 없으며, 앞으로도 없을 거"라고 강조한다.

이듬해 2월에는 그동안 발표한 풍속 스케치를 모아서 첫 번째 단행본 《보즈 스케치Sketches by Boz》를 출간하고, 판매성적이 좋아서 8월에는 2판을 간행하고, 12월에는 단편소설과 스케치 20편을 모아서 속편으로 출간한다. 디킨스 자신은 "생각이 짧고 미숙한" 작품으로 규정하지만, 나중에 디킨스 전기를 집필한 포스터는 《보즈 스케치》를 "런던 일상을 꼭대기부터 밑바닥까지 즐거움과 기쁨, 괴로움과 죄악까지 또렷하게 그려낸" 작품으로, 독자는 "시대 상황을 비롯해 거리 풍경과 풍속을 정교하게 묘사한" 작품으로 평가하고, 풍속학자는 당시 풍속을 연구하는 자료로 활용한다.

이즈음에 'Chapman & Hall'에서 화가 시모어가 그린 삽화를 곁들여서 단편소설을 연재하자고 제안한다. 디킨스는 오페라 대본 한 편과 희극 한 편을 집필하는 중인 데다 장편소설 집필까지 고려하던 중이었다. 하지만 캐서린과 결혼할 예정이라서 돈이 많이 필요할 때였다. 디킨스는 캐서린에게 보낸 편지에 밝혔듯이, “이 일은 마음에 안 들지만, 보수가 좋아서 유혹을 뿌리치기 힘들었다.” 그래서 《픽위크 클럽》 첫 호는 1836년 3월 31일 목요일에 나오고, 이틀 뒤인 4월 2일에 디킨스는 첼시 ‘성 루카’ 성당에서 캐서린과 결혼한다. 양쪽 집안 식구만 참석한 소박한 결혼식을 마치고, 신혼부부는 고즈넉한 시골 마을로 가서 신혼여행을 즐겼다.

《픽위크 클럽》은 판매가 부진한 데다 화가 시모어가 정신쇠약으로 자살하니, 디킨스는 중심인물로 부상해서 ‘해블롯 브라운’을 삽화가로 선택하고, 브라운은 ‘보즈’와 어울리도록 ‘피즈’로 필명을 정해, 두 사람은 20년 넘게 협업 관계를 유지한다.

《픽위크 클럽》은 4호부터 독자의 관심을 끌고, 선거를 재미있게 묘사한 5호가 나올 즈음에는 “보즈가 모든 사람의 이목은 물론 마음마저 사로잡아” 사람들이 서점 유리창에 딱 달라붙어서 최신호를 본다는 신문기사까지 실리니, 그와 함께 판매량은 꾸준히 늘고, 디킨스는 “더할 나위 없이 위대한 보즈”로 명성을 떨친다.

새로운 성공에 힘입어 디킨스는 “집필 작업에 완전히 빠져든다.” 하지만 1836년 11월에 출판인 ‘리처드 벤틀리’가 월간지 편집주간을 제의하자, 디킨스는 소설 집필 계획을 잡아놓고도 제안을 받아들인다. 월급과 따로 원고료를 받는 조건이었다. 부인이 첫아이를 낳기 직전이라서 가장으로 책임감을 절실하게 느낄 때였다. 그리고 이듬해 1월 6일에는 첫 아이를 낳으니, 디킨스는 너무 기쁜 나머지 자기 이름 ‘찰스’를 그대로 물려준다.

디킨스는 자신이 편집주간으로 근무하는 '벤틀리 미셀러니'에서 장편소설 《올리버 트위스트》를 본격적으로 연재한다. 공리주의에 근거해서 '신 빈민구제법'을 제정해, 빈자와 고아를 교구 구빈원에 수용해서 무자비하게 다루는 비인간적인 제도를 비판하는 내용인데, 작품에 몰두할수록 디킨스는 자신이 어린 시절에 겪은 비참한 느낌과 굶주림과 소외감에 빠져들어, 폭력과 사기가 난무하는 런던 빈민가에서 어린 애가 살아남으려고 필사적으로 몸부림치는 이야기에 온 힘을 쏟아부으니, 당시의 전형적인 소설기법대로 좋은 사람과 나쁜 사람을 또렷하게 대비하면서도 '낸시'라는 독특한 인물을 통해 새로운 가능성을 열어놓는다.

매춘부요 사기꾼 '낸시'를 연민이 가득한 눈길로 묘사하는 방식에 독자는 커다란 충격과 반감을 느낀다. 하지만 새로운 해석에 빠져드는 독자도 많으니, 디킨스는 월간지로 발행한 내용을 나중에 단행본으로 묶어서 발행할 때 본인 이름을 사용할 걸 단호하게 주장하고, 비평가들은 셰익스피어에 버금가는 대작가 반열에 디킨스를 올려놓는다.

경제적으로 성공한 디킨스는 고급주택으로 이사해서 쾌적한 생활을 시작하고, 처제 메리(Mary)는 당시 영국 풍습에 따라 그 집에 함께 살면서 아기를 돌본다. 디킨스는 이런 처제에게서 이상적인 여인상을 발견하고 처제와 정신적으로 독특한 유대관계를 맺는다. 하지만 이듬해에 처제가 병으로 죽자, 디킨스는 너무나 커다란 충격에 처음이자 마지막으로 소설 연재를 중단한다. 처제 손가락에서 뺀 반지를 죽을 때까지 손가락에 낄 정도였다. 메리에 대한 그리움은 나중에 '골동품 가게'에서 '어린 넬'로 재현한다.

커다란 비극에 가정은 구멍이 뚫리고, 디킨스는 친구들과 어울리며 말을 타고 오후에 시내를 어슬렁거리며 돌아다니는 걸 피난처로 삼는다. 그러면서 여유도 생기고 사고력도 풍부하게 변하니, "상상력을 자극하려면 몸을 꾸준히 움직여야 한다"고 입버릇처럼 말할 정도였다. 평생에 걸친 문학적 조언자로 나중에 '찰스 디킨스 전기'까지 집필하는 존 포스터(John Poster)를 만난 것도 이즈음이다. 디킨스는 포스터와 공통점이 많았다. 나이도 같고, 중하층 계급 출신도 같고, 법률을 공부하다 저널리즘과 문학으로 방향을 바꾼 것도 같고, 명랑한 성격에다 연극과 파티를 좋아하는 것도 같았다. 포스터는 디킨스에게 평생 헌신하고, 디킨스는 포스터에게 평생 기대며 살았다.

1839년에는 《니콜라스 니클비》를 출간하고, 디킨스는 시대를 대표하는 작가로 올라선다. 런던 사교계에서 추앙받고, 특권 신사 클럽에 가입하고, 공공장소에서 연설하는 사례도 많았다. 1841년에는 에든버러 시민들이 디킨스에게 경의를 표하며 에든버러 명예시민으로 추대했다. 20대 청년에게 "더없이 커다란 영광"으로 디킨스는 크게 감격했다.

집필활동에 왕성하던 디킨스는 서른세 살 나이에 견문을 넓히고자 아내 캐서린과 함께 미국 방문길에 나선다. 왕도 없고 계급도 없는 자유민주주의 국가라는 사실에 잔뜩 기대하고, 뉴욕에서 3천 명이 넘는 독자가 환호하니, 디킨스는 미국과 미국인에게 감동한다. 뉴욕의 활기찬 분위기와 보스턴의 아름다우면서도 고상한 분위기에 감탄한다.

하지만 체류하는 나날이 늘어나면서 언제나 대중에게 드러나는 생활이 버겁게 다가왔다. 향수병에 시달리고 런던에 두고 온 아이들도 눈앞에 어른댔다. 남쪽으로는 필라델피아와 워싱턴과 리치먼드를 둘러보고, 서쪽으로는 루이빌과 세인트루이스를 방문하고, 북동쪽으로는 신시내티를 찾아가는데, 너무나 갑작스럽게 변하는 기후가 고통스러웠다. 열차와 배를 타거나 역마차를 타고 울퉁불퉁한 도로를 달리는 것도 힘에 겨웠다. 영국인이 흔히 그렇듯, 지나치게 잘된 난방도 싫고, 담배를 질겅질겅 씹어대다 퉤퉤 뱉어내는 습관도 싫었다. 노예제도를 목격한 순간에는 "인간으로 너무나 크나큰 굴욕감"을 느꼈다.

하지만 무엇보다 화난 건 '국제저작권 협정'에 미국이 서명하지 않는 현실이었다. 그러니 영국 작가는 아무리 인기가 많아도, 심지어 미국 출판사와 계약까지 체결해도, 저작권 침해를 문제 삼을 수 없으니, 디킨스는 미국에서 판매하는 작품에 대해 공정한 대가를 받을 수 없었다. 자신을 열렬히 환영하고 환호하면서도 저작권 침해를 묵인하는 자세는 예의가 아닌 것 같았다. 그래서 문제 삼으면 신문에서는 "문학적 명성보다 달러"를, "월계관보다 화려한 조끼"를 좋아하는 "속물"이라며 비판했다.

귀국길에 오른 디킨스는 "상상 속 공화국"에 실망하고 "배고픈 40년대"로 신음하는 영국 사회에 더욱 커다란 관심을 보이며 사회 운동에 동참한다. 여성과 아동이 땅속에서 노동하는 걸 금지하는 '탄광노동자 법안'을 지지하며 열정적인 글을 써서 신문에 투고하고, 대여섯 살 어린애를 공장에서 부려먹는 현실에 "철퇴를 내리겠다"고 맹세한다. 《올리버 트위스트》에서 페이긴 영감이 은신하던 빈민가와 빈민학교를 찾아간다. 굶주림에 허덕이느라 선악조차 구별할 수 없는 아이들을 보고서 근본적인 대책을 촉구하고 모색한다. 그리고 1843년에 작심하고 불과 보름이란 짧은 시기에 《크리스마스 캐럴》을 집필해서 발표한다. 디킨스는 작품을 집필하는 동안 몇 날 밤이고 캄캄한 런던 거리를 돌아다니며 상상력을 끌어올렸다.

자본주의 병폐를 처절하게 비판하는 책은 놀라운 파문을 일으켰다. 초판 6천 부가 며칠 만에 동나고, 크리스마스를 배경으로 한 책은 여름

철에도 팔려나갔다. 사람들은 크리스마스 분위기와 의미를 새롭게 되새기며 디킨스에게 고맙다는 편지를 보냈다. 하지만《크리스마스 캐럴》은 디킨스에게 엄청난 성공과 동시에 엄청난 좌절을 안긴다. 호화로운 표지와 금박 장식에다 삽화까지 천연색으로 넣으니, 독자에겐 책값이 비싸도 그 돈으론 제작비를 충당할 수 없었다. 디킨스는 출판사와 분쟁까지 겪으며 고통스러워하다 결국엔 다른 출판사와 '크리스마스 캐럴 2탄'을 쓰기로 계약하고 선금으로 금화 이천팔백 냥을 받아서 낡은 대형마차에 모든 가족을 태우고 이탈리아 제노바로 떠난다.

메리가 사망한 후에 디킨스 집에 들어와서 아이들을 돌보던 막내 처제 조지나는 활달하고 총명한 아가씨인 데다 언니 메리를 신기할 정도로 빼닮았다. 디킨스는 조지나를 "귀염둥이"라고 부르며 귀여워하는데, 아내가 열 번째 아이를 낳고 무기력증에 빠져서 방구석에 틀어박히니, 둘 사이는 더욱 가까워질 수밖에 없었다. 연극도 함께 기획하고, 산책도 함께했다. 조지나는 평생을 독신으로 살며 디킨스 집안에서 살림을 맡으니, 디킨스가 언니 캐서린과 이혼한 다음에도 디킨스가 임종하는 자리까지 지킨다.

디킨스는 1845년 7월에 가족을 데리고 런던으로 돌아와, 아마추어 연극을 준비한다. 곱슬곱슬하고 까만 수염에 화려한 의상을 차려입고 겁많은 허풍쟁이 군인 역할로 출연하니, 연극은 많은 화제를 불러일으켜서 자선공연까지 이어진다. 디킨스는 의상과 배경과 조명과 광고 포스터까지 전담하는 건 물론 무대감독처럼 총연습까지 지휘하고, 이후 10년 동안 간헐적으로 공연하니, 디킨스에겐 불행한 가정생활의 도피처며 기분전환이며 "동료들과 함께 책을 쓰는 과정"이었다. 하지만 이탈리아에서 돌아오는 길에 지나친 스위스가 계속 떠올라, 디킨스는 가족 모두를 데리고 스위스로 건너가서 로잔 호숫가 조용한 집에 머물며 집필에 몰두한다.

서른여덟 살에는 뉴게이트 감옥을 방문한다. 디킨스는 감옥에서 젊은 여성들이 고통스러워하는 모습에 특히 많은 관심을 보인다. 가난한 집에서 태어나 부모에게 사랑을 못 받고 어린 나이에 거리를 떠돌다 구렁텅이에 빠지거나 매춘으로 접어드는 악순환을 정확히 이해한다. 그래서 후원자를 모아 매춘부와 여성 노숙자를 위해 런던에 '집 없는 여성을 위한 쉼터'를 설립한다. 일정한 규율 아래 포근한 보금자리를 제공하며 읽고 쓰는 법을 가르쳐서 사회에 재편입하는 길을 열어준 것이다.

마흔을 눈앞에 두고 디킨스는 자신이 살아온 길이 자주 떠오른다는 사실을 깨닫는다. "별다른 보살핌도 못 받고 고생하던 어린 시절"이 유난히 많이 떠올랐다. 구두약 공장에 다니던 굴욕적인 어린 시절을 친구 포스터에게 처음 고백한 것도 이즈음이다. 얼마 후에는 사랑하는 누나 '프랜시스 엘리자베스'가 결핵으로 사망하자, 디킨스는 자신이 보낸 어린 시절에 더욱 집착한다. 자신이 가장 사랑하고 좋아하는 자전적 작품 《데이비드 코퍼필드》를 쓰기 시작한 거다. 한겨울에 야머스에 가서 광활하게 뻗어 나간 해안을 보고 깊은 영감도 받는다. 디킨스 자신은 물론 아버지와 어머니, 첫사랑과 결혼, 40평생을 살아오면서 만난 사람과 느낌과 생각을 모두 정리한다. 작가 자신과 주변을 "사실과 허구로 복잡하게 뒤섞는" 작업에 얼마나 열정을 쏟아부었는지, 나중에는 "제일 좋아하는 자식은 '데이비드 코퍼필드'"라고 고백한다.

마흔한 살에는 '가정 이야기'라는 잡지를 창간해, 가정이 가장 중요하다고 주장하지만, 디킨스 자신은 아내와 끊임없는 불화를 겪으며 가정생활을 힘들게 이어간다.

1854년에는 런던에서 콜레라가 들끓고, 크림전쟁을 둘러싼 정부

실책은 잇따라 드러나고, 영국 북서부 프레스턴 면공업 지역에서 장기 파업이 일어나니, 디킨스는 사회 문제에 깊이 빠져들다가 사장과 노동자 사이를 가로막은 거대한 벽에 몰두한다. 그래서 의회를 "국립 쓰레기장"이라며 비판하고, 노동자들이 비참하게 살아가면서도 의리를 지키는 순박함과 인간애에 집착하며 모든 열정을 쏟아부으니, 《어려운 시절》이란 작품이 나온다.

《어려운 시절》은 크게 성공하나 비평가들 역시 크게 당황해서 이 작품은 디킨스 작품 가운데 평가가 가장 엇갈리는 소설이라고 할 수 있다. 우익 정치인 맥컬리는 "기분 나쁜 사회주의"라며 무시하지만, 유명한 비평가 존 러스킨은 디킨스 최대 작품이라고 극찬하며 사회 문제에 관심을 가진 사람은 누구나 정독해야 한다고 평가한다.

마흔여섯 살에는 윌키 콜린스의 통속극 '얼어붙은 골짜기'에서 연출을 맡고 배우로 출연하면서 열여덟 살 여배우 엘렌 터넌과 사랑에 빠지고, 이듬해에 아내와 이혼한다. 이후에 집필한 《두 도시 이야기》에서 엘렌 터넌을 여주인공 마네뜨 아가씨로 담아낸다. 잇따라 《위대한 유산》까지 집필하고 발표하니, 두 작품은 디킨스 문학의 백미라는 찬사를 얻는다. 그리고 전국을 순회하며 작품 낭독회를 시작한다. 극장에서 유료관객을 대상으로 작품 몇 장면을 골라 낭독하는 건데, 엄청난 인기를 누린다. 순회 낭독회를 통해 디킨스는 막대한 돈을 벌지만, 건강을 해친다.

1868년 6월 8일, 오십구 세 나이로 저택에서 '에드윈 드루드의 수수께끼'를 온종일 쓰고 저녁 식사를 하다가 쓰러져 다음 날 세상을 떠난다. 웨스트민스터 사원 '시인의 묘역'에 묻혀 묘비에 다음 같은 글을 새긴다.

"가난하고 고통받고 박해받는 사람을 동정했다. 이 사람이 죽으면서 세상은 영국에서 가장 위대한 작가를 잃었다."

디킨스가 세상을 떠났다는 말에 노동자들은 주막에서 "우리 친구가 죽었다"며 울부짖고, 신문과 잡지는 찰스 디킨스 일대기를 며칠 동안 도배하고, 한 신문은 부고란에 이렇게 적었다. "디킨스가 발표한 소설은 언제나 화제를 불러모았다. 디킨스가 쓴 소설에는 현실정치와 사건이 그대로 담겼다. 디킨스가 소설에 담아낸 건 소설이 아니라 현실세계였다."

당시 영국은 산업혁명에 성공해 전 세계에서 가장 빠르게 발전하는 나라였다. 디킨스는 작가로 성공해 번듯한 마차를 타고 저명인사와 교류하면서도 대다수 서민이 진흙탕을 밟고 힘겹게 살아가며 신음하는 소리를 듣고 영국 최고 전성기에 담긴 아픈 그림자를 직시하면서 위대한 작품을 남겼다. 당시에는 다섯 살 어린애가 공장에서 열두 시간씩 일하고 겨우 동전 몇 닢을 손에 쥔 채 집으로 돌아가는 일이 잦고, 노동자 평균수명은 겨우 스물여덟 살이었다.

디킨스는 가난한 사람을 깊이 동정하고, 사회적인 악습을 공격하고, 사회에서 실제로 일어난 사건을 기사로 작성하고 소설에 담았다. 카를 마르크스가 "정치 현실과 사회현실에 대해 전문 정치인이나 정치 평론가나 학자보다 많은 진실을 말했다"고 평가할 정도였다. 초기 소설은 풍자가 강하지만 후기 소설은 풍자 대신 치밀한 구성과 사회비평이 돋보인다.

디킨스 문학에서 가장 독특한 역할을 한 건 연극이다. 디킨스 자신이 어릴 때부터 연극에 깊이 빠지고, 한때는 연극배우로 살아갈 염원까지 품었다면, 작가로 성공한 다음에는 아마추어 연극에 배우로 참여한 건 물론 총연출까지 맡을 정도였다. 그래서 원고를 집필할 때는 스스로 다양한 등장인물로 돌변해 직접 연기하며 캐릭터를 만들어나가니, 톨스토이나 도스토옙스키를 비롯한 대문호는 물론 수많은 독자가 감탄하는 캐릭터가 소설에 등장하는 배경이다. 또 하나는 자신이 직접 경험한 사건이나 캐릭터를 중심으로 인물 성격을 잡아나가고, 사회현실을 대변하는 독특한 사건이 신문기사에 실리면 그 내용을 자세히 조사해서 작품에 싣는 식으로 허구를 구성하니, 탁월한 현실감이 작품을 지배하는 배경이라 할 수 있다.

작품세계 및 작품해설

찰스 디킨스는 캐릭터 묘사가 극히 뛰어나며 풍자가 대단하고 문장은 화려해, 지금까지 한국에서 번역물로 제대로 소개했다고 볼 수 없다. 《올리버 트위스트》와 《크리스마스 캐럴》이 그나마 유명한데 문장이 복잡한 나머지 이미지만 소개한 수준이고, 완역 시도는 엉터리라서 독자가 디킨스 문학을 맛보기엔 부족했다.

가장 유명한 작품을 든다면, 《두 도시 이야기》, 《위대한 유산》, 《데이비드 코퍼필드》, 《올리버 트위스트》, 《어려운 시절》, 《크리스마스 캐럴》 등이 있는데, 특히 《데이비드 코퍼필드》는 자전적 소설이라 할 수 있다.

디킨스는 구두약 공장에서 일하는 등, 어린 시절을 힘들게 보내느라 정규교육을 받은 기간도 짧다. 제대로 교육을 받은 건 2~3년에 불과하다. 이런 과거를 디킨스는 평생 외면하다 마흔을 앞두고 돌아본다. 그러면서 쓰기 시작한 작품이 《데이비드 코퍼필드》니, 인생의 황금기에 지난 삶을 솔직하게 돌아보며 집필한, 디킨스 자신이 "가장 사랑하는 아들"이다.

'데이비드 코퍼필드'는 중산층에서 유복자로 태어나 어머니와 유모와 행복하게 살지만, 어머니가 재혼하면서 온갖 불행에 처한다. 혼자서 쓸쓸하게 역마차를 타고 찾아간 학교는 폭력이 난무하고, 어머니가 사망한 다음에는 공장에서 일하며 좌절감에 시달린다. 극한 불행을 겪으면서도 미래를 포기할 수 없어, 코퍼필드는 마지막 희망을 품고 괴짜 고모할머니를 찾아 나서는데, 어렵게 마련한 여행 경비를 도적놈에게 빼앗기니, 옷을 팔고 거지 행각을 하며 머나먼 여행길을 겪어낸다. 극도의 불안감과 고통이 몰려들 때는 환하게 떠오르는 어머니 영상에 의지하며 극복한다.

온갖 고통을 겪으며 찾아간 고모할머니는 괴팍한 성격이지만 원칙이 또렷하고, '데이비드'는 꿈에 그리던 중산층 생활을 시작하며 교육도 받는데, 이번에 들어간 학교는 극히 바람직하다. 그래서 공부도 열심히 하고 이성도 사귀고 실연도 겪으며 성장한다. 독자는 여기에서 디킨스가 어린 시절에 겪은 고통과 간절한 희망이 실재와 허구로 묘하게 엮이는 걸 느낀다.

데이비드는 다양한 인물을 만나 다양한 영향도 받는다. 어머니는 사랑스럽지만 천진난만한 성격으로 나쁜 남자랑 재혼해서 죽음을 맞고, 머드스톤 남매는 주관적인 원칙과 종교관으로 주변 사람을 끊임없이 괴롭히고, 고모할머니는 불행한 결혼생활과 이혼에 지대한 영향을 받아 괴팍하면서도 성실한 원칙을 추구하고, 패거티 유모는 순박한 성격과 무한한 사랑으로 데이비드를 어린 시절부터 감싸주며 지원하고, 패거티 아저씨는 순박한 어부로 살아가며 사내 특유의 우직한 사랑을 실천하고, 에밀리는 순수하고 아름다운 모습으로 행복을 추구하다 좌절하고, '햄'은 자신을 배신한 약혼녀를 끝까지 사랑하며 죽음을 선택해서 하늘로 이어지는 사랑을 실천하고, 거미지 부인은 딱한 처지를 끝없이 한탄하나 다른 사람이 겪는 커다란 불행을 동정하며 새롭게 태어나고, 학교 선배 스티어포스는 탁월한 지도력과 지식으로 세상을 비웃으나 결국에는 순박한 처녀를 유혹에서 지옥에 빠뜨리고, 트래들스는 순박하면서도 성실한 우정으로 어설프지만 나름대로 행복을 추구하며 완성하고, 도라는 천진난만한 성격에 사랑스러운 여인이지만 극히 무능하고, 미코버 부부는 가난한 현실 속에서도 찬란한 미래를 꿈꾸며 허풍을 늘어놓고, 유라이어 힙은 악마의 대변자로 극히 겸손한 척하면서 타인을 나락에 떨어뜨리고, 그 외에도 여러 인물이 독특한 모습으로 등장하며 데이비드에게 다양한 영향을 미친다. 하지만 무엇보다 커다란 영향을 미친 사람은 '아그네스'로 이상적인 여인상을 대변한다. 행간을 잘 살피면 디킨스 자신이 겪은 다양한 인물은 물론, 디킨스 자신이 겪은 불행과 그 속에서 갈망하던 희망이 겹치는 걸 느낄 수 있다.

《데이비드 코퍼필드》에서 무엇보다도 탁월한 특징은, 무려 5,500매에 달하는 장편을 펼쳐나가느라 중간에 이야기가 느슨하게 변할 개연성이 충분한데도, 디킨스는 다양한 등장인물을 배우처럼 직접 연기하는 식으로 집필해서 캐릭터를 일정하게 과장하면서도 현실성을 부여해, 처음부터 끝까지 탁월한 박진감으로 독자의 눈을 잡아끈다는 사실이다. '서머싯 몸'이 세계 10대 소설이라고 극찬할 정도로 말이다.

일 년에 걸친 작업이 맺는 결실을 자축하며
송천동에서
김 옥 수